Ayelet Waldman

DIE SPÄTE REUE DES JACK WISEMAN

Roman

Aus dem Englischen
von Brigitte Hilzensauer

Paul Zsolnay Verlag

Die Originalausgabe erschien
erstmals 2014 unter dem Titel *Love and Treasure*
im Verlag Alfred A. Knopf, New York.

1 2 3 4 5 19 18 17 16 15

ISBN 978-3-552-05740-1

Satz: Eva Kaltenbrunner-Dorfinger, Wien
Druck und Bindung: GGP Media GmbH, Pößneck
Printed in Germany

MIX
Papier aus verantwortungsvollen Quellen
FSC® C014496

Für Michael.
Immer nur für dich.

Prolog

MAINE

2013

Wie immer in die Seiten eines Buches vertieft, bemerkte Jack Wiseman nicht, dass der Bus eingetroffen war, bis ihn die Unruhe unter den anderen Leuten aufstörte, die in der überheizten Station gewartet hatten. An dem kampflustigen Kinn, das er den Busfenstern entgegenreckte, klebte ein mit einem Blutkomma bedrucktes Fetzchen Kleenex, sein gestärktes und gebügeltes Hemd stand am Kragen offen und enthüllte Knitter im Faltenwurf seines Halses und einen dichten weißen Pelz auf seiner Brust. Er blinzelte, erhaschte einen kurzen Blick auf das Prachthaar seiner Enkelin und stemmte sich hoch. Er riss ein Eckchen vom *Ellsworth American*, den jemand liegengelassen hatte, und steckte es zwischen die Seiten seines alten Herodot, wobei er mit einem bekümmerten Schnauben die noch verbleibenden Zentimeter abschätzte. Er war nie einer gewesen, der eine Arbeit nicht zu Ende führte, und darauf hatte er sich anscheinend, vielleicht unbewusst, verlassen, als er darangegangen war, diesen geschwätzigsten aller klassischen Historiker zum wohl achten oder neunten Mal zu lesen.

Während der Bus die ersten Passagiere hervorwürgte, verlor sich Jack einen Moment lang in Betrachtungen über die aussteigenden Soldaten; auf Heimaturlaub von den uralten Schlachtfeldern aus dem Buch, das er gerade las, aus Babylon und Baktrien, trugen sie Tarnanzüge in den Farben von Asche und Staub, das Muster eckig wie die Pixel auf einem Computerschirm. Dann loderte Natalies Haar in der Bustür auf, und er hielt das kleine, grün gebundene Buch hoch, um auf sich aufmerksam zu machen. An dem schockierten Ausdruck, der einen Augenblick über ihr Gesicht huschte, bevor sie lächelte, merkte er, dass der Bauchspeicheldrüsenkrebs einen noch schlimmeren Tribut von ihm gefordert hatte als gedacht. Ihre Lippen bewegten sich.

Er hob einen Finger, bedeutete ihr zu warten. Drückte einen Knopf an seinem Hörgerät und sagte: »Liebling! Du hast es geschafft.«

»Hey, Opa.« Ihre Augen waren trübe, die rote Delle in ihrer Wange, sie hatte sich wohl irgendwo angelehnt, erinnerte ihn daran, wie sie als Kind ausgesehen hatte, wenn sie von ihrem Mittagsschläfchen aufwachte. Oder war es ihre Mutter, die ihm einfiel? Ein Bild, das von weiter weg und aus früherer Zeit kam. Er registrierte ihre Blässe, die blutunterlaufen wirkende Haut unter ihren Augen, und dachte, dass sie wahrscheinlich ebenso deshalb nach Maine gekommen war, um ihrem eigenen Kummer zu entfliehen, als in der Erleichterung seiner Probleme Vergessen zu finden. Tatsächlich war die Möglichkeit, dass sie in der Sorge um ihn Linderung finden würde, einer der Gründe – nicht, dass man einen Grund brauchte, um seine einzige Enkelin zu sehen –, weshalb er so rasch zugestimmt hatte, als sie ihm am Telefon die Reise angekündigt hatte.

»Bist du hungrig?«, fragte er. »In Bangor ist nicht viel los, aber das Grillrestaurant hat offen, wenn du ein bisschen warten kannst. Ich könnte dich hinbringen.«

»Du mich hinbringen? Bist du etwa gefahren?«, fragte sie.

Er zwinkerte ihr bloß zu, fühlte sich versucht, einen ihrer liebsten Kindheitsausdrücke zu verwenden: *Dah*. Diese Art Verhör hatte er erwartet.

»Wie sonst hätte ich dich abholen sollen?«

»Ich hab mir gedacht, du würdest ein Taxi rufen!«

»Dave hatte eine Fuhre. Portland hin und zurück. Konnte ihn nicht gut bitten, das abzulehnen, nicht in der toten Saison. Das Geschäft läuft schlecht.«

»Ach ja?« Sie schüttelte den Kopf mit liebevoller, doch aufrichtiger Missbilligung. »Es hat also nichts damit zu tun, dass du ein stolzer Sturkopf bist?«

»Im Grillrestaurant backen sie herrlichen Kürbiskuchen«, sagte er. »Na, wie klingt das?«

Sie fasste nach seinem Kinn und zupfte mit einer Mischung aus Zärtlichkeit und Vorwurf das Stückchen Kleenex von seiner Rasierwunde. »Warum hast du nicht in Bangor ein Taxi bestellt?«, fragte sie, die das volle genetische Programm an Wiseman-Sturheit, wenn nicht Stolz geerbt hatte.

»Ein Taxi aus Bangor!«, rief er, ehrlich entsetzt über die Vorstellung. »Diese Typen nehmen nur die Route One! Zu der Tageszeit würden wir stundenlang im Werksverkehr stehen.«

Inzwischen waren sie beim Wagen angekommen, einem Volvo DL-Kombi, der 23 Jahre lang im Sommer, an Ferientagen und zu Sabbaticals zuerst Jack und seine Frau, dann Jack allein von New York nach Maine und wieder zurück gebracht hatte. Er fragte sich, ob es sich auszahlte, Natalie den blauen Behemoth zu hinterlassen. Wie alle seine Besitztümer – wie alles, das die Umstände oder das Schicksal jemals seiner Fürsorge anvertraut hatten – hatte er das Auto in makellosem Zustand gehalten. Ordentlich gepflegt, konnte es noch jahrelang fahren. Aber Natalie würde vielleicht nicht unbedingt die gepfefferten New Yorker Parkgebühren zahlen wollen. Und war er einmal gegangen, würde sie auch nicht mehr die lange Fahrt nach Red Hook, Maine, unternehmen. Und obwohl sie sein *tsatskele*, sein kleiner Schatz, war und immer sein würde, war seine Liebe zu ihr so illusions- wie rückhaltlos. So wie sie in jüngster Zeit ihr Leben geführt hatte, gab es wenig Beweise dafür, dass sie irgendetwas pfleglich zu behandeln verstand.

»Willst du eventuell den Wagen haben?«, fragte er und öffnete dabei für sie die Fahrertür. Er ging auf die andere Seite, machte seine eigene Tür auf, stieg ein und überreichte ihr die Schlüssel. »Oder soll ich eine Anzeige in die Zeitung setzen?«

»Verkauf ihn jetzt noch nicht. Wir werden ihn brauchen, während ich hier oben bin. Außer du hast vor, nach New York runterzukommen?«

»Hier gibt es auch ein Hospiz, genau wie dort. Bloß, hier bin ich in meiner eigenen Wohnung, und in New York würde man mich in irgendein scheußliches Pflegeheim stecken. Hab ich der großzügigen Erkenntlichkeit der Columbia University zu danken.«

»Großvater, du hast in dem Apartment ja gar nicht richtig gewohnt. Du bist wie oft dort gewesen? Drei Monate im Jahr?«

»Eher vier.«

»Sie müssen so viele Vollzeit-Fakultätsmitglieder unterbringen. Du kannst ihnen keinen Vorwurf machen …«

»Sechsundvierzig Jahre, Natalie. Es hätte sie nicht umgebracht, wenn sie sechsundvierzigeinhalb daraus gemacht hätten.«

Sie startete und ließ den Motor laufen, wärmte ihn auf, wie es die Vorschrift ihres Großvaters verlangte. Dann saßen sie im kalten Wagen und lauschten dem Motor, genügend Zeit für ihn, seine herben Worte zu bereuen. Jack Wiseman hatte einige der schlimmsten Katastrophen, persönliche wie welthistorische, die das 20. Jahrhundert zu bieten hatte, von Angesicht zu Angesicht miterlebt oder durchgestanden und bis jetzt kaum jemals der Bitterkeit nachgegeben. Das war wohl ein Symptom der Krankheit, dachte er, die ihn töten würde.

»Du könntest bei mir wohnen«, sagte Natalie schließlich. »Jetzt, wo David ausgezogen ist, gibt es Platz genug.«

»Ich bin hier«, sagte Jack. »Und du bist jetzt auch hier.«

»Ja.«

»Darf ich fragen, wie lange du vorhast zu bleiben?«

»So lange du mich brauchst.«

»Sollte nicht allzu lange sein.«

»Großpapa.«

»Egal. Nett von der Firma, dich gehen zu lassen.«

»Ich habe Urlaubstage aufgespart.« Sie legte den Rückwärtsgang ein, wobei sie demonstrativ, wieder ihm zuliebe, durch das Heckfenster und in beide Seitenspiegel blickte. Dann seufzte sie und parkte wieder ein. »Eigentlich stimmt das nicht.«

»Was stimmt nicht?«

»Ich habe keinen Resturlaub genommen. Ich habe gekündigt.«

»Gekündigt?« Er hieb mit der Hand auf das Armaturenbrett. »Damit du dich um mich kümmern kannst? Das ist absolut inakzeptabel, Natalie, das lasse ich nicht zu.«

»Es war nicht wegen dir. Man hätte mir ja Urlaub gegeben.« Sie bog vorsichtig in die Straße ein und beschleunigte langsam, um auf der eisglatten Straße kein Schleudern oder eher seinen Vorwurf zu riskieren, sie gehe es zu flott an.

»Warum dann?«, fragte er.

»Warum.« Sie klang aufgebracht – über seine Frage, über sich selbst, vielleicht auch nur, weil sie die Geschichte noch einmal erzählen musste. »Nun, ich war im Büro einer Kollegin, und sie füllte gerade einen Fragebogen aus, Anfragen eines gegnerischen Anwalts in einem Gerichtsverfahren.«

Er wartete.

»Sie kamen von Daniels Firma.«

»Er hat die Fragen formuliert?«

»Nein. Er ist in der Zentrale. Das war ein Dokument über eine Streitsache.«

»Und?« Er bemerkte, dass sie den Blinker betätigt hatte. »Nicht auf die Route One«, sagte er scharf. »Fahr weiter bis zur 46.«

»Okay.«

»Weil du eine Unterlage aus Daniels Firma gesehen hast, hast du gekündigt?«, fragte er, zweifelnd, ob seine Denkfähigkeit nachließ, ob es hier irgendeine offenkundige Verbindung gebe, die jedem außer einem sterbenden alten Idioten auffallen musste.

»Dadurch habe ich bemerkt, wie verstrickt unsere Leben sind. Er könnte wegen irgendeines Closings in meinem Büro auftauchen. Oder ich wegen einer Debatte über einen Vergleich in seinem. Ich möchte einfach nicht, dass das passiert.«

»Du lässt einen Job sausen, wo du doppelt so viel verdienst wie ich in meinem letzten Jahr als Ordentlicher Professor, weil du Angst hast, deinem Exmann in einem Besprechungsraum in die Arme zu laufen?«

»Klingt lächerlich.«

»Es *ist* lächerlich.«

»Ich möchte einfach neu anfangen.«

»Und was tun?«

»Weiß nicht. Ich möchte nicht mehr darüber reden. In Ordnung?«

Er nickte. Über Dinge nicht zu sprechen war Jack Wisemans Ansicht nach immer eine zweckmäßige, falls nicht die bessere Option. Besonders in diesem Fall, denn alles, was ihm an Worten einfiel, die er seiner Enkelin sagen konnte, lief letztlich auf den Satz hinaus: Was ist bloß mit dir geschehen? Sie war immer so vernünftig gewesen, so belastbar, zielstrebig, ja eindimensional. Aber seit ihrer Scheidung – nein, seit sie sich unerklärlicherweise zu der übereilten und unvernünftigen Ehe mit Daniel Friedman entschlossen hatte – war die Kleine ein einziges verflixtes Fiasko.

»Wo es gelb blinkt, nach rechts«, sagte er, aber sie hatte bereits den Blinker betätigt. Zumindest in dieser Hinsicht kannte sie sich noch aus.

Das Red Hook Grill, eine Reihe von Buden mit Vinylwänden, die wie Hummerfallen neben den Caldecott Falls standen, war das einzige Restaurant der Stadt, das während der gesamten toten Saison geöffnet hatte. Im immer düsterer werdenden grauen Zwielicht eines frostigen Nachmittags leuchtete es wie ein grellbuntes Versprechen von Wärme und Behaglichkeit, und obwohl auf der Bar Resopal war und auf dem Kuchen Sahneersatz, verließen sich die Einheimischen und mit ihnen Jack darauf, hier etwas Aufheiterung im endlosen finsteren Tunnel eines Winters im östlichen Maine zu finden. Jack bestellte das Übliche – Fish and Chips, gebackene Zwiebelringe statt der Fritten –, obwohl er wusste, dass er kaum ein, zwei Bissen hinunterbringen würde. Seit einiger Zeit schon vertrug er kaum etwas, obwohl die Ärzte allerhand versprochen hatten, als sie ihn überzeugten, den Stent einsetzen zu lassen, um seine Gelbsucht zu lindern. Er verlor so rasch an Gewicht, er würde wohl einfach verschwinden, dachte er, bevor der Krebs ihn umbrachte.

Natalie nahm üblicherweise Hamburger mit Cola light, heute aber bestellte sie Milchshake, und als Louise das Essen brachte, steckte sie einen Trinkhalm in den gekühlten metallenen Mixbecher, in dem das Grillrestaurant immer seine Shakes servierte, und schob das Glas mit Milch und Eiscreme über den Tisch zu Jack hinüber.

»Das kriegst du vielleicht leichter runter.«

Er tätschelte ihr die Hand und nahm der Dankbarkeit und der guten Manieren wegen mit vorgetäuschtem Genuss einen Schluck von der dicklichen süßen Mixtur. Er hasste Milchshakes.

Nach dem Essen kam Louise mit einem Stück Kuchen, Geschenk des Hauses, an diesem Morgen mit Ende des letzten Sommers eingefrorenen Heidelbeeren gebacken.

»Das hilft dir über die Runden bis nächsten Sommer«, sagte sie.

Natalie und sie wechselten einen Blick. Louise legte ihre Hand auf Jacks Schulter.

»Wie geht's dir, Jack?«

»Gut, Louise«, sagte er.

Und dann fühlte er sich verpflichtet, einen Bissen Heidelbeerkuchen zu essen. Seinem funktionsgestörten Gaumen schmeckte er wie Essig und Salz.

»Sehr lecker«, sagte er.

»Danke, Louise«, sagte Natalie.

Während sie zusahen, wie Louise wieder in der Küche verschwand, sagte Natalie: »Seit Daniel gegangen ist, fragen mich alle: ›Natalie, wie geht's dir?‹, als erwarteten sie, dass ich heulend zusammenbreche oder mir die Haare raufe oder was immer. Ich weiß nie, was ich sagen soll.«

»Für genau solche Momente wurde das Wörtchen ›gut‹ erfunden.«

»Mag sein. Daddy ruft mich jeden Morgen an und fragt: ›Wie schlimm ist's denn heute, Zuckerbärchen‹, und ich nenne ihm eine Zahl von eins bis zehn. In den ersten Monaten war ich ziemlich gleichmäßig auf eins oder zwei, aber allmählich hab ich mich zur Fünf hochgearbeitet.«

»Dasselbe macht dein Vater mit mir. Jeden Morgen.« Jack mochte seinen Schwiegersohn Neil Stein, er stand ihm näher als seine Tochter. Nahe genug jedenfalls, dass dieses tägliche Erkundigungsritual ihn eher tröstete als verstimmte.

»Welche Zahl nennst du ihm?«, fragte Natalie.

»Ich versuche über sechs zu bleiben.«

»Bauchspeicheldrüsenkrebs und sechs. Mein Vollidiot von Mann betrügt mich, und ich bin auf eins. Okay, ich bin also die egozentrischste Person auf der Welt.«

Das brachte Jack zum Lächeln.

»Ich bin froh, dass du da ist, Liebling«, sagte er. »Nun komm.« Er stieß seinen Stuhl zurück. »Gehen wir hinaus und sehen wir uns die Falls an, bevor es zu dunkel wird.«

»Es ist wahrscheinlich ziemlich glatt. Und es schneit immer noch.«

Jack schlüpfte in seinen Mantel und zog die Handschuhe an. Er reichte ihr seinen Schal. »Binde dir den um den Kopf. Ich weiß nicht, was du dir gedacht hast, im Januar mit einem solchen Mantel nach Maine zu fahren.«

»Ich wollte nett aussehen für dich.«

»Für mich siehst du immer nett aus.«

»Dann wollte ich eben für mich nett aussehen. Es hilft, weißt du.«

Weil sie sich, so war es gemeint, innerlich hässlich und ungewollt fühlte.

»Verstehe«, sagte er. »Komm, du hinreißendes Wesen.«

Als sie durch den Schnee zum Ufer gingen, nahm er ihren Arm, ob um ihr oder sich selbst Halt zu geben, wusste er nicht genau. Sie erreichten die Falls, einen mysteriösen Strudel, der mit jedem Gezeitenwechsel die Richtung änderte. Es musste gerade Stillwasser sein; das Wasser mahlte in den Engstellen zwischen dem dies- und jenseitigen Ufer, als wäre es unsicher, in welche Richtung es sich wenden solle. Natalie warf ein Stöckchen ins Wasser, und sie sahen zu, wie es unentschlossen auf der Dünung schaukelte.

»Dein Leben ist nicht vorbei, Natalie. Du wirst jemand Neuen kennen lernen.«

»Ja? Ich möchte das, was du mit Großmama hattest. Diese Art wunderbare Romanze. Beim ersten Anblick hast du's gewusst.«

»Ja? Wie interessant. Sag mir, was hab ich gewusst?«

Er konnte sehen, dass er sie schockiert hatte.

»Dass, na ja, dass sie diejenige war.«

»Diejenige.« Er schüttelte den Kopf.

»Großmama war nicht diejenige?«

»Deine Großmutter war eine schöne, gutherzige Frau, und ich liebte sie sehr. War sie ›diejenige‹? Das weiß ich nicht. Kommt mir schrecklich simpel vor.«

»Was mit Daniel geschehen ist, ist nicht allzu kompliziert, Großpapa. Er liebte mich. Dann nicht mehr. Oder vielleicht hat er einfach sie mehr geliebt.«

»Vielleicht. Oder vielleicht ist er bloß ein kleiner Scheißkerl.«

»He!«

»Ist dir das simpel genug?«

Sie lachte so sehr, dass sie ein Papiertaschentuch aus der Tasche holen und sich die Nase putzen musste.

»Schau«, sagte er und wies auf das Wasser, wo der glatte Kopf eines Seehunds aufgetaucht war. »So schlafen Seehunde. Die Körper unten und die Köpfe wie Schnorchel genau über der Wasserfläche.«

»Oh, mein Gott«, sagte sie. »Du hast Daniel nie gemocht.«

»Ich habe Daniel nie gemocht.«

»Warum hast du nichts gesagt, bevor wir heirateten?«

»Ich dachte nicht, dass du auf mich hören würdest.«

Obwohl sie jahrelang mit Daniel Friedman zusammen gewesen und eine Ehe eine oft besprochene, oft aufgeschobene Option gewesen war, hatten sie letztlich aus einem

Impuls heraus geheiratet, ohne Ankündigung oder, soweit Jack beurteilen konnte, Diskussion. Daniels Eltern waren unterwegs zu einem Urlaub auf Nova Scotia gewesen; Jack hatte ihnen sein Gästezimmer angeboten und damit eine Möglichkeit, die lange Reise von New York her zu unterbrechen, bevor sie zur Fähre in St. John weiterfuhren. Natalie und Daniel hatten ausgemacht, die Woche zusammen mit Neil bei Jack zu verbringen. Als es ihr klar wurde, dass die paar Familienmitglieder, die ihnen beiden geblieben waren, sich bald für einen Tag und eine Nacht im selben Haus zusammenfinden würden, hatte sich Natalie abrupt entschlossen zu heiraten. Jack dachte, es sei eine unmögliche Idee, aber er hielt den Mund und nahm an, der junge Mann würde schon einen Weg finden, um sich rauszuwinden. Aber Daniel, getreu seiner Gaunerseele, ließ zu, dass das Schiff Segel setzte, obwohl er wusste, dass der Rumpf leck war, und so sah sich Jack vor die Aufgabe gestellt, Gastgeber bei einer netten kleinen Zeremonie am Meeresufer zu spielen, bei der sich zu Natalies und Daniels unmittelbaren Verwandten eine bunte Mischung von Bekannten gesellte, die sich am Nachmittag des 20. Juni gerade zufällig in der Nähe von Red Hook, Maine, aufhielten. Als nur drei Monate später Daniel die arme Natalie mit dem Bekenntnis geschockt hatte, er habe in den letzten zwei Jahren mit einer Juniorpartnerin geschlafen, war Jack nicht überrascht gewesen.

»Du hast recht«, sagte Natalie nun. »Ich hätte nicht zugehört, weil ich doof bin.« Sie hielt den Blick auf den Seehund geheftet, und Jack sah, wie ein ihm aus ihren Kleinkinderjahren vertrauter verstörter Ausdruck in ihre Augen trat. »Wird er aufwachen, wenn ein Hai hochschwimmt, während er schläft?«

Der Schüttelfrost begann ein paar Kilometer vor dem Haus, und als sie die beiden weißgetünchten Pfosten erreicht hatten, die den Eingang zu der langen Kiesauffahrt markierten, zitterte Jack am ganzen Körper, seine Beine wackelten, die Zähne klapperten. Er umklammerte eine Hand mit der anderen, damit sie nicht auf seinem Schoß herumschnellten wie Fische an der Leine. Das Auto knirschte durch einen blauweißen Canyon aus zusammengepresstem Schnee die Auffahrt hinauf. Natalie fuhr direkt an die Eingangsstufen. Jack schloss die Augen. Er hatte nicht einmal die Kraft, seine Tür zu öffnen, geschweige denn aus dem Auto zu steigen. Er wartete, lauschte auf das Quietschen und Zuwerfen des Kofferraumdeckels, das Knallen ihrer Taschen gegen die Verandastufen.

»Großvater?«, fragte Natalie. Sie hatte seine Tür geöffnet und stand über ihn gebeugt da, leichte Panik in der Stimme. »Bist du okay?«

»Nur müde«, sagte er.

»Du schwitzt.«

Er konnte fühlen, wie ihm der Schweiß die Stirne hinunterlief, sich in seinen Achselhöhlen und zwischen seinen Beinen sammelte.

»Ich könnte eine Windel gebrauchen«, sagte er.

Er ließ zu, dass sie ihn aus dem Wagen hievte und ihm ins Haus half, aber als sie versuchte, ihm in sein Schlafzimmer zu folgen, verbat er sich das. Er schloss die Tür und kroch, nach einem schwachen Versuch mit den Hemdknöpfen, unter die Bettdecke, ließ sich vom Fieber überwältigen. Er schlief zwölf Stunden lang und wachte um sechs Uhr auf, fühlte sich besser als seit Wochen, gut genug sogar, um den Holzofen zu befüllen und anzuzünden. Gut genug, um Kaffee aufzusetzen, sogar ihn zu trinken.

Bald danach kam Natalie herunter. In ihrem Flanellnachthemd, mit verstrubbelten Haaren und schlafgeschwollenen Augen war sie wieder das kleine Mädchen, mit dem er so viele frühe Morgen verbracht hatte, dem er Geschichten von der Brandschatzung Trojas, vom Peloponnesischen Krieg, von Antigone und Polyneikes, Odysseus und Penelope erzählt hatte, einige davon schrecklich unpassend für ein kleines Mädchen, Geschichten von Metzeleien, Verstümmelungen und Verrat. Sie war begeistert davon gewesen.

»Hungrig? Soll ich dir einen Pfannkuchen in N-Form machen?« Er hatte das scherzhaft gemeint, aber das Angebot klang unerwartet ernst.

Sie lächelte. »Lange her, dass ich so einen gekriegt habe.«

»Oh!«, meinte er, und leichte Panik stieg in ihm auf, weil sie sein albernes Angebot anzunehmen schien. Er bezweifelte, ob ihm das Nötige zur Verfügung stand, sei es in der Speisekammer oder in seinem Zustand. »Ich … ich könnte sicherlich …«

»Ich bin nicht hungrig.«

»Ah«, sagte er, absurd enttäuscht.

»Wie geht's dir, Großpapa?«

»Ich fühl mich viel besser.« Er sah sie an. »Hast du gut geschlafen?«

»Nicht besonders.«

»War das Bett …«

»Das Bett ist wunderbar. Ich schlafe auch in New York nicht gut.« Sie ging an die Theke, goss sich eine Tasse Kaffee ein, gab ein paar Spritzer Milch aus dem Kühlschrank dazu. Als sie sich wieder zu ihm umwandte, hielt sie ein Stück Papier in der Hand.

»Das ist für dich«, sagte sie. Sie reichte ihm einen zusammengelegten Scheck. Als er ihn auseinanderfaltete, sah er, dass sie ihn auf 500 Dollar ausgestellt hatte.

»Das hast du mir und Daniel geschenkt. Zur Hochzeit. Ich gebe es zurück.«

»Süße, das ist verrückt. Das sind bloß fünfhundert Kröten mehr, für die du Erbschaftssteuer zu zahlen hast.« Er ging zum Holzofen hinüber, öffnete das Türchen und warf den Scheck in die Flammen.

»So viel zu meinem Teil des Plans«, sagte sie und klang so verloren, dass er beinahe bereute, was er getan hatte.

»Was für ein Plan?«, sagte er. »Deine Geschenke zurückgeben?«

»Glaubst du nicht, dass ich das tun sollte? Wenn die Ehe doch bloß drei Monate gedauert hat?«

»Du willst wissen, was ich denke? Ich denke, wenn dein Scheißkerl von einem Ehemann dich wegen irgendeinem Püppchen verlässt, nachdem du ihm zwölf Jahre deines Lebens geschenkt hast, darfst du dir den bescheidenen Trost einer Brotbackmaschine gönnen. Oder einen 500-Dollar-Scheck von deinem Großvater.«

Sie nickte, ein kleines, kindliches, unterwürfiges Nicken, das ihm einen Stich versetzte.

»Ich werde wohl einen neuen Plan brauchen«, sagte sie.

In diesem Moment begann sie zu weinen. Still und lange, sagte nichts über den Großvater, den sie bald verlieren würde, oder den Ehemann, den sie schon verloren hatte. Er tätschelte ihr den Rücken und suchte dann, da sie keine Anstalten machte aufzuhören, nach einer Schachtel Papiertaschentücher. Er hatte vergessen, welche zu besorgen. Er überlegte, ihr eine Rolle Toilettenpapier zu bringen, dann fiel ihm ein, dass es in seinem Schlafzimmer eine Schublade voller alter, glatt gebügelter Leinentaschentücher gab. Als er eines vom Stapel nahm, sah er in der Lade einen kleinen Beutel aus abgewetztem schwarzem Samt. Er wog ihn, erinnerte sich mit einem kleinen Stich im Herzen an das

Gewicht in seiner Hand. Irgendwann war der Inhalt des Beutels eine Art Obsession gewesen. Nun war das Samtbeutelchen nur eine von diesen Sachen, die man in seine Schrankschubladen stopft. Er hätte gern einen Weg gefunden, wie er Natalie helfen konnte, die Fadenscheinigkeit, die Geringfügigkeit von Gegenständen, von Erinnerung, sogar von Gefühlen angesichts der Zeit mit ihrer zerstörerischen Macht zu verstehen, einer Macht, die stärker war als jene Darius' von Persien oder Hitlers von Deutschland. Aber sie würde eben bloß lange genug leben und genug verlieren müssen, um das selbst herauszufinden.

Er hatte Angst, was Natalie nach seinem Tod tun würde, wenn sie keinen Job hatte, um sich abzulenken. Er stellte sich vor, wie sie allein in einem Winter in Maine saß, immer depressiver wurde, das Letzte von dem Schwung verlor, der sie zum Entzücken seines Lebens gemacht hatte. Einen Moment lang wog er das verschnürte Samtbeutelchen noch in der Hand, dann nahm er es mit in die Küche. Er reichte ihr das Taschentuch und ließ dann, während sie sich die Augen wischte und die Nase putzte, den Inhalt des Beutels in seine Hand gleiten. Er hielt die Goldkette hoch. Der Anhänger mit seinen Goldfiligranverzierungen baumelte hin und her. Auf Glasemail war das Bild eines Pfaus zu sehen, von der Spitze jeder gemalten Feder starrte ein vollkommener Edelstein.

Sie fuhr zusammen, als sie ihn sah, als wäre es nicht eine hübsche kleine Jugendstil-Spielerei, sondern etwas scheußlich Anzusehendes.

»Uh«, sagte sie.

»Was ist denn los?«

»Hätte ich nur auf dich gehört. Du wolltest nicht, dass ich das bei der Hochzeit trage, und ich hab's trotzdem getan. Und jetzt denke ich jedes Mal an ihn, wenn ich es ansehe, und schäme mich.«

»Das klingt nicht besonders fair. Schließlich hatte ich diese Kette schon lange vor deiner und Daniels Geburt.«

»Hast du sie für Großmama gekauft, oder hat sie sie geerbt?«

»Weder noch. Sie war meine.«

»Sie hat nicht Großmama gehört?«

»Nein.«

»Kein Scherz? Warum hast du mir gesagt, es wäre ihre gewesen? Das war der einzige Grund, warum ich sie getragen habe!«

»Ich habe nie behauptet, dass es ihre war. Warum hätte ich dir das sagen sollen, wenn es nicht stimmte?«

Sie kniff die Augen zusammen, versuchte sich zu erinnern.

»Hm«, sagte sie, als würde sie ihm etwas zugestehen. »Gut, wem hat sie dann gehört? Deiner Mutter?«

»Nein.«

»Also wem dann?«

»Nun, das ist es ja. Ich weiß es nicht.« Er konnte das Aufleuchten des Interesses in ihren Augen sehen, ein Wiederaufleben des Funkens, der bis vor kurzem in den Augen Natalie Steins geflackert hatte. Er würde dieses kleine Feuer nähren mit jedem Zunder, der sich anbot. »Deswegen brauche ich deine Hilfe.«

I

SALZBURG

1945–1946

I

Sie fanden den Zug auf einem kurzen Abstellgleis unweit vom Bahnhof Werfen. Als ihre Jeeps daneben hielten, sprang Captain Rigsdale mit demonstrativer Eile aus dem Wagen, Jack jedoch zögerte und betrachtete den Zug. Mehr als vierzig Waggons, für Güter wie für Personen. Die Art der Ladung war noch unklar, aber in diesem grünen, gebirgigen Winkel der amerikanischen Besatzungszone war eine Reihe Güterwagen nie etwas, das Jack gerne näher untersuchte.

Den Zug umringten Feindsoldaten in zerrissenen Khaki-Uniformen. Sie trugen FÉG-35M-Infanteriegewehre, am rechten Ärmel jedoch aus Bettlaken gerissene weiße Stoffstreifen, und zeigten keine offenkundige Befriedigung über ihre Beute. Neben den Gleisen hockte eine Frau, über einen Eimer mit Seifenwasser gebeugt, und wrang ein Stück weißen Hemdenstoff aus. Zwei kleine Jungen hüpften abwechselnd aus der Tür eines Passagierwaggons, maßen mittels Kieseln, wie weit sie gesprungen waren, und stritten, wer es weiter geschafft hatte. Die Sprache war Jack unbekannt, aber nach dem, was Rigsdale ihm gesagt hatte, nahm er an, dass es Ungarisch war.

»Kommen Sie schon, Wiseman«, rief Rigsdale über die Schulter zurück. »Angeblich sprechen Sie ja fließend Kauderwelsch.«

»Ja, Sir.«

Jack kletterte aus dem Jeep und folgte Rigsdale zum Zug. Er hatte vorher nie für diesen Captain gearbeitet, inzwischen war er es allerdings gewohnt, unversehens zu höheren Offizieren abgestellt zu werden, die damit beauftragt waren, Exkursionen ins obskure und zweifelhafte Hinterland der Besatzungszone zu unternehmen. Jack hatte eine Gabe für Topografie und ein fotografisches Gedächtnis für Landkarten. Er besaß ein Gespür für Landschaft und einen regelrechten inneren Kompass; in seiner Vorstellung nahm die flüchtigste und oberflächlichste Beschreibung, ein zweidimensionales Gekritzel auf einem Stück Papier, Tiefe und Exaktheit an. Diese Begabung, die im Zivilleben nicht viel mehr bedeutete, als immer zu wissen, ob er stadtauswärts oder stadteinwärts blickte, wenn er aus der U-Bahn trat, hatte im Krieg ihren perfekten Anwendungsbereich gefunden. Selbst im Durcheinander der Schlacht hatte sich das Kommando immer darauf verlassen können, dass Jacks Einheit dort war, wo sie sein sollte, und, was noch wichtiger war, sich in die korrekte Richtung bewegen würde; für den Rest der Division galt das nicht immer. Diese räumliche Sehschärfe, dazu sein fließendes Deutsch, Französisch, Italienisch sowie Latein und Altgriechisch – die konnte er weniger gebrauchen – machten ihn bei den höheren Chargen gefragt, die untereinander rivalisierten, wer ihn seinem Kommando zugeteilt bekommen würde.

»Was sagen die?«, fragte Rigsdale.

»Ich weiß es nicht, Sir.«

»Dann finden Sie's raus, verdammt nochmal.«

»Ja, Sir.«

Einer der feindlichen Soldaten schlüpfte zurück in den Personenwaggon, aus dem die Jungen hüpften. Jack hob sein Gewehr. Einen Augenblick danach kam ein beleibter kleiner Mann im grauen Anzug, komplett mit Weste und Taschenuhr, aus dem Waggon und kletterte herunter, während er sich, immer noch kauend, den Mund mit einem Taschentuch abwischte. Wie die Wachen hatte er einen weißen Stofflappen um den Oberarm gebunden.

Der Mann eilte zu dem halben Dutzend amerikanischer Soldaten, die neben ihren zwei Jeeps standen, er sah unterwürfig und berechnend zugleich aus, als wären sie potenzielle Kunden mit unklaren finanziellen Mitteln. Er streckte den Arm aus, um Captain Rigsdale die Hand zu schütteln, schien sich dann zu besinnen und entbot ihm einen zackigen, theatralischen Salut.

Rigsdale hatte nach wie vor die Daumen in den Stoffgürtel um seine Hüften gehakt.

»Captain John F. F. Rigsdale, US-Armee, 42. Division. Sind Sie der Zugführer von diesem Töfftöff?«

Stirnrunzelnd schüttelte der Mann den Kopf. »No English. Deutsch? Français?«

»Sie sind dran, Lieutenant«, sagte Rigsdale und deutete Jack, nach vorn zu gehen.

»Deutsch«, sagte Jack.

Der Mann sprach ein flüssiges Deutsch, wenn auch der ungarische Akzent die Sprache weicher, melodischer klingen ließ, die r auf der Zunge gerollt statt im Gaumen ausgesprochen, die Betonung lag auf den Anfangssilben. Jacks Akzent hatte seine eigenen Besonderheiten. Unter dem eleganten Hochdeutsch, wie es der Berliner Flüchtling kultivierte, von dem er an der Columbia University Deutsch gelernt hatte, lag bei Jack ein Anflug des galizischen Jiddisch seiner Großeltern mütterlicherseits. Die Eltern seines Vaters, von echter deutsch-jüdischer Abstammung, hatten seines Wissens nie ein Wort in dieser Sprache von sich gegeben.

»Er heißt Avar László«, teilte Jack Rigsdale mit. »Er ist für den Zug zuständig.«

»Fragen Sie ihn, ob er Offizier ist, und wenn ja, warum er keine Uniform trägt.«

Er sei, sagte Avar, Beamter, ehemaliger Bürgermeister der Stadt Senta, und arbeite derzeit für etwas, das er Büro für Beschlagnahmungen nannte.

»Fragen Sie Mr. László, warum zum Teufel seine Leute ihre Waffen nicht der US-Regierung ausgehändigt haben«, sagte Rigsdale.

»Avar«, sagte der Ungar auf Deutsch. »Mein Nachname lautet Avar. Doktor Avar. László ist mein Vorname.«

Jack fragte Doktor Avar, ob ihm bewusst sei, dass gemäß den Kapitulationsbestimmungen feindliche Soldaten ihre Waffen abliefern müssten. Avar sagte, er kenne diesen Befehl, die Gewehre seien jedoch bedauerlicherweise nötig, um die Ladung des Zuges zu schützen. Seine Leute hätten seit der Abfahrt des Zuges aus Ungarn Plünderer abwehren müssen. Im Mai habe es eine Schießerei mit deutschen Soldaten gegeben, in jüngster Zeit müssten sie sich zunehmend mit der lokalen Bevölkerung herumschlagen, deren Gier durch Gerüchte über den Inhalt der Waggons aufgestachelt worden sei.

»Sagen Sie ihm, es täte mir unendlich leid zu hören, wie schwer sein Leben in letzter Zeit war, und dass die US-Armee gekommen sei, ihn von allen seinen Sorgen zu befreien«, sagte Captain Rigsdale. »Und von seinen Waffen.«

Inzwischen war eine kleine Gruppe Zivilisten aus den Personenwaggons geklettert. Einer trat nach vorn und besprach etwas mit Avar, der heftig nickte.

Jack übersetzte. »Sie möchten uns wissen lassen, dass ihnen niemand Lebensmittel gegeben hat. Avar meint, sie hätten gehungert.« Skeptisch blickte er auf die kräftigen

Wachen, die Männer in ihren adretten Anzügen, die pausbackigen Kinder. »Hungern« war ein relativer Ausdruck, nahm er an.

Der Captain sagte: »Sagen Sie ihm, sie werden alle zu essen bekommen, sobald sie im Lager für Displaced Persons sind. Und jetzt möchte ich einen Blick in die Waggons werfen. Sehen, worum es bei dem ganzen Wirbel geht.«

Avar führte sie zum ersten Güterwaggon; die Türen waren mit regelrechten Tapeten der Bürokratie versiegelt, ein kompliziertes Muster aus Stempeln und Wappen. Jack sah die Reihe der Güterwagen entlang. Einige Siegel am Zug waren intakt, andere sahen zerfetzt, weggerissen aus. Er war sich nicht sicher, was das bedeutete oder nicht bedeutete. Es gab keine Möglichkeit herauszufinden, ob die Siegel vor sechs Monaten oder vor sechs Stunden angebracht worden waren.

Bei der Tür des ersten Frachtwaggons zögerte Avar. Er beratschlagte auf Ungarisch mit einem seiner Kollegen, einem schmächtigen älteren Mann mit extravagantem gezwirbeltem Schnurrbart, bevor er seine Wünsche Jack mitteilte.

»Was ist denn jetzt wieder los?«, fragte Rigsdale.

»Er möchte eine Quittung haben.«

»Möchte er, verdammt nochmal.«

»Um nachzuweisen, dass wir in Vertretung der ungarischen Regierung den Schutz dieser Güter übernehmen.«

Avar brauchte Jack nicht, um den Ausdruck auf dem Gesicht des Captains zu übersetzen. Der kleine Mann plusterte sich auf und ersuchte Jack, er möge seinen befehlshabenden Offizier daran erinnern, dass die Ladung des Zuges Eigentum des ungarischen Staates sei; er, Avar, könne also, bei allem Respekt, die Obhut über besagte Ladung nur gegen die Zusicherung abtreten, dass sie zu gegebener Zeit der ungarischen Regierung zurückgegeben werde.

»Lieutenant, erinnern Sie bitte Mr. Avar daran, dass die ungarische Regierung eben einen Tritt in den Arsch gekriegt hat, und weisen Sie ihn darauf hin, wenn Sie so liebenswürdig sein wollen, dass er, seine Männer und sein ganzes Scheißland jetzt unter der Befehlsgewalt der alliierten Streitkräfte stehen. Ich werde ihm keine gottverdammte Quittung geben, und er sollte jetzt bitte schön diese verfickte Tür aufmachen, bevor ich seinen fetten Schädel als Rammbock verwende.«

In einem so förmlichen Deutsch, wie es ihm zur Verfügung stand, sagte Jack: »Captain Rigsdale erinnert Sie daran, dass er mit der vollen Autorität der Armee der Vereinigten Staaten spricht, und verlangt, Sie möchten die Öffnung des Güterwagens nicht mehr hinauszögern.«

Avar warf einen Blick auf seine Wachtposten, und Jack verfluchte im Stillen das Militärkommando, das sechs Mann entsandt hatte, um sechzig zu entwaffnen. Er hatte seiner Unzufriedenheit niemals Ausdruck verliehen, aber durch harte Erfahrungen gelernt, dass ein Soldat selten Geld verlor, wenn er gegen die Weisheit seiner vorgesetzten Offiziere wettete. Die institutionalisierte Idiotie war einer der vielen Gründe, warum Jack in den vergangenen eineinhalb Jahren seit seiner Einberufung so gut wie immer den Krieg, die Armee und sogar die Zivilisten gehasst hatte, die nur zu oft die amerikanischen Befreier viel mehr zu verabscheuen schienen als ihre deutschen Bezwinger. Die Einzigen, die er nicht hasste, waren die Männer, mit denen er im 222. Bataillon der 42. Infanteriedivision, der Regenbogendivision, diente; keinen von ihnen kannte er länger als ein Jahr, und alle liebte er sie mit einer Hingabe, die er zuvor für niemanden empfunden hatte, nicht einmal für die Freundin, die erwartungsgemäß sein Herz durch einen Brief gebrochen hatte, den er nur drei Wochen nach der Einberufung erhielt.

Besonders waren ihm die Männer der H-Kompanie ans Herz gewachsen, deren schwindende Zahl er auf einem gnadenlosen Marsch durch eine zerwühlte Landschaft geführt hatte, durch Frankreich und den Westwall bis nach Fürth, wo der befehlshabende Offizier des Bataillons nach einem zermürbenden Wortwechsel mit einem sturen Bauern entschieden hatte, dass er einen des Deutschen mächtigen Helfer benötigte; so ließ er Jack von den Männern wegholen, die alles waren, was ihm in diesem elenden Krieg etwas bedeutete. Seine vielen Versuche, zu seiner Kompanie zurückversetzt zu werden, blieben fruchtlos, und so schmorte Jack weiter in seinem Ekel und wartete, bis er genügend Punkte für eine Entlassung zusammenbekäme. Sogar mit den Auszeichnungen, die er jüngst bei einer Ordensverleihung erhalten hatte, fehlten ihm noch drei Punkte von den 85, die nötig waren, um heimgeschickt zu werden. Im besten Fall verschafften ihm 82 Punkte drei weitere Monate in Salzburg. Im schlimmsten den Weg in den Pazifik.

Da der Ungar nicht auf seinen Befehl reagiert hatte, wiederholte Jack: »Bitte öffnen Sie die Güterwaggons.«

Über Avars Gesicht schien die ganze Geschichte seines geschundenen Volkes in diesem endlosen Krieg zu huschen: Stolz, Kampfeslust, Draufgängertum, Abwehr, Angst, Verzweiflung. Und schließlich Resignation. Er nahm einen großen eisernen Schlüssel aus der inneren Brusttasche seines Jacketts, steckte ihn in das schwere Schloss und löste mit einem Grunzen den Schnapper. Als er die Tür zurückschob, zerrissen die Siegel mit einem Knall, als wäre eine aufgeblasene Papiertüte geplatzt. Die Tür rumpelte auf ihren Führungsschienen zur Seite.

Im Güterwaggon häuften sich Holzkisten und -steigen. Einige der Behälter hatten Scharnierverschlüsse, andere waren zugenagelt. Im Hintergrund des Waggons standen sie ordentlich übereinandergestapelt, nahe der Tür jedoch waren viele aufgebrochen und wild durcheinandergeworfen.

»Ziehen Sie ein paar von denen da rüber, Lieutenant«, sagte Rigsdale. »Sehen wir mal, womit wir es zu tun haben.«

Jack kletterte in den Waggon und zerrte eine offene Kiste herbei. Er durchwühlte das Stroh und zog eine mit einer rosa Rose und verstreuten grünen Blättern bemalte Teetasse hervor. Der vergoldete Henkel brach in seiner Hand ab.

»Vorsicht!«, sagte Avar.

Jack warf einen bedeutungsvollen Blick auf das Durcheinander von offenen Kisten. Sonst hatte niemand die Sorgfalt walten lassen, die Avar offenbar von ihm erwartete.

»Nehmen Sie eine andere Kiste«, sagte der Captain.

Der nächste Behälter enthielt einen Haufen teuer aussehenden Kamerazubehörs, nichts war durch Stroh oder Holzwolle geschützt. Einige Linsen waren gesprungen. Was hatten diese Ungarn vor, fragte sich Jack, die da mit einer Zugladung voller Hausrat durch die österreichische Landschaft ratterten?

Captain Rigsdale befahl Avar, einen weiteren Güterwaggon zu öffnen. Darin fanden sich zusammengerollte Teppiche. Die meisten waren ordentlich übereinandergelegt, aber irgendjemand hatte diejenigen bei der Tür durchwühlt; kleinere Teppiche waren aufgerollt und über die Stapel gebreitet, und überall waren schmutzige Stiefelabdrücke zu sehen.

»Plünderer«, sagte Avar.

»Haben den Schatz gesucht«, meinte Captain Rigsdale, nachdem Jack übersetzt hatte. »Das ganze Zeug muss zur Alpenfestung unterwegs gewesen sein.«

Zu den sonderbaren Vorstellungen, die Alliierte wie besiegte deutsche Truppen hegten, gehörte die Schimäre, die Nazis hätten eine von hunderttausend SS-Leuten bewachte, in den südbayerischen Bergen versteckte geheime Festung ausgebaut. Obwohl es für die Existenz dieser nationalen Verschanzung nicht mehr Beweise gab als für die Stadt Atlantis oder das Tal Shangri-La, schien man auf beiden Seiten überzeugt, dass sie existierte, hoch über ihnen schwebte, ein Walhall für die verzweifelten Deutschen und ein Albtraum für die Alliierten, von denen viele nur schwer akzeptieren konnten, dass ihre Gegner, diese mythischen teutonischen Krieger, nicht bis zum Ende kämpften, wie es ihr Totenkopfabzeichen verhieß.

»Komischer Schatz«, sagte Jack und hielt ein kristallenes Likörglas hoch. »Sir, das sieht nicht nach Wertgegenständen aus. Scheint bloß eine Menge, na ja, Zeugs.«

»Sehen wir uns weiter um«, sagte Rigsdale.

Avar führte sie durch den Zug, Waggon für Waggon. Er zeigte ihnen rohe, aus Kiefernbrettern gezimmerte Kisten voller Bettwäsche und Pelzmäntel, Schachteln mit Herrentaschen- und -armbanduhren, Frauenschmuck. Jack öffnete einen Behälter voller Abendtäschchen, die meisten perlenbestickt oder mit Silberkettchen verziert. Einen weiteren voller silberner Zuckerdosen, silberner Teekannen mit eingravierten Monogrammen, Bronzestatuetten von Männern zu Pferd. In einigen Waggons fanden sie Haufen von ledernen Geldbörsen neben silbernen Zigarettenetuis, schwere, muffig riechende Pelze, auf bunten Orientteppichen aufgehäuft, wirre Knäuel von Modeschmuck, übereinandergestapelte Bilder in allen Größen. In anderen Waggons war der Inhalt ordentlich sortiert, die Radios sorgsam in hölzernen Kisten verstaut, die silbernen Kerzenleuchter getrennt von den Vasen, die Garnituren mit Keramiktellern und Porzellanplatten sorgfältig verpackt.

Im fünften Waggon öffnete Avar eine unversperrte kleine Holzkassette mit Messingscharnieren. Sie war randvoll mit kleinen, missförmigen Goldklumpen sowie Gold- und Silbermünzen, gestempelt mit mysteriösen Insignien. Das war nun wirklich ein Schatz, wie der imaginäre Piratenhort eines Kindes, glitzernd im Sonnenlicht.

»Sehen Sie?«, sagte Avar auf Deutsch. »Nicht angerührt, seit wir Brennbergbánya verlassen haben.«

»Wo ist Brennbergbánya?«, fragte Jack. »Sind Sie von dort gekommen?«

»Dieser Zug wurde in Brennbergbánya beladen, nachdem wir im Schloss Óbánya in Zirc die Sortierung und Organisation vorgenommen hatten. Davor waren die meisten Sachen in den Lagerhäusern der Postsparkasse untergebracht.«

»Aber wem gehören sie?«

Einer von Avars Begleitern sagte etwas auf Ungarisch.

Avar sagte: »Alle Güter sind Eigentum des ungarischen Volks. Sie müssen dem ungarischen Volk zurückerstattet werden.«

Nachdem Jack das übersetzt hatte, sagte Rigsdale: »Sagen Sie ihm, die amerikanische Regierung pflegt niemandem sein Eigentum zu stehlen.« Er deutete auf die kleine Kassette. »Ist das alles Gold?«

Es gebe noch mehr Gold, erklärte Avar, aber sie hätten es im ganzen Zug verteilt, um es den Plünderern schwerer zu machen. Es gebe auch einige kostbare Steine. Avar habe sein Bestes getan, um die wertvollsten Besitztümer zu schützen, aber, wie gesagt, es habe Plünderungen gegeben. Zudem hätten Regierungsbeamte vieles mitgenommen.

»Von der US-Regierung?«, fragte Rigsdale.

»Nein«, entgegnete Avar. »Ungarische Regierung.«

»Warten Sie einen Moment«, sagte der Captain, nachdem Jack Avars Antwort übersetzt hatte. »Beamte der ungarischen Regierung sind hier gewesen?«

Nein, nicht in Werfen, sagte Avar. Aber vor Kriegsende

hätten einzelne Regierungsfunktionäre Gegenstände aus dem Zug mitgenommen. Er habe versucht, ein Inventar anzulegen. Er werde es ihnen zeigen.

»Sonst noch etwas von Wert in diesem Zug?«, bellte Captain Rigsdale.

Avar öffnete eine weitere Kiste. »Uhren«, sagte er. »Gold. Vergoldete Sachen. Sehr wertvoll. Sehen Sie? Ebenfalls nicht angerührt.«

Im nächsten Waggon zog Avar einen alten stählernen Behälter hervor, er war unversperrt und schien hauptsächlich Kuverts zu enthalten.

Jack kauerte sich neben den Behälter und zog einen Umschlag heraus. Er war aufgerissen und leer. »Was heißt das?«, fragte Jack und zeigte ihn Avar.

»Es ist ein Name«, sagte Avar. »Korvin György. Das ist eine Adresse in Koloszvár, einer Stadt in Siebenbürgen.« Er zeigte auf eine weitere Zeile. »Und das da heißt: ›Goldring mit eingesetzten Diamanten. Ein Karat.‹«

»Wo ist der Ring?«

Avar schüttelte den Kopf. »Wir haben beim Sortieren die Gegenstände aus den Umschlägen genommen. Außerdem haben wir meistens die wertvollen Steine aus den Schmucksachen entfernt.«

»Warum?«, fragte Jack.

»Um die besonders kostbaren Sachen zu schützen.«

Oder, dachte Jack, um sie leichter verkaufen zu können.

Sonst lagen in der Stahlkassette noch Papierblätter, bedeckt mit einer verschnörkelten, krakeligen Handschrift, großzügig mit Akzenten und Umlauten verziert.

»Inventar«, sagte der Ungar. »Mit Namen.«

Es geschah, während sie durch einen Güterwaggon gingen, der Haushaltssilber enthielt – Besteck, Teeservice, Tabletts und Schüsseln, Kerzenhalter –, dass Jack die Herkunft der Schätze im Zug klar wurde. Bis zu den Ellbogen in einer Kiste wühlend, die zu öffnen sein Vorgesetzter ihm befohlen hatte, bekam er einen schweren Silberkandelaber zu fassen. Einen Moment lang war er sich nicht sicher. Aber das Stück hatte vier Arme auf jeder Seite und einen in der Mitte. Er zog die Menora unter den anderen Silbersachen in der Kiste hervor und grub dann einen mit hebräischen Schriftzeichen verzierten silbernen Becher aus. Ein Kidduschbecher, wie seine Großmutter einen auf ihrem Kaminsims stehen hatte. Ohne Rigsdale um Erlaubnis zu fragen, griff er sich eine weitere Kiste und stemmte sie mit einem Brecheisen auf. Darin fand er eine silberne Brustplatte und Kronen, sie ähnelten sehr denjenigen, welche die Thora verzierten, aus der er neun Jahre zuvor bei seiner Bar-Mizwa im Tempel Emanu-El an der Upper East Side von Manhattan rezitiert hatte.

»In diesem Waggon ist alles Silber?«, fragte Rigsdale Avar.

Avar sah ihn mit leerem Blick an.

»Silber, verstehen Sie? Wiseman, fragen Sie ihn, ob dieser Waggon nur Silbergegenstände enthält.«

»Captain«, sagte Jack, Schweißtropfen, die sich auf seiner Oberlippe sammelten, waren das einzige Anzeichen seiner Verstörtheit, »das hier stammt alles von Juden.«

»Was meinen Sie?«

Jack hob die Thora-Brustplatte hoch und zeigte auf die hebräischen Worte. Er nahm die Kappen für die Thora-Griffe. Daran hingen silberne Glöckchen, die in seinen zitternden Händen bimmelten. »Das stammt aus einer Synagoge.«

Er wandte sich zu Avar. »Wo haben Sie das her?«, fragte er. »Und das?«

Avar sah ihn ausdruckslos an, aber nicht ausdruckslos genug.

»Das wurde Juden gestohlen!«, rief Jack. Er wühlte durch die Haufen Silber, riss Kerzenhalter und Kidduschbecher heraus, hielt sie Stück für Stück dem Mann unter die Nase.

Avar ließ einen Schwall deutscher Worte los, aber Jack war viel zu aufgewühlt, um mehr als ein paar Worte zu verstehen – »Beamter« – »offizielle Regierungsangelegenheit«. Der Mann verkroch sich in sich selbst, wie eine Schildkröte, die sich unter ihrem bürokratischen Panzer versteckt.

»Was ist dieses ›Vermögensamt‹, für das Sie arbeiten? Welches Vermögen?«, brüllte Jack.

Avar hob aufsässig das Kinn; er sei Angestellter des Amtes für jüdisches Vermögen, einer Unterabteilung des ungarischen Finanzministeriums, informierte er Jack, und es sei seine Aufgabe als in dieser Abteilung Beschäftigter, diese Güter im Namen der ungarischen Regierung zu beschützen.

»Wiseman!«, sagte Captain Rigsdale. »Kommen Sie herunter. Sofort.«

Jack redete seinem Körper zu, sich zu beruhigen, seinem Atem, gleichmäßiger zu werden.

»Ja, Sir«, sagte er und sprang leichtfüßig zu Boden.

»Laut Befehl sollen Sie übersetzen, Lieutenant. Das ist alles.«

»Ja, Sir.«

»Machen Sie Ihre Arbeit.«

»Ja, Sir.«

»Also, was zum Teufel ist da los?«

Es sei wichtig, dass die Amerikaner verstünden, sagte Avar, er und die anderen Funktionäre im Zug seien Beamte und hätten den Auftrag, das Gesetz durchzuführen und die Vermögenswerte unter ihrer Kontrolle zu schützen. Diese Vermögenswerte seien von den Banken gekommen.

»Und davor?«, drängte Captain Rigsdale.

Avar gab zu, dass die Wertsachen durch den Beauftragten für jüdische Vermögensangelegenheiten von den ungarischen Juden gesammelt worden seien.

»Warum?«, fragte Jack.

»Warum?«, wiederholte Avar. »Um bei den Kriegsanstrengungen zu helfen.« Er selbst sei bloß für den Transport der Güter verantwortlich, nicht für das Einsammeln. Die Juden hätten ihre Besitztümer den Banken übergeben; die Banken hätten sie an das Amt für jüdisches Vermögen abgeliefert; dessen Beamte hätten sie sortiert und in die Güterwaggons verladen, und an diesem Punkt seien sie ihm übergeben worden. Er habe die Güter, sagte er, unter Gefahr für sein eigenes Leben beschützt.

Während Jack diese letzten Aussagen für Captain Rigsdale übersetzte, wunderte er sich über Avars Zuversicht, dass diese Gefahr für sein Leben nun vorüber sei.

»Fragen Sie ihn, ob es noch etwas gibt, das er mir zeigen sollte«, befahl Rigsdale.

»Einen Moment«, sagte Avar und drehte sich auf dem Absatz um. Wie leicht es wäre, dachte Jack, die Waffe zu heben, eine einzige Kugel abzufeuern und den Mann zu Boden sinken zu lassen.

Einen Augenblick später kehrte Avar mit einem kleinen Koffer zurück, den er gegen die Türöffnung des Güterwaggons stemmte und aufschnappen ließ. Im Koffer waren Bündel mit Banknoten verschiedener Währungen in allen Farben des Regenbogens. Ungarische Pengő, US-Dollars, britische Pfund, Schweizer Franken, Reichsmark. Sogar ein mit einer Schleife versehenes Päckchen grün-gelber Scheine: Palästina-Pfund. Jack hatte solche noch nie gesehen. Avar öffnete einen kleinen Beutel und schüttete eine Handvoll verschiedenfarbiger Edelsteine und Perlen in seine Handfläche.

»Danach haben wir gesucht«, sagte Rigsdale. Avar streifte die Edelsteine in den Beutel zurück, schnürte ihn zu und steckte ihn in das Köfferchen. Dann schloss er die Schnallen und überreichte es feierlich dem amerikanischen Offizier.

Auf Captain Rigsdales Befehl lieferten Avars Leute ihre Munition ab. Rigsdale schickte einen GI zum Bahnhof, um den Bahnhofsvorstand und ein paar Eisenbahner zu holen, die die Passagierwaggons abkoppeln sollten. Es wurden Vorkehrungen getroffen, Avar und die übrigen ungarischen Zivilisten in ein Lager für Displaced Persons zu bringen. Rigsdale befahl den nun unbewaffneten Wachen, den Zug unter Aufsicht einiger GIs nach Salzburg zu begleiten. Dann wandte er sich an Jack.

»Sie. Mitkommen.«

Jack folgte Rigsdale zum Jeep. Obwohl er auf dem Weg nach Werfen neben dem Fahrer gesessen war, schwang Rigsdale sich jetzt in den Fond. Jack wollte vorne einsteigen, doch der Captain bellte: »Neben mich.«

Auf der Fahrt nach Salzburg sagte Rigsdale zunächst nichts, und Jack saß stumm neben ihm, wartete auf den unvermeidlichen Rüffel und beschäftigte sich mit dem Versuch, einen Schmutzfleck vom Knie seiner Hose zu entfernen. Obwohl er alles Militärische hasste, war Jack sehr penibel, was seine Uniform betraf. Wenn möglich, hielt er sie sauber und ordentlich, Kragen und Manschetten gebügelt, das Hemd stramm in den Stoffgürtel gesteckt. Im Unterschied zu vielen anderen Offizieren und ganz sicher den Soldaten der US-Armee weigerte er sich, in Schlamperei abzugleiten, selbst wenn er vom Dreck der Schlacht bedeckt war. Er versuchte sich jeden Tag zu rasieren, hatte das sogar in den langen Wochen des Kampfes getan, als die Aussicht auf ein Bad ebenso weit entfernt schien wie die Vorstellung, nachhause zu fahren. Je stärker ihn die perverse

Militärmaschinerie erbitterte, desto mehr glänzte seine Gürtelschnalle, wie um zu beweisen, dass nicht er ungeeignet für den Militärdienst sei, sondern der Dienst für ihn.

Als sie die Vororte von Salzburg erreichten, sagte Rigsdale: »Das war ja ein ziemlicher Auftritt, Lieutenant.«

Es schien keine Antwort angebracht, also gab Jack auch keine.

»Sie sollten etwas bedenken, Soldat. Dies ist ein Krieg, kein Kreuzzug, und Sie sind amerikanischer Soldat, kein Rabbiner.«

»Ja, Sir.« Nur ein zuckender Muskel in Jacks verkrampftem Kiefer wies auf seine wütende Betretenheit hin.

2

Zur Strafe übergab Rigsdale Jack einen M-35-Lastwagen und übertrug ihm das Kommando, den Zug zu entladen. 25 ungarische Kriegsgefangene, ein halbes Dutzend GIs als Wache zum Schutz gegen Plünderer und Schwarzmarkthändler und ein Lastwagen, um 1500 Kisten mit Uhren, Schmuck und Silberwaren abzuladen, 5250 Teppiche, Tausende Mäntel, Stolen und Muffe aus Nerz, Fuchspelz und Hermelin, Kisten mit Mikroskopen und Kameras, Porzellan und Glaswaren, Möbeln, Büchern, Manuskripten und Gobelins, Goldmünzen und -barren, die paar verbleibenden wertvollen Edelsteine, die liturgischen Gegenstände, die Briefmarkensammlungen und silbernen Haarbürsten, alle wertvollen oder weniger wertvollen Gegenstände, die den Besitz der ungarischen Juden ausgemacht hatten, von denen beinahe auf den Tag genau ein Jahr zuvor im Verlauf von nur 56 Tagen 437 402 Personen nach Auschwitz deportiert worden waren.

Einer der GIs bot an, weitere Transportmittel zu organisieren, aber Jack hatte zu viel von dem gesehen, was bei seinen Kameraden als Organisation durchging. In den ersten Tagen seiner Einheit in Österreich hatten seine Männer alles Mögliche »organisiert«, von Alkohol bis zu Bettzeug, von Flinten über Eier bis zu Radios. Einmal hatten zwei Unteroffiziere sogar einen Volkswagen beschafft und eine Spritztour unternommen. Es brauchte eine Stunde, bis ihnen aufging, dass die sonderbaren Geräusche im Fond, die sie nicht beachtet hatten, das Greinen eines Babys in seiner Tragetasche waren. Jack hatte die in Verzweiflung aufgelöste Mutter ausfindig gemacht und das Baby zurückgebracht. Den Wagen behielt sein befehlshabender Offizier.

»Kommen!«, rief Jack auf Ungarisch vom hinteren Ende des Lastwagens her, wo er eine Ladung Pelze und Teppiche verstaute. Da seine Gefangenen kein Interesse daran hatten, außer den Worten »Lucky Strike« irgendwelches Englisch zu lernen, und sich sogar dem Deutsch gegenüber, das ihre Vorgesetzten fließend sprachen, als resistent erwiesen, war ihm nichts anderes übriggeblieben, als ein paar Wörter ihrer Sprache zu lernen.

Einer der ungarischen Soldaten steckte seinen Kopf in den Laderaum des Lastwagens. Jack bedeutete ihm, er solle das eine Ende eines zusammengerollten Teppichs nehmen. Es überraschte die Kriegsgefangenen immer noch, Jack mit anpacken zu sehen, wie er mit gekrümmtem Rücken Stück für Stück die Kisten und Schachteln herauszerrte, sie in den Laderaum wuchtete und dann hinüber in das alte Wehrmachtslagerhaus fuhr, wo die Armee die Ladung des Zuges unterzubringen beabsichtigte. Es ging ja nicht darum, dass er sich nach einer Extraarbeit umgesehen hätte oder ein gutes Beispiel geben, geschweige denn den Kriegsgefangenen eine Ruhepause verschaffen wollte. Im Gegenteil. Er hätte nur zu gerne jeden Feindsoldaten zu Schwerarbeit verdonnert gesehen, dazu, die Straßen und die Landschaft in Ordnung zu bringen, anstatt in den Kriegsgefangenenlagern herumzulungern, während die Zivilisten die ganze Arbeit erledigten. Er wollte schlicht und einfach den verdammten Job so schnell wie möglich hinter sich bringen.

Als der Teppich sicher verstaut war, wühlte sich Jack tief hinein in den Lastwagen, um zu sehen, wie viel Ladung noch hineinpasste. Beim muffigen Geruch der Pelzmäntel zuckte er zusammen und erinnerte sich, wie seine Mutter jedes Frühjahr ihre Nerzstola und den Mantel aus geschorenem Biberfell verpackt hatte, sogar den Muff aus Hasenfell, den sie seit ihrer Mädchenzeit hatte, und das Ganze bei der Spezialreinigung abgab, wo die Sachen den Sommer über in der Kühlkammer aufbewahrt wurden. Pelze waren nicht dafür gemacht, zusammengerollt in einem auf einem sonnenbeschienenen Gleis abgestellten metallenen Güterwaggon zu liegen. Das Lagerhaus würde wohl nicht viel kühler sein, fürchtete er. In welchem Zustand die Pelze wohl sein würden, wenn sie schließlich an ihre Besitzer zurückgeschickt wurden? Halb betäubt von dem Moschusgeruch, der aus einem Armvoll mottenzerfressener Nerze aufstieg, hörte er einen Tumult, die Stimme einer Frau, bellendes Gelächter, Geschrei. Er hob die Plane hoch und spähte hinaus.

Einer der Kriegsgefangenen hielt eine junge Frau am Arm und versuchte sie vom Zug wegzuzerren. Sie schrie ihn an, kratzte an seiner Hand. Der Gefangene lachte sie aus. Das Gesicht der Frau glühte vor Zorn.

»He!«, brüllte Jack.

Überrascht blickte der ungarische Kriegsgefangene auf. Er ließ den Arm der Frau los. Sie gab ihm eine Ohrfeige, in der Hitze des Nachmittags klang der Schlag flau und schwach. Nun begannen die anderen Gefangenen zu lachen.

Die GIs standen bloß daneben, milde interessiert, dass sich einmal etwas tat. Ein Unteroffizier namens Sully rief: »Ich glaube, die beiden kennen sich, Lieutenant.«

»Ich kenne diesen Mann nicht«, sagte die Frau auf Englisch.

Sie rieb sich den Arm, wo der Ungar sie gepackt hatte. Ihre Baumwollbluse war so lange getragen und so oft gewaschen worden, dass das Muster, früher vielleicht etwas Blumiges, jetzt nur mehr verblasste rosa Wischer auf einem grauweißen Grund zeigte. Die Frau prüfte, ob die mürben Nähte unter den dicken Fingern des Ungarn eingerissen waren.

Sie hatte das unverkennbare Aussehen einer Überlebenden aus den Lagern. Selbst Monate nach ihrer Befreiung waren sie dünner als die anderen Flüchtlinge, ganz zu schweigen von den Österreichern, die erst jetzt unter dem Nahrungsmittelmangel zu leiden begannen, den das übrige besetzte Europa den Krieg hindurch erlebt hatte. Das Gesicht der Frau war eingefallen und verschattet, sie sah finster und streng drein, aber ihre Haare wuchsen in fröhlichen roten Locken üppig nach.

»Kann ich Ihnen helfen, gnädige Frau?«, rief Jack und sprang leichtfüßig vom Lastwagen. »Gyerünk vissza dolgozni!«, sagte er zu den Kriegsgefangenen. Von allen ungarischen Sätzen, die er gelernt hatte, war »Zurück an die Arbeit!« besonders nützlich, da das Interesse der Ungarn, ihre Aufgabe abzuschließen, nämlich den Zug zu entladen, ernstlich durch ihr Bestreben gehemmt wurde, die gleichen Rationen wie die US-Soldaten zu erhalten. War die Arbeit einmal getan, das wussten sie, würden sie in ein Kriegsgefangenenlager geschickt werden.

»Dieser Zug«, sagte die Frau, »er kommt aus Ungarn?« Sie hatte eine leise, rauchige Stimme, ihr Akzent einen britischen Tonfall. Sie wies auf die weißen Buchstaben, die auf einen der Güterwaggons gepinselt waren: MÁV HUNGARIA.

»Sind Sie Ungarin?«, fragte er.

»Ja«, sagte sie. »Aus Nagyvárad. In Siebenbürgen.«

Einer der Ungarn rief etwas.

Das Gesicht der Frau wurde für einen Moment lang weicher, doch dann schien sie aufs Neue ihren Zorn zu sammeln und spuckte einen Satz aus, unverkennbar eine Schmähung. Der junge Ungar errötete und wandte sich ab, während er verlegen an seiner Zigarette zog.

»An die Arbeit«, sagte Jack noch einmal. Er hob die Hand zu seiner Seitenwaffe. »Sofort.« Die Ungarn wandten sich wieder zu den Güterwaggons, taten wie üblich äußerst beschäftigt. Er fragte die Frau: »Was hat er zu Ihnen gesagt?«

»Er sagt, er sei auch aus Nagyvárad.«

»Und was haben Sie zu ihm gesagt?«

Sie kniff die Augen zusammen und legte den Kopf auf die Seite, schätzte Jack ab. In brüchigem, aber munterem, sogar fröhlichem Ton sagte sie: »Ich frage ihn, hat er das Ghetto dort bewacht? Vielleicht hat er meiner Großmutter in den Zug geholfen, als sie nach Auschwitz fuhr.«

Bevor er an sich halten konnte, lachte Jack auf. Es war nichts Komisches an dem, was sie gesagt hatte; es war die Kühnheit dieser Frau. Sie war kein zerstörtes Gespenst. Sie war ganz Draht und Funken. Als er sich vor Scham über seinen Ausbruch die Hand vor den Mund hielt, weiteten sich ihre Augen, und dann lachte auch sie. Dunkel, bitter, ein Lachen, das beinahe – aber nicht völlig – frei von jedem Vergnügen war.

»Es tut mir leid«, sagte er, »ich meinte nicht … es ist nur – sein Gesicht. Sie haben ihm ordentlich den Mund gestopft.«

»Zeit, dass er den Mund hält, glaube ich«, sagte sie. »Zeit

für sie alle, den Mund zu halten. Also, dieser ungarische Zug da. Sind da Leute in dem ungarischen Zug oder nur Soldaten?«

»Es ist ein Güterzug. Es waren ein paar Leute drin, aber nicht die Art Leute, nach denen Sie suchen.«

»Sie wissen, nach welcher Art Leute ich suche?«

Normalerweise pflegte er nicht zu erröten. Es war selten, dass er sich genierte, und bei Frauen neigte er eher zur Unnahbarkeit als zur Verlegenheit. Aber irgendetwas an dieser Frau ließ ihn sich fühlen, als wäre er ein linkisches Kind, ein Plappermaul. Es war seltsam, denn sie war viel jünger, als er ursprünglich angenommen hatte – vielleicht nicht älter als er.

»Ich meine, es sind keine Juden drin.«

»Sie glauben, dass ich nach Juden suche?«

Hier ließ sie ihn hängen, verwirrt, ratlos, was sie betraf. Es stimmte, dass alle möglichen Leute in die Lager geschickt worden waren: Homosexuelle, Kommunisten, Prostituierte. Aber die Frau hatte ihre Großmutter erwähnt. In dem unbehaglichen Schweigen wurde sich Jack der auf ihn gerichteten Blicke seiner Männer bewusst. Sie mussten überrascht sein, ihren kühlen und unerschütterlichen Kommandeur so vollkommen mundtot zu sehen.

»Entschuldigen Sie«, sagte er zu ihr. Er wandte sich an seine Männer und wies mit dem Daumen auf die Ungarn. »Sully, fahren Sie mit dem Truck und drei von diesen Kerlen rüber zum Lagerhaus. Laden Sie ab und kommen Sie zurück, schnell. Alle anderen: Patrouille. Ihr erinnert euch, wie das geht, oder?«

Wieder gefasst, wandte sich Jack erneut der Frau zu.

»Das ist eine Sicherheitszone, Fräulein«, sagte er. »Ich fürchte, ich kann Sie hier nicht bleiben lassen.«

»Ja«, sagte sie, ohne sich zu rühren. Sie sah zu, wie zwei

der Ungarn eine lange Teppichrolle aus dem Güterwagen holten, wie Holzarbeiter, die einen gefällten Stamm rollen, und sie sich dann mühsam auf die Schultern wuchteten.

»Also«, sagte sie, »keine Juden, nur Teppiche.«

»Sie können hier nicht bleiben, Fräulein«, sagte Jack. »Sie haben doch sicher einen Ort, wo sie sein sollten.«

»Ich habe einen Ausweis«, sagte die Frau und langte in ihre Rocktasche. Sie hielt ihm ein Stück blaues, tintenverschmiertes Papier entgegen. »Ich wohne im Hotel de l'Europe, aber heute habe ich einen Ausweis. Sehen Sie?«

»Ist schon in Ordnung, ich brauche ihn nicht zu sehen.«

Nach seiner Ankunft in Salzburg hatte Jack eine Woche lang Wachdienst in einem der Flüchtlingslager geschoben. Die Insassen waren hauptsächlich Zwangsarbeiter, die darauf warteten, wieder in ihre Heimatländer im Osten repatriiert zu werden; sie mussten das Gefühl haben, als hätten sie einen Wärter gegen den anderen ausgetauscht, ein klein wenig milder, großzügiger, aber immer noch bewaffnet. Keiner der amerikanischen Aufseher hatte eine militärpolizeiliche Ausbildung, und sie waren sauer über die ständigen Ausweiskontrollen, die endlosen Streitereien um Brennholz oder Speiseöl oder, was beunruhigender war, über die Nationalität und Herkunft der wohlgenährten Individuen mit SS-Haarschnitt, die sich in diesen frühen Tagen und Wochen zwischen den Scharen von Flüchtlingen zu verstecken versuchten. Es war schwer, die Arbeit eines Gefangenenwärters zu verrichten, ohne sich wie ein solcher zu fühlen, Leute in Haft zu halten, ohne sie wie Häftlinge zu behandeln. Oft hatte er sich über die Einstellung der Neubesetzungen unter seinem Kommando geärgert, Jungen, die nie ein Lager gesehen oder einen Schuss im Kampf abgefeuert hatten und sich von den heruntergekommenen Flüchtlingen ebenso angeekelt zeigten, wie sie in die drallen, willigen österreichischen Mädchen verliebt waren. Die Österreicher waren sauber, sie waren fleißig; sie wohnten in hübschen, in Sorbetfarben gestrichenen Häuschen. Von den Flüchtlingen, zusammengepfercht mit ihren paar Habseligkeiten, ihren wenigen legalen Einkommensmöglichkeiten, den Flüchtlingen, die nichts zu tun hatten, als sich vor der Zukunft zu fürchten und Schwarzhandel zu treiben, fühlten sich die amerikanischen Soldaten abgestoßen. Die Ersatzleute machten Witze über Typhus und Läuse, während sie die halbverhungerten Kinder wegscheuchten, die um sie herumwuselten und um Süßigkeiten bettelten. Am Ende einer solchen Woche war Jack so weit gewesen, die Hälfte der Soldaten unter seinem Kommando vor das Kriegsgericht zu stellen, obwohl er fürchtete, was ihn so zornig machte, sei der Verdacht, dass ihre Einstellung auf beklemmende Weise der seinen glich. Es beschämte ihn, aber er wusste, dass er wie seine Männer zusammenzuckte, wenn er die Überlebenden aus den Lagern sah und es vermied, mit ihnen zu sprechen oder sie auch nur anzublicken. Dieses Mädchen, dachte er, war der erste Lagerhäftling, mit dem er mehr als bloß den flüchtigsten Kontakt gehabt hatte.

Die junge Frau steckte ihren Ausweis wieder in die Tasche und starrte über seine Schulter hinweg auf die Waggons.

»Hat Ihnen jemand gesagt, dass der Zug hier ist?«, fragte er.

»Ich bin nur hier vorbeigekommen. Ich sah die ungarische Aufschrift und dachte, dass vielleicht jemand im Zug wäre. Aber ich habe bloß sie gefunden.« Sie deutete auf die ungarischen Soldaten. »Und Sie.«

Es war Zeit, wieder an die Arbeit zu gehen. Wenn er die Leute hart genug antrieb, konnten sie vor der Dunkelheit fertig werden. Er musste die Frau wegschicken.

»Suchen Sie nach Ihrer Familie?«, fragte er.

Ihr Gesicht wurde matt, ihr lebhaftes Stirnrunzeln löste sich, ihr klarer, zorniger Blick wurde unkonzentriert. Sie sah aus wie ein kleines Mädchen und gleichzeitig wie ein altes Weib, blind gegenüber allem außer der Vergangenheit. Aber sie gestattete sich nur einen Augenblick, bevor sie den Kopf schüttelte und die Kinnladen anspannte. Sie blickte auf den wachsenden Haufen von Gegenständen, den die Ungarn aufgetürmt, gestapelt und auf dem Boden verteilt hatten.

»Wo bringen Sie das alles hin?«, sagte sie.

»An einen sicheren Ort, wo es bis zu einer Untersuchung gelagert werden kann.«

»Okay«, sagte sie, als würde sie ihm die Genehmigung erteilen.

Jack begann ihr mitzuteilen, dass dies eine Verbotszone sei und dass er wieder an die Arbeit müsse, aber sie wandte sich schon zum Gehen. Sie ging mit einem leichten Hinken, einem kleinen Holpern in ihren Schritten, aber sie bewegte sich schnell.

»Fräulein!«, rief er, aber sie hatte bereits die Straße überquert und konnte ihn nicht mehr hören – vielleicht tat sie auch nur so.

3

Am nächsten Tag, Jacks Auftrag war inzwischen beendet, sammelte er einen Haufen C-Rationen zusammen, öffnete sie und inspizierte die Fleischrationen; diejenigen mit Schinken oder Frankfurter Würstchen legte er beiseite und nahm sich dafür extra Dosen mit Hühnchen und Gemüse, die den Vorteil hatten, nicht nur einen Hauch koscherer, sondern auch schmackhafter zu sein. Er fügte so viele Packungen Karamellen, gefüllte Kekse und Vanillekaramelbonbons hinzu, wie er finden konnte. Das alles steckte er in einen Sack und machte sich zu Fuß auf zum Hotel de l'Europe.

Er war nicht so dumm zu glauben, eine namenlose junge Frau wäre unter den Tausenden DPs, die in Salzburg Zuflucht gesucht hatten, leicht zu finden, aber er hatte sich irgendeine Art Hotelfoyer vorgestellt, einen Portier mit einer Anmeldungsliste. Falls es das nicht gab, dann doch sicher Wachen der US-Armee, und einer würde sich wohl an eine nicht übel aussehende, hitzköpfige junge Rothaarige mit guten Englischkenntnissen erinnern.

Der Haupteingang war blockiert von Geröll, Haufen von zertrümmerten Ziegeln und Pflastersteinen, gesplitterten Brettern, die Art Katastrophenszenario, wie sie inzwischen so vertraut war. Im Hof hatten sich Gruppen abgerissener Männer versammelt, rauchten stinkende Zigaretten und tauschten in einem babylonischen Sprachengewirr Informationen und Waren aus. Als er den Hof in Richtung Foyer überquerte, wo in besseren Tagen sicher die Rezeption gewesen war, beobachtete Jack einen flotten Handel mit Säcken voller Gurken und Kartoffeln, Brot und Kohl und natürlich den allgegenwärtigen Päckchen Chesterfields und Luckies. Ein Paar Wildgeflügel wechselte den Besitzer, zu klein, um Enten zu sein, zu bunt für Tauben. Keiner achtete darauf, seine Aktivitäten vor dem amerikanischen Offizier zu verbergen, der unter ihnen war, ja, man beachtete ihn nicht einmal. Er war konsterniert von ihrer Unverschämtheit, aber als er die GIs sah, die angeblich Wachdienst schoben, verstand er. Die amerikanischen Soldaten waren selbst eifrig dabei, den Inhalt ihrer C-Rationen und der Päckchen zu verhökern, die ihnen ihre Mütter und Freundinnen so fürsorglich von zuhause geschickt hatten.

Es gebe so viele Mädchen im Lager, sagte ihm der diensthabende Sergeant. Und die meisten hätten bereits genug Englisch gelernt, um sich zumindest ein wenig verständlich machen zu können.

»Rothaarig«, sagte Jack. »Locken. Und dünn. Sehr dünn.« Er war bereit gewesen, irgendeinen vorgeschobenen Grund für seinen Besuch zu nennen, aber der diensthabende Sergeant im Hotel de l'Europe kümmerte sich einen Dreck um die Erlässe gegen Fraternisierung und noch weniger um Jacks Anliegen.

»Sehen Sie sich ruhig um. Kleine Warnung aber, Sir. Wenn man den Kopf in ihr Zimmer steckt, tun ein paar von diesen Typen so, als wär man gekommen, um ihre Mutter umzubringen.«

Jack fühlte sich versucht, den Mann daran zu erinnern, dass die Erfahrung, einen Soldaten in ihr Haus marschieren und ihre Mutter umbringen zu sehen, einer beträchtlichen Anzahl der Leute, die gegenwärtig im Hotel wohnten, etwas Vertrautes war, aber der Sergeant hatte drei bronzene Battle Stars an seiner Brust. Jack konnte ihm nichts sagen, was der Mann nicht schon wusste.

Wütendes Geschrei von der gegenüberliegenden Hofseite her unterbrach sie. Eine Frau kämpfte sich durch die Menge, in der Annahme – der richtigen Annahme, wie es schien –, dass jeder ausweichen würde, der das Pech hatte, ihr im Weg zu stehen.

»Ach du Scheiße«, sagte der Sergeant.

Die Frau hatte ein Apfelgesicht auf einem Kartoffelkörper, ein dünner Zopf fahlen Haars umkränzte ihren Kopf. »Kommen!«, sagte sie.

»Was'n los, Maria?«, fragte der Sergeant. »Was regst du dich jetzt wieder auf?«

Ihr Englisch reichte nicht aus, um eine Erklärung zu liefern. Sie wiederholte bloß ständig »Kommen! Kommen!«, bis der Sergeant endlich zwei seiner Männer herbeirief und ihnen befahl, die Dame hinaufzuführen und nachzusehen, was los sei. Neugierig begleitete Jack die Männer quer über den Hof, keiner bewegte sich schnell genug für Maria, die ständig innehielt und ihnen mit einer Geste bedeutete, sich zu beeilen, so wie man einem Hund »Bei Fuß« befehlen würde.

Sie führte sie durch eine Tür, ihre Verglasung war durch zerkratzte Bretter ersetzt worden, denen es irgendwie gelungen war, den Kochfeuern zu entgehen. Mit einem Rest von Eleganz wand sich eine Treppe nach oben, in der Mitte ragte ein Liftschacht empor, umgeben von Schmiedeeisenranken. Darinnen türmte sich Abfall, darunter ein Kinderwagen, dem bis auf eines alle Räder fehlten. Während sie die Treppe hinaufstiegen, die um den ehemaligen Liftschacht herumführte, stoben unter heftigem Geflatter Vögel auf, die in den Wänden nisteten, und erschreckten Jack, nicht jedoch die anderen.

Auf jedem Stockwerk gab es drei Zimmer; angesichts der drückenden Julihitze standen die meisten Türen offen. Jack sah, dass sie in primitive Verschläge geteilt waren, jeder Wohnbereich vom anderen durch eine aufgehängte Decke getrennt. Sechs, sieben, bis zu einem Dutzend Menschen waren in jeden Raum gepfercht, sie lagen auf Pritschen aus grobem Bauholz oder lümmelten in einem der wenigen verbliebenen Stühle. Kinder spielten auf dem Flur Fangen. Als die Soldaten und ihre aufgebrachte Begleiterin den vierten Stock erreichten, ging die Tür zum ersten Apartment auf, und eine ältere Frau kam heraus. Jack blickte an ihr vorbei in den Raum und sah ein Paar, das sich küsste. Sie standen, die Frau lehnte sich gegen eine Wand, das Gesicht der Tür zugewandt, der Mann hatte seine Hände links und rechts von ihrem Kopf an die Wand gestemmt. Gerade als Jack hineinsah, öffnete sie die Augen. Ungerührt starrte sie ihn an. Er wandte sich rasch ab.

Maria blieb vor dem letzten Apartment auf dem Gang stehen, steckte den Kopf durch die offene Tür und begann sofort in irgendeiner slawischen Sprache etwas zu brüllen.

»Scheiß-DPs«, murmelte der ältere der beiden GIs.

»Hey, Lieutenant«, sagte der andere in dickem Südstaatenakzent, »verstehen Sie das Kauderwelsch? Glauben Sie, Sie könnten rauskriegen, was da verdammt nochmal los ist?«

»Nicht mein Job, Gefreiter«, sagte Jack, aber nun war Maria zu gebrochenem Deutsch übergegangen, und er hätte gerne gewusst, wem sie androhte, ihn die Treppe hinunterzuwerfen.

Er drängte sich in das Zimmer und sah sie über jemanden ragen, den er zuerst für einen älteren Mann hielt; er war in der Taille eingeknickt und stützte sich auf zwei aus abgebrochenen Brettern gezimmerte Krücken. Der Körper des Mannes zitterte vor Anstrengung, sich aufrecht zu halten. Hinter ihm kauerten zwei Jungen, einer in Tränen aufgelöst.

Jack sagte: »Sind es die Kinder, die Sie die Treppe hinunterwerfen wollen, Maria? Oder der Mann mit den Krücken?«

Maria sah überrascht drein, als sie ihn Deutsch sprechen hörte, war aber nicht verlegen, dass man ihre Drohungen mitgehört hatte. »Sie nicht gehen, ich werfen hinaus alle drei.« Sie hatte einen schweren Akzent, ihre Grammatik war furchtbar, aber sie hatte kein Problem, sich verständlich zu machen.

»Dieses Zimmer für diese Männer!«, sagte Maria und zeigte auf den Hintergrund des Raumes, wo Jack nun zwei Männer bemerkte, die an einem kleinen Tisch saßen und den Qualm ihrer Zigaretten in die Luft pafften. Mit kaum einem Blick reagierten sie auf seine Anwesenheit. Sie schienen aus dem gleichen Kartoffelacker gegraben wie Maria.

Der KZler habe Glück, dass sie hier sei, sagte sie zu Jack. Sonst hätten die rechtmäßigen Bewohner die Austreibung des Eindringlings in die Hände genommen, und alle drei würden heulen, nicht nur die kleine Laus.

»Laus?«, sagte Jack.

»So nennt sie die Kinder«, sagte der Mann mit den behelfsmäßigen Krücken leise, ebenfalls auf Deutsch. Jack bemerkte nun, dass er ganz und gar kein älterer Mann war. Er war kaum mehr als ein Junge. Aber sein Gesicht war grau und faltig, und es fehlten ihm die meisten Zähne.

»Sie wegbringen!«, sagte Maria zu Jack.

Jack blieb gelassen und wandte sich an den heruntergekommenen jungen Mann. »Sie hat Sie einen KZler genannt?«

»Buchenwald.«

Ob es stimme, fragte Jack den jungen Mann, was Maria gesagt hatte: dass er und die Jungen versucht hätten, sich im Zimmer häuslich einzurichten.

»Sie mich Lügner nennen?« Maria brüllte nun wieder.

»Ruhe«, sagte Jack mit leiser, aber fester Stimme. Maria verschränkte die Arme über der Brust und starrte ihn grimmig an, die Lippen zu einem schmalen weißen Strich zusammengepresst.

Der Mann sagte: »Ich habe mit sechs anderen aus Buchenwald in diesem Zimmer gewohnt, aber als ich vor vier Tagen die Nachricht bekam, dass man meine Neffen in Wien gefunden hat, bin ich hingefahren, um sie zu holen. Als ich zurückkam, waren die anderen Männer weg, die hier im Zimmer waren. Diese beiden haben ihren Platz eingenommen. Ich bat um ein anderes Zimmer. Der Verwalter sagt, es gibt keines. Er meint, weil jetzt nur diese beiden da sind, ist auch

Platz für mich und die Buben. Diese Herren haben andere Vorstellungen.« Der Mann mühte sich mit seinen Krücken, er versuchte sich umzudrehen, ohne hinzufallen. »Ich bin jedenfalls vollkommen bereit, auf das Vergnügen ihrer Gesellschaft zu verzichten.« Er wandte sich zu Maria. »Suchen Sie mir einen anderen Platz, und ich gehe.«

Maria lächelte. »Du gehen«, sagte sie. »Der Amerikaner sich kümmern um dich.« Sie rief den beiden Männern im Hintergrund etwas zu.

»Wo kommen Sie her?«, fragte Jack Maria.

»Ukraine«, sagte sie.

»Und Ihre Freunde? Sind die auch aus der Ukraine?«

»Ja.«

»Was machen Sie in Salzburg? Wie sind Sie hierhergekommen?«

Marias Lächeln verschwand. »Zwangsarbeit«, sagte sie.

»Lügnerin.« Die harsche, zornige Stimme kam von der Tür, und Jack wusste, noch bevor er sich umdrehte, wer gesprochen hatte.

»Sie suchen mich?«, fragte die rothaarige Frau Jack auf Englisch.

»Die da!«, sagte Maria. »Die da mitnehmen! Stecken in Gefängnis, wo hingehören!«

Jack beachtete sie nicht. »Was ist hier los?«, sagte er auf Englisch zu der Rothaarigen.

»Maria ist der Kapo in diesem Treppenhaus. Während dieser Herr weg war, hat sie die anderen Juden aus dem Zimmer vertrieben und es ihren Freunden gegeben. Die Leute fürchten sich vor ihr, also machen sie, was sie sagt. Aus irgendeinem Grund scheint dieser Herr weniger Angst zu haben als die meisten.«

»Sie haben Sie eine Lügnerin genannt«, sagte Jack. »Wollen Sie sagen, dass sie keine Zwangsarbeiterin war?«

»Vielleicht war sie es. Vielleicht irren sich die Frauen hier, die Ravensbrück überlebt haben und sagen, sie sei dort Aufseherin gewesen.«

Maria hatte den Namen aufgeschnappt und machte ein langes Gesicht. »Nicht Ravensbrück! Zwangsarbeit! Bin auch Gefangene.«

»Was ist Ravensbrück?«, fragte Jack.

»Ein Lager in Norddeutschland«, sagte die rothaarige Frau. »Nur für Frauen.«

Bei Kriegsende schien es, als habe jemand den irrwitzigen Flickenteppich Europa an den Zipfeln genommen und geschüttelt und dabei die Menschen in alle Winkel des Kontinents verstreut. Millionen von Zwangs- und Sklavenarbeitern, aus Polen und Russland, aus Dänemark und Holland, aus allen Ecken des Imperiums herbeigeschafft, welches das Dritte Reich errichtet hatte. Zu diesem Menschenstrom, der sich durch die vom Krieg hinterlassenen Trümmer wand, gesellten sich antikommunistische Osteuropäer, die vor der anrückenden Sowjetarmee flüchteten, Hunderttausende Deutsche und Österreicher, von der Hitlerarmee gezwungen, ihre Heimstatt zurückzulassen, statt sich dem anrückenden Feind zu ergeben, und Volksdeutsche, die Hitlers Einmarsch in ihre Länder bejubelt und nur zu gerne die Herrschaft über ihre Nachbarn übernommen hatten und nun aus Furcht vor Repressalien ihre Heimat verließen. Ehemalige Häftlinge aus den Konzentrationslagern machten nur einen kleinen Teil der Menschen aus, die in die Lager für Displaced Persons gepfercht waren; zwischen ihnen verbargen sich Lageraufseher wie Maria und versuchten sich nachhause zu stehlen, bevor ihre Verbrechen ans Licht kamen.

»Wenn das stimmt, warum wurde sie dann nicht angezeigt?«, fragte Jack.

»Das wurde sie. Mehr als einmal. Aber bei Ihrer Militärregierung mag man sie. Sie ist diszipliniert. Tüchtig. Sie hält die anderen auf Linie.«

Er wandte sich an Maria. »Wo ist Ihr Zimmer?«

»Ach! Ist egal«, sagte Maria mit zuckersüßer Stimme. »Kein Problem. Sie bleiben. Wir gehen.«

Beiläufig, ohne Drohgebärde, trat Jack beiseite, um die Tür zu blockieren.

»Sie wohnt im Erdgeschoss«, sagte die Rothaarige. »Hinter dem Treppenhaus.«

»Das genügt«, sagte er.

Er rief die GIs hinein und befahl ihnen, dem verkrüppelten Mann und den beiden Jungen die Treppe hinunterzuhelfen. Dann nahm er Maria am Arm und führte sie im Polizeigriff vor sich nach unten. Sie weigerte sich, die Tür ihrer Unterkunft aufzusperren, aber er sah den Schlüssel an einer Schlaufe im Militärgürtel um das, was ihre Taille gewesen wäre, hätte sie denn eine gehabt. Mit einem Schlenkern des Handgelenks riss er den Schlüssel los und schloss selbst die Tür auf. Anders als die restlichen Zimmer besaß dieses Zimmer noch seine Hotelmöblierung. Zwei große Betten mit richtigen Laken, sogar Kissen, eine Garderobe, der nur eine Schublade fehlte, ein Schrank, ein Tisch und zwei Stühle, sogar ein Stück Teppich.

Bis die GIs mit dem verkrüppelten Mann und seinen Neffen auftauchten, hatte Jack sämtliche Habseligkeiten Marias – ihre Kleider, ihre Ballen mit Bettwäsche und Decken, ihre Ersatzstiefel, ihre Seifenpackungen und Kannen mit Kerosin, ihre Kartoffel- und Mehlsäcke, ihre Speckseite, Kochtöpfe und Geschirr – in den Korridor geworfen. Die Betten inklusive Bettwäsche, die Garderobe und den Schrank, den Tisch und die Stühle ließ er drinnen.

»Das ist jetzt Ihr Zimmer«, sagte er und händigte dem

jungen Mann aus Buchenwald den Schlüssel aus. Dann ließ Jack den Sack mit C-Rationen, den er über die Schulter geworfen hatte, zu Boden gleiten, schnürte ihn auf, zog die Hälfte des Mitgebrachten heraus und warf es aufs Bett. Maria stand im Korridor, zerrte und zupfte an ihrem Rock herum, während sie ein klägliches Gewinsel von sich gab.

Der Mann zögerte, die Jungen jedoch liefen in das Zimmer. Der Kleinere warf sich aufs Bett und rollte darauf herum, als wäre es der erste frische Schnee des Winters.

»Sie werden es mir heimzahlen«, sagte der Mann. »Sobald Sie fort sind.«

Jack wies auf die GIs. »Diese Männer werden Sie beschützen.« Und zu den Soldaten sagte er: »Sie sind jetzt für diese drei zuständig. Falls Ihnen etwas zustößt, sind Sie mir dafür verantwortlich. Verstanden?«

»Ja, Sir«, sagte der Südstaatler. Dann zwinkerte er ernsthaft dem älteren Jungen zu, der zaghaft lächelte.

Draußen in der Halle nahm Jack das größte von Marias Bündeln hoch.

»Kommen Sie«, sagte er zu ihr, aber sie verbarg das Gesicht in den Händen.

»Helfen Sie mir, ihre Sachen in ihr neues Zimmer zu tragen«, befahl er den GIs. Jack nahm zwei Stufen auf einmal. Als er den vierten Stock erreichte, bemerkte er, dass die Ukrainer ihre Tür geschlossen und versperrt hatten. Da er die Arme voll hatte, versetzte er der Tür einen Tritt mit seinem schweren Stiefel. Als sie nicht sofort aufging, trat er noch einmal zu, das Holz splitterte um das Schloss herum. Er stieß sie Stück für Stück auf, jetzt mit der Stiefelspitze, und reichte Marias Bündel einem der verschreckten Ukrainer. Auf dem Weg die Treppen hinunter ging er an den GIs vorüber, die jeder einen Kartoffelsack über der Schulter trugen.

»Die alte Maria da unten dreht durch«, sagte der Südstaatler.

Die Rothaarige saß auf der untersten Stufe, das Kinn in die Hand gestützt, und beobachtete mit kühler Faszination, wie Maria, weinend und aufgebracht, in ihrer geschmeidigen Muttersprache dunkle Silben grummelte.

»Sie sagt, sie werde zum Lagerleiter gehen«, sagte die Rothaarige. »Sie wird Sie bei der Militärpolizei melden.«

»Gut«, sagte Jack. »Sagen Sie mir Ihren Namen.«

»Ilona. Familienname Jakab.« Ilona Jakab sah auf die Bündel mit Essen und Kleidungsstücken, die rund um Maria auf dem Boden aufgehäuft lagen, und sagte amüsiert, doch anscheinend ohne Groll: »Das hat sie gut hingekriegt.«

»Wenn Sie wollen«, sagte Jack auf Deutsch zu Maria, »stelle ich einen Posten vor die Tür Ihres neuen Zimmers, um Ihre Sachen zu bewachen, bis Sie mit dem Lagerverwalter und der Militärpolizei zurückkommen. Dann können wir Ihre Beschwerden und besonders Ihre Erfahrungen als Zwangsarbeiterin genauer besprechen, die zweifellos sehr schmerzlich waren.«

Maria jaulte etwas, raffte eine Decke und einen Korb mit Äpfeln an sich und lief die Treppe hinauf, ihre amerikanischen Überschuhe aus Leder und Gummi knallten auf die glatten Holzstufen.

Ilona sah ihr nach und nickte, während ein befriedigtes Lächeln über ihr Gesicht huschte. Jack errötete, froh über das angedeutete Kompliment.

Sie stand auf und wischte sich den Schmutz von der Stufe von der Hinterseite ihres Rocks. Dann ging sie Richtung Tür; als sie an Jack vorbeikam, streckte er die Hand aus, zögernd, bevor er ihren Arm berührte. Sie sah sich um, blieb aber nicht stehen, und er folgte ihr hinaus in das Getriebe im Hof des Hotels.

»Warten Sie«, sagte er. Er stieß den Sack in ihre Richtung. »Das habe ich für Sie mitgebracht.«

»Warum?«

»Warum?«

»Ja, warum. Warum bringen Sie mir ein Geschenk?«

»Es ist kein Geschenk. Es sind Lebensmittel.«

»Also warum bringen Sie mir Lebensmittel?«

»Weil Sie hungrig aussehen. Sind Sie es?«

»Ob ich hungrig bin?«

»Ja.«

Sie überlegte. »Ich habe immer Hunger.«

»Ich habe heute Morgen im Sender Rot-Weiß-Rot gehört, dass die Bäckereien wieder Semmeln und Hörnchen backen. Hätten Sie gerne frisches Brot?«

Sie schüttelte den Kopf. »Ich glaube, für heute hatten wir genug Aufregung.«

»Und wenn ich Ihnen welches hole?«

»Ein andermal vielleicht. Ich bin jetzt müde.«

»Natürlich«, sagte er. Widerstandsfähig, wie sie schien, musste sie doch leicht erschöpft sein. Schließlich hatte sie eben erst begonnen, sich von der Hölle der vergangenen Monate oder Jahre zu erholen.

Sie streckte die Hand aus, und er schüttelte sie. Trotz der Hitze war ihre Handfläche kühl und trocken, doch fühlte sie sich geschwollen an, die Knöchel waren rot, der Nagel an ihrem rechten Daumen mittendurch gespalten.

»Auf Wiedersehen«, sagte sie.

»Warten Sie«, sagte er und ließ ihre Hand nicht los. »Brauchen Sie etwas? Kann ich Ihnen mit irgendetwas helfen?«

Sie überlegte einen Moment. Dann sagte sie, ohne auf die Frage zu antworten: »Sie kennen meinen Namen, aber ich kenne Ihren nicht.«

»Wiseman Jack«, sagte Jack.

Sie lachte. »Sie antworten wie ein Ungar.«

»Ja.«

»Sie sind aber kein Ungar. Ihre Familie, meine ich.«

»Nein. Die Eltern meiner Mutter kamen aus Russland, die Urgroßeltern meines Vaters aus Deutschland.«

»Aber Wiseman Jack, Sie sind Jude, nicht wahr?«

»Ja«, sagte er. »Ich bin Jude.«

»Also deswegen haben Sie dem jüdischen Mann und seinen Neffen geholfen.«

»Ja, ich meine, nein. Jeder hätte geholfen.«

Sie lachte finster. »Sie sind komisch.«

»Nein, bin ich nicht.«

Sie musterte ihn, eine Braue hochgezogen. »Vielleicht nicht. Aber Sie machen Witze.«

»Wirklich nicht.«

»Es ist ein Witz, dass jeder helfen würde. Niemand hilft. Niemand hat jemals geholfen.«

»Nein. Das wohl nicht.« Er biss sich auf die Lippen. »Bitte.«

»Was?«

»Bitte, gibt es irgendetwas, das ich für Sie tun kann?«

»Was wollen Sie denn tun?«

Er starrte sie verwirrt an. Er hatte keine Ahnung.

Sie erlöste ihn. »Danke, Jack Wiseman. Sollte ich je etwas brauchen, dann komme ich zu Ihnen.«

4

Jack teilte sich sein Quartier in einem Wohnhaus nahe der Hofstallgasse mit zwei anderen Offizieren, Phillip Hoyle, ein Leutnant, der direkt von der Militärakademie West Point kam, und einem anderen namens David Ball, der irgendetwas im OSS tat, wonach zu fragen Jack peinlich vermied. Ball stammte aus Philadelphia, ein schlaksiger Mann mit schönen Händen und langen, schmalen Fingern, der vorhatte, nach dem Kriegsdienst die Träume seiner Mutter, er werde eine Karriere als Konzertpianist einschlagen, zu enttäuschen und stattdessen Medizin zu studieren. Balls Einsatzgebiet war mysteriös, man wusste nie, wo er gerade unterwegs war, aber Jack wusste, dass es zu seinen Pflichten gehörte, Mitglieder der örtlichen NSDAP aufzuspüren und festzunehmen. Eines Tages, etwa zwei Wochen nach dem Vorfall mit Maria, wurde Ball abkommandiert, um den ehemaligen Bürgermeister eines kleinen Dorfes etwa dreißig Kilometer von Salzburg zu verhaften. Die Frau des Bürgermeisters, der man einen Hinweis gegeben hatte, dass die Amerikaner kommen würden, hatte im ganzen Haus englischsprachige Anweisungen aufgehängt, auf denen stand: SCHUHE ABSTREIFEN und NICHT BERÜHREN.

»Wären diese verdammten Schilder nicht gewesen«, sagte Ball, »hätte ich mir nicht einmal die Mühe einer Hausdurchsuchung gemacht.«

Unter einer Diele des Küchenbodens hatten Balls Soldaten schließlich die Stahlkassette gefunden, die jetzt auf dem wackeligen Tischchen ihrer Unterkunft stand.

»Jesus«, sagte Hoyle. Jack und Ball mochten beide Hoyle nicht, obwohl Jacks Abscheu prononcierter war und sich ebenso sehr aus der Tatsache nährte, dass Hoyle nicht eine Sekunde länger im Kampfeinsatz gewesen war als nötig, um einen zweifelhaften Orden zu erhalten, bevor er abkommandiert worden war, um seine kostbare Haut zu schützen, wie daraus, dass der 22-jährige West-Point-Absolvent gierig und feige war.

»Was wirst du mit dem Zeug machen?«, fragte Jack.

Es war ein in Lebensmitteln verfasster Bericht über den Vorstoß von Hitlers Armeen quer durch Europa: Dosen mit französischer Gänseleber, Tafeln holländischer Schokolade, italienische Anchovis.

»Essen natürlich, verdammter Idiot«, sagte Hoyle. »Gänseleber, Herrgott nochmal!« Er holte sein Messer aus der Tasche und nahm eine Dose, aber Ball hob abwehrend die Hand.

»Nein. Das sind Beweismittel, Hoyle.«

»Warum hast du es dann mitgebracht?«

»Ein Augenblick der Schwäche. Aber zu sehen, wie dir die Spucke im Mund zusammenläuft, hat mich wieder zur Besinnung gebracht.«

»Wenn du es zurückbringst, klaut sich's bloß irgendein Korporal in der Asservatenkammer.«

»Stimmt«, sagte Ball und sah aus, als erleide er bald einen weiteren schwachen Moment.

»Ich weiß, was man damit machen kann«, sagte Jack.

»Er bringt es seiner rothaarigen Jüdin«, sagte Hoyle.

»Ich hab die Dame gesehen«, sagte Ball. »Sie könnte ein bisschen Fleisch auf den Rippen vertragen.«

Jack trug die Kassette zum Hotel de l'Europe, verlegen wegen des Werts seiner Fracht in einer Stadt, die mehr und mehr an Lebensmittelknappheit litt. Wochenlang hatte er nun Ilona und dem jungen Mann aus Buchenwald, er hieß Rudolf Zweig, Brot und C-Rationen, Dosenfleisch, Margarine und andere nahrhafte Sachen gebracht. Die Pakete versüßte er mit Schokolade und harten Bonbons für Zweigs

Neffen Josef und Tomas. Rudolf drückte seine Dankbarkeit so inbrünstig aus, dass es Jack unbehaglich zumute war. Seine Augen waren oft nass vor Tränen, wenn er die Schachteln und Säcke öffnete, und einmal versuchte er Jacks Hand zu küssen. Ilona hingegen nahm seine Lieferungen widerstrebend und skeptisch entgegen, manchmal sogar regelrecht ärgerlich (»Sie schon wieder?«), was Jack belustigte und leichter zu akzeptieren war als Rudolfs feuchte Handküsse.

Heute steckte Jack den Kopf durch die offene Tür des Zimmers, das Ilona mit einem halben Dutzend anderer Frauen bewohnte; es lag im dritten Stock des Gebäudes, gegenüber dem Flügel, wo Zweig nun bequem und sicher untergebracht war. Maria und die zwei anderen Ukrainerinnen waren binnen Tagen nach Jacks erstem Besuch verschwunden. Ilona saß am Rand ihrer Bettkoje, während eine ihrer Zimmergefährtinnen sie schminkte. Die Frau trug einen fleckigen und schlotterigen Overall. Ihr schütteres Haar wurde von einem Stück blaugetupftem Musselin gehalten, ihr Mund war in demselben grellen Kirschrot geschminkt, das sie jetzt auf Ilonas Lippen auftrug.

Die Frau schalt Ilona auf Ungarisch aus und rieb den Schmierfleck weg, den sie gemacht hatte, als Ilona lächelte. Dann wandte sie sich zur Tür, um zu sehen, wer das Lächeln hervorgerufen hatte. »Oho.«

»Hallo«, sagte Ilona zu Jack.

Bis zu diesem Moment hatte er noch nicht bemerkt, wie sehr sie sich in den vergangenen Wochen verändert hatte. Sie hatte zugenommen. Ihre Züge waren weicher. Und nun hatten zwei Flecke Kirschrot sie abrupt aus einem Objekt seines Mitleids in eine Frau verwandelt, von der er sich eventuell, nein, beinahe sicher vorstellen konnte, dass er sie vögeln wollte. Stumm vor Verlegenheit hielt er ihr die Kassette entgegen, nicht mehr ein Wohltäter mit Vorräten, sondern ein Freier mit einem Mitbringsel.

Der Behälter war so schwer, dass die Schminkkünstlerin Ilona helfen musste, ihn auf den Boden zu stellen. Sie öffnete den Stahldeckel. Alle Frauen im Zimmer reckten die Hälse, um etwas zu sehen.

»Gänseleber!«

»Kaviar!«

Sie gurrten und seufzten und stießen kleine Schreie aus, während Ilona Dosen und Gläser und Packungen herausholte. »Mein Gott, Jack«, sagte sie, »wollen Sie, dass wir die Gicht kriegen?«

Er fragte sich, ob sie, auf ihre eigene bittere und gebrochene Weise, mit ihm flirtete.

»Ihr Lippenstift gefällt mir«, sagte er.

»Er gehört Luba«, sagte Ilona. Sie wechselte ins Deutsche. »Luba, das ist Jack. Wenn du seine ungarischen Kriegsgefangenen ein bisschen schikanierst, bringt er dir vielleicht auch ein paar Sardinen.« Luba kicherte.

»Sie werden nie erraten, wo Luba den Lippenstift herhat«, sagte Ilona.

»Woher?«, fragte er.

»Bergen-Belsen!«

Bei dem Ausdruck auf seinem Gesicht brachen alle Mädchen im Zimmer in Gelächter aus.

Luba sagte: »Nach unserer Befreiung kam das britische Rote Kreuz zu einer Inspektion. Wir hatten nichts. Immer noch starben jede Minute Menschen. Ich erinnere mich an eine Frau mit einem Stückchen Seife, die sich an einer Zisterne wusch, in der eine Kinderleiche schwamm. Aber dann kam das Rote Kreuz, und ein paar Tage später tauchten zehn Kisten mit Lippenstiften auf, keiner wusste, wie oder woher. Wir haben kein Essen, keine Binden, keine Seife, aber Lippenstifte, die haben wir. Und so viele, mein Gott! Schachteln, Schachteln, Schachteln. Wir waren so glücklich. Alle trugen wir Lippenstift, immer. Eine Frau hockt in der Ecke, der Durchfall rinnt nur so aus ihr raus, aber ihre Lippen! Perfektes Rot. Meine Freundin stirbt mit dem Lippenstift in der Hand. Das Wichtigste, das sie hatte.«

Ilona sagte: »Im Lager ist jeder nur ein Glatzkopf, ein Fetzen Kleidung, eine Nummer. Aber«, sie schmatzte mit den Lippen »dann trägt man Lippenstift auf, und man ist eine Person. Ein menschliches Wesen.«

»Sie sehen schön aus«, sagte Jack.

»Vielleicht nicht schön«, sagte Ilona. »Aber ein bisschen mehr wie ich selbst.«

»Gehen Sie heute Abend mit mir essen«, sagte er.

Die Frauen im Zimmer gackerten und krähten und drehten sich theatralisch zur Seite, um ihnen ein wenig Privatheit zu verschaffen.

»Ist das ein Befehl?«, fragte sie, und er konnte immer noch nicht entscheiden, ob sie mit ihm flirtete oder nicht.

Er ging mit Ilona in ein Lokal namens Café Salzburger, eines der wenigen Restaurants in der Stadt, bei denen man sich darauf verlassen konnte, dass Fleisch auf der Speisekarte stand. Das Menü bot so Vielversprechendes wie *Entrecôte de bœuf* und Lammkotelett, aber Jack war seit vier Monaten in der Gegend und hatte noch keine Kuh und kein Lamm gesehen; seiner Ansicht nach waren es die Überbleibsel der einst prächtigen, nun frei durch die Felder und Wälder außerhalb der Stadt streifenden deutschen Kavalleriebrigaden, deren Los sich jede Nacht in den Küchen des Café Salzburger vollendete. Er war unschlüssig, ob er diese Theorie für sich behalten sollte, dachte aber schließlich, dass Ilona den bitteren Humor darin erkennen werde.

Sie lachte. »Wie ich höre, sollen Ratten recht zartes Fleisch haben«, sagte sie. »Wenn es keine Pferde mehr gibt.«

Sie brütete über der Speisekarte, als wäre es die *Sunday Times*, las den Namen jedes Gerichts laut vor, egal ob es erhältlich war. Als das Essen kam, vertilgte sie es mit schrecklichem Heißhunger. Sie leckte Sauce von den Gabelzinken, von der Messerklinge.

»Ich habe einen neuen Respekt vor Pferden«, sagte sie. »Und vor österreichischen Köchen.«

Jack war weniger begeistert von dem dunklen Stück Pferdefleisch, das klumpig und blutrot auf seinem Teller lag. Er fand es zäh mit Hautgout, durchzogen von Fettadern, und so legte er bald die Gabel hin und bezog sein Vergnügen daraus, zuzusehen, wie sie reinhaute. Nachdem sie ihren Teller leergegessen hatte, rülpste sie und hielt dann die Hand vor den Mund. Es war das erste Mal, dass er sie erröten sah. Dann glitten ihre Augen zu seinem Teller, und er sah, wie der Hunger sich durch die Verlegenheit kämpfte. Er schob ihn über den Tisch zu ihr, und sie aß auch ihn leer, tunkte die Sauce mit einem Stück von dem weißen Brot auf, das nun plötzlich in der ganzen Stadt zu haben war, seitdem die Bäcker sich dem Geschmack der amerikanischen Besatzer angepasst hatten. Als im Umkreis des Tisches nichts Essbares mehr übrig war, stieß Ilona ihren Stuhl zurück, legte die Hände auf ihren Bauch und lächelte schläfrig, wobei sie mit ihren grüngelben Augen und dem roten Haar wie eine zufriedene rötliche Katze wirkte.

»Haben Sie noch ein wenig Platz für Dessert?«, fragte er.

Sie errötete wieder. »Vielleicht ein bisschen. Gibt es hier Kaffee?«

»Es gibt etwas, das sie Kaffee nennen. Was es genau ist, weiß ich nicht.«

Als der Kellner ihr Strudel und die wässrige braune Flüssigkeit gebracht hatte, die er wider allen Anschein hartnäckig als Kaffee bezeichnete, gelang es Ilona, sich etwas zu zügeln und länger beim Nachtisch zu verweilen.

»Die Rotkreuzschwestern, die in das Lager kommen, sagen immer, wir sollten aufpassen, aufpassen«, sagte Ilona. »Sie meinen, unsere Verdauung sei nicht an Protein und Fett gewöhnt. Und das stimmt, zuerst wurde mir öfter übel. Aber jetzt?« Sie tätschelte ihren Bauch. »Mein Magen ist wie von dem Pferd, das ich gerade verspeist habe. Vielleicht gehe ich jetzt heim und esse noch Ihre Gänseleber.«

»Meine Großmutter hat früher solche Strudel gebacken«, sagte Jack. »Oder eigentlich ihre Köchin, glaube ich. Aber sie hat oft gesagt, es sei ein Rezept ihrer Großmutter.«

»Das war Ihre deutsche Großmutter?«

»Wahrscheinlich. Vor ein paar Generationen. Aber sie waren schon so lange in Amerika, sie waren gar keine richtigen Deutschen mehr. Sie waren kaum Juden. Sie hatten jedes Jahr einen Christbaum.«

»In meiner Familie ist es wie bei Ihrem Vater, glaube ich. Nur ein klein wenig jüdisch. Wir feiern jedes Jahr Weihnachten. Gibt es in Amerika viele jüdische Offiziere?«

»Einige«, sagte er. »Nicht viele, würde ich sagen.«

Jack war einer von nur drei Juden in seiner Offiziersausbildung gewesen. Sehr früh hatten die Unteroffiziere die jüdischen Offizierskandidaten zur Zielscheibe besonders schlechter Behandlung gemacht, und ihre Kameraden, erleichtert, in ihrem Elend Sündenböcke zu finden, hatten sich eifrig beteiligt. Kleinbaum war nach nur ein paar Tagen Anpöbeleien zusammengebrochen, Finkelman, ein drahtiger kleiner Absolvent der New Yorker Juridischen Fakultät, hatte auf die Angriffe mit zunehmender Streitlust reagiert. Bis er und Jack ihre Streifen erhielten, war Finkelman in mindestens ein Dutzend Raufereien verwickelt gewesen. Nur weil seine Opfer sich geniert hatten, sich darüber zu beklagen, dass ein dürrer, bebrillter Judenbengel sie zur Schnecke gemacht hatte, war er nicht Hals über Kopf aus dem Kurs geflogen. Jack war nie vor einer Rauferei davongelaufen, aber er hielt Aufsässigkeit für keine nachhaltige philosophische Herangehensweise an das Leben, und so hatte er beschlossen, die Offiziersausbildung zu überleben, indem er den Mund hielt und den Kopf einzog. Er machte sich keine Freunde, aber anders als Finkelman verlor er auch keine Zähne.

»Und für einen Juden ist es in Ihrer Armee okay, oder?«, fragte Ilona.

»Es ist okay.« Tatsächlich hatten sich die Dinge gebessert, seitdem er in der Regenbogendivision war und sich unter etlichen jüdischen Rekruten und sogar ein paar jüdischen Offizieren fand. Trotz der Leichtigkeit, mit der viele seiner Männer und Offizierskameraden mit Ausdrücken wie »Jud« und »Saujuden« um sich warfen, hätte er sie nicht als Antisemiten bezeichnet. Es stimmte, die ständigen Witze über »Abie und Sadie«, denen es trotz der Rationierung gelang, Reifen für ihr Auto und Zucker für ihren Tee zu ergattern, deprimierten ihn, ebenso wie der Umstand, dass er, wenn es besonders schlimm wurde, die GIs oft klagen hörte, sie müssten nur deswegen dieses ganze Elend aushalten, weil sie den Juden zuliebe gegen Hitler kämpften. Aber die Feindseligkeit der Männer kam von ihrer Unwissenheit; Jack und die anderen in der Division waren die ersten Juden, die viele von ihnen kennengelernt hatten. So verzieh er ihnen großmütig und lobte die jüdischen Rekruten nur sparsam. Mit den Juden unter seinem Kommando war er strenger als mit den Nichtjuden, er verlangte von ihnen, sich besser zu halten und zu betragen, eine Art, wie er vermutete, geheimer Bevorzugung, als würde er tiefinnerlich glauben, dass man von einem Juden mehr erwarten durfte als von seinem nichtjüdischen Waffenbruder.

Ilona sagte: »Mein Urgroßvater und mein Großvater waren beide Offiziere in der ungarischen Honvédség; wissen Sie, was das ist?«

»Nein.«

»Der ungarische Teil der österreichisch-ungarischen Armee. Sie kämpften für den Kaiser. Sie hatten beide den Rang eines *ezredes*. Auf Deutsch Oberst. Mein Großvater hatte einen noch höheren Rang als *ezredes*, aber er starb im großen Krieg. Sein Regiment, das 20. Nagyvárad, war sehr tapfer. Viele wurden getötet. Meine Mutter sagte, wir sollten froh sein, dass er umgekommen war, denn wenn er erlebt hätte, dass seine Leute sich gegen ihn wandten, hätte es ihm das Herz gebrochen.«

Jack überlegte, die Frage zu stellen, die ihm seit langem im Kopf herumging, die Frage, die er stellen wollte und zugleich zu stellen fürchtete.

Vielleicht spürte sie den Grund für sein Schweigen, vielleicht folgte sie dem unbekannten Verlauf ihrer eigenen Gedanken. Ilona sagte jedenfalls: »Meine Mutter ist tot. Mein Vater auch.«

»Es tut mir leid«, sagte Jack.

»Warum tut es Ihnen leid? Sie haben sie nicht umgebracht.«

»Es war keine Entschuldigung«, sagte er. »Manchmal bedeutet diese Redewendung einfach, dass man traurig ist.«

Sie sagte: »Aha. Traurig. Nicht Entschuldigung. Es ist mein Englisch. Ich habe nicht richtig verstanden. Also jetzt tut es mir leid. Aber nicht traurig. Wie heißt das Wort? Entschulden?«

»Entschuldigung.«

»Ja, Entschuldigung. Ich bitte um Entschuldigung.«

»Das brauchen Sie nicht. Ilona … was … Würden Sie mir sagen, was mit Ihren Eltern geschehen ist? Mit Ihrer Familie?«

Sie zuckte die Schultern. »Das Übliche. Ghetto, Zug, Auschwitz, Selektion.«

Ihre Großfamilie war zusammengeblieben, so lange sie konnte, erzählte sie ihm, bis zur Rampe von Auschwitz, aber nur ihr und ihrer älteren Schwester Etelka hatte man befohlen, nach rechts zu treten. Bis die beiden Mädchen die Prozedur der Aufnahme ins Lager durchlaufen hatten, waren der Rest ihrer Familie, ihre Eltern, ihre Tanten und Onkel, eine Schar Cousins und Cousinen, ihre Großmutter, jeder letzte Jakab aus Nagyvárad, in den fettigen Rauch verwandelt worden, der sich in Ilonas und Etelkas Nasenlöchern festsetzte und sich in einem schmierigen Film auf ihre Haut legte.

Die Mädchen wurden von Auschwitz zunächst nach Dachau verlegt und dann in eines der Außenlager, Kaufering bei Landsberg. Bis wenige Wochen vor Kriegsende hatten sie sich aneinandergeklammert, dann war Etelka ohne Vorwarnung vom morgendlichen Zählappell weggeholt worden. Erst Tage später erfuhr Ilona, dass ihre Schwester in ein anderes Außenlager bei Obermeitingen verlegt und nicht, wie sie befürchtet hatte, ins Gas geschickt worden war.

»Seit der Befreiung habe ich nach Etelka gesucht«, sagte Ilona. »Jeden, der in Obermeitingen war, frage ich.«

Jack stellte die Frage nicht, aber sie beantwortete sie trotzdem.

»Ich weiß, dass sie lebt. Etelka war Sportlerin. Vor dem Krieg war sie Fechtmeisterin. Dann kamen die antijüdischen Gesetze, und sie konnte nicht mehr bei Wettkämpfen antreten, aber sie hat immer noch zuhause trainiert, mit unserem Onkel Samu. Sie hörte erst auf, als wir ins Ghetto kamen. Sie ist so stark! Es gab eine Zeit in der Rüstungsfabrik, als wir Eisenträger von einem Zug abladen und zweihundert Meter bergauf zum Schmelzofen schleppen mussten. Sie ging immer hinten, wo die Last am schwersten war, weil sie so viel stärker war als ich. Außerdem war sie vor dem Krieg Medizinstudentin, und im Lager war sie für viele Leute wie eine Ärztin. Manchmal kamen sogar die Kapos zu ihr, wenn sie sich verletzt hatten. Wenn sie ihnen half, gaben sie ihr Essen. Wenn ich überleben kann, dann auch Etelka.«

»Wie wollen Sie sie finden?«

»Wir hatten vereinbart, sollten wir je getrennt werden, uns in Salzburg zu treffen.«

»Warum hier?«

»Als Kinder waren wir oft hier, auf dem Weg nach Bad Gastein, wo mein Vater gerne zur Kur war.«

In ihrem Lächeln sah Jack die Stadt zum Leben erwachen, wie sie vor dem Krieg gewesen war, wie er sie nie gesehen hatte. Wundersame Gassen und Plätze, wo jetzt schuttbedeckte Pfade waren. Die eleganten Ruinen vor der Müllner Kirche wieder zum Leben erweckt, Gebäude wiedererrichtet hinter den bloßen Fassaden, wie sie nun dastanden. Die windschiefen Balkone aufgerichtet über den Reliefs, die sie hielten, die Köpfe der Statuen wiederhergestellt. In ihrem Lächeln verschwanden die ordentlichen Schutthaufen, Brocken von Blöcken getrennt, flache Steinplatten nach Größe gestapelt wie frisch aus dem Sägewerk kommende Bretter. Verschwunden waren die Drahtschleifen, wie Steppenhexen oder Haarbüschel, die von den Telegrafenmasten neben den zerstörten Gebäuden hingen. Und die bunt kostümierten Menschen, die Männer in Lederhosen und kecken Hüten mit Gamsbärten, die Frauen im Dirndl, waren keine ausdruckslosen Typen, die eine verlogene Nachahmung von

Geschichte, eine Parodie von Tradition nachstellten, sondern angenehme, einfache, großzügige Menschen. In Ilonas Lächeln sah er ein Salzburg, das keine geschminkte Leiche war, sondern ein hübscher, lebendiger Ort voller Musik und Freude.

Sie sagte: »Wir haben hier sogar unsere englische Gouvernante kennengelernt.«

»Sie hatten eine englische Gouvernante?«

»Glauben Sie, alle ungarischen Mädchen sprächen so gut Englisch? Miss Richard war sechs Jahre als Gouvernante bei uns, dann heiratete sie meinen Onkel und wurde unsere Tante Firenze. Sie wäre mit uns auch ins Ghetto gegangen, aber mein Vater hat es verboten. Wenn ich Etelka finde, werden wir zu Tantchen Firenze in Nagyvárad heimkehren.«

Der Kellner kam wieder vorbei, er hatte es offensichtlich darauf abgesehen, dass sie den Tisch für eines der anderen jungen Paare räumten, die ungeduldig auf einen freien Platz warteten. Solche gab es überall in Salzburg, amerikanische Soldaten und ihre österreichischen Freundinnen, die unbeschwert gegen die Antifraternisierungsbestimmungen verstießen und den neu geöffneten Cafés und Bars der Stadt ein gutes Geschäft verschafften.

»Also«, sagte Ilona und faltete ihre Serviette ordentlich zusammen, »sollen wir spazieren gehen?«

»Ist es Ihnen angenehm?«, fragte er und dachte an ihr Hinken. »Möchten Sie lieber die Straßenbahn nehmen?«

»Ich gehe gerne zu Fuß. Besonders nach einem Essen, wo ich alles verspeist habe außer dem Tischtuch und den Blumen in der Vase.«

»Ich habe gesehen, wie Sie die Blumen beäugt haben«, sagte er. »Ehrlich, ich war ein bisschen in Sorge darum.«

Lachend hakte sie sich bei ihm ein. Sie schlenderten am

Salzachufer Richtung Osten, bis sie am Mozartsteg um eine Ecke bogen und auf Lieutenant Hoyle stießen, Jacks Zimmerkameraden. Hoyle hatte seinen Arm um die Taille eines Mädchens gelegt, jung, kichernd, nicht älter als vierzehn, fünfzehn Jahre. Ihre Lippen waren ungeschickt und leicht verschmiert in einem Clownsrot geschminkt, das in Jack eine unbehagliche Erinnerung an Ilonas Lippenstift wachrief. Sie stolperte auf hochhackigen Sandalen dahin, die ihr mindestens eine Nummer zu groß waren, als hätte sie sie von einer älteren Schwester oder sogar von ihrer Mutter geborgt, ein kleines Mädchen, das sich als billiges Flittchen verkleidet hatte.

Als sie einander sahen, blieben die beiden Männer stehen; jeder musterte eingehend die Begleiterin des anderen und zog die wahrscheinlichsten Schlüsse.

»Aha«, sagte Hoyle, »sieht so aus, als hätten wir da zwei ziemliche Fraternisierer, eh, Wiseman? Zwei kaltschnäuzige Gesetzesbrecher.«

Hoyle hatte recht; den Vorschriften nach war ein Abendessen mit einer volljährigen Displaced Person dasselbe wie der Missbrauch eines österreichischen Kindes.

»Sieht so aus«, sagte Jack.

»Gut, dass es ein Schlupfloch gibt.«

»Gibt es eins?«

»Ja, Bruder.« Er bedeutete Jack, sich zu ihm zu neigen, und flüsterte laut, damit die Mädchen es auch hören konnten. Jack roch Schnaps in seinem Atem. »Rein technisch gesehen ist es kein Fraternisieren, wenn du beim Vögeln nicht mit ihnen redest.«

Ilona japste auf.

»Du kannst dich zum Teufel scheren, Hoyle«, sagte Jack, ergriff Ilonas Hand und zog sie fort, vorbei an dem anderen Paar und die Straße hinunter.

»Schwein«, sagte er, als sie die beiden hinter sich gelassen hatten. »Es tut mir so leid, Ilona.«

»Es tut Ihnen immer alles so leid, Jack. Es ist nicht Ihre Schuld«, sagte Ilona.

»Ich weiß. Bloß …«

»Sie möchten nicht, dass ich mich wie ein Schokoladenmädchen fühle?«

»Nein. Natürlich nicht.«

»Aber warum nicht? Einige dieser Mädchen unterstützen ihre ganze Familie mit den Geschenken von Ihren GIs. Wissen Sie, was amerikanische Zigaretten auf dem Schwarzmarkt kosten? So viel! Und dieses Dosenfleisch, das Sie mir mitgebracht haben?«

»Frühstücksfleisch?«

Sie lachte. »Frühstücksfleisch. Lächerlich. Drei Tage lang essen wir von dem, was ich für dieses Frühstücksfleisch kriege. Sie haben mich heute zu einem wunderbaren Essen eingeladen, Jack. Und sehr angenehmer Gesellschaft. Und wir machen es wieder, ja? Nicht nur weil ich wieder essen gehen will, sondern weil Sie mich mögen, stimmt's?«

»Ja. Ich mag Sie.«

»Okay. Ich mag Sie auch. Sie dürfen mich küssen, wenn Sie wollen.«

Er blieb stehen und wandte sich ihr zu. Sie war winzig; ihr Kopf hätte genau unter sein Kinn gepasst. Er beugte sich nieder, als sie ihr Gesicht hob, und streifte mit seinem Mund den ihren. Der Lippenstift war beinahe ganz weggewischt, und ihre Lippen fühlten sich heiß und rau an. Als sie sich nicht wehrte, drängte er seine Zunge dazwischen. Obwohl sie den Kuss nicht erwiderte, ließ sie ihn zu, und er zog sie an sich, presste ihren Körper an sich. Sein Schwanz wurde steif; um ihr diese Belästigung zu ersparen, hielt er seine Hüften zur Seite gedreht und in etwas Abstand. Er war nicht wie Hoyle, sagte er sich. Das da war anders. Schließlich legte sie ihre Hand an seine Brust und schob ihn sanft von sich.

»Okay«, sagte sie. »Genug.«

»Entschuldigung.«

»Hör auf, dich zu entschuldigen!«

Auch dafür begann er sich zu entschuldigen, hielt sich aber gerade noch zurück.

»Ich mag dich sehr, Ilona. Nicht nur weil du schön bist, sondern …«

»Schsch«, sagte sie und drückte seinen Arm. »Du hast keine Ahnung, Jack. Ich bin nicht gut für dich.«

»Natürlich bist du das!«

Sie schien zu überlegen, ob sie noch etwas sagen sollte, überlegte es sich dann jedoch. Eine Weile gingen sie schweigend weiter. Schließlich sprach sie. »Es ist eine schöne Nacht, wir hatten ein wunderbares Essen. Und einen süßen Kuss. Glaubst du nicht, dass das genug ist? Einstweilen.«

Einstweilen dachte er, als er in sein Quartier heimging. Einstweilen.

5

Im Hardtwald hatte Jack einen Treffer aus einer 7,92 × 57 mm Mauser abbekommen, einen direkten Durchschuss durch den Deltamuskel, der Knochen und Arterien verfehlte und zwei saubere Löcher hinterließ. Nur drei Tage hatte er wegen der Wunde seiner Einheit fernbleiben müssen, und sie hatte ihm auch nach seiner Rückkehr trotz schlechtem Wetter und schweren Kämpfen wenig Schmerzen oder Unannehmlichkeiten bereitet. Tatsächlich stand er mit den Löchern in seiner Schulter auf gutem Fuß, bis jetzt.

Captain Rigsdale hatte die Verantwortung für den Werfener Zug an die Abteilung für Vermögenskontrolle der Reparations, Deliveries and Restitution Division übergeben, und mit ihr auch Jack. Obwohl er protestiert und ein Gesuch eingebracht hatte, an seine Einheit zurück überstellt zu werden, hatte die Armee beschlossen, Jack dort zu lassen, als Verantwortlichen für den Inhalt des Zuges. Jacks neuester Kommandeur, Lieutenant Colonel Clancy K. Price, hatte ihm befohlen, eine vorläufige Bestandsliste fertigzustellen und die Güter neu zu ordnen. Das Entladen und Katalogisieren des Zuginhalts erforderte es, dass Jack zehn Stunden am Tag gekrümmt auf einem Hocker an einem aus einer Tür und zwei Sägeböcken gefertigten Tisch saß. Schmerzen schossen von seiner Schulter zum Nacken und zuckten wie ein Blitz hinunter zur Lende. Er brauchte einen verdammten Stuhl.

Er ging vorschriftsmäßig vor, über die üblichen Kanäle. Er wandte sich an das Versorgungsbataillon der Regenbogendivision, und als es dort hieß, man könne ihm nicht helfen, wandte er sich an das Quartiermeisterkorps und von dort an die Techniker. Es sah so aus, als gebe es in der gesamten Besatzungszone keinen brauchbaren Bürostuhl. Jeder Stuhl, der den Winter überlebt hatte, ohne zu Brennholz zerhackt zu werden, war längst geplündert oder vom amerikanischen Fliegerkorps beschlagnahmt worden, dessen Nachkriegsmission erstaunlich viel sitzende Arbeit zu erfordern schien. Inzwischen meldete sich Jack jeden Tag im Lagerhaus zum Dienst und setzte seinen Rücken in Flammen.

Nach seinem Organisationsplan wurden alle aus dem Zug geholten Möbel in Sektion C des Lagerhauses gelagert, zwischen Pelzen und Haushaltswaren. In Sektion C standen 216 Stühle. Jack hatte jeden einzelnen abgezählt.

Er hatte sein Auge auf einen viktorianischen Sessel mit einem zerschlissenen rosa Seidenkissen geworfen, auf einen Bürostuhl aus Aluminium und Leder mit Rollen, bei dem er allerdings auf schmerzliche Art erfuhr, dass er eine gesprungene Feder hatte, die auf den Mittelpunkt seiner rechten Gesäßbacke zielte, einen hochlehnigen eichenen Bürostuhl, der zu majestätisch für den Zweck schien, bevor er sich endlich für etwas entschied, das er für einen einfachen Küchenstuhl hielt, mit schwarzem Lackanstrich, der nicht leicht zu zerkratzen war, und achtzehn in den Rücken gestanzten Löchern für Luftzufuhr. Er versprach, nein er bot keinerlei Polsterung oder Rückenstütze; es war einfach der schlichteste Stuhl, den Jack finden konnte. Er hielt ihn für den billigsten; Jahre später jedoch sollte er das Gegenstück des Stuhls als Exponat in einer Ausstellung über das Werk von Josef Hoffmann sehen, dem berühmten Möbeldesigner der Wiener Werkstätte, und es wurde ihm klar, dass er, auch wenn er es versucht hätte, keinen wertvolleren Stuhl hätte finden können.

Einen Moment lang saß Jack auf dem Stuhl mit der geraden Lehne und versuchte zu entscheiden, ob die Erleichterung, die das Sitzen brachte, sein schlechtes Gewissen überwog. Er war kein Heiliger. Wie alle Soldaten siegreicher Armeen – aller siegreichen Armeen, seit es Kriege gibt – hatte Jack seinen eigenen Anteil an der Souvenirjagd gehabt. In ein paar Handtücher gerollt lagen in seinem Seesack in seiner Unterkunft zwei Luger-Pistolen, eine davon mit einem kunstreichen Eichenblattmuster verziert. Auf der Fensterbank neben seinem Bett stand eine 25 Zentimeter hohe Marmorbüste, die er in Anzenbach bei Berchtesgaden aus dem Haus eines minderen Nazi-Funktionärs »befreit« hatte; sie stellte Tacitus dar, über dessen »Dialogus de Oratoribus« Jack an der Columbia University eine Seminararbeit verfasst hatte. Die Pistolen und den Tacitus zu nehmen hatte ihm nur geringe Gewissensbisse verursacht, dies hier aber war etwas anderes. Er nahm seine Verantwortung als offizieller Hüter des Inhalts des Werfener Zuges ernst, und das unter anderem bedrückte ihn, als er den schwarz lackierten Stuhl hinaus zu seinem provisorischen Schreibtisch im vorderen Büro trug, sich hinsetzte und spürte, wie sich seine Schultern entkrampften. Aber was ihn am meisten störte, war der Gedanke an den ermordeten ungarischen Juden, dessen Küchenstuhl die einzige verbleibende Spur sein mochte, dass er jemals existiert hatte.

»Es tut mir leid«, sagte er zu dem Geist, der auf dem Stuhl spukte. »Aber mein Rücken bringt mich um.«

»Sogar wenn du allein bist, entschuldigst du dich.«

Jack sprang hoch, seine Wangen brannten, als hätte man ihn dabei ertappt, wie er eben etwas Bestialisches und Unverzeihliches tat.

»Du bist hier«, sagte er überflüssigerweise.

»Darf ich nicht?«

»Nein, ich meine, ja. Na ja ... eigentlich nein, du dürftest nicht hier sein, aber das ist in Ordnung. Es macht nichts. Niemand hier kümmert sich einen Dreck darum außer mir.«

»Ich glaube, das könnte stimmen«, sagte Ilona in einem Ton, der zärtlich oder mitleidig sein konnte.

Er kam hinter dem Schreibtisch hervor und nahm ihre Hände in die seinen.

»Ich bin froh, dich zu sehen«, sagte er. »Komm rein. Eine Tasse Tee werde ich schon auftreiben.«

»Tee wäre schön.«

Sie sah sich nach einer Sitzgelegenheit um, und Jack geleitete sie rasch nach draußen, wo seine Männer eine winzige Feldküche mit einem Kocher und einem Vorrat an Teebeuteln, Pulverkaffee und Milch aufgestellt hatten. Er zog einen umgedrehten Eimer an das Öfchen heran, staubte ihn ab und bot ihn ihr an. Gefreiter Willie Streeter, ein freundlicher New Yorker, bei weitem Jacks Favorit von den Männern unter seinem Kommando, bot an, den Tee zu machen, aber Jack bestand darauf, es selbst zu tun. Als das Wasser kochte, tat er einen Teebeutel und einen Spritzer gesüßte Kondensmilch in einen metallenen Becher und reichte ihn Ilona.

»Danke«, sagte sie. »Es war so voll im Hotel de l'Europe, ich habe es dort nicht wieder ausgehalten.«

»Nicht mehr.«

»Nicht mehr. Ich dachte, ich würde hierherkommen, statt darauf zu warten, dass du mich abholst. Ich hoffe, das ist in Ordnung.«

Sie hatten eine Verabredung; sie hatten – obwohl es ein New Yorker Ausdruck war, eine zu dämliche und unschuldige, zu sehr mit Swing verbundene Angelegenheit, als dass Ilona Jakab sich je dazu bereiterklärt hätte – ein Rendezvous. David Ball hatte ihnen Karten für eine Premiere bei den wiedereröffneten Salzburger Festspielen beschafft. Weder Jack noch Ilona interessierten sich besonders für Mozart, aber die Karten waren äußerst schwer zu ergattern gewesen. Nur sehr wenige Salzburger würden anwesend sein und gar keine Flüchtlinge, außer den Musikern, die man engagiert hatte, um diejenigen zu ersetzen, die von den Entnazifizierungen betroffen waren.

»Das ist in Ordnung«, sagte Jack. »Ich bin froh, dass du gekommen bist. Ich weiß, du warst neugierig, was das hier ist.«

»Neugierig«, sagte sie, gab ihm die Formulierung zurück, noch nicht ganz bereit, diese Beschreibung zu akzeptieren. Angesichts dessen, was sie durchgemacht hatte, überraschte es ihn ganz und gar nicht, dass sie eine Distanz zwischen ihnen aufrechterhalten oder spüren musste, eine Kluft an

Erfahrungen, die keine noch so große physische Nähe, kein vertrauliches Gespräch oder gegenseitige Zuneigung überbrücken konnte. Aber er war und blieb überrascht, dass sie diese Distanz meist in Form von Ironie äußerte, von Neckereien, einem spöttischen Anflug in ihren Antworten. Sie trug die Tasse Tee zurück in den Gewölbeschatten des Lagerhauses. Er folgte.

»Das wird ja immer eigenartiger«, sagte sie. Aber ihr Blick war nicht distanziert oder ironisch, während sie die aufgestapelten Schachteln, Kisten und Paletten betrachtete. Ihre Augen waren riesig in der Dunkelheit, hungrig und traurig. »Ist das alles aus dem einen Zug, von dem Tag, als ich dich kennengelernt habe?«

»Fast alles«, sagte er.

»Silber.«

»Eine Unmenge.«

»Schmuck?«

»Ja.«

»Bilder, Statuen.«

»Einiges.«

»Was noch?«

»Alle möglichen persönlichen Sachen. Pelze. Haushaltswaren. Gold.«

»Möbel?«

Er spürte, wie sie blind nach der Scham in seinem Herzen tastete.

»Alles, was sich irgendjemand nehmen oder behalten möchte«, sagte er.

»Es ist wie ein Schatzzug.«

»Könnte man sagen.« Außer den relativ wenigen Goldbarren und Juwelen, die Avar ausgehändigt hatte, schien es nicht allzu vieles von großem Wert in dem Zug zu geben – keine Leonardos, keine vor Diamanten überquellenden

Schatullen –, aber die schiere Menge der Beute war überwältigend, und in ihrer Gesamtheit musste sie einen beträchtlichen Wert darstellen. Eine einzige vergoldete Uhr war vielleicht nicht mehr als fünfzig oder sechzig Dollar wert, aber wenn man sie mit tausend oder zehntausend multiplizierte?

»Und das kam alles aus Ungarn?«

»Der Mann, der uns den Zug übergeben hat, ist Ungar und heißt László Avar. Er sagte uns, dass er für das Amt für jüdisches Vermögen arbeitet.«

»Das Amt für jüdisches Vermögen«, wiederholte sie, und diesmal gab es keine Andeutung von Spöttelei oder Necken. Sie murmelte ein paar Worte auf Ungarisch und sagte dann: »Ja, ich kenne es.«

»Was ich nicht verstehe«, meinte er, »ist, warum das Zeug überhaupt in den Zug gekommen ist. Avar sagte, sein Amt für jüdisches Vermögen habe es von den ungarischen Banken erhalten. Aber wie sind die Banken dazu gekommen?« Sobald er sie geäußert hatte, bereute er diese Frage. Er konnte nie feststellen, ob hinter Ilonas scheinbarer Fragilität eine fundamentale Stärke lag, oder ob das Gegenteil der Fall war. Vielleicht schien sie nur stark, würde aber bei einem falschen Wort zusammenbrechen.

»Sie haben es genommen. Sie haben uns gezwungen, alles, was wir hatten, der Bank abzuliefern. Zuerst kamen die Telefone dran. Ich kann mich sogar an den Tag erinnern. 27. März 1944. Ich weiß es, weil es Etelkas Geburtstag war. Als Geschenk für sie erließ die Regierung ein Gesetz, dass Juden keine Telefone besitzen oder verwenden durften. Was glaubst du, wie wir von dem Gesetz erfahren haben?«

»Wie?«

Sie lachte bitter. »Am Telefon natürlich. Mein Onkel Oskar hat uns angerufen und die Neuigkeiten berichtet.«

Sie erzählte, ihr Vater habe Etelkas Geburtstagsfest nicht

verderben wollen und deshalb bis zum nächsten Tag gewartet, um zur Bank zu gehen und das Telefon abzuliefern.

»Er wartete den ganzen Tag in der Schlange. Wer hätte gedacht, dass es in der Stadt Nagyvárad so viele jüdische Telefone gab?«

Binnen weniger Wochen wurde angeordnet, dass die ungarischen Juden ein offizielles Formular erwerben mussten, auf dem alle Besitztümer anzugeben waren, deren Wert 10000 Pengő überstieg, um diese Sachen dann zu den Banken zu bringen, die die Telefone eingesammelt hatten.

»An einem Tag waren es Fahrräder. Dann Radios. Dann Gold. Sogar die Eheringe meiner Eltern. Mein Vater war Getreidehändler. In der Gegend von Nagyvárad gibt es viele Bauernhöfe. Weizen, überall Weizen. Mein Vater kaufte Weizen von den Bauern, verkaufte ihn in ganz Europa. Sein Lagerhaus war viel zu groß, um es zur Filiale der Königlich-ungarischen Postsparkasse zu bringen. Also waren sie so freundlich, eines Tages zu kommen und sich die Schlüssel zu holen. Bevor sie sein Geschäft beschlagnahmten, hatte er Weizen an die Armee verkauft, sogar an die Deutschen, bis 1944. Die SS-Leute, die meinen Vater umbrachten, haben vielleicht nachher in der Kaserne beim Abendessen Brot gegessen, das aus seinem Weizen gebacken war. Wie komisch das alles ist, Jack, nicht wahr?«

»Ilona ...«

»Jeden Tag haben sie etwas anderes genommen, und jeden Tag hieß es in Schlangen warten. Wir alle haben so geduldig gewartet, unseren Besitz der Bank abzuliefern.«

Ilona ging durch einen der Gänge, die Jack zwischen den Paletten und Kisten gebildet hatte. Sie kniete sich neben einen kleinen Stapel aus leeren Koffern, auf denen mit Kreide in deutlichen Buchstaben die Namen der Besitzer geschrieben waren.

»Sie haben uns gesagt, gebt alles in Pakete und Umschläge, schreibt überall euren Namen darauf. Sie gaben uns Empfangsbestätigungen mit Listen von den Sachen, die wir abgeliefert hatten. Mein Vater hat diese Bestätigungen in seiner Brieftasche aufgehoben. Er hatte große Angst, nach Kriegsende keine Ansprüche stellen zu können, wenn er die Quittungen verlor. Er hat diese Papiere bis nach Auschwitz mitgenommen, ins Gas.«

Jack hielt sich gerade noch zurück, bevor er ihr sagen konnte, wie leid es ihm tue.

»Was wird eure Armee mit all den Sachen anfangen?«, fragte sie.

»Sie werden sie irgendwann zurückgeben.«

»Zurückgeben«, sagte sie, und jetzt war der spöttische Ton wieder da. »Ich wünsche euch Glück.«

Tatsächlich hatte Jack sich schon oft gefragt, wie man jemals die Besitzer irgendwelcher in dem riesigen Lager verwahrter Sachen herausfinden sollte. Seine Soldaten brachten ihm alles, was sie fanden, das mit einer Beschriftung versehen war, welche auf einen Eigentümer hinweisen konnte, doch abgesehen von den Dokumenten, die ihm László Avar gegeben hatte, gab es wenig, was die Gegenstände mit den Menschen in Verbindung brachte, denen man sie abgenommen hatte. Weit öfter fanden Jack und seine Männer Hinweise auf Städte, einen Stapel leerer Silberrahmen, gestempelt mit Namen und Adresse des Silberschmieds, oder Etiketten am Kragen der Pelzmäntel, in die der Name eines Geschäfts oder eines Händlers eingestickt war. Selbst wenn es Überlebende gab, die nach ihren Besitztümern suchen sollten, fragte sich Jack, wie irgendjemand jemals zum Beispiel eine bestimmte Garnitur von silbernen Sabbat-Kerzenleuchtern unter den Zehntausenden finden sollte, die den Zug füllten. Welche der Tausenden goldenen Uhren gehörte einem Vater, welcher Luchsmantel unter den Tausenden einer Mutter, welches Album unter denen, die die sechzehn riesigen Kisten mit Briefmarkenalben füllten, einem Sohn? Wie sollte jemand das je wissen?

Mit einem Krach flog die Tür zum Lagerhaus auf, und herein stürmte Lieutenant Colonel Price. Jacks Männer nahmen Habtachtstellung an und warfen die Hände in einem zackigen Salut an den Mützenrand.

Jack widerstand dem Drang, Ilona hinter ein Regal zu schubsen, nahm stattdessen ihren Arm und führte sie nach vorn zum Eingang des Lagerhauses.

»Colonel«, sagte er und bereitete sich auf einen Anpfiff vor.

Die Krawatte des Colonels hing schief, sein Gesicht war gerötet vor Aufregung. Er umklammerte ein Blatt Papier und hielt es Jack hin. »Als steckten wir noch nicht bis zum Hals in der Scheiße!«, sagte er. »Jetzt muss ich mich mit dem da auch noch abgeben.« Er bemerkte Ilona und riss das Papier wieder an sich.

»Lieutenant Wiseman«, sagte er. »Eine Zivilistin ist im Lagerhaus.«

»Ja, Sir.«

»Eine Frau.«

Jack stand wie gelähmt da, suchte verzweifelt nach einer Entschuldigung, irgendeiner Entschuldigung, um seine flagrante Verletzung der Befehle zu rechtfertigen, des Befehls gegen das Fraternisieren, desjenigen, dass kein Zivilist das Lagerhaus betreten durfte, dieses ganze Gerüst an militärischen Bestimmungen, Vorschriften und Verfügungen, das er jedes Mal verletzte, wenn er Ilonas Hand hielt. Er hatte zwar keine Angst, aber er hasste die Vorstellung, seinem vorgesetzten Offizier gegenüber einen solchen Mangel an Kontrolle zu zeigen. Aber es fiel ihm nichts ein.

Price starrte Ilona an, die seinen Blick erwiderte, ein Glitzern in den Augen.

»Der Zutritt zu diesem Lagerhaus ist für nicht genehmigtes Personal verboten!«, bellte Price.

»Das sagt mir Ihr Lieutenant hier ständig«, sagte sie. »Er hat sich geweigert, mir, einer Vertreterin der Vermögensrestitutionsstelle der ungarischen Flüchtlinge, Zutritt zu gewähren! Ich möchte mich in aller Form beschweren.«

Price sah verwirrt drein. »Beschweren?«

»Ja. Ich verlange Zutritt im Namen der HDPRPA.«

HDPRPA, dachte Jack; Gott sei Dank war Price das verworrene Akronym nicht aufgefallen. Jack konnte sein Mädchen nur bewundernd anstarren. Er hätte nie erwartet, dass sie eine so ausgefuchste Lügnerin war.

Price plusterte sich auf. »Mein Fräulein, das ist eine Einrichtung der US-Armee. Sie können hier gar nichts verlangen.«

»Sie und Ihr Untergebener werden von der Leitung der HDPRPA hören«, sagte sie und rauschte aus der Tür des Lagerhauses.

»Jesus«, sagte Price. »Das hat uns gerade noch gefehlt.« Er reichte Jack den Zettel.

Auf dem Dokument stand »Requisitionsmemorandum«, und darin stand Folgendes:

1. Der Kommandierende General verfügt, dass mit oberster Priorität und ohne Verzögerung folgende hier angeführte Haushaltsgegenstände beschafft werden:
   a. Porzellan (alle Arten, die für formelle Bankette und andere Mahlzeiten benötigt werden). Für 45 Personen.
   b. Silber (Gleiches wie oben, dazu Vorlegegabeln und -löffel). Für 45 Personen.

c. Glas (inklusive Wassergläser, Whiskygläser, Cocktailgläser, Wein- und Sektgläser, Likörgläser). Ausreichend für ein formelles Bankett für 90 Personen mit mehreren Weinen.
d. Dreißig (30) Garnituren Tischwäsche, bestehend aus einem Tischtuch und zwölf Servietten.
e. Sechzig (60) Bettlaken, sechzig (60) Kissenbezüge, sechzig (60) große Badehandtücher.

2. Der General wünscht, dass die oben angeführten Gegenstände von der besten Qualität und Machart sind, die im Land Salzburg erhältlich ist.

»Was glaubt der denn, was das hier ist?«, fragte Price. »Ein Kaufhaus?«

Jack war es nicht gewohnt, dass vorgesetzte Offiziere sich bei ihm wegen willkürlicher Wünsche ihrer Oberen das Herz ausschütteten, und einen Moment lang genoss er die unerwartete Kameradschaft.

»Verdammt nochmal«, sagte Price, »jetzt sehen wir lieber, dass er heute seinen ganzen Krempel kriegt.«

»Es tut mir leid, Sir«, sagte Jack. »Ich verstehe nicht. Wie möchten Sie denn, dass ich diesen Requisitionsauftrag ausführe?«

»Was meinen Sie mit wie?«

»Wo soll ich diese Sachen alle hernehmen?«

»Lieutenant, sind Sie bescheuert? Nehmen Sie die requirierten Sachen aus dem Lagerhaus.«

»Bei allem Respekt, Sir. Die einzigen solchen Sachen im Lagerhaus gehören zum Werfener Zug.«

»Glauben Sie, ich wüsste das nicht? Glauben Sie, ich hätte das diesem Scheißkerl nicht gesagt, der mir das Memo gebracht hat? Befolgen Sie einfach den Befehl, Wiseman.«

Jack warf einen Blick auf den Stuhl, den er sich eben angeeignet hatte, und zuckte zusammen. Er fasste sich und sagte: »Die Güter in diesem Zug sind kein Feindbesitz. Sie gehörten nicht den ungarischen Beamten, die ihn uns übergeben haben. Die haben sie gestohlen.«

»Lieutenant, wie immer sie dazu gekommen sind, es ist keine Frage, dass das Feindvermögen ist, was wir hier haben, und wenn unser Kommandierender General etwas ausborgen will, um seine Unterkunft auszustatten, wenn er aus uns ein Team glorifizierter Ladenschwengel machen will, die rumlaufen und seine Befehle erfüllen, dann können wir verdammt nochmal nichts machen.«

»Es ist jüdisches Eigentum, Sir. Die Ungarn haben es von den Juden gestohlen. Wir können das nicht einfach weggeben. Sie werden es zurückhaben wollen.« Er dachte an Ilonas Vater, der in den Tod gegangen war, einen Zettel mit sinnlosen Aufzeichnungen in der Hand. »Sie haben Empfangsbestätigungen.«

»Wer hat Bestätigungen? Der Kommandant des Zuges?«

»Nicht Avar. Die ungarischen Juden, Colonel. Als die ungarische Regierung ihnen ihr Eigentum abnahm, haben sie alle Quittungen erhalten.«

»Woher wissen Sie das, Lieutenant? Warum sind Sie ein solcher Experte über die Vorgangsweisen und Praktiken der ungarischen Regierung?«

Weil ich fraternisiert habe. Weil diese schöne junge Frau, die Sie eben verjagt haben, eine ungarische Jüdin ist und die Eheringe ihrer Eltern unter den hunderttausend anderen Goldreifen in den Kisten und Schachteln verschwunden sein mögen, die in diesem elenden Lagerhaus vom Boden bis zur Decke gestapelt stehen.

»Recherche, Sir.«

»Lieutenant, wir sind hier in der Army, nicht in einem Debattierklub. Sie holen jetzt diese Sachen zusammen und eskortieren Sie persönlich zum Haus von General Collins, und Sie machen das heute. Ist das klar?«

Price ging mit derselben betonten Geschäftigkeit, mit der er gekommen war, während Jack ihm nachsah. Als der vorgesetzte Offizier weg war, ging Jack zu seinem Schreibtisch, packte den Stuhl und marschierte zurück in das Lagerhaus in den Gang, der voller Möbel stand. Er wuchtete den Stuhl auf einen riesigen Stapel Kisten und kehrte dann zu seinem Tisch zurück, wo Gefreiter Streeter bereits seinen harten Schemel hingerückt hatte. Wortlos setzte er sich hin, Schmerz durchzuckte seinen Rücken, und begann die Liste durchzugehen.

Beim Silberbesteck war es leicht; es gab jede Menge Garnituren in ihren Originalschatullen. Er nahm drei: zwei einfache Garnituren ohne Gravur oder Schnörkel und eine in einer kunstreich geschnitzten Kassette, geschmückt mit einem Wappen und dem lateinischen Sinnspruch GRANDESCUNT AUCTA LABORE. Jack skizzierte das Muster in den linken Rand des Kontobuches; er hatte beschlossen, detailliert jedes einzelne Stück dort einzutragen, das General Harry Collins von den ermordeten ungarischen Juden auslieh. Eines Tages würden die tüchtigen Erben dieses Wappenschildes vielleicht ihr Fischbesteck suchen, und Gott helfe ihm, aber es erleichterte Jacks Gewissen, wenn er daran dachte, dass seine Sorgfalt und Genauigkeit ihnen dazu dienen könnten, ihr Eigentum aufzuspüren.

Bei der Beschaffung des Porzellans hatte er mehr Schwierigkeiten. Es war unmöglich, ein zusammenpassendes Service für 45 Personen zu finden. Sicherlich mussten nur fabelhaft Reiche so viele Leute auf einmal bewirten. Er versuchte aus vier oder fünf anderen Garnituren eine einzige zusammenzuschustern, aber wer hätte gedacht, dass es so viele verschiedene Porzellanmuster gab? Das eine mit blauen Blumen, das nächste mit rosafarbenen, wieder ein anderes mit chinesischen Pavillons und tanzenden Mädchen. Schließlich nahm Gefreiter Streeter die Aufgabe auf sich, zwei oder drei Geschirrgarnituren zu finden, die einander, wie er meinte, »ergänzen« würden, auch wenn sie nicht zusammenpassten.

Jack saß bei den Gläsern, notierte jeden Ajka-Kristallkelch, jede geschliffene Glaskaraffe. Dann ging er weiter zur Tischwäsche. Die benötigte Tisch- und Bettwäsche war leicht aufzutreiben, aber er verbrachte eine Stunde mit zusammengebissenen Zähnen in grimmigem Schweigen, während er Schachteln voller Textilien durchwühlte und versuchte, die Garnitur aus sechzig großen Badetüchern zu finden, die der General benötigte, um seinen kolossalen Hintern einzuhüllen.

Gefreiter Streeter hatte nun das Porzellan, das er ausgesucht hatte, verpackt und half Jack, verschiedene Stoffe aus den Kisten zu holen. Der Gefreite schlug eine Bahn steife, glänzende Baumwolle auseinander und strich sie auf seinem Schoß glatt. »Sir, vielleicht hat ja niemand Handtücher eingepackt.«

Jack musste sich Ilonas Familie vorstellen, wie sie ihre Haushaltstextilien verpackte, um sie bei der Bank abzugeben, und wie sie aus irgendeinem Grund beschlossen, die Handtücher nicht dazuzulegen. Vielleicht konnten sie sich einfach nicht davon trennen. Oder vielleicht hatte das Amt für jüdisches Vermögen einfach vergessen, Handtücher auf die Liste der Gegenstände zu setzen, die man abgeben musste.

Streeter fuhr fort: »Mag sein, dass Handtücher in Europa einfach anders sind. Vielleicht sehen sie nicht wie die daheim aus. Vielleicht haben sie hier kein Frottee.«

Jack überlegte. Die Bauernhöfe, wo er in der französischen Provinz gewesen war, hatten oft nicht einmal ein

Bad gehabt, geschweige denn Handtücher. Aber als sie sich durch Deutschland vorankämpften, hatten sie viele Nächte in normalen Mittelklassehaushalten verbracht, die zugleich vertraut und fremd waren. Die Einrichtung war der bei seinen Eltern nicht unähnlich, aber die Häuser waren voller Sachen, auf die kein Amerikaner je Wert legte. Die Federbetten zum Beispiel. Sogar die ärmsten deutschen Bäuerinnen schliefen auf gefederten Matratzen und unter dick gestopften Daunendecken, die die teuren Federkernmatratzen und Hudson-Bay-Decken von Jacks Mutter ärmlich aussehen ließen. Welcher freudlose Puritaner hatte seine Urgroßeltern, Emigranten aus Deutschland, dazu bewogen, solchen Luxus hinter sich zu lassen? Warum war er nicht verwöhnt von Gänsefedern aufgewachsen?

Aber hatte es in diesen deutschen Häusern Handtücher gegeben? Er konnte sich nicht erinnern.

»Vielleicht ist das ein Handtuch«, sagte Streeter und hielt eine Bahn aus weißem Stoff mit Zickzackborte hoch.

Jack musterte den Stoff. Er war glatt und steif und schien kaum dazu geeignet, Wasser aufzusaugen. Und zu hübsch, um den Arsch eines Mannes abzutrocknen, mochte es auch ein General sein. Aber auch die Laken mit Monogramm und kunstreich gestickten Säumen schienen viel zu schön, um darauf zu schlafen.

Wie war er bloß hierhergekommen, in einem Meer von weißem Leinen kniend, Beute plündernd, die man Juden wie Ilona gestohlen hatte? Er hatte das Gefühl, als wäre der Zug mit dem unerschöpflichen Eigentum der Familie Jakab beladen gewesen, als hätte man das Bleikristall und das Geschirr und diese Handtücher, wenn es denn welche waren, Ilona selbst gestohlen.

»Scheiß drauf«, sagte Jack. Er massierte seine Schläfen, wo ein Kopfschmerz in seinem Schädel zu pochen begonnen hatte. »Wir sagen einfach, das sind europäische Handtücher. Der General ist aus Chicago. Der hat doch keine Ahnung.«

Lieutenant Colonel Price hatte Jack befohlen, die Ablieferung selbst durchzuführen, und das tat er auch, trotz seiner Kopfschmerzen. Er schluckte eine Handvoll Aspirin, ignorierte den bitteren Geschmack und warf das Fläschchen in das Handschuhfach des Lastwagens.

Hollywood Harry, wie der General von denen genannt wurde, die ihm weniger loyal oder bewundernd gegenüberstanden als die Männer vom 42., hatte sich als Quartier den ehemaligen Wohnsitz eines österreichischen Adeligen, eines Anhängers der Nazis, ausgesucht. Dank der Intervention des Erzbischofs von München und Freising, der sich der Militärregierung Pattons in München angedient hatte, war der Baron einem Gerichtsverfahren entgangen, obwohl er sein Heim an die amerikanischen Besatzungskräfte verloren hatte. Bevor er sein Haus übergab, war der Baron darauf bedacht gewesen, es vollkommen leerzuräumen. In sein Exil in der Villa seines bayerischen Beschützers nahm er jedes einzelne Möbelstück mit, jeden Teller und Löffel, jedes Bild, jeden Wandspiegel. Er ließ seine Bedienten die Vorhänge von den Fenstern nehmen und die Teppiche vom Boden. Er ließ die Vertäfelungen von den Wänden der vielen Empfangsräume stemmen und sogar etliche Dielen in den Dienerzimmern herausreißen. Dieser Umstand war den Amerikanern ein Rätsel, als sie im Schloss eintrafen. Einige waren der Meinung, der Baron hätte die Bodenbretter mitgenommen, um sie in seiner neuen Unterkunft als Heizmaterial zu verwenden, aber da er auch angeordnet hatte, die Behälter für Brennholz zu leeren, konnte man annehmen, dass er bereits genügend davon zur Verfügung hatte.

General Collins' Mannschaft hatte alle österreichischen Quellen angezapft, um das ausgeweidete Anwesen ihres Chefs einzurichten, und die Ankunft des ungarischen Zuges erschien vielen von ihnen – den General nicht ausgenommen – als eine Sache der Vorsehung. Die Köchin und die anderen Haushaltsbediensteten, die der Baron im Stich gelassen hatte und die nun dem Schicksal entgegensahen, das seinen Möbelstücken und Schmuckgegenständen erspart blieb, machten sich sofort ans Werk, packten die Kisten aus, so schnell Jack und seine Leute sie hineintragen konnten, und breiteten die Beute auf einem massiven Biedermeier-Esstisch aus, der zu groß gewesen war, um ihn mitzunehmen.

Eine der Silbergarnituren war österreichisch, 18. Jahrhundert; als die Köchin die verzierte Schatulle öffnete, pfiff sie durch die Zähne. »Herrlich!«, sagte sie. Dann hielt sie ein Fischvorlegemesser hoch und drehte es in den Händen, runzelte die Brauen auf eine Art, die kritisch oder auch nur verwirrt sein konnte.

»Was ist?«, fragte Jack. »Gibt es ein Problem?«

»Es ist sehr schön«, sagte die Köchin. »Aber sehen Sie da, unter der Krone? Da ist ein H eingraviert. Kein C für Herr General Collins. Die Gäste des Herrn Generals werden verwundert sein.«

Jack überlegte, ob er ihr die wahre Herkunft des Silbers erklären sollte und zugleich andeuten, welches Schicksal die Hymans oder Hirschhorns oder Herzfelds wahrscheinlich erlitten hatten, aber er wusste, wie die Reaktion aussehen würde. Verwirrung. Vielleicht Sympathie. Und ganz entschieden Abwehr. Sie hatte sicher nichts gesehen, nichts gehört, nichts vom Schicksal der Juden gewusst. Kein Österreicher würde zugeben, irgendetwas gewusst zu haben. Unter Druck würden sie eingestehen, dass sie mitbekommen hatten, die Juden seien deportiert worden, im

Osten neu angesiedelt. Sie selber seien dagegen gewesen, versicherten sie den Amerikanern, die sie verhörten. Sie persönlich hätten gute Beziehungen zu allen möglichen Juden gehabt, aber was habe ein einfacher Bürger schon tun können? Allein Gegnerschaft zum Naziregime zu äußern hätte schon Denunzierung, Haft, Tod bedeutet. In dieser Hinsicht waren die Österreicher nur ein Echo ihrer deutschen Verwandten, aber irgendwie machte das Jack mehr zu schaffen. Die Österreicher waren immer so eifrig darauf bedacht, den Amerikanern mitzuteilen, dass sie die ersten Opfer Hitlers gewesen seien, erinnerten sich so widerwillig daran, wie sie ihre Invasoren mit Blumen und Konfetti begrüßt hatten.

Jack sagte: »Sie brauchen ihnen bloß zu sagen, das H steht für Herr General.«

»Ha!« Eine raue Stimme hallte zur hohen, gewölbten Decke des Zimmers empor. »Sehr schlau, Soldat.«

General Harry Collins war ganz Kiefer, mit einem gekerbten Kinn und einem Lächeln, das zwar dünnlippig, aber liebenswürdig und umgänglich wirkte. Er machte sich nie die Mühe, die von Patton abgeschaute ingrimmige, stirnrunzelnde Miene aufzusetzen, wie sie unter den höheren Rängen in den europäischen Einsatzgebieten beinahe allgemein üblich war.

Jack nahm Habtachtstellung an und ließ sich äußerlich nicht anmerken, wie wütend es ihn machte, den General einen langsamen, musternden Rundgang um den Tisch machen und die Beute in Augenschein nehmen zu sehen.

»Sehr nett«, sagte Collins. Er nahm ein kristallenes Weinglas und hielt es gegen das Licht, das durch die Fenstertüren einfiel. Er stellte es wieder auf den Tisch, leckte die Spitze seines rechten Zeigefingers ab und fuhr damit langsam um den Rand, bis es quietschte. Er sah den Tisch entlang und runzelte die Stirn. »Keine Sektgläser?«

»Ja, Sir«, sagte Jack. »Neunzig Sektgläser, wie angegeben.«

»Wo sind sie?«

»Hier sind sie!«, sagte die Köchin triumphierend und zog ein Sektglas aus einer Kiste, wobei sie einen Schauer Holzwolle verstreute. Sie nahm einen Schürzenzipfel und polierte das Glas, aber ihre fleischigen Arme und tellergroßen Hände waren besser dazu geeignet, ein Stück Rindfleisch zu entbeinen oder schimmernden Eischnee aufzuschlagen, und so zersplitterte das Glas unter dem Druck ihrer Finger.

»Gottverdammt!«, knurrte sie.

»Kein Problem, Sir«, sagte Jack. »Ich schicke jemand rüber mit einem Ersatzstück, pronto.«

Ihm schien es, als nehme seine Stimme einen säuerlichen Ton an, als er das sagte, und er hoffte, der General würde es nicht hören oder seine Missbilligung spüren, dass man sich den Zug und seinen Inhalt aneignete. Tatsächlich wandte sich Collins um und kniff die Augen zusammen, wobei er Jack mit derselben liebenswürdigen Gier betrachtete, die er bei der Inspektion der erbeuteten Silberwaren, der Wäsche und des Porzellans an den Tag gelegt hatte. Er wies auf das Regenbogenemblem an Jacks Uniform.

»Sie sind einer von meinen. Wie heißen Sie?«

»Wiseman, Sir. Lieutenant Jack Wiseman. 222, Sir.«

»Wiseman, Wiseman. Welche Kompanie?«

»H-Kompanie, Sir.«

»H-Kompanie. Wiseman, ja, Lieutenant, ich habe von Ihnen gehört. Mickey Fellenz hat mir einmal erzählt, er könne die H-Kompanie mit verbundenen Augen und mir nichts, dir nichts mitten in der Sahara aussetzen, und eine Woche später wären die Leute wieder im Camp Gruber ohne ein Körnchen Sand in ihren Unterhosen.«

»Danke, Sir«, sagte Jack. Er fühlte das Blut in seine Wangen steigen und seine Wut verschwinden. Brauchte es nur das, damit er Ilonas Vater vergaß, die Empfangsbestätigung für sein gestohlenes Eigentum, die in den Öfen von Auschwitz zu Asche verbrannte? Ein Kompliment von seinem Kommandeur? Ein Wort des Lobes, der Umstand, dass der General wusste, wer er war, sich sogar an seinen Namen erinnerte? Genügte das, um ihn die Verantwortung vergessen zu machen, die er für die Ladung des Zugs übernommen hatte, die Verantwortung, die er gegenüber den verschwundenen Besitzern dieser Güter fühlte? Es schien so.

»Wiseman«, wiederholte der General. »Sohn, sind Sie vielleicht vom jüdischen Glauben?«

Jack erstarrte. »Ja, Sir, das bin ich tatsächlich.«

»Na, das ist ja wunderbar! Phantastisch.«

»Sir?«

»Kommen Sie in mein Büro, Sohn. Da ist jemand, den Sie kennenlernen sollten.«

Jack folgte dem General in ein geräumiges Zimmer. An den Wänden standen leere Bücherregale, die der Aufmerksamkeit des Barons und seines eifrigen Brecheisens entgangen waren. Sonst war das Zimmer wie üblich aller Möbel beraubt, außer zwei zusammenpassenden Ledersesseln; aus einem erhob sich Rabbi El Bohnen, einer der Geistlichen in der Regenbogendivision.

General Collins sagte: »Rabbi, ich glaube, dieser junge Mann ist einer von euch.«

Jack kannte Bohnen, obwohl er nie den Rat oder Beistand dieses Mannes gesucht hatte. Jack war ein so überzeugter Nichtgläubiger, dass er sich zunächst nicht einmal darum gekümmert hatte, als »Hebräisch« ins Armeeverzeichnis aufgenommen zu werden, und er hatte seine Meinung nur deshalb geändert, weil seine Bekenntnislosigkeit ihn zur Zielscheibe ständiger Belästigungen durch diverse Kaplane evangelikaler Bekenntnisse gemacht hatte, die unbedingt seine Seele retten wollten, bevor er auf dem Schlachtfeld sein Leben verlor. Aber Bohnen hatte es sich zum Anliegen gemacht, jeden Juden in der Einheit kennenzulernen, egal wie indifferent oder unreligiös, und so hatten Jack und er sich einige Male unterhalten. Er war ein nachdenklicher Mann, freundlich, ohne aufdringlich zu sein, mit einem Anflug eines Akzents aus Toronto. Auch wenn Jack sich für seine mutmaßliche Religion nicht interessierte, konnte er doch nicht anders, als den Rabbi zu mögen.

»Ja, das ist er«, sagte Bohnen. Er hatte lange Ohren und ein festes Kinn, einen kleinen Mund, der nun aufrichtig lächelte. »Lieutenant Wiseman, wie geht es Ihnen?«

»Kann nicht klagen, Major.«

Collins sagte: »Der Rabbi hat mir von der Lage in den DP-Lagern berichtet. Eine schreckliche Sache, Wiseman. Eine grausame Sache.«

»Ja, Sir«, sagte Jack.

»Und immer mehr von den armen Teufeln kommen Richtung Westen.«

»Ja, Sir.«

»Sie sind mit uns in Dachau gewesen, nicht wahr, Jack?«, sagte Bohnen.

»Ja, Sir.«

»Diese ausgemergelten, kranken, geprügelten, elenden Schatten menschlicher Wesen. Ich habe immer noch Albträume davon.«

»Ja, Sir«, sagte Jack. Er verbot es sich, im Geist zu den Dingen zurückzuwandern, die er gesehen hatte, als seine Einheit als eine der ersten das Lager befreit hatte.

»Unsere Brüder, Jack. Unsere armen gebrochenen Brüder. Ich sage Ihnen, als ich das dort sah, hatte ich das Gefühl, ich müsse mich bei meinem Hund dafür entschuldigen, ein Mitglied der menschlichen Rasse zu sein.«

Jacks Hals verkrampfte sich, er konnte nur nicken.

Bohnen sagte: »Für die Überlebenden aus den Lagern ist nichts geblieben. Ihre Familien sind tot. Sie haben alles verloren. Nach Polen und Rumänien gehören sie nicht mehr. Und der einzige Ort, wo sie hingehören, will sie nicht haben.«

Verwirrt sagte Jack: »Wo ist das, Sir?«

»Nun, Palästina, Lieutenant«, sagte Bohnen und machte eine etwas missbilligende Miene. »Natürlich. Eretz Israel.«

»Ah«, sagte Jack. »Natürlich.«

»Die Briten lassen sie nicht nach Palästina einreisen. Jedenfalls nicht legal. Also kommen sie hierher und suchen unseren Schutz.«

»Es ist eine Tragödie, eine wirkliche Tragödie«, sagte General Collins. »Eine Tragödie zu den anderen Tragödien dazu.«

Rabbi Bohnen sagte: »Ein Gerechter kann angesichts einer solcher Häufung von Tragödien nur eines tun.«

Obwohl er erkannte, dass Bohnen erwartete, er könne ihm folgen, hatte Jack wieder keine Ahnung, was der Rabbi im Sinn hatte. Angesichts des Horrors von Dachau, der Schande und des Drecks in den DP-Camps schien es ihm nicht, als könne der Gerechte noch seinen Arsch vom Ellbogen unterscheiden. Aber das sagte er nicht. Stattdessen versuchte er bloß eine höflich-geduldige Miene aufzusetzen und wartete, dass Bohnen ihn von seiner Spannung erlöste.

»Beistehen, wo immer er kann«, sagte Bohnen.

Jack stimmte zu, dass dies die Obliegenheit aller Gerechten sei. Er fragte sich, ob es Beistand bedeutete, wenn man eine alte ukrainische Hexe aus ihrem Zimmer vertrieb und Büchsenfleisch und Zitronenbrausepulver für Ilona und die Zweigs schmuggelte.

Der General sagte: »Sollten Sie nicht in Wien sein, Wiseman? Mit den anderen vom 222.?«

»Ich bin neu zugewiesen worden, Sir. Zum PCB vom RD und R.«

»Werden Sie bald heimgeschickt, Lieutenant?«

»Nein, Sir.«

»Nicht genügend Punkte?«

»Noch nicht, Sir.«

Collins sagte: »Schon daran gedacht, sich für weitere sechs Monate zu verpflichten?«

»Ich habe es überlegt, Sir.« Jack hatte tatsächlich – sehr zu seiner eigenen Überraschung – einige Gedanken daran verschwendet. Mehr als ein Jahr war jeder wache Moment, den er nicht nutzte, um sich und seine Leute am Leben zu halten, darauf verwendet worden, die Rückkehr nach New York zu überlegen, aber jetzt, wo er die Arschkarte gezogen hatte, begann er den Gedanken zu fürchten, er müsse gehen. Er warf die Mitteilungen nicht mehr weg, die ihn aufforderten, seine Dienstzeit zu verlängern, obwohl er eine endgültige Entscheidung, sich für eine weitere Frist zu verpflichten, erst treffen musste. Diese Entscheidung, das war ihm klar geworden, lag ganz und gar nicht in seinen Händen, sondern wie sein Herz in den Händen von Ilona Jakab.

»Darauf können Sie sich verlassen, Sir«, sagte er.

»Das sind gute Neuigkeiten, mein Sohn«, sagte der General. »Wir brauchen jeden von euch Oldtimern. Männer, die wissen, was wir hier machen, wofür wir gekämpft haben. Zu viele von den jungen Burschen vom Nachschub wissen kaum noch, wer der Feind war, haben Sie das auch festgestellt? Bei Ihren Leuten? Haben Sie bemerkt, dass die so grün sind, dass sie Freund und Feind nicht auseinanderhalten können?«

Jack war so begeistert, den General seine eigene ärgste

Frustration aussprechen zu hören, dass er sich nicht enthalten konnte, in heftiger Zustimmung zu nicken. »Ich versuche es hinzukriegen, dass sie den Unterschied erkennen, Sir.«

»Fein. Sie sind ein guter Offizier, Lieutenant Wiseman. Ich bin stolz, dass Sie ein Regenbogen sind.«

»Ich bin stolz, ein Regenbogen zu sein, Sir.« Jack wusste, dass die Unterschiede zwischen den Divisionen nichts bedeuteten, dass er unter Beschuss dieselbe Kameradschaft entwickelt hätte, wäre er im 101. Airborne oder in der 119. Infanteriedivision gestanden. Er hatte von Anfang an gewusst, dass es seine Kameraden waren, denen er Loyalität schuldete und für die er sie fühlte, ebenso den anderen niedriggradigen Offizieren. Nicht den Oberen, nicht einer Division, einem Zufall der Zuteilung. Trotzdem blähte sich in seiner Brust eine Blase von Selbstgefühl und Freude. Es mochte idiotisch sein, aber in diesem Moment empfand er Stolz, dass er an seinem Ärmel die Regenbogenfarben trug, Stolz, unter Generalmajor Harry Collins zu dienen, stolz, anerkannt und geschätzt zu sein.

»Der Krieg mag zwar vorüber sein«, sagte der General, »aber ich fürchte, wir haben es mit einer Sache von Dauer zu tun, und es sind Leute wie Sie, auf die wir uns verlassen, um das zu schaffen.«

»Danke, Sir.«

Der General entließ ihn, und als Jack zackig auf den Hacken kehrtmachte, sagte Rabbi Bohnen: »Ich gehe mit Ihnen raus, Lieutenant Wiseman.«

Während sie durch das anmutige Portal schritten, warf Jack einen Blick in das Speisezimmer, wo die Köchin und ihre Gehilfinnen immer noch Freudenrufe ausstießen über die Beute, die er mitgebracht hatte. Einen Moment lang riss ihn ihr Überschwang mit, und er zögerte, erinnerte sich noch einmal an den beschämenden Auftrag, mit dem er gekommen war.

Als sie seinen Lastwagen erreicht hatten, legte ihm der Rabbi eine Hand auf den Arm, um ihn zurückzuhalten.

»Jack«, sagte er. »Was ich über die helfende Hand gesagt habe. Ich möchte gerne wissen: Wenn Ihre Hand gebraucht würde, würden Sie sie uns zur Verfügung stellen?«

»Sir?«

»Wenn ich Sie eines Tages auffordern würde, unseren armen jüdischen Brüdern zu helfen, könnte ich dann auf Sie zählen?«

Obwohl er nicht wusste, worum man ihn fragte, nicht einmal, ob es eine echte oder eine rhetorische Frage war, sagte Jack: »Ja, Sir. Natürlich, Sir.«

»Ich wusste es«, sagte der Rabbi. »Ich wusste, dass Sie ein Gerechter sind.«

Jack dachte an das, was er in der Schlacht getan hatte, an die Dutzenden, vielleicht Hunderten Männer, die er getötet, an die Befehle, Regeln und Vorschriften, die er befolgt hatte, egal was er darüber dachte, befolgt, weil das sein Job und seine Pflicht war. Und trotz all dem, obwohl »gerecht« nicht das Wort war, mit dem er sich jemals beschrieben hätte, wurde ihm in diesem Augenblick klar, dass gerecht zu sein alles war, was er jemals gewollt hatte.

6

Monate vergingen, das Wetter schlug um, und Jack verbrachte weiter seine Abende und die seltene Freizeit mit Ilona und seine Tage als glorifizierter Quartiermeistergehilfe. Er erledigte Bedarfsanforderungen von US-Generälen im ganzen Land Salzburg, die alle, wie es schien, Teppiche und Porzellan benötigten, Tischwäsche und Geschirr. Er füllte Anforderungsformulare aus und führte Listen, brachte in regelmäßigen Abständen bei seinem vorgesetzten Offizier seine Einwände vor und wartete darauf, dass jemand etwas in der Sache unternahm. Und dann schien es eines Tages zu Ende zu sein. Er saß an seinem behelfsmäßigen Schreibtisch und schrieb einen Empfehlungsbrief für den Gefreiten Streeter, der sich in Erwartung seiner Entlassung für ein Pharmaziestudium in Albany bewarb, als knarzend die Tür des Lagerhauses aufging und Lieutenant Colonel Price hereinmarschierte, eine Schar Zivilisten im Gefolge. Es waren insgesamt fünf, eine kleine Gruppe älterer Männer in gebürsteten und geflickten Anzügen und Hüten und ein Jüngerer, größer als die anderen, elegant gekleidet und mit wachsamen Augen. Die Nachhut bildete Rabbi Bohnen.

»Lieutenant«, begann Price. »Ich brauche Sie, um …«

»Dürfte ich einen Moment?«, sagte Rabbi Bohnen. »Ich würde gerne Lieutenant Wiseman unseren Gästen vorstellen.«

Nicht daran gewöhnt, von einem Offizier niedrigeren Ranges unterbrochen zu werden, presste Price dennoch aus Respekt vor der Rolle des Geistlichen die Lippen zusammen und nickte.

»Lieutenant Wiseman, das ist die Delegation aus Ungarn, Abgeordnete der jüdischen Gemeinde in Budapest, die sich den Inhalt des Zuges ansehen wollen.«

Endlich!, dachte Jack. »Jó napot«, sagte er.

Die Ungarn riefen etwas und begannen einen Schwall Ungarisch auf ihn loszulassen, aber Jack musste die Hand heben. »Das ist so ziemlich alles, was ich kann«, sagte er.

»Mehr als ich«, meinte der Rabbi. »Ich möchte Ihnen auch Gideon Rafael vorstellen, Mitglied der politischen Abteilung der Jewish Agency, aus Eretz Israel.«

Gideon Rafael war der erste Jude aus Palästina, den Jack getroffen hatte. Er sah ganz und gar nicht nach den sonnengebräunten Orangenbaumpflanzern aus, den sozialistischen Wanderburschen in kurzen Hosen, wie sie das Palästina bevölkerten, das auf den Seiten der jiddischen Zeitungen seiner Großeltern abgebildet war. Breitschultrig, in ein frisches weißes Hemd und einen grauen Flanellanzug von untadeligem Schnitt gekleidet, wirkte Rafael ganz und gar wie ein europäischer Diplomat.

Nun übernahm Price das Kommando und instruierte Jack, die Ungarn im Lagerhaus herumzuführen. Doch bevor sie sich aufmachten, zog er Jack auf die Seite.

»Sie haben, was Sie wollten, Wiseman. Aber … nun ja. Diskretion. Vorsicht besser als Nachsicht und so weiter.«

»Ja, Sir«, sagte Jack; es war ihm klar, dass er den Besuchern gegenüber die Sachen nicht erwähnen durfte, die das Quartier der Obrigkeit zierten. Es war ihm egal. Jetzt, wo diese Männer da waren, würde es nicht lange dauern, bis alles zurückgegeben und zurückgeschickt wurde, nach Ungarn, wo es hingehörte.

Er führte sie zum ersten Gang, zeigte auf die Kisten und Schachteln, und die Ungarn drängten nach vorn, lasen die Etiketten und Kreideaufschriften, murmelten einander etwas zu. Einmal japste einer von ihnen auf und zog mit zitterndem Finger einen Namen nach, der auf einen Lederkoffer gekritzelt war. Er war ein wenig jünger als die anderen, auf dem kahlen Schädel trug er eine schwarze Samtjarmulke. Rafael beugte sich zu dem Mann, und sie wechselten einige Worte. Jack versuchte ihnen ein wenig Privatheit zu verschaffen, doch der Platz war knapp, und er konnte hören, was sie sagten.

»Nicht meine eigene Familie«, sagte der Mann zu Rafael. »Der Cousin meines Schwiegersohns. Aus Debrecen.«

Rabbi Bohnen, der neben Jack stand, hob ein Taschentuch und betupfte sich die Augen.

»Sir«, sagte Jack leise, »soll ich den Koffer öffnen?«

Bohnen überlegte einen Augenblick. Dann stellte er Rafael diese Frage, der wiederum den Ungarn fragte.

»Nein«, sagte der Mann. »Diesen nicht.«

Der Anführer der ungarischen Gruppe, ein schmaler Mann mit ordentlich gestutztem weißem Bart und in die Furche über seiner Nase geklemmtem goldenem Kneifer, sagte: »Aber vielleicht einen anderen Koffer?«

Jack ging einige Schritte den Gang entlang. Er hielt vor einem Abschnitt, wo er Kisten mit silbernen Zeremonialgeräten abgestellt hatte, suchte sich eine aus und stemmte sie mit seinem Messer auf. Er nahm einen Silberkelch aus der Kiste. Der Kelch war angelaufen, er rieb ihn an seinem Taschentuch blank, bevor er ihn dem Leiter der ungarischen Delegation reichte. Der Mann hielt ihn ehrfürchtig, seine wässrigen Augen füllten sich mit Tränen. Er murmelte etwas, und sein glatzköpfiger Kollege wandte sich an Jack. »Rabbi Mendlowitz fragt, wo die Thorarollen sind.«

Bevor Rafael übersetzen konnte, antwortete Jack auf Deutsch: »Es tut mir leid, mein Herr. Wir haben Dutzende Brustplatten und silberne Griffe gefunden, aber keine Thorarollen.«

Bei dieser Auskunft schüttelte der alte Ungar den Kopf, seine nassen Augen liefen über.

Rabbi Bohnen nahm seine Hand und tätschelte sie.

Einen Augenblick standen sie alle stumm da, aus Respekt vor dem Kummer des alten Mannes. Dann wandte sich Rafael an Jack: »Wo haben Sie die wertvolleren Dinge gelagert? Schmuck? Uhren? Solche Sachen.«

Jack führte sie in den hintersten Winkel unter den mit Brettern verschlagenen Fenstern, wo er die Kisten mit

Schmuck und goldenen Uhren abgestellt hatte. Er öffnete eine Kassette von jedem. Einer der Ungarn kniete sich nieder, durchwühlte rasch die Uhren und wandte sich dann dem Schmuck zu. Er steckte eine Juwelierlupe ins Auge und begann Stück für Stück Sachen hochzuheben, hielt sie nahe an seine Lupe und drehte sie in den Fingern hin und her. Nach ein paar Augenblicken murmelte er dem Leiter der Abordnung etwas zu. Es folgte eine lebhafte Unterredung auf Ungarisch. Die Mitglieder der Delegation schienen verstört. Der kleine Weißhaarige wandte sich an Jack.

Auf Deutsch sagte er: »Diese Gegenstände sind nicht so wertvoll, wie wir dachten. Die Uhren sind aus Gold, sicher, auch einige der Ketten. Aber wo sind die Edelsteine?«

Rafael fragte Jack: »Werden sie anderswo aufbewahrt?«

Jack verließ für einen Moment die Männer und kehrte mit der Schatulle mit Goldbarren, der Brieftasche voller Fremdwährung und dem kleinen Samtbeutel mit Edelsteinen zurück, die Avar ausgehändigt hatte, als die ersten Amerikaner die Kontrolle über den Zug übernahmen. »Das ist alles, was wir haben«, sagte Jack.

»Das ist alles?«, fragte Rafael und wog den Beutel in seiner Hand.

»Ja.«

»Gibt es noch andere Kisten mit Schmuck?«

»Ja«, sagte Jack, »aber das meiste, was wir haben, sieht aus, als wäre es zerlegt worden, die Steine herausgebrochen. Wenn man bedenkt, wie viele Ketten und Fassungen wir haben, ist klar, dass es mehr sein sollte. Tatsächlich haben wir sehr wenig wertvollen Schmuck, Gold oder Bargeld gefunden. Der zuständige Ungar erklärte uns, dass die Kisten mit dem wertvollsten Inhalt in den letzten Kriegstagen durch seinen Vorgesetzten Hauptmann Árpád Toldi aus dem Zug geholt wurden.«

Price unterbrach. »Die Edelsteine und das Gold, die Toldi gestohlen hatte, wurden in der französischen Zone gefunden. Die Franzosen verwahren diese Sachen.«

»Ja«, sagte der Leiter der ungarischen Delegation. »Unsere Regierung ist in Verhandlung mit ihnen über die Rückgabe dieses Eigentums.«

Jack fragte sich, ob die Ungarn gehört hatten, was David Ball, sein Zimmerkamerad von der Abwehr, ihm erzählt hatte: dass die Franzosen die Wertsachen nur entdeckt hatten, weil die österreichischen Bauern, die Toldi beauftragt hatte, auf die Kassetten mit der Beute achtzugeben, auf ihren Dorfmärkten mit Händen voller Diamanten aufgetaucht waren, mit denen sie um Brot handelten, während ihre Frauen sich mit juwelenbesetzten Diademen und Tiaren aufputzten, um ihre Kühe zu melken und Rüben aus dem Acker zu ziehen.

Price sagte: »Wir werden sicherstellen, dass Sie eine Kopie von Lieutenant Wisemans Inventar erhalten. Seien Sie aber versichert, dass alles, was wir übernommen haben, nachdem der Zug in unsere Verantwortung überging, hier in diesem Lagerhaus ist.«

Alles außer das, was bei den Bossen ist, dachte Jack, aber er sagte es nicht. Überdies existierte kein vollständiges Inventar des Zuginhalts. Ja, er hatte alles verzeichnet und festgehalten, was seine Vorgesetzten angefordert hatten, aber der Rest? Es gab einfach so viel. Es waren mindestens allein fünfhundert Kisten voller Silberschüsseln, -teller und -vasen. In der Art Inventar, die er gerne angelegt hätte, wäre jeder einzelne Gegenstand in jeder Kiste verzeichnet gewesen. Aber das hätte weit mehr Personal gebraucht, als ihm zugestanden worden war. Das Eigentum grob zu sortieren war alles, was er tun konnte.

Alles in allem verbrachten die Besucher vier Stunden

im Lagerhaus, und als sie fertig waren, war Jack erschöpft. Aber er fühlte auch, dass ihm eine schwere Last von den Schultern genommen war. Endlich würde er diese beinahe unerträgliche Bürde los sein.

Er begleitete sie hinaus zu den zwei großen schwarzen Autos, die auf der Straße vor dem Lagerhaus warteten, hielt die Türen auf, und sie kletterten einer nach dem anderen hinein. Der Leiter der Abordnung war der letzte Ungar, der einstieg; vorher bedeutete er Jack, sich zu ihm zu neigen. Er legte seine verkrümmten Hände auf Jacks Schultern und murmelte ein Gebet. Den Singsang kannte Jack nicht, aber die Worte waren dieselben wie bei dem Gebet, mit dem der Vater seiner Mutter ihn und seinen jüngeren Bruder beim Sabbatmahl gesegnet hatte.

»Gott setze dich wie Ephraim und Manasse«, psalmodierte der Rabbi auf Hebräisch und segnete Jack, wie Jakob seine Enkel gesegnet hatte, Josephs Söhne, zwei Knaben, die wie Jack in der Diaspora aufwuchsen, den Versuchungen und Gefahren des Exils ausgeliefert.

Auf Jiddisch, weil Deutsch ihm in diesem Augenblick als Sakrileg erschienen wäre, dankte Jack dem Rabbi, der ihm die Lippen auf die Stirn drückte, bevor er ins Auto stieg.

Als Jack die Autotür schloss, meinte Rabbi Bohnen, der den Vorgang beobachtet hatte: »Ein Segen eines solchen Rabbiners ist eine große Sache. Ich bin stolz auf Sie, Jack.«

Worauf konnte man hier stolz sein, dachte Jack. Dass er das Lagerhaus gut organisiert hatte, damit die Bosse leichter ihre Streifzüge durchführen konnten?

»Sie waren ein guter Wächter«, sagte Bohnen, als könne er Jacks Gedanken lesen. »Ihr Eigentum war sicher bei Ihnen.«

Und sogar Jack, der so sehr zur Selbstkritik neigte, musste zugeben, dass das stimmte. Er hatte ordentliche Arbeit geleistet, Diebstähle einzudämmen, so gut das mit dem wenigen Personal möglich war, das man ihm zugeteilt hatte. Er hatte alle Requisitionen sorgfältig verzeichnet. Bohnen hatte Recht. Er war ein guter Wächter gewesen. Und nun ging das ungarische Eigentum dorthin zurück, wo es hingehörte, um unter den Überlebenden der Budapester Juden verteilt zu werden. Er erlaubte sich selbst einen Anflug von Zufriedenheit, einen Hauch Hoffnung.

Binnen Augenblicken waren sie verschwunden.

»Ich wollte Ihnen das nicht geben, solange die hier waren«, sagte Price.

»Sir?«

Price reichte ihm eine Mappe mit Requirierungsanordnungen. Für Medical Corps Officer General Edgar E. Hume: achtzehn Teppichläufer, Geschirr und Silberbesteck, Tischwäsche und Gläser. Für die Wiener Wohnung von General Howard: neun Teppichläufer, eine Garnitur Silberbesteck, zwölf Silberteller. Für Brigadier General Linden: zehn Teppichläufer. Für Generalmajor McMahon: zweihundert Stück Geschirr und Gläser.

Jack öffnete den Mund, doch Price hob die Hand. »Ich möchte es nicht hören, Lieutenant. Führen Sie den Auftrag aus.«

Und damit war Jacks Gefühl von Zufriedenheit und Hoffnung verschwunden. Er war machtlos gegen das Militär, wie ein Eisbär auf einer abschmelzenden Scholle, über die das Meer immer näher lappt.

7

Die Frauen, die mit Ilona das Zimmer teilten, kannten ihn und lächelten über seinen Versuch, sie in ihrer eigenen Sprache zu begrüßen. Sein »Jó napot« klang ziemlich gut, aber bei seinem höflichen und freundlichen »Achuj« krümmten sich die Polinnen vor Lachen und wischten sich die Tränen ab, die ihnen aus den Augen strömten. Er wusste nicht, was an seinem Akzent es war, das sie so sehr amüsierte; erst viele Jahre später erfuhr er es, als er das Wort bei einer Bardame in Little Poland in Greenpoint ausprobierte, die sich ebenfalls krümmte, den Bauch hielt und keuchte, bis sie sich die fröhlichen Augen wischte und ihm sagte, dass er ihr keinen Guten Tag gewünscht, sondern sie einen Schwanz genannt hatte.

Er hatte den Eindruck, Ilonas Zimmergefährtinnen seien ein derber Haufen, und war wie immer erleichtert, dass er nicht genug Ungarisch verstand, um zu wissen, womit sie ihn neckten.

An diesem Nachmittag, etliche Wochen nach dem Besuch der Delegation, von dem Jack dummerweise angenommen hatte, er würde das Ende seines Jobs und die Rückgabe der Sachen aus dem Werfener Zug bedeuten, hatte er dem jüngst beförderten Colonel Streeter die Aufsicht über das Lagerhaus übertragen; keinen Augenblick länger hielt er es dort aus. Er musste Ilona sehen. Er fand sie auf ihrem Bett sitzend, sie stopfte eine Socke. Die Socke war blau, aber das Garn war schwarz. Jack wünschte sich, er hätte ihr einen Haufen Garnrollen in allen Farben des Regenbogens mitgebracht. Ihr Rock war über die Knie hinaufgerutscht. Sie trug keine Strümpfe, und in der Kühle des Zimmers standen die rotgoldenen Flaumhärchen an ihren Beinen in die Höhe. Ein beträchtlicher Teil von Jacks nächtlichen Grübeleien war der einstweilen unbeantworteten Frage gewidmet, ob die Farbe ihrer Schamhaare ebenso rötlich blond war oder eher dem Kastanienrot auf ihrem Kopf glich. Sie erwischte ihn, wie er auf den Kern des Mysteriums starrte. Er fuhr zusammen und wandte den Blick ab, bekämpfte dann seinen Impuls und erwiderte ihren festen Blick.

Einen Moment lang sahen sie einander in die Augen, und dann tat sie etwas Erstaunliches. Ganz sachte, beinahe unmerklich, schob sie ihre Beine auseinander. Es waren nicht mehr als einige Zentimeter, so wenig, dass jemand, der nicht besessen gewesen wäre, es gar nicht bemerkt hätte. Jack erhaschte einen Blick auf einen rosigen Schenkel und ein weißes Höschen, und dann war es vorbei. Sie legte ihre Stopfarbeit hin und stand auf.

»Noch mehr Geschenke!«, sagte sie, als er ihr seine täglichen Gaben überreichte. »Bald bin ich das reichste Schokoladenmädchen im ganzen Land Salzburg.« Dann, als bereue sie den Scherz, hob sie ihre Hand an seine Wange. »Danke«, sagte sie liebenswürdig. Sie war nicht oft liebenswürdig, hatte öfter ein sardonisches Lächeln auf den Lippen als ein sanftes, und so schmolz sein Herz, wenn sie es sich zugestand, so zu sein.

»Hör mal, Jack, ich muss dir etwas sagen«, begann sie, aber inzwischen waren die anderen Mädchen herbeigekommen, um zu sehen, was er mitgebracht hatte.

»Später«, meinte sie zu ihm, wickelte zwei Schokoladenriegel aus und reichte sie herum. Als sie die Nylonstrümpfe von Gotham Gold Stripe herauszog, sagte eine der Frauen etwas auf Polnisch, und die anderen brachen in Gelächter aus. Eine Ungarin befühlte die Nylons und flüsterte Ilona etwas zu, die ihr ein Paar in die Hand drückte.

Ilona sagte: »Sie meint, sie müsse sie haben; sie will sie an dem Tag tragen, an dem sie in Budapest aus dem Zug steigt.

So ist sie schön für ihren Mann.« Obwohl die Frau kein Englisch sprach, senkte Ilona die Stimme. »Ihr Ehemann ist Christ. Sie haben sich 1944, als die Judengesetze erlassen wurden, scheiden lassen, und sie hat Angst, dass er sie nicht zurücknimmt. Sie hat gehört, dass er und ihr Sohn den Krieg in Budapest überlebt haben, aber sie haben nicht auf ihre Briefe geantwortet.«

Schweinehund, dachte Jack und verfluchte insgeheim den Mann.

Von irgendwoher hatten die Polinnen ein Fläschchen Nagellack ergattert, und jetzt bemalten sie einander wieder gegenseitig die Nägel. Die Ungarin fing neuerlich an zu packen. Jack bemerkte, dass auch einige der anderen Ungarinnen ihre Sachen zusammensuchten.

»Gehen sie?«, fragte Jack. Er verspürte einen plötzlichen Anfall von Angst. Würden alle Ungarinnen gehen? Sie auch?

»In drei Tagen geht ein Zug von Wien nach Budapest. Alle müssen morgen nach Wien fahren, um eine Genehmigung für die Heimreise zu bekommen.«

Jacks Herz sank. »Oh. Ich meine, gut. Heißt das Abschied nehmen?«

Sie runzelte einen Moment die Brauen, dann lachte sie. »Nein, du dummer Junge. Ich gehe nicht weg aus Salzburg. Wie könnte ich ohne Etelka?«

Wie lange, fragte er sich, würde sie warten? Obwohl er der Frau, die er liebte, gegönnt hätte, dass ihre Wunschvorstellung in Erfüllung ging, war sich Jack sicher, dass Etelkas Name, falls sie überlebt hatte, längst irgendwo auf irgendeinem Verzeichnis aufgetaucht wäre. Wieder und wieder war er mit Ilona in die Rotkreuz-Büros oder zu den UNRRA-Stellen gegangen und hatte die Listen nach Etelkas Namen abgesucht. Dabei war Ilona auf die Namen anderer Bekannter gestoßen, meist auf Verzeichnissen der Toten, ein- oder zweimal auf denen der Lebenden. Aber den Namen ihrer Schwester musste sie noch finden. Wo immer sie in der Stadt hingingen, prüfte Ilona die Menge, musterte die Gesichter. Sie wählte sogar Tätigkeiten aufgrund der Wahrscheinlichkeit, dass ihre Schwester dort sein könne. Als wäre Etelka nach Salzburg gekommen und auf den Untersberg gestiegen, bevor sie nach ihrer Schwester suchte oder sich beim Roten Kreuz meldete. *Deine Schwester ist tot*, wollte Jack Ilona sagen, und zugleich fürchtete er es. Sie ist auf einem der Zwangsmärsche gestorben, mit denen die Nazis die letzten überlebenden Gefangenen drangsaliert hatten. Schließlich waren fast alle umgekommen.

Jack befand sich in der unhaltbaren Lage zu glauben, es sei für Ilona am besten, sich die Wahrheit einzugestehen, sie zu akzeptieren und die untragbare Last auf sich zu nehmen, weiterzumachen, und zugleich zu wissen, dass es ihre fruchtlose Suche war, die sie hier festhielt, bei ihm. Sonst würde sie gehen, weg aus diesem Friedhof und zurück nach Ungarn. Und noch eine weitere Ambivalenz: Er fürchtete auch, dass es die Suche nach Etelka war, die Unfähigkeit, weiterzugehen, die Ilona davon abhielt, sich ganz und gar ihm zuzuwenden. Ilonas Wahn, dass Etelka überlebt habe, erlaubte ihnen, beisammen zu sein, aber er hielt sie auch davon ab, sich in ihn zu verlieben, wie er sich in sie verliebt hatte.

Sie verließen das Zimmer und gingen die Treppe hinunter; Jack hatte den Arm um Ilonas Schulter gelegt und hielt sie eng an sich gedrückt. Sie waren jetzt beinahe sechs Monate zusammen, und er hatte die Ernsthaftigkeit seiner Neigung dadurch bewiesen, dass er seinen Dienst für sechs Monate verlängert hatte, um mit ihr in Salzburg zu bleiben, aber dies da – die Knochen ihrer Schulter, das Streifen ihrer

Lippen über die seinen, der Geschmack ihres Mundes – war der einzige Zugang zu ihrem Körper, den sie ihm erlaubt hatte. Die Stunden, die sie zusammen im Kino oder im Marionettentheater verbrachten, in Kaffeehäusern, auf Decken an den kühlen Ufern des Leopoldskroner Weihers, bevor es schneite, oder jetzt, da der Boden zu feucht war, in finsteren Toreingängen, waren Schauplätze eines einzigen andauernden Ringkampfes geworden, sanft und erbittert.

Der Regen strömte als ständiger Salzburger Schnürlregen nieder, für den die Stadt berüchtigt war, und sie beschlossen, lieber die Straßenbahn zu nehmen als zu gehen. Im September waren die Antifraternisierungsbestimmungen durch das Militär aufgehoben worden, und so hatten sie in den letzten Monaten offen und frei durch die Stadt spazieren können, ins Kino und ins Kaffeehaus, konnten die Straßenbahn nehmen, ohne befürchten zu müssen, durch einen schlechtgelaunten Militärpolizisten aufgegriffen zu werden. Die Bahn war halbleer und so konnten sie nebeneinander sitzen.

»Was wolltest du mir sagen?«, fragte er und versuchte, sich nicht vor der Antwort zu fürchten.

»Ich habe heute einen Brief von meiner Tante Firenze bekommen«, sagte Ilona und zeigte ihm den dünnen blauen Umschlag. »Sie ist in Budapest und versucht eine Reise zurück nach England zu organisieren. In Nagyvárad ist nichts mehr für uns geblieben, sagt sie, und sie hat mich eingeladen, mit ihr in ihre alte Heimat zu gehen. Nach Manchester.«

Jack spürte, wie ihm die Brust eng wurde vor Angst, vor einem Gefühl des Verlusts, als würde er sie bereits vermissen, selbst jetzt, wo er sie neben sich fühlte, ihr Schenkel sich an den seinen presste. »Möchtest du nach Manchester gehen?«

»Ich weiß nicht. Vor dem Krieg konnte ich mir nicht vorstellen, irgendwo anders zu leben als in Ungarn. Auf dem

Friedhof in Nagyvárad sind die Gräber meiner Ururgroßeltern, sogar von noch früher. Mein Großvater sagte, wir könnten unsere Familie tausend Jahre zurückverfolgen, bis zu den Chasaren. Aber jetzt gibt es kein Nagyvárad mehr.«

»Was wirst du ihr also sagen?«, fragte er. »Deiner Tante Firenze?«

»Ich weiß nicht.« Sie ließ ihre Hand in die seine gleiten. »Vielleicht sind wir gar nicht so verschieden, du und ich. Vielleicht bin ich wie du ein Soldat, der seinen Posten nicht verlassen kann. Ich muss auf Etelka warten, genauso wie du bleiben und den Zug bewachen musst, bis er seinen rechtmäßigen Besitzern zurückgegeben wird.«

Er fühlte einen Stich der Beschämung. Hätte sie gewusst, was an diesem Tag geschehen war, wäre sie über den Vergleich entsetzt gewesen.

Ilona faltete den Brief zusammen und steckte ihn in den Umschlag zurück. »Wenn Etelka gekommen und deine Arbeit endlich getan ist, werden wir sehen.«

Sie waren an der Haltestelle angelangt, Jack sprang aus der Straßenbahn und breitete die Arme aus. Erstaunt hüpfte sie hinein, er wirbelte sie herum und drückte einen Kuss auf ihre Lippen.

»Du bist so dumm, Jack!«, lachte sie.

Gemeinsam überquerten sie die Straße zum Kino, wo auf dem Plakatständer zu lesen war: »Doktor Ehrlichs Zauberkugel«.

»Bist du sicher, dass wir uns das ansehen sollten?«, fragte er. Er mochte Edward G. Robinson sehr, war aber weniger begeistert von der Idee, mit seinem Mädchen einen Nachmittag in Betrachtung der Biografie eines Mannes zu verbringen, der eine Behandlung für Syphilis entdeckt hatte. »Weißt du, worum es geht?«

»Ja, ich weiß es. Ich habe dir ja erzählt, dass meine Schwester Etelka Medizin studierte. Das ist genau die Art Film, die sie sich angesehen hätte.«

Das Kino war dunkel und muffig, aber anders als die Kinosäle seiner Kindheit in Manhattan tadellos sauber. Obwohl er es wunderbar fand, sich nicht fragen zu müssen, ob es Popcorn oder etwas Ekligeres war, das unter seinen Sohlen knirschte, als er den Gang hinunterschritt, vermisste er den Geruch nach Butter und den Krach einiger tausend Kinder, die einen ganzen Tag lang im RKO Boxy oder im Rivoli sich selbst überlassen waren, um die Wochenschau, Trickfilme und Kurzfilme zu sehen.

Er behielt eine ungerührte Miene bei, während Ilona die Menge musterte und wie immer nach dem Gesicht ihrer Schwester Ausschau hielt. Erst als die Leinwand zu flackern begann, setzte sie sich. Auf halbem Weg durch die zweite Filmrolle leuchteten die paar Lampen auf, die es noch gab, aber der Vorführer hielt den Film nicht an.

Die Menge erhob ein Protestgemurmel, und Jack amüsierte sich mit dem Gedanken, wie man in New York reagiert hätte. Die Schreie der Entrüstung, die gegen die Leinwand geschleuderten Popcornschachteln. Vier österreichische Polizeibeamte in von den Abzeichen befreiten und dunklen Wehrmachtsuniformen kamen den trüb beleuchteten Gang entlang und stellten sich vor die Leinwand, die drohende Miene Robinsons auf ihre eigenen blassen Gesichter projiziert.

»Raus, raus«, brüllten die Beamten. »Ihr faulen Schweine. Jetzt wird gearbeitet, nicht amüsiert!«

»Was zur Hölle?«, sagte Jack. Er sah sich um, bemerkte aber, dass er, soweit er erkennen konnte, der einzige amerikanische Offizier im Kino war.

Die Polizisten verteilten sich im Saal. Langsam schritten sie durch die Gänge, blieben hin und wieder stehen und zerrten einen jungen Mann oder eine Frau heraus, beschimpften sie als Drückeberger oder Nichtstuer und wiesen sie aus dem Kino. Der Polizist, der Jack und Ilona am nächsten war, war kugelrund und hatte ein Gesicht voller Aknenarben und eine Uniform, die nur marginal offizieller wirkte als die der anderen. Er hielt seinen Gummiknüppel in der Hand, schlug damit gegen seine Handfläche und stach und stocherte nach seinen Opfern.

Als er zu Ilona und Jack kam, blieb er stehen. Er streckte das Kinn vor und sagte zu Ilona: »Sie! Warum sind Sie nicht bei Ihrer Arbeit?«

»Ich bin befreit«, sagte sie.

»DPs sind nicht befreit! Zeigen Sie mir Ihre Papiere!«

Ilona zog ein zusammengefaltetes Stück Papier aus der ledernen Geldbörse, die Jack ihr im PX-Laden gekauft hatte. Es war ihr brandneuer Flüchtlingsausweis, den sie erst vor einigen Tagen im UNRRA-Büro im Chiemseehof abgeholt hatte.

»Steck das weg«, sagte Jack. »Wir sind hier nicht in Nazideutschland. Du brauchst ihm deine Papiere nicht zu zeigen.«

Sie zögerte. »In einem Artikel gestern in der Zeitung wurde beklagt, dass die Leute ins Kino gingen, statt bei der Instandsetzung der Stadt mitzuhelfen. Vielleicht beginnen sie jetzt die Leute zu verhaften.«

»Es ist ihr Dreck«, sagte Jack. »Sie sollen ihn aufräumen.« Und zum Polizisten auf Deutsch: »Sie ist mit mir hier.«

Der Beamte zögerte einen Augenblick, zuckte dann die Schultern und gesellte sich zu seinen Kollegen und der kleinen, enttäuschten Gruppe frustrierter Filmliebhaber, die sie im Hintergrund des Kinos zusammengetrieben hatten. Mit gezückten Gummiknüppeln scheuchten sie ihre Schutzbefohlenen aus der Tür.

Der Vorführer drehte das Licht ab, Edward G. Robinson wurde denunziert, rehabilitiert und starb schließlich, aber Jack konnte sich nicht mehr recht konzentrieren. Als es wieder hell wurde, führte er Ilona rasch durch die Menge und versuchte so schnell wie möglich wegzukommen. Als sie auf die nun dunkle Straße traten, sagte er: »Es ist kalt. Möchtest du etwas essen?«

Sie nickte und kuschelte sich tiefer in die Wärme des Wollmantels, den er durch seine Mutter aus New York hatte schicken lassen. Er war eines der wenigen Dinge, die er Ilona gegeben und die sie nicht an andere, anscheinend bedürftigere Flüchtlinge weitergegeben hatte. Sie wanderten durch die Altstadt, eingemummt gegen den beißenden Wind und die Schneeschauer, gingen in die Getreidegasse und hatten sich bald häuslich an einem Tisch in der Ecke des hell beleuchteten Café Mozart niedergelassen.

Obwohl er das sonst nicht tat, bestellte er heute auch für sich ein Stück Kuchen. Die Schlagsahne schmeckte seltsam; sie war nicht mehr frisch, dachte er. Dass es im Café in einer Zeit zunehmender Lebensmittelknappheit überhaupt Sahne gab, ganz zu schweigen von Mehl und Zucker, sprach für die große Erfindungsgabe der Österreicher, zumindest wenn es um Süßspeisen ging. Ilona war entweder zu höflich oder zu hungrig, um sich zu beschweren. Erst als sie sich den Finger abgeleckt und damit die letzten Krümel aufgetupft hatte, sagte er: »Hör zu, Ilona. Ich muss dir etwas sagen.«

»Heute ist wohl ein Tag der Neuigkeiten.«

Er atmete tief durch und erzählte ihr von der elenden Sache, die er den ganzen Tag zu vergessen versucht hatte, die Sache, die zu berichten er ihr schuldete. »Price ist mit einer Anweisung in das Lagerhaus gekommen. Das Zeug im Zug geht nun doch nicht zurück nach Ungarn. Jedenfalls nicht so bald.« Jack biss sich auf die Lippen, wartete auf ihre zornige Reaktion, verspürte aber plötzlich etwas wie Ressentiment. Warum sollte er sich davor fürchten, es ihr zu sagen? Es war nicht ihr Eigentum. Welches Recht hatte sie, ihn sich schlecht fühlen zu lassen? Aber sofort wusste er, dass er sich irrational verhielt. Sie war es nicht, die ihm ein schlechtes Gefühl vermittelte. Er tat es selbst. Und er sollte sich auch schlecht fühlen. Es war schlimm, was seine Armee tat. Kriminell.

»Was ist passiert?«, fragte Ilona, so geschockt, wie er es erwartet hatte. Aber nicht zornig. Noch nicht. »Du hast schon vor Wochen erzählt, dass die ungarische Delegation gekommen ist!«

»Ich weiß es nicht«, sagte Jack. »Es gibt da irgendwelche Debatten zwischen den Ungarn und der Jewish Agency. Price wollte mir nicht viel sagen.«

»Was ist da zu debattieren?«, sagte sie. »Es ist ganz einfach. Die Güter gehören Ungarn. Gebt sie zurück. Ende der Geschichte.«

Er seufzte und sagte: »Nichts ist jemals so einfach.«

»Natürlich ist es das.«

»Denk nach, Ilona. Wem sollen wir die Sachen übergeben? Der ungarischen Regierung? Sie sind ein besiegter Feind. Wir werden denen keinen riesigen Haufen Beute überlassen.«

»Ihr gebt es den Leuten, denen es gehört.«

»Wie? Möchtest du, dass die US-Armee einfach in Budapest einrollt und einen Kommissar einsetzt? Die Sachen den Leuten auf der Straße aushändigt?«

»Es gibt Quittungen, Jack! Viele Leute haben Quittungen.«

»Die meisten von denen, die diese Quittungen haben, sind tot, das weißt du. Und von denen, die es nicht sind, werden es wie viele wohl geschafft haben, ihre Quittungen zu behalten?«

»Ihr könntet das tun, was ihr gesagt habt! Das Eigentum der ungarischen Delegation zurückgeben, den Vertretern der ungarischen jüdischen Gemeinde.«

»Es gibt da ein Problem mit denen. Irgendeinen Streit zwischen ihnen und der Jewish Agency. Das könnte Jahre dauern, bis der gelöst ist.« Und inzwischen, das wusste er, würde alles weg sein, weggehackt, löffelweise, zentimeterweise erbeutet.

Mit seiner leeren Kaffeetasse winkte er der Kellnerin; ihre grimmige Miene wirkte ebenso gestärkt wie ihre Rüschenschürze.

Ilona sagte: »Es ist nicht einfach. Das weiß ich. Es ist alles sehr kompliziert. Aber das ist nicht kompliziert: Meine Eltern sind tot. Glaubst du nicht, dass die US-Armee mir mein Fahrrad zurückgeben sollte?« Ihr Gesicht war blass, sie zitterte. Vor Wut oder vor Trauer, er konnte es nicht sagen. Beides, dachte er.

»Ich schwöre zu Gott, Ilona: Wenn ich in diesem Kuddelmuddel die Sachen deiner Familie finden könnte, ich würde sie dir zurückgeben. Egal was meine Vorgesetzten sagen, ich würde dir alles zurückgeben.«

»Ich weiß«, sagte Ilona.

Er stellte sich vor, sie mit ins Lagerhaus zu nehmen und gemeinsam mit ihr alle Kisten und Schachteln zu durchsuchen, bis sie die Eheringe ihrer Eltern, die Uhr ihres Vaters, ihr Fahrrad fanden.

Lächerlich. Selbst wenn durch ein Wunder die Besitztümer ihrer Familie dort waren, und selbst wenn es möglich war, Kiste um Kiste voller gleich aussehender Goldringe durchzuwühlen und unter Tausenden zwei herauszufinden, wurde doch der größte Teil seiner Zeit im Augenblick darauf verwendet, die Leute aus dem Lagerhaus draußen zu halten, damit der Inhalt nicht geplündert wurde. Er konnte ihr kaum etwas aushändigen, wenn er seinen Männern für eine solche Tat mit dem Kriegsgericht gedroht hatte.

»Ich besorge dir ein Fahrrad«, sagte er.

»Ich hab das mit dem Fahrrad nicht so gemeint. Es war symbolisch.«

»Ich weiß. Trotzdem. Du könntest ja in der Stadt herumfahren, Etelka suchen.« So reichte er ihr leichthin eine weitere Portion falscher Hoffnung, von der er wusste, wie schlecht es für sie war, sich ihr hinzugeben.

Ihre Blässe schwand, und sie rückte ihren Stuhl näher zu seinem, ließ ihren Kopf auf seine Schulter sinken. Er legte den Arm um sie und zog sie an sich.

»Ich weiß, es ist nicht deine Schuld«, sagte sie.

Da küsste er sie, mitten im Kaffeehaus, unter dem zornigen Auge der steifen und verbitterten Kellnerin. Ilona ließ es nicht bloß zu, sondern erwiderte seinen Kuss, fester und drängender als je zuvor, und er war sich bewusst, dass er etwas von ihr erhalten hatte, und beschämt darüber, was es dazu gebraucht hatte.

8

Er beschaffte ihr ein Fahrrad. Wegen Balls Beförderung zum Captain hatte er nun einen Jeep samt Chauffeur zur Verfügung. Es war eine Kleinigkeit gewesen, David zu überzeugen, er solle das Fahrrad, das er benutzt hatte, nicht zurückgeben, sondern ihm überlassen.

»Ich sollte dir sagen«, meinte Jack, »dass ich nicht vorhabe, es für militärische Zwecke zu verwenden.«

David lachte. »Ehrlich, Jack, das ist mir so was von egal.

Ich bin bloß froh, dass ich nicht mehr mit dem Ding fahren muss. Ein Fahrrad ist ein lächerliches Transportmittel in einer Stadt, wo es dauernd entweder regnet oder schneit. Ich wundere mich, dass du es haben möchtest.«

»Ich werde es jemandem schenken«, sagte Jack.

»Deinem Mädchen?«

»Ja.«

»Schön.«

»Ich nehme mir ein Stück militärische Ausrüstung und gebe es ihr.«

»Ach, um Himmels willen, halb Salzburg lebt von amerikanischen Rationen. Reiß den verdammten Air-Force-Aufkleber runter, mal es rosa an. Keinem wird das auffallen, keinen wird es kümmern.«

So machte Jack es auch, wobei er sein allzu empfindliches Gewissen unterdrückte. Das Rad war ein Westfield Columbia, mit einem robusten Rahmen und ebensolchen Speichen. Er lackierte es grellrot, eine Farbe, die besser zum feurigen Temperament seiner Freundin passte, stellte die Bremsen ein, ölte die Kette, klammerte eine Fahrradpumpe an den Rahmen und legte eine Kette samt Schloss um den Sitz. Dann fuhr er damit zum Hotel de l'Europe und trug es die drei Stockwerke hoch in ihr Zimmer.

In dem Moment, als er eintrat, wusste er, dass etwas nicht stimmte: Alles war still. Eine von Ilonas Zimmerkameradinnen, die einzigen Ungarinnen, die nach der Abreise der anderen in Salzburg geblieben waren, eilte auf ihn zu, nahm seinen Arm, flüsterte ihm etwas Unverständliches ins Ohr und zeigte dorthin, wo Ilona auf ihrer eisernen Bettstatt lag, zusammengerollt, die Knie an die Brust gepresst und die Arme um den Bauch gefaltet. So fest umklammerte sie jeden Arm mit der Hand des anderen, dass ihre Fingerspitzen weiß waren und ihre Nägel hochrote Halbmonde im Fleisch hinterließen, das erst vor so kurzer Zeit wieder rundlich und gesund geworden war.

Er lehnte das Fahrrad gegen die Wand und ließ sich an das Bett führen.

»Was ist passiert?«, fragte er die Frau, die ihn hingeleitet hatte.

Sie antwortete auf Ungarisch, und er verfluchte diese unmögliche Sprache mit ihren cs und sz, ohne irgendwelche Wörter, die er aus einer anderen Sprache kannte.

»Ilona«, sagte er und kniete sich neben sie. »Ilona?«

Sie öffnete die Augen.

»Ilona, was ist geschehen?«

Sie sah ihn an, aber ohne Interesse oder Wiedererkennen, wie man einen Spalt auf dem Gehsteig ansehen mag, über den man steigt. Wieder schloss sie die Augen.

Seine Hand verharrte in der Luft über ihrem Kopf. Er wollte sie berühren, ihr Haar glattstreichen, seine Hand an ihre Wange legen, aber er hatte Angst, sie würde zurückzucken.

Er legte die Hand zurück in den Schoß, kniete neben dem Bett, unbeweglich und still, und lauschte ihrem Atem, bis eine der Frauen ihm einen Hocker brachte. Er setzte sich auf den Hocker und rieb sich die Knie, die vom Boden schmerzten. Er streckte ein Bein aus, sein steifes Knie knackte, ein Gewehrschuss in dem stillen Zimmer. Ilona riss die Lider hoch. Nach einem Augenblick schloss sie sie wieder.

Er würde einfach neben ihr sitzen bleiben, sie nicht stören, sie nicht berühren oder mit ihr sprechen oder sich ihr irgendwie aufdrängen. Er würde einfach dasitzen und warten und durch dieses Warten ihr zeigen, dass er immer da sein würde, dass sie darauf vertrauen konnte, dass er sie nie allein lassen würde.

Aufmerksam lauschte er auf ihren Atem, passte ihr Ein-

und Ausatmen dem seinen an. Er wusste nicht genau, wie lange er so dasaß; sein Zeitgefühl war nicht so gut ausgeprägt wie sein Orientierungssinn. Es mochte eine Stunde sein, vielleicht mehr, vielleicht weniger.

Die Ungarin kam mit einem Zinnbecher mit heißem Wasser, sie hatte ein wenig von dem Löskaffee hineingerührt, den Jack Ilona bei ihrem letzten Treffen mitgebracht hatte. Diese Frau war älter als Ilona, zwischen dreißig und fünfzig, oder vielleicht schwer mitgenommene 25. Ihr Haar war nur büschelweise nachgewachsen, der Rest ihres Schädels, notdürftig mit einem grünen Stoffdreieck bedeckt, war rot und schälte sich. Doch sie hatte wunderschöne Augen, tief und dunkel, mit langen rußschwarzen Wimpern. Sie stellte die Tasse mit Kaffee auf den Boden neben dem Bett und begann Ilona etwas zuzumurmeln. Sanft zog sie sie hoch, bis das Mädchen saß, beugte sich über sie, die Arme immer noch um ihren Körper gelegt, während sie ohne Unterlass auf Ungarisch etwas murmelte, leise und rhythmisch, wie ein Lied. Sie nahm Ilonas Hand und legte ihr die Hände an die Wangen, ihre Fingerspitzen drückten sanft in die dunklen Ringe unter ihren Augen.

Ilona öffnete ihren Mund zu einem großen O, und Jack wartete auf die unvermeidlichen Tränen, aber stattdessen sackte sie bloß stumm gegen den ausgezehrten Busen der Frau. Die Frau neigte den Kopf zu Jack, bedeutete ihm mit einer Kinnbewegung, herüberzukommen. Er schüttelte den Kopf, aber sie verlagerte Ilonas Gewicht auf einen ihrer Arme und packte mit der anderen Hand sein Hemd, zog ihn zu sich. Unbeholfen, die Knopfleiste seines Hemdes in ihrem eisernen Griff, bewegte sich Jack vom Hocker zum Bett. In einer einzigen anmutigen Bewegung ließ die Frau Ilona aus ihren Armen in die seinen gleiten. Dann stand sie auf und ging rasch weg.

Ilona lehnte sich nur eine Minute lang an ihn, bevor sie den Kopf hob. Mit der Rückseite der Hand rieb sie sich die Augen.

»Etelka ist tot«, sagte sie tonlos.

Seine Gefühle, als er das seit Wochen, seit Monaten erwartete Unvermeidliche hörte, waren verwirrend. Er empfand tiefe Trauer wegen Ilona und zugleich Erleichterung, dass die Scharade nun ein Ende hatte. Und fühlte Angst und Spannung wegen der Zukunft, die sich jetzt vor ihnen auftat. Würde sie Salzburg verlassen und nach Ungarn zurückkehren? Würde sie nach England gehen oder bei ihm bleiben, mit ihm nachhause fahren? Und durch dieses komplizierte Gewebe aus Emotionen wand sich ein Faden von etwas Seltsamem, sogar Lächerlichem. Er war sich einer sonderbaren Enttäuschung bewusst, als hätte auch er, gegen alle Hoffnung, gehofft, dass Etelka überlebt hatte.

Obwohl er wusste, dass es das Letzte war, was er hätte sagen sollen, das Letzte, was sie hören wollte, sagte Jack: »Es tut mir leid.«

9

Im Frühsommer 1937, als Ilona zehn und ihre Schwester Etelka beinahe zwölf gewesen waren, hatte sich die Familie Jakab nach Bad Gastein begeben, wo Herr Jakab in den Radonbädern die Schmerzen in seinen arthritischen Knien zu lindern hoffte. Es war die letzte ihrer jährlichen Reisen in diesen etwa zwei Stunden von Salzburg entfernten Gebirgsort. Im März 1938 marschierte Hitler in Österreich ein, und dann waren sie nicht mehr willkommen. Sie nahmen eine Suite im Grand Hotel de l'Europe, je ein Zimmer für die Eltern, eines für die Mädchen und ihr Kindermädchen und ein Wohnzimmer für die Vormittage, wenn sie ihr Frühstück und die Zeitungen genießen wollten, ohne Morgenrock und Hausschuhe ablegen zu müssen. Es war ihr letzter Familienurlaub gewesen, und Ilona dachte daran als letzte Phase sorglosen Glücks, ein Jahr bevor die neuen antijüdischen Gesetze in Ungarn ihr Leben änderten, vier Jahre vor dem ersten Massaker an jüdischen Ungarn, bei dem in Kamieniec-Podolsk 20 000 Flüchtlinge ermordet wurden.

Das Grand Hotel war die Königinmutter der Gasteiner Badehotels. Das kolossale Jugendstil-Gebilde mit Bogenfenstern und üppig verzierten Balkonen beherrschte den kleinen Ort. Während Herr Jakab seine Vormittage damit verbrachte, sich im Wasser zu suhlen und die giftigen Dämpfe einzuatmen, die ihn letztendlich hätten umbringen können, hätte er lange genug gelebt, wanderten seine Frau und die Töchter über die Bergwiesen und hinauf zum Wasserfall. Die kleinen Mädchen trugen Kränze aus Gänseblümchen und leuchtend violettblauem Enzian. An den Nachmittagen promenierte die Familie die Hauptstraße entlang oder spielte Krocket auf dem großen Rasenplatz des Hotels.

In Nagyvárad war ihr Vater oft von seinen geschäftlichen Sorgen abgelenkt, in Bad Gastein aber genossen Ilona und Etelka Stunden seiner ungeteilten Aufmerksamkeit. Sie tafelten unter der goldverzierten Decke des Hotelspeisesaals, lange, gemütliche Mahlzeiten, ungestört von Diskussionen über schwankende Weizenpreise und die Auswirkungen des Wetters auf die Saaten. In Bad Gastein war die Familie Jakab am glücklichsten, und deshalb bat Ilona Jack auch, sie dort hinzubringen, nachdem sie von Etelkas Tod erfahren hatte. Jack erklärte sich sofort dazu bereit, er hielt es für möglich, dass Ablenkung ein adäquater Ersatz für Trost sein könne und liebe Erinnerungen eine Möglichkeit, Kummer zu empfinden und dennoch zu überleben.

Das Erste, was sie bei der Ankunft im Ort zu Gesicht bekamen, war das Grand Hotel. Zu seiner Überraschung zeigte Ilona kein Interesse, sich im Foyer umzusehen. Stattdessen führte sie ihn hinaus auf die Fläche aus niedergetrampeltem Schnee und Erde, wo sich ehemals der Rasen befunden hatte. Er versuchte zu argumentieren, es sei zu kalt für ein Picknick, aber sie meinte, ihre Schwester habe so gern auf dem Rasen gepicknickt, und das würden sie jetzt auch tun. Sie breitete eine Plane auf dem Boden aus, öffnete eine Dose Büchsenfleisch und schnitt es in Scheiben, legte das Fleisch auf Brotschnitten und betupfte die Sandwiches mit einem winzigen bisschen von dem kostbaren Schwarzmarktsenf, den sie gegen sechs Haferriegel aus US-Armeebeständen und zwei Päckchen Zigaretten eingetauscht hatte. Als Nachtisch hatte er ein Marmeladenbrötchen organisiert; das schnitt sie in zwei gleich große Stücke.

Er war schneller mit dem Essen fertig als sie. Er lehnte sich auf den Ellbogen und betrachtete sie. Sie nahm langsame, methodische Bissen, kaute gründlich und öffnete nach dem Schlucken sofort den Mund für den nächsten. Sie aß nicht weniger als gewöhnlich, verspeiste ihr Sandwich und die Hälfte von seinem, die er ihr anbot, aber sie genoss das Essen nicht wie sonst. Sie kaute und schluckte bloß, nahm noch einen Bissen.

Auf dieser Seehöhe war die Luft dünn und frisch und roch nach Schnee. Droben schien die Sonne, und er legte den Kopf zurück, um sich das Gesicht zu wärmen. Die blasse, sommersprossige Ilona verbarg ihr Gesicht unter einer schlappen Armeemütze vor der Kälte und dem grellen Licht des Winters. Die Mütze war zu groß, die schnallenbesetzten Ohrenklappen fielen auf ihren Hals nieder, als hätte sie unter der Klappe eines Zeltes Zuflucht gesucht.

Sie sah aus wie der Wildfang, der sie gewesen war, dachte

er. Sie hatte ihm Geschichten erzählt, wie Etelka und sie die langen Sommertage im Ferienhaus ihrer Familie in Siófok am Plattensee verbracht hatten, wie sie auf Ponys durch die Gegend geritten waren, im See gebadet und auf einer im Gras ausgebreiteten Decke im Garten geschlafen, in die Sterne geschaut hatten. Er wünschte, er hätte sie damals gekannt, die verwöhnte Tochter einer reichen Familie, die ihre Sommer in den Bergen und ihre Ferien in eleganten Badeorten verbrachte. Er wünschte, er hätte ihr Zuhause in Nagyvárad sehen können, verstehen, wie ihre Familie gelebt hatte, wissen, welche Bilder ihre Wände schmückten, was sie aßen, wie die Aussicht von ihrem Schlafzimmerfenster aus war. Er wünschte, er hätte sie gekannt, bevor sie, bevor ihre Welt zerbrochen war. Aber vielleicht war es teilweise gerade ihre Gebrochenheit, weshalb er sie liebte. Schließlich war es die Ilona von eben jetzt, von der er besessen war.

»Bist du fertig?«, fragte Ilona.

»Ja.«

Sie sammelte die Reste ihrer Jause zusammen. Er hielt ihre Hände fest und legte den Arm um sie, drückte sie fest an sich. Einen Moment lang versteifte sie sich, dann entspannte sie sich an ihm. Er drückte seine Lippen auf ihr Haar. So tief ihr Gram war, er fühlte, er könnte ihr dessen Bürde erleichtern. Oder sie zumindest mit ihr teilen.

Er sagte: »Ist es sehr anders als das, woran du dich erinnerst?«

»Alles ist anders«, sagte sie.

Etwas an der Art, wie die schwache Wintersonne den Stoff seiner Hose wärmte, ließ ihn plötzlich spüren, wie sich in den Falten seiner Armee-Unterhose etwas regte. Er erstarrte, bemühte sich, seine Erektion abschwellen zu lassen, aber je mehr er sie beachtete, desto stärker wurde sie.

Das war ihm schon früher passiert, wenn er mit Ilona ausging, aber nur unter Umständen, wo es leicht zu kaschieren gewesen war. Er hatte seinen Ständer unter Tischdecken in Restaurants verborgen, beim Gehen seine Fäuste in die Taschen gesteckt und sich leicht vornübergebeugt, sich auf den Bauch gedreht, wenn sie im Gras lagen. Keines dieser Manöver stand ihm jetzt zur Verfügung. Er saß auf dem gefrorenen Boden, die Beine ausgestreckt und an den Knöcheln übereinandergeschlagen, der Stoff im Schritt seiner Hose gewölbt, als wolle er strategisch nicht nur die Wölbung, sondern auch das Wölben betonen, während sein Penis sich bewegte und wuchs.

Er war so verlegen, dass er die Augen schloss, und so entging ihm ihre Reaktion. Wegen dem, was sie jetzt sagte, so dachte er, konnte man wohl ohne Übertreibung annehmen, dass sie ihn liebevoll, ja nachsichtig angeschaut hatte, auch wenn es jetzt, an dem Tag, an dem sie von Etelkas Tod erfahren hatte, zu früh war, um ein Lächeln zu erwarten.

Sie stand auf. »Komm«, sagte sie und hielt ihm die Hand hin.

Er raffte die Plane und die Reste ihres Mittagsmahls zusammen und ließ sich von ihr zurück zum Lastwagen führen. Die Leinwandflappe war hochgeschlagen. Sie kletterte auf die Ladefläche, klammerte eine Seite der Plane los, entrollte sie und ließ sie auf die Heckklappe herunterfallen. Dann ließ sie die andere Seite der Plane herunter und verschwand hinter diesem Vorhang in das geheimnisvolle Dunkel ihres Vorhabens. Er wollte wie ein Stabhochspringer auf den Lastwagen aufspringen, aber war es wirklich das, was sie wollte? War sie denn eigentlich bei Sinnen? Welche Art Mann würde ein Mädchen ausnutzen, das gerade erst herausgefunden hatte, dass der einzige Mensch, den es liebte, tot war?

Er zögerte, verkrampft durch seine eigene Ambivalenz. Wer war er denn, dachte er, um zu entscheiden, was das Beste für sie war? Natürlich wollte sie ihn jetzt, im Nachklang dessen, was geschehen war, denn nur er konnte ihr Trost geben. Er war alles, was sie hatte. Das war die Rechtfertigung, an die er sich klammerte, als er auf den Lastwagen kletterte und die Plane hinter sich niederfallen ließ.

Später in seinem Leben erinnerte er sich nur an wenig von dem, was gefolgt war. Er hatte vergessen, wie das fahlgrüne Licht, das durch die Nähte der Plane sickerte, Ilonas Haut mit dem seidigen Gewebe eines Brautschleiers übergossen, ihre Narben und Pocken verdeckt hatte, die trockenen, verfärbten Flecken auf ihrem Rücken und ihren Beinen. Er vergaß die Hitze ihres Körpers in der eisigen Luft, ihren überraschend kräftigen Arsch, das raue Schaben ihrer Vagina, als er in sie eindrang, ihr unterdrücktes Wimmern oder die Art, wie sie ihre Fersen in seine Taille drückte und ihn tiefer in sich hineinzog. Er vergaß, dass sie ihn biss und ein Mal an seiner Schulter hinterließ, das erst nach Wochen verblasste. Er vergaß, wie schnell er kam, wie, als er sich zurückzog, sein Samen auf ihren Bauch pulste, während er sein Gesicht an ihrem Hals vergrub.

Er sollte sich nur an das erinnern, was nachher geschah. Die Art, wie sie aufstand und sich mit einem Zipfel der Plane abwischte, die als Picknickdecke gedient hatte. Er würde sich an die Art erinnern, wie sie ihr Kleid über den Kopf streifte, sich in den Mantel hüllte und, während sie auf den Boden des Wagens schaute, nach ihren Schuhen suchte, sachlich meinte: »Da ist kein Blut.«

Wunderte sie sich, dass da kein Blut war, oder wollte sie ihm sagen, er solle sich nicht die Mühe machen, danach zu suchen? Er konnte nicht fragen und sollte nie erfahren, ob er der erste Mann gewesen war, bei dem sie gelegen war, oder ob es vor ihm andere gegeben hatte, zuhause in Nagyvárad oder, so schrecklich die Vorstellung war, in ihrem Jahr im Lager.

»Komm her«, sagte er und setzte sich auf. »Komm, setz dich zu mir.«

Sie zögerte und ließ sich dann neben ihm nieder, und er war sich des Unterschieds zwischen ihnen bewusst, sein Körper nackt unterhalb der Taille, ihrer bekleidet.

»Bist du okay?«, fragte er.

»Ja.«

»War es … gut?«

Sie streifte seinen Mund mit ihren Lippen, und er entspannte sich. Das genügte als Antwort, dachte er.

»Sollen wir uns noch ein bisschen im Ort umsehen?«, fragte er.

»Ich möchte zurück.«

»Okay.«

Als er vom Hotel wegfuhr, stellte sie ihren Fuß hoch, zog ihren Schuh und ihre Socke aus und schüttelte ein Steinchen heraus. Er hatte nie zuvor ihren nackten Fuß gesehen, und so verstand er zum ersten Mal, woher ihr Hinken kam, das leichte Innehalten bei jedem Schritt. Ihr kleiner Zeh und der daneben waren verschwunden, an ihrer Stelle war eine wulstige bläulichrote Narbe. Ihr erster und zweiter Zeh hatten keine Nägel, die Nagelbetten waren gedunsen und geschwollen. Ohne die Nägel sahen sie kaum wie Zehen aus, nur kleine Anhängsel aus Fleisch und Knochen. Ihre mittlere Zehe allerdings war vollkommen, lang und schlank, leicht gekrümmt, mit einem opalenen Nagelhalbmond.

Dicke graue Hornhaut zog sich von ihrer Ferse bis zur Rückseite ihres Knöchels. Am Gelenk war sie rissig und ließ entzündetes rotes Gewebe sehen.

»Holzschuhe«, sagte sie. »Meine waren zu klein.« Sie

strich mit dem Finger sachte über die Zehen. »Und Erfrierungen. Der amerikanische Arzt, der mir die Zehen abschnitt, meinte, ich hätte Glück gehabt, keinen Wundbrand zu kriegen.«

»Es tut mir leid«, sagte Jack.

»Schon wieder diese Entschuldigungen. Was glaubst du denn, Jack? Dass du Hitler bist? Horthy Miklós? Ist es deine Schuld, was mit uns geschehen ist?«

Ihr barscher Ton schockierte ihn. Er konnte bloß sagen: »Wer ist Horthy Miklós?«

»Horthy, unser Reichsverweser. Er sollte uns eigentlich beschützen. Er hat uns ermordet, nicht ihr. Ihr habt uns befreit. Es ist nicht deine Schuld, dass meine Familie tot ist. Deine Schuld ist es, dass ich am Leben bin.«

Ihm wurde klar, dass er sie schrecklich missverstanden hatte; was geschehen war, bedeutete nicht, dass Ilona Trost in seinen Armen gesucht hatte; nein, sie hatte sich nur eine weitere Bestrafung auferlegt.

Ihr Überleben verdankte sie bloß einem Zufall, aber er war gewillt, Verantwortung für den Tod ihrer Eltern und ihrer Schwester zu übernehmen. Er war nicht rechtzeitig gekommen. Erst 1944 war er in die Armee eingetreten, erst nachdem er das College abgeschlossen und seine Bestellung erhalten hatte. Er hatte gewartet, bis es passte, so wie die Welt gewartet hatte und die Juden Europas zum Kadaver werden ließ, als Schlachtopfer, um den Wolf abzulenken, während die Jäger sich Zeit ließen, ihre Bogen zu spannen.

Sie massierte ihren Fuß.

»Tut es weh?«, fragte er. »Ich habe Aspirin da.« Er langte über sie hinweg zum Handschuhfach.

»Nein«, sagte sie. »Nicht wirklich. Nicht mehr. Warum hast du Aspirin in deinem Lastwagen? Hast du Kopfschmerzen?«

»Heute nicht.«

»Wann?«

»Weiß nicht. Ist eine Weile her.«

»Vor einer Weile hattest du Kopfschmerzen?«

»Ja.«

»Warum hattest du Kopfschmerzen?«

»Was meinst du, ›warum‹? Ich hatte eben Kopfschmerzen. Habe ich öfter.«

Aber er erinnerte sich, warum er diese besonderen Kopfschmerzen gehabt hatte, die ihn dazu brachten, ein Fläschchen Aspirin ins Handschuhfach seines Lastwagens zu legen.

Sie schüttelte den Kopf, eine irgendwie mütterliche Geste, wie eine Mutter, die enttäuscht ist, dass ihr Kind lügt. Sie wartete. Jack hielt ihr Schweigen nicht aus und füllte es dummerweise mit Worten. »Ich war zornig.«

»Und wenn du zornig bist, kriegst du Kopfschmerzen?«

»Ja. Manchmal.«

»Was hat dich zornig gemacht?«

»Nichts.«

»Wie, nichts? Es war genug, um Kopfschmerzen zu machen.«

»Ich musste etwas tun, das ich nicht tun wollte.«

»Was?«

»Nicht wichtig.«

»Nichts ist wichtig. Nur Tag für Tag und Arbeit und hier und da. Aber wenn du so zornig bist, dass du Kopfschmerzen bekommst, dann möchte ich wissen, warum.«

Er nahm eine Senke in der Straße zum Vorwand, um unnötigerweise in einen niedrigeren Gang zu schalten. Die Gangschaltung knirschte, er fluchte leise.

»Was hast du gemacht? Hast du jemanden bestraft?«

»Nein.«

»Hast du jemanden umgebracht?«

»Nein, um Himmels willen. Nein.«

»Was ist also passiert, Jack, das dich so zornig gemacht hat, dass du Aspirin für deinen Kopf nehmen musstest?«

»General Collins hat einen riesigen Haufen Zeugs für sein Haus requiriert. Das ist alles.«

»Was?«

»Was meinst du mit ›was‹?«

»Was hat er requiriert?«

»Nur, na ja. Geschirr und Gläser. Silberbesteck. Solche Sachen.«

Sie dachte nach. Knetete wieder ihren Fuß und langte dann hinunter nach ihrem Schuh.

Neben der Straße lag der Kadaver einer Kuh. Eines ihrer Beine ragte nach oben, auf dem Huf hockte eine Amsel. Als sie vorbeifuhren, wandte der Vogel sein dunkles Knopfauge Jack zu. Er runzelte die Stirn, und wie als Reaktion erhob sich der Vogel mit einem Flattern seiner blauschwarzen Flügel in den Himmel.

Sie sagte: »Dein General hat das von dir verlangt?«

»Price, ja. Ich habe den Befehl ausgeführt.«

»Aus deinem Lagerhaus.«

»Ja.«

»Aber Jack, die einzigen Sachen im Lagerhaus stammen aus dem Zug.«

»Es ist auch noch anderes Zeug dort.«

»Ja?«

Als er mit dem Werfener Zug beim Lagerhaus angekommen war, hatte er dort eine kleine Menge anderer Güter aufgestapelt vorgefunden, hauptsächlich Kunstwerke, die von den Nazis geplündert worden waren. Er hatte diese Gegenstände markiert und in eine eigene Ecke des riesigen Raums stellen lassen.

»Ja.«

»Also hast du ihm dieses andere ›Zeug‹ gegeben?« Ihre Stimme fügte dem Wort Anführungszeichen hinzu, und er war sich nicht sicher, ob ihr der Ausdruck nicht vertraut war, oder ob sie ihn für eine beleidigende Bezeichnung für die Besitztümer toter Menschen hielt.

Er antwortete nicht.

»Jack? Du hast dem General andere Sachen aus dem Lagerhaus gegeben, ja?«

Es wäre so leicht gewesen zu lügen. Aber er wollte es ihr sagen. Er hasste es, ihr gegenüber ein Geheimnis daraus zu machen, was er tat, und er wollte, dass sie es wusste. Sie musste es wissen.

»Ich habe ihm Sachen aus dem Zug gegeben.«

Fassungslos starrte sie ihn an.

»Ich hatte keine Wahl, Ilona. Ich musste die Bedarfsanforderung erledigen. Aber ich habe alles aufgeschrieben. Ich habe alles aufgeschrieben, und die Generäle werden alles zurückgeben. Ich hole es selber ab.«

»Die Generäle? Es waren mehr als einer?«

»Ja.«

»Wie viele?«

»Viele.«

»Viele Generäle haben Sachen aus dem Lagerhaus genommen? Sachen aus dem ungarischen Zug?«

»Ja. Aber ich sage dir ja, ich habe ein Inventar angelegt. Ich schreibe alles auf und werde alles zurückbekommen.«

»Wann?«

»Wann was?«

»Wann wirst du es zurückbekommen?«

»Wenn es Zeit für die US-Armee ist, das Eigentum zurückzugeben.«

»Und wann wird es Zeit sein? Du hast mir selbst gesagt, deine Armee hätte entschieden, dass die ungarische Delegation nichts bekommt. Wann wird es Zeit sein, Jack, dass alles zurückgegeben wird?«

»Ich weiß es nicht.«

»Du weißt es nicht? Das ist *mein* Geschirr, das sind *meine* Gläser, *mein* Silberbesteck. Meine Armreifen und meine Kerzenhalter und mein … was? Mein Pelzmantel! Und mein Fahrrad, Jack. Sie haben mein Fahrrad genommen. Gib es mir zurück! Gib alles zurück!« Ihre Stimme wurde immer lauter, wurde zum Schrei. Er dachte an das kirschrote Fahrrad, das er ihr diesen Morgen gebracht hatte, wie glücklich er gewesen war, als er es lackiert hatte. Wie glücklich sie sein würde, hatte er sich eingebildet, wenn er es ihr gab.

Er wusste, das hatte nichts mit dem Zug und seinem Inhalt zu tun, oder dass er ihr das mit den Generälen und ihren Anforderungen verschwiegen hatte. Ilona kannte die Grenzen seiner Befugnisse. Das da hatte nur mit ihrer Schwester zu tun. Und mit der Dummheit seiner Einbildung, er habe ihr Trost bieten können.

Er bog zum Straßenrand ein. Der Lastwagen ratterte und holperte auf dem groben Schotter. Er bremste, streckte einen Arm quer vor ihre Brust, damit sie nicht gegen die Windschutzscheibe flog.

Sie weinte jetzt, es schüttelte sie am ganzen Körper. Nie zuvor hatte er sie weinen gesehen, und es erschreckte ihn. Er hielt seinen Arm weiter quer vor ihrem Körper, wie um sie vor einem drohenden Zusammenstoß zu schützen, und fühlte, wie ihre Brust sich hob und senkte. Er wollte seinen anderen Arm ausstrecken und sie an sich ziehen, wollte ihr übers Haar streichen und die Tränen von ihren Augen lecken. Er sah sich selbst das so deutlich tun, dass er ihre vogelgleichen Knochen und die Locken ihres Haares fühlte, das Salz ihrer Tränen auf seiner Zunge kostete. Das Bild war so lebendig, dass er, als sie einen letzten Schluchzer ausstieß und sich mit dem Handrücken über Nase und Augen wischte, das Gefühl hatte, es sei er gewesen, der sie besänftigt und getröstet hatte, so wie er ihre Tränen trocknete.

Er setzte sich zurück, nahm ein gebügeltes Taschentuch aus der Tasche und reichte es ihr. Sie rieb sich das Gesicht und putzte sich die Nase. Dann faltete sie das Taschentuch in ein kleines Quadrat und behielt es in der Hand, als wäre sie unschlüssig, was sie damit tun sollte.

Er sagte: »Ich gebe es der Wäscherin.«

Wortlos ließ sie es in seine Hand fallen.

10

Sich zu betrinken nahm Jack so in Angriff, wie er das meiste tat, methodisch und zielgerichtet. Er begann sofort, nachdem er Ilona heimgebracht, sogar noch bevor er das Hotel de l'Europe verlassen hatte. Als er vor dem Hotel anhielt, sagte sie: »Ich möchte dich nicht mehr sehen.«

Er fühlte sich, als habe ihm jemand in den Magen geboxt. Nein. Nicht geboxt. Geschossen. Ihre Worte waren wie Kugeln, die durch Haut und Muskeln drangen. Sie sprang vom Wagen, und er rannte ihr nach, bat sie, flehte sie an, zu warten, stehen zu bleiben, mit ihm zu sprechen.

Im Hof packte er ihren Arm, sie riss sich los.

»Wenn du mich noch einmal anrührst, schreie ich um Hilfe.«

»Nein. Nein. Bitte«, sagte er. Wäre er eine andere Art Mann gewesen, er wäre auf die Knie gefallen, hätte die Arme um ihre Knöchel geschlungen, ihre versehrten Füße geküsst, sie angefleht, aufzuhören, wieder die zu sein, die sie gestern, letzte Woche, letzten Monat gewesen war.

»Es tut mir leid«, sagte sie sanft.

»Ist es, weil ich sie die Sachen nehmen ließ?«, fragte er, obwohl er wusste, dass es nicht so war. Oder nicht nur. »Ich kann sie zurückholen. Ich gehe einfach und hole sie.«

»Es ist nichts, was du getan hast, Jack. Ich will dich einfach nicht, das ist alles.«

Er sah zu, wie sie fortging, ihre Hüften schwangen von ihrem leichten Hinken, das Licht aus den nackten Glühbirnen im Hof fing sich in ihren roten Locken und ließ sie aufglühen. Und dann war sie verschwunden. Er drehte sich um und sah zwei Männer um den Preis einer Glasflasche mit einem trüben Gebräu feilschen.

»Wie viel?«, fragte Jack und trat zwischen sie.

Der Verkäufer lächelte und schnippte mit den Fingern zum Käufer hin, der die Hände hochwarf und wegtrottete, während er etwas murmelte. Der Verkäufer hielt vier Finger hoch, legte dann zwei an seine Lippen, wobei er Rauchen imitierte.

Jack fischte ein zerknittertes Päckchen Zigaretten aus seiner Brusttasche, aber der Händler schüttelte den Kopf, zeichnete ein Rechteck in die Luft und hielt wieder vier Finger hoch.

»Vier Schachteln?«, fragte Jack, er machte sich nicht die Mühe, Deutsch zu sprechen.

»Ja.«

»Scheißdreck.« Er durchsuchte seine Taschen, bis er ein ungeöffnetes Päckchen fand. Er hielt es dem Mann hin.

»Nein, nein«, beharrte der Mann und schwenkte seine vier Finger.

»Ach, geh doch zur Hölle«, sagte Jack und wandte sich ab.

»Okay«, sagte der Mann und eilte ihm nach. »Okay, okay.«

Jack schnippte ihm das Päckchen Zigaretten zu und griff sich die Flasche. Er kletterte in den Lastwagen, zog, noch bevor er den Schlüssel im Zündschloss umgedreht hatte, mit den Zähnen den Korken heraus und spuckte ihn aus dem Fenster; er hatte nicht die Absicht, ihn noch einmal zu brauchen. Dann nahm er einen langen Schluck und würgte. Das einzige, was das Ding in der Flasche mit richtigem Schnaps gemeinsam hatte, war das Brennen, das es in seiner Gurgel entfachte. Es taugte bloß für eine Werkstatt, für das Abbeizen von Möbeln. Bis er die Straße erreicht hatte, wo er wohnte, war es ihm gelungen, so viel hinunterzuwürgen, dass er beim Aussteigen aus dem Führerhaus stolperte und hinfiel. Die Flasche entglitt seinem Griff und zerbrach auf dem Boden. Die entweichenden Dämpfe brannten in seinen Augen und brachten ihn zum Husten.

»Scheiße« sagte er, auf halbem Weg zum Lachen. Ohne aufzustehen, wischte er sich den Schmutz von den Händen und sah nach, ob seine Hose am Knie zerrissen war.

Ein älteres österreichisches Ehepaar ging auf dem Gehsteig an der Stelle vorbei, wo er auf der Straße saß. Die Frau gackerte und drohte ihm mit dem Finger. Ihr Mann schien Jack die Hand reichen zu wollen, sein Ausdruck war toleranter, aber seine Frau nahm seinen Arm und zerrte ihn fort.

»Willkommen«, sagte Ball, als Jack in die Wohnung taumelte. Er saß mit einer Flasche echtem Sporer-Schnaps und einem Wasserglas am Esstisch. Ball goss das Glas mehr als halbvoll und hob es in spöttischem Salut.

»Prost!«, sagte er und stürzte den Inhalt hinunter. Er knallte das Glas auf den Tisch und wischte sich mit dem Handrücken den Mund. »Nehmen Sie sich ein Glas und machen Sie mit, Lieutenant Wiseman. Das ist ein direkter Befehl.«

»Sir, ja, Sir«, sagte Jack und hielt sich an einer Stuhllehne an, um Halt zu finden.

»Schon klein wenig beduselt, Laddie?« Ball war im Krieg einige Zeit einer britischen Aufklärungseinheit mit einem schottischen Kryptografen zugeteilt gewesen, und wenn er betrunken war, kehrte der Geist dieses trunksüchtigen Glasgowers zurück, um seine Kameraden heimzusuchen.

»Wann sind Sie heimgekommen?«, fragte Jack.

Ball schob seinen Ärmel zurück und warf theatralische Blicke auf sein Handgelenk, wo seine Uhr hätte sein sollen.

»Scheint Geheimsache zu sein«, meinte er. Er nahm die Flasche und hielt sie gegen das Licht. »Auskunft nur bei dringendem Bedarf.«

Jack holte sich noch ein Glas und setzte sich zu Ball an den Tisch.

»Gibt da ein putziges kleines Ding«, sagte Ball und goss sich sein Glas voll. »Und auf was trinkst du heute, Hamish, mein Bürschchen?«

»Nichts«, sagte Jack. Er nahm einen langen Zug von dem Schnaps, leicht und mild, mit nur einem Hauch Fruchtigkeit. Ging runter wie Öl. »Heute Abend trinkt Hamish das Bürschchen einfach.«

»Na gut«, sagte Ball und leerte sein Glas. »Was mich betrifft, trinke ich heute Abend auf die wackeren Leute von München. Mögen ihre schwarzen Naziherzen in ihrer beschissenen Brust zerspringen.«

»Auf die Leute von München«, stimmte Jack bei und trank.

Mit unsicherer Hand ließ Ball noch mehr Schnaps in ihre Gläser schwappen. »Und auf unsere Kameraden Scheißkerle und Hurensöhne in der guten alten US-Armee.«

»Auf uns Scheißkerle und Hurensöhne. Was haben wir jetzt wieder getan?«

Ball war nach München geschickt worden, um einem Gerücht nachzugehen; ein Informant, der regelmäßig über die Stimmung und die Aktivitäten der Überlebenden der Lager berichtete, hatte es an den Geheimdienst weitergegeben.

»Bist du sicher, dass ich das hören darf?«, fragte Jack.

»Ach, wen kümmert's«, sagte Ball. »Ich frage dich, Jack, genau jetzt, wen zum Teufel das was angeht.«

Das Quartieramt in München hatte eine Reihe von Wohnungen in einer ehemaligen Anlage für NSDAP-Mitglieder, die im Ruhestand waren, einer Gruppe von jüdischen Lagerüberlebenden zugeteilt. Als die Juden einziehen wollten, bemerkten sie, dass in den Wohnungen immer noch die ursprünglichen Bewohner waren. Die Nazi-Rentner weigerten sich nicht nur zu gehen, sie reagierten auch auf die Räumungsanordnungen mit lautstarken »Heil-Hitler!«-Rufen und Androhung von Gewalt. Als die verwirrten Juden den Beistand einer Gruppe amerikanischer Soldaten suchten, die eben vorübergingen, belehrten die GIs sie, das Maul zu halten, bevor man sie wieder nach Dachau schicke, wo sie hingehörten. So zumindest ging das Gerücht.

»Kann nicht stimmen, oder?«, fragte Ball. Er rollte das Glas zwischen den Handflächen. »Bösartige Verleumdung.« Er trank einen weiteren großen Schluck Schnaps und nahm die Stimmlage an, einen großbürgerlichen South-Carolina-Bariton, mit der er seinen kommandierenden Offizier nachzuahmen pflegte. »Eine hysterische Zeitungsente, zusammengebraut von einem paranoiden Volk, das so an Verfolgung gewöhnt ist, dass es sie unter jedem Stein wittert, Captain Ball.«

»Es hat gestimmt«, sagte Jack, stürzte seinen Schnaps hinunter und füllte das Glas aus der Flasche nach. Er war sturzbetrunken und entdeckte, dass ihm das ziemlich zusagte.

»Natürlich hat es gestimmt«, sagte Ball. »Aber das ist nicht der Punkt meiner Geschichte, Bürschchen. Der Punkt ist, dass ich den Leiter im Münchner Quartieramt befragen wollte, um rauszukriegen, was passiert war, aber ich konnte diese Befragung nicht durchführen, weil besagter Leiter gerade damit beschäftigt war, die Gastfreundschaft unserer wunderbaren Militärpolizei zu genießen, die den Leiter nämlich verhaftet hatte, weil er, wie es hieß, den Räumungsbefehl gegen die pensionierten Nazis ausgegeben hatte, ohne die richtige Marke aufgeklebt zu haben.«

Beide nahmen sie einen langen Schluck aus ihren Gläsern.

»Jetzt bist du dran«, sagte Ball.

Jack brachte eine verworrene Wiedergabe von Ilonas Abfuhr zustande.

»Oh, Hamish«, sagte Ball. »Du armes, unglückliches Wesen.«

Er stand auf und klammerte sich am Tisch fest, um nicht zu schwanken. »Wir müssen rausgehen.«

»Raus?«

»Ja, Sir. Raus mit uns.«

Sie schafften es kaum die Treppe hinunter. Wären sie nicht im ersten Stock Hoyle begegnet, hätten sie sich womöglich ihre Schwäche eingestanden und wären im Vorzimmer eingeschlafen. Aber in einem seltenen Moment der Kameradschaft legte Hoyle den beiden Zimmergenossen einen Arm um die Schultern und half ihnen, einen an jeder Seite, die Straße entlang und über die Brücke. Ihr Ziel war eine Bar, wo man, wie Hoyle behauptete, für den Preis eines Biers und einer Schachtel Zigaretten bumsen könne.

»Hast du schon einmal gebumst, Wiseman?«, fragte Hoyle.

»Lass mal sehen. Ja, Lieutenant Hoyle, ich glaube, ja. Ich glaube tatsächlich, ich habe heute Nachmittag schon gebumst.« Und einen Moment lang genoss es Jack, diese Erinnerung in den Dreck zu ziehen.

»Heute Nachmittag?«, johlte Hoyle und hieb Jack auf den Rücken. »Für einen hochnäsigen Judenscheißkerl bist du gar nicht übel, weißt du.«

»Für einen hochnäsigen West-Point-Scheißkerl bist du … na ja, du bist einfach ein hochnäsiger West-Point-Scheißkerl«, sagte Jack, und Hoyle grölte noch lauter.

Inzwischen waren sie bei der Bar mit den sagenhaft billigen Frauen angelangt, einem trübseligen Kellerraum, ausgestattet mit nicht viel mehr als einem Bierzapfhahn, ein paar Stühlen und einem fetten Barkellner mit einem schmuddeligen Geschirrtuch über der Schulter, der sie mürrisch anstarrte. Es waren überhaupt keine Frauen da, billig oder nicht. Es gab nur ein paar Männer, die alle allein dasaßen und an ihrem Bier nippten.

Jack war schrecklich enttäuscht. Er war darauf aus gewesen, den Nachmittag mit einer Begegnung auszulöschen, je hässlicher und bedeutungsloser, desto besser.

»Whiskey!«, brüllte Hoyle und hieb mit der Faust auf die Theke.

»Kein Whiskey«, sagte der Barmann. Er sprach es wie Wis-Kei aus, mit einer Pause zwischen den Silben.

»Ja, Whiskey!«, rief Hoyle.

»Bier«, beharrte der Barmann und holte drei Steingutkrüge unter der Theke hervor. Er füllte sie mit einem dicken dunklen Gebräu und schabte den Schaum mit einem Messer weg. Jack beobachtete, wie der Schaum sank. Als der Bierspiegel bis unter den Rand abgesunken war, füllte der Barmann nach und schabte wieder. Jack langte nach einem der Krüge, aber der Barmann schüttelte den Kopf, füllte ihn ein drittes Mal, schabte den Schaum weg und schob ihn ihm erst jetzt über die Theke hinweg zu.

In der Stadt gab es nicht genügend Lebensmittel, um auch nur die halbe Bevölkerung zu ernähren, die Leute rauften sich um Brot und Milch, und Ilona nahm die Dosen mit Büchsenfleisch, die er ihr brachte, freudig entgegen, als wäre es Filet Mignon, aber die Bars hatten wieder geöffnet, und das Bier war gut, obwohl es zu Preisen verkauft wurde, die sich nur die Amerikaner wirklich leisten konnten. Jack leckte sich den Schaumbart von der Oberlippe.

»'s gut«, murmelte er Hoyle zu.

»Hast verdammt nochmal recht, es ist gut«, sagte Hoyle und nahm einen langen Schluck, hielt dann die Hand über den Bauch und rülpste geräuschvoll.

Jack prustete in sein Glas und sprühte Schaum über die ganze Theke.

»Laddies«, sagte Ball und verfiel wieder in seinen Schottenslang, »Laddies, auf uns! Lange mögen wir herrschen.«

Jack und Hoyle rissen ihre Krüge hoch. »Auf uns!«, brüllten sie.

Jack stieß mit seinem Krug an den Balls an, aber inzwischen war er viel zu betrunken, um Entfernung oder Kraft einschätzen zu können. Er stieß so fest an den Krug, dass das Bier herausschwappte und seinen Arm und den seines Freundes durchnässte.

Beinahe hysterisch vor Lachen knallte Ball seinen Krug so hart gegen den von Jack, dass das Steingut zerbrach. Ball starrte auf seine Handfläche. Aus einem langen Schnitt perlte Blut.

»Scheiße«, sagte er laut. »Scheiß auf meine Scheißhand.«

»Schwein.«

Jack fuhr auf seinem Stuhl herum. Am anderen Ende der Bar saß ein Mann über sein Glas gebeugt.

»Was haben Sie gesagt?«, fragte Jack höflich in seinem untadeligen Deutsch.

Der Mann hob den Kopf und sah Jack an. Er hatte dunkles Haar, dicke Augenbrauen und fleischige Lippen. Sein Hemd war aufgeknöpft, sein Unterhemd fleckig. Er hatte die Ärmel über seinen kräftigen Bizeps hochgerollt. Ob er die oberhalb seines Ellbogens tätowierten Buchstaben AB hatte enthüllen wollen, war nicht klar, Jack wusste es nicht, und es war ihm auch egal. Er sprang von seinem Stuhl auf und die Theke entlang. Bevor der Mann Zeit hatte zu reagieren, hatte ihn Jack an der Gurgel. Er riss ihn von seinem Stuhl hoch und boxte ihn ins Gesicht. Das Nasenbein des Nazis splitterte unter seiner Faust. Jack tänzelte zurück und hob die Fäuste, um sein Gesicht zu schützen. Der Mann taumelte umher, Blut strömte auf sein Hemd. Jack trat dem Nazi die Füße weg. Der Mann fiel so hart hin, dass die Gläser auf der Theke hochsprangen.

»Wer ist ein Schwein?«, brüllte Jack und trat ihm in den Bauch. »Verdammter Nazi! Wer ist ein Schwein?« Der Mann krümmte sich, schützte seinen Bauch. Jack trat ihm in den Hintern.

»Lass mich«, sagte Hoyle und stieß Jack zur Seite. Der Mann stemmte sich mit den Händen am Boden auf und versuchte aufzustehen. Hoyle trat ihm auf die Finger und lachte, als er mit einem Ächzen wieder zusammensank.

»Steh auf, du Nazischwein«, sagte Jack, packte den Mann am Hemdkragen und zerrte ihn auf die Füße. »Steh auf und kämpfe.«

Der Mann taumelte. Er griff nach der Theke, um sich anzuhalten, und schrie dann vor Schmerz in seinen geschwollenen Fingern, die unter Hoyles schwerem Stiefel gebrochen waren.

»Sag, dass du ein Schwein bist«, sagte Jack.

Der Mann stöhnte und tappte blindlings nach seinem Stuhl.

»Sag, dass du ein SS-Schwein bist«, wiederholte Jack. Er ballte die Faust. »Sag, dass du ein gottverdammtes Nazischwein bist!«

Nun fiel ihm auf, dass er Englisch sprach. Er wechselte ins Deutsche. »Sag, dass du ein Nazischwein bist.«

»Ich bin ein Nazischwein«, stammelte der Mann sofort.

»Sag, dass du ein SS-Schwein bist.«

»Ich bin ein SS-Schwein.«

Jack versuchte sich etwas einfallen zu lassen, was der Mann noch sagen könnte. Er sah zu Ball hinüber, der die Schultern zuckte.

»Hau ihm noch eine rein, Wiseman«, sagte Hoyle. »Hau rein und sag ihm dann, dass ihm ein Jude die Seele aus dem Leib geprügelt hat.«

Die Beine des Mannes gaben nach. Er tappte nach dem Stuhl und setzte sich, stützte seine heile Hand auf die Bar. Jack betrachtete ihn einen Moment und fühlte dann den Cocktail aus Moonshine, Schnaps und dunklem Bier in seinem Magen Blasen werfen. Er hielt sich die Hand an den Mund, rannte zur Tür und übergab sich auf den Bürgersteig. Er zielte auf das Abflussgitter, kotzte stattdessen aber auf einen beigefarbenen Volkswagen, der am Rinnstein parkte.

11

Die doppelte Demütigung durch Ilonas Abfuhr und sein eigenes schreckliches Benehmen in der Bar ließen Jack abschalten. Er tat sein Bestes, um geistlos zu funktionieren, einen Job zu erfüllen, der ihm egal war, ohne Privatleben, ohne Sorgen. Wenn er morgens mit einer Erektion aus einem halb erinnerten Traum erwachte, versuchte er Gedanken an Ilona mit solchen an andere Frauen zu verscheuchen, seine frühere Freundin oder einige der hübscheren weiblichen Armeeangehörigen, die jüngst nach Salzburg gekommen waren. Aber immer noch legte er den Großteil seiner Zigarettenration für Ilona beiseite. Er war oft im PX-Laden in der Getreidegasse und kaufte Dinge, von denen er wusste, dass sie sie mochte, oder solche, die sich im Tauschhandel für sie als nützlich erweisen konnten. Für sich selbst kaufte er nichts als die grundlegenden Bedürfnisse. Seine Knauserigkeit ließ ihn sich gut fühlen, und gelegentlich erlaubte er sich, sich ihr Gesicht vorzustellen, wenn er ihr seinen Schatz überreichte, als Beweis, dass er der Verantwortung für ihr Wohlergehen nicht aus dem Weg gegangen war.

Während die Wochen verstrichen, dachte er oft an Rudolf Zweigs kleine Neffen und hatte Schuldgefühle. Mit seinem vertrauenswürdigsten Soldaten schickte er einige Päckchen, aber das letzte kam ungeöffnet zurück. Zweig und die Jungen waren fort; sie waren weitergezogen. Jack war sehr in Unruhe wegen ihnen, trotz Balls Beteuerung, dass die Umstände für die jüdischen Displaced Persons sich in jüngster Zeit erheblich verbessert hätten. Obwohl sein Freund versicherte, die tägliche Kalorienration der jüdischen DPs sei erhöht worden, quälte Jack der Gedanke, dass ohne seine Hilfe diejenigen, für die er Verantwortung übernommen hatte, hungrig zu Bett gehen müssten.

In dieser Zeit erhielt Jack auch seine überfällige Beförderung zum Captain, die aber außer einer minimalen Solderhöhung kaum Auswirkungen auf sein tägliches Leben hatte. Höchstens wurde sein Job noch langweiliger. Nun bestand er hauptsächlich darin, den Inhalt des Lagerhauses zu beschützen, nicht vor Plünderern oder Dieben, oder sogar vor Requisitionen der Obrigkeit, sondern vor seinen eigenen Männern, die es zunehmend schwieriger fanden, nicht einfach Sachen mitgehen zu lassen. Er beaufsichtigte seine apathischen GIs bei ihren halbherzigen Patrouillen und warnte sie wiederholt, aber er konnte nicht überall zugleich sein und wusste, dass Gegenstände aus dem Lagerhaus verschwanden.

Er fühlte sich zunehmend ohnmächtig, wie ein Mann, der Sand in einem Sieb tragen will. Er hatte versucht, auf die Besitztümer im Lagerhaus zu achten, aber zwischen den Anforderungen des Oberkommandos und der Klauerei der Männer schwanden sie dahin. Er hatte sich um die Zweigs kümmern wollen, und sie waren weg. Und Ilona, obwohl er versuchte, nicht an sie zu denken, war ihm ebenfalls durch die Finger geschlüpft.

Eines Nachmittags rief Corporal Streeter, der seine allerletzte Woche als Soldat der US-Armee beendete, Jack zu sich. »Ich habe etwas gefunden, was Sie sicher sehen wollen.«

Vor langem schon hatten sie die Kisten und Schachteln durchgesehen, um nach solchen mit besonders wertvollem Inhalt zu suchen, aber irgendwie war ihnen eine kleine Lederschachtel entgangen, die Schmuckschatulle einer Dame, voll mit Golduhren.

»Sehen Sie sich das Futter an, Sir. Das Futter in der Schatulle.«

Der Deckel war mit rosa Seide gefüttert, eingeprägt waren in Goldschrift der Name eines Geschäfts und die Adresse.

»Ich erinnere mich, dass Sie meinten, ich solle es Ihnen sagen, wenn wir etwas aus Nagyvárad finden.«

In der langen Zeit ihrer Beziehung hatte Jack verzweifelt und vergeblich nach irgendeinem Stück aus Ilonas Geburtsstadt gesucht. Er hatte gewusst, dass zumindest einige der Bilder und Pelze, silbernen Menoras und Terrinen aus dieser Stadt mit ehemals 25 000 Juden stammen mussten, konnte aber keine erkennbare Spur finden. Und jetzt, wo er zu suchen aufgehört hatte, war da diese Schachtel mit goldenen Uhren. Er konnte natürlich nicht wissen, ob die Uhren aus Nagyvárad stammten oder bloß die Schmuckschatulle. Vielleicht hatte das Amt für jüdisches Vermögen die Uhren hineingegeben, als man die Sachen in Schloss Óbánya sortierte, bevor der Zug beladen wurde.

»Wo ist das gewesen?«, fragte Jack.

»Ich habe es unten in einer Kiste voller Kameras gefunden. War eine Heidenarbeit, eine mit einer intakten Linse zu finden, um General Lordes Auftrag auszuführen.«

Jack nahm die Uhren Stück für Stück heraus und betrachtete sie genau, versuchte zu entscheiden, ob irgendeine einmal das Handgelenk eines wohlhabenden Getreidehändlers geziert haben mochte. Eine sah auf eine schlichte Art teuer aus, ein einfaches Gehäuse und ein schweres Goldband auf eine Art, die ihm zu Zurückhaltung zu passen schien; er dachte an Ilona und daran, was sie über ihren Vater gesagt hatte. Er hob sie heraus und sah darunter ein Beutelchen aus schwarzem Samt liegen. Er öffnete den kleinen Samtbehälter und fand ein Schmuckstück für Frauen, einen großen Anhänger, geschmückt mit der Emaillemalerei eines Pfaus in leuchtendem Violett und Grün mit weißen Höhungen. Das Metall war feine Filigranarbeit, das Werk eines meisterhaften Metallschmieds, in die Spitze jeder Pfauenfeder war ein Edelstein eingelegt.

Er wand die geflochtene Goldkette durch seine Finger und stellte sich die Frau vor, die sie getragen hatte, an deren pulsierender Kehle sie einst warm geworden war. War es ein Geschenk ihres Mannes gewesen, ihres Vaters, ihres Liebhabers? Hatte sie Ilona gekannt? War sie tot? Er steckte den Anhänger wieder in das Samtbeutelchen, legte es zurück zwischen die Uhren und machte die Schachtel zu. Auf ein Papieretikett schrieb er GOLDENE UHREN, bestrich die Rückseite des Etiketts mit Klebstoff und pappte es vorne auf die Schachtel. Dann trug er sie in die Ecke des Lagerhauses, die er für die wertvolleren Besitztümer reserviert hatte, und legte sie auf einen Stapel mit anderen Behältnissen, die Uhren enthielten.

Und dann, als hätten seine Gedanken an sie ihre Gegenwart herbeigezaubert, kam Ilona zur Tür herein. Sie hatte sich verändert in den Wochen ihrer Trennung. Ihre Haare waren länger, und sie hielt sie mit Spangen aus dem Gesicht. Sie trug den Wollmantel, den seine Mutter geschickt hatte, eng in der Taille gegürtet, und als sie ihn auszog, kamen eine neue weiße Bluse und eine um den Halsausschnitt mit winzigen Blumen bestickte hellblaue Strickjacke zum Vorschein. Ihre Hosen waren aus schwarzer Wolle und sahen aus, als hätten sie ursprünglich zu einer Militäruniform gehört, seien aber geändert worden, um ihrer schmalen Taille und den runden Hüften zu passen. Ihre Lippen waren zartrosa und glänzten feucht vom Lippenstift, und er dachte, dass sie sich vielleicht die Nase gepudert hatte; die Sommersprossen waren abgedeckt. Der Lippenstift gefiel ihm, er erinnerte sich an das erste Mal, als sie sich geküsst hatten, aber er hätte gerne sein Taschentuch genommen und den Puder weggerieben.

Obwohl er sich freute, sie zu sehen, sofort erkannte, wie sehr er sich in all den Wochen nach ihr gesehnt hatte, war er sich auch eines dunkleren Gefühls bewusst, einer komplizierten Mischung aus Schuld und Scham, Zorn und Verletztheit.

»Ilona«, brachte er bloß heraus.

Sie lehnte sich über den improvisierten Schreibtisch und küsste ihn auf die Wange. Einen Moment lang wehrte er sich, dann gab er seinem Impuls nach, war in zwei Schritten um den Schreibtisch herum und zog sie in seine Arme. Er küsste sie auf den Mund, schmeckte das Wachs ihres Lippenstifts.

»Du hast mich vermisst, Jack«, sagte sie. Sie drückte ihr Gesicht an seine Brust, und er legte die Arme um ihre Taille und verschränkte die Hände. Er wiegte sich auf den Fersen hin und her.

»Ja«, murmelte er in ihr Haar.

»Ich auch«, sagte sie und machte sich los. »Ich habe dich auch vermisst.«

»Wie geht es dir, Ilona?«, fragte er. »Du siehst gut aus.«

»Es geht mir gut. Vieles ist anders geworden für mich. Ich bin umgezogen. Und ich habe eine Arbeit.«

»Du bist umgezogen?«

»Sie haben alle Juden aus dem Hotel de l'Europe geholt, ich bin also jetzt im Lager in Mülln. Nicht so bequem, aber dort sind nur Juden. Keine Marias aus der Ukraine mehr.«

»Und du arbeitest?«

»Ich bin Kindergärtnerin.«

Er lächelte.

Sie machte sich los, erwiderte aber sein Grinsen. »Du denkst wohl, ich sei dafür nicht geeignet?«

»Ganz und gar nicht.« Er hielt es nicht aus, sie nicht zu berühren, und so nahm er ihre Hand. Er sah, dass ihr gespaltener Daumennagel fast ganz nachgewachsen war. »Ich bin mir sicher, dass du eine großartige Lehrerin bist.«

»Ich bin nur Hilfskraft. Ich gehe mit ihnen in den Bergen wandern, um ihre Beine zu kräftigen. Und ich lerne mit den Kindern. Wir haben eine Lehrerin aus Palästina, die uns Hebräisch beibringt. Kannst du Hebräisch?«

»Ein bisschen.«

»Ich finde es erstaunlich einfach. Du solltest mit uns lernen. Für dich ist es vielleicht noch leichter. Du wirst Worte aus der Synagoge wiedererkennen.«

»Ich habe auf dem College Hebräisch gelernt. Meine Familie ist nicht so für die Synagoge.«

»Natürlich. Das hast du mir erzählt. In meiner Familie war es auch so. In Nagyvárad waren wir Jom-Kippur-Juden, weißt du, was das ist?«

»Ich glaube, ja.«

»Aber jetzt lerne ich Hebräisch«, sagte Ilona. »Hitler musste kommen, um aus mir eine gute Jüdin zu machen.«

Er lachte, aber aus Höflichkeit. So bitter der Scherz sein mochte, er war ihm dadurch verdorben, dass er wusste, welche Art Jude der Krieg aus Jack Wiseman gemacht hatte. Konnte man eine religiöse Identität auf Zorn und Abscheu errichten?

»Darf ich dich zum Essen ausführen?«, fragte er. »Ins Restaurant beim Mozarteum, das du magst?«

»Heute kann ich nicht bleiben, aber am Samstag ist Erev Purim, und da gibt es abends ein großes Fest. Kommst du?«

»Nach Mülln?«

»Ja.«

»Okay, sicher.«

Sie küsste ihn zum Abschied auf die Wange, aber er wandte den Kopf und presste seine Lippen auf die ihren. Einen Augenblick lang schien es, als wolle sie sich losmachen, aber dann entspannte sie sich in seinen Armen. Er fuhr mit den Fingern der rechten Hand durch ihr Haar und umfasste ihren Schädel, massierte ihn sanft mit den Fingerspitzen. Er befingerte den Träger ihres Büstenhalters, wünschte, ihn beiseiteschieben und ihre Brust in seiner Hand bergen zu können.

»Geh noch nicht«, sagte er. »Ich muss dir etwas zeigen.«

»Was?«

»Die meisten Sachen hier sind nicht beschriftet, aber manches schon, und ich habe die ganze Zeit geschaut, ob ich irgendetwas aus deiner Stadt sehe, aus Nagyvárad. Du wirst es nicht glauben, aber gerade heute haben wir eine Schatulle gefunden. Auf der Innenseite des Deckels ist der Name eines Juweliers eingeprägt. Csillag und Dux.«

Ein trauriges Lächeln. »Meine Familie hat dort manchmal eingekauft. Ich erinnere mich, dass mein Onkel den Ehering für Tante Firenze dort gekauft hat. Ich habe ihm beim Aussuchen geholfen.«

»Möchtest du sie sehen?«

»Was ist drin?«

»Uhren und ein bisschen Schmuck. Aber ich weiß nicht, ob das, was in der Kassette ist, wirklich aus Nagyvárad stammt. Das Amt für jüdisches Eigentum hat viel sortiert und anders zusammengelegt, bevor sie alles in den Zug verladen haben.«

Sie stand eine Minute lang still da, biss sich auf die Lippen.

»Okay, ja. Zeig es mir.«

Jack führte sie in den hinteren Bereich des Lagerhauses, in die Ecke, wo er die Schatulle hingelegt hatte. Er nahm sie herunter, stellte sie auf eine Holzkiste und öffnete sie. Kurz sah sie nur hin. Dann nahm sie das Samtbeutelchen hoch und ließ den Inhalt auf ihre Handfläche gleiten. Sie starrte auf den Pfauenanhänger.

Einen Moment lang erlaubte sich Jack die Vorstellung, dass alles, was sie an Gemeinsamkeit gehabt und verloren hatten, wieder da sei, die Hoffnung, dass der Anhänger und in weiterer Folge derjenige, der ihn ihr gezeigt hatte, einen Anspruch auf Ilona habe. Einen Anspruch, den anzuerkennen sie gewillt sei.

»Erkennst du ihn?«, fragte er begierig.

»Nein«, sagte sie.

»Nein?«

»Nagyvárad ist eine große Stadt. Und da kommen Leute vom Land zum Einkaufen hin. Diese Halskette könnte irgendjemandem aus dem Bezirk oder, wie du sagst, von irgendwo in Ungarn gehört haben.« Sie steckte sie wieder in den Samtbeutel und legte ihn in die Kassette. Dann wandte sie sich ab. »Außerdem bringen Pfauenfedern Unglück. Wer würde so etwas tragen?«

»Möchtest du dir die anderen Sachen in der Schatulle auch ansehen?«

»Wozu sollte das nützen?« Rasch ging sie weg, durch den aus Kisten und Schachteln gebildeten Gang, vorbei an den Bilderstapeln, bis vor das Lagerhaus, wo sie auf ihn wartete.

Als er zu ihr trat, sagte sie mit falscher Fröhlichkeit in der Stimme: »Ich sehe dich also zu Purim?«

»Ich hätte dir das nicht zeigen sollen. Tut mir leid.«

»Es muss dir nicht leidtun. Ich bin okay. Es geht mir gut. Es ist nur … einen Moment lang hoffte ich, du hättest durch irgendein Wunder etwas von mir gefunden. Oder von meinen Eltern. Ich war bloß enttäuscht. Aber auch wenn du etwas gefunden hättest, das mir damals gehört hat, weiß ich nicht, ob ich es wollen würde. Das ist alles Vergangenheit. Und ich habe mit der Vergangenheit abgeschlossen. Ich will nichts aus der alten Welt.«

»Ich verstehe. Natürlich.«

Sie schien ihre Kräfte zusammenzunehmen und gab ihm noch einen Kuss auf die Wange. »Also bis Samstag.«

»Bis Samstag«, sagte er und sah zu, wie sie ging.

12

Die Straße, die zum Lager in Mülln führte, war von übergroßen Grabsteinen gesäumt. In grobschlächtiger Kunstfertigkeit aus Pappe und Sperrholz gefertigt, waren sie in bunten Buchstaben mit dem Geburts- und Sterbedatum von Adolf Hitler versehen. An den Wänden der Baracke hingen bemalte Fahnen, die den toten Führer in verschiedenen Marterposen zeigten, einige der Karikaturen grenzten ans Obszöne. Ausgestopfte Nachbildungen, erkennbar an ihren borstigen Schnurrbärten, hingen an Knöcheln oder Hälsen von jeder Laterne. Ein etwa zehnjähriger Junge stand vor einer provisorischen Heizgrube, in der eine kleine, aber kräftige Flamme loderte. Der Junge hielt ein Buch und bot Vorübergehenden an, eine Seite herauszureißen und ins Feuer zu werfen. Jack beobachtete, wie ein Mann mit einer Seite über das Hinterteil seiner Hose strich, bevor er sie zusammenknüllte und in die Flammen schleuderte. Der Junge lachte so sehr, dass er sich krümmte, und wischte sich die Tränen aus den Augen. Als er sich wieder aufrichtete, bemerkte er Jack und winkte ihm zu.

»Schau!«, sagte er auf Englisch und drehte das Buch um, sodass Jack die vordere Umschlagseite mit den schwarzen Titelbuchstaben sehen konnte: »Mein Kampf«. »Möchtest du dir mit Hamans Buch den Arsch wischen?«

»Hitler ist Haman?«, fragte Jack.

»Hitler ist der größte Haman von allen!«

Jack erinnerte sich an einen Ausspruch, den sein Großvater zu murmeln pflegte, wenn er die Zeitung las: So viele Hamans und nur ein Purim.

Einem Purimfest am nächsten war Jack bisher gekommen, wenn er die dreieckigen *Hamentaschen* aß, die sein Babbe zuzubereiten pflegte. Aber wenn die wilde Fete, die da eben im DP-Lager ablief, Purim war, dann hatte er keine Ahnung gehabt, was ihm entgangen war. Die Straßen und Wege im Lager Mülln, einer ehemaligen Kaserne, wimmelten von Menschen in Kostüm und Maske. Es war wie Halloween, außer dass sich hier auch die Erwachsenen verkleidet hatten. Es gab Narren und Königinnen, Leoparden, Hexen und Kosaken. Ein junger Mann hatte den Großteil einer SS-Uniform ergattert, inklusive Mütze mit Totenkopfemblem. Er hatte den Hosenboden seiner grauen Breeches mit einem Kissen ausgestopft und trug ein hölzernes Paddel, das er den Vorbeigehenden mit der Einladung anbot, ihm einen kräftigen Schlag auf den Hintern zu versetzen. Bei jedem Hieb warf er sich in den Schmutz, heuchelte Schmerzen und jaulte nach seiner »Mama Adolf«, die ihn retten solle.

Jack ging an einer Bude mit einem Sperrholz-Grabstein vorüber, auf dem stand: HIER LIEGT HITLER, MÖGE SEIN NAME AUSGELÖSCHT SEIN. Einer nach dem anderen kletterten Leute auf eine Malerleiter, tunkten Pinsel in einen Eimer mit schwarzer Farbe und bespritzten damit den Namen ihres Peinigers.

Während Jack zusah, wie die Menge in ihrer buntscheckigen und makabren Fröhlichkeit über die Wege dahinströmte, spürte er, wie seine Laune sich besserte. Jemand reichte ihm einen Zinnbecher mit irgendeiner dubiosen Mixtur aus rationiertem Orangensaftpulver und Kornschnaps. Er trank sie aus und spähte unter den bemalten Gesichtern nach dem Ilonas. Er zweifelte, ob er sie in ihrem Zimmer finden würde, selbst wenn er sich durch die Menge drängeln konnte, um dorthin zu gelangen. Von einem vorbeigehenden Mädchen mit einem Krug erschmeichelte er, dass ihm sein Becher nachgefüllt wurde, dann kletterte er auf das Vordach einer der Kasernen, wo er die Parade sehen konnte, die nun beginnen sollte.

Das Lagerorchester führte den Zug an, ein ramponiertes Tohuwabohu aus Klarinettisten und Geigern, Fagottisten und Saxofonisten, viele große Könner europäischer klassischer Musik; sie spielten eine verwegene Version, halb Polka, halb Zirkusmarsch, von John Philip Sousas »The Liberty Bell« und warfen in einer Parodie des Stechschritts die Beine hoch, während die Zuschauer im Takt der Musik in die Hände klatschten. Dann kam der Fußballclub Mülln in selbstgenähten Dressen, muskulöse Beine ragten aus den Shorts; dicht darauf folgte eine Mannschaft halbwüchsiger Turner, Jungen und Mädchen, die auf der Paradestraße Räder schlugen. Jack starrte auf die nächste Gruppe, unsicher, ob seine Augen nicht vom Alkohol getrübt waren. Kein Zweifel, worum es sich bei der kleinen Gruppe winziger Menschen handelte: taillenhohe Erwachsene, gekleidet in ähnlichen Lederhosen, die Frauen trugen das Haar unter Tuchkappen verborgen. Die Sieben Zwerge, aber ohne Schneewittchen. Jede Gruppe im Zug trug eine bunte, handbeschriftete Fahne: die Vereinigung der Schneider, die Handelsschüler, das Krankenhauspersonal. Eine Gruppe junger Leute in angesichts der Märzkälte unpassenden kurzen Hosen und Sandalen trug eine Fahne, die sie als Mitglieder der Jugendgruppe Betar auswies; andere waren Mitglieder des Kibbuz HaShomer HaTzair. Etliche Pfadfinder versuchten eine wackere, wenn auch hoffnungslose Nachahmung von Gardisten, jeder Pfadfinder wedelte verzweifelt mit seiner oder ihrer selbstgebastelten Version der Flagge der Zionistischen Bewegung, ein blauer Davidstern auf weißem Grund zwischen zwei waagrechten blauen Streifen. Dann kam der Kindergarten. Die Kinder hüpften begeistert von einem Fuß auf den anderen, rannten hin und her, konnten kaum die Richtung des Umzugs beibehalten, geschweige denn marschieren. Mitten unter ihnen, fröhlich lachend, ging Ilona. Sie hatte ein bunt gemustertes Tuch auf dem Kopf, dazu trug sie eine passende Schürze. Das Haar hatte sie in zwei Zöpfchen geflochten, die schief unter dem Tuch hervorlugten. Auf ihre Nase hatte sie große Sommersprossen, über ihre blassen Lippen einen grellroten Amorbogen gemalt. Sie trug zwei verschiedene Strümpfe, einer rot, einer schwarz gestreift.

Jack trank aus, kletterte vom Dach und drängte sich durch das Gewühl, bis er den Umzug einholte. Er rief sie an. Beim Klang ihres Namens blickte sie suchend in die Menge.

»Ilona!«, rief er noch einmal. Er drängelte sich durch die Menschen, bis er den Rand des Umzugs erreichte. Sie löste ihre Hand von der eines der kleinen Kinder, die sich an sie klammerten, und winkte ihn zu sich. Er stürzte sich ins Getümmel, wollte sie in die Arme nehmen, aber der Zug, in dem sie nun beide marschierten, trieb ihn weiter.

»Ilona!«

Sie lächelte. »Schönen Feiertag, Jack«, sagte sie auf Hebräisch.

»Dir auch einen schönen Feiertag!«

Inzwischen waren sie am Ende der Umzugsstrecke angekommen. Ein bärtiger Rabbiner stand auf einer mitten auf dem früheren Appellplatz der ehemaligen Kaserne errichteten Bühne. Der Rabbi hob die Hand, um Schweigen zu gebieten, und trotz ihrer verschiedenen Stadien der Berauschtheit verstummte die große Menge. Er nahm einen kleinen ledergebundenen Band aus der Tasche seiner Anzugjacke und begann das erste Kapitel aus dem Buch Esther zu psalmodieren. Jack fragte sich, wie viele aus der versammelten Menge wirklich Hebräisch sprachen, und wie viele bloß auf den Namen des teuflischen Feindes Israels lauerten. Jedes Mal, wenn der Rabbi »Haman« sang, brachen die Menschen in Buhgeschrei und Pfeifen aus. Kinder trommelten auf aus

Topfdeckeln gebastelten Zimbeln oder schlugen Stöckchen gegeneinander. Als die Lesung des Rabbiners zu Ende ging, waren alle in einem Delirium wutbefeuerten Entzückens.

Dann kamen die Redner, verschiedene Lagerälteste und Beamte, die die deutsche Bestie schmähten und an die Purimfeste der vergangenen Jahre erinnerten, als es wenig Hoffnung gegeben hatte, dass die Prophezeiung Ezechiels Frucht tragen würde: dass die trockenen Gebeine Israels wieder lebendig werden würden. Einige sprachen Jiddisch, andere Deutsch, noch andere in einem so simplen Hebräisch, dass auch Jack es verstehen konnte.

Die Redner machten keine Anstalten, ein Ende zu finden, und Jack fragte sich, wie er an Ilona herankäme, als sie seine Hand ergriff.

»Komm mit!«, sagte sie.

Sie blieb stehen und flüsterte einer der anderen Kindergärtnerinnen etwas ins Ohr, vertraute ihr wohl ihre Schützlinge an, wie Jack dachte. Sie bewegte sich rasch, wand sich ihren Weg durch die Menge. Manchmal waren so viele Leute da, dass Jack sie nicht mehr vor sich sah, aber sie hielt seine Hand fest, und er vertraute ihr die Führung an. Sie kamen ins Freie und liefen einen Weg zwischen zwei Kasernen entlang bis zu einer Tür im Stacheldrahtzaun, der die Lagergrenzen bezeichnete. Sie schlüpften hindurch.

Man hatte die Kasernen in Reihen durch Möbelstapel und provisorische Sperrholzwände abgetrennter Kojen geteilt. Sie führte ihn zu einem kleinen Kubikel in der Mitte der Kaserne. Obwohl in die Wände kleine Fenster eingeschnitten waren, drang das Licht kaum nach innen, und so geschah es in dämmerigem Halblicht, dass sie ihre Kleider abstreifte. Zitternd sah er ihr zu. Als sie nackt war, legte sie sich auf die schmale Pritsche. Mit einem Ächzen stürzte er sich auf sie, fummelte an seinen Hosenknöpfen, in seinem

Bauch schwappte der Kornschnaps. Ihr Körper zitterte, als er mit der Zunge die Narben, Pusteln und Falten entlangfuhr, die ihre schöne blasse Haut entstellten.

Es war beinahe so schnell vorüber, wie es begonnen hatte, aber er blieb noch eine lange Weile auf ihr liegen, die Lippen an ihren Hals gedrückt, murmelte ihren Namen.

Sie schlang ihre Arme um seinen Hals, drückte ihm einen feuchten Kuss auf den Mund und sagte: »Komm, Jack. Ich möchte dir jemanden vorstellen.«

13

Der Mann, der ihnen die Tür öffnete, war klein und hatte buschige schwarze Augenbrauen, aus denen ein paar borstige weiße Haare wie Antennen herausstanden. Noch mehr Haarbüschel lugten aus seinem offenen Hemdkragen. Die Anstrengung, solche Fülle hervorzubringen, hatte allerdings seine Follikel erschöpft, und so war seine Kopfhaut haarlos und auf Hochglanz poliert, gefleckt von missförmigen Sommersprossen. Er begrüßte Ilona mit einem Nicken und hob dann seine raupenartigen Brauen in Jacks Richtung.

»Jack Wiseman«, sagte Ilona. »Mein Freund.«

»Sehr erfreut, Sie kennenzulernen, Captain Wiseman«, sagte der Mann und streckte die Hand aus. Er hatte einen schweren osteuropäischen Akzent, aber sein Englisch war gut.

Jack, der Zivilhosen und ein Hemd trug, fragte sich, woher der Mann seinen Rang kannte.

Ilona sagte: »Jack, das ist Aba Yuval. Er gehört zur Jüdischen Brigade.«

Als er in der jiddischen Zeitung seines Großvaters zum

ersten Mal von der Jüdischen Brigade gelesen hatte, hatte Jack nicht gewusst, ob er Stolz über ihre Heldentaten empfinden oder über ihre Absonderung von den britischen Streitkräften gekränkt sein sollte. Wäre er etwa gern Teil einer separaten jüdischen Brigade in der US-Armee mit speziellem Aufgabengebiet gewesen? Es war schwer, sich so etwas bloß vorzustellen, bis er an die farbigen Soldaten dachte.

Er folgte Ilona ins Zimmer und nahm sofort Haltung an. Rabbi Bohnen saß in Uniform auf einem Holzstuhl an einem kleinen Tisch in der Mitte des Raumes.

»Captain Wiseman«, sagte der Major. »Ein schönes Purim!«

»Sir.«

»›Sir‹ ist für Soldaten. Sie sollten mich Rabbi nennen.«

»Ich bin Soldat, Sir.«

»Das sind Sie natürlich, mein Sohn. Sie sind Soldat. Aber Sie sind auch Jude. Und ein Gerechter, nicht wahr?«

Diese Frage zu beantworten war jetzt nicht leichter als beim ersten Mal, als der Rabbi sie gestellt hatte, vor Monaten, nicht leichter sogar, als die Wahrheit hinter der Frage herauszufinden. Jack hatte das Gefühl, als versuche der Rabbi eine Saite in seinem Herzen anzuschlagen, eine Saite mit dem Namen »Jude«. Aber diese Saite war durch Nichtgebrauch ausgeleiert und zerschlissen. Wenn man an ihr zupfte, tat sich nichts.

Der Rabbi stand auf und tätschelte Jack den Arm. »Das sind wunderbare Männer, Captain Wiseman. Ich hoffe, Sie helfen ihnen auf jede Art, die Sie können.«

Auf seinem Weg zur Tür reichte der Rabbi zuerst Yuval die Hand, dann dem dritten Mann im Zimmer. Dieser Mann saß am Rand einer Pritsche, die Beine elegant übereinandergeschlagen, und rauchte eine Zigarette. Im Unterschied zu

Yuval, der informelle Kleidung anhatte, ein abgetragenes Hemd und Armeetarnhosen, trug dieser Mann einen untadeligen Maßanzug, die Hosenaufschläge akkurat geknickt über kanariengelben Socken.

Er schenkte Jack, der sich bemühte, aus ihm schlau zu werden, ein nichtssagendes Lächeln.

Jack sah von einem Mann zum anderen und dann wieder zu Ilona, die an einem Fädchen in ihrem Rock herumzupfte. Warum hatte sie ihn hierhergebracht?

Yuval sagte: »Im Jischuw sind wir nicht so förmlich. Wir reden uns mit dem Vornamen an. Darf ich Sie Jack nennen?«

Jack antwortete nicht, sondern sah neuerlich zu Ilona hin, die nach wie vor seinem Blick auswich.

Yuval fuhr fort: »Wir sind in einer schwierigen Lage, Jack. Sie kennen die Umstände in den Flüchtlingslagern, nicht wahr?«

Jack schaute sich im Zimmer um. Es schien der Wohnraum einer einzelnen Person zu sein, und obwohl die Pritsche schmal war und nur wenige persönliche Besitztümer zu sehen waren, war es ein Zimmer, keine abgeteilte Koje. Yuvals »Lage« schien besser als die der meisten.

Der Mann fuhr fort: »In Deutschland ist es sogar noch schlimmer. Zumindest zeigt sich hier im Land Salzburg Ihr Kommando dem Schicksal der Juden gegenüber aufgeschlossen. Ihr General schickt Rabbi Bohnen, um uns zu helfen. Aber in Deutschland setzt die Militärregierung SS-Männer auf hohe Posten und lässt sie die paar überlebenden Juden drangsalieren. Euer General Patton hat sich geweigert, die SS-Männer verhaften zu lassen, weil er meinte, es sei dumm, die intelligentesten Leute in Deutschland loszuwerden. Stattdessen steckt er Nazis in die bayerische Landesregierung. Es ist uns immer noch nicht gelungen, sie auszumerzen. In Deutschland gibt es einen Spruch: Schade, dass Sie kein Nazi waren, dann könnten Sie etwas erreichen. Haben Sie das gehört?«

»Nein.« Aber Jack war nicht überrascht. Ball hatte ihm vor kurzem erzählt, eine Meinungsumfrage unter den US-Truppen habe ergeben, dass 59 Prozent glaubten, Hitler habe viel für Deutschland geleistet. Wenn er an seine Erfahrungen mit den nachrückenden Soldaten dachte, dann hielt Jack diese Zahl noch für untertrieben.

»Die Deutschen werden nie aufhören, Juden umzubringen«, sagte Yuval. »Sogar als der Sieg der Alliierten schon unvermeidlich war, sogar als die Wehrmacht sich auf die Kapitulation vorbereitete, ermordeten deutsche Zivilisten noch die Überlebenden der Lager, die man auf Zwangsmärschen durch das Land trieb. Ich habe einmal einen Mann getroffen, der mir erzählte, er sei von einer Bande Jungen – Jungen, Jack – gejagt worden, die hinter ihm her brüllten: ›Wir gehen jagen, wir schießen Zebras!‹ Sie wissen, warum Zebras?«

»Nein.«

»Wegen der gestreiften Häftlingskluft.«

Bei diesen Worten trat Ilona näher an Jack heran und nahm seine Hand. Er wusste, dass sie an Etelka dachte. Beinahe verzieh er ihr, dass sie ihn in den Hinterhalt mit diesen Männern gelockt hatte.

»Was wollen Sie von mir?«, fragte er Yuval, obwohl diese Frage genauso an sie gerichtet hätte sein können.

Yuval sagte: »Wir wissen, dass Sie einen Lastwagen zur Verfügung haben. Einen US-Lastwagen.«

Beim Gedanken an den Lastwagen und was auf der Ladefläche geschehen war, errötete Jack.

»Im Lagerhaus, wo ich arbeite, gibt es einen Lastwagen«, sagte er.

»Einen Lastwagen der US-Armee.«

»Technisch gesehen gehört er der Zivilbehörde der Alliierten.«

»Wir hoffen«, sagte Yuval, »dass Sie es uns ermöglichen, uns den Wagen, sagen wir, auszuleihen.«

»Das geht nicht.«

»Wie bitte?«

»Ich fürchte, das kann ich nicht tun. Ich habe schon gesagt, er gehört den US-Truppen in Österreich.«

»Aber Sie haben die Verfügungsgewalt darüber, oder?«

»Ja.«

»Also fährt er dahin, wohin Sie ihn kommandieren«, sagte Yuval, angetan von seiner eigenen Logik.

War es das, worum es ging? War Ilona deshalb zu ihm gekommen? Hatte sie deshalb mit ihm gevögelt? Als Anreiz? Damit er seinen Lastwagen hergab? Er war wütend und gedemütigt und wollte weg, weglaufen, um seinem Zorn und seiner Scham zu entkommen.

»Tut mir leid«, sagte Jack und wandte sich zur Tür. »Der Lastwagen gehört mir nicht, ich kann ihn nicht verleihen.«

Die Art, wie Yuval die Tür blockierte, war elegant, ohne einen Anschein von Gewalt oder Mühe, aber so wirksam wie eine Ziegelwand. »Okay, also leihen Sie ihn uns nicht. Sie parken bloß den Wagen an einer unbewachten Stelle, lassen den Schlüssel stecken, gehen weg. Und holen ihn einen Tag lang nicht ab. Das ist alles.«

»Oh, das ist also alles?«

»Das ist alles.«

»Und wozu, falls Sie die Frage erlauben, brauchen Sie einen Lastwagen?«

Der Mann mit den gelben Socken schüttelte eine weitere Zigarette aus seinem Päckchen, steckte sie in eine kleine Zigarettenspitze aus Pappe und zündete sie mit einem glänzenden silbernen Feuerzeug an. Er stieß zwei dünne Rauchfahnen aus den Nasenlöchern. Er hielt die Zigarette wie eine Frau, zwischen Zeige- und Mittelfinger, und er sprach mit einem noblen und kultivierten deutschen Akzent. »Captain Wiseman«, sagte er, »Sie sind Jude.«

Es war keine Frage, also antwortete Jack erst gar nicht.

»Ich war in Auschwitz«, fuhr der Mann fort. »Nicht lange nach der Befreiung. Sie wissen von Auschwitz?«

»Ja.«

»So schwer es für die jüdischen Überlebenden in Deutschland und hier in Österreich in den schrecklich überfüllten Flüchtlingslagern sein mag, in Polen ist es noch schlimmer. Leute, die ihre Wohnungen wiederhaben wollten, wurden bedroht. Einige wurden getötet. Sie überleben das Lager und schaffen es endlich nachhause, und dann sterben sie dort, auf ihrer eigenen Schwelle, ermordet von ihren eigenen Nachbarn. Ein furchtbares Dilemma, glauben Sie nicht?«

»Welches Dilemma?«

»Was mit diesen Juden anfangen. Hitler hat so viele von ihnen umgebracht, aber einige sind immer noch geblieben. Vielleicht hunderttausend, vielleicht eine Million. Keiner weiß es. Und keiner weiß, was man mit ihnen tun soll. Glauben Sie, dass Ihre Regierung sie aufnehmen wird? Wird Mr. Harry Truman sagen, *Bitte, ihr halbtoten polnischen Juden, kommt nach New York. Kommt nach Missouri?*«

Jack erinnerte sich, wie er als Halbwüchsiger am Esstisch bei seinen mütterlichen Großeltern gesessen und gesehen hatte, wie sein normalerweise stoischer Großvater über das Schicksal der jüdischen Flüchtlinge auf der *St. Louis* geweint hatte, denen man die Einreise in Kuba verweigert, die die USA abgewiesen und in ihr düsteres Schicksal in Hitlers Europa zurückgeschickt hatte.

»Ich bezweifle es«, sagte er.

»Sie bezweifeln es. Ich bezweifle es auch. Was also wird aus ihnen werden, Captain Wiseman? Ihre Dörfer sind verschwunden. Sogar ihre Städte. Was ist geblieben vom jüdischen Wilna, vom jüdischen Warschau? Vom jüdischen Bukarest oder jüdischen Berlin? Sie wissen das so gut wie ich. Also, was wird mit diesen Juden geschehen?«

»Ich weiß es nicht.«

»Und wie Sie hat auch Ihre Regierung keine Antwort.«

»Falls sie eine hat, bin ich nicht eingeweiht.«

»Ah, das ist der Unterschied zwischen uns. Sehen Sie, ich bin zumindest in einige der Antworten Ihrer Regierung eingeweiht. Im Augenblick benötigt Ihre Regierung Millionen, um die Juden, die in die amerikanische Zone strömen, zu verköstigen und unterzubringen. Das kostet, und keiner will es bezahlen. Euer Präsident möchte sein Geld darein investieren, Europa wiederaufzubauen und aus Deutschland und Österreich Verbündete gegen die Sowjetunion zu machen. Die Briten sind eure Bundesgenossen, und so kann es keine offizielle Politik gegen sie geben, aber manche in eurer Regierung stimmen mit mir darin überein, dass der Rest der Juden weit weg gehen sollte, so weit wie Palästina, sich im Land Israel niederlassen.«

»Aha«, sagte Jack. »Und Sie haben vor, diese hunderttausend Juden mit meinem Lastwagen hinzubringen.«

Der Mann lächelte.

»Nur ein paar«, sagte Yuval. »Und nur nach Italien. Danach nehmen wir ein Schiff.«

Jack hatte noch nie einer Frau gesagt, sich zum Teufel zu scheren, und er wollte nicht jetzt damit anfangen, aber da Ilona ihm durch das Lager nachgelaufen war, seinen Namen gerufen und ihn angefleht hatte, stehen zu bleiben, mit ihr zu reden, war die Versuchung groß. Stattdessen ignorierte er sie und wäre entkommen, wäre er nicht in eine Gruppe von Feiernden geraten, die sich erst jetzt zerstreute, nachdem die Reden endlich zu Ende waren.

»Verdammt nochmal«, knurrte er und versuchte sich durch das Gewühl zu kämpfen.

»Bitte, Jack!«, rief Ilona, die ihn eingeholt hatte. Sie packte ihn mit beiden Händen am Arm. »Warum läufst du vor mir weg?«

Er schüttelte sie ab. »Ich laufe nicht weg.«

»Doch!«

»Sag mal, Ilona, hast du mich hierher eingeladen, weil es dir diese Männer gesagt haben?« Er sah sich rasch um, um sich zu versichern, dass niemand der Vorübergehenden ihn hörte, neigte den Kopf und zischte ihr zu: »Hast du mit mir geschlafen, weil sie es dir befohlen haben?«

Sie senkte die Hände und funkelte ihn an, das Gesicht gerötet. »Du wagst mir das zu sagen? Geh. Geh jetzt! Ich will dich nie wieder sehen.«

Er dachte daran, wie sie bei der Erwähnung der mordlustigen deutschen Jungen und ihrer Jagd auf »Zebras« ihre Hand in die seine gelegt hatte, und zögerte, fragte sich, ob seine Wut gerechtfertigt sei.

»Ilona, sag mir die Wahrheit. Was heute in deinem Zimmer passiert ist. In deinem Bett. Haben sie dir befohlen, das zu tun?«

»Ich bin keine Prostituierte. Und diese Männer sind keine … Ich weiß das Wort nicht. Sie sind keine Männer, die Prostituierte besitzen.«

»Zuhälter.«

Sie runzelte die Stirn. »Das ist nicht das richtige Wort.«

»Doch.«

»Zuhälter?«, sagte sie. »Das ist ein lächerliches Wort. Wie ein Witz.«

»Ilona!«

»Jack, ich bin zu dir gekommen, weil ich dich vermisst habe. Ich habe dich vermisst. Ich habe dich mit in mein Zimmer genommen, weil ich glücklich war.«

»Und warum hast du mich zu diesen Männern gebracht?«

»Weil dein Rabbi mich darum gebeten hat. Ich habe ihm erzählt, dass du heute kommst, und er hat mir gesagt, ich soll dich holen, damit du diese Männer aus Palästina kennenlernst.«

Jack hätte ihr so gerne geglaubt. Und er tat es auch. Er glaubte ihr, aber da war ein kleiner Wurm des Zweifels, der sich krümmte und nagte und vergiftete, was er so verzweifelt fühlen wollte. Und dann stahl sich noch eine kleine Hand in die seine, und er schrak hoch. Er brauchte einen Augenblick, um Tomas Zweig zu erkennen. Es waren erst einige Wochen her, seit er den Jungen zum letzten Mal gesehen hatte, aber in dieser Zeit war Tomas mindestens etliche Zentimeter gewachsen. Es war, als hätte sein Körper in den langen Kriegsjahren im Winterschlaf gelegen und tue nun sein Bestes, um aufzuholen.

»Tomas!«, rief er. Der Junge lächelte und ließ sich das Haar verstrubbeln. Jack fragte auf Deutsch: »Wie geht es dir? Wie geht es deinem Bruder und deinem Onkel?«

»Es geht ihnen gut. Geht es Ihnen gut?«

»Ja.«

Der Junge wandte sich zu Ilona. »Onkel schickt mich. Er möchte, dass du ihn mit Jack besuchen kommst.«

Als Jack und Ilona in Rudolf Zweigs Zimmer traten, fanden sie eine fröhliche Runde vor, die sich ein Mahl aus kleinen grünen Äpfeln und Scheiben harten gelben Käses teilte.

Rudolf sprang auf und sagte: »Ich bin so froh, dass Ilona Sie zu mir gebracht hat! Ich wollte es Ihnen sagen, als wir aus dem Hotel weggingen, aber es kam so plötzlich.«

»Wie geht es Ihnen?«, fragte Jack.

»Sehr gut.« Rudolf wirkte wie ein anderer Mensch. Obwohl sein Rücken nicht ganz gerade war, hatte er eine seiner Krücken abgelegt. Seine Wangen hatten sich gerundet. Er sah unwahrscheinlich jung aus.

Tomas' älterer Bruder war ebenfalls aufgeschossen und hatte zugenommen. Der Junge machte eine steife kleine Verbeugung, ein Überbleibsel der tadellosen Manieren, die ihm eine lange vergessene Gouvernante beigebracht hatte. Er begrüßte Jack mit einem herzlichen »Schalom!«

Jack zog die Brauen hoch und sah ihren Onkel an. »Er spricht Hebräisch?«

Rudolf sagte: »Die Buben lernen es beide. Ich auch. Sie haben hebräische Namen angenommen.« Er fasste den Älteren an der Schulter. »Josef ist jetzt Yossi, und Tomas nennt sich Zvi.«

»Zvi?«, fragte Jack. »Und Sie? Haben Sie auch Ihren Namen geändert?«

»Warum nicht?«, fragte Rudolf. »Ein neuer Name für ein neues Leben. Reuven Ben Ari. Zu Ehren meines Vaters Leopold, Yossis und Zvis Großvater. Wir werden nun alle Söhne des Löwen sein.«

Ilona sagte: »Reuven, Yossi und Zvi planen nach Palästina zu gehen, sobald sie kräftig genug sind. Sie sind die einzigen Überlebenden aus ihrer Familie, und sie können nicht allein nach Berlin zurück.«

Unlängst, so erzählte Rudolf, hatte ihn die UNRRA aufgefordert, einen Fragebogen auszufüllen, wohin er auswandern wolle. Wie 18 700 unter den 19 000 anderen jüdischen Vertriebenen, die den Fragebogen ausgefüllt hatten, führte er »Palästina« nicht nur als sein erstes, sondern auch als sein zweites Ziel an.

Ilona sagte: »Im Flüchtlingslager Fürth bei Nürnberg hat

ein Viertel der Vertriebenen, als ein Vertreter der UNRRA ihnen sagte, sie müssten als zweite Wahl einen anderen Ort angeben, das Wort ›Krematorium‹ eingetragen.«

»Sonst gibt es nichts für uns«, sagte Rudolf zu Jack.

Stimmte das?, fragte sich Jack. Hatte Hitler den Juden den Beweis geliefert, dass es nur zwei sichere Orte für sie gab: der erste ein uralter, ungünstig gelegener, von Feinden umgebener Streifen Landes und der andere das Nirgendwo?

Tomas, jetzt Zvi, sagte: »Wir werden über die Alpen gehen!«

Jack blickte zweifelnd auf Rudolfs verbliebene Krücke.

»Im Winter ist der Weg gefährlich«, sagte Ilona. »Reuven hört das nicht gerne, aber er ist noch nicht kräftig genug, um die Reise zu unternehmen. Ich sage ihm, er soll auf das Frühjahr warten.«

Rudolf sagte: »Es heißt, je mehr Zeit vergeht, desto schwieriger wird der Übergang. Die Briten üben Druck auf die Italiener aus. Niemand weiß, wie lange die Route von Salzburg aus noch offen sein wird. Wenn wir jetzt nicht gehen, verlieren wir unsere Chance.«

»Wer ist ›sie‹?«, fragte Jack. »Yuval? Der andere Knabe?«

»Sie haben Aba Yuval getroffen?«, fragte Rudolf. Er strahlte. »Ein großer Mann. Ein Held. Der Jischuw, die Interessenvertretung der Juden in Palästina, hat nicht nur Yuval geschickt, sondern auch Hebräischlehrer, Pfadfinderführer. Damit wir uns vorbereiten können. Alle versuchen nach Palästina zu kommen.«

Jack wandte sich an Ilona. »Und du? Versuchst du nach Palästina zu kommen?«

»Ich weiß nicht, wo ich hingehe. Vielleicht nach England zu meiner Tante Firenze. Vielleicht nach Ungarn. Vielleicht nach Palästina. Vielleicht woandershin.«

»Wohin?«, fragte er.

Sie zuckte die Schultern und lächelte.

Und dann verspürte er, trotz allen Widerstands, ein Zupfen an der ausgeleierten und zerschlissenen Saite in seinem Herzen, an derjenigen, an der zuerst der Rabbi gezupft hatte. Er erkannte, was der Rabbi ihm hatte sagen wollen. Er war Soldat, aber er war auch Jude. Und jetzt, hier an diesem Ort mit diesem unwahrscheinlich tapferen jungen Mann und seinen unwahrscheinlich tapferen Jungen, verstand Jack, was an erster Stelle kam.

14

Jack und Yuval gingen die Wege im Flüchtlingslager entlang, wichen Scharen von Kindern aus, die auf den schmutzigen Flächen spielten, wo einst vielleicht Rasen gewesen war, und Männern, die sich in kleinen Gruppen zusammengefunden hatten, Zigaretten rauchten und sich unterhielten. Überall, wo sie hinkamen, wurde Yuval mit Winken und Zurufen begrüßt, obwohl die Leute respektvollen Abstand wahrten, sobald sie bemerkten, dass er und Jack ins Gespräch versunken waren.

»Wenn wir fertig sind, schicken wir Ilona«, meinte Yuval zu Jack. »Sie geben ihr die Schlüssel und zeigen ihr, wo Sie den Wagen geparkt haben.«

»Nein«, sagte Jack.

»Nein?«

»Sie bekommen den Lastwagen nicht.«

»Warum sind Sie dann hier?«

Er war allein gekommen, um Yuval zu treffen. Obwohl Ilona von seiner Entscheidung wusste, hatte er nicht gewollt, dass sie ihn begleitete. »Ich werde den Wagen fahren.«

»Sie werden den Wagen fahren?«

»Richtig.«

»An die italienische Grenze.«

Trotz Rudolf Zweigs Bewunderung für den Mann traute Jack Yuval nicht. Er traute ihm nicht zu, dass er auf das Eigentum der US Air Force achten würde, und, was noch wichtiger war, er traute ihm nicht zu, die Ladung des Wagens zu beschützen. Was immer dieser kämpferische Jude versichern mochte, Jack war sich nicht sicher, ob die Ladung für Yuval ebenso kostbar war wie für ihn. Wie immer gab es nur eine Person, der Jack traute. Sich selber.

»Es ist mir egal, ob Sie diese Juden nach Feuerland bringen«, sagte er. »Wenn Sie meinen Wagen wollen, dann fahre ich selber.«

»Lächerlich«, sagte Yuval.

»Trotzdem, so ist es.«

»Erstens werden Sie vors Kriegsgericht gestellt, wenn man Sie erwischt.«

»Das ist meine Sache.«

»Es ist meine Sache, wenn Ihre Festnahme einen internationalen Zwischenfall heraufbeschwört. Glauben Sie, die US-Armee wird bei unseren Operationen noch ein Auge zudrücken, wenn sie herausfindet, dass wir GIs als Fahrer einsetzen?«

»Weiß ich nicht, und es ist mir auch egal. Wenn Sie meinen Lastwagen wollen, nun gut, dann werde ich ihn chauffieren.«

Yuval knurrte einige finstere, ärgerliche Worte auf Hebräisch, etwas über Jack den Sohn von irgendjemandem. Wahrscheinlich einer Hure. Da er Yuval nicht traute, hatte Jack nicht verraten, dass er die Sprache beherrschte, und so fragte er nicht nach. Obwohl er nicht alles verstand, war er überrascht, wie ähnlich die Sprache, welche die Juden im britischen Mandatsgebiet Palästina sprachen, dem biblischen

Hebräisch war, das er an der Abteilung für alte Sprachen der Columbia University studiert hatte. Yuvals Akzent war gutturaler und rauer als jener von Jacks Hebräischlehrer an der Universität, einem weibischen Engländer namens Peters, der eher ein Antisemit schien und keine Anstrengungen machte, hebräische Wörter anders auszusprechen als englische; aber mit einiger Übung und im Alltag fand Jack Yuvals Hebräisch und das der anderen palästinensischen Juden im Flüchtlingslager verständlich genug.

Jack sagte: »Und zweitens?«

»Und zweitens was?«

»Erstens könnte ich vors Kriegsgericht kommen. Und zweitens?«

»Zweitens, woher soll ich wissen, was für eine Art Fahrer Sie sind?«

Eine Tür ging auf, eine Frau trat heraus und leerte einen Eimer Wasser aus, direkt in ihre Richtung. Jack sprang zur Seite, aber Yuval war zu langsam. Das Seifenwasser durchtränkte seine Hosenbeine und seine Schnürschuhe.

»Oh, mein Gott!«, rief die Frau auf Jiddisch. Sie wechselte ins Hebräische. »Es tut mir so leid, Aba. Was für ein Schlamassel. Bitte, kommen Sie in die Wäscherei, ich bringe Ihnen eine trockene Hose.«

Yuval schenkte ihr ein beruhigendes Lächeln. »Kein Problem, liebe Frau. Ich hatte ein Bad nötig.«

Sie kicherte und ging wieder hinein.

Yuval wandte sich zu Jack. »Nun ja, gute Reflexe haben Sie, das muss ich Ihnen lassen.«

Jack sollte die Flüchtlinge zu einer wenige Kilometer von der italienischen Grenze entfernten Stelle fahren, wo Führer auf sie warten würden; diese würden sie zur Grenze und über den Reschenpass geleiten, wo ein anderer Lastwagen wartete, um sie weiter nach Süden zu bringen. In der Nacht vor der Fahrt, als Jack in Yuvals Zimmer gekommen war, um den Plan zu besprechen, war er überrascht und glücklich gewesen, Ilona dort zu sehen. Sie war mit Arbeit und Unterricht so beschäftigt gewesen, dass sie einander ein paar Tage lang nicht gesehen hatten.

»Ich habe wunderbare Neuigkeiten«, sagte sie. »Reuven ist endlich kräftig genug, dass er die Reise antreten kann. Er, Zvi und Yossi werden morgen mit dir fahren.«

Yuval sagte: »Es ist ein komplizierter Transport. Unter den Flüchtlingen werden fast ein Dutzend Kinder sein.«

Jack erhob Einspruch. Die Reise sei zu anstrengend, sagte er Yuval. Kinder würden es nicht schaffen, stundenlang in der Kälte hinten im Lastauto durchzuhalten, und man konnte ihnen nicht zumuten, vier, fünf Kilometer durch den Schnee über die Grenze bis zu dem Lastwagen zu stapfen, der auf der anderen Seite wartete. Höhnisch erinnerte ihn Yuval daran, dass diese Kinder weit Ärgeres überstanden hatten als eine Fahrt in einem ungeheizten Lastwagen und eine kurze Wanderung über die Alpen. Und falls man bis zum Frühling wartete, wenn der Schnee auf den Pässen geschmolzen war, würde man von ihnen verlangen, dass sie den ganzen Weg zu Fuß zurücklegten und ihn nicht mit einem Lastauto abkürzten.

»Der Lastwagen ist ein Fliegender Teppich, verglichen mit dem Marsch im Frühjahr«, sagte Yuval. »Ein Spaziergang über die Grenze.«

»Und wenn sie nicht über die Grenze kommen?«

»Sie schaffen es.«

»Und wenn man sie erwischt?«

»Wenn sie erwischt werden, schicken die Italiener sie zurück, und wir versuchen es noch einmal. Und noch einmal. Und noch einmal, bis wir sie durchkriegen.«

Jack hätte wohl weiterhin Einwände erhoben, doch Ilona mischte sich ein. »Sie haben monatelang trainiert«, sagte sie. »Alle. Sogar die Kinder.«

»Es ist einfach zu schwer«, sagte er.

»Bitte, Jack. Wenn sie warten und die Grenze gesperrt wird, bricht es ihnen das Herz.«

Schließlich stimmte er zu, aber nur unter der Bedingung, dass er die Gruppe bis über die Grenze nach Italien fahren dürfe, wo der zweite Lastwagen wartete, sodass sie überhaupt nicht zu Fuß gehen müssten. »In Meran gibt es ein Tuberkulose-Sanatorium«, sagte er Yuval. »Wir geben die Flüchtlinge als TBC-Patienten aus, die auf dem Weg zur Behandlung sind.«

»Und wenn man uns anhält? Wie erklären wir, dass ein amerikanischer Offizier dabei ist?«

»Ich bin die offizielle medizinische Eskorte.«

»Und ich die Rotkreuzschwester!«, rief Ilona. Bevor Jack protestieren konnte, sagte sie: »Das Rote Kreuz würde keine TB-Patienten durch die Gegend schicken, ohne dass eine Schwester dabei ist.«

Jack musste zugeben, dass sie recht hatte, und Yuval, vielleicht beeindruckt von ihrer beider Zielstrebigkeit, machte sich nicht die Mühe, Argumente gegen Jacks Plan oder gegen Ilonas Ausschmückung vorzubringen.

Die Straße über die Berge war von Spurrinnen durchzogen und holperig, über den Lachen in den tieferen Gruben hatte sich eine dünne Eisschicht gebildet. Hätte er die Wahl gehabt, wäre Jack viel langsamer gefahren, um die Passagiere im Laderaum nicht so sehr durchzurütteln, aber jedes Mal, wenn sein Fuß die Bremse berührte, knurrte Yuval ihn an, »weiterzumachen«. Bei jedem Ruck stellte er sich vor, wie die Leute hinten übereinanderpurzelten, wie die Kinder hin und her geworfen wurden, zusammenkrachten wie eine Ladung leerer Milchflaschen.

Die Straße wurde nun glatter, und Jack legte einen höheren Gang ein. Yuval klemmte seine M1 zwischen die Knie und fischte ein Päckchen Zigaretten aus der Hemdtasche. Waffe wie Zigaretten waren ein amerikanisches Produkt. Kamen die auch von der Jewish Agency, fragte sich Jack. Oder hatte es General Collins so eilig, sich und die amerikanische Besatzungszone von der täglich größer werdenden Bürde an Vertriebenen zu befreien, dass er die Juden mit Waffen versorgte, um ihr Entkommen über die Alpen nach Italien und ihr Anrennen gegen die britische Blockade Palästinas zu sichern?

Yuval zündete sich seine Zigarette an. Wegen des beißenden Geruchs ließ Jack sein Seitenfenster herunter und blickte in den Außenspiegel. Die Wolken waren dicht, nur eine schwache Sichel des Mondes war zu sehen. Sie hatten die Fahrt für diesen Tag angesetzt, an dem es gerade genug Licht gab, um die Straße zu erkennen, ohne die Scheinwerfer einzuschalten, aber nicht genug, um bemerkt zu werden. Ihre Pläne waren jedoch durch eine Sturmwarnung gefährdet gewesen, und während des Großteils der Fahrt war dieser Zehennagel von einem Mond alles, was Jack zur Beleuchtung des Weges hatte, hinter grauen Wolkenfetzen verborgen gewesen.

Nur weil seine Augen durch das stundenlange Starren in die Dämmerung geschärft waren, bemerkte er den Schatten auf der Straße hinter ihnen.

Die kalte Nachtluft war wie ein Schlag ins Gesicht, als er den Kopf aus dem Fenster steckte und zurückblickte. Kein Irrtum: Man folgte ihnen.

»Was ist los?«, fragte Yuval.

»Da kommt uns jemand nach.«

»Ein Lastwagen?«

»Kleiner.«

»Steigen Sie aufs Gas!«, befahl Yuval.

Jack sah noch einmal zurück und schätzte den Abstand zwischen sich und dem sich nähernden Fahrzeug ein. Sachte drückte er den Fuß nach unten. Der Lastwagen ratterte unter ihm, nahm Geschwindigkeit auf, aber langsam, zu langsam. Die Straße war schlecht, die Ladung schwer, und der Truck war nicht für Tempo gebaut. Noch einmal sah er aus dem Fenster. Das Fahrzeug hinter ihm war immer noch weit genug zurück, um kaum mehr als ein Wischer oder Schatten auf der Straße zu sein, aber es kam näher.

»Machen Sie schneller!«, verlangte Yuval.

Doch Jack nahm den Fuß vom Gas und legte einen niedrigeren Gang ein.

»Schneller!«, rief Yuval.

Jack wurde noch langsamer. »Was zum Teufel machen Sie denn?«, brüllte Yuval.

»Wir können ihnen nicht davonfahren«, sagte Jack.

»Die Grenze ist nur noch zehn Kilometer entfernt! Fahren Sie einfach, fahren Sie!«

»Die Grenze ist in acht Kilometern«, sagte Jack. »Aber sie haben uns lange vorher.« Er sah wieder zurück. Er konnte die Silhouette des Autos hinter ihnen ausmachen. Es war ein amerikanischer Willys-Jeep. Inzwischen waren sie mit gemächlichen 45 Stundenkilometern unterwegs, und Jack nahm ein riesiges Schlagloch auf der Straße zum Vorwand, um noch langsamer zu werden.

»Sie sollten das Gewehr lieber unter den Sitz stecken«, sagte er.

Yuval rammte das Gewehr unter den Sitz und bedeckte den Lauf, der hervorragte, mit seinem Seesack.

Der Jeep war direkt hinter ihnen.

»Kurbeln Sie Ihr Fenster runter«, sagte Jack. »Strecken Sie den Arm raus und winken Sie ihnen, dass sie überholen können.«

Yuval dachte kurz nach und tat dann, wie Jack gesagt hatte.

Der Jeep kam an ihre Seite. Entgegenkommend wurde Jack langsamer. Er sah hinüber, konnte aber die Insassen nicht ausmachen. Einen Augenblick rollten sie Seite an Seite dahin, bevor der Jeep sie überholte, langsamer wurde und hielt.

Fluchend legte Jack den ersten Gang ein und brachte den Wagen rüttelnd zum Stehen.

»Bleiben Sie hier«, sagte er zu Yuval.

Er riss die Tür auf und sprang hinunter.

»Was ist los, Jungs«, rief er mit einer Jovialität, die niemand, der ihn kannte, wiedererkannt haben würde.

Zwei GIs sprangen aus dem Jeep, als er näher kam, die Gewehre im Anschlag und schussbereit.

»Rührt euch!«, rief Jack.

Als er nahe genug war, dass sie seine doppelten Silberstreifen erkennen konnten, nahmen die Soldaten Haltung an und salutierten.

Lässig erwiderte Jack den Gruß. »Was kann ich für euch tun, Jungs?«, fragte er.

»Wir haben Befehl, die Straßen zu kontrollieren, Sir«, sagte einer der Männer, ein Sergeant. Er war jung, etwa in Jacks Alter, seine Streifen glänzten wie neu. Trotzdem strahlte er eine Aura von Kompetenz und militärischer Präzision aus, die Jack unter anderen Umständen bewundert hätte.

»Wonach?«, fragte Jack. »Schmuggler?«

»Ja, Sir«, sagte der Sergeant. »Aber hauptsächlich nach Flüchtlingen.«

»Flüchtlingen?«

»Wir sollen sie vom Grenzübertritt abhalten, Sir.«

Jack zuckte die Schultern. Er langte in seine Tasche und zog ein Päckchen Zigaretten heraus. Klopfte drei heraus. Gab den Männern je eine und zündete seine an. Dann hielt er ihnen das Feuerzeug hin. Der ungewohnte Rauch kratzte ihn im Hals, er unterdrückte einen Hustenreiz.

»Also«, sagte er, »ich halte jedenfalls die Augen offen nach Flüchtlingen.«

»Danke, Sir«, sagte der Sergeant, gab ihm das Feuerzeug zurück und nahm einen langen Zug an der Zigarette. »Nur, ich hoffe, Sie verstehen, ich muss fragen. Was haben Sie in dem Lastwagen, Sir?«

»Flüchtlinge«, sagte Jack.

Die zwei GIs sahen einander an.

»Kleiner Scherz«, sagte Jack. »TB-Patienten. Bringe sie in ein Krankenhaus nach Südtirol.« Er steckte die Zigarette in den Mund, kniff ein Auge zu wegen des Rauchs und fischte in seiner Tasche herum. Er zog einen Zettel heraus und tat so, als lese er. »Sanatorium Meran.«

»Sie begleiten sie persönlich, Sir?«

»Da können Sie Ihren Arsch drauf verwetten, Soldat«, sagte Jack.

»Uh-uh. Nur, ich weiß nicht. Scheint ein ungewöhnlicher Job für einen Captain. Falls Sie erlauben.«

Jack musterte den Sergeant. Der Mann war groß, hatte ein Gesicht, das durch eine Menge Aknenarben und Pusteln davor bewahrt blieb, hübsch zu sein. Er sah Jack ausdruckslos an. Jack lächelte.

»Nun, Sie haben recht, Sergeant«, sagte Jack. »Aber dieser Haufen Feiglinge, die mir die Armee in ihrer unendlichen Weisheit aufgebürdet hat? Kein Einziger wollte einen Lastwagen mit akut Lungenkranken chauffieren. Stellen Sie sich das mal vor. Haufen schlappschwänziger Arschlöcher.«

»Die haben einen Befehl verweigert, Sir?«, sagte der junge Gefreite. Beim grimmigen Blick des Sergeants senkte er den Blick zu seinen Stiefeln.

Jack sagte: »Ich hätte jeden von den Bastarden unehrenhaft entlassen können, aber hab ich den Papierkrieg nötig? Nein, Gefreiter, hab ich nicht. Also hab ich mich entschieden, durch Beispiel zu führen, wenn Sie wissen, was ich meine.«

»Macht es Ihnen was aus, wenn wir einen Blick reinwerfen, Sir?«

»Sicher, Sergeant«, sagte Jack. »Nur los. Aber es ist Ihr Begräbnis. Wörtlich gemeint.«

Der Sergeant marschierte hinüber zum Lastwagen, der Gefreite eilte ihm nach. Als sie sich dem Auto näherten, steckte Yuval den Kopf heraus.

»Keine Sorge, Doc!«, sagte Jack fröhlich. »Der Sergeant hier will sich nur überzeugen, dass wir keine Flüchtlinge über die Grenze schmuggeln.« Er wandte sich an den Sergeant. »Das ist der Doktor. Er ist für die Patienten verantwortlich.«

Yuval öffnete die Tür und sprang heraus. Er streckte dem Sergeant die Hand hin. »Doktor Lehrmann. Franz.« Er übertrieb den deutschen Akzent ein wenig, dachte Jack.

Der Sergeant nahm die Waffe in die andere Hand und schüttelte widerstrebend Yuvals Hand. »Wie haben Sie sich die militärische Eskorte beschafft?«, fragte er Yuval.

»Sie scherzen wohl?«, fragte Jack. »Hollywood Harry möchte diese Scheißkerle so bald wie möglich aus dem Land Salzburg draußen haben, deshalb. Entschuldigen Sie meine Ausdrucksweise, Doc.«

»Schon gut«, sagte Yuval.

»Okay«, sagte Jack. »Darf ich Ihnen meine Ladung vorstellen.«

»Es wäre mir lieber, wenn Sie es nicht täten«, sagte Yuval. »Die Luft ist zu kalt für sie.«

»Wenn Sie sich wegen der kalten Luft Sorgen machen, warum fahren Sie dann in der Nacht?«, fragte der Sergeant.

»Sie sind ein neugieriger Hund, nicht wahr, Sergeant?«

»Das liegt definitiv in meiner Natur, Sir.«

»Wir fahren in der Nacht, weil ich um diese Zeit fahren will, mein Junge«, sagte Jack und tat sein Bestes, den Eindruck eines vorgesetzten Offiziers zu vermitteln, der zunehmend die Geduld mit einem aufsässigen Subalternen verliert. »Und ich würde gern weiterfahren, also wenn Sie mir folgen wollen ...«

Er ging voran zur Rückseite des Lastwagens. Er verspürte einen vertrauten Schmerz in der Magengrube, das ängstliche Zittern, das er empfand, bevor er seine Soldaten in die Schlacht führte, das Zittern, das er verspürt hatte, als er Ilona das erste Mal gebeten hatte, mit ihm auszugehen. Er riss die Plane zur Seite und enthüllte die Schar, die zusammengedrängt auf der Ladefläche saß. Rudolf saß auf der Bank, die der Öffnung am nächsten war, und als Jack die Plane lüftete, hob er die Hand, um seine Augen vor dem grellen Licht der Taschenlampe des Sergeants zu schützen. Ilona, die einen Rot-Kreuz-Kittel, eine kecke Schwesternmütze und einen marineblauen Umhang mit roten Paspeln trug, sprang vom Lastwagen.

»Captain«, rief sie in so untadeligem britischem Akzent, dass Jack nur mit Mühe das Lachen verbeißen konnte. »Lassen Sie sofort die Plane herunter! Die Patienten holen sich den Tod.«

»Es dauert nur einen Moment, Ma'am«, sagte Jack.

In diesem Moment begann der kleine Yossi zu husten. Der Sergeant richtete den Lichtkegel der Taschenlampe auf ihn. Der Junge hielt ein weißes Taschentuch an die Lippen.

Sein Bellen war so realistisch, dass sich Jack einen Augenblick lang fragte, ob er nicht wirklich krank sei. Dann nahm er das Tuch vom Mund und enthüllte einen hässlichen Streifen rotes Blut.

»Jesus!«, sagte der Gefreite und wich zurück.

»Sie sehen ja!«, sagte Ilona indigniert. »Wir müssen sie aus der Kälte bringen!«

Jack ließ die Flappe fallen. »Scheiße«, sagte er und wischte sich den Mund in vorgetäuschter Nervosität. »Zum Teufel nochmal, was hab ich mir bloß gedacht, selber zu fahren? Das ist ein verfluchter Pestwagen. Ich stell jedes einzelne Arschloch von diesen Drückebergern vors Kriegsgericht, wenn ich zurück bin, wenn ich mir nicht vorher meine Scheißlungen raushuste.« Er wandte sich zum Sergeant: »Wie heißen Sie, Soldat?«

»Walther, Sir. Robert.«

»Okay, Sergeant Walther. Sind Sie jetzt fertig? Ich möchte diese verdammte Sache hinter mich bringen. Angeblich soll's in Bruneck eine Bar geben, wo die Mädels beinahe so hübsch sind wie der Schnaps.«

Walther warf einen letzten misstrauischen Blick auf den Lastwagen und zuckte dann die Schultern. »Ja, Sir.«

»Also, bewegen Sie Ihr gottverdammtes Fahrzeug, Walther«, sagte Jack.

Der Mann zögerte, und Jack fragte sich, ob er zu weit gegangen sei, aber dann sagte Walther: »Ja, Sir.«

Jack schwang sich wieder in die Fahrerkabine des Lastautos und drückte ungeduldig auf die Hupe. Die zwei GIs stiegen in ihren Jeep und bogen in die Straße ein. Jack fuhr los und schleuderte einen Wirbel aus Kies hoch, während er sie passierte.

Yuval sagte: »Sie scheinen ein Talent für Verstellung zu haben.«

Die letzten acht Kilometer bis zur Grenze legten sie schweigend zurück. Für die österreichischen und italienischen Zollbeamten nahm Jack wieder seine gereizte Captain-Rolle ein, und die schienen nur zu froh, die gefälschten Papiere zu akzeptieren, die er ihnen entgegenstreckte. Eine Stunde nach der Grenze wartete auf einem unmarkierten Viehweg – Yuval war überrascht, dass Jack so wenig Probleme hatte, ihn zu finden – der zweite Lastwagen auf sie.

Ein Mann und eine Frau lehnten an der Stoßstange des Lastwagens, beide in weiße Parkas gehüllt, die, so dachte Jack, verdächtig nach einer amerikanischen Militärkluft aussahen. Sie begrüßten Yuval auf Hebräisch. Es dauerte nur kurz, bis Jack sich an ihren Akzent gewöhnt und zumindest ein bisschen von Yuvals Erklärung für ihre Verspätung verstanden hatte.

Jack öffnete die Flappe am Lastwagen. »Netter Trick«, sagte er auf Deutsch zu Rudolf. Rudolf akzeptierte Jacks Hand; den Sprung auf den Boden hätte er noch nicht allein geschafft. »Wie haben Sie es gemacht?«

Einmal auf sicherem Boden, schob Rudolf seinen Ärmel hoch und enthüllte ein weißes Taschentuch, das etliche Zentimeter oberhalb seiner Handfläche um sein Gelenk geknotet war. Er knüpfte es auf. Darunter war ein etwa drei Zentimeter langer Schnitt, aus dem immer noch Blut sickerte.

»In Ihren Daumen hätten Sie nicht stechen können?«, fragte Jack.

Rudolf lachte. »Ilona meinte, wir bräuchten mehr Blut.«

»Stimmt wahrscheinlich. Sie lassen das besser nähen, wenn Sie mal dort sind, wo Sie hinwollen.«

»Werde ich«, sagte Rudolf. »Jack?«

»Ja?«

»Danke. Für alles.«

»Danken Sie mir noch nicht«, sagte Jack. »Schicken Sie

mir einen Brief, wenn Sie in Palästina sind.« Falls Sie nach Palästina kommen, dachte er.

»Ich schicke Ihnen eine Kiste Orangen.«

»Nicht Milch und Honig?«

»Das auch.«

Während Ilona den Flüchtlingen half, im zweiten Lastwagen Platz zu nehmen, lehnte sich Jack an die Kühlerhaube seines Wagens und starrte nach oben. Die Wolken hatten sich verzogen, die Sterne waren so zahlreich, dass es aussah, als hätte man einen Salzstreuer über dem samtigen Himmel geschüttelt. Er vertrieb sich die Zeit damit, so viele Sternbilder zu benennen, wie er konnte, und hörte zu, während Yuval seinen Kollegen eine Reihe detaillierter Anweisungen gab, Informationen darüber, welcher der Flüchtlinge eventuell Hilfe brauchen würde, sollte es nötig werden, zu gehen, und auf wen man sich verlassen konnte, den anderen zu helfen. Yuval empfahl, dass bestimmte Flüchtlinge, darunter Rudolf, als Führer angesehen werden sollten.

»Der da?«, sagte die Frau im weißen Parka und sah Rudolf an. »Man kann ihm trauen?«

»So sehr wie nur irgendeinem von ihnen«, sagte Yuval.

»Ist der Haufen da so mies wie die anderen?«, fragte die Frau.

Jack erstarrte, beschwor sich, ruhig zu bleiben. Er lauschte, wurde immer wütender, immer stiller.

»Es sind alle gleich«, sagte Yuval.

Der andere Mann saugte geräuschvoll an seinen Zähnen. »Ai, Yuval. Wir werden das noch bereuen. Stell dir den Schlamassel vor, wenn jeder von den Vertriebenen aus den Lagern schließlich in den Jischuw kommt.«

Die Frau sagte: »Der ganze Pofel, so wie er ist.«

Das war mehr, als Jack ertragen konnte. Wäre sie keine Frau gewesen, hätte er ihr eine geknallt. Stattdessen sprang er auf, marschierte zu ihr hinüber und erklärte ihr in gestelztem biblischem Hebräisch, dass sie ihn anwidere. Er wollte, dass sie sich duckte; er wollte, dass sie beschämt den Kopf einzog. Stattdessen lachte sie.

»Wo haben Sie denn Hebräisch gelernt? Im Seder?«

»Was stimmt nicht mit ihnen?«, sagte Jack zu Yuval und wechselte wieder ins Englische.

Hätte Yuval seine Kollegen zurechtgewiesen, dann hätte Jack sie als unreife, unwissende Jugendliche abtun können, wie die Nachrückenden in der US-Armee, die sich bei den österreichischen Bürgern und ihren Töchtern anbiederten und die Vertriebenen wie Dreck behandelten. Aber Yuval sagte: »Captain Wiseman, Ihr Job ist das Fahren. Die komplizierte politische Situation zu verstehen ist vielleicht über Ihrer Gehaltsstufe.«

»Über meiner Gehaltsstufe?« Jacks Stimme wurde leiser, während seine Wut zunahm. Er wollte Rudolf und die Jungen oder die anderen Leute, die nun auf die Ladefläche des zweiten Lastwagens kletterten, nicht erschrecken.

»Tzipi und Micha machen ihre Arbeit. Es wird Zeit für Sie, Ihre zu erledigen. Fahren wir.«

»Wir fahren nirgendwohin«, sagte Jack.

Yuval zuckte die Schultern. »Es ist Ihr Lastwagen. Mir ist es egal, wann wir zurückkommen. Ich bin nicht derjenige, der das Kriegsgericht riskiert.« Er wechselte wieder ins Hebräische und befahl Tzipi und Micha, sie sollten den restlichen Flüchtlingen ins Auto helfen und losfahren.

»Niemand fährt los, bevor ich es sage.« Mit einer geschmeidigen Bewegung zog Jack seine Waffe aus dem Halfter. Tzipi begann ihre Waffe zu heben, aber Yuval hielt sie mit einer Handbewegung zurück.

»Was wollen Sie, Jack?«, fragte er.

»Wie können Sie so über sie sprechen?«

»Wie gesagt. Die Situation ist kompliziert.«

»Warum erklären Sie sie mir nicht. Helfen mir, auf eine höhere Gehaltsstufe zu kommen.«

»Unser Leben in Palästina besteht aus Arbeit und Krieg, und unsere Leute müssen stark und tapfer sein. Die da« – Yuval machte eine Kopfbewegung zum Lastwagen hin, wo die Flüchtlinge warteten und, so hoffte Jack, die Unterhaltung zwischen ihnen beiden nicht hörten –, »diese ›Überlebenden‹«, er sagte das, als wäre es ein Fluch und kein Wunder, »glauben Sie, dass die stark und tapfer sind?«

»Wer könnte wohl stärker sein?«

Yuval schnalzte verächtlich mit der Zunge. »Was in Polen geschehen ist, hätte in Palästina nie geschehen können. Niemand hätte uns in unseren Synagogen, auf unseren Feldern abgeschlachtet. Es hätte keine Judenräte gegeben, die das Verlangen der Nazis nach Leichen erfüllt hätten. Jeder jüdische Junge, jedes jüdische Mädchen im Jischuw hätte ein Gewehr genommen und jeden deutschen Soldaten erschossen, der ihnen vors Gesicht gekommen wäre. Auch wenn wir unterlegen wären, wären wir jedenfalls im Kampf unterlegen. Das, mein Freund, ist Stärke. Das ist Tapferkeit.«

»Diese Menschen haben ein heilloses Elend, ein unvorstellbares Martyrium überlebt. Wissen Sie, was ihre Stärke beweist? Sie sind am Leben. Das ist der ganze Beweis, den wir brauchen.«

»Ja. Sie sind am Leben«, sagte Yuval. »Warum glauben Sie, dass die leben, während so viele andere tot sind?«

»Weil es ihnen durch irgendein Wunder gelungen ist, sich an den Lebensfaden zu klammern. Hätte der Krieg ein paar Monate länger gedauert, hätten sie es nicht geschafft.«

»Millionen sind gestorben«, sagte Yuval. »Millionen. Diese Vertriebenen, die überlebt haben: Ich frage nicht, was sie getan haben, was sie gestohlen oder wen sie getötet haben, sodass sie unter all den Millionen überlebten.« Er hob die Hand, um Jacks Protest zu stoppen. »Was immer sie getan haben, einige von ihnen haben vielleicht die Kraft und den Mut, im Land Israel zu leben. Ich weiß es nicht. Ich hoffe es. Aber die meisten von ihnen sind gebrochene Leute. Und in unserem neuen Land mit den vielen Feinden haben wir keinen Platz für gebrochene Leute.«

Einen schlimmen Moment lang sah Jack die Vertriebenen durch Yuvals Augen, die Art, wie sie durchs Lager schlurften, die Art, wie viele von ihnen auf dem Gehsteig erstarrten, wenn sich ein schwarzer Wagen näherte, wie ihre Augen hin und her huschten, als suchten sie einen Ort – ein Loch, eine Erdhöhle –, wo sie sich verstecken konnten. Die Tränen kamen vielen von ihnen so leicht, sogar den Männern. Ihre Befangenheit und Erschöpfung, wenn sie arbeiten sollten, die gereizte Wut, mit der sie auf jede Andeutung von Antisemitismus, echt oder eingebildet, reagierten.

Er verbannte diese hässlichen Gedanken aus seinem Sinn und sagte: »Warum holen Sie sie dann? Sie sagen, dass Sie sie nicht wollen, aber trotzdem gehen Sie in die Lager und überreden sie zur Auswanderung. Ihr trainiert sie, um Himmels willen. Ihr lasst Ilona mit diesen kaputten Kindern die Berge auf und ab latschen. Warum die Mühe, wenn sie so kaputt sind?«

Yuval zuckte die Schultern. »Wir sind im Krieg. Jetzt mit den Briten, bald mit den Arabern. Sie sind Soldat. Sie wissen, dass nur einige Schlachten auf dem Feld ausgetragen werden. Andere auf dem Meer, wieder andere in Zeitungen.«

»In Zeitungen?«

»Wir werden unser Land kriegen, Jack, weil Hitler der Welt gezeigt hat, dass wir keine andere Wahl haben. Man schuldet uns etwas. Und diese Leute sind der Beweis für diese Schuld. Ein Beweis, den jeder sehen kann.«

»Sie machen mich krank«, sagte Jack. »Das sind Menschen. Keine Objekte, die Sie benutzen können, um Ihre Ziele zu erreichen.«

»Ich mache Sie also krank?«

»Ja.«

»Sie, mein Freund, haben den Luxus eines empfindlichen Magens. Wir im Jischuw können uns keine solche Empfindsamkeit leisten. Aber da gibt es auch eine Ironie.«

»Welche Ironie?«

»Sie bewachen so gewissenhaft diesen Schatzzug. Und für wen?«

Für die Juden von Ungarn, hätte Jack gerne geantwortet. Aber natürlich fürchtete er inzwischen, dass dies nur die vageste und unwahrscheinlichste aller Hoffnungen war.

Yuval lächelte. »Sie bewachen den Zug für *uns*. Eines nicht zu fernen Tages wird Ihre Regierung uns alles geben, das Gold und die Diamanten und wertvollen Kunstwerke, und wir werden sie verwenden, um genau diese Operation zu bezahlen, die Sie so ablehnen. Wir werden alles verkaufen, um Schiffe und Vorräte und Waffen zu kaufen. Der Jischuw wird Ihnen viel schuldig sein, Captain Wiseman, und wir werden es zurückzahlen, indem wir kämpfen und überleben, das nächste Mal, wenn Sie und die Ihren sich wie die Schafe zur Schlachtbank führen lassen.«

Einen Augenblick stellte sich Jack vor, wie es wäre, seine Waffe zu heben, überlegte, wie viele Schüsse er abfeuern konnte, bevor Tzipi oder Micha ihm eine Kugel durch den Kopf jagten. Dann zuckte er die Schultern und wandte sich ab, erlaubte sich bloß noch einen letzten Genuss. »Ich hoffe, Sie sind nicht enttäuscht«, sagte er über seine Schulter weg, während er wegging. »Viel Gold und Diamanten sind da nicht drinnen.«

Ilonas Schatten im schmalen Streifen Mondlicht sah seltsam, bucklig aus, aber erst als er an ihre Seite trat, bemerkte er, dass sie einen Seesack auf dem Rücken trug. Sogar dann brauchte er noch einen Moment, um zu erkennen, was es bedeutete.

»Das kannst du nicht tun«, sagte er.

»Es tut mir so leid.«

»Hast du das die ganze Zeit geplant?« Sie biss sich auf die Lippen, und er konnte sehen, dass sie zu entscheiden versuchte, ob sie ihn anlügen sollte. »Sag mir einfach die Wahrheit«, sagte er.

»Ja. So viel schulde ich dir. Ich wusste, dass ich gehen würde, nachdem ich erfahren hatte, dass Etelka tot war, aber erst vor kurzem, als Reuven sich entschloss, die Fahrt zu machen, habe ich mich entschieden, jetzt zu fahren. Er braucht meine Hilfe.«

»Ja? Und wer wird dir helfen? Diese Typen da drüben?« Er wies mit dem Kinn auf Yuval. »Weißt du überhaupt, wer die sind? Diese Leute, die euch trainiert und herumgeschubst und euch überzeugt haben, dass Palästina der einzige Platz für euch ist? Sie sind nicht eure Freunde, Ilona. Sie sind nicht eure Beschützer oder eure Helden. Sie benutzen euch nur. Sie denken, ihr seid der Abschaum unter den europäischen Juden. Ihr könnt ihnen nicht trauen.«

»Was ist Abschaum?«, fragte sie.

»Du weißt schon. Bodensatz. Das, was in deiner Kaffeetasse bleibt.«

Sie lächelte ihr bitteres Lächeln. »Ja. Der Schmierfleck am Boden der Tasse. Das sind wir. Alles, was geblieben ist.«

»Du verstehst nicht. Es ist eine Beleidigung. Es ist der wertlose Teil, der übrig ist. Der Dreck.«

Sie seufzte und richtete die Gurte ihres Seesacks. Was war drin, fragte er sich. Hatte sie irgendetwas von den Sachen eingepackt, die er ihr geschenkt hatte?

»Weißt du, worüber ich nachts nachdenke?«, fragte sie.

Ich denke an dich, wollte er sagen. »Ich habe keine Ahnung, woran du denkst, nicht in der Nacht und auch nicht am Tag.«

»Nachts versuche ich unter einer wollenen Wehrmachtsdecke zu schlafen, die in einem schrecklichen Rot eingefärbt wurde, wie getrocknetes Blut. Ich frage mich, ob ich nicht die einzige jüdische Überlebende aus Nagyvárad bin. Sind sie alle umgebracht worden, frage ich mich. Alle Ärzte und Anwälte, Weizenhändler und Fabrikanten, Polizeichefs, Stadträte, Lehrer, Bettler und Hausmädchen. Sind sie alle verschwunden? Bin ich alles, was geblieben ist? Eine fünfundzwanzigjährige Frau von zwanzigtausend Menschen?«

»Sicher sind noch andere da.«

»Vielleicht. Vielleicht nicht. Du sagst, ich könne Aba Yuval nicht trauen. Aber er und die anderen aus dem Jischuw bieten den letzten Juden aus Nagyvárad die Möglichkeit einer Heimat.«

Jack stöhnte vor Frustration. »Du oder irgendjemand anderer von den Vertriebenen, ihr seid ihnen egal. Sie nutzen das Schuldgefühl der Welt aus, um die Briten zu zwingen, ihnen Palästina zu überlassen. Du bist nur eine Schachfigur in ihrem Kampf mit den Briten.«

»Sie. Wer ist ›sie‹, Jack? Sind ›sie‹ nicht auch du? Bist du nicht auch ein Jude?«

Er ließ es nicht zu, dass sie an der Saite zupfte, die ihn so in die Irre geführt hatte. »Sie sind nicht ich. Und sie sind auch nicht du. Es geht nicht um Juden und Nichtjuden. Es geht darum, dass sie euch ausnutzen, dass sie Einwanderung als Kriegswaffe einsetzen. Siehst du das nicht? Sie wissen, dass die Briten die Blockade verstärken werden. Sie wissen, dass keines der Schiffe durchkommen wird. Rudolf und die Jungen und die anderen Vertriebenen sind im Grunde genommen Geiseln. Schlimmer noch. Das Beste, was in Yuvals Augen passieren könnte, wäre, wenn auf die Schiffe nach Palästina geschossen würde! Wenn die Briten ein Schiff voller KZ-Überlebender versenken, wird es einen Riesenaufschrei geben, und sie werden dann keine Wahl haben, als vor dem internationalen Druck einzuknicken.«

»Reuven.«

»Was?«

»Sein Name ist Reuven. Du nennst ihn dauernd Rudolf, aber er heißt Reuven.«

»Warum erkennst du das nicht? Er wird benutzt. Ihr werdet alle benutzt.«

»Vielleicht hast du recht. Vielleicht werden wir benutzt. Und vielleicht werden wir sterben. Aber zumindest sterben wir dieses Mal im Stehen. Aufrecht. Nicht im Schmutz kriechend.«

»Ich verstehe dich nicht.«

»Natürlich verstehst du nicht. Wie könntest du? Du bist ein Junge aus Amerika, der Glück gehabt hat. Du hast keine Ahnung.«

»Ich weiß, was dir geschehen ist.«

»Tatsächlich?«

»Ja.«

»Du glaubst, dass du es weißt. Aber du weißt nicht wirklich, wie ich beinahe ein Jahr lang gelebt habe.«

»Nun ja, ein Jahr lang haben die Deutschen auf mich geschossen, und weißt du was? Das war verdammt nochmal auch kein Spaß.«

Schon als er das sagte, wusste Jack, dass er bereits verloren hatte, wenn sie dazu verurteilt waren, dieses Spiel zu spielen. In der Hierarchie der Schrecken, so schlimm die seinen auch sein mochten, standen sie weit unten. Jack stellte sich eine Tabelle vor. Farbcodiert, mit Zeilen und Spalten,

Ziffern und Buchstaben. Nach einer Geschützsalve den Helm deines ersten Sergeants aufzuheben und drinnen die Überreste seines Gehirns zu finden brachte ein paar Punkte, nahm er an, aber weniger, als die Asche deiner verbrannten Mutter einzuatmen. Deiner Kleider entledigt zu werden, gezwungen zu sein, nicht mehr als die zerrissene Bluse einer toten Frau zu tragen, die zerfetzten Schöße reichten kaum über den Hintern, während du Stunde um Stunde habt acht stehst, während dir die Sonne Blasen auf die geschorene Kopfhaut treibt: zehn Punkte. Das Blut deiner letzten Menstruation, das dir den Schenkel hinunterläuft, während du wartest, ob du für den Tod oder für einen weiteren Hungertag selektiert wirst? Weitere fünf. Dahintaumeln, um im gefrorenen Dreck ein Loch zu graben, während dir die Granatsplitter um die Ohren pfeifen: zwei Punkte, höchstens. Unter der Leiche deines besten Freundes Deckung suchen? Weitere vier Punkte. Oder vielleicht fünf. Wenn es Versicherungsfachleute auf der Welt gab, die den Wert eines Menschen genau berechnen konnten, dann musste doch jemand den Wert seines Kummers abschätzen können.

Er sagte: »Die Leute, für die Yuval in Palästina arbeitet? Die von der Jewish Agency? Das sind dieselben, die der US-Regierung sagen, sie sollen das Eigentum aus dem Zug nicht an Ungarn zurückgeben. Es sind dieselben, verstehst du? Du warst so zornig über sie. Du hast gesagt, sie würden dein Fahrrad stehlen.«

»Nein. Ich habe gesagt, ihr stehlt mein Fahrrad.«

»Wir stehlen gar nichts.« Er machte eine Pause. »Okay, ja. Die amerikanischen Bosse stehlen Sachen aus dem Zug. Aber sie werden alles zurückgeben.« Noch während er das sagte, wusste er, dass das im besten Fall eine klägliche Hoffnung war, im schlimmsten eine freche Lüge. Wann hatten die Bosse je etwas zurückgegeben?

Er fuhr fort: »Es ist nicht die Schuld der US-Armee, dass die Besitztümer nicht zurückgegeben wurden. Wäre es nicht wegen der Jewish Agency, hätten wir den Zug inzwischen nach Ungarn zurückgeschickt. Die Bosse deines Freundes Yuval sagen der US-Armee, sie sollen den Inhalt des Zuges verkaufen und ihnen das Geld geben, statt ihn nach Ungarn zurückzuschicken.«

»Du weißt nicht, wovon du redest. Warum sollten sie das tun?«

»Wegen des Geldes! Glaubst du, ihr riesiges Einwanderungsprojekt ist gratis? Yuval und seine Kumpels kaufen Lastautos und Schiffe und Waffen. Sie müssen jeden italienischen Bürokraten zwischen den Alpen und dem Mittelmeer bestechen. Ganz abgesehen davon, was es kostet, alle Flüchtlinge in den Lagern unterwegs zu verköstigen und auszubilden. Yuvals amerikanische Zigaretten allein kosten mehr als dein Fahrrad.«

»Weißt du, wo ich glaube, dass mein Fahrrad ist, Jack?«

Er seufzte.

»Ich glaube, eine nette rumänische Dame in Oradea fährt gerade jetzt mit meinem jüdischen Fahrrad von der Arbeit nachhause. Vielleicht arbeitet sie in einer Bäckerei, die ebenfalls von Juden gestohlen wurde. Oder vielleicht nicht. Vielleicht hat sie ihr Leben lang in ihrem Haus gewohnt, und es ist nur ihre Schwester, die das jüdische Haus gestohlen hat. Diese nette rumänische Dame hat sich nur ein jüdisches Fahrrad genommen.«

»Ilona!«, rief Yuval. »Es ist Zeit.«

Eindringlich sagte Jack: »Die Rumänen sind schrecklich. Und auch die Ungarn. Ich glaube nicht, dass du dorthin zurücksolltest. Aber Yuval und die anderen sind keine Antwort für dich. Palästina ist nicht deine Antwort. Du musst keine Märtyrerin werden. Komm einfach mit mir!«

»Wohin soll ich mit dir kommen?«

»Heim. Nach New York.«

»Du möchtest, dass ich mit dir in New York lebe?«

»Ja.«

»Weil sie in New York die Juden so lieben?«

»New York ist voller Juden.«

Tzipi und Micha sprangen auf ihren Lastwagen und knallten die Türen zu. Er hatte keine Zeit.

Ilona sagte: »Weißt du, wie die Ungarn vor dem Krieg Budapest genannt haben?«

»Nein.«

»Judapest.«

»Das ist etwas anderes. Bitte, Ilona!«

»Werde ich in New York nicht zum Abschaum Europas gehören?«

Jack versuchte sich vorzustellen, wie seine Eltern Ilona zum ersten Mal sahen. Sein pingeliger Vater, der beim Anblick ihres verkrüppelten Fußes seine schmalen Lippen zusammenpressen würde, seine warmherzige, aber neurotische Mutter, die von der unbeholfenen Tätowierung, der ein paar Zentimeter unterhalb ihres Ellbogens in blauer Farbe auf die sommersprossige Haut ihres Armes geätzten Nummer A11436, zu Tränen gerührt sein würde. Er dachte an die Mädchen, mit denen er als Collegestudent ausgegangen war, die Blaustrümpfe mit ihren Stirnbändern und Schottenröcken, mit denen er zwischen den Bücherregalen keusche Küsse getauscht hatte, die fröhlichen Mädchen von der Studentinnenvereinigung in ihren grün-weißen Pullovern, mit ihren wippenden Locken und stämmigen Beinen. Die flotten Mädchen aus der Innenstadt, deren Mund nach Zigaretten und Rotwein schmeckte, die ihn hin und wieder die Finger unter den Gummizug ihrer Höschen schieben ließen, während sie in dunklen Ecken in Bars und Cafés schmusten.

Würden diese Mädchen Ilonas Freundinnen sein? Was würden alle diese heiter-ahnungslosen Leute mit diesem finsteren, einsamen Mädchen mit dem bitteren Lachen anfangen?

Er sagte: »In New York wirst du meine Frau sein, Ilona. Heirate mich.« Verspätet sank er zu Boden, auf ein Knie.

»Mein Gott, Jack? Ist alles in Ordnung?«

»Es geht mir gut.«

»Du bist hingefallen.«

»Ich bin nicht hingefallen. Ich knie. Ilona. Bitte. Heirate mich.«

»Steh doch auf. Um Himmels willen, steh auf.«

Er krabbelte hoch, wischte sich den Schmutz von den Knien. Er kam sich lächerlich vor.

»Jack«, sagte Ilona, »ich bin kein dummes Mädchen.«

»Das weiß ich«, sagte er.

»Ich weiß, was Yuval und die anderen tun. Ich weiß, dass sie eine Schlacht um Palästina schlagen und dass wir eine Waffe in diesem Krieg sind. Ich weiß, dass sie uns ansehen und denken, *Warum lebt ihr, wenn so viele andere tot sind?* Ich weiß, dass sie sich fragen: Hat dieser da Brot gestohlen? Hat der da seine Freunde verraten? War diese ein Kapo, ist sie deshalb am Leben? Ich denke dasselbe. Ich stelle dieselben Fragen. Ich weiß, dass ich nicht die Beste in meiner Familie war. Meine Schwester Etelka war viel besser als ich. Sie hätte es eher verdient, zu leben. Und so bin ich am Leben, und ich bin nicht die Gute.«

»Das ist nicht wahr!«

»Nein«, stimmte sie zu. »Oder vielleicht ja. Vielleicht sind die anderen auch nicht die Guten. Oder vielleicht doch. Ich weiß es nicht.«

»Ich liebe dich, Ilona. Ich liebe dich und möchte dich heiraten.«

»Einmal war ich wie du. Ich habe in einer hauchfeinen

Welt gelebt, einem Gewebe aus Lügen, wo Dinge wie Liebe etwas bedeuteten. Und das wurde einfach weggeblasen. Zerfetzt und zerrissen und zerstört. Ich möchte nicht mit dir nach New York gehen, wo nicht einmal du mir versprechen kannst, dass es nicht das Judapest von morgen ist. Ich möchte nach Tel Aviv gehen und dort leben, wo alle Juden sind, und wenn dir dein Nachbar das Fahrrad stiehlt, dann deswegen, weil er ein Dieb ist und nicht Antisemit.«

»Die Briten werden euch nie nach Tel Aviv lassen.«

»Natürlich werden sie das. Das hast du selber gesagt. Die Welt wird nicht zulassen, dass sie Hitlers Opfer umbringen. Sie werden nicht ihre Gewehre auf die wenigen abfeuern, die überlebt haben.«

»Sie werden es tun!«

»Vielleicht einmal. Vielleicht werden sie einen von uns töten. Oder zwei. Oder zehn. Vielleicht werden sie sogar mich töten. Aber schließlich werden wir gewinnen. Schließlich werden sie keine Wahl haben, als uns das Land zu geben.«

»Okay, sagen wir, du hast recht. Trotzdem, du riskierst dein Leben für Leute, die dich verachten.«

»Alle verachten uns. Das ist vielleicht die einzige Lektion, die ich gelernt habe. Jeder einzelne Mensch verachtet die Juden, sogar die, welche sagen, sie täten es nicht. Sogar die Juden selbst.« Wieder das bittere Lachen. »Außer Yuval und den anderen aus Palästina. Sie verachten uns, aber nicht sich selber. Das ist das Wunder. Ein Jude, der sich nicht selber hasst.«

»Ich verachte dich nicht. Ich liebe dich. Und du liebst mich. Das weiß ich.«

»Ich weiß nicht einmal mehr, was das bedeutet. Wie sollte ich?«

»Willst du sagen, dass du mich nie geliebt hast? Dass du mich angelogen hast? Du bist wirklich ins Lagerhaus gekommen und hast mich wieder genommen, weil Aba Yuval einen amerikanischen Lastwagen brauchte, um Displaced Persons über die Grenze zu schmuggeln? Du hast mit mir geschlafen, um an meinen Wagen zu kommen?«

Der zweite Wagen startete, der Motor begann zu rattern. Sie warf einen Blick hinüber. Im schwachen Mondlicht schimmerte ihre Haut blass, und er bildete sich ein, das Zucken des Pulsschlags an ihrer Kehle zu sehen. Er erlaubte sich zu glauben, dass sie Tränen hinunterschluckte, aber als sie zu ihm aufblickte, waren ihre Augen trocken.

»Es tut mir leid«, sagte sie.

Da lachte er, ein finsteres und bitteres Lachen, das er von ihr gelernt hatte. »Bist du traurig oder entschuldigst du dich?«

Er ließ sie stehen, ging um seinen Lastwagen herum und schwang sich auf den Fahrersitz. Er wollte wegschauen, aber er konnte es nicht, und so sah er zu, wie sie zu dem zweiten Lastwagen hinüberging, die Plane beiseitezog und hineinkletterte. Er wartete, dass sie zurückblickte, dass sie sich zu dem bekannte, was zwischen ihnen geschehen war, aber sie tat es nicht. So widerwärtig war ihm der Gedanke, noch eine weitere Minute in Yuvals Gegenwart verbringen zu müssen, dass er überlegte, ihn auf diesem zerfurchten Feld in Norditalien stehen zu lassen, damit er sich allein nach Salzburg durchschlug. Aber letztlich tat Jack, wie immer, das Anständige.

II

BUDAPEST
ISRAEL

2013

15

Erst als sie Knie an Knie an einem kleinen Tischchen im Centrál Káveház saßen, fragte Amitai nach ihrem Namen.

»Natalie«, sagte sie, zögerte. »Stein.«

»Sie sind sich nicht sicher?«, sagte er.

»Ich heiße Natalie Stein.«

»Sie klingen nämlich wie eine Frau, die einen Decknamen nennt.«

Sie hatte Haar von der Farbe der Blutorangen, einen Kopf voller Locken, die in der neobarocken Pracht des Kaffeehauses leuchteten. Sie hatte sie auf dem Kopf aufgetürmt, als müsse sie sie wegscheuchen, weil sie so anstößig waren, und mit einer gesprungenen Schildpattspange befestigt. Ihre Haut war blass und mit Sommersprossen von derselben Farbe wie ihre Haare gesprenkelt, wie Schuhe, die man gefärbt hat, damit sie zu einem Kleid passen. Amitai gestattete seinen Augen, der Sprossenspur bis zu dem Punkt zu folgen, wo sie im tiefen V-Ausschnitt ihrer Bluse verschwand. Nein, er konnte sie nicht davon abhalten.

»Ich habe ihn erst vor kurzem geändert, deshalb. Eine Zeitlang hieß ich Friedman, jetzt aber wieder Stein.«

»Scheidung?«, fragte er. Sie sah aus, als wäre sie kaum dreißig, mindestens zehn Jahre jünger als er. Es überraschte ihn, dass jemand so Junger bereits einen so schwerwiegenden Fehler gemacht haben konnte.

»Ja.«

»Ich auch. Obwohl meine Exfrau immer noch Shasho heißt. Aber ihr Mädchenname ist Cattan, und das heißt auf Hebräisch ›klein‹, und diese Ironie hat ihr immer missfallen.«

»Sie ist also nicht klein?«

Er lächelte. »Sie ist schön und gut gebaut und findet sich deshalb grässlich, wie alle Frauen, die nicht wie die Überlebenden einer Hungersnot aussehen.«

»Sie glauben, dass sich alle Frauen grässlich finden?«

»Ich glaube, dass eine Frau mit der Art Körper, der den Männern gefällt, ihn unweigerlich hasst.«

Er hielt es für besser, nicht zu erwähnen, dass es die überraschende Entdeckung von Natalies herzförmigem Hintern war, wunderbar *gadol*, die seine Einladung inspiriert hatte, mit ihm ins Kaffeehaus zu gehen, statt ihre geschäftlichen Anliegen im vergleichsweise professionelleren Ambiente von Péter Eleks kleinem Laden in einer Seitenstraße der Váci utca auf der Pester Seite der Donau zu besprechen.

»Und welche Art Körper gefällt den Männern?«, fragte Natalie.

Obwohl Amitai sich auf sein gutes Aussehen nichts einbildete, hatte er doch nichts dagegen, aus der Macht, die ihm gegeben war, Kapital zu schlagen. Er hatte leuchtend blaue Augen mit langen, dunklen Wimpern, Lippen so üppig, dass sie mit ihrer Schönheit charmierten, und ein eckiges Kinn mit einer Andeutung eines Grübchens. Frauen kokettierten immer mit ihm, und so war er nicht überrascht, dass Natalies Worte neckisch waren, so wie ihre Zungenspitze, die vorsichtig ein Stück Dobostorte von ihrer Kuchengabel leckte. Trotzdem war etwas Zögerndes an ihrem Ton, während sie flirtete, als versuche sie sich in einer fremden Sprache zu unterhalten. Einen Moment lang schien es, als mache sie ihm über die Schichten an Biskuit, Schokoladencreme und Karamel hinweg schöne Augen, aber dann gab sie das auf und schob mit einem tiefen Seufzer eine Gabel voll in den Mund.

Der Kellner kehrte mit zwei Silbertabletts zurück, auf jedem eine Tasse Kaffee, ein Glas Wasser und ein Keks in Papierhülle. Er trug eine Operettenlivree, Messingknöpfe und goldene Paspeln, aber seine Manschetten zeigten Flecken von Schokoladensauce. Amitai nahm das Keks vom Tablett, das der Ober vor ihn hinstellte, und legte es auf den Rand von Natalies Untertasse.

»Haben Sie keinen Hunger?«, fragte sie.

»Bin nicht so fürs Süße. Wie ist Ihre Torte?«

Sie leckte Karamel von den Gabelzinken. »Mmm«, sagte sie. »Also? Was wollten Sie sagen?«

»Was habe ich gesagt?«

»Sie haben gesagt, welche Art Körper die Männer mögen.«

»Hab ich? Glaub ich eigentlich nicht. Es gibt keine Art Körper, die alle Männer mögen. Verschiedene Männer mögen verschiedene Dinge. Aber die meisten Männer, glaube ich, haben Frauen lieber, die wie Frauen gebaut sind, nicht wie kleine Jungen. Wir mögen Hüften und Brüste.«

»Hat Ihre Frau Hüften und Brüste?«

»Vielleicht habe ich ein bisschen zu viel über meine Exfrau gesprochen. Erzählen Sie mir lieber was von der Halskette. Sie hat Ihrer Großmutter gehört?«

Es war die Halskette – ein ungewöhnlicher Anhänger mit der Emailmalerei eines Pfaus, dessen Federspitzen abwechselnd mit einem Amethyst und einem Peridot geschmückt waren –, die sie und ihre Kniescheiben zusammengebracht hatte. Zwei Tage zuvor hatte Amitai eine dringende Mail von seinem Freund Péter Elek, einem Kunsthändler und

Juwelier, erhalten, der ihm mitteilte, er habe vielleicht eine Spur zu einem Gemälde, dem Amitai seit Jahren nachforschte. Elek erzählte, eine junge Frau habe sein Geschäft aufgesucht, um Informationen über die Geschichte eines Anhängers einzuholen, den sie geerbt hatte. Elek hatte das Stück als ähnlich, wenn nicht identisch mit demjenigen erkannt, das die Frau auf dem Gemälde trug. Das war Amitais erster Durchbruch auf der Jagd nach dem »Bildnis der Frau E.«. Zwei Tage nach Eleks Anruf saß er in einem Flugzeug nach Budapest.

Als Elek Natalie mit ihren flammenden Haaren und von der feuchten Kälte des Budapester Winters geröteten Wangen die Tür zu seinem winzigen, schummrig beleuchteten Geschäft geöffnet hatte, war Amitai kalt erwischt worden. Er war so auf die mysteriöse Halskette fokussiert gewesen, dass er gar nicht daran gedacht hatte, sich ihre Besitzerin vorzustellen. Falls ja, hätten die Erfahrung und ein skeptischer Pessimismus ihn eine wohlhabende Matrone aus der Upper West Side mit einer Andeutung von Schnurrbart und bequemen Schuhen erwarten lassen, die sich ihre Langeweile, jetzt, wo die Kinder ausgeflogen waren, mit Hobby-Genealogie vertrieb. Nach der Erholung von seinem anfänglichen Schock hatte er Natalie vorgeschlagen, sie sollten sich ins Café Central verziehen, um bei Kaffee und Kuchen ihrer beider Interessen zu besprechen und Elek in Ruhe mit der Geliebten eines minderen russischen Oligarchen um den Preis eines smaragdbesetzten Diadems feilschen zu lassen.

Jetzt sagte Natalie: »Die Halskette hat meinem Großvater gehört, nicht meiner Großmutter.«

Warum, fragte sich Amitai, dieser Unterschied?

»Ist es ein Familienerbstück? Vielleicht von seiner Mutter?«

Sie beschäftigte sich mit ihrem Kuchen. »Er … hat es aus dem Krieg. Er war Offizier, Captain in der US-Armee. In der Infanterie.«

»Aber die amerikanischen Streitkräfte haben nie in Ungarn gekämpft.«

»Er diente in Frankreich und dann, nach dem Krieg, in Salzburg. Während der Besatzungszeit. Dort hat er die Halskette … gefunden.«

Amitai nahm Notiz von der Mühe, mit der sie das richtige Wort suchte, um die Art und Weise zu beschreiben, wie die Halskette in den Besitz ihres Großvaters gelangt war. Er fragte sich, zu wie vielen Synonymen und Euphemismen für »erbeuten« sie Zuflucht nehmen mochte, bevor sie sich der Wahrheit stellte.

»In Salzburg«, sagte er. »Aber Sie sind sich sicher, dass das Stück ungarisch ist?«

»Ja. Zumindest weiß ich, dass die Besitzerin Ungarin gewesen sein muss. Sie war aus einem Ort namens Nagyvárad, das heißt heute wohl Oradea? Es ist gleich nach der rumänischen Grenze, hat damals aber zu Ungarn gehört.«

Ein komischer Zufall, dachte er, dass Natalie die Geschichte einem der wenigen Menschen erzählte, die wissen konnten, wie ein ungarisches Erbstück bei einem amerikanischen Soldaten gelandet war, der 1945 in Salzburg gedient hatte. Amitai war enttäuscht über das Eingeständnis, nicht weil es bedeutete, dass ihr Großvater kriminell gewesen war, obwohl es wahrscheinlich so war. Er war enttäuscht, denn wenn die Spur der Halskette zu einem Verwandten Natalies in Ungarn zurückverfolgt hätte werden können, wäre er der Entdeckung viel näher gewesen, wer diese Frau E. war, die für das Porträt Modell gesessen hatte, und so auch, wo es sich derzeit befand. Nun, fürchtete er, war er den ganzen Weg von New York hierher umsonst gekommen.

»Mr. Elek hat mir gesagt, Sie seien Kunsthändler«, sagte Natalie.

»So eine Art.«

Amitai arbeitete für seinen Großonkel väterlicherseits, Jacob Shasho, der die Firma Shasho & Sons ursprünglich gegründet hatte, um die Reste seiner Sammlung von Kunst und Kunsthandwerk gewinnbringend zu verkaufen, die er bei seiner Flucht aus Aleppo 1947 hatte retten können. Shasho & Sons hatte sich zu einem riesigen Handelsimperium entwickelt und umfasste nun auch Immobilienfirmen und verschiedene Einzel- und Großhandelsunternehmen. Amitai war in die Firma eingetreten, nachdem er seinen Militärdienst absolviert hatte und aus Israel nach New York emigriert war. Unter seiner Leitung hatte sich die Abteilung für Kunst und Kunsthandwerk bei Shasho & Sons von der Schätzung und dem Verkauf von Kunst und Schmuckgegenständen aus dem Nahen Osten in die jetzige Richtung bewegt, Wiedergewinnung und Verkauf von Kunstbesitz der Holocaust-Opfer, und war in der Folge weit profitabler geworden.

Natalie sagte: »Also, eine Halskette wie meine ist auf einem Bild zu sehen, das Ihnen gehört?«

»Auf einem Bild, das ich suche. Die Halskette auf dem Bild sieht fast genauso aus wie Ihre. Sie ist dieselbe, glaube ich.«

»Wie können Sie das wissen, wenn Sie das Bild nie zu Gesicht bekommen haben?«

»Ich habe eine Fotografie davon gesehen. Der Maler hieß Vidor Komlós. Sie haben sicher noch nie von ihm gehört.«

»Nein.«

»Seine Werke sind seit dem Krieg verschollen. Komlós war ein Freund des großen Bauhaus-Künstlers László Moholy-Nagy, der das Bild fotografierte.«

Amitai scrollte durch sein Smartphone, bis er eine

schwarzweiße Fotografie fand. Es war von oben und in einem verzerrten Winkel gesehen, aber trotzdem war leicht zu erkennen, dass hier ein wildlockiger junger Mann in Arbeitskleidung ein Bild hielt. Das Bild, obwohl nur teilweise zu erkennen, zeigte eine von hinten gesehene Frau, nackt auf einem Holzsessel mit geflochtenem Sitz. Die Frau posierte mit verdrehtem Oberkörper und sah über ihre Schulter, Gesicht und Brust dem Betrachter zugewandt, die Augen niedergeschlagen. Ihr Kopf allerdings gehörte keinem Menschen. Es war ein Pfauenkopf.

Amitai zeigte Natalie das Bild und ließ sie dann auf den Anhänger zoomen, der vom gefiederten Hals der Pfauenfrau hing. Sogar in dem verschwommenen Pixelgemisch bei niedriger Auflösung war er unverkennbar identisch mit dem, den Natalie trug.

»Es ist meine Halskette!«, rief sie.

»Eines der Dinge, die ich spannend gefunden habe, als ich Ihre Halskette sah, ist die Farbe. Das Violett und Grün. Vielleicht liefert das einen Hinweis auf oder einen Schlüssel für die Farbpalette, die Komlós in dem Bild verwendete.«

»Ist es wertvoll, dieses Bild? Suchen Sie es deshalb?«

»Möglich. Das Foto ist recht bekannt, und man wollte schon seit vielen Jahren etwas über das Bild wissen und über den jungen Mann, der es hält. Es war nicht im Stil von Moholy-Nagy. Er erinnert an das Werk von Max Ernst, es gab Überlegungen, es könne von ihm sein. Aber ich habe mit ziemlicher Sicherheit festgestellt, dass der Mann, der das Bild hält, Komlós ist. Unlängst ist ein Briefwechsel zwischen Moholy-Nagy und Komlós entdeckt worden, aus dem klar hervorgeht, dass dieses Bild Komlós' ›Bildnis der Frau E.‹ ist. Und das macht es sehr interessant.«

»Warum ist es interessanter, wenn es jemand Unbekannter gemalt hat?«

»Komlós' Pfauenkopf erinnert an eine Figur im Werk von Max Ernst, Loplop, einen Vogel. Loplop war in vielerlei Hinsicht das Alter Ego von Max Ernst. Als er über Loplop schrieb, bemerkte Max Ernst, er sei 1930 erstmals von dem Vogel heimgesucht worden und habe ihn danach zu zeichnen und zu malen begonnen. Aber die Fotografie von Moholy-Nagy wurde Anfang 1929 in Berlin aufgenommen, bevor Loplop auftauchte. Zudem hat das Bild von Komlós, ein Frauenakt mit einem Vogelkopf, etwas mit Ernsts Bild ›Die Einkleidung der Braut‹ gemeinsam, das viele Jahre später gemalt wurde. Ich frage mich, ob Komlós Ernst gekannt hat. Hatten sie einander kennengelernt, bevor Ernst Loplop schuf? Wer hat wen beeinflusst?«

»Besitzen Sie noch andere Bilder von Komlós?«

»Niemand hat eines. Die Werke von Komlós sind seit beinahe siebzig Jahren verschollen. In jüngster Zeit aber hat sich wegen der Fotografie von Moholy-Nagy ein Mythos um Komlós entwickelt, weil er eben Max Ernst inspiriert haben könnte.«

»Was ist mit Komlós geschehen?«, fragte sie. »Warum sind seine Bilder verlorengegangen?«

»Im Unterschied zu seinem Freund Moholy-Nagy ist Komlós beim Ausbruch des Zweiten Weltkriegs nicht in die Vereinigten Staaten entkommen. Er blieb in Ungarn, wurde wie die meisten jüdischen Männer zur Zwangsarbeit eingesetzt. Er starb an der russischen Front.«

»Und seine Bilder?«

»Gingen im Krieg verloren. In dem Brief an Moholy-Nagy erwähnte Komlós allerdings, dass er das Vogelbild seiner Muse geschenkt habe. Deshalb habe ich gehofft, als Elek mir von Ihnen und Ihrer Halskette erzählte, dass ich dieses Modell finden könnte und dadurch auch das Bild.«

Obwohl er nicht zugelassen hatte, dass seine Stimme

seine Enttäuschung verriet, war die junge Frau aufmerksamer, als er ihr zugetraut hätte, und sagte: »Sie haben gehofft. Und jetzt hoffen Sie nicht mehr.«

»Sie erwähnten, dass Ihr Großvater mit der amerikanischen Armee in Salzburg war.«

»Ja.«

»Und von dort hat er die Halskette.«

»Ja.«

»Also hat er sie aus dem Goldzug genommen.«

Sie ließ ihre Tasse los, Kaffee spritzte in die Untertasse. Er nahm die Untertasse mit einer Hand, hielt mit der anderen ihr Handgelenk und ließ den verschütteten Kaffee wieder in die Tasse laufen.

»Sie wissen etwas über den ungarischen Goldzug?«, fragte sie.

»Ich habe mich auf im Holocaust verlorene Kunst und Kunstgegenstände spezialisiert«, sagte er. »Also, ja, ich weiß von dem Zug. Wenn die Halskette aus dem Zug kam, dann war unglücklicherweise ihre Besitzerin, die geheimnisvolle Muse von Vidor Komlós, Jüdin. Das lässt vermuten, dass das Bild, das ihr Komlós gegeben hat, mit dem Rest ihres Vermögens konfisziert wurde. In diesem Fall ist es weg, so wie alle anderen Bilder aus dem Zug.«

»Die Bilder aus dem Zug können doch nicht einfach verschwunden sein«, sagte Natalie. »Einige müssen sich irgendwo befinden.«

»Die US-Armee hat die Bilder irgendwo in Salzburg gelagert, so viel wissen wir. Aber niemand weiß, wo, obwohl viele, darunter ich, danach gesucht haben.«

»Nun, vielleicht war das Bild nicht im Zug. Vielleicht nur die Halskette. Vielleicht hat die Pfauenfrau das Gemälde versteckt. Oder sie hat überlebt, und die Erben haben es immer noch.«

»Elek hat mir erzählt, dass Sie nach der rechtmäßigen Besitzerin der Halskette suchen.«

»Ja.«

»Warum?«

»Um sie zurückzugeben.«

»Warum wollen Sie sie zurückgeben?«

»Warum? Weil mein Großvater …« Ihre Stimme verstummte, und plötzlich empfand er Ungeduld über ihr Ausweichen.

»Sie gestohlen hat?«

»Ja. Und ich glaube, das hat ihn lange Zeit bedrückt. Er war kein schlechter Mensch; im Gegenteil, er war sehr lieb, gütig, sanft. Er war Professor für klassische Sprachen, kein Dieb.« Sie strich sich die Locken aus der Stirn. »Er ist vor ein paar Wochen gestorben.«

»Mein Beileid wegen Ihres Verlusts.«

»Danke.« Ihre Augen waren feucht, sie blinzelte ein paarmal. »Jedenfalls hat er mich gebeten, die Halskette für ihn zurückzugeben.«

»Aber er wusste doch sicher, dass er etwas Unmögliches verlangt?«

»Nicht unmöglich. Nur, na ja, schwierig.«

»Und was sind Sie?«, fragte er. »Eine Frau, die Herausforderungen liebt?«

»Ihnen entgeht nichts, oder?«, sagte sie. »Das ist Ihre Masche, nicht wahr? Herr Scharfsichtig. Durchschaut die Menschen, so wie Sie ein Bild durchleuchten.«

»Das ist eine meiner Maschen«, stimmte er zu. »Ich habe noch ein, zwei andere.«

»Was werden Sie damit tun, wenn Sie das Bild finden?«

»Im unwahrscheinlichen Fall, dass das Bild nicht im Zug war, meinen Sie? Kommt darauf an.«

»Worauf?«

»Nun, wenn es so ist, wie Sie meinen, und das Bild einem Nachkommen der Besitzerin Ihrer Halskette gehört, die tatsächlich für das Bild Modell gestanden hat, dann würde ich dieser Person zu ihrem Glück gratulieren und nach New York zurückkehren.«

»Und wenn es jemand anderer hat?«

»Dann wird es eine Provenienzfrage. Wenn der Besitzer oder die Besitzerin beweisen kann, dass er oder sie das Bild vor dem Krieg erworben hat, könnte ich versuchen, es zu kaufen. Kommt auf den Preis an. Aber es ist nicht die Art Kunst, mit der ich normalerweise handle.«

»Warum nicht?«

»Ich bin nicht an Kunst von legitimer Herkunft interessiert, nur an Kunst, die im Holocaust gestohlen wurde.«

»Und was tun Sie in einem solchen Fall? Prozessieren?«

»Meistens nicht. Es gab begrenzte Erfolge mit solchen Prozessen, aber nicht hier in Ungarn. Hier hat die Regierung ständig internationale Präzedenzfälle und Bestimmungen ignoriert, was die Rückgabe von Eigentum betrifft. Und außerdem sind weder ich noch meine Firma an Prozessen interessiert. Das ist nicht unser Stil. Wir suchen Kompromisse.«

»Welche Art Kompromisse?«, fragte Natalie.

»Wir überzeugen die Besitzer, dass es in ihrem Interesse ist, wenn wir die Werke verkaufen und ihnen einen Anteil des Erlöses überlassen. Den Rest geben wir den rechtmäßigen Erben.« Abzüglich der vierzig Prozent Provision für Shasho & Sons; aber das sagte er nicht.

»Sie geben genau denjenigen, die das Eigentum gestohlen haben, einen Prozentsatz? Ist das fair?«

Nach Amitais Erfahrung war die Glorifizierung abstrakter Vorstellungen von Fairness und Gerechtigkeit eine Eigenschaft, die man hauptsächlich bei Kindern und Amerikanern antraf. Aber auch diese Bemerkung behielt er für sich.

»In den meisten Fällen sind diejenigen, die gestohlen haben, seit langem tot. Aber ja, es stimmt, Sie haben recht. Streng gesprochen ist meine Lösung nicht fair. Aber oft ist es der einzige Weg, die Objekte wieder zu repatriieren.«

»Welche Art von Objekten sind ›repatriiert‹ worden?« Der Anflug von Hohn in ihrer Stimme war ihm vertraut. Viele, die von seinem Beruf erfuhren, zeigten ihn.

Wieder scrollte er durch die Bilder auf seinem Handy, bis er das Foto einer Brosche in Tulpenform fand, besetzt mit Dutzenden Diamanten.

»Solche Dinge«, sagte er und zeigte ihr das Bild.

»Schön!«, sagte sie. »Wem hat sie gehört?«

»Einem Ehepaar Patai, hier in Budapest.«

»Sie müssen sehr glücklich gewesen sein, den Schmuck zurückzubekommen.«

»Zoltán Patai und seine Frau Bertha starben im Winter 1945 an Hunger und Erschöpfung, aber es gab einen Bruder, Albert, der vor dem Krieg nach Argentinien emigriert war. Alberts Enkel ist mein Klient. Und ja, er war sehr glücklich.«

Der argentinische Erbe war tatsächlich sehr zufrieden mit dem Ergebnis der Sache gewesen, obwohl er die Brosche nie zu Gesicht bekommen hatte, sondern nur den Scheck von Shasho & Sons, ein Geldregen von einem Großonkel, von dem er gar nicht wusste, dass er existiert hatte. Die Erben sahen selten die Objekte, die Amitai zurückkaufte. Wie Jacob Shasho sagte: »Wir sind keine Wohltätigkeitsorganisation und keine Privatdetektei.« Shasho & Sons vertrat keine Leute, die sich nach der verlorenen Degas-Statuette ihres Großvaters sehnten, weil diese sie an die Zeit ihrer Mutter als Tänzerin erinnerte und sie sie in einer besonderen Vitrine im Wohnzimmer aufstellen wollten. Die Firma vertrat Leute, die sich genau genug an die Stücke in den Sammlungen ihrer Verwandten erinnern konnten, die idealerweise irgendwelche Belege besaßen, um diese Besitzansprüche zu untermauern, und die nichts anderes wollten, als die Objekte an den Höchstbietenden zu verkaufen.

»Es kann nicht leicht gewesen sein, diese Brosche aufzuspüren«, sagte Natalie.

»Leicht? Nein.«

In den letzten Jahren war Amitai klar geworden, dass es einen noch lukrativeren Weg gab, an das Geschäft heranzugehen. Er begann jetzt mit den Besitztümern selbst, nicht mit den Besitzern. Er entschied, welche bestimmten Werke sich auf dem gegenwärtigen Kunstmarkt gut verkauften, und recherchierte dann verlorene jüdische Sammlungen. So hatte ihn etwa der Verkauf von Gustav Klimts Porträt von Adele Bloch-Bauer um 135 Millionen Dollar, einer der höchsten je für ein Gemälde erzielten Preise, und das darauf folgende neu erwachte Interesse an Werken aus dieser Epoche darauf gebracht, nach verlorenen ungarischen Sammlungen zu suchen. Die ungarischen Juden, im Besonderen die aus Budapest, waren auf dem Höhepunkt der Jugendstilzeit finanziell gut gestellt gewesen, manche sogar wohlhabend, und sie hatten dehalb zahlreiche wertvolle Kunstwerke erworben, von denen so gut wie alle während des Krieges gestohlen wurden. Was noch wichtiger war: Obwohl man eine große Zahl von ihnen ermordet hatte – mindestens eine halbe Million –, gab es im Vergleich zu den Juden in anderen Ländern mehr Überlebende, besonders in Budapest, wo sich der Reichtum konzentriert hatte. Diese Kombination von gestohlenem Reichtum und überlebenden Erben machte Ungarn auf einzigartige Weise geeignet für seine Zwecke. Obwohl auch die jüdischen Gemeinden in polnischen und ukrainischen Städten große Vermögen angehäuft hatten, machte die Gründlichkeit, mit der die jüdische Bevölkerung dieser Länder ausgelöscht worden war, die gestohlene Kunst von dort irrelevant. Was hatte es für einen Sinn, herauszufinden, dass irgendein polnisches Provinzmuseum einen wertvollen Renoir besaß, der auf die Privatsammlung eines Lemberger Bankiers und Kunstsammlers zurückgeführt werden konnte, wenn dieser Mann und jedes einzelne Mitglied seiner Verwandtschaft in Belzec in einer Grube verscharrt worden waren?

Was die Brosche betraf, so hatte Amitai entdeckt, dass noch ein Archiv eines berühmten Wiener Juweliers existierte; außerdem hatte Elek mit nicht ausschließlich legalen Methoden einen digitalen Katalog aller Lagerbestände des Budapester Bedö-Ház beschafft, eines Museums, das sich auf die Kunst der ungarischen Secession spezialisierte. Amitai hatte die beiden Listen mit Querverweisen versehen. Es war eine gewissenhafte, mühsame Arbeit, Beschreibungen von Ringen und Broschen, Diademen und Halsketten miteinander zu vergleichen. So war seine Arbeit immer: riesige Weiten nichtssagender Fehlschläge, aus denen von Zeit zu Zeit ein vereinzelter Mast aufragte, von dem wie eine Fahne das Versprechen eines Schatzes flatterte. Schließlich fand er im Archiv des Juweliers einen Hinweis, dass an einen Herrn Patai Zoltán aus Budapest 1934 eine außerordentlich wertvolle Brosche verkauft worden war, deren Beschreibung mit einer im Archiv des Bedö-Ház übereinstimmte. Dann ging es nur noch darum, den Glückspilz von Neffen aufzustöbern und das Bedö-Ház davon zu überzeugen, dass ein rascher und ruhiger Verkauf einem lautstarken öffentlichen Skandal vorzuziehen sei.

Natalie sagte: »Nun gut, kann es so viel schwerer sein, herauszufinden, was mit dem Bild passiert ist? Ich meine, wenn uns die Halskette zum Modell führt?«

»Ich habe lange gesucht«, sagte er. »Und obwohl ich gehofft habe, Ihre Halskette würde mich zu dem Bild leiten, habe ich jetzt, wie ich fürchte, nur erfahren, dass das Schlimmste zutrifft. Ich habe erfahren, dass das Bild wahrscheinlich im Zug war, und so ist es verloren.«

»Das können Sie nicht sicher wissen. Glauben Sie nicht, dass es wert ist, nachzuforschen? Ich meine, wenn Sie schon so viel Zeit darauf verwendet haben?«

»Ich fürchte, nein.«

»Sie kommen mir wie ein Mann vor, dem ein hoffnungsloser Fall zusagt.«

Damit überraschte sie ihn. Wie konnte sie wissen, dass er sich im Ungemütlichen am wohlsten fühlte, unter den Obdachlosen am meisten zuhause? Mehr als alles andere erklärte das vielleicht seine Suche nach Komlós' Gemälde. Schließlich gab es viele verlorene Bilder. Viele tote Maler. Und viele dieser anderen verlorenen Gemälde waren wahrscheinlich wertvoller als dieses ganz besondere. Aber dies war die Suche, die ihn ausfüllte. Es war etwas an Komlós, an der Art und Weise, wie er so effektiv ausradiert worden war, sodass buchstäblich noch der Schatten, den er geworfen hatte, mit ihm verschwunden war, das Amitai genug interessierte, um alles stehen und liegen zu lassen und beim leisesten Hoffnungsschimmer quer durch die Welt zu fliegen.

»Wie meinen Sie?«, fragte er.

»Nun, Sie haben jetzt drei Jahre nach dem verlorenen Bild eines verschwundenen Künstlers in wessen Auftrag gesucht? Seiner verschwundenen Verwandten?«

Er hatte gehofft, Natalie würde ihn nicht nach seinem Klienten im Fall Komlós fragen. Es hatte ihn fast ein Jahr konzertierter Anstrengungen gekostet, irgendeinen überlebenden Verwandten zu finden, in dessen Namen er Anspruch auf das Gemälde erheben konnte. Jill Gillette, die Witwe eines Cousins zweiten Grades des Künstlers, war das

Nächste, das er aufspüren konnte. Auch wenn es nur eine schwache Beziehung war, hatte Ms. Gillette doch einen genealogischen Nachweis dieser Verbindung, was sie zu einer absolut ausreichenden Klientin machte. Trotzdem, keine mit der er angeben mochte.

Er sagte: »Ich kenne Komlós' Verwandte. Sie sind nicht verschwunden.«

»Noch besser. Ich habe Ihnen jetzt die Chance gegeben, nach der verschwundenen Besitzerin einer gefundenen Halskette im Auftrag einer gefundenen Verwandten zu suchen. Einfach, stimmt's?«

Während sie sprach, wedelten ihre Hände lebhaft durch die Luft. Ihre Nagelhaut war rissig, an ihrem Daumen hatte sie einen Niednagel. Er hielt sie für eine nervöse Frau. Erregbar. Die Art Frau, der er sich geschworen hatte, nicht mehr nachzustellen.

»Stimmt«, sagte er. »Einfach.«

16

Péter Elek trug sein silbergraues Haar lang, aus der hohen Stirn zurückgestrichen, fiel es bis auf den Kragen hinab. Sein Schnurrbart und Bart liefen in die scharfen Spitzen eines Husaren aus. Er strahlte eine Art altväterlicher Urbanität aus; er war ein Budapester Flaneur, bis zum Schal mit Paisleymuster, den er um den Hals geschlungen und mit einer Onyx-Krawattennadel befestigt hatte. Er beugte sich über Natalies Hand und pflanzte einen Kuss darauf. Sie errötete.

»Verzeihen Sie, dass ich beschäftigt war, als Sie das erste Mal da waren«, sagte er.

»Haben Sie verkauft?«, fragte Amitai.

»Haben Sie verkauft, was ist denn das für eine Frage! Haben Sie verkauft. Bitte!« Er zwinkerte Natalie zu.

»Beleidigen Sie ihn nicht«, sagte Natalie.

»Wenn Sie möchten, hätte ich jetzt Zeit, die Halskette näher zu untersuchen«, sagte Elek zu Natalie.

Natalie reichte ihm den Anhänger.

»Mmm«, murmelte der ältere Mann, »wie schön warm das Gold sich noch anfühlt. Sie müssen recht heißblütig sein. Die roten Haare, zweifellos.«

Amitai lachte. »Oh, passen Sie auf«, sagte er. »Ich muss Sie warnen. Elek ist ein berüchtigter Herzensbrecher.«

»Wirklich?«, sagte Natalie. »Und wer warnt mich vor Ihnen?«

Elek zog ein schwarzes Samttuch aus der Hüfttasche seiner Anzughose und breitete es über eine der Glasvitrinen. Er richtete eine Arbeitslampe auf den Stoff und positionierte die Halskette im Mittelpunkt des hellen bläulichen Lichtpunktes. Dann klemmte er eine Juwelierlupe ins Auge und untersuchte den Anhänger, wendete ihn hin und her.

»Als Sie ihn mir das erste Mal zeigten, habe ich Ihnen schon gesagt, meine Liebe, dass ich ihn mehr als Art déco denn als Jugendstil bezeichnen würde, obwohl die Emaillierung, der Gebrauch von Halbedelsteinen statt Edelsteinen tatsächlich charakteristisch für den Jugendstil ist.«

»Können Sie mir sagen, wer ihn geschaffen hat?«, fragte Amitai.

»Die Emailarbeit erinnert mich an einiges aus dem Frühwerk von Lajos Kozma, bevor er sich der Architektur zuwandte. Sehen Sie, wie der Pfau aus geometrischen Mustern zusammengesetzt ist? Das ist sehr typisch für Kozma. Das Motiv allerdings ist ungewöhnlich. In Ungarn gilt die Pfauenfeder als Unglückszeichen, und deshalb wird sie im Allgemeinen nicht für dekorative Zwecke verwendet. Auch die Farben passen nicht zu Kozma. Er arbeitete meistens mit Gelb, Blau, Rot und Gold. Ich habe noch nie gesehen, dass er Violett, Weiß und Grün verwendete. Diese Farben stimmen nicht so schön zusammen, denke ich. Unharmonisch. Das muss also etwas bedeuten, nicht?« Elek untersuchte den Anhänger weiter, drehte ihn um, hielt ihn nahe ans Auge und wieder weg. »Kozma hat seine Arbeiten gerne signiert; wenn es also von ihm ist, wo ist dann die Signatur?«

Elek langte unter den Ladentisch. Er kramte in einer Schublade herum, bis er einen ledernen Behälter fand, in dem eine Reihe winziger Schraubenzieher aufgereiht lagen. Einige Augenblicke später grunzte er »Ah!« und hielt den beiden den Anhänger hin. Vorder- und Rückenteil waren separat, von einem winzigen Scharnier zusammengehalten. Es war gar kein Anhänger, sondern ein Medaillon. Darin befand sich eine winzige Fotografie.

Amitai lachte, ebenso entzückt von der feinen Handwerkskunst wie von Eleks Geschick, sie entdeckt zu haben.

»Kozma, wie ich gedacht habe«, sagte Elek. »Schauen Sie, da ist seine Signatur.«

Elek reichte Natalie die Lupe und lenkte ihre Aufmerksamkeit auf ein verschlungen-kalligrafisches Zeichen an der Innenseite des Anhängers, gegenüber der Fotografie. Da stand in spinnenartigen Buchstaben KOZMA LAJOS, nach ungarischer Sitte der Nachname zuerst.

Natalie betrachtete die Fotografie auf der anderen Seite des Medaillons. Nach einigen Momenten reichte sie Amitai die Lupe, er hielt sie ans Auge. Die winzige sepiagetönte Fotografie zeigte, was Amitai für eine Frau und ein Kind hielt; sie posierten auf einem Trottoir vor einem flaggengeschmückten Gebäude mit Glasfront. Das Kind, ein Mädchen im weißen Rüschenkleid, hatte man auf eine Kiste gestellt. Zu beiden Seiten der Gestalten hingen lange weiße

Banner mit Buchstaben darauf, die so klein waren, dass sie Amitai trotz Lupe nicht entziffern konnte.

»Ich kann nicht lesen, was auf den Bannern steht«, sagte er.

Natalie nahm den Anhänger und die Lupe wieder an sich. »Das eine ist Ungarisch, ich weiß es also nicht, aber das andere Englisch, es muss dasselbe sein. Es heißt SIEBTER INTERNATIONALER KONGRESS FÜR FRAUENSTIMMRECHT, 15.–20. JUNI 1913.« Sie hielt die winzige Fotografie näher an die Lupe, kniff die Augen zusammen. Eine Haarsträhne fiel nach vorne, sie strich sie ungeduldig hinter ihr muschelrosa Ohr. »Ich dachte, das sei ein kleines Mädchen.«

»Es ist ein kleines Mädchen«, sagte Amitai.

»Glaub ich nicht«, sagte Natalie. »Sie hat einen großen Kopf, den Kopf einer Erwachsenen, und die Haare hochgesteckt. Ein kleines Mädchen hätte die Haare nicht so getragen. Sie ist eine Zwergin.«

Amitai und Elek sahen beide noch einmal hin und stimmten Natalies Einschätzung zu.

»Scharfe Augen«, sagte Elek mit einem Hauch Anzüglichkeit.

»Das erleichtert unsere Suche erheblich«, sagte Amitai. »Wir gehen einfach in die Széchényi-Bibliothek und verlangen das Archiv des Stimmrechtskongresses von 1913. Es hat sicher nicht mehr als eine Zwergin als Teilnehmerin gegeben.«

Er sah sich nun die andere Frau genauer an, die er zunächst für die Mutter des Kindes gehalten hatte. Sie war schmal und blond und offenbar sehr schön.

»Glauben Sie, dass sie das ist?«, fragte Natalie. »Das Modell aus Ihrem Bild?«

»Schwer zu sagen, da sie den Kopf eines hübschen Mädchens und keinen Pfauenkopf hat. Aber es ist sicher nicht unmöglich.« Er reichte ihr die Halskette. »Gute Arbeit haben wir heute geleistet.«

Als Natalie zurückfasste, um den Verschluss der Halskette zu befestigen, sah Amitai, dass die Haut an der Unterseite ihrer Arme hell und glatt war. Keine Sommersprossen.

Er fuhr fort: »Da haben wir uns doch zur Feier ein Abendessen verdient, oder?«

»Ja«, sagte sie. »Sicher. Mr. Elek, ich hoffe, Sie sind dabei?«

»Ich fürchte, nein, Madam. So sehr ich es mir auch wünsche. Meine Frau erwartet mich zuhause.«

»Sie können sie ja mitbringen«, sagte Natalie.

Die zwei Männer wechselten einen Blick. Zwischen einem scharfäugigen Juwelier und einem Kunsthändler auf dem grauen Markt kann sehr viel gesagt werden, ohne dass ein Wort fällt.

Elek sagte: »Sehr liebenswürdig von Ihnen. Meine Frau kann wirklich ein sehr unterhaltsamer Gast beim Abendessen sein, wenn sie richtig ausgeruht ist, aber nach einem langen Arbeitstag wird sie müde sein. Vielleicht sehe ich Sie noch einmal, bevor Sie Budapest verlassen. Wenn es Zeit ist, ein Souvenir an Ihren Besuch zu kaufen, kommen Sie wieder, ja?«

»Natürlich!«

Amitai geleitete Natalie aus dem Geschäft. Er winkte einem Taxi. »Bitte zum Hotel Gellért«, sagte er dem Fahrer.

»Ins Hotel?«, sagte Natalie verwirrt; der flirtende Ton, den sie sich früher erlaubt hatte, war verschwunden.

»Dort gibt es ein sehr gutes Restaurant«, beruhigte er sie.

17

Die Krautrouladen, für die das Hotelrestaurant zu Recht berühmt war, schmeckten köstlich, besser sogar noch vom Zimmerservice. Sie aßen im Bett, das Tablett balancierte auf einem Kissen zwischen ihnen. Jetzt, wo es geschehen war, plötzlich schüchtern, hüllte Natalie das weiße Laken um ihren Körper und bedeckte ihre Brüste. Ihre Locken, befreit von der bändigenden Spange, wallten anmutig um ihr Gesicht.

Es war überraschend leicht gewesen, sie zum Mitkommen in sein Zimmer zu überreden. Hätte Amitai gedacht, ihre Suche sei nicht mehr als gemeinsame vergebliche Liebesmüh, dann hätte er nicht ihre Beziehung durch Sex verkompliziert. Aber so wie die Dinge lagen, hatte es keinen Sinn, sich das Vergnügen zu versagen.

Auch so war es ungewöhnlich für ihn, eine Frau in sein Zimmer mitzunehmen. Nach seiner Scheidung legte er beinahe obsessiven Wert auf seine Privatheit und achtete darauf, immer in die Wohnung oder das Hotelzimmer einer Frau zu gehen, statt sie zu sich einzuladen. Das Heim, das er mit seiner Exfrau geteilt hatte, war wie die Wohnungen der meisten Mitglieder der eng verbundenen syrischen Juden in Midwood, Brooklyn, immer voller Verwandter und Freunde, Freunde von Verwandten, Verwandten von Freunden gewesen. Wenn Jessica nicht gerade alle ihre Cousinen zu türkischem Kaffee und Kuchen eingeladen oder für eine Schwägerin eine Babyparty organisiert hatte, servierte sie den dreißig Mitgliedern ihrer engeren Familie Abendessen. Von ihm und Jessica hatte man erwartet, dass sie sich mindestens einmal pro Woche bei ihren Eltern, Tanten und Onkeln und mindestens einem ihrer sieben Geschwister sehen ließen. Und an den seltenen Sabbaten oder Ferientagen, wenn Jessicas Familie nicht nach ihrer Anwesenheit verlangte, tat es seine eigene Verwandtschaft. Mehr noch, als der erstickenden Atmosphäre einer Ehe mit einer Frau zu entgehen, mit der er außer dem Zufall ihrer gemeinsamen syrisch-jüdischen Ahnen nichts gemeinsam hatte, hatte er sich danach gesehnt, den Druck vertrauten Menschelns in Midwood loszuwerden. Die wunderbare Einsamkeit in seinem Junggesellenapartment in Manhattan war, drei Jahre nach seiner Scheidung, immer noch ein einzigartiges Vergnügen. Kein einziges Mal hatte er einer Frau erlaubt, zu Besuch zu kommen. Wenn er unterwegs war, dehnte er dieses Verbot auf seine Hotelzimmer aus. Und dennoch hatte er ohne das geringste Zögern diese junge Frau in sein Zimmer mitgenommen. Noch dazu, dachte er, sah es so aus, als bereite sie sich darauf vor, über Nacht zu bleiben. Er prüfte innerlich diese Vorstellung. Warum, fragte er sich, machte es ihm nichts aus?

»Wenn ich im Bett esse, muss ich immer an meinen Großvater denken«, sagte Natalie. »Als kleines Mädchen war ich öfter bei meinen Großeltern in ihrem Sommerhaus in Maine. Mein Großvater hat mich jeden Morgen mit Tee und Toast auf einem Tablett geweckt.«

»Du vermisst ihn sehr«, sagte Amitai.

»Ja.«

»Ihr habt euch gut verstanden?«

»Ja. Ungewöhnlich gut, denke ich.« Sie nahm noch einen Bissen. »Mein Mann hat es gehasst, wenn ich im Bett aß.«

»Ihr habt euch erst vor kurzem getrennt, ja?«

»Woher weißt du das?«

»Du nennst ihn deinen Mann.«

»Oh. Stimmt. Was ist mit dir? Wie lange bist du geschieden?«

»Ein paar Jahre«, sagte er.

»Wie lange warst du verheiratet?«

»Auch ein paar Jahre. Und du?«

Sie zuckte die Schultern. »Das ist eine schwierige Frage.«

»Warum schwierig?«

»Wir haben im Juni geheiratet.«

Er hob fragend die Augenbrauen. »Diesen Juni? Vor einem halben Jahr?«

»Fast acht Monate«, sagte sie verteidigend.

»Und wie lange seid ihr getrennt?«

»Fünf Monate.«

»Ihr seid drei Monate verheiratet gewesen?«

»Ja.«

»Okay.«

»Aber bevor wir geheiratet haben, waren wir schon zwölf Jahre zusammen. Wir haben uns auf dem College kennengelernt.«

»Ah.«

»Yup«, sagte Natalie. »Zwölf Jahre zusammen. Im Juni geheiratet. Und im September hat er mich verlassen.«

»Wegen einer anderen Frau?«

»Woher weißt du das?«

»Deswegen gehen Männer oft, denke ich.«

»Bist du deswegen gegangen?«

Er überlegte. Es hatte tatsächlich andere Frauen gegeben, aber er hatte sein Schuldbewusstsein dadurch besänftigt, dass er sie für das Resultat seiner unglücklichen Verbindung hielt, nicht für die Ursache. Schließlich hatte er den Vorwand der Untreue gebraucht, um seine Ehe zu beenden, hatte aber, nachdem er sein Entkommen bewerkstelligt hatte, sofort mit der Frau gebrochen, mit der er damals zufällig geschlafen hatte. Er sagte: »Meine Frau und ich haben einander nicht besonders gemocht.«

Natalie sagte: »Ist wohl ein guter Grund, nehme ich an.

Mein Mann und ich haben uns getrennt, weil seine Freundin schwanger wurde.«

»Auch ein guter Grund.«

Sie lachte. »Ich entwickle gerade eine Theorie der Beziehungen. Möchtest du sie hören?«

»Möchte ich.«

»Es nennt sich Eindrittelprinzip. Jede Liebesaffäre, buchstäblich jede, dauert genau ein Drittel länger, als sie sollte. Wenn du mit jemandem drei Jahre zusammen warst, dann war das letzte Jahr Zeitvergeudung, mehr Qual als Freude.«

»Und wenn du mit jemandem dreißig Jahre zusammen warst?«

»Schrecklich, dieses letzte Jahrzehnt.«

Er lachte. »Okay. Was ist mit einer Woche?«

»Du hättest am vierten Tag kurz vor Mittag gehen sollen. Ich sage dir, die Theorie funktioniert für jede Beziehung. Das einzige Problem mit dem Eindrittelprinzip ist, dass man erst dann, wenn die Beziehung vorbei ist, weiß, wie viel Zeit man verschwendet hat. Dass das ganze letzte Jahrzehnt sinnlos war, erkennt man erst, wenn man mit jemandem die gesamten dreißig Jahre zusammen war. Und du weißt ganz sicher nicht, dass dein Mann im Jahr zehn eine ERISA-Anwältin zu vögeln anfängt, bis du zu Jahr zwölf kommst und erkennst, dass die letzten vier eine Farce waren.«

Er überdachte ihre Theorie mit gebührender Ernsthaftigkeit und fand sie im Großen und Ganzen vernünftig. Sicherlich war es im letzten Jahr seiner dreijährigen Ehe gewesen, dass er sich am elendesten fühlte, als Sex eine flüchtige Notwendigkeit geworden war, bar jedes Verlangens und auf Jessicas Ovulationszyklus abgestimmt. Inzwischen waren ihre Unterhaltungen zu einer endlosen Reihe von Meta-Streitereien geworden, Streitereien darüber, wer mit dem Streiten angefangen hatte, Streitereien, worüber sie eigentlich stritten, darüber, wessen Entschuldigung weniger verlogen war. Er wandte Natalies Eindrittelprinzip auf einige der Frauen an, mit denen er seit seiner Scheidung zusammen gewesen war, und es hielt. Und was war mit One-Night-Stands? Hätte er nach ein paar Stunden Liebe aus den Betten dieser Frauen schleichen sollen, anstatt gelegentlich zuzulassen, dass das Rendezvous bis zum Zimmerservicefrühstück dauerte? Er überlegte kurz, ob er bei der Vertreterin der Theorie, einem weiteren im Werden begrifenen One-Night-Stand, nachfragen sollte.

Stattdessen sagte er: »Erzähl mir etwas von dir, das nichts mit deinem Exmann zu tun hat.«

»Ich habe ja gesagt, dass ich Daniel im College kennengelernt habe. Ich hatte kaum eine Erfahrung als Erwachsene, die nicht mit ihm zu tun hatte. Das ist die erste Reise, die ich ohne ihn unternommen habe. Ich besitze keine Kleider, die er nicht mit mir gemeinsam gekauft hat. Ich verwende immer noch Tampons aus der Großpackung, die er letzten Sommer für mich bei Costco geholt hat.«

»Das will ich hoffen«, sagte er. »Sonst würde ich vorschlagen, dass du zum Arzt gehst.«

»Halt den Mund.«

»Aber auch wenn ihr zusammen wart, warst du doch sicher nicht immer in seiner Gesellschaft. Habt ihr in derselben Firma gearbeitet?«

»Nein.«

»Was machst du?«

»Ich bin Anwältin.«

»Was für eine?«

»Ich arbeite in der Streitabteilung eines großen Unternehmens. Zwei Blocks von der großen Firma, wo Daniel seine Kanzlei hat.«

Wieder der Ex. Amitai gab es auf. »Er ist auch Anwalt?«

»Ja.«

»Also habt ihr sogar zusammen Jus studiert?«

»Irgendwie. Wir haben zusammengelebt, haben aber an verschiedenen Unis studiert. Er war an der Boston University, ich in Harvard.«

»Du bist klüger als er.«

»Ich hatte bessere Noten, das ist alles.«

»Genau das finde ich an Frauen so komisch. Wäre es Daniel gewesen, der in Harvard war, dann hätte er gesagt: ›Ja, ich bin klüger.‹ Aber weil du eine Frau bist, sagst du: ›Ich hatte bessere Noten.‹«

»Glaubst du, das hat was mit dem Geschlecht zu tun?«

»Männer sind selbstsicherer als Frauen.«

»Vielleicht sind manche Männer selbstsicherer als manche Frauen.«

»Vielleicht sind die meisten Männer selbstsicherer als die meisten Frauen.«

»Okay«, sagte sie, »ich denke, das kann ich dir zugestehen.«

»Du musst jetzt meinen Rat annehmen; wenn dich jemand nach deinem Exmann fragt, sagst du: ›Er war nett, aber nicht klug genug für mich.‹«

Sie lachte. Das Laken rutschte herunter, gab ihre Brüste frei. Sie zog es hoch, deckte sich aber nicht ganz zu. »Jetzt bist du dran. Erzähl mir was von dir, das nichts mit deiner Exfrau zu tun hat. Erzähl mir, was du gemacht hast, bevor du Kunsthändler geworden bist.«

»Davor? Nichts.«

»Wo bist du aufgewachsen?«

»In Israel.«

»Wo?«

»In einem Kibbuz.«

»Echt? Das ist cool. Ich wollte immer mal in einen Kibbuz.«

Sie hatte immer in einen Kibbuz gewollt, dachte Amitai, und er hatte immer weggewollt. Seine Eltern, Einwanderer aus Syrien, waren die einzigen Juden arabischer Abstammung im Kibbuz Hakotzer, die einzigen Mizrahim unter Hunderten Aschkenasim. Sie waren als Halbwüchsige in den Kibbuz gekommen, zugewiesen von der Agentur, die für die Welle unbegleiteter, in den Nachwehen des Unabhängigkeitskrieges nach Israel gekommener Minderjähriger zuständig war. Von Anfang an hatten sich die beiden jungen syrischen Juden danach gesehnt, in der größeren Kibbuzgemeinschaft aufzugehen, lieber verschlungen als nur akkulturiert zu werden. Als kleiner Junge hatte auch Amitai sich assimilieren wollen, aber mit zehn, elf Jahren hatte er etwas erkannt, das seine Eltern immer noch nicht sahen. Das Verschwinden war unmöglich, nicht im Kibbuz, gegründet von deutschen Einwanderern, die die Mizrahim der Stadt als ungebildet, anfällig für Kriminalität, als weniger kultivierte, weniger intelligente Juden abtaten. Als Teenager hatte ihm das Blut gekocht bei den großen und kleinen Kränkungen. Der Spitzname, den man seinem dunkelhäutigeren Bruder gegeben hatte, war Kushi; das englische Äquivalent war so beleidigend, dass liberale weiße Amerikaner nur mit dem Anfangsbuchstaben darauf Bezug nahmen. Die Art, wie der Name seines Vaters nie aufs Tapet kam, wenn es darum ging, einen neuen Direktor der Möbelfabrik zu bestimmen, egal wie erfahren er sein mochte. Dass die Shashos in vielerlei Hinsicht aus der Regel von der Unterlegenheit der Mizrahim ausgenommen wurden, war schon eine Beleidigung in sich. Es war kein Zufall, dass seine Eltern drei Jahre nach ihrer Ankunft im Kibbuz Hakotzer geheiratet hatten. Wer sonst hätte sie haben wollen?

»Und vom Kibbuz bist du nach New York gezogen?«, fragte Natalie.

»Zuerst war ich in der Armee.«

»Was hast du in der Armee gemacht?«

»Nichts Besonderes. Infanterie.« Zuhause lautete eine der ersten Fragen, die die Leute, besonders Männer, einander stellten, wo sie gedient hätten. Auf sein Eingeständnis, dass er Mitglied in Golanis Eliteeinheit gewesen war, folgten dann ein allgemeines Pfeifen durch die Zähne und ein Hochheben der Brauen. Zu seiner Erleichterung hatten die Amerikaner selten genug Ahnung, um nach Details zu fragen.

»Bist du Offizier gewesen?«

»Ja, aber kein sehr hochrangiger. Nur Leutnant.«

»Warum bist du nicht in der Armee geblieben?«

»Niemand bleibt. Du dienst deine drei Jahre ab, eines mehr, wenn du so schlecht beraten warst, dich für einen Offizierskurs einzuschreiben, und dann gehst du, um den Annapurna oder El Misti zu besteigen.«

Noch eine Unterlassungssünde. Es stimmte, dass die meisten Soldaten, sogar Offiziere, so rasch wie möglich abrüsteten, sobald ihre erste Dienstperiode vorüber war, aber Amitai hatte tatsächlich eine Armeekarriere angestrebt und hätte es auch getan, wären nicht die Ereignisse vom 27. September 1993 gewesen, als er den ungehinderten Gebrauch seines linken Arms und rechten Beins und den Glauben an sein Land verloren hatte.

Sie fasste hinüber und strich über die Narben an seiner Schulter, ihre erste so offensichtliche Geste, obwohl er gesehen hatte, dass sie sein Hinken bemerkte, als sie von Eleks Geschäft zum Kaffeehaus gegangen waren, und dann auch, als er ihr Gewicht vom rechten Schenkel geschoben hatte, als sie sich liebten. Im Sommer wurde Amitai beinahe so braun wie ein Beduine, im Winter, wie jetzt, verblasste er zu einem fahleren Olivbraun. Schwarze Haare bedeckten seine Brust, seine Vorderarme und Beine. Aber sein Transplantat hatte einen Flecken blasser, glatter Haut hinterlassen, das sie nun mit ihrer Handfläche bedeckte. »Ist das in deiner Dienstzeit passiert?«, fragte sie.

»Ja.«

Sie war einfühlsam genug, um das Endgültige in seinem Ton zu erkennen, und versuchte nicht, nachzubohren. »Wo bist du dann nach der Armee hingegangen?«, fragte sie. »Nepal oder Peru?«

»Ich habe den Great Hill bestiegen.«

»Wo ist das?«

»El Misti kennst du und den Great Hill nicht? Der Great Hill ist in deiner Heimatstadt. Im Central Park.«

»Das ist kein Hügel, es ist ein Picknickplatz.« Sie lächelte gerührt. »Der Great Hill. Seit meiner Kinderzeit war ich nicht mehr dort.«

»Es ist sehr schön, du solltest wieder mal hin.«

»Vielleicht könntest du mich mitnehmen.« Sein Schweigen ließ sie heftig erröten. »Nur Spaß«, sagte sie. »Ich weiß, dass das da nur für eine Nacht ist. Ich haue sicher ab, bevor das überflüssige Drittel anfängt.«

Er merkte, dass offenbar der richtige Zeitpunkt gekommen war, das Thema zu wechseln. »Erzähl mir von dem Anhänger«, sagte er. »Warum war es deinem Großvater so wichtig, dass du ihn zurückgibst?«

Sie setzte sich im Bett auf, zog das Laken hoch und straff unter ihre Arme, bedeckte sich. »Ich hatte immer angenommen, dass die Halskette meiner Großmutter gehörte«, sagte sie. »Ich weiß nicht, warum. Ich habe nie gesehen, dass meine Großmutter sie trug.«

Tatsächlich hatte sie den Anhänger bis zu dem Sommer, in dem ihre Großmutter gestorben war, nie zu Gesicht bekommen. Sie hatte ihrer Mutter geholfen, die Haufen von Kleidern, Kosmetika, Papieren und anderen Sachen auszusortieren, durch die Jahrzehnte in den Sommern angesammelt, die ihre Großeltern in ihrem kleinen Haus an der Küste von Maine verbracht hatten. Ihr Großvater hatte ihnen diese Arbeit überlassen, nicht weil er es nicht ertrug, mitzuhelfen, dachte sie, sondern weil ihre Mutter den Job allein erledigen wollte.

Ihre Mutter legte vier Stöße an, einen kleinen mit Sachen zum Wegwerfen, einen größeren für Wohltätigkeitszwecke, einen dritten für Natalies Großvater, den letzten mit Sachen, die sie selber behalten wollte.

Natalie erinnerte sich, wie ihre Mutter die Halskette gefunden hatte, in einem Samtbeutelchen in der obersten Schublade im Garderobentisch ihres Großvaters, und zu den Sachen legte, die sie behalten wollte. Als Großpapa Jack hereingekommen war, um zu sehen, wie weit sie schon waren, sah er den Beutel und schnappte ihn, als enthalte er schmutzige Bilder, kompromittierende Briefe.

»Was macht das hier?«, fragte er.

Natalies Mutter sagte: »Ich hätte es gerne, falls es dir nichts ausmacht. Es ist so hübsch. Ich habe es Mom nie tragen gesehen, aber sie hätte sicherlich gewollt, dass ich es nehme.«

»Sie hätte es nicht verschenken dürfen«, sagte er.

Dann legte er den Beutel wieder in die Schublade und scheuchte sie aus dem Zimmer. Natalies Mutter war wütend gewesen, Natalie hatte aber nicht verstanden, warum.

»Meine Mutter trug überhaupt keinen Schmuck«, sagte Natalie zu Amitai. »Nur ihren Ehering.«

»Trug?«

»Sie ist vor sechs Jahren gestorben. Mein Vater trägt jetzt ihren Ring, zusammen mit seinem.«

»Sie muss große Hände gehabt haben, wenn dein Vater ihren Ring tragen kann.«

»Hatte sie. Viel größer als meine. Ich habe seine Hände. Kleine Stummelfinger.«

Er hielt seine Hand an die ihre, seine langen Finger an ihre kurzen. »Noch einmal, es tut mir leid wegen deines Verlusts.«

Sie lächelte. »Du bist so förmlich. Aber danke.«

Am Wochenende ihrer Hochzeit, sie hatte im Sommerhaus ihres Großvaters in Red Hook in Maine stattgefunden, hatte Natalie entdeckte, dass sie sich wünschte, sie hätte etwas von ihrer Mutter oder Großmutter, das sie tragen könnte. »Ich brauchte etwas Altes, etwas Geborgtes und etwas Blaues«, sagte sie. »Also fragte ich Großvater, ob ich mir seinen Anhänger ausborgen dürfe.«

»Er ist nicht blau«, hatte ihr Großvater gesagt, nur halb im Scherz und offenkundig zögernd, sie ihn tragen zu lassen, nicht einmal für eine Stunde. »Und außerdem bringen Pfauen Unglück.«

»Er war wie Bilbo mit seinem Ring«, erzählte sie Amitai. »Er wollte ihn nicht hergeben. Es hat nicht zu ihm gepasst, ein solches Ding so wichtig zu nehmen. Schließlich hatte ich ihn so weit, aber ich habe gemerkt, dass er nicht glücklich darüber war.«

Trotz ihres Großvaters Widerstreben hatte sie die Kette getragen, obwohl sie zu lang war und der Anhänger weit unter dem Halsausschnitt des schlecht sitzenden Abschlussballkleids aus den 1950ern baumelte, für das sie im Goodwill in Ellsworth siebzehn Dollar bezahlt hatte. Erst Monate später hatte sie die Halskette wiedergesehen; man hatte bei ihrem Großvater Bauchspeicheldrüsenkrebs festgestellt, und sie war umgehend nach Maine gefahren, um es ihm leichter zu machen, in seinem Bett zu seinen eigenen

Bedingungen, wie er es nannte und worauf er bestand, zu sterben.

»Am Tag, bevor er starb, bat er mich, etwas für ihn zu tun. Ich erinnere mich, dass er meine Hand nahm. Er hatte so große, sommersprossige Hände. Wie meine Mutter. Er ließ den Anhänger in meine Hand gleiten und bog meine Finger darüber. Er erzählte mir, dass die Halskette nicht meiner Großmutter gehört hatte. Nicht einmal ihm. Er sagte mir, er habe sie gestohlen.«

Als junger Offizier Ende des Zweiten Weltkriegs, hatte Natalies Großvater ihr erzählt, war er beauftragt gewesen, den Inhalt eines Zuges voller geplünderter Waren zu bewachen. Es war sein Job, die Sachen vor Plünderern aller Arten zu beschützen, und das war ihm nicht gelungen. Nicht nur das, auch er selbst hatte geplündert.

»Der ungarische Goldzug«, sagte Amitai.

»Ja. Er stahl den Anhänger aus dem Zug. Ich fragte ihn, warum, und er sagte, er habe ihn an ein Mädchen erinnert, das er kannte. Jemand, in die er verliebt war.«

»Er hat ihr gehört?«, fragte Amitai.

»Nein. Aber sie stammte auch aus Nagyvárad. Ich glaube, er hat ihn deswegen genommen, weil er dachte, er könnte ihr gehört haben oder jemandem, den sie kannte. Aber so war es nicht. Er versuchte ihn ihr zu geben, aber sie wollte ihn nicht. Und dann hat er ihn einfach behalten.«

»Was war dann mit dem Mädchen?«

»Sie trennten sich, und er hat sie nie wiedergesehen. Er sagte mir, er könne nicht sterben in dem Bewusstsein, dass er die Halskette behalten habe. Er bat mich, herauszufinden, wem die Kette gehört hatte, und sie an seiner Stelle zurückzugeben.«

»Und ich bin der mit einem Faible für hoffnungslose Fälle?«, meinte Amitai.

Sie schüttelte den Kopf. »Ich weiß. Es ist eine unmögliche Aufgabe.«

»Nicht nur unmöglich. Auch sinnlos.«

Sie erstarrte, und er berührte sie beruhigend. »Entschuldige. Auf Englisch bin ich manchmal zu direkt.«

»Bist du auf Hebräisch weniger direkt?«, sagte sie.

»Nein.« Er lächelte. »Aber auf Hebräisch macht es nichts aus. Ich meinte bloß: Wenn die Frau, der die Halskette gehört hat, nicht im Krieg umgekommen ist, dann ist sie inzwischen ohnehin tot.«

»Ich weiß. Aber ihre Erben vielleicht nicht. Besonders wenn sie in Budapest gelebt haben. Viele Budapester Juden haben überlebt.«

»Ja, das stimmt.«

»Es ist bloß ... er hat nie viel verlangt, mein Großvater. Er hat sich um alle gekümmert. Meine Großmutter, meine Mutter. Er war großherzig, ohne dich spüren zu lassen, dass er dir etwas gab. Er war einfach ein guter Mensch, der das Gefühl hatte, etwas Schlimmes getan zu haben. Und ich habe ihm versprochen, ich würde zumindest versuchen, das in Ordnung zu bringen.«

»Was er getan hat, war wohl kaum schlimm. Hätte er die Halskette nicht aus dem Zug gestohlen, dann wäre sie wie alles andere verlorengegangen.«

»Ja, aber dann wäre er sich nicht wie ein Dieb vorgekommen.«

»Ein Diebstahl macht noch keinen Dieb.«

»Das weißt du, und vielleicht weiß ich es auch. Aber so hat er die Dinge nicht gesehen.«

Wie Amitai diejenigen, die sich niemals dem Schmerz der Zweideutigkeit aussetzen mussten, um ihre moralische Sicherheit beneidete.

»Er sagte, er habe in seinem Leben so viele Fehler gemacht«, fuhr sie fort. »Dass er nicht an denen festgehalten hatte, die ihm etwas bedeuteten, was lächerlich war. Er und meine Großmutter waren mehr als sechsundvierzig Jahre lang verheiratet. Und obwohl seine Beziehung zu meiner Mutter nicht die allerbeste war, war sie doch nicht schlecht. Und ich kenne niemanden, der seinem Großvater so eng verbunden war wie ich. Ich konnte nicht rausfinden, was er meinte.«

»Er war krank, Natalie«, sagte Amitai. »Er lag im Sterben. Er war nicht bei Sinnen.«

»Weiß nicht. Er schien ganz er selbst. Schwächer. Aber er war vollkommen da. Und er wusste ganz genau, was ich für ihn erledigen sollte.«

»Die Halskette zurückgeben, die er gestohlen hatte.«

»Ja. Ich habe ihm versprochen, dass ich es tun würde, und es schien irgendwie sein Gewissen zu erleichtern. An diesem Tag haben wir uns zusammen einen Film angesehen, und ich las ihm ein wenig aus einem Buch griechischer Mythen für Kinder vor, das er mir vorgelesen hat, als ich klein war. Ich kochte ihm Suppe, die er nicht essen konnte, und dann ging er schlafen.« Sie hielt inne, als erinnere sie sich an etwas. »Als ich ihm einen Gutenachtkuss gab, nannte er mich Ilona.«

»Ilona?«

»Ja.«

»Und wer ist Ilona?«

»Die Freundin. Die aus Nagyvárad.«

»Er war also vielleicht doch nicht mehr ganz bei Sinnen, wie du dachtest?«

Sie schüttelte den Kopf. »Dann sagte er, ich sei sein schönes rothaariges Mädchen. Er hatte meine Haare immer sehr gemocht. Meine Großmutter sagte gerne, er hätte eine Schwäche für Rothaarige, und dass er sie wegen ihrer Haare geheiratet habe. Sie hatte als Studentin in Wellesley seine Vorlesung über die Geschichte des antiken Griechenland besucht. Am ersten Tag der Vorlesungsreihe schon fielen ihm ihre Haare auf, und als das Semester zu Ende ging, waren sie verlobt. Ich hatte mir immer ausgemalt, dass er wegen dieses Skandals von Wellesley weg und an die Columbia University ging.«

»Sehr romantisch.«

»Dachte ich immer. Sie ist für ihn sogar konvertiert. Sie war irischer Abstammung. Meine Mutter allerdings hatte keine roten Haare. Wird wohl eine Generation übersprungen haben.«

Amitai schlang eine der feurigen Strähnen um seinen Finger. »Sie sind sehr schön, deine Haare.«

»Als ich am nächsten Tag mit Tee und Toast in sein Zimmer kam, war er tot.«

»Du hast ihn gefunden?«

»Ja.«

»Das muss sehr schlimm gewesen sein.«

»Könnte man denken. Aber das war es nicht. Er war weg. Es war nicht mehr er. Nur sein Körper. Mein Dad flog am Nachmittag rauf, und wir haben ihn am nächsten Morgen begraben, nur wir zwei und der Bestatter. Als mein Großvater den Grabstein für meine Großmutter aufstellte, hat er für sich selbst einen direkt daneben anbringen lassen. Auf ihrem standen ihr Name, Florence Wiseman, und ihre Geburts- und Sterbedaten, 1930–1997. Auf seinem stand JACK WISEMAN 1922– und dann nur ein Leerraum. So war das sechzehn Jahre lang und hat auf ihn gewartet.«

»Und deine Mutter? Ist sie am selben Ort begraben?«

»Nein. Sie wollte verbrannt werden. Was meinen Großvater verrückt gemacht hat. Er war ganz und gar nicht religiös, aber er hat ihr dauernd gesagt, als sie im Sterben lag, dass Juden nicht in Öfen verbrannt werden sollten. Hatte wohl mit seinen Erfahrungen im Krieg zu tun.«

»War er in den Lagern?«

»Er hat nie über den Krieg gesprochen, also weiß ich nicht, was er gemacht hat. Ich weiß nicht einmal, ob er in der Schlacht war. Ich denke, eher nicht. Er hat viele Sprachen gesprochen, also war er vielleicht bloß Übersetzer, bevor sie ihm den Auftrag gaben, den Goldzug zu bewachen.« Sie betrachtete die Narben auf Amitais Schulter. »Er hatte Narben auf seiner Schulter, weißt du«, sagte sie. »Eine vorne und eine hinten. Er sagte, von einem Trainingsunfall. Aber ich frage mich …«

»Du fragst dich was?«

»Nichts.«

Sie schwieg einen Augenblick, und Amitai sagte sanft: »Dein Großvater? Er ist erst vor ein paar Wochen gestorben?«

»Welcher Tag ist heute?«

»Dienstag.«

»Fünfzehn Tage. Wir hatten Glück, dass wir in Maine einen so warmen Winter hatten. In diesem Teil des Landes muss man normalerweise bis zum Tauwetter im Frühling warten, bis man jemanden begraben kann.«

»Dein Großvater ist vor fünfzehn Tagen gestorben, und du bist sofort ins Flugzeug nach Budapest gestiegen?«

»Zuerst hatten wir die Schiwa.«

»Ich glaube, du bist impulsiv.«

»Das sagt man mir. Obwohl ich es lieber als ›spontan‹ bezeichne. Egal, ich musste einfach kommen. Ich hab's meinem Großvater versprochen. Und ich bin froh, dass ich das tue. Mein Großvater hat mich besser gekannt als alle anderen. Er wusste, dass so ein Projekt wie für mich gemacht ist.«

»Warum?«

»Ich habe mich immer für den Holocaust interessiert. Seit ich als Kind in der hebräischen Schule war und man uns diese Filme zeigte. Du weißt schon, die Filme, die die Nazis gemacht haben, um zu dokumentieren, was sie taten. Ich erinnere mich an ein Foto, ich muss elf oder zwölf gewesen sein, als ich es das erste Mal sah, kurz vor meiner Bat-Mizwa. Es zeigte einen Mann, der unter die Wand einer Baracke oder unter einen Zaun oder so etwas gekrochen war. Er starb, bevor er durchkam, und das Foto zeigt nur sein Gesicht und seine Hand an der Wange. Kennst du es?«

»Wenn ich es gesehen habe, dann kann ich mich nicht daran erinnern.«

»Ich war ganz besessen von dieser Fotografie. Habe mich gefragt, warum er es nicht geschafft hatte, wie nahe er dem Entkommen war. Ich habe so viele Bücher gelesen, als ich jung war, Jugendbücher über den Holocaust. Und dann ›Nacht‹ von Elie Wiesel und Primo Levis Memoiren. Solche Sachen. Im College habe ich eine Abschlussarbeit über Holocaust-Studien geschrieben.«

Immer wieder brachte Amitais Arbeit ihn in Kontakt mit einem bestimmten Typ vom Holocaust besessener amerikanischer Juden, von jener Sorte, die im Urlaub die Lager in Deutschland und Polen besuchten und sich die gesamten neuneinhalb Stunden von »Shoah« zum dreizehnten Mal ansahen. Angesichts der Art, wie Amitai seinen Lebensunterhalt verdiente, war es eine Ironie, wie fern er sich der Geschichte des Holocaust fühlte. Als Jude syrischer Abstammung hatte er keine persönliche Verbindung zur Auslöschung der europäischen Juden. Im Zweiten Weltkrieg hatten Truppen des Freien Frankreich in Syrien und im Libanon die Vichy-Kräfte und ihre Nazi-Verbündeten besiegt. Während die Juden Europas ermordet wurden, spielten Amitais Eltern mit ihren muslimischen Spielkameraden Fußball, aßen Huhn mit Aprikosen, Hackfleischpastetchen und Dattelkekse, die ihre Mütter, Tanten und Großmütter zubereitet hatten, beteten in Synagogen, die, wie es hieß, auf das 5. Jahrhundert zurückgingen, und führten in jeder Beziehung das Leben, das ihre Vorväter seit den Zeiten der Römer geführt hatten, so gut wie unberührt durch den Krieg.

Aber es war nicht nur die Kluft zwischen den Aschkenasim und Mizrahim, die für Amitais distanzierte Haltung verantwortlich war. Obwohl die Ursprungsgeschichte Israels untrennbar mit dem Holocaust verbunden war, stand sie doch auch in schroffem Gegensatz dazu. Der überlebende Rest des europäischen Judentums wurde nicht gerettet, er wurde durch eine andere Art Jude, den unbezähmbaren, kämpferischen Israeli, aus dem Abgrund »emporgehoben«, zum Gipfel geführt. In dieser Lektion eingeschlossen, für sie notwendig war eine uneingestandene, aber dennoch fühlbare Verachtung für jene, die kampflos gestorben, demütig zu den Öfen getrabt waren. Die deutsch-jüdischen Gründer des Kibbuz, in dem Amitai geboren wurde, hatten die Bequemlichkeiten ihrer bürgerlichen deutschen Heimstätten schon gegen die Fiebersümpfe und gnadenlosen Wüsten Palästinas eingetauscht, bevor Hitler an die Macht gekommen war. Sie betrachteten sich als Pioniere, nicht als Überlebende. Die paar älteren Kibbuzbewohner mit Nummern auf dem Arm sprachen wenig über ihre Erlebnisse, außer am Holocaust-Gedenktag, wenn sie in die Schulklassen kamen, um die Lektion des »Niemals wieder« aufzusagen.

Natalie sagte: »Mein Exmann? Alle vier Großeltern von ihm waren Holocaust-Überlebende. Die Eltern seiner Mutter verließen Deutschland rechtzeitig, aber seine Großeltern väterlicherseits waren beide aus Polen und landeten in Auschwitz. Daniels Vater wurde in einem Lager für Vertriebene geboren.«

»Ah.«

»Was, ah?«

»Du warst immer vom Holocaust fasziniert und hast das Kind von Überlebenden geheiratet.«

»Den Enkel von Überlebenden. Doch ja, ich sehe, was du meinst. Aber ich habe Daniel nicht geheiratet, weil er der Enkel von Überlebenden ist.«

Wer weiß schon, warum wir den heiraten, den wir heiraten, dachte Amitai. Er war bei Jessica gelandet, weil er sich nach dem Weggang aus dem Kibbuz und aus Israel nach einem Zuhause gesehnt hatte, nach Gemeinschaft. Der amerikanische Zweig seiner Familie hatte ihn herzlich aufgenommen, aber es gab strikte Regeln, wen er heiraten durfte. 1935 hatten die führenden syrischen Rabbiner von New York ein Dokument herausgegeben, ein Edikt, worin verkündet wurde, dass kein Mitglied bei Strafe des Ausstoßes einen nichtjüdischen Partner heiraten dürfe, nicht einmal einen, der eine orthodoxe Konversion mitgemacht hatte. Jede nachfolgende Generation der syrischen Juden aus Brooklyn schwor, niemals einen Konvertiten oder ein Kind eines Konvertiten in ihrer Mitte aufzunehmen und jedes Kind zu verstoßen, sei es noch so geliebt, das eine solche Person heiratete. Amitais engere Verwandtschaft, die Shashos aus dem Kibbuz Hakotzer, waren Israeli und deshalb dem Edikt eigentlich nicht unterworfen, aber nachdem Amitai nach New York gezogen war, hatte ihn Jacob Shasho, der Familienpatriarch, informiert, da er jetzt ein syrischer Jude in der Neuen Welt sei, sei auch er dem Edikt unterworfen. Hätte Amitai jemanden von außerhalb heiraten wollen, hätte das Edikt den Nachweis genealogischer Reinheit verlangt, die mindestens drei Generationen zurückreichte. Die

Regeln waren so restriktiv, dass sie das angestrebte Ergebnis erzielten: Für einen syrischen Juden war es das Leichteste, jemanden aus derselben Gemeinschaft zu heiraten. Und so hatte Amitai Jessica zur Frau genommen, deren Familie wie die seine aus Aleppo stammte. Nach ihrer Scheidung hatte sein Onkel Jacob deutlich anklingen lassen, dass Amitai sich nur innerhalb ihrer eigenen Gemeinschaft nach einem Ersatz umsehen dürfe. Bisher hatte Amitai die Annäherungsversuche von nicht weniger als drei Cousinen seiner Exfrau abgewehrt. Er hatte wahrlich keinen Grund, die idiotischen Gründe einer anderen Person, den Falschen geheiratet zu haben, zu kritisieren.

Er sagte: »Hast du jemals die Großeltern deines Exmannes kennengelernt?«

»Nur seine polnische Großmutter. Aber wir haben uns gut verstanden.« Natalie stockte, als müsse sie überlegen. »Ich meine, so gut, wie sie es zuließ. Es war nicht leicht, ihr nahezukommen. Daniel konnte sie nicht ausstehen, aber er hat es auch nicht wirklich versucht. Er hat oft gesagt, dass sie ihn anwidert.« Sie schüttelte den Kopf. »Er war so ein Scheißkerl. Sie hielt keine lauten Geräusche aus, besonders wenn sie schlief, und nahm wächserne Ohrstöpsel, die sie überall rumliegen ließ. Ich gebe zu, das war eklig, diese kleinen rosa Bällchen mit dem grüngelben Ohrenschmalz, das daran klebte. Aber Daniel nahm sich nicht eine Minute die Mühe, nachzudenken, warum sie sie brauchte. Warum sie keinen Lärm aushielt. Er bemühte sich erst gar nicht.«

»Und du schon?«

Natalie zuckte die Schultern. »Sie sprach Englisch, aber als ich sie kennenlernte, war sie irgendwie ins Jiddische regrediert. Ich hatte auf dem College Jiddisch gelernt, also konnte ich mit ihr in der Sprache kommunizieren, in der sie sich am wohlsten fühlte. Sie erzählte mir oft Geschichten von ihrer Familie. Ich versuchte ihr Fragen über die Lager zu stellen, aber über den Krieg wollte sie überhaupt nicht reden.«

»Okay. Also, Natalie, sag mir: Was ist, wenn du nicht erledigen kannst, worum dein Großvater dich gebeten hat? Was, wenn du die Erben des Anhängers nicht findest? Was machst du, wenn du scheiterst?«

Sie zerknüllte das Laken zwischen den Fingern. »Weiß ich nicht. Aber ich muss es zumindest versuchen. Und wie schwer kann das denn sein? Wir suchen eine Frauenrechtlerin, die Zwergin war.«

»Das Gemälde zeigt eine Frau von normaler Größe. Also glaube ich, dass wir nicht nach der Zwergin suchen, sondern nach ihrer Freundin.«

»Die Zwergin wird uns zu der anderen Frau führen. Und Suffragettenzwerginnen verschwinden nicht einfach vom Angesicht der Erde.«

Jemand, der einen Abschluss in »Holocaust-Studien« hatte, dachte er, musste doch verstehen, dass im Ungarn der ersten Hälfte des 20. Jahrhunderts alle möglichen Leute vom Angesicht der Erde verschwunden waren, sogar Suffragettenzwerginnen und ihre Freundinnen.

18

Früh am nächsten Morgen stieg Amitai durch das opulent-heruntergekommene Foyer des Gellért ins Untergeschoss hinab. Nachdem er eine ehrwürdige und komplizierte bürokratische Prozedur durchlaufen hatte – sich eine Eintrittskarte beschafft, eine Karte für ein Handtuch, eine Karte für eine Massage, diesen Schlüssel von jenem Angestellten, jenen Schlüssel von diesem –, durfte er endlich einen flachen

Kopfsprung in das schönste Schwimmbecken machen, das er jemals zu genießen das Privileg gehabt hatte. Einige Momente lang planschte er lässig dahin, schaute zur gläsernen Decke empor und machte sich dann in einem kräftigen und zweckmäßigen Freistil ans Werk. Er hatte große Hände, die tiefe Furchen ins Thermalwasser schaufelten, und schwamm glatte Züge mit viel Muskelkraft dahinter. Aber die Wunde in seiner Schulter, auch wenn sie schon vor zwanzig Jahren verheilt war, gab seinen linken Armtempi einen kleinen Ruck, wenn er den Arm aus dem Wasser hob. Die Wunde in seinem Bein, wo immer noch Schrapnellsplitter lauerten und in regelmäßigen Abständen schmerzhafte Ausflüge an die Oberfläche unternahmen, machte sein rechtes Bein ein wenig schwächer als das linke. Doch sogar ohne Bahnenbegrenzungen hielt er eine gerade Linie ein, und als er die Wand erreichte, waren seine Wenden flott und hinterließen kein Kielwasser.

Seine Verletzungen genügend zu kompensieren, um auf Kurs zu bleiben und eine saubere Wende hinzulegen, verlangte hohe Konzentration, und nach seinen sechzig Längen zitterte Amitai vor Erschöpfung und hatte vierzig Minuten lang nicht an Natalie gedacht, nicht an den Balsamgeruch ihres Haars oder den Salzgeschmack ihrer Zunge. Angenehm erschöpft kehrte er in die Männerabteilung des Bades zurück, setzte sich in eine Ecke des riesigen Beckens und legte ein feuchtes Tuch über die Augen. Er war kurz davor, einzunicken, als ihn ein heftiges Plätschern und laute Stimmen weckten, die sich auf Hebräisch über die hohe Wassertemperatur beklagten. Er zog das Handtuch noch tiefer ins Gesicht, ein vergeblicher Versuch, dem Schicksal zu entgehen, das ihn erwartete, wie er wusste. Das Tuch glitt über seine Stirn herunter. Er griff danach, um es aufzufangen, aber es war zu spät; auf der anderen Seite des Beckens begann einer der ultraempfindlichen Sabre-Detektoren, wie sie alle seine Landsleute in ihren Köpfen herumtrugen, aufzuheulen. Er schloss die Augen, in der kindischen Hoffnung, Dror Tamid würde dann verschwinden.

»Shasho? Amitai Shasho?«

Amitai öffnete die Augen.

»Hallo, Doktor«, sagte er.

»Bitte!«, sagte Tamid. »Dror!«

»Hallo, Dror.«

Es war kein besonderer Zufall, dass er und Dror Tamid einander in einer der ehemaligen Hauptstädte des europäischen Judentums begegneten, da sie ja beide damit befasst waren, die Geschichte dieser Gegend auszubeuten. Doktor Tamid war kein Händler mit verlorener und gestohlener Kunst wie Amitai, sondern Historiker des Holocaust, Professor an der Bar-Ilan-Universität, der hin und wieder für Yad Vashem Touren begleitete. Als Amitai begonnen hatte, mit im Holocaust verlorener Kunst zu handeln, und die Notwendigkeit empfand, sich weiterzubilden, hatte er an einer der Exkursionen Professor Tamids teilgenommen und sich vorgestellt, hier eine spannendere Alternative zu finden als intensive und mühsame Lektüre. Nach dem zweiten Tag in Auschwitz, der auf einen hektischen Tag in Treblinka folgte, an der Abwicklungsstelle der Nazis in Lublin und dann im Todeslager Majdanek, hatte sich Amitai unter dem Einfluss von zu viel Wodka und der Geister von zu vielen toten Juden außerstande gesehen, dem Exkursionsleiter, dem berühmten Doktor Tamid, nicht die folgende Frage zu stellen: Welchen Sinn, fragte er, hatte es, die Geschichte jüdischer Verhängnisse auf solch fetischistische Höhen zu heben? War das nicht eine Art Götzendienst?

Tamid war wütend gewesen, im Moment aber auch perplex, unfähig, eine andere Antwort zu geben als das bekannte Santayana-Zitat: »Diejenigen, die sich nicht an die Geschichte erinnern, sind verdammt, sie zu wiederholen.«

»Niemals wieder!«, hatte Amitai gesagt und sein Glas erhoben.

Erleichtert und zustimmend hatte auch der Doktor sein Glas erhoben; er hatte nicht verstanden, was Amitai meinte: *Niemals wieder werde ich eine solche Exkursion mitmachen.*

Von da an hatte Amitai die jüdischen Touristendestinationen vergangener Größe und finalen Schreckens peinlich gemieden. Obwohl ihn seine Arbeit zum Beispiel häufig nach Prag führte, hatte er nie den berühmten Judenfriedhof mit den schiefen Grabsteinen oder die mittelalterliche Synagoge, die Altneuschul, mit ihrem phantastischen Untermieter auf dem Dachboden besucht. Er hatte Wochen in Warschau und Krakau verbracht, in Lemberg und Lublin, hatte über die Rückgabe von Kunstwerken verhandelt, von Schmuck und, in einem bemerkenswerten Fall, sechs Phiolen mit gefrorenem Pferdesperma von einem Hengst, der von einem Champion abstammte, den einer der wenigen jüdischen Adeligen in Polen gezüchtet hatte, aber nie wieder das Bedürfnis verspürt, unter der Aufschrift ARBEIT MACHT FREI in Auschwitz zu stehen oder vor den sieben heroischen Statuen am Denkmal für den Aufstand im Warschauer Ghetto das Knie zu beugen. In Amsterdam ging er an der Touristenschlange vorbei, die darauf wartete, durch Anne Franks Versteck geschleust zu werden, ohne sich jemals die Mühe zu machen, selbst an die Reihe zu kommen.

Tamid sagte: »Was führt Sie nach Budapest, Amitai? Wonach suchen Sie im Moment? Tiaren mit Diamanten? Abstrakte Expressionisten?«

Amitai lächelte verbindlich.

»Es ist Komlós«, sagte Tamid. »Sie haben einen Hinweis auf Komlós.«

»Komlós?«, fragte Amitai. »Der Maler?«

»Machen Sie mir nichts vor!«, fauchte Tamid und watete durch das Becken, durch schenkelhohes Wasser, um Amitai nicht von der Seite zu weichen.

Welches Verbrechen hatte er begangen, fragte sich Amitai, das eine Strafe wie jene verdiente, so nahe bei den Genitalien eines Mannes zu sitzen, den er widerlich fand? Er lächelte höflich, hievte sich aus dem Becken und nahm sein Handtuch vom Wandhaken. Rasch schritt er aus dem Raum zu den Garderoben, wo er sich abtrocknete und anzog, während er die ganze Zeit grübelte, woher Tamid seine Information hatte. Konnte Elek sein Vertrauen missbraucht haben? Nein. Obwohl Elek sich auf Tamid verließ, Kunden in sein Geschäft und in seine Beratungsstelle zu lotsen, teilte er doch Amitais Antipathie gegen den Mann.

Amitai marschierte die Treppe hinauf, durch die Hotelhalle und in sein Zimmer. Als er eintrat, fand er das Bett leer. Dampf strömte aus der offenen Badezimmertür, durch das Geräusch der Dusche hindurch hörte er Natalie summen. Er goss eine Tasse Kaffee vom Zimmerservicetablett ein und setzte sich an den Rand des samtenen Armsessels, schlürfte, die Lippen geschürzt, das säuerliche, kalte Getränk.

»Hey«, sagte sie, als sie aus dem Bad kam. Sie war in einen dicken Frotteemantel gehüllt, das Gesicht vom Dampf gerötet, die Haare fielen in feuchten Kringeln auf ihre Schultern. »Ich hoffe, es ist okay, dass ich das Zimmerservice bestellt habe. Ich bezahle es natürlich.«

»Bitte. Das geht in Ordnung.« Er leerte in einem Zug seine Tasse und fragte dann, versuchte seine übliche Ruhe zu bewahren: »Kennst du zufällig einen Mann namens Dror Tamid?«

»Doktor Tamid? Ja! Warte mal, kennst du ihn etwa auch? Er ist hier, weißt du. In Budapest.«

»Ich kenne ihn.« Er machte sich nicht die Mühe, zu verbergen, wie wenig Vergnügen ihm diese spezielle Bekanntschaft bereitete. »Woher kennst du ihn?«

»Er war Gastprofessor in Brandeis, als ich an der Highschool war. Ich habe sein Seminar über Eichmann und die Topografie der Auslöschung besucht.«

»Hast du Tamid von deiner Nachforschung erzählt, davon, dass du die Besitzerin des Anhängers suchst?«

Sie neigte den Kopf zur Seite und drückte das Wasser aus ihrem Haar. »Sicher. Er hat mir ja empfohlen, dass ich Mr. Elek hier in Budapest aufsuche, statt direkt nach Nagyvárad zu fahren.«

»Und hast du ihm auch erzählt, dass du dich mit mir treffen wirst?«

»Ich habe ihm neulich gemailt, als Mr. Elek mir von dir und deinem Gemälde erzählt hat.« Sie ließ das Handtuch sinken. »Bist du böse? Ist da etwas zwischen dir und Doktor Tamid?«

In den Jahren nach Amitais unglückseliger Teilnahme an der Rundreise »Höhepunkte des Holocaust« waren er und der Topograf der Auslöschung immer wieder einmal aufeinandergestoßen, niemals mit besonders positivem Ergebnis. Vor einigen Jahren war es Tamid sogar gelungen, einen von Amitais Deals zu durchkreuzen. Amitais Klientin in diesem Fall hatte ihre Jugendjahre als Konkubine und Galeerensklavin einer Gruppe von polnischen Partisanen verbracht, die sich der Aufgabe, die paar Juden auszulöschen, welche die Liquidation der Ghettos überlebt hatten, mit beinahe ebensolcher Inbrunst widmeten wie dem Kampf gegen die Deutschen. Nachdem Amitai acht Monate und beinahe zehntausend Dollar darauf verwendet hatte, die Sammlung mit Chagall-Zeichnungen aufzuspüren, die dem Vater dieser Frau gehört hatte, überredete Tamid, der über Amitais Investitionen genau Bescheid wusste, die Kinder dieser Frau, sie für geistig unzurechnungsfähig erklären zu lassen, wodurch ihr Vertrag mit Shasho & Sons hinfällig wurde. Amitai war dann gezwungen zuzusehen, wie die Früchte seiner Arbeit – wieder auf Betreiben Tamids – sofort an das Israel Museum in Jerusalem gespendet wurden, im Austausch gegen einen großen Steuernachlass für den ältesten Sohn seiner ehemaligen Klientin und die Ehre, ein Urinal im Museum mittels einer Gedenkplakette dem Vater der alten Frau gewidmet zu sehen. (Rückblickend gesehen hätte es auch eine Nische in einer Bibliothek oder eine Bank in der Vorhalle sein können, aber Amitai erinnerte sich lieber, dass Doktor Tamids Einmischung im Austausch seines Profits gegen einen Nachttopf geendet hatte.) Seines Wissens waren die bezaubernden und technisch interessanten Zeichnungen in das riesige Archiv des Museums verfrachtet und niemals gezeigt worden.

»Ich werde nicht böse«, sagte er.

Natalies Versuch, ihr Lächeln zu unterdrücken, diente nur dazu, ihn noch mehr zu ärgern, als ein echtes Grinsen es vermocht hätte. »Ich habe dich oder Komlós nicht namentlich erwähnt«, sagte sie. »Nur, dass Elek gesagt hatte, es gebe einen Kunsthändler, der wegen eines Bildes an meinem Medaillon interessiert sei. Aber ich nehme an, er hat geraten?«

»Kein Problem.«

»Sucht er auch nach Komlós' Bild?«

»Jeder, der auf diesem Gebiet Interessen hat, sucht nach Komlós' Gemälde. Aber noch einmal, es macht nichts.«

An diesem Punkt, an diesem letzten toten Punkt seiner Recherchen, hatte er nicht mehr als ein Flugzeugticket und die Kosten für ein paar Übernachtungen im Hotel Gellért investiert. Das Beste, was er tun konnte, war, seine Verluste abzuschreiben und abzureisen. Es gab andere Maler, andere Bilder. Es gab sogar andere Jobs. Einen Moment lang wiegte er sich in der Vorstellung, seinen Onkel zu bitten, er möge ihn in einem anderen Bereich seiner Firma einsetzen. Warum sollte er keine Immobilien verkaufen wie seine Cousins? Oder Elektronik?

Natalie sagte: »Nun, es macht offensichtlich doch etwas.«

Es gab andere Maler, andere Jobs, und auch andere Mädchen. Viele andere Mädchen.

Sie setzte sich auf einen Stuhl, zog die nackten Beine hoch unter den Frotteemantel und legte ihre Hände um eine Tasse Kaffee. Der Mantel rutschte ihr von der Schulter. Sogar in nassem Zustand fielen ihre wilden Locken malerisch über die rosa Haut.

Er sagte: »Komm, gehen wir auf den Burghügel. Ich weiß nicht genau, wann die Széchényi-Bibliothek mittags geschlossen hat.«

19

Amitai und Natalie benötigten in der Széchényi-Bibliothek nur ein paar Minuten, um herauszufinden, dass der Großteil dessen, was sie brauchten, online zu finden war, in einem Archiv, sorgfältig übersetzt und hochgeladen vom wissenschaftlichen Personal der New York Public Library.

»Ich habe tausend Dollar ausgegeben, um nach Budapest zu fliegen«, sagte Natalie ärgerlich, »und die Papiere, nach denen ich suche, sind einen Kilometer von meiner Wohnung entfernt.«

»Ich habe einmal auf der Suche nach einer Degas-Statue einen Monat in der Tschechischen Republik verbracht«, sagte Amitai. »Nur um dann herauszufinden, dass der Vater meines Klienten sie seiner schwangeren Geliebten geschenkt hatte, als er sie nach der Annexion des Sudetenlandes durch die Nazis nach Amerika schickte. Ich habe sie schließlich in einer Pappschachtel im Keller ihrer Tochter in Hackensack in New Jersey gefunden.«

»Wirklich?«, sagte Natalie. »Was hast du gemacht?«

»Ich habe die Halbschwestern zusammengebracht und den Verkauf organisiert.«

Das riesige Konvolut an Fotografien vom Frauenrechtlerinnenkongress, das von der New York Public Library archiviert worden war, enthielt Bilder von den Delegierten auf den Stufen des Parlaments, vom Budapester Bürgermeister, der die Teilnehmerinnen begrüßte, von Pfadfindern, die als Stadtführer fungierten, und zeigte auf einem Foto mit der Überschrift »Frau Rózsa Schwimmer und Kollegin in Frau Megyeris Villa in Budapest« eine korpulente, aber elegant gekleidete Dame mit einem tablettgroßen, straußenfederngeschmückten Hut; sie stand auf einer geschwungenen Marmortreppe zwischen zwei Marmorsäulen, auf denen zwei Cherub-Bogenschützen auf Zehenspitzen balancierten. Neben der berühmten Frauenrechtlerin stand, in einer plissierten Tunika über einem engen langen Rock ebenso elegant aussehend, die namenlose Kollegin; die Spitze ihrer federnbesetzten Toque reichte gerade bis zur Unterseite von Frau Schwimmers ansehnlichem Busen.

»Ach du Scheiße«, sagte Natalie. »Amitai, o mein Gott, sie ist es.«

»Möglich.«

»Das ist sie, hundertprozentig!«

Ihr Überschwang war bezaubernd und befremdlich zugleich. Amitai war daran gewöhnt, seine Geschäfte in einer Atmosphäre von wenn schon nicht Geheimhaltung, so doch Diskretion abzuwickeln. Er sah sich um. Sie saßen nebeneinander auf einem schmalen Sofa in der Halle des Gellért, auf dem Tischchen vor ihnen stand sein aufgeklappter Laptop. Der Kellner erhaschte seinen Blick und zwinkerte.

Sie klappte das Medaillon auf und hielt es vor den Schirm des Laptops, sah hin und zurück von dem winzigen Gesicht, das sich aus dem Pixelgemisch auf der eingescannten Fotografie abzeichnete, zu dem Miniaturporträt auf einem Stückchen zerkratzten und verblassten alten Fotopapiers. »Ich kann's nicht glauben, wir haben sie gefunden!«

»Madam«, sagte der Kellner, der mit einem kleinen Tellerchen mit Aprikosenkiflis neben Natalies Ellbogen aufgetaucht war.

»Danke«, sagte sie mit einem überschwänglichen Grinsen, ihr Entzücken über die Fotografie erfasste alles und alle in ihrer Umgebung.

»Ich weiß nicht«, sagte Amitai, als der Kellner wieder gegangen war.

»Okay, zuerst einmal: Du meinst also, am Internationalen Frauenstimmrechtskongress 1913 haben zwei hübsche Zwerginnen teilgenommen?«

»Vielleicht gab es eine ganze Zwerginnendelegation.«

»Das ist definitiv sie«, sagte Natalie. »Sie hat denselben unglaublichen Pompadour.«

»Wer ist also diese Schwimmer, deren ungenannte Kollegin unsere Dame ist?«

Eine rasche Suche ergab, dass Frau Rózsa Schwimmer eine der Organisatorinnen des Kongresses gewesen war. Sie war Redakteurin der ungarischen feministischen Zeitschrift *Die Frau*, Gründerin der ungarischen Frauenrechtsvereinigung und der Frauenfriedenspartei und ungarische Botschafterin in der Schweiz. 1921 war sie nach den Säuberungen gegen Juden in die Vereinigten Staaten geflohen. Es waren ihre Schriften, die der New York Public Library gestiftet worden waren und das Archiv geschaffen hatten, das sie nun durchsuchten.

»Sehen wir mal, was ich über die Frauenzeitschrift rausfinden kann«, meinte Natalie. »Vielleicht findet sich irgendein Hinweis auf Schwimmers Kollegin.« Sie klickte sich rasch durch einige Links. »Verdammt! Alles auf Ungarisch.«

»Vielleicht kann ich helfen?«

Sie sahen hoch und sahen den Kellner wartend neben ihnen stehen.

»Ich bin nicht nur Kellner, sondern auch Student. Ich habe einen Master in englischer Literatur und bewerbe mich derzeit für ein Graduiertenstudium in Amerika. Ich kann für Sie übersetzen.«

Nachdem er sich zuerst versichert hatte, dass ihn keine anderen Gäste benötigten, setzte sich der Kellner zu ihnen, nahm den Laptop und begann die Suche. Rasch stieß er auf einen Artikel in der Ausgabe von Frau Schwimmers Zeitschrift vom 16. Februar 1913 über einen Vortrag in der Männerliga für Frauenstimmrecht, bei dem ein Fräulein Gizella Weisz, beschrieben als »Frau Rózsa Schwimmers winzige und talentierte junge Sekretärin«, im Namen ihrer Chefin ein Schreiben präsentierte, in dem die Bemühungen der Männerliga gelobt wurden, gegen die Verschleppung junger ungarischer Mädchen nach Russland und in die Türkei zum Zwecke der Sexsklaverei vorzugehen.

»Das muss sie sein«, sagte Natalie. »Warum sonst die Anspielung auf ihre Größe?«

»Gizella Weisz«, sagte Amitai. Konnte es sein, dass er endlich dem Bild näher kam, das ihn seit so langer Zeit beschäftigte? Nein, erinnerte er sich streng, es war immer noch möglich, dass es einfach so wie der Rest der Ladung des Goldzugs verschwunden war.

»Das ist sie«, sagte Natalie und blickte auf das Bild in

ihrem Medaillon nieder. »Sie hat ein wunderhübsches Gesicht.«

»Sie ist schön«, stimmte Amitai zu. »Und wer ist die ebenso schöne Frau neben ihr?«

An diesem Punkt sah sich Krisztián, ihr Kellner-plus-Übersetzer, gezwungen, sie zu verlassen, um eine Gruppe japanischer Touristen zu bedienen. Die beiden fuhren fort, das NYPL-Fotoarchiv zu durchforsten, durchsuchten Hunderte eingescannte Aufnahmen nach der anderen jungen Frau, der gertenschlanken mit den blonden Haaren und der vollen Unterlippe. Obwohl sie kein Foto fanden, das eindeutig sie zeigte, fanden sie eines von einer Gruppe junger Frauen, die an langen Stangen Tafeln hielten, jede mit dem Namen einer Sprache beschriftet. Über ihren weißen Kleidern trugen sie helle Staubmäntel, quer über die Brust Schärpen und auf dem Kopf etwas, das nach weißen Matrosenmützen aussah. Die junge Frau mit der Tafel, auf der DEUTSCH stand, musste sich bewegt haben, als der Film belichtet worden war, denn ihr Gesicht war unscharf. Ihr Haar war unter die Matrosenmütze gesteckt, sodass man seine Farbe nicht erkennen konnte, aber trotzdem beharrte Natalie, dass sie der Fotografie im Medaillon ähnlich sehe.

»Möglich« war das Äußerste, das Amitai zuzugestehen bereit war. Obwohl er nolens volens von Natalies Enthusiasmus angesteckt war, versuchte er ruhig zu bleiben. In Geschäften nützte es nie, sich zu Schlüssen hinreißen, Optimismus und Enthusiasmus über Vorsicht und Skepsis den Sieg davontragen zu lassen.

Leider stand bei dem Foto nur »Pagen auf Kong., 1913«, es gab keine weiteren Namenshinweise und nirgendwo im Register der archivierten Dokumente eine Liste mit den Namen der jungen Frauen, die als Kongresspagen fungiert hatten.

Krisztián kam zurück und streifte die Schürze ab, während er den Raum durchquerte. »Mein Dienst ist zu Ende«, sagte er und rückte einen Stuhl heran. »Vielleicht kann ich Ihnen noch weiterhelfen?«

»Sie sind so hilfsbereit, Krisztián«, sagte Natalie. »Wie können wir uns revanchieren?«

Krisztián schien über die Frage nachzudenken.

»Wie wär's mit Geld?«, schlug er vor.

Amitai handelte rasch einen fairen Preis für Krisztiáns Zeit aus. Dann wies er den jungen Mann an, die Online-Archive der diversen Budapester Tageszeitungen aus jener Zeit durchzusehen und nach Hinweisen auf Fräulein Gizella Weisz zu suchen.

In einer Zeitschrift namens *Magyar Genius* fanden sie einen Artikel aus dem Jahr 1913, eine Gesellschaftskolumne, die berichtete, dass Gizella Weisz, ein »Zwergenmädchen«, in Begleitung von Frau Schwimmer eine Aufführung des Stücks »Die gelbe Lilie« im Königlichen Theater besucht habe.

Krisztián änderte den Suchbegriff auf »Zwergenmädchen« und fand einen zweiten Treffer in einer Zeitung namens *Magyarság*, Ausgabe vom 15. August 1913. Es war eine Titelgeschichte in ziemlich reißerischem Ton, in der berichtet wurde, am Abend zuvor habe eine Bande ausländischer Rohlinge, darunter eine Zwergin, während einer Aufführung von Sándor Szeghős einaktiger Oper »Báthory Erzsébet« die Königsloge im Budapester Opernhaus gestürmt. Gott sei Dank, schrieb der Verfasser, sei der König selbst abwesend gewesen, allerdings sei während des Tumults ein Mitglied der königlichen Garde verletzt worden.

Das waren damals wichtige Nachrichten, sie standen in allen Blättern, die Krisztián durchsuchte. »Laut den rechtsgerichteten Zeitungen«, erklärte er, »fielen Schüsse, aus der Loge wurde ein Banner mit der Forderung nach dem allgemeinen Wahlrecht entrollt, und die Verschwörer ließen auf das Publikum Flugblätter herabregnen, die die Ermordung Franz Josephs und die Umverteilung des Reichtums verlangten. Die linken Blätter beschreiben es etwas anders. Über das Banner sind sie sich einig, aber sie erwähnen keine Schüsse. Eines gibt das Pamphlet wieder, in dem nichts über eine Ermordung des Königs steht. Es heißt darin nur, die Monarchie solle einer Regierung der Arbeiter Platz machen.«

»Das muss Gizella sein«, sagte Natalie. »Was sagen die Artikel über sie? Was genau hat sie getan?«

»Sehen Sie hier?« Er wies auf den Bildschirm, auf dem eine Zeitungsseite aufschien. »Diese Zeitung ist, wie nennen Sie das? Ein Skandalblatt? Es schreibt über Liebesaffären und Scheidungen. Solche Sachen.«

»Ein Boulevardblatt?«, fragte Natalie.

»Ja, genau. Die Überschrift lautet: ›Bolschewiken-Zwergin und Verschwörer verwüsten die Oper!‹ Es heißt hier, sie habe ihre geschlechtlichen Abartigkeiten eingesetzt, um die Wachen abzulenken.«

»Welche geschlechtlichen Abartigkeiten?«

Pflichtschuldig scrollte Krisztián durch den Rest des Artikels und suchte mit der Miene eines Biologen, der Fruchtfliegen zählt, nach lasziven Details.

»Steht nichts da«, sagte er schließlich.

Amitai sagte: »Ich kann mir vorstellen, dass 1913 schon der Hinweis auf irgendetwas Sexuelles bei einer Zwergin als pervers gegolten hätte.«

Krisztián sagte: »Nur in dieser Zeitung ist von Perversion die Rede. Die anderen bezeichnen sie bloß als Verschwörerin. Sie erwähnen nichts von Sex.«

Natalie sagte: »Also, diese Geschichte mit der sexuellen Abartigkeit bedeutet einfach, dass das Blättchen ein bisschen dramatisiert hat?«

»Möglich.«

Amitai sagte: »Stellen wir uns mal vor, was mit Gizella geschehen ist, falls es sie ist, nachdem sie und die anderen verhaftet wurden. Ich nehme an, sie kamen ins Gefängnis? Wurden sie hingerichtet?«

Krisztián suchte weiter. Nach einigen Minuten sagte er: »Okay, ja, da gibt es Informationen, dass die anderen Verschwörer nach einem großen Prozess zu Zwangsarbeit verurteilt wurden. Mächtiges Aufsehen, es wurde sogar in anderen Ländern berichtet. Aber über die Zwergin sehe ich nichts. Es ist, als wäre sie aus dem Fall verschwunden.«

Amitai sagte: »Schwimmer hatte politisch etwas zu sagen. Da gab es doch dieses Bild von ihr mit dem Budapester Bürgermeister, erinnert ihr euch? Und später wurde sie Botschafterin. Sie muss ihren Einfluss ausgenutzt haben, um Gizella loszueisen.«

»Vielleicht hat der Richter einfach nicht glauben wollen, dass dieses Zwergenmädchen so kriminell sein soll«, sagte Krisztián.

»Nennen Sie sie nicht so«, sagte Natalie. »Zwergenmädchen.«

»Warum nicht?«, fragte Amitai. »Du hast es ja auch getan.«

»Ich weiß, aber es ist beleidigend. Wir sollten sie nicht Zwergin nennen. Sie war eine kleine Person.«

»Nein, ich bin mir ganz sicher, dass sie eine Zwergin war«, sagte Amitai. »Man sieht es auf ihrem Bild, ihre Proportionen sind nicht normal.«

»Ich weiß. Ich meine, ja, sie war zwergwüchsig. Aber ich bin mir ziemlich sicher, dass wir Leute mit Zwergwuchs jetzt ›kleine Menschen‹ nennen sollten.«

Amitai sagte: »Glaubst du, ›kleiner Mensch‹ sei weniger beleidigend als ›Zwerg‹?«

»Es geht nicht darum, was ich denke. So nennen sie sich selber.«

»Diese bestimmte Zwergin ist seit langer Zeit tot. Ich glaube, dass sie wahrscheinlich zu Lebzeiten froh war, Zwergin genannt zu werden und nicht irgendetwas Hässliches.«

Während sie diskutierten, hatte Krisztián unentwegt weitergesucht und nur gelegentlich innegehalten, um sich eine Strähne seines Haars aus den Augen zu blasen.

Krisztián sagte: »Gizella Weisz' Familie nannte sich ›Liliputaner‹. Ich meine, ich glaube, das ist ihre Familie. In den Artikeln heißt es, das Zwer...« Er stockte und fuhr fort: »Die kleine Person ... das Mädchen ...«

Amitai lachte.

Krisztián errötete, fuhr aber fort. »Die kleine Dame war aus Transsylvanien, also, sehen Sie, ich suche nach Zwerginnen namens Weisz aus Siebenbürgen, und da ist eine ganze Familie von ihnen aus Tasnad.«

»Siebenbürgen!«, sagte Natalie. »Ist Tasnad in der Nähe von Nagyvárad?«

»Ich weiß nicht. Eine Stunde vielleicht? Zwei Stunden?«, sagte Krisztián. »Siebenbürgen ist groß. Die Familie Weisz, das waren Sänger und Artisten.«

»Zwergartisten?«, fragte Natalie.

»Kleinemenschenartisten«, sagte Amitai.

Krisztián sagte: »Sie hatten eine Familientruppe.«

»Wie ein Zirkus?«, fragte Amitai.

»An manchen Orten nennt man sie Zirkus, aber ich glaube, weniger Zirkus als Varietékünstler, sehen Sie. Singen, tanzen. Witze.«

»Vaudeville«, sagte Natalie. »Gizellas Verwandte waren Vaudevillekünstler.«

Amitai lachte. »Als du dich entschlossen hast, die Besitzerin deiner Halskette zu finden, hättest du gedacht, dass sie eine radikalsozialistische zwergwüchsige Zirkuskünstlerin sein würde? Oder, um genauer zu sein, die Freundin einer radikalsozialistischen zwergwüchsigen Zirkuskünstlerin.«

Natalie ignorierte ihn. »Also stammte Gizella aus Rumänien? Sie war keine Ungarin?«

Krisztián sagte: »Dieser Teil von Siebenbürgen ist hin und her gegangen. Vor dem Ersten Weltkrieg ist es Ungarn. Nachher ist es Rumänien. Dann ist es wieder Ungarn; jetzt ist es Rumänien. Es gibt jetzt Leute in Ungarn, Sie kennen Jobbik? Die faschistische Partei? Sie wollen es zurück. Weil alles das altes ungarisches Königreich ist.«

Amitai schien es, als klinge Krisztián den Besitzansprüchen der Partei, die er als faschistisch bezeichnet hatte, nicht ganz abgeneigt.

Eine lange Nacht, das Gesicht in das Geröll eines libanesischen Berghangs gepresst, seine Kleider von Blut durchtränkt – seinem eigenen und dem der zerfleischten jungen Männer neben ihm –, hatte Amitai vom menschlichen Fetisch des Heimatlandes kuriert. Welcher Reflex oder Impuls auch immer einen Mann dazu brachte, solche Dinge wichtig genug zu nehmen, um zu wählen oder zu demonstrieren, die Waffe in die Hand zu nehmen und zu sterben, war in ihm so gründlich ausgelöscht worden, wie die Juden in Osteuropa ausgelöscht worden waren. Jetzt verlangte es ihn nur noch nach der Anonymität des Immigranten, danach, ein Mann mit einem vagen Akzent in einer Stadt voller vager Akzente zu sein.

Natalie sagte: »Aber Gizella muss Ungarin gewesen sein, nicht? Würden sonst die Zeitungen nicht erwähnt haben, dass sie Rumänin ist?«

»Nun, es scheint, dass sie Jüdin war«, sagte Krisztián.

»Aber eine ungarische Jüdin oder eine rumänische Jüdin?«, beharrte Natalie.

Krisztián sagte: »Wie gesagt, Teile von Siebenbürgen sind manchmal ungarisch, manchmal rumänisch. Aber Gizella ist immer nur Jüdin, nicht wahr?«

Es war die Beiläufigkeit seines Tons, die Amitai und Natalie kalt erwischte, der Satz, der so dahingesprochen wurde, ohne seine Bedeutung oder Kraft zu erkennen. *Immer nur Jüdin*. Natalie blickte weg, eine Röte kroch ihr den Nacken hinauf, als müsse sie sich irgendwie schämen, nicht vor Krisztián, dachte Amitai, aber vor sich selbst.

Brüsk sagte Amitai: »Die Familie Weisz sprach möglicherweise Ungarisch, Rumänisch, Russisch, Deutsch und Jiddisch. Aber ich bin mir sicher, dass sie sich als Ungarn betrachteten, so wie die meisten siebenbürgischen Juden damals.« Er ignorierte Krisztiáns skeptischen Blick und forderte ihn auf, weiter in den ungarischen Zeitungsarchiven zu suchen. Während Krisztián am Werk war, rutschte Amitai näher zu Natalie und legte ihr beiläufig einen Arm um die Schulter. Sie schenkte ihm ein dankbares Lächeln.

»Es gab sieben Geschwister Weisz«, sagte Krisztián, »alle Zwerge.«

»Das scheint beinahe zu perfekt«, sagte Natalie.

Von diesen sieben Zwergen waren fünf Mädchen, teilte Krisztián mit. Die zwei älteren Liliputaner-Schwestern spielten Geige, eine der jüngeren Trommel, eine weitere ein Cello von halber Größe. Die Brüder spielten auf winzigen Akkordeons und das jüngste Mädchen auf einer rosa Miniaturgitarre.

»Und Gizella?«, fragte Amitai. »Was hat sie gespielt?«

»Das da stammt aus der Zeitung *Debreceni Független Újság*«, sagte Krisztián. »Vom 16. November 1933.« Die Annonce kündigte den Auftritt der Liliputaner im Csokonai-Theater in Debrecen an. Es gab ein kleines Foto der Truppe, jeder hielt sein Instrument.

»Ist das sie?«, fragte Krisztián und deutete auf eine kleine Frau, die neben einem Miniatur-Zimbal stand, einen Klöppel in der Hand.

Natalie ließ ihr Medaillon aufschnappen und verglich die Fotos. »Kann ich nicht sagen«, meinte sie. »Sie sehen alle so gleich aus.«

Die fünf Frauen, obwohl im Alter höchst unterschiedlich, wirkten auffallend ähnlich. Sie hatten breite Lippen, so dunkelrot geschminkt, dass sie auf dem alten Zeitungsdruck schwarz wirkten, dichte Brauen und vorspringende Backenknochen. Ihre Nasen waren lang und schmal, an den Nüstern leicht gebläht. Drei trugen das dunkle Haar hochgesteckt, eine einen Pagenschnitt. Sie waren exotisch und auffallend, ja schön.

Krisztián sagte: »Laut diesem Artikel war Gizella die dritte Schwester. Bluma, die Älteste, wurde 1886 geboren, Franziska einige Zeit danach. Dann Gizella. Die Zeitungsberichte vom Vorfall in der Oper geben an, sie sei zwanzig gewesen, falls es wirklich Gizella war, und das scheint so zu sein, sie wurde 1893 geboren. Also war sie 1933 um die vierzig, zur Zeit der Vorstellung, die hier angekündigt ist.«

»Die Frau auf dem Foto sieht nicht aus wie vierzig«, sagte Natalie.

Amitai sagte: »Die Geigerinnen Bluma und Franziska wären ungefähr siebenundvierzig und fünfundvierzig Jahre alt gewesen, als dieses Bild aufgenommen wurde, aber auch sie sehen viel jünger aus.«

Krisztián sagte: »Die Frau an den Trommeln und die Frau mit der Gitarre wirken weit jünger als die anderen, das sind also Judith und Gitl. Bleibt nur die am Zimbal. Die mit dem kurzen Haar. Das muss Gizella sein. Vielleicht ist es ein altes Foto? Oder vielleicht sehen sie bloß jung aus? Die ungarischen Frauen sind sehr schön, sogar die alten.« Aus dem

Augenwinkel sah er zu Amitai hinüber, als wolle er sich versichern, dass der Israeli bemerkt hatte, wie er Gizella und ihren Schwestern eine Nationalität zugestanden hatte. Amitai fragte sich, ob Krisztián, hätte es ihre vorherige Diskussion nicht gegeben, die Schönheit der Jüdinnen gepriesen hätte, die, so hatte man ihm bei seinen Besuchen in Ungarn immer wieder gesagt, berühmt sei.

Amitai fragte: »Gibt es in der Anzeige irgendwelche näheren Angaben über die Vorstellung?«

»Die weltberühmte Liliputanertruppe, die vor Kaisern und Königen aufgetreten ist, präsentiert ein Programm mit Liebesliedern und populären Weisen«, zitierte Krisztián.

»Königen und Kaisern?«, fragte Amitai.

Krisztián lächelte. »Eine Übertreibung, denke ich. In Ungarn nannten wir Franz Joseph niemals Kaiser. Ungarn war ein selbständiges Königreich, und deshalb nannten wir ihn König.«

»Sie haben sehr gute Arbeit geleistet, Krisztián«, sagte Amitai. »Sie sind ein noch besserer Forschungsassistent als Kellner.«

»Geben Amerikaner ihren Forschungsassistenten Trinkgeld wie den Kellnern?«

»Möglich. Aber ich bin Israeli, kein Amerikaner«, sagte Amitai und gab dem jungen Mann die Summe, auf die sie sich geeinigt hatten. Und dann, einen Moment später, die zusätzlichen zwanzig Euro, die er ohnehin hatte dazulegen wollen.

20

Mit einer zweiten gemeinsam verbrachten Nacht machten Amitai und Natalie aus einem One-Night-Stand etwas anderes, etwas Ungewöhnliches in seinem Leben nach der Scheidung. Er war nur selten mehr als einmal mit derselben Frau zusammen gewesen, und niemals zwei Nächte hintereinander. Aber er hatte nicht gewollt, dass Natalie das Hotel verließ, nachdem sie mit Krisztián fertig waren, hatte sie gedrängt, mit hinaufzukommen, um ihren erfolgreichen Tag zu feiern. Sie war so voller Verlangen gewesen wie er, und am nächsten Morgen merkte er, dass er sich nicht einmal nach der Einsamkeit des Schwimmbeckens sehnte. Im Lift hakte sie ihre Finger in seine. Er hatte es gehasst, wenn Jessica das tat. Seine Hand hatte immer sofort unruhig zu zucken begonnen, sie wollte sich losmachen. Aber jetzt genoss er es, Natalies kühle, glatte Finger in seiner Hand zu spüren, und ließ erst los, als er die Tür des Taxis für sie öffnen musste.

Krisztián hatte zugestimmt, sie in der Bibliothek des Justizministeriums zu treffen. Ohne seinen Kellnerfrack sah er viel jünger aus, und er hatte diesen Eindruck noch unterstrichen, indem er sich Gel in die Haare geknetet und sie derart gestylt hatte, dass es eher nach der Haut eines Stachelschweins als nach einer Frisur aussah. In der Bibliothek händigte ihnen eine junge Bibliothekarin, die aufgrund des netten Zufalls, denselben Vornamen zu tragen wie Natalie, ein besonders freundliches Entgegenkommen zeigte, ein dickes Dossier aus, das offizielle Protokoll des Prozesses gegen die Opernverschwörer. Die ungarische Natalia half Krisztián, die Dokumente zu durchforsten, und sie war es auch, die den Brief aus dem Büro des Staatsanwalts an den Richter fand, in dem dieser informiert wurde, man habe die

Entscheidung getroffen, ein »Zwergenmädchen« namens Gizella Weisz wegen ihrer Verwicklung in die Affäre nicht strafrechtlich zu verfolgen.

Krisztián sagte: »War das, weil sie – wie sagen Sie? – zurückgeblieben war?«

Die ungarische Natalia korrigierte ihn: »Ein geistiger Defekt.«

Gizella Weisz, Sekretärin der berühmtesten ungarischen Frauenrechtlerin jener Zeit, wurde im Brief des Staatsanwalts als »körperlich wie geistig eingeschränkt« beschrieben, eine Frau »mit der Gestalt und dem Geist eines Kindes«.

»Sie haben tatsächlich gesagt, sie sei geistig zurückgeblieben?«, fragte Natalie entsetzt.

Natalia sagte: »Ja. Der Staatsanwalt sagt, Gizella ist unzurechnungsfähig, weil geistig zurückgeblieben. Er schreibt, er wird sie freilassen, aber unter der Bedingung, dass sie geht zu Familie in Siebenbürgen. Sie wird wie ein Kind, nicht wahr? Sie muss mit ihrer Familie leben, und wenn nicht mit ihrer Familie, dann in einer Einrichtung.«

»Also haben sie ihr im Grunde ihr Recht auf Selbstbestimmung genommen?«

Krisztián und die Bibliothekarin warfen einander einen Blick zu, keiner wusste, was sie meinte, nur dass diese Information sie wütend machte.

Amitai sagte: »Sie war offenkundig nicht zurückgeblieben, oder sie hätte nicht Frau Schwimmers Sekretärin werden können. Also hat der Staatsanwalt getan, was er konnte, um ihre Freilassung zu rechtfertigen. Eigentlich hatte sie großes Glück. Die anderen wurden zu jahrelanger schwerer Zwangsarbeit verurteilt. Mit ihren körperlichen Einschränkungen wäre sie daran gestorben. Frau Schwimmer muss interveniert haben, um ihr Leben zu retten.«

»Wir sollten nach einer Verbindung suchen, vielleicht zwischen dem Staatsanwalt und Frau Schwimmer«, sagte Krisztián. »Er heißt Einhorn Ignác. Also ein Jude, richtig? Wie Gizella und wie Schwimmer. Vielleicht kennen sie sich alle. Vielleicht gehen sie gemeinsam in die Synagoge!«

Natalia versetzte Krisztián einen Schlag auf den Arm und ließ einen Schwall aufgebrachtes Ungarisch los, auf den der junge Mann mit einer Stimme antwortete, die ehrlich verwirrt klang. Nach einem kurzen Wortwechsel wandte er sich an Natalie und Amitai und sagte: »Es tut mir sehr leid, wenn ich wie ein Antisemit klinge, denn ich bin keiner. Ich bin bloß, sagt Miss Natalia, ein Idiot, und ich habe nicht gewusst, dass es in Budapest sehr viele Juden gab, und nur weil einer ein Jude ist, nicht alle anderen Juden kennt. Obwohl, wenn ich das sagen darf, die Hausmeisterin meiner Mutter ist Jüdin, und sie ist auch mit meinem Kommilitonen an der Uni verwandt, also kennen sich die einzigen zwei Juden, die ich kenne. Aber ich entschuldige mich noch einmal, da Miss Natalia darauf besteht, dass ich Ihnen sagen soll, ich bin ein Idiot.«

Er warf Natalia einen fragenden Blick zu, wie er sich geschlagen habe. Sie nickte befriedigt.

»Nein, das ist gut gedacht«, sagte Natalie. »Es kann nicht schaden, sich die Verbindung näher anzusehen.«

»Aber warum?«, fragte Amitai. »Wozu? Wir suchen nach der anderen Dame, erinnerst du dich? Und wir wissen, dass sie nicht Frau Schwimmer ist. Offensichtlich ist sie auch nicht der Staatsanwalt. Dieser Staatsanwalt ist jedenfalls nur ein Faktotum. Frau Schwimmer hatte wichtige Freunde in der Regierung, die sich darum kümmerten, dass dieses Dokument zu Gizellas Gunsten eingereicht wurde.«

Natalie stieß ihren Stuhl zurück, faltete die Arme über der Brust und funkelte ihn an wie ein zorniges Kind. »Nun, was möchtest du dann tun? Ich hab nämlich keine Ahnung, wo wir als Nächstes suchen sollen.«

Amitai rieb sich die Stirn. Natalie wollte unbedingt die Frau auf dem Bild finden, noch dringender aber wollte er das Gemälde aufspüren. Schließlich suchte er schon seit Jahren, Natalie hingegen erst seit Tagen. Aber er machte solche Arbeit seit langem und kannte die Verführungskraft faszinierender Geschichten und spannender Hinweise, von denen die meisten sich als wertlos herausstellten. Wenn man herausgefunden hatte, dass Natalies Anhänger aus dem Goldzug stammte, hätte die vernünftigste Vorgangsweise darin bestanden, sich sofort eine Niederlage einzugestehen. Falls der Besitz der Frau konfisziert worden und im Zug gelandet war, dann war er verschwunden. Und doch war er nicht gegangen. Aus Hoffnung vielleicht, oder aus Neugier über und Anziehung durch Natalie, er konnte es nicht sagen. Trotzdem, er war ein Profi und sollte seine Zeit nicht vergeuden.

»Vielleicht bin ich doch nicht so sehr ein Fan hoffnungsloser Fälle, wie du gehofft hattest«, sagte er.

Natalia, die ungarische Beamtin, unterbrach. »Ich bringe Ihnen den Akt von Einhorn Ignác, ja? Sie suchen. Vielleicht Sie da etwas finden.«

Mehr aus Höflichkeit, als weil er Natalies naive Hoffnungen teilte, stimmte Amitai zu. Und so musste er eine Stunde später eine bittere Pille schlucken, wenn auch nur eine kleine.

Natalia übersetzte den letzten Eintrag in Einhorns Akt. »Aufgrund des zweiten Judengesetzes 1939 aus der Staatsanwaltschaft entlassen. Mit seiner Familie in seinen Geburtsort Nagyvárad verzogen!«

»Nagyvárad!«, sagte Natalie triumphierend.

Sie war Feuer und Flamme, wollte sofort zusammenpacken und auf der Stelle nach Nagyvárad aufbrechen, aber

Amitai überzeugte sie, dass es besser sei, zuerst die Jüdische Bibliothek in der Synagoge in der Dohány utca zu konsultieren. Er hatte schon früher in Rumänien gearbeitet und dort Informationen gesucht; die ungarische Jüdische Bibliothek konnte man zwar kaum ein Beispiel guter Organisation nennen, doch war sie noch immer besser als alles, was er im Nachbarland vorgefunden hatte. Zudem besaß die Archivarin, Anikó Vázsonyi, ein bewundernswertes Gedächtnis und hatte ihn in der Vergangenheit oft mit ihrer Fähigkeit überrascht, unter wackeligen Stapeln mit muffigen Büchern und Akten entscheidende Beweise herauszuziehen.

Allerdings war es Freitagabend, und Frau Vázsonyi hielt die Sabbatruhe ein. Als Amitai anrief, informierte ihn das Tonband fröhlich, dass sie erst am Montag wieder da sein werde.

»Was sollen wir dann tun?«, fragte Natalie.

Sie hatten der Bibliothekarin gedankt, ihr ein gutes Trinkgeld gegeben, hatten Krisztián entlassen, der zu seiner Schicht ins Hotel zurückmusste, und standen nun verlegen am Taxistand.

»Wir müssen warten«, sagte Amitai.

»Okay.« Natalie fummelte in ihrer Tasche herum und zog ihre Geldbörse heraus. »Ich sollte wohl in mein Hotel zurück.«

Er nickte. Dann: »Ist es nett, dein Hotel?«

»Ganz in Ordnung. Nicht so wie deines.«

»Das Gellért ist sehr nett. Besonders das Schwimmbad.«

»Ich gehe jetzt wohl besser.«

»Schwimmst du gerne?«

»Ob ich gerne schwimme?«

»Sag ich ja. Das Schwimmbad ist sehr schön. Wenn du gerne schwimmst, könntest du es im Gellért tun.«

»Jetzt?«, fragte sie. »Du möchtest jetzt schwimmen gehen?«

»Ich schwimme normalerweise am Morgen. Aber ich nehme an, wir könnten jetzt schwimmen, wenn wir wollen. Es gibt auch Mineralbäder. Zum Rumliegen.«

»Amitai, was fragst du mich denn?«

Was fragte er sie? Nicht, ob sie mit ihm schwimmen gehen wollte, so gerne er das auch tat.

»Wenn dein Hotelzimmer nicht so nett ist, könntest du bei mir im Gellért bleiben«, sagte er.

»Du möchtest, dass ich bei dir bleibe, weil mein Hotel eine Absteige ist?«, spöttelte sie. »Deshalb?«

»Ja. Ich meine, ich hätte gern, dass du bei mir bist. Wenn du möchtest. Aber wenn nicht, kein Problem.«

»Kein Problem«, sagte sie lachend.

Er sah zum Himmel hoch. Das ständige Nieseln kühlte seine brennenden Wangen.

»Ja, Amitai«, sagte sie. »Ich würde sehr gerne bei dir sein. In deinem großen, tollen Hotel.«

»Exzellent«, sagte er. Er hob den Arm und winkte mit einer kurzen Geste das erste Taxi in der Reihe herbei.

21

Nachdem sie Natalies Sachen geholt und in ihrem tatsächlich schäbigen Hotel ausgecheckt hatten, gingen sie durch das Portal des Gellért und sahen Dror Tamid auf einem Sofa in der Halle sitzen und erregt mit Péter Elek debattieren. Nach ihrer zufälligen Begegnung im Schwimmbad hatte Amitai am Vormittag überlegt, das Hotel zu wechseln. Aber das Gellért-Bad hätte ihm zu sehr gefehlt, und was noch wichtiger war, sein Stolz erlaubte es nicht, sich vertreiben zu lassen. Nun lotste er Natalie rasch durch die Halle, in der vergeblichen Hoffnung, dass man sie nicht bemerken würde.

»Amitai Shasho!«, rief Tamid auf Englisch. »Sie sind immer noch in Budapest.«

»Eine klassische Tamid-Erkenntnis.«

Tamid zwinkerte, kämpfte gegen seine angeborene Ironietaubheit.

»Und mit meiner bezaubernden Ex-Studentin, Natalie! Wie geht es Ihnen?«

»Gut, Doktor Tamid«, sagte sie und blickte rasch zu Amitai.

»Unser Freund Shasho bringt Sie doch nicht in Schwierigkeiten, hoffe ich?«

»Im Gegenteil«, sagte Amitai. »Es ist genau andersherum.«

Er nickte Elek zu und wandte sich ab, um die Kuppelhalle Richtung Lift zu durchqueren, aber Tamid hob die Hand.

»Sie kennen ja sicher Péter Elek.«

Eleks Lächeln schien Amitai etwas verlegen.

Tamid fuhr fort: »Elek, Sie sollten mit unserem Freund Amitai streiten, nicht mit mir.«

Natalie wandte sich an den Ungarn. »Warum sollte Amitai mit Ihnen streiten, Mr. Elek?«

»Das sollte er sicherlich nicht«, sagte Elek.

Tamid, der sich nicht die Mühe gemacht hatte, aufzustehen, sagte: »Elek und ich haben darüber debattiert, wie mit der Sammlung Herzog richtig umgegangen werden soll. Wissen Sie etwas davon, Natalie? Sie wurde Anfang des letzten Jahrhunderts von einem sehr reichen Mann, einem Budapester Juden, zusammengetragen, Baron Mór Lipót Herzog. Eben jetzt ist sie Gegenstand eines umfangreichen und bedeutenden Rechtsstreits, der ein kleines diplomatisches Scharmützel zwischen den Ungarn und den Amerikanern hervorgerufen hat. Und auch ein diplomatisches Scharmützel zwischen mir und meinem Freund hier.«

Elek lächelte wieder, er tat so, dachte Amitai, als wäre er nicht beleidigt. »Kommen Sie, Doktor Tamid«, sagte Elek. »Es gibt kein Scharmützel zwischen uns. Ich bedaure nur, dass noch mehr ungarische Kunstschätze in den Westen gehen. Unser Land hat bereits genug von seinem künstlerischen Erbe verloren. Zuerst in der Wirtschaftskrise der dreißiger Jahre, als so viele Sammler zu verkaufen gezwungen waren und so wenige Budapester kaufen konnten. Und dann wieder im Krieg, als zuerst die Nazis und dann die Sowjets Museen wie Privatsammlungen ausplünderten.«

Amitai blickte seinen Freund erstaunt an, der ihm jahrelang geholfen hatte, so viele Stücke aus dem künstlerischen Vermächtnis seines Landes zu holen. Spielte sich Elek wegen Tamid so auf, oder gestand er sich plötzlich eine bisher uneingestandene Abwehr gegenüber genau der Arbeit ein, die Amitai leistete?

Wie als Antwort auf eine nicht gestellte Frage sagte Elek: »Es geht hier nicht um einige wenige Edelsteine oder eine Sammlung mit wertvollen Münzen oder Briefmarken oder sogar um ein einzelnes Bild. Die Sammlung von Baron Herzog ist eine der letzten großen Kollektionen, die noch in Ungarn verblieben sind. Wenn die Familie in diesem Rechtsstreit Erfolg hat, wird auch sie für uns verloren sein.«

Tamid sagte: »Baron Herzogs Sammlung wurde von den Pfeilkreuzlern gestohlen, von denselben Verbrechern, die seinen Sohn ermordet und den Rest seiner Familie vertrieben haben. Hat seine Familie kein Recht auf die Rückgabe seines Vermögens?«

Amitai zupfte sachte an Natalies Arm, drängte sie zum Gehen, aber sie wehrte sich. Wie es schien, war sie an der

Debatte interessiert. Er hatte ihren Koffer getragen und stellte ihn nun mit einem Seufzer ab.

Elek sagte: »Wie ich Ihnen schon gesagt habe, Doktor Tamid, in diesem Punkt sind wir beide einer Meinung. Wie Sie finde ich es empörend, daß Herzogs El Grecos in unseren Kunstmuseen hängen, ohne dass auf ihre Herkunft hingewiesen wird. Und anders als unsere Regierung halte ich eine Restitution für angemessen. Aber darf ich denn nicht den Verlust für mein Land betrauern? Zuerst wurden wir von den Nazis vergewaltigt, dann von den Sowjets …«

»Es ist keine Vergewaltigung, wenn die Frau einverstanden ist«, sagte Tamid. »Sie und ich, wir wissen beide, wie Ungarn für Hitler die Beine breit gemacht hat. Ihr habt euch wie eine moldauische Nutte für Eichmann vornübergebeugt und dabei noch gegrinst.«

Amitai spürte, wie Natalie neben ihm erstarrte. Leise sagte er auf Hebräisch: »Das reicht, Dror.«

Auf Englisch fauchte Tamid: »Warum reicht es? Wenn es um uns geht, reicht es immer, aber zu denen sagt niemand, es reicht.«

»Es reicht«, sagte Amitai auf Englisch, »weil Elek Jude ist.«

Wie erstaunlich viele Budapester – wie Budapest selbst – verbarg Péter Elek eine jüdische Geschichte, eine geheime Erzählung, die nicht in sein Gesicht, eine Anordnung von slawisch anmutenden Flächen und Winkeln, sondern in die kleine Statur eingeschrieben stand, die ihn kaum bis zu Amitais Kinn reichen ließ. Als Jude, der in Pest aufgewachsen war, nur wenige Häuserblocks von der großen Synagoge in der Dohány utca entfernt, hatte er den Krieg überlebt, weil es seiner Mutter gelungen war, falsche Dokumente für sich und ihren Sohn zu beschaffen. Sie hatte eine Wohnung in einer nichtjüdischen Gegend in Buda genommen, wo sie als anständige ungarische Katholikin auftrat. Aber anders als seine Mutter trug der Sohn zwischen seinen Beinen den Beweis, der sie beide verraten konnte. Seine Mutter hatte Angst, ihn die Sicherheit der Wohnung verlassen zu lassen, nicht einmal in die Schule. Also hatte er zweieinhalb Jahre lang die Rolle eines ans Bett gefesselten Invaliden gespielt. Elek schrieb seine geringe Körpergröße diesen Jahren zu. Einmal erzählte er Amitai: »Ich ging als zehnjähriger Junge zu Bett, und ein Zehnjähriger bin ich geblieben, im Körper, wenn schon nicht im Geist.«

Früher wäre Amitai vielleicht erstaunt gewesen über den seltsamen glücklichen Zufall, der Elek das Überleben ermöglicht hatte. Aber wenn man lange genug in seiner Sparte arbeitete, dann merkte man, dass jeder Holocaust-Überlebende per definitionem eine Geschichte wundersamer Zufälle verkörperte, eine Geschichte verzweifelter Ausflüchte, willkürlicher Errettung. Diejenigen, von denen man keine solche Geschichte erzählen konnte, waren tot.

»Ich bin Ungar«, sagte Elek nun. »Aber es stimmt, meine Familie ist jüdischer Abstammung.«

Tamid schaute finster. »Noch schlimmer. Dann sollten Sie besonders verständnisvoll sein und Sympathie haben.«

Elek fuhr auf und verschaffte Tamid endlich das Scharmützel, das der Israeli unbedingt hatte provozieren wollen. »Für wen sollte ich Sympathie haben? Die Familie Herzog? Aristokraten, deren Gold es ihnen ermöglichte, bequem und sicher zu entkommen, während der Rest des jüdischen Budapest versuchte, nicht erschossen und in die Donau geworfen zu werden? Eine Bande Ausbeuter, die mit Millionen davonkamen und überlebten, um eine Schar zerstrittener verwöhnter Erben zu produzieren? Das sind die Leute, mit denen ich Sympathie haben sollte? Und was ist mit denen, denen es nicht gelang, 1944 nach Amerika zu gehen, als

Eichmann kam? Was ist mit solchen wie meinen Angehörigen, die alles verloren haben, auch wenn es nur so wenig war? Für meine Mutter waren neue Schuhe mehr wert als für Herzog ein El Greco! Wo bleibt deren Entschädigung? Warum argumentieren Sie nicht für sie, sondern nur für die Reichen?«

»Die Reichen profitieren immer mehr als die Armen, Elek«, sagte Tamid. »Das müssen Sie als kleiner Junge gelernt haben, damals in den Tagen des Kommunismus. Jedenfalls ist das keine Frage für mich, sondern für Mr. Shasho. Ich selbst bin ein Anwalt aller Überlebenden, ob reich oder arm, mit Vermögen oder ohne. Es ist Mr. Shasho, der nur den Reichen hilft.«

Normalerweise hätte Amitai einen solchen aufreibenden Wortwechsel keine Minute hingenommen. Aber Natalies Anwesenheit hinderte ihn daran, einfach wegzugehen. Sie sah ihn jetzt an, als wolle sie sagen, *Verteidige dich!*, und das wollte er. Er wollte Tamid das Nasenbein brechen.

Tamid fuhr fort: »Würde Amitai die Herzog-Erben vertreten, hätte er inzwischen einen raschen und unauffälligen Verkauf in die Wege geleitet, bei dem der Ertrag gleichmäßig zwischen Dieb, Opfer und Händler aufgeteilt würde, und alle wären so klug wie zuvor, nicht wahr, Amitai?«

Amitai fragte sich, ob er das geschafft hätte, was Tamid behauptete. Hätte er einen Deal mit der ungarischen Regierung aushandeln können, wonach die Werke verkauft und der Ertrag aufgeteilt worden wären? Nicht, so dachte er, wenn Ungarn so sehr darauf aus war, dass seine Museen und Privatsammlungen es mit denen anderer europäischer Staaten aufnehmen konnten. Amitais Erfolge würden immer unauffälliger und kleiner sein. Keine Nationalgalerien, aber Regionalmuseen, keine großen Sammler, sondern kleinere Plünderer, kein El Greco, aber Komlós.

Amitai warf Natalie einen raschen Blick zu. Bereute sie wegen Tamids Haltung ihm gegenüber ihre Entscheidung, sich mit ihm zusammenzutun? Schließlich war Tamid ihr Professor gewesen. Auch sie war wie der Israeli emotional vom Holocaust betroffen, und seinen Rat hatte sie gesucht, bevor sie nach Budapest gekommen war.

Natalie sagte: »Das ist Ihr Kampf, Doktor Tamid. Es hat nichts mit Amitai zu tun.« Sie wandte sich zu ihm. »Komm. Ich gehe mich jetzt einchecken.«

Sie ergriff seine Hand und marschierte davon. Dankbarkeit gegenüber einer Frau war eine neue Empfindung für Amitai. Über die Schulter hinweg sagte er mit einem Vergnügen, das dem Vorgang ganz und gar nicht angemessen war: »Ich fürchte, das Herzog-Vermögen ist zu üppig für mein Blut. Ich bin strikter Schmalspur-Kunsthändler.«

22

Amitai hielt Natalie die Tür auf und geleitete sie über die schiefe Treppe, deren Teppichbelag noch aus der Breschnew-Zeit stammte, zum Dachboden der Synagoge in der Dohány utca. Dort erwartete sie Frau Vázsonyi in einem finsteren, vollgestopften Zimmer, das, wie man oft versprochen hatte, nur auf entsprechende Finanzierungszusagen wartete, um dann in eine vorbildliche Bibliothek umgewandelt zu werden. Nach jeder erfolgreichen Transaktion in Ungarn schrieben Shasho & Sons einen Scheck aus, um diese Bemühungen zu unterstützen, aber einstweilen konnte Amitai keine Änderung erkennen. Mochte aber der Raum selbst ein Desaster sein, so war doch die zuständige Frau brillant, und er begrüßte sie herzlich.

»Haben Sie es mitgebracht?«, fragte sie. Frau Vázsonyi

war für ihren Job gekleidet, als ginge sie zu einer Vernissage, in schickes Schwarz gehüllt, roter Lippenstift, glitzernde Tropfen baumelten von ihren Ohren.

»Mache ich das nicht immer?«

Er griff in seine Tasche und zog zwei riesige Plastikflaschen heraus. Natalie hob neugierig die Augenbrauen, er zwinkerte ihr zu.

Vor Jahren hatte sich Frau Vázsonyi bei ihm beklagt, wie unmöglich es sei, ihr unbändiges Kraushaar zu zähmen. Er war heimgefahren und hatte seine damalige Frau gefragt, wie sie dasselbe Problem löse, und seit damals versorgte er Frau Vázsonyi mit Haarconditioner und Gel, eine New Yorker Marke, extra für die Locken von Jüdinnen erfunden. Der Weg ins Herz einer Frau, so schien es, führte über ihr Haar.

»Gott segne Sie, Sie wunderbarer Mann«, sagte Frau Vázsonyi. »Ich hatte schon fast nichts mehr.«

»Sie sind es, die wunderbar ist«, sagte Amitai.

»Stimmt«, meinte sie. »Setzen Sie sich.«

Alle Stühle außer ihrem waren mit Aktenstapeln bedeckt. Natalie zögerte, aber Amitai legte die Papiere auf dem Boden ab und bedeutete ihr, dasselbe zu tun.

»Okay«, sagte Frau Vázsonyi und zündete sich eine Zigarette an. Sie klemmte sie zwischen die Zähne und blätterte ein Bündel Papiere durch. »Ich habe Ihren Mann gefunden. Der Anwalt Ignác Einhorn war dekorierter Offizier der Magyar Honvédség und außerdem Mitglied der ungarischen Olympiamannschaft.«

»Er war bei den Olympischen Spielen?«, sagte Natalie erstaunt.

»Es hat viele ungarisch-jüdische Olympiasportler gegeben«, sagte Frau Vázsonyi. »In manchen Jahren vor dem Krieg waren mehr als dreißig Prozent der Sportler jüdisch.«

Natalie lachte. »Für die Vereinigten Staaten gilt das ganz sicher nicht.«

Frau Vázsonyi schien enttäuscht über die athletische Unfähigkeit der amerikanischen Juden. »Ihr Herr Einhorn scheint ein Star in der Staatsanwaltschaft gewesen zu sein, seine Beförderung zum Richter war so gut wie garantiert, aber nach dem Erlass des zweiten Judengesetzes 1939, worunter auch die Säuberung von jüdischen Beamten und Regierungsangestellten fiel, wurde er entlassen.«

Nach seiner Entlassung, fuhr Frau Vázsonyi fort, war Einhorn mit seiner Frau Nina und ihren zwei erwachsenen Kindern und den Enkeln nach Nagyvárad zurückgekehrt. Der Sohn und der Schwiegersohn wurden zum Arbeitsdienst eingezogen. Zwischen dem 25. Mai und dem 3. Juni 1944 wurden die Bewohner des Ghettos von Nagyvárad nach Auschwitz deportiert. Die älteren Einhorns, ihre Tochter und ihre Enkel wurden alle umgebracht. Ihr Schwiegersohn starb, wie Vidor Komlós, an der russischen Front an Hunger, Erschöpfung oder einer Kugel. Imre, der Sohn, überlebte die Qualen und verheerenden Zustände im Arbeitsdienst und kehrte nach dem Krieg nach Nagyvárad zurück, nur um zwei Tage nach seiner Ankunft auf der Straße totgeprügelt zu werden. »Es gibt keine Beweise oder Zeugenaussagen im Archiv«, sagte Frau Vázsonyi, »aber ich nehme an, dass er umgebracht wurde, als er versuchte, das Haus seiner Familie wiederzuerhalten.«

»So wie bei dem, was in dem polnischen Dorf Kielce geschehen ist?«, fragte Natalie.

»Tatsächlich sehr ähnlich«, sagte Frau Vázsonyi mit einem Blick zu Amitai, der leichte Überraschung verriet. Er stellte sich vor, dass sie Natalie für eine seiner Eroberungen gehalten hatte. Obwohl er noch nie eine Frau ins Archiv mitgebracht hatte, genoss er dennoch in der Vorstellung der

Archivarin den (zutreffenden) Ruf eines Schürzenjägers. Sie fuhr fort: »Aber ich habe keinen Beleg für eine Mordanklage gefunden, nichts über ein Pogrom. Obwohl zu dieser Zeit, Ende 1945, die Stadt wieder zu Rumänien gehörte und die Aufzeichnungen nicht so umfassend sind, wie sie wären, hätte sie noch zu Ungarn gehört. Trotzdem würde ich darauf setzen, dass es eine persönliche Sache war. Der junge Mann kam zurück zu seinem Elternhaus, diejenigen, die es sich genommen hatten, wollten es nicht zurückgeben. In diesen Zeiten wurden Leute schon für weit weniger umgebracht.«

Frau Vázsonyi blätterte den Akt durch, bis sie auf eine große schwarzweiße, an den Rändern zerknitterte und eingerissene Fotografie stieß. Sie löste sie von der Klammer, mit der sie befestigt war, und reichte sie über den Schreibtisch. Amitai und Natalie lehnten sich vor, um sie anzusehen. Sie zeigte einen jugendlich wirkenden Mann in einer reich verzierten ungarischen Uniform, inklusive hoher Lederstiefel und Goldverschnürungen. Links vor ihm stand ein Junge von drei, vier Jahren, seine blonden Haare lockten sich um die Ohren, er war in ein loses weißes, an Kragen und Manschetten spitzenverziertes Hemd, kurze Hosen und seitlich geknöpfte Schuhe gekleidet. Direkt hinter dem Knaben, die Hand auf seiner Schulter, stand eine hübsche blonde Frau mit ernstem Gesicht, gekleidet in ein sackartiges Flapper-Kleid, das sich zwar bemühte, es aber nicht ganz schaffte, ihre Kurven zu verbergen. Wenn auch älter, rundlicher und strenger, war es doch zweifellos die junge Suffragette von dem Bild in Natalies Medaillon.

»Nina Einhorn«, sagte Natalie.

»Frau E.«, sagte Amitai. »Für Einhorn.«

»Ich kann's nicht glauben, dass sie umgebracht wurde.« Natalie klang betäubt, ja bekümmert.

Amitai sagte sanft: »Aber du hast ja schon gewusst, dass sie tot ist.«

»Natürlich habe ich das gewusst«, fauchte Natalie. »Das Bild in dem Medaillon wurde vor hundert Jahren aufgenommen. Ich habe nicht angenommen, ein 120-jähriges Hutzelweiblein in einem Altersheim zu finden. Ich habe bloß, weißt du, ich hatte irgendwie gehofft, dass sie nicht im Krieg gestorben wäre, mit ihrer ganzen verdammten Familie.«

Frau Vázsonyi verzog das Gesicht und hob eine Augenbraue. Amitai versuchte Natalie tröstend den Arm um die Schulter zu legen, aber sie schüttelte ihn ab.

»Frau Vázsonyi«, sagte Natalie, »können Sie rausfinden, ob irgendjemand aus ihrer Familie noch am Leben ist? Vielleicht hatte sie Brüder und Schwestern, die den Krieg überlebten? Deren Kinder? Sogar, ich weiß nicht, ein Cousin, eine Cousine?«

»Ich kann nachsehen. Es wird irgendwo einen Hinweis auf ihren Mädchennamen geben. Und wenn ihre Familie aus Budapest und nicht vom Land stammt, ist es sehr gut möglich, dass sie überlebt haben. Zumindest einige von ihnen.«

»Okay«, sagte Natalie und gab sich einen Ruck. »Das sind gute Nachrichten, keine schlechten. Wir wissen jetzt, wer das Mädchen auf dem Bild mit Gizella ist. Ihr Mann war Staatsanwalt, und sie muss ihn überzeugt haben, zu Gizellas Gunsten einzugreifen. Wir haben die Punkte verbunden.«

»Nicht alle«, sagte Amitai, eine sachte Erinnerung an Natalie, dass sie zwar diese Suche, nicht aber das Ziel gemeinsam hatten. »Haben Sie noch andere Informationen über Nina, Frau Vázsonyi? Ich bin neugierig, ob sie in Künstlerkreisen verkehrt hat.«

Die Archivarin sah sich in dem vollgestopften Raum um und betrachtete mit zusammengekniffenen Augen diverse Haufen mit Unterlagen. »Die Israelitische Frauen-Kunstgemeinschaft« sagte sie und löste ein Bündel mürber Pappebögen von einem Stapel ähnlicher Dokumente. Sie blätterte die Seiten durch. »Ja, Nina Einhorn war tatsächlich ein Mitglied. Ihr Name ist als Subskribentin der regelmäßigen Nachrichten angeführt. Im August 1922 spendete sie für einen Fonds, der eingerichtet worden war, um bedürftigen Künstlern Farbe und Leinwand zur Verfügung zu stellen.«

»Könnte Vidor Komlós einer dieser bedürftigen Künstler gewesen sein?«, fragte Natalie.

Die Archivarin sagte: »Mr. Shashos mysteriöser Künstler? Vielleicht. Ich weiß es nicht. Hier steht nichts. Aber es ist sicher möglich. Warum nicht?«

»Alle Punkte«, sagte Natalie. »Nina Einhorn lebte in Nagyvárad. Das Medaillon ist aus Nagyvárad, also muss es ihr gehört haben. Sie war Kunstmäzenin und unterstützte Künstler. Sie muss die Frau E. aus dem Porträt sein.« Sie sah Amitai an. »Also? Können wir jetzt nach Nagyvárad fahren?«

Er war dem Bild, nach dem er so lange gesucht hatte, näher als je zuvor. Aber mit der Aussicht, dass seine Suche bald ein Ende haben könnte, erlaubte er sich jetzt einen Hauch Unsicherheit. Warum hatte er, wo doch die Welt voll von verlorenen Schätzen war, gerade nach diesem einen so lange und so mühsam gesucht? Was war an Komlós oder diesem Bild, das ihn so in Bann schlug? Und was würde er tun, wenn er es gefunden hatte?

»Ja«, sagte er. »Jetzt können wir nach Nagyvárad fahren.«

23

Obwohl die Unterlagen im Grundbuchamt der Stadt Oradea, vormals Nagyvárad, nicht so ausführlich und vollständig waren wie in vergleichbaren Städten, gab es genügend Informationen, um Amitai und Natalie zum Haus in der Strada Costache Negruzzi zu führen, einem Haus, das seit 1944 von der Familie Varga und vorher von den Einhorns bewohnt gewesen war. Amitai parkte ihren Mietwagen einen Block entfernt vom Haus. Natalie wollte schon die Tür öffnen, als er sie aufhielt.

»Weißt du«, sagte er, »würde es dir etwas ausmachen, wenn ich allein reinginge?«

»Allein? Warum?«

»Solche Verhandlungen können sehr heikel sein. Ich will ihn nicht einschüchtern, wenn wir zu zweit sind.«

Diese Entschuldigung klang in seinen Ohren ebenso lahm wie in ihren, das konnte er erkennen. Die Wahrheit war, er wollte nicht, dass sie ihn bei der Arbeit sah, im Dale-Carnegie-Modus, seine falsche Glätte. Seine unverblümte Verlogenheit. Er wollte, dass sie ihn für einen ehrlichen Kunsthändler hielt, nicht für eine Art Schwindler.

Sie schien zu merken, wie dringlich er es meinte. »Okay«, sagte sie. »ich warte im Auto.«

Hätte Attila Vargas Aussehen seiner siebenbürgischen Abstammung, seiner gewalttätigen Familiengeschichte und der angedeuteten Wildheit seines Vornamens entsprochen, dann wäre er mit schweren Tritten, unter dem Geräusch klirrender Ketten, dem Geschepper zurückgeschobener schwerer Riegel, dem Knirschen eines lange nicht gebrauchten Schlüssels, der sich im Schloss drehte, an die Tür gekommen. Er wäre von Kopf bis Fuß in Schwarz gekleidet gewesen. Die stahlharte Hand, die er Amitai gereicht hätte, wäre kalt und feucht gewesen. Er hätte ein adlerartiges Gesicht gehabt mit geblähten Nüstern, in seine gewölbte hohe Stirn wären nur ein paar spärliche Haarsträhnen gefallen, er hätte einen grausamen Mund gehabt mit eventuell einer minimalen Andeutung geschärfter Eckzähne, die zwischen Fischlippen hervorlugten. Aber Varga sah dem Weihnachtsmann ähnlicher als Graf Dracula. Ein verwitterter, verkommener Weihnachtsmann vielleicht, dem es an Freundlichkeit und gutem Willen den Menschen gegenüber mangelte, aber gedrungen und stämmig, mit einem zerzausten, an den Mundwinkeln vergilbten weißen Bart und wässrigen blauen Augen; an die Stelle des neckischen Zwinkerns war in dem einen ein feuerrotes Gerstenkorn getreten. Sein mit einer Andeutung von Widerstreben dargebotener Händedruck war warm und schlapp.

»Mr. Varga!«, sagte Amitai mit einer Stimme voll falscher Leutseligkeit. »Sprechen Sie Englisch?«

»Ja.«

»Wunderbar! Ich hätte sonst mit einem Dolmetsch wiederkommen müssen!«

»Was wollen Sie?«

»Zuerst möchte ich sagen, dass ich sehr froh bin, Sie kennenzulernen.«

»Mich kennenlernen?«

»Ja! Ich bin nach Oradea gekommen, um Ihnen eine einmalige Gelegenheit vorzuschlagen. Darf ich reinkommen?«

Amitai drängte nach vorn, aber Varga verschränkte die Arme über der Brust und blockierte die Tür. »Was wollen Sie?«

»Ihnen die Chance geben, das, von dem ich weiß, dass es ein sehr belastender Besitz ist, in einen nicht unbeträchtlichen Haufen Geld zu verwandeln. Dollars, Mr. Varga. Oder Euro. Was Sie möchten.«

Diese Worte hatten den magischen Effekt, den sie immer hatten. Vargas Stirnrunzeln verschwand; nach einem Moment trat er zurück durch die Tür und bedeutete Amitai mit einer Kinnbewegung, ihm zu folgen.

»Dollars wofür?«, fragte Varga.

Amitai begann unauffällig den Wert der Möbel im Vorzimmer abzuschätzen. Ein Spiegel im Walnussholzrahmen, das Glas war gesprungen, aber die Strahlenkranz-Intarsie intakt (vermutlich 1930er Jahre, konnte, falls echt, an die zweitausend erzielen); eine Eichentruhe von der Art, in der früher die Wäscheaussteuer eines jungen Mädchens verwahrt worden war (beliebt in amerikanischen Antiquitätenläden, aber nicht wertvoll genug, um den Transport zu lohnen); ein laminiertes IKEA-Buchregal (wertlos), eine an die Wand geschraubte Hutablage (mindestens hundert Jahre alt, schöne Eiche, aber Eigenbau, hundert höchstens).

»Ich bin auf der Suche nach Kunstwerken«, sagte Amitai. »Bildern.«

Vargas Augen verengten sich. »Welche Bilder?«, fragte er argwöhnisch.

Amitai bezweifelte, dass Varga ein Werk von Moholy-Nagy identifizieren geschweige denn den zusätzlichen Wert erkennen konnte, den sein Auftauchen auf der Fotografie eines berühmten Künstlers bedeutete, aber er hatte trotzdem vorsichtigerweise das Foto beschnitten, sodass er dem Mann eine aus dem Kontext genommene Vergrößerung des Gemäldes zeigen konnte. Er beobachtete Vargas Gesicht, als dieser den Druck betrachtete, und wurde durch ein Aufreißen der Augen und eine Andeutung eines raubgierigen Lächelns belohnt.

»Warum Sie suchen danach?«

»Sie erkennen es«, sagte Amitai. »Sehr gut.«

»Vielleicht. Vielleicht nicht. Ist wertvoll?«

»Vielleicht. Vielleicht nicht«, echote Amitai lächelnd. »Sollen wir uns setzen?«

Varga führte ihn in ein neben dem Flur gelegenes Wohnzimmer. Wieder nahm Amitai seine verstohlene Blitzinventur vor. Zwei Sofas (zwanzig bis fünfundzwanzig Jahre alt, zerschlissene Polsterung, Wert weniger, als der Abtransport kosten würde), noch ein IKEA-Regal (seufz), zwei amerikanische Filmposter in Metallrahmen (bis zu hundert Dollar, falls »Scarface« ein Original war), ein Orientteppich (endlich! Klassischer Täbris, um 1900, an einem Ende leichter Wechsel in der Farbpartie, aber ausgezeichneter Zustand, mindestens 50000 Dollar).

Amitai setzte sich auf ein Sofa, Varga auf das andere.

»Okay«, sagte Varga. »Wie viel dieses Bild?«

»Haben Sie es?«

»Wie viel?«

»Ist es hier? Darf ich es sehen?«

»Wie viel?«, wiederholte Varga mit noch lauterer Stimme.

»Kommt darauf an. Es gibt da das Problem der Eigentümerschaft.«

»Was für Problem?«

»Ein Gericht würde feststellen, dass das Bild von Rechts wegen den Erben des Künstlers, Vidor Komlós, oder denen des Modells, Nina Einhorn, gehört.« Amitai beobachtete Vargas Gesicht, befriedigt über das Aufzucken des Erkennens beim zweiten Namen. Er entschloss sich, ein kleines Risiko einzugehen. »Den Einhorns hat früher dieses Haus gehört«, sagte er.

»Dieses Haus ist seit Generationen in meiner Familie«, knurrte Varga mürrisch.

Das war absolut wahr, wie Amitai wusste. Familie Varga hatte in den langen Jahrzehnten der kommunistischen Verstaatlichung, der Brutalitäten des Ceaușescu-Regimes, während der Umstürze und Zusammenbrüche, die darauf folgten, immer hartnäckig an dem Haus, das sie gestohlen hatte, festgehalten.

»Drei Generationen«, stimmte Amitai zu. Er lächelte freundlich. »Ihr Großvater« – rasch überlegte und verwarf er andere Formulierungen, bevor er sich für das Nichtssagende entschied – »ist im Krieg hier eingezogen, nachdem die Einhorns deportiert worden waren.«

Varga verschränkte die Arme über der Brust. »Der Jude hat Haus an meinen Großvater verkauft. Er zahlt guten Preis.«

»Tatsächlich? Exzellent. Sie hätten also, wenn der Fall vor Gericht käme, einen Beleg der Eigentumsübertragung, um ihn dem Richter zu zeigen.«

»In Rumänien wir das nicht so machen. Keine Papiere.«

Amitai schüttelte bedauernd den Kopf. »Zu schade. Jetzt, wo Rumänien zur EU gehört, würde jedes Verfahren unter europäischem Recht und vor europäischen Gerichten stattfinden. Und dort würde man eine gesetzeskonforme und beglaubigte Eigentumsübertragung sehen wollen. Besonders in einem Fall, der mit dem Holocaust zu tun hat.«

Dieses Wort, geäußert, um die größtmögliche Wirkung zu erzielen, hatte den beabsichtigten Effekt. Der fette kleine Mann begann nervös an seinem Bart zu kauen.

»Ich fürchte«, fuhr Amitai fort, »dass ein Verfahren in diesem Fall ein sehr negatives Ergebnis bringen würde. Und das kann ich Ihnen versichern, Mr. Varga, meine Firma und ich arbeiten sehr hart daran, das zu vermeiden.«

Kurz umriss er die Bedingungen des Standardarrangements, das Shasho & Sons anbot.

»Ich bekommen zehn Prozent?«, meinte Varga wütend.

»Ja.«

»Und der Rest? Wer kriegen?«

»Die legitimen Erben.«

Wie immer war es weniger eine Verhandlung als ein Fortschreiten durch Stadien von Trauer und Verlust à la Kübler-Ross, und dabei blieb Amitai stets geduldig und gelassen. Zuerst kam Halsstarrigkeit (»Es gibt kein Bild!«), dann Verweigerung (»Ich gebe Ihnen nichts!«), schließlich eine Hasstirade (»Ich weiß was Besseres, als mit einem Juden zu feilschen«). Je zorniger und ausfälliger Varga wurde, desto ruhiger wurde Amitai. Der Rumäne verlangte, dass Amitai sein Haus verlasse.

»Ich rufe Polizei«, sagte Varga. »Ich kenne Bürgermeister! Polizei tut, was ich sage.«

Erleichtert, mit solch relativer Leichtigkeit das allerletzte Stadium erreicht zu haben (Zorn, der unmittelbar der Resignation und schließlichen Akzeptanz vorausgeht), sagte Amitai: »Ich frage mich, wie dem Bürgermeister die Vorstellung gefällt, dass ihm jemand von der EU zu Leibe rückt.«

Ein Ausdruck ängstlicher Unschlüssigkeit huschte über Vargas Gesicht. Es war Zeit, ihn dunsten zu lassen.

»Wenn Sie erlauben, Mr. Varga, werde ich Sie morgen anrufen, damit wir unsere Unterhaltung über das Komlós-Gemälde fortsetzen können.«

Varga trat um ihn herum, um die Tür zu öffnen. Er hielt sie weit offen. »Sie wollen, Sie machen. Aber mein Bild? Ich nie hergeben!«

Amitai zeigte keine Andeutung seiner Erleichterung, seiner Freude bei der Bestätigung, dass Varga tatsächlich das Gemälde besaß. Es war hier, in diesem Haus. Und es war nur eine Frage der Zeit, bis es ihm gehörte.

»Ich lasse Ihnen meine Karte hier.« Er ließ sein silbernes Kartenetui aufschnappen.

Varga kreuzte die Arme über der Brust und machte ein so großes Getue darum, sie abzulehnen, wie Amitai, sie ihm zu reichen. Amitai legte sie auf ein kleines Beistelltischchen (billiges Furnierholz). Er trat durch die Tür, aber obwohl Varga sie aufhielt und offenkundig wollte, dass Amitai ging, trat er nicht ganz zur Seite, und Amitais Hüfte streifte gegen seinen dicken Bauch. Erst jetzt musste er kämpfen, um die Fassung zu bewahren. Das Gefühl, den Körper des Mannes an seinem zu spüren, brachte ihm einen Anflug von Ekel, durchzogen von Wut.

Die Tür knallte hinter ihm zu, und Amitai stand einen Moment lang da, zitternd. Als er sich beruhigt hatte, machte er sich pfeifend auf in Richtung Straße. Er hatte den Haken versenkt.

24

»Wie konntest du bloß dastehen und dir das anhören? ›Mit einem Juden feilschen‹? Verdammter Kerl! Er war es doch, der dich reinzulegen versuchte!«

Natalie leerte ihr Schnapsglas, prustete und keuchte. Amitai reichte ihr eine Serviette. Sie saßen an der Bar in ihrem Hotel, einem so typischen Kettenhotel, dass sie, hätte es nicht das rumänische Bier vom Fass gegeben, in einem Ramada Inn in Duluth hätten sein können.

Sie fühlte sich frustriert, weil ihr eigener Ausflug ins Postamt ein Fehlschlag gewesen war. In keinem der örtlichen Telefonbücher waren Einhorns zu finden. Für beide war das keine Überraschung, aber dass der Name so ganz und gar fehlte, machte sie zornig und bedrückt.

»Es ist ein Pokerspiel«, sagte Amitai. »Er versucht zu bluffen, ich versuche ihn hinterrücks zu erwischen.«

»Ein Spiel? Sein Großvater hat höchstwahrscheinlich Ninas Sohn umgebracht, hat sich ihr Haus, ihren Besitz gekrallt. Dieser Typ ist ein judenhassendes Schwein, er wohnt in einem Haus, von dem er weiß, dass es gestohlen ist, wacht jeden Morgen in einem gestohlenen Schlafzimmer auf, kocht sein Essen in einer gestohlenen Küche. Er und seine ganze Familie sind Verbrecher.«

Zu seiner Überraschung fand Amitai, dass ihre Entrüstung sie womöglich noch attraktiver machte. Er hob ihre Hand an die Lippen und küsste ihre Handfläche.

Sie ließ sie ihm eine Zeitlang und riss sie dann weg.

»Ich verstehe nicht, warum du nicht zornig geworden bist. Hast du deine Fähigkeit zur Empörung ganz verloren?«

Er fragte sich, ob vielleicht all die Jahre, die er damit verbracht hatte, die schwierigen Seiten seines Berufes zu bewältigen, sein Temperament zu zügeln, seine Gefühle im Zaum zu halten, eben diese Gefühle schließlich hatten verkümmern lassen. Wie um genau diesen Punkt zu beweisen, ohne es selbst zu wollen, zuckte er die Schultern.

»Ich habe noch nicht einmal einen endgültigen Beweis, dass Varga das Bild besitzt. Was hätte ich denn deiner Ansicht nach tun sollen? Hineinstürmen und das Haus durchsuchen?«

Bevor sie antworten konnte, weiteten sich ihre Augen. Amitai drehte sich um, um ihrem Blick hinaus aus der Bar zur Rezeption zu folgen, wo Dror Tamid stand, einen Koffer in der Hand, und eben dem Angestellten seine Kreditkarte überreichte.

»Ach du meine Güte«, sagte Amitai. »Wir müssen uns ein anderes Hotel suchen.«

»Nein. Er soll zum Teufel gehen«, sagte sie. »Hallo, Doktor Tamid«, rief sie in zuckersüßem Ton. Amid gesellte sich zu ihnen an die Bar, er sah unschuldig erfreut aus, sie zu sehen. Sie fuhr fort: »Wüsste ich es nicht besser, müsste ich denken, dass Sie uns folgen.«

Auf Hebräisch sagte Amitai zu Tamid: »Ich weiß es besser, und ich weiß, dass Sie mir folgen.«

»Wenn Sie nicht wollten, dass man Ihnen folgt, dann hätten Sie dem Concierge nicht sagen sollen, wo Sie hinfahren. Sie glauben wohl, Sie sind der Einzige, der sich für Vidor Komlós interessiert?« Tamid wechselte ins Englische und wandte sich an Natalie. »Darf ich?« Ohne auf eine Zustimmung zu warten, setzte er sich auf einen Hocker neben sie. »Barmann! Coca-Cola.«

Als Tamid sein Getränk erhalten hatte, hob er sein Glas in Amitais Richtung. »Auf einen echten Kriegshelden.« Dann wandte er sich an Natalie. »Wussten Sie, dass unser Freund ein Kriegsheld ist?«

Sie schüttelte den Kopf. »Ich glaube nicht, dass er der Typ ist, der sich mit so etwas brüstet.«

»Nun, das sollte er. Er sollte sich unbedingt brüsten. Unser Freund Amitai hat die Heldenmedaille erhalten.«

Amitai kämpfte und verlor einen kurzen Kampf, den Irrtum einfach stehenzulassen. »Das stimmt nicht.«

»Doch!«

»Ich habe die Tapferkeitsmedaille erhalten. Das ist weniger.«

»Weniger als was?«, fragte Natalie.

»Einfach … weniger.«

Tamid sagte: »Wie viele Menschen in der Geschichte Israels haben die Tapferkeitsmedaille erhalten, Amitai Shasho? Hundert? Hundertfünfzig?«

»Ein wenig über zweihundert.«

Tamid lachte. »Sehen Sie? Er weiß es. ›Ein wenig über zweihundert.‹ Immer noch sehr eindrucksvoll, wenn man bedenkt, wie viele Israelis in den vergangenen zirka sechzig Jahren in der Armee gedient haben. Fragen Sie ihn, was er getan hat, Natalie.«

Amitai beobachtete, wie sie ihren eigenen Kampf ausfocht, mit ihrer Neugier stritt, aus Loyalität zu ihm, wie er hoffte, Tamid nicht entgegenkommen wollte.

»Ich bin mir sicher, er wird es mir sagen, wenn er möchte, dass ich es weiß.«

Tamid nickte, als erschiene ihm das als vernünftige Antwort.

»Sie könnten aber auch«, sagte er, »einfach im Internet nachsehen. Es gibt eine sehr ausführliche Website mit englischer Übersetzung. Dort erfahren Sie alles über unsere israelischen Kriegshelden, Amitai Shasho eingeschlossen, und wenn Sie gelesen haben, was er getan hat, werden Sie ebenso verwirrt sein wie ich. Wir können uns dann beide fragen, warum ein Mann, der solchen Mutes für sein Land und sein Volk fähig ist, ihnen dann so total den Rücken zuwenden kann.«

Amitai stand auf. Er ließ eine Banknote auf den Tisch fallen. »Das ist auch für Ihr Getränk, Tamid, plus Trinkgeld.« Und zu Natalie: »Er ist berüchtigt dafür, beim Trinkgeld zu knausern.«

Als sie in ihr Zimmer kamen, ging Amitai direkt ins Bad. Er füllte die Wanne mit so heißem Wasser, wie er es aushielt, und ließ sich niedersinken, bis nur noch sein Kopf und die Kniescheiben seiner angewinkelten Beine herausragten. Er weichte eine Weile, drehte hin und wieder mit den Zehen den Heißwasserhahn auf, wenn das Wasser abkühlte. Als er herausstieg, schimmerte seine Haut glatt und rot. Das Handtuch war dünn und klein, er konnte es kaum um seine Taille schlingen, und Bademantel gab es keinen. Er trocknete sich ab, so gut es ging, und trat nackt hinaus.

Natalie hatte den Laptop aufgeklappt auf ihrem Schoß. Als Amitai ins Zimmer trat, las sie laut: »Im Zuge von

Operation Abrechnung nahm Leutnant Amitai Shasho, Zugführer in der Golani-Infanteriebrigade, an Kämpfen gegen Hisbollah-Terroristen außerhalb des libanesischen Dorfes Yater teil. Während eines Überfalls kam Leutnant Amitai Shashos Zug unter Granaten- und Raketenfeuer, es gab Todesopfer. Unter heftigem Feindbeschuss organisierte Leutnant Amitai Shasho die Evakuierung des Zuges und zerrte zwei verwundete Soldaten, von denen einer überlebte, in Sicherheit. Bei dieser Evakuierung erlitt Leutnant Amitai Shasho schwere Verletzungen an Bein und Schulter. Mit seinen Taten bewies Leutnant Amitai Shasho Findigkeit, Mut, Geistesgegenwart, Waffenbrüderschaft und außerordentliche Hingabe an seine Mission. Dafür wurde er mit der Tapferkeitsmedaille ausgezeichnet.«

»Das stimmt nicht«, sagte er.

»Wirklich? Das ist nicht geschehen?«

»Es ist geschehen. Aber …« Er verstummte.

»Aber was?«

Er zuckte die Schultern. »Sie geben einem die Medaille, damit man stolz ist. Um einen zu überzeugen, dass es das wert war.«

»Und das war es nicht?«

Er stand nackt mitten im Zimmer und fröstelte.

»Komm her«, sagte sie und klopfte neben sich auf das Bett.

Er setzte sich auf die Kante.

»Erzähl mir, was geschehen ist. Was ist ein Hinterhalt?«

»Na ja, du weißt schon, im Dreck liegen. Auf Terroristen warten. Oder auf die Leute, die Terroristen heißen. Wenn du es bist, der im fremden Land ist, und man darüber streiten könnte, ob die Leute, auf die du wartest, nicht mehr Recht hätten, dort zu sein als du, wer ist dann der Terrorist?«

Sie wollte sich nicht von der Frage ablenken lassen, ob

Israels Einfall im Libanon gerechtfertigt gewesen sei. Stattdessen sagte sie: »Ihr wurdet angegriffen.«

»Ja, wir kamen unter Beschuss.«

Es hatte so begonnen wie immer. Sie waren zu dem Hinterhalt marschiert, hatten ihre Geschützwerfer und Wärmebildkameras aufgestellt, die Munitionsgurte an ihren Maschinengewehren befestigt und die Matratzen entrollt, auf denen sie in den Stunden ihrer Schicht liegen würden, hatten in die Nacht gestarrt, den Bodensatz in ihren Beuteln mit Süßigkeiten nach Gummibärchen und pampigen Waffeln durchsucht, Dingen, die man geräuschlos essen konnte, um ihren Standort nicht zu verraten. Dann das dumpfe Krachen von abgefeuerten Geschützen, erderschütternde Explosionen. Granaten und Raketen.

»Und du hast deine Leute gerettet?«

»Ich habe den Rückzug angeordnet.«

Falls sie blieben, das wusste er, würden sie alle getötet werden, also führte er seine Männer durchs Feuer der Katjuschas, geblendet von Blitzen, so grell, dass sie sein Sehfeld tagelang aufhellten. Staub und Schmutz flog ihm ins Gesicht, verklebte seine Augen.

»Und du musstest zwei von ihnen tragen?«

»Ich habe sie nicht getragen.«

»Aber hier steht es.«

»Ich habe ihnen beim Gehen geholfen. Keine große Sache.«

Wie Raupen waren sie dahingekrochen. Oder wie Liebende, er und Lior Bauch an Bauch, sein Bein über Mikis Hüften gestreckt. Er hatte Liors Weste mit beiden Händen gepackt, ihn ein paar Zentimeter nach vorn gezerrt, dann mit seinem rechten Arm nach hinten gelangt und Miki hochgezogen. Mikis rechter Arm hing nutzlos herunter, aber er konnte mit seinen Beinen robben. Liors Beine allerdings waren in der Grube geblieben, die die Mörserexplosion gerissen hatte. So schleppten sie sich vorwärts, immer fünfzehn Zentimeter weit, Minuten oder Stunden, Amitais ganzes Leben lang.

»Einer von ihnen ist gestorben«, sagte sie.

»Ja.«

Trotz der Aderpresse, die Amitai angelegt hatte, pumpte das Blut aus Liors Beinstümpfen, und als sie bei den Sanitätern ankamen, war Amitais Uniform von der Taille abwärts schwarz durchnässt.

Zwei Sanitäter kümmerten sich um Miki, verbanden seinen Arm und legten ihn auf eine Trage. Zwei weitere hockten neben Lior und ließen ihn dann allein, während sie Amitais Körper nach Wunden absuchten.

»Bist du verletzt?«, fragte einer der Sanitäter.

»Lior ist verletzt. Seine Beine wurden weggerissen, falls ihr das noch nicht bemerkt habt.«

Der Sanitäter nahm eine Schere und schnitt Amitais Hosenbein auf, legte seinen aufgerissenen Oberschenkel bloß, weißes Fett, rotes Fleisch und sehr wenig braune Haut. Er wickelte rasch einen Druckverband um die Wunde, dann machte er dasselbe mit der Wunde in Amitais Schulter. Amitai zuckte zusammen vor Schmerz, den er jetzt erst spürte. Er sah weg, dorthin, wo Lior lag, aus dessen von der Aderpresse zusammengebundenen Stümpfen jetzt kein Blut mehr sickerte.

»Ich versuche zu verstehen«, sagte Natalie. »Warum macht dich das so zornig? Weil einer deiner Männer gestorben ist?«

»Ja.«

»Aber du hast alles getan, was du konntest. Offensichtlich, meine ich. Sie hätten dir ja sonst keine Medaille verliehen.«

Er hatte die Sanitäter gezwungen, ihn zu seinen Männern zu bringen, sie waren zusammengebrochen, klammerten sich aneinander, während der eine sich erbrach, der andere schluchzte. Er hatte sie wieder und wieder gezählt, wie eine Ente ihre Küken, hatte ihnen mit der Hand über den Kopf, über Arme und Beine gestrichen, sich versichert, dass sie heil waren, sich damit getröstet, dass er wenigstens sie gerettet hatte.

Und dann sein Kommandant, der ihn durch das Funkgerät anschnauzte. Er habe den Befehl gehabt, die Stellung zu halten, habe er das nicht gehört? Über den frei zugänglichen Sender, ja, hatte er geantwortet, aber die Hisbollah hörte bei ihren Übertragungen mit. Jeder wusste, dass alles, was über den offenen Transmitter ging, Scheiße war. Er lag da auf seiner Trage, hörte, wie ihn sein Kommandant anbrüllte, er werde vors Kriegsgericht gestellt, sein Kommando sei beendet, seine Soldaten würden einem anderen, tapfereren Offizier anvertraut, der sich nicht zurückziehen würde, wenn er den Befehl hatte, die Stellung zu halten, der sie alle sterben lassen würde, wenn das Kommando das so angeordnet hatte.

Wäre die Bindung an sein Land, an die Menschen, die er als die seinen hätte betrachten sollen, zerrissen, wenn sie nicht schon zerschlissen gewesen wäre? Hätte er sich so betrogen gefühlt, wenn er nicht im Kibbuz Hakotzer aufgewachsen wäre und in der Armee das gesucht hätte, was er in der Kindheit vermisst hatte: eine Gemeinschaft, der er sich zugehörig fühlen konnte, ein Gefühl von Loyalität und Identität?

Während er am zerwühlten Abhang im Libanon im Dreck lag, hatte er gefühlt, wie es mit einem fühlbaren Knacken brach. Nicht sein Bein. Aber sein Herz.

»Die Medaille bedeutet gar nichts«, sagte Amitai. Und

tatsächlich, als er die Nachricht erhielt, dass er nicht vors Kriegsgericht gestellt, sondern ausgezeichnet werden würde, mit einem aus mattem grauem Nickel gefertigten, an einem roten Band befestigten Abzeichen aus stilisierten Schwertern und einem Olivenzweig, hatte er gar nichts gefühlt. Inzwischen war er in Amerika und hatte sich nicht einmal die Mühe gemacht, zur Zeremonie zu kommen. Sein Vater hatte die Medaille an seiner Stelle entgegengenommen.

»Nun ja, es hat etwas für den Mann bedeutet, den du gerettet hast.«

»Ich möchte nicht mehr darüber sprechen.«

»Okay.« Ihre Stimme zitterte, und erst jetzt wurde ihm bewusst, dass er gebrüllt hatte.

»Tut mir leid«, sagte er. »Es ist nur wegen Tamid. Ich bin wütend, dass Tamid dir diese Geschichte erzählt hat, und ich bin wütend, dass er hier in Oradea ist. Er macht alles sehr schwierig für mich. Er hat mich aufgeregt, aber jetzt bin ich wieder ruhig. Reden wir nicht mehr darüber.« Er begann hastig zu sprechen und konnte sich nicht einbremsen, obwohl er es versuchte. »Wir müssen überlegen, wie wir bei Varga weiter vorgehen. Ich werde ihn morgen wieder kontaktieren. Vielleicht stellt sich Tamids Anwesenheit noch als Vorteil für uns heraus. Tamid wird Varga mit einem Gerichtsverfahren drohen, und wenn ich dann noch einmal mit meinem Angebot auftauche, werde ich ihm wie ein Retter vorkommen.«

Aber so leicht ließ sie sich nicht ablenken. »Hilf mir zu verstehen, warum dich das so aufregt. Ich möchte verstehen.«

Wie sollte er erklären, wie es sich anfühlte, so isoliert, so verloren zu sein? Er riss sie in seine Arme und presste sein Gesicht in ihre Halsgrube, und sie hielt ihn, streichelte sachte seinen Rücken. Einen Moment lang kam es ihm vor, als kämen ihm die Tränen, aber stattdessen zerrte er ihre Unterwäsche hinunter und drang in sie ein. Sie wehrte sich nicht, schien auch nicht überrascht, und er fragte sich, wie arg es sein Leben durcheinanderbringen würde, sollte er diese Frau lieben.

25

Amitais Erfahrung sagte ihm, dass Varga inzwischen angerufen hätte, falls er das Gemälde besaß und es verkaufen wollte. Aber es war bereits fünf Uhr. Er und Natalie hatten den Tag damit verbracht, in ihrem tomatenroten Hotelzimmer in Oradea auf der zerknitterten tomatenroten Überdecke im Bett zu liegen und auf Amitais Handy zu starren. Es hätte ein Stein sein können. Es war das regloseste Objekt im Universum.

»Er wird nicht anrufen, nicht wahr?«, sagte sie schließlich.

Seit Amitai sich damit befasste, im Holocaust verlorenes Eigentum zurückzufordern, hatte seine Priorität immer in der Minimierung jedes Risikos bestanden. Er spürte Objekten mit anerkanntem oder potenziellem, nüchtern geschätztem Wert nach, nahm Verhandlungen auf, die sich manchmal beinahe unangenehm, aber niemals gehässig gestalteten, und klinkte sich beim ersten Anschein von Streitigkeiten oder Gezänk aus. Überdies war er immer bereit zu gehen. Der Makler, der kein persönliches Interesse am Ergebnis der Verhandlungen hatte, hatte die größte Chance, zufriedengestellt zu werden.

Wenn er die Lage mit einem durch Erfahrung zynisch gewordenen Auge betrachtete, war es nach jedem Gesetz seines Gewerbes, wie er es immer betrieben hatte, wohl das Klügste, zu packen und nach Budapest zurückzukehren. Aus allen Blickwinkeln betrachtet sah er bei diesem Job nur die Möglichkeit eines Versagens, falls nicht eines Desasters. Varga war ein unangenehmer Mensch, und obwohl Amitai schon früher mit Typen seines Schlags verhandelt hatte, bestand immer das Risiko, dass der Mann seine Drohung wahrmachte und die Polizei rief. Noch schlimmer, es konnte sich möglicherweise herausstellen, dass das Bild viel schlechter war, als es auf dem Foto schien, oder dass es, egal was sein Wert sein mochte, bei den Sammlern, die Hunderttausende oder sogar Millionen Dollar für ein Bild von Max Ernst zu zahlen bereit waren, keinen Anklang finden würde, auch wenn Komlós einen bisher nicht gewürdigten Einfluss auf Ernst ausgeübt haben mochte.

Aber das größte Risiko bestand darin, dass Amitai so engagiert war, so verstrickt, so persönlich in diese Suche verwickelt, dass er die Vorstellung hasste, aufzuhören.

Er wollte unbedingt Erfolg haben. Wenn sie beide nach dem, was letzte Nacht mit ihnen geschehen war, aufgaben und nach Budapest zurückkehrten, dann würde Natalie, so fürchtete er, den Glauben an ihn verlieren, und dann wäre das vorüber, was zwischen ihnen war. Aber das konnte er nicht. Er wollte um jeden Preis ihre illusorische Hoffnung nähren, so wie er seine eigene nährte.

»Nein«, sagte er, »er wird nicht anrufen.«

»Was sollen wir also tun?«

»Unsere Zelte abbrechen«, sagte er. »Nach Budapest zurückfahren.«

»Amitai, nein! Nicht, ohne dass wir etwas wissen. Wir müssen zumindest rauszukriegen versuchen, ob Varga das Bild hat. Wir können nicht einfach …«

»Keinen Erfolg haben? Doch, können wir. Das liegt in

der Natur meines Geschäfts. Wenn es nicht klappt, ist nichts gewonnen oder verloren. Es bleibt bloß so, wie es vorher war. Außerdem wird es kein totaler Flop sein. Wir werden nach Budapest zurückfahren und einen Einhorn-Erben finden, dem du die Halskette zurückgeben kannst. Du kannst tun, worum dich dein Großvater gebeten hat. Das zumindest schaffen wir.«

»Nein«, sagte Natalie. »Wir schulden es Nina Einhorn und Vidor Komlós, dass wir wenigstens versuchen, das Bild zurückzubekommen. Sonst sind sie vergeblich gestorben.«

»Sie sind vergeblich gestorben.«

»Ja. Du hast natürlich recht. Aber wir können etwas retten. Zumindest für Komlós. Wir können seinen Ruf wiederherstellen, den Ruf, den Vargas Großvater ihm gestohlen hat.«

Auch wenn er gerne gehabt hätte, dass sie ihn für eine Art Zauberer hielt, der finden konnte, was verloren, zurückgeben, was gestohlen war, der das Falsche wieder richtig machen konnte – obwohl er wollte, dass sie ihn liebte –, konnte er das nicht einfach stehenlassen.

»Komlós' Ruf bedeutet ihm nichts mehr, Natalie. Sein Name, sein Vermächtnis bedeuten Jill Gillette, seiner angeblichen Verwandten, gar nichts. Sie hatte noch nie von dem Mann gehört, bevor ich sie gefunden und ihr gesagt habe, dass da Geld zu holen sei. Darum geht es, nicht darum, verlorene Bilder zu finden oder eine gestohlene Reputation wieder zurechtzurücken. Geld.«

»Das glaube ich nicht. Und ich glaube auch nicht, dass du das glaubst. Du machst mir nichts vor, Amitai. Du sagst, es geht bloß ums Geschäft, aber ich sehe ja, wie viel dir das bedeutet. Du möchtest es ebenso gerne finden wie ich. Du möchtest das Falsche richtig machen.«

»Du weißt das.«

»Ja. Und ich weiß noch etwas. Du hast dich in mich verliebt.«

Das erwischte ihn kalt, aber er zeigte es nicht. Dazu war er ein zu gewitzter Verhandler.

»Nur des Arguments wegen«, sagte er. »Sagen wir mal, dass das alles stimmt.«

»Alles?«

»Nur des Arguments wegen. Erstens: Wenn Varga nicht anruft, ist alles vorbei. Und er hat nicht angerufen. Nun, zweitens, Tamid ist wahrscheinlich inzwischen bei ihm gewesen, und wenn man seinen Mangel an Geschick, seine Unkenntnis des Kunstmarktes und seine plumpen Drohungen mit Gerichtsverfahren und dem Zorn der israelischen Regierung bedenkt, bin ich sicher, dass er nicht bloß das Bild nicht für Yad Vashem bekommen, sondern auch Varga zu Tode erschreckt hat, der nun niemals zugeben wird, dass er es besitzt. Und drittens, und das ist das Wahrscheinlichste: Es gibt kein Bild. Und deswegen hat Varga nicht angerufen.«

»Yeah«, sagte Valerie. »Aber möchtest du es nicht wissen?«

Der schwarze Mercedes blieb vor dem Haus in der Strada Costache Negruzzi stehen und ließ den Motor laufen. Einen Moment später stieg der Fahrer, er trug eine schwarze Chauffeursmütze, aus und ging um das Auto herum, um seinem Fahrgast die Tür zu öffnen. Mit galanter Geste half er ihr aus dem Wagen. Es war eine hinreißende Rothaarige in einem schwingenden schwarzen Mantel, einem Strickkleid mit tiefem Ausschnitt und hochhackigen Stiefeln.

»Das stimmt einfach nicht«, sagte sie.

»Es stimmt«, sagte der Chauffeur.

»Ich sollte Sneakers tragen und so was wie eine orange Daunenweste.«

»Das weiß er nicht.«

»Bist du dir sicher?«

»Wir verkaufen nicht die Realität, wir verkaufen den Traum. Den rumänischen Traum. Dafür siehst du perfekt aus.«

Sie nickte, sah unsicher drein. Es war ihr Plan in den Umrissen, seiner in den Details, und er gab ihm eine 30- bis 35-prozentige Chance. Diese Schätzung behielt er für sich, aber sie war nicht dumm und lernte, ihn zu lesen, und obwohl sie den ganzen Morgen draufgängerisch gewesen war, schien sie jetzt plötzlich Zweifel zu verspüren.

»Geh hin und her«, sagte er ihr. »Schau nicht zu mir, schau zum Haus hin.«

Sie gehorchte, stöckelte auf dem Gehsteig vor dem Haus herum, das Vargas Großvater ein paar Juden mit Namen Einhorn gestohlen hatte.

»Sag, was für ein hübsches Haus«, schlug er vor.

»Was für ein hübsches Haus.«

»Könnte passen.«

»Es hat das gewisse Etwas, nach dem wir suchen.«

»Gut. Und jetzt denk dran«, flüsterte er, bewegte kaum die Lippen. »Möglicherweise hängt es da drin nicht einfach an der Wand. Es könnte in einem Schrank oder einer Vitrine sein. Vielleicht sogar auf dem Dachboden. Diese Häuser haben nicht immer einen Keller, aber wenn einer da ist, sieh zu, dass er dich hinunterführt. Du hast die Taschenlampe?«

»Hab ich.«

»Dein Handy?«

»Ja.«

»Du hast nachgeschaut, ob die Kamera funktioniert?«

»Ja.«

»Gut. Denk dran: Es könnte unangenehm werden. Varga ist kein besonders netter Mensch.«

»Er ist ein antisemitisches Schwein«, sagte sie fröhlich

und lächelnd, mimte Begeisterung für das Haus. »Aber warum sollte es Natalie Kennedy kümmern, was er über Juden denkt?«

In ihrem (unechten) Chanel-Portemonnaie verwahrte sie einen Stapel Visitenkarten, express gedruckt in einem Copyshop etwas weiter die Straße hinunter von ihrem Hotel, die sie unter diesem Namen auswiesen, dem glamourösesten amerikanischen Namen, der ihnen eingefallen war.

Amitai stieg wieder ins Auto. Er rückte seine schwarze Krawatte zurecht und setzte die Schirmmütze bequemer auf; er hatte sie für fünfzig Dollar einem Limousinenchauffeur, der vor dem Hotel parkte, direkt vom Kopf weg abgekauft. Dann sah er zu, wie sie auf ihren hohen Absätzen zur Tür hin stakste.

Er ließ das Fenster hinunter. Varga würde den anonymen Chauffeur einer Limousine keines Blickes würdigen, und falls er es doch tat, würde die Mütze, Amitai war sich da sicher, Verkleidung genug sein. Die Leute machten sich nie die Mühe, diejenigen zu beachten, die sie bedienten. Kellner und Chauffeure waren die unsichtbarsten Leute der Welt.

»Hallo!«, sprudelte Natalie hervor, als die Tür aufging. »Sind Sie der Besitzer dieses wundervollen Hauses?«

Amitai konnte zwar sehen, dass es Varga war, der die Tür öffnete, die gemurmelte Antwort des Mannes aber konnte er nicht hören.

»Wunderbar!«, flötete Natalie. »Mein Name ist Natalie Kennedy. Ich arbeite für die Filmfirma Warner Brothers. In Hollywood.«

Die Idee war von den Filmpostern in Vargas Wohnzimmer inspiriert worden, und Amitai hoffte nun, dass er recht gehabt hatte und der Mann wirklich ein Fan amerikanischer Filme war.

»Ich bin Location Scout«, sagte Natalie. »Mein Job ist

es, Plätze zu finden, wo wir filmen können. Wir drehen gerade einen Film in Oradea, und ich habe endlos nach einem Haus genau wie dieses hier gesucht! Letzte Jahrhundertwende, intakt, nicht in Wohnungen aufgeteilt. Ehrlich, ich hatte nicht gedacht, eines zu finden. Macht es Ihnen was aus, wenn ich reinkomme?«

Varga öffnete die Tür nicht.

»Hören Sie«, sagte Natalie. Sie sah sich um, als vermute sie lauschende Nachbarn, und sagte dann: »Ich sollte Ihnen das ja nicht sagen, aber es ist ein sehr teurer Film.«

Varga sagte etwas, und sie lachte, ein entzücktes Gurren. »Warum sagen Sie das? Oradea ist genau der richtige Ort! Diese europäische Mystik! Im Ernst, darf ich nicht reinkommen? Ich werde Sie nur ein paar Minuten aufhalten. Und ich verspreche Ihnen, dass es das wert ist.« Sie rieb Daumen und Zeigefinger aneinander. »Warner Brothers zahlt Höchstpreise für Locations.«

Wieder sagte Varga etwas, aber Natalie hob die Hand. »Wissen Sie was? Das geht in Ordnung. Mir ist gerade das Haus da drüben aufgefallen.« Sie zeigte auf eine Villa gegenüber. »Es ist ein ähnliches Haus. Nicht ganz so schön, aber zur Not tut es das auch. Tut mir leid, Sie belästigt zu haben.«

Sie bot Varga einen Blick auf ihr vollkommenes Hinterteil, während sie den Weg hinunterging, um seinen Nachbarn ein lukratives Angebot zu machen.

Diesmal hörte Amitai ihn, als Varga rief: »Bitte! Kommen Sie zurück. Ist wunderbares Haus. Perfektes Haus für Film!«

Als Natalie an ihm vorbei durch die Tür glitt, sagte Varga noch etwas, aber Amitai konnte nur ihre Antwort hören. »Ja, mein Großonkel. Aber ich habe ihn natürlich nicht gekannt. Er ist Jahre vor meiner Geburt ermordet worden.«

38 Minuten und 19 Sekunden, nachdem sie das Haus betreten hatte, das man den Einhorns gestohlen hatte, öffnete sich die Tür von neuem, und Natalie stürmte heraus, die Schöße ihres schwarzen Mantels flatterten grotesk hinter ihr her. Sie sah aus wie eine Krähe mit einem gebrochenen Flügel. Unbeholfen stakste sie auf ihren hohen Absätzen die Treppe herunter, riss die hintere Autotür auf und ließ sich hineinfallen.

»Fahr!«, schrie sie.

Varga sauste durch die Eingangstür, er bewegte sich viel schneller, als Amitai es bei einem Mann seines Alters und Umfangs für möglich gehalten hätte.

»Fahr schon!«

Amitai legte ruckartig den Gang ein und schoss mit einem melodramatischen Reifenquietschen die schmale Straße hinunter. Natalie schüttelte ihren Mantel ab, kletterte auf den Vordersitz und schnallte sich mit entschlossener Miene an, als erwarte sie Schlaglöcher und unübersichtliche Kurven.

»Mann«, sagte sie, »du musst viel, viel schneller fahren.«

26

Es war eine fünfzehnminütige Fahrt über eine gute Straße bis zur Grenze. Amitai hielt sich an die Geschwindigkeitsbegrenzung und warf hin und wieder einen Blick in den Rückspiegel. Erst als sie den desinteressierten Grenzpolizisten ihre Pässe hingehalten und die Grenze nach Ungarn überquert hatten, entspannte er sich genügend, um Natalie zu fragen, was geschehen war.

»Zuerst ist es wunderbar gelaufen«, sagte sie. »Du hattest recht. Er ist ein fanatischer Kinofan. Sein Haus ist tapeziert mit Postern von »Scarface« oder so was wie »American Gangster«. Er hat mich nur zu gern reingelassen.«

»Schien er nicht misstrauisch? Ist Tamid bei ihm gewesen?«

»Er war nicht misstrauisch. Zuerst nicht. Tamid hat er nicht erwähnt. Aber ich weiß nicht, vielleicht hat er mich auch nur reingelegt.«

Sie hatte Varga gesagt, dass bei dem Film, für den sie als Scout arbeite, die Coen-Brüder Regie führen würden; er sei in den späten 1920ern angesiedelt, am Ende der Jazz-Ära. An diesem Punkt hatte Varga – sosehr er, wie er zugeben musste, die Coen-Brüder schätzte – den ersten Stich eines Zweifels empfunden. Die Jazz-Ära, in Rumänien?

Natalie senkte die Stimme.

»Okay, Mr. Varga, sehen Sie, jetzt nur zwischen uns beiden, okay? Kann ich Ihnen vertrauen?«

Varga sah gekränkt drein. Konnte sie ihm trauen? Was für eine Frage!

»Bei einer solchen Produktion … der Plot ist natürlich hochgeheim. Absolute Sperre. Aber wenn Sie versprechen, es für sich zu behalten …«

Varga nickte.

»Der Hauptdarsteller – und wir haben einen großen Star …«

»George Clooney?«

Sie sah erstaunt drein. »O mein Gott! Ja! Wie konnten Sie …«

Varga spielte seine Hellsicht herunter.

»Ich habe fast das Gefühl, Sie haben mich gescoutet. Ja, also, er ist ein amerikanischer Jazzmusiker, ein Posaunist, nicht, der von San Francisco auf der Suche nach der Liebe nach Rumänien gekommen ist.«

»Rumänische Frauen sind sehr schön«, nickte Varga.

»Genau«, sagte sie. »Es ist ein historischer Film, ich bin also besonders an den älteren Teilen Ihres Hauses interessiert. Wir bringen natürlich die Möbel mit, Haushaltsgeräte und Kunstgegenstände, Sachen aus dieser Zeit. Aber ich, nun, ich hätte zu gerne gesehen, ob Sie irgendwas hier im Haus haben, das wir verwenden könnten. Wir zahlen sehr großzügige Leihgebühren.«

Beeindruckt von ihren Beglaubigungen, ihrer teuren Kleidung, vom schwarzen Mercedes, der vor dem Haus parkte, war Varga ölig und entgegenkommend gewesen, als er sie in das mit hässlichen Möbeln vollgestopfte Wohnzimmer führte. Sie fotografierte fleißig das Zimmer und seinen Inhalt aus jedem Blickwinkel.

Im Wohnzimmer hingen keine Bilder, welcher Art auch immer, auch nicht im Esszimmer, wo sie als Nächstes haltmachten. Aber in der Bibliothek hing eine Landschaft über dem Kamin. Interesse an den Nippes vorschützend, die auf dem gesprungenen Kaminsims standen, richtete sie ihre Kamera auf das Gemälde.

Nun zeigte sie Amitai das Bild, und er riskierte einen raschen Blick.

Sie sagte: »Ich dachte, dass die Einhorns vielleicht Kunstsammler gewesen wären. Dass es etwas wert sein könnte. Oder vielleicht hatten sie andere Werke von Komlós gekauft.«

»Wenn das ein Komlós ist«, sagte er, »dann habe ich mich schrecklich verrechnet. Das ist überhaupt kein Künstler.«

»Was? Warum?«

»Das ist ein Bild aus einer Schachtel. Malen nach Zahlen.«

»Echt? Scheiße!«, sagte sie und beugte sich über den kleinen Schirm.

»Siehst du die Linien nicht? Da ist sogar ein Leerraum.«

Sie zoomte in das Bild, kniff die Augen zusammen und lachte. »Nummer 26. Sieht so aus, als hätte das grün sein sollen. Nun ja. Jedenfalls habe ich die ganze Zeit geknipst. Ich habe ihm dauernd gesagt, das sei genau das, was wir suchten, ein wirklich authentisches rumänisches Haus aus dieser Zeit. Perfekt für unsere Show. Ich hab es Show genannt, weil die Filmleute so reden, sie nennen es nicht Film. Dann habe ich gefragt, ob es eine Aussicht vom oberen Stock gebe.«

Während er sie hinaufbrachte, plapperte sie ununterbrochen weiter. »Ich habe dauernd ›Plausibilität‹ gesagt. Ich merkte, dass er keine Ahnung hatte, was ich meinte.«

Varga führte sie auf den Dachboden, wo, wie er sagte, seine Familie ihre alten und kaputten Sachen aufbewahrte, von denen man viele hinunterbringen könne, um das Haus auszustatten. Gegen eine zusätzliche Gebühr natürlich.

»Natürlich«, sagte sie.

Der Dachboden erstreckte sich über die ganze Hausbreite. Obwohl staubig und unbenutzt, war er von einer langen Reihe greller Neonröhren erhellt, die über ihren Köpfen flackerten. Sie schoss Foto um Foto der desolaten Garderobenschränke, die sich an die Dachbodenwände drängten, von Stühlen mit zerrissenen geflochtenen Sitzen, von Seekoffern, einer mit einem Aufkleber des Hafens Haifa, Palästina. Beim Anblick dieses Aufklebers – deutlicher Beweis für die Familie Einhorn, da war sie sich sicher – begann ihr Herz so heftig zu pochen, dass sie für einen Moment besorgt war, unter dem lautlos hochwirbelnden Staub im Dachboden könne das Geräusch zu hören sein.

»Das ist phantastisch!«, schwärmte sie und hoffte, ihr Überschwang wäre genügend Erklärung für ihr rotes Gesicht. »Der Art Director wird außer sich sein vor Begeisterung.«

»Außer sich?«

»Glücklich! Sehr glücklich.«

Danach gingen sie wieder hinunter. Sie blieb einen Augenblick in der Vorhalle stehen, beharrte: »Wir müssen in Kontakt bleiben. Meine Telefonnummer und Mailadresse stehen auf meiner Karte.«

Amitai erzählte sie: »Und da wir so ziemlich alle Räume durchhatten, sagte ich ihm, ich müsse mal.«

Da war eine schmale, weißlackierte Tür mit fünf Paneelen. Sie öffnete und schloss sie, bevor Varga Einspruch erheben konnte, resolut hinter sich.

Das Bild hing an der Wand gegenüber der Toilette.

Amitai konnte nicht anders: Er japste auf.

»Ich weiß!«, sagte sie. »Im Bad! Als ich es sah, sprang ich buchstäblich hoch. Ich muss alles angepinkelt haben. Ich musste Zeit gewinnen, also machte ich ein paar, na ja, Pressgeräusche. Dann ging ich nahe ran. Es ist in einem ganz billigen Holzrahmen. Varga hat offensichtlich keine Idee, wie wertvoll es ist. Ich starrte dem Pfau ins Auge. Weißt du, es ist nicht bloß ein schwarzer Punkt, wie auf dem Foto oder wie es ein Pfau wirklich hat. Es ist haselnussbraun. Wie ein Frauenauge. Es wirkt mehr wie das Auge auf einer Pfauenfeder als wie das Auge eines wirklichen Pfaus.«

Und im Gemälde hing, wie es an Natalie hing, im Schattenreich zwischen ihren Brüsten, Frau E.s Medaillon. Es war so sorgfältig, so hyperrealistisch gemalt, jeder Edelstein und jede Filigranverzierung in so dicker Farbe aufgetragen, dass das Medaillon einen echten Schatten auf die Leinwand warf.

»Zeig es mir«, sagte Amitai.

»Was?«, sagte Natalie, plötzlich besorgt.

»Das Foto! Du hast doch eines gemacht?« Er stöhnte. »Bitte, sag mir, dass du daran gedacht hast, das einzige Ding zu fotografieren, das wir gesucht haben.«

»Darf ich bitte zu Ende erzählen?«

»Ich kann's einfach nicht glauben …«

»Bitte, lass mich zu Ende erzählen.«

Sie genoss das, dachte er. Er wurde verrückt, und sie genoss es, die Geschichte zu erzählen. »Fein. Also, was hast du dann gemacht?«

Sie lehnte sich über den Sitz zurück, langte in den Haufen schwarzer Wolle, den ihr übergroßer Mantel bildete, und zog das Bild selbst heraus, in seinem schlichten Holzrahmen.

»Ich habe es einfach hinter den Rücken gesteckt, den Gürtel meines Mantels festgezurrt und bin losgerannt.«

27

Sie ließen das Auto beim Diener des Hotel Gellért, und Amitai trug das Bild in seinen Armen, wie ein schlafendes Baby in Natalies Mantel gewickelt, ein gestohlenes Kind, das niemand sehen durfte. Er legte das Bündel auf das Bett in ihrem Zimmer, sachte, wie um den Schlummer dessen nicht zu stören, das da eingewickelt lag. Dann wies er auf einen prall gepolsterten Armsessel in der Ecke neben dem Fernseher.

»Setz dich«, sagte er.

Natalie setzte sich. Nun, da ihre Rolle als Abenteurerin zu Ende war – nun, da sie sehen konnte, wie sehr ihm das zusetzte –, war ihre leichtfertige Stimmung verschwunden, und sie war wachsam geworden. Sie wartete, das wusste er, dass er zornig wurde, sie ausschimpfte, vor Wut explodierte. Aber er wusste auch, wie Frauen in solchen Dingen vorgingen. Er würde ihr nicht die Gelegenheit bieten, den Spieß umzudrehen, die Betroffene zu werden. Keine Frage, er war der Betroffene in dieser Sache. Er war derjenige, auf dessen Welt mit ihrer Uhrfedernmechanik, ihren Vorschubleistungen, ihrer sorgfältig abgestimmten Moral sie mit dem Hammer ihres törichten Idealismus, ihres kindischen Gerechtigkeitssinns, ihres Mangels an Selbstkontrolle losgegangen war.

Sorgfältig entknotete er die Ärmel des Mantels und wickelte das Bild aus. Es lag mit der Schauseite nach unten, er ließ es so und legte es auf die Matratze. Er hängte Natalies Mantel in den Schrank, zog seinen aus und hängte ihn ebenfalls auf. Dann begann er hin und her zu gehen, sah sie nicht an, sah das Ding auf dem Bett nicht an. Im Stillen begann er die Vorgangsweise zu überlegen, wie sie das Gemälde zurückerstatten sollten. Wenn er selbst es tat, musste er mit einer Anklage rechnen. Er brauchte einen Vermittler. Konnte er Elek einsetzen? Würde Elek die Fahrt unternehmen, das Risiko eingehen wollen? Oder würde Elek ablehnen, angesichts dessen, was er erkennen hatte lassen: dass die Nationen das Recht hätten, ihr künstlerisches Erbe zu behalten?

Nein, Amitai würde es selbst tun müssen. Er würde sagen, dass eine Frau versucht hatte, ihm das Bild zu verkaufen, dass er es an sich genommen hatte und nun Varga zurückgeben wollte. Würde Varga ihm glauben? Falls ja, würde er an diesem Punkt vielleicht dankbar genug sein, um einen Verkauf in Betracht zu ziehen. Oder, dachte Amitai zornig, die Polizei rufen. Wie würde es für einen Israeli wohl sein in einem rumänischen Gefängnis? Und selbst wenn er eine Haft vermeiden konnte, beruhte doch der Erfolg seines Geschäfts ganz und gar auf seiner Reputation unter Antiquitätenhändlern, Museumsleitern und niederen Beamten. Wenn der Diebstahl allgemein bekannt wurde, war er in Rumänien ruiniert, ebenso in Ungarn und Gott weiß wo noch. Und wenn es Tamid herausfand? Er würde drohen, falls Amitai ihm das Bild nicht aushändige, um es Yad Vashem oder dem Israel Museum zu geben, werde er ihn der rumänischen Polizei melden, oder Interpol oder welcher Behörde auch immer, die die Jurisdiktion über gestohlenes jüdisches Eigentum hatte. Tamid würde entzückt sein, wenn er die Gelegenheit erhielt, Amitais Karriere und Leben zu ruinieren. Für einen Augenblick stellte sich Amitai den Anruf bei seinem Onkel vor. Jacobs Wut, seine eigene Demütigung.

Er hielt mit dem Hin- und Hergehen inne, stand da und starrte das Bild an, das mit der Schauseite nach unten auf dem Bett lag, lachte laut auf.

»Amitai?«, sagte Natalie erstaunt. Das war, so schien es, nicht die Reaktion, die sie erwartet hatte. »Warum lachst du?«

»Warum ich lache? Ich lache immer, wenn ich einen guten Zaubertrick sehe. Und das, Natalie, war ein toller Trick, den du da abgezogen hast.«

Sie sah zu ihm auf, mit einem zugleich ergebenen und beklommenen Ausdruck, sie wollte sehen, dass seine Stimmung sich gebessert hatte, dass sie am Spaß teilhaben konnte, und zugleich fürchtete sie, dass der sich als gar nicht komisch herausstellen würde.

»Tatsächlich?«

»Ja. Du hast aus Vidor Komlós Bruno Schulz gemacht.«

Er beobachtete ihr Gesicht, bereit, sie für immer aus dem Buch seines Herzens zu streichen, wenn sie ausdrucks- oder ahnungslos dreinschauen würde, bereit, aus dem Zimmer zu gehen und sie die Suppe allein auslöffeln zu lassen, die sie sich eingebrockt hatte. Als er sah, dass sie verstand, wovon er sprach, wusste er nicht, ob er sich erleichtert fühlte oder enttäuscht war.

»Okay«, sagte sie, sie klang entschlossen, um seiner feindseligen und aggressiven Ruhe etwas entgegenzusetzen, falls er das so haben wollte. »Erstens, ich wollte es nicht von einer Wand runterstemmen. Zweitens hing es an einem Haken. Also ist das, was ich getan habe, wieder rückgängig zu machen. Wenn du möchtest, setzen wir uns einfach wieder ins Auto, fahren nach Oradea und geben es zurück.«

Sie saß erwartungsvoll da, die Hände auf den Knien, übertrieb es bewusst. Er brauchte bloß das Wort zu sagen. Das war der Moment, in dem ihm das Ausmaß des Schadens bewusst wurde, den sie in seinem wohlgeordneten Leben angerichtet hatte. Der Augenblick ging vorüber, unwiederbringlich.

»Drittens«, sagte sie, »sagen wir mal, ich hätte aus Vidor Komlós Bruno Schulz gemacht, aber ist das etwas Schlechtes? Schulz ist inzwischen einer der berühmtesten jüdischen Künstler des vergangenen Jahrhunderts. Und ich sehe nicht, dass das so falsch gewesen wäre, was sie getan haben.«

»Meinst du das ernst?«, sagte er. »Diese *baheimot* von Yad Vashem, diese Kunst-Gangster-Freunde von Dror Tamid? Sie gehen mit Brechstangen und Pickeln da rein, hacken die verdammten Fresken direkt von der Wand. Es gab beträchtlichen Schaden.«

»Die Wandbilder waren seit Jahrzehnten dort in der Wohnung, heruntergekommen, sie moderten in einer Kammer vor sich hin.«

»Sie waren gefunden worden. Sie wurden freigelegt.«

»So ist das nicht abgelaufen.«

»Ach ja. Und du weißt, wie es geschehen ist?«

»Ja, weiß ich. Dieser deutsche Filmemacher, ausgerechnet, ist ganz besessen von Schulz und den Wandbildern im Kinderzimmer. Er geht sie suchen, sie sind angeblich lange verloren, aber da sind sie ja, im Kämmerchen in dieser elenden Wohnung, wo sie immer gewesen sind, denn es stellt sich heraus, dass sie gar nicht verlorengegangen sind, dass sich bloß keiner die Mühe gemacht hatte, danach zu suchen. Nicht die Polen, die ein solches Gewese um Schulz machen, den großen polnischen Genius, und ganz sicher nicht die Ukrainer. Sie haben nicht nachgesehen, weil es ihnen egal war. Es hat ihnen bloß etwas ausgemacht, als wir sie mitzunehmen wagten.«

»Wir?«

»Okay, ihr. Israel. Yad Vashem. Wer immer.«

»Nicht ich. Ich achte immer darauf, mich im Rahmen der Gesetze zu bewegen.«

»Wessen Gesetz? Die Gesetze der Leute, die den Besitz eigentlich erst gestohlen haben? Weißt du, was passiert ist, nachdem die Wandbilder von Bruno Schulz mitgenommen wurden? Nachdem alle außer sich waren über die schrecklichen Israelis, wie konnten sie es wagen, das geheiligte Eigentum Polens und der Ukraine zu zerstören? Die Teile, die Yad Vashem zurückgelassen hatte, wurden vandalisiert. Ich nehme an, du wirst sagen, dass das ihr Recht gewesen sei, da von Gesetzes wegen die Fresken ihnen gehörten.«

»Danke, Natalie, du hast gerade bewiesen, dass ich recht hatte.«

Sie machte ein verdutztes Gesicht, überlegte noch einmal, was sie gesagt hatte, suchte den Fehler.

»Den Polen und Ukrainern waren die Wandbilder von Schulz immer egal, bis Yad Vashem danach suchte. Stimmt. Absolut korrekt. Und genauso haben sich auch die Ungarn und Rumänen nie um Vidor Komlós gekümmert. Ich gehe noch weiter: Sie hatten noch nie von Vidor Komlós gehört. Aber du kannst dir verdammt sicher sein, dass sie sich jetzt darum kümmern werden. Jetzt, wo wir das Bild gestohlen haben. Vidor Komlós wird eine Cause célèbre werden! Dafür hast du gesorgt. Dafür hast du verdammt nochmal gesorgt!«

Das Echo seines Aufschreis hallte von den Oberflächen im Hotelzimmer wider, von den Rohren in den Wänden. Dann Stille.

Langsam erhob sie sich von ihrem Stuhl. Sie ging stumm zum Bett hinüber, hob das Bild hoch, drehte es um und legte es wieder hin, die Bildseite nach oben.

Es war eines der schönsten Dinge, die er je gesehen hatte, und eines der schaurigsten. Die unverhohlene Erotik des nackten Frauenkörpers, sinnlich und reif. Ihre Haut, alabasterbleich an manchen Stellen, dann wieder zartrosa. Die kräftige, leuchtende Farbe der Federn am Pfauenkopf, ein Dutzend verschiedene schillernde Blautöne, ihre komplizierte Textur. Das dämonische, durchdringende Auge des Pfaus, nicht schwarz, sondern grünlich, ja haselnussbraun. Der Pfauenkopf mit dem Frauenauge sprang förmlich aus der Leinwand. Das Bild war opulent und beunruhigend zugleich, üppig, aber schroff, sinnlich, aber zutiefst verstörend, und Amitai war sich plötzlich eines schmerzhaften, erotischen Verlangens bewusst. Er sehnte sich danach, in die Arme dieser Frau zu fallen. Er wusste, dass sich in diesen Armen ein Mann, der sich immer heimatlos gefühlt hatte, endlich zuhause fühlen konnte. Er verstand, warum Varga das Bild ausgerechnet im Badezimmer verwahrt hatte. Hätte es ihm selbst gehört, er hätte es auch an einem privaten, intimen Ort aufgehängt, wo er es als Einziger ansehen durfte.

Natalie streifte ihre Stiefel ab. Sie schlüpfte aus ihrem Kleid, löste ihren festen Haarknoten und legte sich auf das Bett neben das Bild. Er setzte sich neben sie und legte die Hand auf ihren weichen, warmen Bauch, gewährte ihr durch diese Berührung Absolution.

»Diesem Scheißkerl gebe ich es sicher nicht zurück«, sagte er.

»Recht?«

»Du hast recht. Du hast das Richtige getan.«

»Und was machen wir jetzt damit?«

»Wir bringen es nachhause.«

»Wie?«

Die bessere Frage war: Welches Zuhause? Wessen Zuhause? Wo würde er dieses Bild hinbringen, das er mehr wollte als irgendetwas in seinem Leben? Irgendetwas, außer, vielleicht, die Frau, die neben ihm lag.

»Das kriege ich raus«, sagte er.

28

Am nächsten Morgen erhielt Amitai eine Mail von Frau Vázsonyi aus der Jüdischen Bibliothek. Es tue ihr leid, schrieb sie, dass ihre Recherchen keine überlebenden Mitglieder von Ignác Einhorns Familie zutage gefördert hätten, obwohl es so schien, als gebe es eine wenn auch entfernte Verbindung zur Familie von Baron Móric Einhorn. Der adelige Zweig hatte den Krieg überlebt, unter dem Kommunismus aber war es ihm nicht gut ergangen. Es gab Gerüchte, einige Verwandte seien via Österreich nach Amerika geflohen, wo sie angeblich den Titel abgelegt und den Namen geändert hatten. Von Nina Einhorns Familie, den Schillingers, gab es noch schlechtere Nachrichten. Nur einer, ein Bruder, hatte den Krieg überlebt. Seine Frau und seine Kinder waren von den Pfeilkreuzlern ermordet worden, und er hatte nie wieder geheiratet. Anfang der 1960er Jahre war er als Junggeselle gestorben. Wie es schien, gab es kein Mitglied der Familie Einhorn oder Schillinger, dem

Natalie das fünf Gramm wiegende Medaillon aushändigen konnte, das so schwer an ihrem Hals hing.

Frau Vázsonyi schrieb auch, sie habe sich die Freiheit genommen, nach Erben der anderen jungen Frau in dem Medaillon zu suchen, der Zwergin Gizella Weisz. Hier hatte sie mehr Erfolg gehabt. Im Mai 1944 waren alle sieben Geschwister Weisz aus dem Ghetto in Dragomirești nach Auschwitz deportiert worden, erfasst von derselben Welle des Völkermords, die Ignác und Nina Einhorn und ihre Familie in den Tod gerissen hatte.

»Ich möchte wissen, ob Nina und Gizella einander sahen«, sagte Amitai. »In Auschwitz, meine ich. Ob sie sich je wiedergesehen haben.«

Natalie hob die Brauen, überrascht, wie er dachte, dass er eine so romantische, sogar optimistische Vorstellung äußerte. Er war wohl selbst etwas erstaunt.

»Die Nazis haben in 56 Tagen eine halbe Million ungarische Juden nach Auschwitz deportiert«, sagte Natalie. »Die Züge verkehrten täglich, und die meisten Menschen kamen direkt von der Rampe ins Krematorium. Falls sie nicht durch irgendein Wunder im selben Zug waren, wären sie nicht zur selben Zeit im Lager am Leben gewesen.«

Das hatte er natürlich gewusst. Das Bild der beiden Freundinnen, für einen letzten Abschied wiedervereint, wenn auch noch so kurze Zeit, war etwas wie ein Angebot gewesen, eine Geste, die sie nach Frau Vázsonyis Nachrichten über die Einhorns ein wenig aufheitern sollte.

»Trotzdem«, sagte er, aus irgendeinem Grund nicht gewillt, sein Argument preiszugeben. Vielleicht sollte die Geste ja wirklich ihn selber aufheitern. »Du sprichst über das Typische. Was Gizella geschehen ist, war nicht typisch.«

Die Familie Weisz war, wie sich herausstellte, von Doktor Mengele selbst vor der sofortigen Vernichtung in

Auschwitz gerettet worden. Verzehrt von erbitterter Rivalität mit einem anderen deutschen Experten für Zwergwuchs und besessen von einer bizarren sentimentalen Vorliebe für das deutsche Märchen vom Schneewittchen und den sieben Zwergen, hatte Mengele die sieben Weisz-Geschwister als Versuchsobjekte unter seinen direkten Schutz gestellt, und so hatten sie überlebt, um von verblüfften Soldaten der Sowjetarmee befreit zu werden. Nach dem Krieg, schrieb Frau Vázsonyi, waren die sieben Geschwister Weisz alle nach Israel ausgewandert.

»Gizella ist 1981 gestorben«, las Natalie laut aus der E-Mail vor. »Sie war 88 Jahre alt.«

»Ein langes und interessantes Leben«, meinte Amitai. »Ein tragisches Leben.«

»Hätte mein Großvater bloß vor dreißig Jahren das verdammte Medaillon geöffnet und die Fotografie gefunden. Er hätte nach Israel fliegen und es selbst zurückgeben können, anstatt mir diese vergebliche Mühe anzutun. Ich komme mir irgendwie wie eine Versagerin vor. Es war das Letzte, um das er mich gebeten hat. Ehrlich gesagt, eigentlich das Einzige.«

»Aber vor 1989 hätte er nicht ohne ziemliche Umstände nach Ungarn fahren und nicht so leicht herausfinden können, wer Gizella war oder wohin sie gegangen war.«

»Das stimmt wohl.«

»Und wenn er dir nicht diesen besonderen Auftrag gegeben hätte, hättest du diesen gewissen Narren nicht kennengelernt.« Sie schmolz dahin, und er zog sie an sich. Dann drehte er ihr Gesicht zum Bild. »Ich weiß, es fühlt sich fruchtlos an, als hättest du versagt. Aber wenn du nicht beschlossen hättest, diese Suche zu beginnen, hättest du mich nie zu diesem unglaublichen Werk geführt, diesem Meisterwerk. Und wer hätte es dann gestohlen?«

Er küsste sie, aber sich machte sich von ihm los. Noch war sie nicht bereit oder gewillt, sich trösten zu lassen.

»Schau«, sagte Amitai, entschlossen, dem allen – ihnen beiden – noch eine Chance zu geben. »Frau Vázsonyi schreibt, dass Gizellas Brüder beide Kinder hatten. Es gibt also Nachkommen. Nicht von Nina, das stimmt, aber Blutsverwandte von Gizella. Wenn du wolltest, könntest du die Halskette einem Neffen oder einer Nichte Gizellas geben. Oder, wenn sie nicht mehr am Leben sind, ihren Kindern. Die leben wahrscheinlich noch in Israel. Wie wär's also damit: Ich fahre mit dir nach Israel, und wir finden jemanden von ihnen und geben ihm oder ihr die Halskette. Wie klingt das?«

»Wirklich?«, sagte sie, ihr Gesicht hellte sich auf, aber dann kniff sie die Augen zusammen, als zweifle sie an ihm, an seinem Geisteszustand oder seiner Vernunft. Sie wusste ja, wie er zu dem Land stand, der Heimat, die er verloren hatte. »Ich weiß nicht. Wie klingt es für dich?«

»Es klingt, als meinte ich es sehr ernst mit dir.«

»Und?«

»Und das macht mir Sorgen.«

»Ja«, sagte sie lächelnd. »Es macht mir auch Sorgen.«

29

Obwohl keine der Liliputaner-Schwestern Kinder gehabt hatte – damals glaubte man, eine Frau ihrer Größe könne eine Schwangerschaft oder Entbindung nicht überleben –, waren die Brüder fruchtbar gewesen, und für einen Mann, der daran gewöhnt war, Cousins zweiten oder dritten Grades von Menschen aufzustöbern, die spurlos in einer Grube in den Karpatenwäldern verschwunden waren, war es ein

Leichtes gewesen, Dalia Gur aufzustöbern, eine Großnichte von Gizella Weisz.

»Jeder jüdische Zwerg, der nach Israel kommt, besucht mich und erwartet von mir Kaffee und Kuchen«, sagte Dalia Gur am Telefon. »Es reicht mir schon.«

Aber Amitai hatte versichert, dass er und Natalie nichts von ihr wollten, nicht einmal Kuchen. Im Gegenteil, bei ihrem Besuch handle es sich darum, einen Gegenstand von einigem Wert zurückzugeben, einen Gegenstand, der mit ihrer Großtante Gizella zu tun habe.

Und so saßen sie denn an Dalia Gurs Küchentisch in Kfar Yakov außerhalb der Hafenstadt Haifa. Es war ein kleines Moshav, ein Dorf mit stuckverzierten Häusern mit roten Ziegeldächern, manikürten Gärten und Spielplätzen, und erinnerte Amitai an den Kibbuz Hakotzer, der wie Kfar Yakov einmal eine blühende Agrarsiedlung gewesen war. Jetzt war Kfar Yakov eine Schlafsiedlung, auf den Feldern wurde nichts mehr geerntet, die Scheunen waren versperrt, die Obstbäume unbeschnitten, in den Häusern lebten keine Bauern, sondern Pendler, die in einer derart fragilen Wirtschaft überlebten, dass eine Preiserhöhung bei Hüttenkäse die Leute protestierend auf die Straße trieb. Dalia verkörperte diesen Übergang. Ihr Mann, so erzählte sie ihnen, sei im Moshav geboren und habe die Viehwirtschaft seines Vaters geerbt. Für eine kurze, spannende Zeit, als in Europa die Angst vor BSE umging, hatte das Geschäft floriert, aber dann war es zusammengebrochen, ein Opfer der EU-Agrarsubventionen und einer problematischen Agrarökonomie. Der Raum, in dem sie saßen, war klein und schäbig, die Plastikjalousien waren heruntergelassen, um die Nachmittagssonne abzuhalten. Dalia Gur war Anfang dreißig, eine Frau, die hübsch hätte sein können, wären da nicht die gerunzelte Stirn und die ängstlich zusammengekniffenen

Lippen gewesen. Ihr Mann, erzählte sie ihnen, schlug sich als Personal Trainer in einem Fitnessstudio durch, sie selbst in einem Internet-Start-up-Unternehmen, das online ein Team von Kundenbetreuern in Bangalore managte.

»Wer weiß, wie lange wir das so schaffen können«, sagte sie. »Wir werden bald nach Indien ziehen müssen, um ein Auskommen zu finden.« Sie wandte sich an Natalie und wechselte ins Englische. »Und Sie sind? Doktorandin? Sie haben bei Ihren Recherchen etwas von meiner Tante gefunden?«

»Nicht ganz«, sagte Natalie. »Mein Großvater diente nach dem Krieg in Salzburg im amerikanischen Militär.«

Und dann erzählte Natalie mit Amitais Hilfe Dalia die jammervolle Geschichte des ungarischen Goldzugs, der mit den geraubten Schätzen eines ermordeten Volkes ein ruiniertes Land verlassen hatte, auf dem Weg ins Nirgendwo, nur um bei der Ankunft erneut ausgeplündert zu werden.

»War das wirklich ein Zug voller Gold?«, fragte Dalia.

»Nicht so sehr Gold«, sagte Amitai, »als normale Besitztümer. Möbel, Geschirr, Pelze. Und einiges an Schmuck. Uhren, Halsketten.«

»*Nu*«, sagte Dalia. »Zeigen Sie's mir.«

Natalie trug den Anhänger nicht um den Hals. Sie hatte ihn am Morgen in Seidenpapier gewickelt und in ihre Geldbörse gesteckt. Jetzt nahm sie ihn heraus und reichte ihn Dalia.

Dalia hielt ihn ans Licht und betrachtete ihn. Amitai sah ihn ebenfalls an und fragte sich, welche Absicht der Kunsthandwerker Lajos Kozma gehabt hatte, der ihn geschaffen, oder die Person, die ihn gekauft hatte. Wie war er an Nina Einhorns Hals gelangt? Hatte Nina ihn für sich selbst gekauft? Hatte Gizella ihn für sie gekauft? Hatte jemand anderer den Kauf getätigt? War Nina die Erste gewesen, die ihn getragen hatte, oder hatte ihn ihr jemand weitergereicht? Jede Person, die das Medaillon berührt hatte – der Kunsthandwerker, der unbekannte Käufer, die Frau oder die Frauen, die ihn trugen –, hatte sich dafür ein Schicksal vorgestellt. Aber niemand hatte imaginieren können, dass das Schicksal des Medaillons schließlich ihn und Natalie zusammenbringen würde. Er lächelte, amüsiert über die romantischen Gedankengänge, die einzuschlagen er offenkundig nicht verhindern konnte.

Natalie hob fragend eine Augenbraue. Er nahm ihre Hand und drückte sie leicht.

Dalia sagte: »Es ist hübsch. Altmodisch.«

Natalie langte hinüber und drückte die unsichtbare Feder. Das Medaillon sprang auf und enthüllte die winzige Fotografie.

Dalia beugte sich darüber und beäugte sie, kniff sich den Nasenrücken, sah wieder hin.

»Ist es Gizella? Aber so jung! So schön!« Sie barg das Medaillon in ihrer Handfläche, wie einen Tropfen kostbaren Wassers auf einer hitzeglühenden Ebene, starrte auf das Foto. »Wir haben nur ein paar Fotografien aus dieser Zeit, nicht wahr? Die meisten sind im Krieg verlorengegangen. Oh, mein Gott. Mein Gott.« Sie wischte sich Tränen aus den Augen. »Wenn doch mein Großvater noch am Leben wäre, um das Foto zu sehen. Wenn doch Gizella noch am Leben wäre! Oder Gitl, die jüngste Schwester. Irgendeine von ihnen.«

»Es tut mir so leid«, sagte Natalie.

Dalia sagte: »Warten Sie, ich zeige Ihnen noch ein paar Bilder. Es gibt eines, auf dem Gizella nur ein wenig älter aussieht als auf dem da.«

Ein Flur verband die Küche mit dem Wohnzimmer, und von der Wand dieses Flurs, wo es hing, umringt von Dutzenden anderen, nahm Dalia ein Foto. Es waren die fünf

Weisz-Schwestern, in zwei Reihen aufgestellt, die drei vorne auf winzigen Stühlchen, die zwei hinten auf normalen Stühlen.

»Okay, also das«, Dalia zeigte auf eine der Schwestern in der hinteren Reihe, »das ist Bluma, die Älteste. Und neben ihr Frieda. Unten ist Judith, in der Mitte Gitl und neben ihr, sehen Sie? Gizella!«

Es war unverkennbar dieselbe Frau. Die fünf Schwestern hatten gleiche helle Kleider an. Judith trug eine enganliegende Perlenkette, Blumas Hände und Arme waren mit Ringen und Armbändern geschmückt, und Frida und Gitl hatten Halsketten aus dunklen Perlen. Von allen trug nur Gizella keinen Schmuck, und sie allein hatte kinnlange, kurzgeschnittene Haare.

»Diese andere Frau auf Ihrem Bild«, sagte Dalia, »wer ist das?«

»Eine Freundin von Gizella. Wir glauben, dass ihr das Medaillon gehörte.«

Über Dalias Gesicht huschte der Ausdruck einer Frau, die im Geist ein Lotterielos zusammenknüllt und beiseite wirft. »Also nicht meiner Tante. Zu schade.«

Amitai fragte: »Hat Gizella über irgendwelche Freundinnen aus ihrer Jugend gesprochen? Diese junge Frau hieß Nina Einhorn. Nina Schillinger, bevor sie heiratete.«

»Ich kann mich nicht erinnern, dass Gizella irgendeine spezielle Freundin erwähnt hat. Aber sie war eine sehr gesellige Person, wissen Sie. Sie war Mitglied in etlichen Vereinen. Sozialistenverein, Bridgeklub, Singverein. Immer diese Vereine.« Sie warf wieder einen Blick auf das Bild im Medaillon. »Was steht da? Auf den Plakaten?«

Natalie sagte: »Sie stehen vor der Haupthalle eines großen internationalen Frauenstimmrechtskongresses, der in Budapest stattfand. Gizella war Privatsekretärin einer Frau namens Rózsa Schwimmer, eine berühmte ungarische Suffragette und Frauenrechtlerin, eine der Organisatorinnen des Kongresses.«

Dalia lächelte. »Ja! Ja! Ich erinnere mich, dass mir mein Großvater eine Geschichte davon erzählt hat. Gizella ist allein nach Budapest gegangen. Das war ein großer Skandal, verstehen Sie. Eine junge Frau, eine Zwergin, und geht so von zuhause weg! Schockierend, nicht wahr! Aber als sie jung war, war Gizella Feministin, sehr unabhängig. In Budapest kam sie in irgendwelche Schwierigkeiten, vielleicht ein Mann, ich weiß es nicht, und kam mit Schande bedeckt zurück.«

Amitai und Natalie wechselten einen Blick. Er nickte, und Natalie erzählte Dalia, was sie über die Ereignisse in der Oper herausgefunden hatten, über das Transparent und die Flugblätter, sogar über den Bericht im Boulevardblättchen, wie Gizella ihre Reize eingesetzt habe, um den Wachtposten abzulenken.

Bei dieser Geschichte lachte Dalia. »Wissen Sie was?«, sagte sie. »Vielleicht glauben Sie mir nicht, wollen es nicht hören, aber diese kleinen alten Damen? Sie waren sehr sexy! Sie wissen, so …« Sie bewegte ihre Schultern und klimperte mit den Lidern. »Ay, Gitl, was soll ich Ihnen sagen. Immer Liebhaber. Und Gizella auch. Die Männer liebten sie. Sie heiratete dreimal. Mindestens drei-, vielleicht viermal. Normal große Männer, wissen Sie. Keine Zwerge. Sie hat sie alle überlebt.«

Und dann wurde Dalias Ausdruck hart. Sie reichte die Halskette Natalie zurück. »Okay, und was jetzt?«

»Bitte?«

»Ja, schön, das ist Gizella auf dem Bild, aber Sie sagten, die Kette habe dem anderen Mädchen gehört, Nina. Was wollen Sie dann von mir?«

Die Kette hing über Natalies Handgelenk, das Medaillon schwang hin und her. Amitai wartete auf ihre Antwort, aber sie schwieg.

»Ist es wertvoll?«, fragte Dalia.

Natalie sagte nichts, also tat er es. »Kommt darauf an. Die Juwelen sind echt, aber es sind Halbedelsteine. Für einen Sammler von Erinnerungsstücken an Suffragetten könnte das Stück interessant sein, wegen der Farben – es sind die Farben der Bewegung – und wegen des Fotos.«

Dalia wechselte ins Hebräische. »Schauen Sie, ich möchte nicht drängen, aber wie gesagt, mein Mann hat sein Geschäft aufgeben müssen, und ich habe keine Garantie, dass ich nicht schon morgen meinen Job an irgendeinen Inder in Bangalore loswerde. Wir haben drei Kinder. Wir könnten das Geld gebrauchen. Sind Sie hundertprozentig sicher, dass das nicht Gizella gehört hat?«

Er antwortete ihr auf Englisch: »95-prozentig sicher. Vielleicht 98.«

Immer noch auf Hebräisch sagte Dalia: »Also, ich bin bloß neugierig. Wie viel ist es wert?«

Er sprach nach wie vor Englisch. »Ich bezweifle, dass wir mehr als zweitausend dafür bekommen. Höchstens.«

»Dollars oder Schekel?«

»Dollars.«

»Na ja«, sagte Dalia, »das ist nicht nichts.«

Natalie sagte: »Sie können sie haben.«

Das überraschte Dalia. »Sie geben sie mir?«

»Ja.«

»Dass ich sie behalten darf? Für mich?«

»Sie können damit machen, was Sie wollen.«

»Was ich will? Sogar … sie verkaufen?«

Einen Augenblick lang hielt Natalie die Halskette noch in der Hand, dann streckte sie sie Dalia hin. »Hier. Sie gehört Ihnen. Verkaufen Sie sie, behalten Sie sie, mir ist es egal. Ich habe meinem Großvater versprochen, sie jemandem zu geben, der mehr berechtigten Anspruch darauf hat als er. Was Sie damit machen, geht mich nichts an.«

Amitai versuchte aus Natalies Gesichtsausdruck schlau zu werden, aber alles, was er sehen konnte, war Ermunterung, vielleicht sogar eine Spur Enthusiasmus. Wollte sie es so haben? Dass das Stück verkauft wurde, so wie alles, das er je gesucht hatte, verkauft worden war? Für einen zufälligen Preis, beraubt jedes Schmerzes, jeder Geschichte, nur Summe und Produkt von Gewicht, Zustand und Marktwert der Juwelen und des Goldes, aus denen es gefertigt war?

Dalia nahm die Kette von Natalie; einen Moment lang dachte er, sie würde sie umlegen, würde ihr Gewicht und die Geschichte dahinter, die Geschichte von Lajos Kozma und Nina Schillinger Einhorn und der Zwergin Gizella und Jack Wiseman und seiner Enkelin Natalie, herrlich von ihrem Hals schwingen lassen. Aber stattdessen legte sie sie mit einem Klacken auf den Tisch vor sich und sah sie nicht wieder an.

»Können Sie mir behilflich sein, sie schätzen zu lassen?«, fragte sie.

30

Natalie hatte die halbe Welt durchquert, ein Akt der Reue wegen eines Diebstahls, der seinen Ursprung im Holocaust hatte. Nun, da für das bedeutungslose Vergehen, das dennoch so schwer auf ihrem Großvater gelastet hatte, Abbuße getan war, wollte sie Yad Vashem sehen. Sie sagte Amitai, er brauche sie nicht zu begleiten, und er erwog zunächst, sie in ein Taxi zu verfrachten und tagsüber seine Eltern zu besuchen, oder lieber noch allein im Hotel zu bleiben und das Bild anzustarren. Seit seiner Kinderzeit war er nicht mehr zur Gedenkstätte und ins Museum gegangen, und dann auch nur, weil von allen israelischen Schulkindern gelegentliche Wallfahrten zu dieser Stätte verlangt wurden. Aber plötzlich wusste er, dass er zwar seine Eltern besuchen würde, bevor er Israel verließ, dass er aber Natalie dabeihaben wollte, um sie ihnen vorzustellen. Und eigenartigerweise wollte er auch mit ihr nach Yad Vashem fahren, um zu sehen, was sie sah, die von so weit hergekommen war.

Als sie sich vom mit Touristenbussen vollgestellten Parkplatz durch die Menschenmassen hindurch ihren Weg zum Eingang des Museums bahnten, begann er seinen Entschluss zu bereuen, überwältigt von einer jähen unvernünftigen Angst, sie könnten Dror Tamid über den Weg laufen. Als würde der Mann seine Tage damit verbringen, auf der Suche nach Kunsthändlern, die er abkanzeln konnte, durchs Museum zu patrouillieren. Und wenn schon, was, wenn dies der Fall war und er mit Amitai zusammenstieß? Wofür fürchtete er sich? Das Bild lag sicher im Hotelsafe, Elek hatte Amitai geholfen, beinahe gesetzeskonforme Ausfuhrgenehmigungen dafür zu besorgen. Nach der Unterredung mit Tamid über die Gemälde der Familie Herzog hatte sich Amitai gefragt, ob Elek sein Ersuchen um Hilfe ablehnen werde, aber sein Freund hatte gesagt, er glaube zwar inzwischen, dass die Werke ungarischer Künstler in Ungarn verbleiben sollten, da aber die Alternative in diesem Fall keine Museumsgalerie, sondern die stinkende Toilette eines rumänischen Antisemiten sei, fühle er keine Gewissensbisse, bei der Ausfuhr des Bildes behilflich zu sein.

Nichts in Yad Vashem war so, wie Amitai es aus seiner Kindheit in Erinnerung hatte. Das Museum war beträchtlich ausgebaut und verbessert worden. Vorher war es schroff und auf seine Art schön gewesen, aber nicht mit dem jetzigen Zustand zu vergleichen. Sie wanderten über den Prismen-Laufsteg von Ausstellung zu Ausstellung, vorbei an den Multimedia-Darstellungen, den Vitrinen mit Kunstwerken, den vergrößerten Fotografien, die eine ganze Wand bedeckten, den penibel restaurierten Karren und Spinnrädern, Koffern und demolierten Stücken von Fabrikausrüstung. Er hatte angenommen, sie würden ein paar Stunden im Museum verbringen, aber es war später Nachmittag, als sie ihren langsamen Gang durch die Ausstellung beendeten und die Halle der Namen betraten.

Er stand in der kreisförmigen Halle, unter der riesigen, mit Fotografien bedeckten Rotunde. Sie ragte über seinem Kopf empor, eine gigantische Kuppel aus Hochzeits- und Ausweisbildern, formellen Atelierfotos und unbekümmerten Schnappschüssen. Sepiabraun, schwarz und weiß, so nahe zurückliegend wie 1945 und Jahrzehnte älter. Er reckte den Hals und starrte hinauf, Gesichter über Gesichter über Gesichter, höher und höher, bis sie verschwammen und er ihre Züge nicht mehr ausmachen konnte, bis er das Gefühl hatte, in den Himmel selbst hinaufzustarren, einen Himmel voller Gesichter, unendlich und grau. Er schloss die Augen, und unter seinen Lidern schwangen die Gesichter in weiten, langsamen Bögen hin und her, wie Sternbilder, die sich ihren Weg durch ein Jahr voller Nächte bahnen. Er hatte den ganzen Tag nichts gegessen, dass mochte seine Benommenheit erklären, nicht aber das tiefe Gefühl von Verlust und Trauer, das er empfand. Sein ganzes Arbeitsleben hatte er damit verbracht, sich in den Holocaust zu versenken, doch nie hatte er sich zugestanden, näher heranzugehen als zu den zahllosen Dingen, den Bildern und Silbertellern und Skulpturen und Schmucksachen, die er von ihren Besitzern abgelöst und freigesetzt hatte. Vor diesem Augenblick hatte er an die Opfer nur in den Kategorien der Gegenstände gedacht, die sie besaßen, in Kategorien, was man zurückfordern konnte und was als für immer verloren gelten musste.

Als er die Augen öffnete, war Natalie verschwunden, und er suchte sie, umrundete mit wachsender Panik, einer törichten Angst den Raum. Er fand sie am Videostand sitzen. Er eilte hin, stellte sich hinter sie und legte die Hände auf ihre Schultern. Sie lehnte sich an seinen Bauch. Er vergrub sein Gesicht in ihrem Haar, ihrem herrlichen Haar, und sog den Duft nach Verbenen und Haarbalsam ein.

»Schau«, sagte sie. »Hast du davon gewusst? Die Seiten der Zeugnisse?«

»Es ist eine biografische Datenbank. Eine Aufzeichnung über jede Person, die getötet worden ist. Ich habe sie einige Male verwendet, um herauszufinden, ob es noch lebende Erben gibt. Am Anfang waren es bloß Reihen um Reihen von schwarzen Ordnern. Dann kam es auf Mikrofilm. Jetzt ist alles digitalisiert. Manchmal findet man alles. Geburtsdatum, Beruf. Wo sie wohnten. Wie sie starben. Es hängt von der Erinnerung der Leute ab, die die Formulare ausfüllten.« Ihm wurde klar, was sie überlegte, während sie auf den Bildschirm starrte, den Finger einige Zentimeter davor ausgestreckt, als wolle sie ihn berühren. »Möchtest du nach Nina suchen?«

»Ich habe versucht, Mut zu fassen.«

»Was fürchtest du denn zu finden?«

»Ich weiß nicht.«

»Es ist unvollständig. Nur zweieinhalb Millionen Namen. Hast du Angst, dass du nichts findest?«

Auf gute jüdische Art antwortete sie mit einer Gegenfrage. »Hast du jemals nach Vidor Komlós gesucht?«

»Vor Jahren, als ich zu recherchieren anfing. Es wird immer der Name der Person angeführt, die ursprünglich das

Formular ausgefüllt hat. Ich dachte, wenn es eine Seite für Komlós gibt, dann hat sie vielleicht ein Verwandter ausgefüllt, der weiß, was aus dem Bild geworden sei. Aber da war nichts.«

Sanft schob er sie beiseite und nahm ihren Platz an der Tastatur ein. Er rief die Suchmaske auf und tippte den Namen »Einhorn«, Vorname »Nina«. Dann drückte er die Enter-Taste und fühlte, wie Natalie neben ihm erstarrte. Ein Name erschien auf dem Schirm. Nina Einhorn, aus Budapest.

»Glaubst du, dass sie das ist?«, fragte Nina. »Da steht Budapest, nicht Nagyvárad.«

Er klickte den Namen an. Nina Einhorn. Mädchenname: Schillinger. Geburtsdatum: 7. Dezember 1893. Ungefähres Alter beim Todeszeitpunkt: 51. Geburtsort: Budapest. Vorname des Vaters des Opfers: Marcus. Vorname der Mutter des Opfers: Irma. Vorname des Ehemannes: Ignác. Ständiger Wohnort: unbekannt. Beruf des Opfers: unbekannt. Aufenthalt und Beschäftigung während des Krieges: unbekannt. Umstände des Todes: unbekannt. Ort des Todes: unbekannt. Todesdatum: unbekannt.

Es gab auf dem Formular eine eigene Rubrik für Informationen über den Übermittler, eine Erklärung, auf der der Unterzeichnete beeidete, dass die Information nach seinem oder ihrem besten Gewissen erteilt worden sei. Die Person, die dies im Falle Nina Einhorns bekräftigte, war Gizella Weisz. Auf die Zeile für »Beziehung« hatte sie geschrieben: »Freundin«.

Natalie presste ihre Finger auf die Signatur in römischer Kursivschrift, obwohl das Formular selbst auf Hebräisch ausgefüllt worden war. »Gizella wusste nichts über Nina, nicht einmal dass sie nach Nagyvárad gezogen war. Sie müssen den Kontakt verloren haben, nachdem Gizella verhaftet worden war, nachdem Ignác sie gerettet hatte und sie weggeschickt wurde.«

Amitai scrollte wieder zum Seitenbeginn hinauf. Es gab eine eingescannte und dem Eintrag angeheftete Fotografie, das ihnen inzwischen so vertraute Bild Ninas als stolze junge Suffragette im weißen Kleid, hinter ihr wehte die Fahne der Konferenz. Irgendjemand, vielleicht Gizella selbst, hatte die zweite junge Frau aus dem Bild herausgeschnitten. Von Gizella sah man nur ein Stückchen weißen Ärmel in der Ecke des Rahmens.

Sie lasen die Seite des Zeugnisses für Nina Schillinger-Einhorn und lasen sie noch einmal, obwohl sie so wenige Informationen lieferte.

Natalie sagte: »Kann jeder ein Formular ausfüllen? Oder muss man ein Überlebender sein?«

»Jeder, der Informationen hat, glaube ich.«

»Warum hast du nie für Komlós eines ausgefüllt?«

Es war ihm nie auch nur in den Sinn gekommen. »Weiß nicht. Ich denke, es kam mir anmaßend vor. Wer bin ich schon, um über sein Leben etwas auszusagen?«

»Wer wäre besser geeignet?«

Aller Wahrscheinlichkeit nach gab es niemand Lebenden mehr, dachte er, der Vidor Komlós gekannt hatte. Es gab keine Familie außer der einzigen entfernten Verwandten, die Amitai aufgestöbert hatte, eine Person, die nie von Komlós gehört geschweige denn ihn gekannt hatte. Es gab keine überlebenden Freunde. Natalie hatte recht. Komlós hatte niemand Besseren, an ihn zu erinnern, als den Sohn syrischer Juden, den Kunstdieb, untröstlich und nach einem langen Tag schwindlig vor Hunger.

Sie füllten die Zeugenseite gemeinsam aus, trugen ein, was sie über Vidor Komlós wussten, es war schließlich nicht so viel weniger als das, was Gizella Weisz über Nina Einhorn wusste. Sie trugen Komlós' Namen ein, die Namen seiner Eltern, sein Geburtsdatum, die Adresse seines Elternhauses, seinen Beruf und das ungefähre Todesdatum.

Draußen auf dem Parkplatz, als Amitai Natalie die Autotür aufhielt, sagte sie: »Ich habe die ganze Sache angefangen, weil mein Großvater das Gefühl hatte, jemandem Unrecht getan zu haben, und um ihn zu respektieren, musste ich auch dieses Gefühl respektieren. Ich akzeptierte seine Vorstellung, dass ich etwas für ihn in Ordnung bringen könnte, wenn ich die Frau fände, deren Halskette er genommen hatte, oder jemanden Verwandten, und die Kette zurückgäbe. Ich stellte mir vor, die Waage wäre wieder im Gleichgewicht.« Sie drehte sich um und sah zurück zum Museum. »Aber natürlich ging es nicht darum, nicht wahr? Mein Großvater ist tot; er wird niemals wissen, was ich mit seiner Halskette gemacht oder ob ich überhaupt etwas gemacht habe. Diese Obsession war nur ein nützliches Gefäß für meine Trauer um meinen Großvater. Und auch für meine Trauer um meine Ehe, nehme ich an.«

»Das hast du immer gewusst?«

»Ja, ich denke schon. Aber ich glaube, was ich bis jetzt nicht verstanden habe, ist, dass mein ganzes Leben, meine Erfahrung des Holocaust dasselbe gewesen sind: ein brauchbarer Behälter für Gefühle. Da war diese gigantische, nie dagewesene Tragödie, die ich dank meiner Religion als meine eigene annehmen konnte. Wegen des Holocaust durfte ich, nein, war ich berechtigt dazu, all den Schmerz zu fühlen, den mein gesegnetes und bequemes Leben mir erspart hatte. Aber es war nie meine Tragödie. Kollektiv gesehen, als Jüdin, ja. Aber persönlich? Nein.«

Amitai schüttelte den Kopf, er lächelte beinahe; hier war er nun und fühlte zum ersten Mal, dass die Tragödie der europäischen Juden tatsächlich zu ihm gehörte. Vor diesem

Tag hatte sein Mangel an jeder persönlichen Verbindung zum Holocaust eine ferne Geschichte daraus gemacht, nicht wichtiger als andere. Aber Natalie, das Medaillon, das Gemälde, die Halle der Namen, dass er für Komlós in den Seiten der Zeugnisse Verantwortung übernommen hatte, hatten ihn erkennen lassen, dass es, einfach dadurch, dass er Jude war, wenn auch ein Jude von einem anderen Ort, aus einer anderen Zeit, auch seine Geschichte war. Nicht persönlich, aber kollektiv. Sie gehörte zu ihm, so wie er zu all den Juden gehörte, die in der Halle der Namen zum unendlich weit entfernten Dach emporreichten. Er und Natalie waren am selben Punkt, aber sie waren aus verschiedenen Richtungen gekommen.

31

Amitai und Natalie standen in einer von Marmorarkaden umgebenen anmutigen Galerie im Museum der Schönen Künste in Budapest, hielten Sektgläser in der Hand und lauschten der langen Reihe mäßig langweiliger Ansprachen von Direktoren des Museums, Kuratoren und diversen Regierungsbeamten. Elek stand bei ihnen; trotz seiner gegenteiligen Beteuerungen hatte man ihm in den Budapester Zeitungen allgemein das Verdienst zugeschrieben, Vidor Komlós' Porträt der Frau E. wieder in sein Heimatland zurückgebracht zu haben. Tatsächlich sollte er vom Bürgermeister selbst einen Orden erhalten. Einen Orden, versicherte Elek Amitai, den er eher in seinem Geschäft verkaufen als an seine Brust heften würde.

Es war eine kleine Schar, nicht mehr als zwei, drei Dutzend ungarische Kunstliebhaber, die die Entdeckung und Präsentation des, soweit bekannt, einzigen existierenden

Gemäldes eines großen Künstlers feiern wollte, der sogar zu obskur gewesen war, um vergessen zu werden. Aber dieser Umstand würde sich bald ändern, dachte Amitai. Bevor sie das Bild aus Israel nach Ungarn zurückgebracht hatten, hatten Amitai und Natalie in Paris haltgemacht und es einigen wichtigen Kunstkritikern und Museumskuratoren gezeigt, darunter Werner Spies, dem weltweit führenden Experten für das Werk von Max Ernst. Spies hatte die entscheidende Verbindung zwischen Ernst und Komlós geliefert; er erinnerte sich an eine Unterhaltung mit Dorothea Tanning, Ernsts Frau. Sie hatte Komlós natürlich nicht gekannt; ihren Mann hatte sie ja erst in New York kennengelernt. Aber sie erinnerte sich daran, wie Ernst von Komlós' Tod erfahren hatte. Chagall hatte es ihm berichtet. Dieser wiederum hatte es von einem ungarischen Emigranten gehört, den er bei einer Gesellschaft traf. Dorothea erzählte Spies, Ernst sei sehr verstört gewesen; er habe ihr gesagt, er habe Komlós zwar nur ein- oder zweimal getroffen, als dieser Paris besuchte, doch habe ihn mit ihm eine intensive Freundschaft verbunden, die aus ihrer beiderseitigen Faszination von Vögeln herrührte. So viele Künstler waren während des Krieges gestorben. Max Jacob, Ernst Ludwig Kirchner, Otto Freundlich. Max Ernst selbst war interniert. Aber als er von Komlós hörte, stimmte ihn das, wie Dorothea meinte, besonders traurig.

»Hat sie Ihnen erzählt, wie Ernst Komlós kennenlernte?«, hatte Amitai Spies gefragt.

»Ich glaube, vielleicht durch Klee oder Kandinsky. Jemanden im Bauhaus.«

»Moholy-Nagy?«

»Könnte sein.«

So hatte Amitai mit Spies' kenntnisreicher Unterstützung Komlós' Position im Netzwerk wichtiger Künstler des

20. Jahrhunderts etabliert, und obwohl er nur wenige Fäden in der Hand hielt, war er überzeugt, dass Komlós, einmal bekannt, verehrt werden würde.

Als Amitai angerufen hatte, um seinem Großonkel Bericht zu erstatten, zuerst wie er das Bild erhalten und dann, dass er beschlossen habe, es nicht zum Kauf anzubieten, sondern dem Ungarischen Museum zu stiften, war Onkel Jacob wütend gewesen. Er hatte Amitai mit allem Möglichen gedroht, bis dahin, nicht nur seine Anstellung zu beenden, sondern auch seine Beziehung zum New Yorker Zweig der Familie Shasho und der syrisch-amerikanischen jüdischen Gemeinschaft.

»Du kommst mir auf diese Art in die Quere, Neffe, und kein Shasho wird je mehr mit dir sprechen«, hatte Jacob Shasho gesagt.

Amitai hätte eine solche Aussicht mehr bedrückt, hätte er nicht bereits die Garantie besessen, dass er wegen des Gegenstands, den er genau jetzt in seiner Tasche hatte, ohnehin seinen Job und seine Verwandtschaft in Amerika verlieren würde. Er hatte ihn am frühen Vormittag entgegengenommen, während Natalie dachte, er suhle sich in der Männerabteilung des Gellért-Bades. Elek hatte ihm Dutzende Bilder von Diamantringen im Stil des ungarischen Jugendstils geschickt, unter denen er einen großen runden Stein, in Platin-Filigranarbeit gefasst, ausgewählt hatte. Elek hatte die kleinen blauen Saphire rund um den Diamanten durch regelmäßig abwechselnde Amethyste und Peridote ersetzt.

»Weißt du, Saphire oder Amethyste, das kostet dich gleich viel«, hatte Elek gesagt, dessen Geschäftssinn durch seine Dankbarkeit über Amitais Entscheidung, den Komlós an Ungarn zurückzugeben, keineswegs getrübt war.

»Was anderes hätte ich auch nicht erwartet«, hatte Amitai erwidert.

In dem Moment, in dem er den Ring an Natalies Finger steckte, würden seine Verwandten in New York für ihn verloren sein. Das rote Haar, das sie von ihrem Großvater geerbt hatte, hatte seinen Ursprung etliche Generationen zuvor in einem Dorf am Barrow in der Grafschaft Kilkenny, und das Edikt legte fest, dass kein syrisch-amerikanischer Jude Amitai je wieder eines Blickes würdigen würde, sollte er diese Enkelin eines Konvertiten heiraten. Obwohl er sich nicht viel aus seinem Onkel machte, hatte sich Amitai Sorgen wegen der Reaktion seiner Eltern gemacht, und als er ihnen Natalie in Israel vorstellte, hatte er seinen Vater beiseitegenommen, um nicht um Erlaubnis, aber um seinen Segen zu bitten, obwohl die Frau, die Amitai zu heiraten beabsichtigte, nach den Standards des Familienpatriarchen der Shashos keine Jüdin war.

Sein Vater hatte keine Einwände erhoben, und Amitai hatte es dabei belassen, obwohl er sich in den Jahren danach manchmal fragte, wie die Antwort seiner Eltern gelautet hätte, wären sie nicht als Kinder unter die Obhut der Jugend-Alija gestellt und in einen Kibbuz in Israel geschickt worden, sondern wie so viele ihrer Verwandten in Brooklyn gelandet.

Elek hatte unterdessen mehr als nur ein paar Gläser Sekt genossen, und er war untypisch beschwingt, als er sein Glas erhob. »Noch ein Toast«, sagte Elek. »Auf Amitai Shasho, dafür, dass er dem mächtigen Dror Tamid widerstanden und darauf bestanden hat, dass das Bild nach Ungarn heimkehrt.«

Tamid hatte all seine ingrimmige, fauchende Energie aufgewendet, um Amitai mittels Drohungen und Beschimpfungen, Flehen und Appellen an Schuldgefühle zu überzeugen, dass Komlós' Gemälde von Rechts wegen zu Israel und nach Israel gehörte. »Komlós war Jude, er wurde von Nazis gefoltert und von Ungarn ermordet«, hatte Tamid gesagt. »Nur in Israel kann sein Werk im richtigen moralischen Kontext gesehen werden.«

Amitai war versucht gewesen, sich mit der Frage an Tamid zu revanchieren, wer Israel in den richtigen moralischen Kontext stellen würde, aber tatsächlich hatte er sich unfähig gesehen, ihn einfach so abzutun. Schließlich stimmte ja alles, was der Mann sagte. Hätte Ungarn den Mann als echten, den anderen ebenbürtigen Bürger betrachtet, dann hätte er nicht sein Leben im Elend einer jüdischen Arbeitsbrigade beenden müssen. Aber wäre Komlós nicht jüdisch gewesen, oder hätte der Antisemitismus Ungarns und seines deutschen Verbündeten nicht die Oberhand gewonnen, wäre er vielleicht in die ungarische Armee eingezogen worden und an der russischen Front gestorben. Er hätte eine ganze Reihe anderer Schicksale erleiden können, die nicht besser waren als der Tod, der ihm bestimmt war. Letztendlich optierte Amitai dafür, das Unmögliche zu versuchen. Obwohl es eine grenzenlose Anmaßung war, hatte er sich vorzustellen erlaubt, was Komlós wohl gewollt hätte.

Und das war, entschied Amitai, das, was jeder Künstler will: dass sein Werk als wichtig und einflussreich, als historisch bedeutsam gewürdigt wird. Zu diesem Zweck hatte Elek das Museum der Schönen Künste in Budapest davon überzeugt, das Gemälde dem Centre Georges Pompidou in Paris und der Neuen Galerie in New York für Ausstellungen über Einflüsse auf die Surrealisten als Leihgabe zur Verfügung zu stellen.

Aber als es darum ging, für das Bild eine dauerhafte Heimstätte zu wählen, fühle sich Amitai weniger sicher. Es gab keine Belege, wie Komlós über sein Heimatland dachte, ob er sich als Ungar sah oder als Künstler, als Weltbürger.

Schließlich war diese Schenkung, inspiriert nicht zuletzt durch den Einwand seines Freundes Elek, dass Ungarn ein Recht auf sein künstlerisches Erbe habe, der deutlichste Weg gewesen, den Amitai finden konnte, um Komlós Respekt zu erweisen. Die Anwesenheit des Bildes in Ungarn und das internationale Aufsehen, das sich, so hoffte Amitai, einstellen würde, wenn dessen Geschichte erzählt und es selbst bewundert werden konnte, würde als Erinnerung daran dienen, dass dieser große ungarische Künstler, dieser grundlegende Teil von Ungarns künstlerischem Vermächtnis, Jude gewesen war.

Zu diesem Zweck hatte er es zur Bedingung der Schenkung gemacht, dass auf der Beschriftung im Museum extra auf Komlós' Religion und auf seinen Tod als jüdischer Zwangsarbeiter hingewiesen wurde. Elek hatte Amitai gegenüber die Hoffnung geäußert, dass diese Inschrift das Museum dazu bringen werde, in die Beschreibung der Herzogschen El Grecos eine ähnlich ehrliche Herkunftsangabe einzufügen. Was eine solche Möglichkeit betraf, war Amitai weniger optimistisch als sein Freund.

Als Elek sich entfernte, beschwipst nach links schwankend, nahm Natalie Amitais Arm und küsste ihn auf die Wange.

»Ich glaube, das war das Richtige«, sagte sie.

»Du ›glaubst‹?« Er lachte. »Wenn man bedenkt, was es gekostet hat, Attila Varga zum Schweigen zu bewegen, hätte ich doch auf ein wenig mehr Sicherheit gehofft.« Amitai hatte sein Bankkonto so gut wie leergeräumt, die Ersparnisse von eineinhalb Jahrzehnten waren dem Rumänen in die Tasche geflossen, um ihn davon abzuhalten, mit der Geschichte von zwei verlogenen und diebischen Juden zur Polizei zu gehen oder sich an die Presse zu wenden. Trotzdem, es war es wert gewesen, als die internationalen

Zeitungen, die Tamids Denunziation nachgingen, Varga wegen einer Stellungnahme aufsuchten und die Geschichte eines sorgsamen Verwalters, eines fairen Angebots eines ehrlichen Händlers und eines an seinen rechten Ort zurückgekehrten Gemäldes aufgetischt bekamen.

Natalie sagte: »Wenn du möchtest, dass ich überzeugt bin, dann gerne. Ich bin mir sicher, du hast die richtige Heimat für das Bild gefunden.«

»Heimat«, sagte er.

»Ja.«

Ein so kleines Wort mit einem so komplexen Gewirk an Bedeutungen. Sie hatte recht. Das Bild war endlich zuhause. Und das war er, so dachte er, nun auch.

»Ich muss dich was fragen«, sagte er und griff in seine Tasche.

III

BUDAPEST

1913

32

Im Frühjahr 1913, vor fast einem Jahrzehnt, wurde ich von einem Kollegen gebeten, die Analyse seiner Nichte vorzunehmen, einer jungen Dame von neunzehn Jahren, die, so beschrieb er es, an Neurasthenie leide, verschlechtert durch eine chronische, wiederkehrende Dyspepsie hysterischen Ursprungs. Meine Bekanntschaft mit dem betreffenden Kollegen, einem prominenten, auf Nieren- und Blasenleiden spezialisierten Arzt, reichte lange zurück und war recht vertraut. Er war wie ich Vorstandsmitglied in der Jüdischen Ärztevereinigung und hatte wie ich an der Medizinischen Fakultät der Universität Wien studiert. Mein letztes Jahr an diesem erlauchten Institut war Herrn Doktor S.' erstes, und wir wohnten beide in der Pension Wettendorfer, die die Auszeichnung hatte, eine der wenigen Pensionen für jüdische Studenten zu sein, die mit einer Kommode ausgestattet war. Mit Herrn Doktor S.' Bruder war ich weniger gut bekannt, obwohl wir uns in ähnlichen gesellschaftlichen Kreisen bewegten. Bevor ich ihre Behandlung übernahm, hatte ich bei einigen Anlässen das Privileg gehabt, die bezaubernde junge Nina S. zu treffen. Sie hatte auf mich wie ein psychisch normales Mädchen gewirkt, obwohl vielleicht aufgrund ihrer hohen Intelligenz zu einer neurotischen Erregbarkeit neigend, wenn sie sich in anregender Gesellschaft befand. Die Familie S. ist hochangesehen, unter ihren Mitgliedern befinden sich eine Anzahl von wohlhabenden

Finanzleuten, Rechtsanwälten und zumindest ein Hofrat. So war es denn auch mit großem Interesse, sogar Vergnügen, dass ich am Morgen des 5. Mai 1913 Nina S.' Besuch in meiner Ordination erwartete.

Ich wünschte, ich könnte sagen, dass Fräulein S. unserer Verabredung mit ebenso viel Optimismus und guter Laune entgegensah. Im Gegenteil: Als sie das Zimmer betrat, war sie gereizt, ja zornig. Ihr Reformkleid, miederlos und fließend, war aus Wollstoff, von grauer, düsterer Farbe, was zu ihrem Verhalten passte. Der Tag selbst war schön, ein Vorbote eines, so hoffte ich, besonders angenehmen Frühlings, und ich konnte nicht umhin zu bemerken, dass ihre Aufmachung in betontem Gegensatz zu den fröhlichen blumengemusterten Musselinkleidern stand, die meine eigenen Töchter an diesem Tag trugen. Obwohl Fräulein S. abstritt, dass ihr warm sei, öffnete ich dennoch ein Fenster, um ihr die angenehme, fliederduftende Brise zugutekommen zu lassen.

Fräulein S. weigerte sich, ihren Platz auf der Analysecouch einzunehmen, trotz des netten Sträußchens aus den letzten Veilchen, das meine Frau vorsorglich auf das kleine Tischchen am Kopfende gestellt hatte. Stattdessen hockte sie steif auf einem Stuhl, den Mund zu einem schmalen Strich zusammengepresst, eine ziemliche Leistung angesichts ihrer vollen Unterlippe.

»Wie kann ich Ihnen helfen, meine Liebe?«, sagte ich in eher väterlichem als im Verhörston. In den paar vergangenen Jahren, während ich meine eigene Analyse bei dem brillanten Sándor Ferenczi durchgeführt und von ihm den Nutzen einer empathischen Wechselbeziehung in der Beziehung zwischen Analyst und Analysand gelernt hatte, hatte ich begonnen, meine Patienten mit der Liebe und Zuneigung zu behandeln, an denen es ihnen oft mangelte, und die sie ersehnten. Obwohl ich Vater und Mutter S. als hingebungsvolle, ja übermäßig duldsame Eltern ihrer drei Kinder kannte, hegte ich die Zuversicht, dass Fräulein S. wie alle meine Patienten besser auf Zuneigung denn auf Förmlichkeit reagieren würde. Allerdings erzürnte meine Anteilnahme sie mehr, als dass sie sie tröstete, und sie fuhr auf.

»Ich fürchte, Doktor Zobel«, sagte sie, »dass Sie von meinem Vater und meinem Onkel in die Irre geführt wurden. In Wahrheit benötige ich Ihre Unterstützung nicht, zumindest nicht im medizinischen Sinne.«

»Ah!«, sagte ich. »Aber Sie benötigen eine andere Art von Unterstützung?«

»Ich möchte bloß, dass Sie meinen Vater überzeugen, ich sei nicht im Frühstadium einer Dementia praecox.«

»Sicherlich fürchtet Ihr Vater doch keine derart drastische Diagnose. Ihr Onkel jedenfalls hat mir gegenüber nichts dergleichen geäußert.«

Fräulein S. war hell, mit blondem Haar und einem porzellanenen Teint, ungewöhnlich bei Leuten unserer Rasse. Ihre zarte Haut verriet jede ihrer Gemütsbewegungen, und ihre Wangen und ihr Hals färbten sich jetzt rosa. »Wissen Sie, was meinem Vater die Idee eingegeben hat, auf diesem Termin zu bestehen?«, fragte sie.

»Ihr Onkel erwog die Möglichkeit einer Neurasthenie.«

»Komme ich Ihnen neurasthenisch vor?«

Sie war wohl nicht nervenschwach; sie strahlte Energie aus. Das allein entkräftete jedoch die Diagnose ihres Onkels noch nicht. Müdigkeit, wenn auch ein Leitsymptom dieser Störung, ist nicht immer vorhanden. Depression und Ängste können und werden auch oft durch genau die Art von Agitation und Reizbarkeit ausgedrückt, die Fräulein S. nun erkennen ließ.

Mit beruhigender Stimme sagte ich: »Ihr Onkel sagte mir auch, Sie litten unter Magenschmerzen.«

»Er hat Ihnen gesagt, diese Schmerzen seien dyspeptisch und immer wiederkehrend?«

»Ich merke, Sie kennen sich in der Terminologie aus.« Ich war nicht überrascht über Ninas Wissen. Vertrautheit mit dem medizinischen Jargon ist bezeichnend für eine bestimmte Art hypochondrischer Patienten.

»Das will ich hoffen«, sagte Fräulein S. »Ich bereite mich darauf vor, nächstes Jahr mit dem Medizinstudium anzufangen.«

»Wirklich? Das wusste ich nicht.«

»Ja, trotz der Tatsache, dass weder mein Vater noch mein Onkel etwas von Ärztinnen halten.«

Seit der Ministerialerlass von 1895 es den Frauen gestattet, die Medizinische Fakultät hier in Budapest zu besuchen, hat es einen großen Zustrom von weiblichen Studenten gegeben, obwohl ich selbst noch nicht gezwungen war, ihnen in meinen Vorlesungen über Neurologie und Psychiatrie zu begegnen. Obwohl ich solches meiner Patientin nicht eingestand, muss ich notgedrungen zugeben, eine Ambivalenz zu empfinden, was die Anwesenheit junger Studentinnen in meinem erwählten Beruf betrifft. Es gibt Sparten, etwa die Gebiete der Hygiene, Kinderheilkunde und selbst Geburtshilfe, die in vieler Hinsicht weiblichem Verstand und weiblicher Empfindsamkeit angemessen sind. Frauen sind von Natur aus dazu geschaffen, sich um Familie und Kinder sowie die Mittel der Fortpflanzung zu kümmern, und es gibt gewisse Klassen von Frauen, welche diese Funktionen kompetent und vielleicht sogar einfühlsamer erfüllen können als Männer. Ich hatte jedoch Bedenken, junge Damen von vornehmer Herkunft und Urteilsvermögen den Härten wie den harschen Realitäten der modernen Medizin auszusetzen. Viele der üblichen und notwendigen Teile der Ausbildung von Ärztestudenten würden auf solche jungen Damen ekelerregend und verstörend wirken. Man wird mir wohl vergeben, dass ich mich gegen das Bild von Mädchen wie Fräulein S. oder meine eigenen Töchter, Mädchen aus konservativen und anständigen jüdischen Familien, verwehre, wie sie die eiternden Pusteln eines Patienten untersuchen, der an Syphilis im Sekundärstadium leidet.

Ich musste unwillkürlich mit Herrn S.' Widerstreben gegen die Berufswahl seiner Tochter sympathisieren und war erleichtert, dass meine eigenen Töchter keine derartigen Neigungen erkennen ließen. Tatsächlich hatten meine Frau und ich uns gerade an diesem Morgen entschieden, den von einer älteren Verwandten, die durch solche Arrangements ihr Auskommen findet, vorgeschlagenen Eheantrag für unsere ältere Tochter Erzsébet anzunehmen. Der betreffende junge Mann war selbst Medizinstudent, und während ich über Fräulein S.' Ambitionen nachdachte, unterhielt ich mich einen Augenblick lang mit der lächerlichen Vorstellung, wie Erzsébet ihren Zukünftigen nicht im Salon ihrer Mutter, sondern im Autopsiesaal kennenlernte, wo ihrer beider Hände gerade in den Eingeweiden einer Leiche wühlten.

Ich beschloss jedoch, mir meine junge Patientin nicht dadurch zu entfremden, dass ich ihr Zweifel über die Schicklichkeit ihrer Ambitionen zu erkennen gab. So sagte ich: »Stimmen Sie als angehende Ärztin mit der Diagnose Ihres Onkels über diese Symptome überein?«

»Nein. Die Schmerzen kommen zwar immer wieder, haben aber nichts mit der Verdauung zu tun. Ich leide auch nicht unter einem Geschwür. Ich leide unter« – hier zögerte sie und errötete, fuhr dann aber fort –, »ich leide bloß unter starken Menstruationskrämpfen.« Ich konnte sehen, dass sie doppelt verlegen war, wegen des Themas wie wegen ihrer eigenen Scham, darüber zu sprechen, und dies bestätigte meine Empfindungen über elegante, kultivierte Frauen und den medizinischen Beruf. Das bezaubernde Erröten eines jungen Mädchens, wenn es solche Dinge anspricht, ist verständlich, sogar erwünscht, doch ein Arzt darf keine solchen Hemmungen verspüren.

Fräulein S. sprach hastig weiter: »Mein Vater versteht nicht, dass die meisten Frauen solche Symptome erleben. Es ist keine Krankheit. Es ist normal.«

Einen sachlichen Ton anschlagend, um sie zu versichern, dass ich unser Gespräch absolut schicklich fand – schließlich muss ein Analytiker ohne Indignation oder Abscheu über alle Themen sprechen, sogar die bizarrsten sexuellen Perversionen, und ganz sicher über etwas so Alltägliches wie die Menstruation –, sagte ich: »Ein wenig Krämpfe sind normal, da stimme ich Ihnen zu. Allerdings sind heftige Schmerzen während der Menstruationszeit nicht selten hysterischer Natur, nicht physischer, und deshalb durch Behandlung und Analyse heilbar.« Ich verzichtete im Moment darauf, die wahrscheinlichste Quelle ihrer Schmerzen anzusprechen, exzessive Masturbation und eine dadurch erfolgende Schamreaktion. Hatte sie erst einmal Vertrauen zu mir gefasst, würde es an der Zeit sein, sie zu dieser logischen Schlussfolgerung hinzuleiten. Ich fuhr fort: »Wie heftig sind Ihre Schmerzen?«

Einen Augenblick lang gab Fräulein S. keine Antwort, dann sagte sie widerstrebend: »Sehr.«

»Hätten Sie nicht gerne, dass sie gemildert würden?«

»Natürlich.«

»Dann kann ich Ihnen vielleicht helfen. Ich schlage Ihnen Folgendes vor: Wir treffen uns einige Male, um Ihre Schmerzen zu erkunden, um zu überlegen, ob sie ihren Ursprung möglicherweise in einem seelischen Trauma statt im Physischen haben. Wenn wir Erfolg haben und sie lindern können, dann ist das wunderbar. Wenn nicht, haben wir bloß ein paar Stunden Zeit verloren, Zeit, die wir in doch hoffentlich nicht allzu unangenehmer Gesellschaft verbracht haben.«

Sie runzelte die Stirn und sagte: »Ich lasse mich nicht hypnotisieren.«

»Warum nicht?«

»Weil ich es nicht möchte.«

»Gut, dann hypnotisiere ich Sie nicht. Obwohl ich sagen muss, dass Sie auf eines der kunstreichsten Werkzeuge des Analytikers verzichten, wenn Sie eine Hypnose ausschließen. Vielleicht ändern Sie Ihre Meinung ja noch.«

»Das werde ich nicht.«

»Es gibt viele andere Mittel zu unserem gemeinsamen Ziel, Ihre Schmerzen zu lindern. Gespräch, Exploration, Massage.«

»Massage?«

»Doktor Sigmund Freud hat bei der Behandlung der Hysterie wunderbare Ergebnisse mit einer sanften Massage erzielt. Das könnten wir gemeinsam untersuchen. Natürlich wieder nur, wenn Sie einwilligen.«

Sie saß einige Augenblicke still da und wog, wie ich annahm, die Beschwerden ihrer monatlichen Schmerzen gegen die Schmach ab, dem Drängen ihres Vaters auf eine Behandlung nachzugeben.

Endlich sagte sie: »Doktor Zobel, es gibt eine Sache, um die ich Sie bitte.«

»Was ist das, meine Liebe?«

»Ich bitte nur darum, dass Sie, falls Sie entscheiden, es gebe keine psychiatrische Behandlung für meine Symptome, sondern sie seien rein physisch und normal, kurz gesagt, wenn Sie mich geistig gesund finden, dies meinem Vater sagen.«

»Selbstverständlich. Es ist meine Verpflichtung als Ihr Arzt, Ihren Vater von meiner Diagnose zu unterrichten. Etwas anderes habe ich nicht vor.«

»Gut.«

»Sie haben vorhin erwähnt, dass Sie glauben, Ihr Vater befürchte, Sie litten an Dementia praecox. Was denken Sie, warum erwartet er wohl eine solche Diagnose?«

»Mein Vater liest sehr viel.«

»Tatsächlich? Dann hat er diesen Zug mit seinem Bruder gemein. Ihr Onkel und ich haben uns häufig gegenseitig Bücher geliehen.«

»Vor kurzem bekam er ein Buch von einem gewissen Alexander Pilcz.«

»Ah, ja, Pilcz. Er ist Mitglied der Abteilung für Psychiatrie an der Universität Wien, wo Ihr Onkel und ich studiert haben.«

»Kennen Sie diesen Mann?«

»Ich bin vertraut mit seiner Arbeit.«

Einige Jahre zuvor hatte Pilcz eine Studie zur vergleichenden Rassenpsychiatrie veröffentlicht, die damals zu den grundlegenden Werken dieses Genres gezählt wurde. Ich persönlich fand seine diversen Tabellen und Grafiken zur Prädisposition verschiedener Rassen für bestimmte seelische Leiden wenig nützlich, dies mag aber damit zu tun haben, dass mir als Mitglied der israelitischen Rasse seine Schlüsse Unbehagen bereiten. Es ist schließlich kaum angenehm, mitgeteilt zu bekommen, dass man aufgrund seiner Rasse mit höherer Wahrscheinlichkeit verrückt oder schwachsinnig wird. 1906, als Pilcz' Arbeit erschien, entwarf ich einen Brief an die *Zeitschrift der Medizinischen Fakultät Wien*, in dem ich die Schlussfolgerungen des Doktors über die jüdische Prädisposition zu Psychosen des ererbt-degenerativen Typus und besonders zu jugendlichem Schwachsinn anfocht. Nachdem ich mich mit meiner Frau beraten hatte, nahm ich Abstand von diesem Brief (der, wie sie mir sagte, eher aufgebracht als analytisch wirkte). Die Gebiete der Psychiatrie und Psychoanalyse sind voller Zwietracht und Uneinigkeit, und ich habe über die Jahre die Erfahrung gemacht, dass man am besten alles tut, was man kann, um einer Fehde mit einem Kollegen aus dem Weg zu gehen. Das ist für einen Arzt der israelitischen Rasse wohl besonders wichtig, da unsere nichtjüdischen Kollegen manchmal nur zu bereit sind, uns eines ungebührlichen Konkurrenzdenkens zu beschuldigen. Jedenfalls scheint heutzutage der milde Antisemitismus in den Arbeiten von Pilcz geradezu drollig, und müsste ich mich damit beschäftigen, Briefe mit Gegendarstellungen an jedermann zu schicken, der das Ansehen meiner Religion in den Schmutz zieht, hätte ich keine Zeit zum Essen oder Schlafen, geschweige denn zum Arbeiten.

Fräulein S. sagte: »Pilcz' Buch hat Papa überzeugt, dass ich, wie so viele jüdische Frauen, dazu verdammt bin, an Dementia praecox zu erkranken und mein Leben in einer Zwangsjacke in einer Irrenanstalt zu verbringen, während ich Obszönitäten kreische und mir die Wimpern ausreiße.«

Ich lachte über diese übertriebene Vorstellung, und sie gewährte mir ein kleines Lächeln. Ich war entzückt zu sehen, dass Fräulein S. meine eigene scherzhafte Haltung übernahm. Ohne es zu wollen, genoss die junge Dame unsere Unterhaltung. Obwohl die Bescheidenheit es mir für gewöhnlich verbietet, es so geradeheraus zu sagen, möchte ich doch nicht versäumen, meine Leser auf meine Gewandtheit mit dieser Art Patientinnen hinzuweisen. Junge Frauen blühen auf unter meiner Betreuung, da ich mich als Vater von Töchtern bei ihnen wohlfühle. Ich habe eine natürliche Affinität für die jungen Exemplare des schöneren Geschlechts und sie für mich.

»Möchten Sie gerne wissen, welche Beweise er dafür hat?«, fuhr sie fort.

»Ja.«

Sie zählte sie an den Fingern ab. »Erstens, dass ich unbedingt Medizin studieren will, ein sicheres Zeichen drohender Geisteskrankheit, nicht wahr? Zweitens, und das ist seiner Ansicht nach ein noch schlimmeres Vergehen, dass ich mich weigere, den Knaben zu heiraten, den er und meine Mutter für mich ausgesucht haben, als ich noch in den Windeln lag.«

Ich unterbrach sie. »Sie sind verlobt?«

»Nein, ich bin ganz sicher nicht verlobt. Bloß haben Mama und eine ihrer Cousinen, seit wir Kleinkinder waren, Intrigen ausgeheckt, dass ihre Kinder einander heiraten sollten, und Papa ist womöglich noch mehr auf diese Verbindung erpicht.«

»Kenne ich den jungen Mann?«

»Möglich. Es ist Ignác E.«

»Der Sohn von Baron Móric E.?«

»Nein. Der Sohn von Jenö und Berta E. aus Nagyvárad. Ein weniger bedeutender Verwandter des Barons. Obwohl sie wohlhabend genug sind, wie meine Mutter nie müde wird, mir mitzuteilen. Soll ich damit fortfahren, die Beweise meines Vaters für meine Demenz aufzuzählen, oder hat meine Zurückweisung des Antrags eines Mitglieds der illustren Familie E., egal wie unbedeutend der Zweig und wie weit entfernt die Stadt sein mag, Sie überzeugt, dass mein Vater recht hat?«

Ich konnte mit der Frustration ihres Vaters über die Weigerung der Tochter sympathisieren, in die Partie einzuwilligen. Das Objekt der bevorstehenden Verlobung meiner Tochter Erzsébet, wenn auch ein feiner junger Mann aus einer in der Gemeinde wohlangesehenen Familie, war in keiner Weise so glänzend wie Ninas potenzieller Ehemann, aber hätte sich Erzsébet gegen ihn ausgesprochen, wäre ich dennoch höchst erzürnt gewesen. Trotzdem, Dementia praecox? Kaum.

»Das Urteil über die Eignung des jungen E. behalte ich mir vor«, erklärte ich. »Bitte fahren Sie fort.«

»Der dritte Beweis für meine angebliche Geisteskrankheit besteht in meiner Weigerung, mein Korsett so eng zu schnüren, dass mir die Augen aus dem Kopf quellen wie bei anderen Mädchen meines Alters. Der vierte: dass ich mein Taschengeld dazu verwende, die Zeitschrift *Frau und Gesellschaft* zu abonnieren. Der fünfte, dass ich nicht nur einen Vortrag von Frau Rózsa Schwimmer besucht habe, sondern meinem Vater auch vorzuschlagen wagte, er möge der Männerliga für das Frauenstimmrecht beitreten …«

Hier konnte ich ein Auflachen nicht unterdrücken. Die Vorstellung, wie der gravitätische Kauz Marcus S., Vizepräsident der Israelitischen Kongregation von Pest, ein stets in nüchterne schwarze, niemals karierte Gehröcke gekleideter Mann, der eher einen Stiefel aufgesetzt als seinen Zylinder durch einen feschen Bowler ersetzt hätte, sich für eine Petition an den König einsetzte, den Frauen von Österreich und Ungarn das Stimmrecht zu verleihen, war die vielleicht amüsanteste Vorstellung, die ich seit Monaten gehört hatte.

»Und schließlich«, sagte Fräulein S., die auf mein Gelächter mit einer emporgezogenen Augenbraue reagiert hatte, »Nummer sechs, dass ich mich mit Gizella Weisz angefreundet habe, die nicht nur Frauenrechtlerin und Schülerin von Frau Rózsa Schwimmer ist, sondern auch eine Zwergin.«

»Eine Zwergin?«

»Ja, eine Zwergin. Und wenn schon? Die Hälfte der Freunde meines Vaters sind beglaubigte Idioten, warum also sollte er meine Freundschaft mit einer Zwergin als ein sicheres Zeichen für eine Geisteskrankheit betrachten?«

»Sie beurteilen den gesellschaftlichen Umgang Ihrer Eltern ein wenig harsch, nicht wahr? Obwohl ich nicht mit ihm befreundet bin, betrachte ich Ihren Vater doch als guten Bekannten. Vielleicht bin ich auch ein Idiot?«

»Vielleicht, Doktor Zobel. Ich fürchte, ich kenne Sie noch nicht gut genug, um es sagen zu können.«

Die Uhr im Vorzimmer schlug. »Und ich fürchte, unsere Zeit ist um«, sagte ich. »Aber wir werden diese Unterhaltung morgen fortsetzen, nicht wahr? Sagen wir um zehn?«

Sie sprang auf. »In Ordnung. Ja. Wir können uns treffen. Aber ich habe vormittags eine Verabredung mit meinem Privatlehrer, um mich für die Matura vorzubereiten, es müsste also am Nachmittag sein.«

Wie gut ich mich an die Belastungen während meiner Schlussexamen im Gymnasium erinnerte. Nicht weniger als drei Knaben aus meiner Klasse unternahmen in den Tagen unmittelbar davor Selbstmordversuche. Angesichts dessen, dass sie mitten in dieser aufreibenden Vorbereitung steckte, kam mir Fräulein S. höchst gefasst vor. Und obwohl ich weiß, dass die Neurose sich sehr geschickt maskieren kann, konnte ich einen Moment lang nicht umhin zu denken, dass dieses Mädchen, wenn auch möglicherweise neurasthenisch, bei so klarem Verstand war wie ich.

»Natürlich«, sagte ich. »Ich werde meinen Terminplan umstellen müssen, aber ich gebe Ihnen morgen früh sofort Bescheid.« Obwohl meine Nachmittagsklientinnen, Frauen mit genügend Freizeit, keine besonderen Einwände dagegen erheben würden, ihren Termin verschoben zu bekommen, würde ich doch davon Abstand nehmen, ihnen mitzuteilen, dass es wegen eines fleißigen jungen Mädchens sei, das für seine Abschlussprüfung lerne. Das hätten sie wohl nicht so bereitwillig toleriert.

Fräulein S. streckte mir die Hand entgegen, und ich küsste sie.

»Danke, Doktor Zobel«, sagte sie. »Es war keine so schlimme Erfahrung, wie ich erwartet hatte.«

»Meine Liebe, Nina …« Ich wartete einen Augenblick, um abzuschätzen, ob sie daran Anstoß nehmen würde, dass ich sie so vertraulich mit dem Vornamen ansprach. Da sie nicht beleidigt wirkte, fuhr ich fort: »Wenn wir nicht mehr zustande bringen, als solche unangenehmen Erfahrungen zu erleichtern, dann werde ich unsere gemeinsam verbrachte Zeit für gut genützt halten.«

33

Nina erschien zu unserer zweiten Sitzung in Ausgehkleidung. Im Gegensatz zu dem düsteren Gewand, das sie am Vortag getragen hatte, sah sie heute schön aus, war sogar eng geschnürt, wie sie es angeblich so unangenehm fand. Ich bin der Sohn eines Kurzwarenhändlers und der Enkel eines einfachen Schneiders – keine ungewöhnlichen Vorfahren für einen jüdischen Arzt mit gutem Einkommen in jenen friedlichen Tagen jüdischer Assimilation in die ungarische Gesellschaft – und kenne mich deshalb mit Frauenkleidern aus; dieses Kleid Ninas kostete mindestens fünfhundert Kronen. Ihre schlanke Figur kam durch die Crêpe-de-Chine-Plissees ihrer weißen Blusentaille höchst vorteilhaft zur Geltung, und vom Gürtel aus goldfarbenem Soutache und schwarzem Flechtwerk, der ihre Taille eng wie ein Ehering umspannte, hing ein amüsantes Paillettenband. Ich musste unwillkürlich an meine Lieblinge Erzsébet und Lili denken, wie sie sich verzweifelt in ihre Korsette schnallten und die verflixten Dinger so eng banden, dass ich eine dauernde Einschnürung ihrer Gedärme fürchtete, und trotzdem nicht einmal an den doppelten Umfang von Ninas winziger Taille herankamen. Das war auch nicht der einzige Grund, warum ich hoffte, dass Erzsébet und Lili meine junge Patientin nicht zu Gesicht bekommen hatten, als sie durch die Wohnung in mein Konsultationszimmer ging. Seit Wochen waren meine Töchter in einem erbitterten Putzmacherinnen-Feldzug zugunsten eines mit Kranichfedern geschmückten Schutenhütchens begriffen, und ich, ihr grausamer und arglistiger Gegner in dieser Schlacht, hatte mich geweigert, allem außer Geierfedern-Aigrettes zu weichen. Ninas Hut, ein anbetungswürdiges und gewagt kleines Schottenmützchen aus blauem Taft, war mit demonstrativ vielen Kranichfedern geschmückt. Hätten meine Töchter es gesehen, wären sie, so fürchtete ich, für weitere Monate Kriegszug gerüstet gewesen.

Traurigerweise passte Ninas Laune nicht zu ihrer heiteren Aufmachung. Wenn möglich war sie noch missmutiger und aufgebrachter, als sie zu Beginn unserer Unterredung am Tag zuvor gewesen war, und ich befürchtete, die ganze Arbeit, die ich geleistet hatte, um mich bei ihr beliebt zu machen, sei vergeblich gewesen.

»Irgendetwas bedrückt Sie«, sagte ich, als sie sich auf ihrem Stuhl niedergelassen hatte; die Analysecouch hatte sie neuerlich verschmäht. »Bereuen Sie Ihre Entscheidung, unser Gespräch fortzusetzen?«

»Nein«, sagte sie. Sie öffnete ihr Ridikül, ein winziges seidenes, mit blauen Perlen besticktes Ding, und entnahm ihm ein silbernes Etui; daraus zog sie zu meinem Erstaunen einen Zigarillo. Sie steckte ihn in einen silbernen Halter und diesen zwischen ihre bezaubernden Lippen. Sich nach vorn lehnend, fragte sie: »Haben Sie ein Streichholz?«

»Nina!«, rief ich. »Sie rauchen doch wohl nicht.« Sie war natürlich nicht die erste Dame, die ich rauchen gesehen hatte, obwohl ich bezweifelte, dass irgendjemand, der sich diese Angewohnheit zu eigen machte, diesen Ehrentitel verdiente.

Beschämt steckte sie den Zigarillo in das Etui zurück. »Viele Frauen rauchen.«

»Viele? Tatsächlich?«

»Einige.«

»Ist das eine neue Mode in Ihren Frauenrechtlerinnenkreisen?«

»Kaum neu. Und außerdem, Herr Doktor, ist es ja nicht so, als wäre ich in der Öffentlichkeit, auf der Straße oder in einem Kaffeehaus. Es sieht mich doch keiner.«

»Und besuchen Sie Kaffeehäuser, Nina?« Meine Zweifel über ihren Vater verflüchtigten sich rasch. Was gestern als Überreaktion auf die normalen kleinen Rebellionen einer jungen Frau gewirkt hatte, schien plötzlich eine vernünftige Einschätzung ihres Geisteszustandes. Rauchen! In Kaffeehäusern!

»Ich bin natürlich nicht oft im Café Lloyd, aber heute war ich dort und habe eine scheußliche Dobostorte hinuntergewürgt.« Verachtung für das Lloyd träufelte von ihren Lippen wie Schokoladencreme von den Schichten dieser Mehlspeise.

»Sie mögen dieses Café nicht?«

»Es ist einfach so vorhersehbar. Ein Anwalt im Lloyd. Ungefähr so originell wie ein Bildhauer im Japan.«

»Wo wären Sie denn lieber hingegangen?«

Sie zögerte und lachte dann. Über sich selbst, wie es

sich herausstellte. »Ins Café Japan. Zu den Künstlern und Schriftstellern. Oder ins New York!«

»Aber Sie sind stattdessen ins Lloyd gegangen. Mit wem?«

»Heute Nachmittag war ich in Gesellschaft von Herrn Ignác E. Meine Mutter war Anstandsdame, natürlich, sie würde mich kaum allein mit einem Mann Kuchen essen lassen. Wer weiß, was da passieren könnte!«

»Ich dachte, Herr E. lebt in Nagyvárad?«

»Seine Eltern kommen ursprünglich von dort. Aber sie sind schon seit einiger Zeit in Budapest. Möglicherweise, um von der Verwandtschaft mit dem Baron zu profitieren.«

»Das scheint keine sehr generöse Annahme. Es gibt doch sicher auch andere Gründe, sich in der Hauptstadt aufzuhalten.«

»Ich nehme es an«, sagte sie und kreuzte wieder und wieder ihre hübschen Knöchel in den Patentleder-Schnallenschuhen. Ihre Absätze waren höher, als ich es meinen Töchtern erlaubt hätte.

»Möchten Sie sich auf die Couch legen?«, fragte ich. »Sie ist sehr bequem. Mein liebe Frau hat den Kissenbezug bestickt, und das türkische Plaid ist sehr weich.«

»Nein«, sagte Nina, obwohl sie etwas weniger sicher schien als beim ersten Mal, als sie mein Angebot zurückgewiesen hatte.

»Sie haben also Herrn E. zum Kuchenessen getroffen«, sagte ich. »Haben Sie sich amüsiert?«

»Kaum.«

»Warum sind Sie dann hingegangen?«

»Weil mein Vater sagte, wenn ich es nicht täte, würde er nicht erlauben, dass ich meine Prüfungen ablege.«

Zum Zweck dieser Fallgeschichte werde ich mein Bestes tun, Ninas Verabredung mit dem jungen E. so wiederzugeben, wie sie sie mir erzählte, und bitte den Leser, mir eventuelle kleine Ausschmückungen nachzusehen. Solche gründen darauf, was ich von den beteiligten Personen weiß, vom Ort des Rendezvous und der Geschichte der Familien. Alle Nachsichtigkeiten, die ich mir erlaube, sind nur derart gestaltet, dass sie den literarischen Wert dieser Fallgeschichte erhöhen, die, um brauchbar zu sein, mehr als eine mechanische Transkription der Äußerungen meiner Patientin sein sollte. Mir ist klar, dass es Analytiker gibt, die Einwände gegen solche Feststellungen erheben und darauf bestehen würden, es sei der einzige Zweck einer Fallgeschichte, die Worte des Analysanden so aufzuzeichnen, wie es ein Stenograf tun würde, aber ich vertrete jene Schule, die die Wahrheit als das Ziel unseres gemeinsamen Projekts ansieht, und obwohl es nicht eingängig scheint, verlangt diese Wahrheit doch manchmal eine gewisse Freiheit in der Präsentation der Fakten.

Die Einladung, Herrn Ignác E. zu Kaffee und Kuchen im Café Lloyd zu treffen, wurde nicht an Fräulein Nina S. persönlich übermittelt, sondern an ihre Mutter; es war jedoch klar, dass die junge Frau anwesend sein würde. Es war nicht die erste Verabredung, die der junge Mann vorgeschlagen, aber die erste, der Nina zugestimmt hatte, und das auch nur, weil ihr Vater dies als Vorbedingung dafür verlangt hatte, dass sie sowohl die Matura als auch die Aufnahmeprüfungen für das Medizinstudium ablegte, für die sie seit mehr als sechs Monaten lernte, ja eigentlich in all den Jahren, da sie Veres Pálnés hochangesehenes Mädchengymnasium der Ungarischen Frauenbildungsgesellschaft besucht hatte.

Über die Jahre hatte Nina viele Stunden in der verdummenden (ihre Worte, nicht meine) Gesellschaft des jungen Herrn E. verbracht, immer aber nur bei Familiengesellschaften, Diners und Bällen, deren Zweck nicht ausschließlich die gesellschaftliche Begegnung der beiden jungen Leute war. Bei einem Ball konnte Nina ihrem Verehrer entkommen. Sogar beim Diner konnte sie den Kopf wegwenden und sich dem Herrn zu ihrer Linken widmen, ohne als allzu ungezogen zu erscheinen. Aber wenn ihre Knie einander unter dem kleinen Marmorrund eines Kaffeehaustischchens beinahe berührten, die Ränder ihrer Untertassen dicht nebeneinander und die Krümel der Nusstorte von der Gabel des einen auf den Teller des anderen fielen, dann hatte Nina keine Wahl, als sich direkt mit dem jungen Mann zu unterhalten, den sie inzwischen nicht als ihren Freier, sondern als ihre Nemesis betrachtete.

Der unglückliche Junge sah das Rendezvous als Möglichkeit, ihr den Hof zu machen, was er unterstrich, indem er ihr ein zartes Veilchensträußchen überreichte, ungefähr ein solches, stelle ich mir vor, wie dasjenige, das ich meine Frau gebeten hatte, für das Tischchen neben meiner Behandlungscouch vorzubereiten. Veilchen sind offenbar die beliebtesten Frühlingsblumen für Liebende und Seelenärzte. An Ninas Mutter überreichte Ignác eine bunte Fülle von roten Tulpen und gelben Narzissen.

»Küss die Hand«, sagte der junge Mann und senkte seine Lippen auf Ninas schmale Finger im Glacéhandschuh.

»Schön, dich zu sehen, Cousin«, sagte sie. »Wie geht es meiner Tante und meinem Onkel?«

»Oh, Nina«, sagte ihre Mutter. »Unsere Familien sind doch kaum so nahe verwandt. Berta ist meine Cousine zweiten Grades, nicht deine Tante, und so ist Ignác nicht mehr als, was genau?, dein Cousin dritten Grades. So gut wie nicht verwandt.« Frau S. ließ sich auf ihrem Stuhl nieder, entnahm ihrem Ridikül eine Handarbeit und begann die Nadel durch den Stoff zu stechen. »Nun, Kinder«, sagte sie, »ihr dürft mich nicht ablenken. Ich bin da gerade an einer komplizierten Stelle, und es soll ein Geschenk zum Heiligen Abend für deinen Vater werden. Unterhaltet euch ruhig, und wenn der Ober kommt, bestellt mir eine Schale Kaffee mit viel Rahm und einen *Zserbó*.«

»Wir sind nicht im Gerbeaud, Mama. Sie werden keinen *Zserbó* haben«, sagte Nina.

»Irgendetwas Ähnliches haben sie«, sagte Ignác und winkte dem Ober. Er gab Frau S.' Bestellung weiter und wandte sich dann an Nina. »Und für Sie, Nina? Ich kann die Dobostorte empfehlen. Ich erinnere mich, dass Sie die am liebsten essen.«

»Nein, danke«, sagte Nina. »Ich nehme nur einen Kaffee. Keinen Rahm.«

»Sei nicht dumm, Nina«, sagte ihre Mutter, ohne den Kopf von der Handarbeit zu heben. »Du liebst doch Dobostorte.«

»Ich habe keinen Appetit.«

»Ihr Mädchen und eure Moden.« Sie neigte sich verschwörerisch zu Ignác. »Vielleicht können Sie es mir erklären, lieber Ignác. Warum sind die Mädchen heutzutage so besessen von ihrer Figur? Sie weigern sich, Zucker zu essen, haben Sie so etwas schon gehört? Nina will abends nicht einmal mehr mit ihrem Vater und mir süßen Likör und Kuchen zu sich nehmen. Lächerlich, nicht wahr?«

»Mama, ich dachte, deine Handarbeit wäre so kompliziert?«

Der Ober räusperte sich, und Nina klappte mit einem Knall ihre Speisekarte zu. »Gut. Dobostorte.«

»Für mich das Gleiche«, sagte Ignác.

Nachdem der Ober gegangen war und Frau S. sich wieder ihrer Handarbeit zugewandt hatte, die, wie es schien, weitaus weniger von ihrer Aufmerksamkeit erforderte als behauptet, reichte Ignác Nina ein in steifes Papier gehülltes und mit Bindfaden umwickeltes Päckchen.

»Sie hätten mir kein Geschenk zu bringen brauchen.«

»Aber ich weiß, wie sehr Sie die Poesie lieben, und das ist, wie mir der Verkäufer bei Kellner sagt, der letzte Schrei.«

Nina riss das Papier auf; zum Vorschein kam ein in dunkles Leder gebundenes Buch. »Das ›Inferno‹?«, fragte sie.

»Dante!«, sagte Ignác, befriedigt, dass sie es kannte und offensichtlich sehr zufrieden mit seiner Wahl war.

»Sie schenken mir ein Exemplar von Dantes ›Inferno‹?«

»Übersetzt von Mihály Babits. Er ist sehr gut.«

»Haben Sie viel von Babits gelesen?«, fragte Nina, ganz Unschuld. »Seine Gedichte und Erzählungen in *Nyugat*, haben Ihnen die vielleicht gefallen?«

»Ehem, ja.«

»Hmmm.« Nina sah sich in dem schönen Raum um. »Und führen sie hier, im Café Lloyd, *Nyugat*?«

Die meisten Männer, die eng nebeneinander an den Tischen in dem dunkel getäfelten Raum saßen, hatten eine Zeitung oder Zeitschrift vor sich ausgebreitet, Dutzende weitere Blätter hingen an den hölzernen Zeitungsständern wie Handtücher in einem Badehaus. Die meisten waren Tageszeitungen, von konservativ bis radikal-konservativ, obwohl Nina das auffällige blau-gelbe Titelblatt des *Budapesti Szemle* ins Auge fiel, der ältesten und angesehensten literarischen Zeitschrift. Einige Gäste waren tollkühnerweise sogar in *A Hét* vom Tag vertieft. Das urbane und kosmopolitische *Nyugat* mit seinem, wie der Titel verhieß, westwärts gerichteten literarischen Fokus war allerdings nirgendwo auf den Tischen der Wirtschafts- und Justiztitanen Budapests zu sehen, die sich da im überfüllten Café Lloyd ihrer Vorliebe für Süßes und ihrer Abhängigkeit vom Koffein hingaben.

»Gibt es andere Poesie, die Sie bevorzugen?«, fragte Ignác.

Nina langte in ihre Tasche und zog einen schmalen Band heraus. »Haben Sie schon etwas von Charlotte Perkins Gilman gelesen?«

»Ich hatte noch nicht das Vergnügen.«

»Sie ist Amerikanerin«, sagte Nina. »Das ist der erste ihrer Gedichtbände, der ins Ungarische übersetzt wurde.«

Zweifelnd nahm er den Band entgegen, den sie ihm reichte.

»Ihr bestes Buch ist ein Roman, ›Die gelbe Tapete‹. Lesen Sie Englisch?«

»Nicht sehr gut.«

»Nun, ich glaube, es ist ins Deutsche übersetzt worden.« Nina wusste das genau, da sie trotz ihrer Andeutungen nur sehr schlecht Englisch lesen konnte und selbst gezwungen gewesen war, Gilmans verstörende Welt in einer Übersetzung kennenzulernen.

»Vielleicht hole ich es mir«, sagte Ignác.

»Das sollten Sie wirklich. Es handelt von einer Frau, die durch die Einschränkungen, die ihr Mann ihr auferlegt, in den Wahnsinn getrieben wird.«

Bei diesem Punkt ihrer Erzählung wandte sich Nina an mich und sagte: »Und Sie, Doktor Zobel? Haben Sie Gilmans Buch gelesen?«

»›Die gelbe Tapete‹? Ich kann nicht sagen, dass ich das Vergnügen hatte.«

»Nun, Sie sollten es tun. Es könnte Ihnen eine Einsicht verschaffen, was in einer Frau vorgeht, wenn sie zu einer unerbetenen Erholungskur gezwungen wird, anstatt dass man sie ihrer Leidenschaft für die Arbeit nachgehen lässt.«

Das restliche Treffen von Nina und Ignác verlief, fürchte ich, nicht besser. Am Ende hatte sich Nina in die aufgebrachte Stimmung hineingesteigert, in der sie in mein Konsultationszimmer gekommen war, obwohl sie zugab, wahrscheinlich habe Herr E. wenig von ihrer Aufregung bemerkt. Im Gegenteil, er schlug vor, dass Nina und ihre Mutter mit ihm und seiner Mutter am Samstagabend das Lustspieltheater besuchen sollten, um »Die ideale Gattin« zu sehen, wo die hervorragenden Vaudeville-Künstler Fedák Zsuzsa und Király Ernő auftraten. Bevor Nina ihren Mangel an Interesse am Tango wie auch an Operetten über den Tango hervorstreichen konnte, hatte ihre Mutter schon zugesagt.

Auf der Stuhlkante in meinem Konsultationszimmer hockend, streifte Nina jetzt ihre Glacéhandschuhe ab und warf sie beiseite. Sie legte ihre Hände links und rechts an ihre Taille, stöhnte leise und drückte an ihrem Korsett herum. Ich erkannte die Bewegung von meiner Frau und meinen Töchtern wieder, die oft kaum eine Sekunde warteten, bis die Türen sich hinter Gästen geschlossen hatten, bevor sie an den Fischbeinstäben ihrer Korsette herumzupften und -zerrten, um die durch dieses Kleidungsstück hervorgerufenen Schmerzen zu erleichtern.

»Bitte, Nina«, sagte ich. »Legen Sie sich hin. Das ist doch viel bequemer für Sie.«

»Na gut«, sagte sie, als hätte ich die vergangene halbe Stunde nichts anderes getan, als sie beschworen, die Füße hochzulegen.

Sie streckte sich auf der Couch aus, legte die Fußknöchel übereinander, fasste an die Hinterseite ihres Halses und knöpfte sogar die paar obersten Knöpfe ihrer Hemdbluse auf.

»Besser?«, fragte ich.

»Ja«, gab sie widerstrebend zu.

»Sagen Sie mir, meine Liebe. Was ist es an Ignác E., das Sie so sehr stört? Erinnert er Sie an jemanden oder an etwas?«

»Er erinnert mich nur an sich selbst.«

»Ich möchte wissen, ob in den Tiefen Ihres Geistes nicht jemand oder etwas ist, irgendeine Erfahrung oder Person, an die der arme Herr E. Sie erinnert. Sind Sie felsenfest in Ihrer Ablehnung einer Hypnose?«

»Ja.«

»In diesem Fall könnten wir vielleicht eine alternative Analysetechnik erwägen. Ich werde ein Wort sagen, und Sie sagen einfach das Erste, was Ihnen in den Sinn kommt. Sind Sie bereit?«

Anstelle einer Antwort seufzte sie.

»Ja«, sagte ich.

»Nun gut, ja. Wir können es versuchen.«

»Nein. Ich meine, das war das Wort. Ja.«

»›Ja‹?«

»Ja. Ich meine eigentlich, antworten Sie mit ›Ja‹ auf das Wort ›Ja‹?«

»Nein. Meine Antwort auf das Wort ›Ja‹ ist ›Nein‹.«

»Gut. Das nächste Wort ist ›Nein‹.«

»Ja.«

»Glücklich.«

»Traurig.«

»Mutter.«

»Vater.«

»Zornig.« Sie zögerte. »Oje.«

»Machen Sie sich nichts draus. Es ist eine einfache Übung. Es gibt keine falsche Antwort. Wir machen weiter. Börse.«

»Vater.« Sie schien erleichtert über die milde Reaktion.

»Liebe.«

»Lächerlich.«

»Das ist Ihre Antwort?«

»Ja.«

»Wir fahren fort. Ehe.«

»Kaufurkunde.«

»Nina, es geht hier nicht darum, zu schockieren oder mich von etwas zu überzeugen. Sie sollten einfach das Erste sagen, was Ihnen in den Sinn kommt.«

»Das ist das Erste, das mir einfällt. Wie könnte es anders sein? Ich habe eben den Nachmittag mit einem Käufer verbracht, der gerade noch nicht meine Lippe hochzog, um den Zustand meiner Zähne zu begutachten. Ich werde verkauft wie eine Zuchtstute, Herr Doktor Zobel. Versteigert an den Höchstbietenden.«

»Ignác E. ist doch nicht so wohlhabend, oder?«

»Nun gut. Ich werde verkauft, aber nicht einmal an den Höchstbietenden. Ich bin verbilligte Ware, obwohl mein Vater natürlich nicht dieser Ansicht ist, wenn man bedenkt, wie sehr er über meine Mitgift jammert. Wie absurd ist das denn, Doktor Zobel? Mein Vater beharrt darauf, dass ich heirate, und beschwert sich zugleich, dass meine Aussteuer ihn ruinieren wird.«

»Warum glauben Sie, dass Ihr Vater unbedingt möchte, dass Sie Herrn E. heiraten?«

»Weil Ignác' Vater Direktor eines Bankhauses von ähnlicher Größe wie das meines Vaters ist, und mein Vater glaubt, wenn sie sich zusammentun, werden sie mit größeren Banken konkurrieren können. Mein Vater kann es sich nicht leisten, das Bankhaus E. aufzukaufen, aber praktischerweise haben er und Jenö E. nicht nur Frauen, die Cousinen sind, sondern auch Kinder von unterschiedlichem Geschlecht im heiratsfähigen Alter.«

»Vielleicht schreiben Sie Ihrem Vater unangemessen käufliche Motive zu. Vielleicht meint er bloß, dass die Ehe angesichts dessen, wie viel die beiden Familien gemeinsam haben und wie eng sie verbunden sind, ein Erfolg werden könnte.«

Schon als ich das sagte, wusste ich, dass ich unehrlich

war, wenn ich nicht zugab, wie treffend Nina die Motive ihres Vaters einschätzte. Natürlich musste der Mann die finanziellen Weiterungen seiner Wahl eines Ehemannes für seine Tochter berücksichtigen. Täte er das nicht, wäre es unverantwortlich.

Nina sagte: »Ich war großzügig mit meinem Vater. Seine wahren Beweggründe sind noch korrupter, als ich sagte. Er würde es nie zugeben, aber was mein Vater mehr als alles andere wünscht, ist eine verwandtschaftliche Verbindung mit Baron Móric E.«

»Ihr Vater weiß doch sicher, dass der Baron nun ein guter christlicher Ungar ist und sich wenig mit seinen jüdischen Verwandten abgibt.«

»Unterschätzen Sie nie meinen Vater, Doktor Zobel. Wer weiß, vielleicht sollen Ignác und ich konvertieren, damit wir mit dem vornehmen Familienzweig wieder Verbindung aufnehmen können. Er hat schon davon gesprochen, dass wir unseren Namen ändern sollten.«

Der Nachname S. verrät wie bei vielen unseres Volks bereits in der ersten galizischen Silbe seinen Ursprung. Für meinen eigenen Namen, germanischer Herkunft, auch wenn wir ebenfalls aus Galizien stammen, gilt das ebenfalls. Selbst in den egalitärsten Tagen, vor dem großen Krieg, als die Diskriminierungen unserer gegenwärtigen, weniger glücklichen Zeit beinahe unvorstellbar waren, gab es Berufe in unserer großen magyarischen Nation, in denen es schwierig war, mit einem Namen wie Zobel oder S. voranzukommen, und wäre ich nicht Mitglied eines Berufsstandes, der sich eines so hohen Prozentsatzes (einiges über vierzig!) von Menschen israelitischen Bekenntnisses rühmte, wäre ich vielleicht der Versuchung erlegen, ihn zu ändern.

Wenn wir Mitglieder des mosaischen Stammes als vollkommen gleich betrachtet zu werden hoffen, dürfen wir uns in keinem Detail von den anderen Untertanen der heiligen Stephanskrone unterscheiden. Kleinigkeiten wie Kleidung und Sprache mögen unbedeutend scheinen, aber sie können dazu dienen, uns von den uns umgebenden Gemeinschaften zu isolieren. Man betrachte zum Beispiel das Schicksal der galizischen Juden, von denen viele von uns abstammen. Obwohl niemand unter uns abstreiten kann, dass es hier in Ungarn Antisemitismus gibt, besonders im Gefolge der Säuberungen von Juden und dem jüngst erlassenen Numerus clausus, der die Immatrikulationen von Juden auf fünf Prozent beschränkt, ist das noch weit entfernt von den Pogromen, die unsere Vorfahren erlebt haben und jüngst sogar unsere Verwandten in Osteuropa. Dieser Unterschied rührt daher, dass die meisten von uns ihre Aufmachung, ihre Ausdrucksweise, ja viele Aspekte ihrer Lebensart geändert haben, um sich in diese Gesellschaft einzufügen, die uns so gut aufgenommen hat. Ungarische Liberale wie Antisemiten mögen beide routinemäßig beklagen, dass Budapest zu jüdisch sei, dass Zeitungswesen und Börse von uns kontrolliert würden, dass die ungarische Literatur »verjudet« sei, aber selbst im gegenwärtigen Klima sind wir hier in Ungarn sicher, nicht zuletzt wegen unserer Assimilation.

Zu Nina sagte ich: »Viele jüdische Familien haben in letzter Zeit ihre Namen geändert. Nicht alle haben es als Vorspiel zu einer Konversion getan. Aber was das betrifft, so vertreten viele anständige und ehrbare Juden die Meinung, es entspreche ihrem Leben und Streben, wenn sie konvertieren.« Meine eigene Schwester Sarolta ließ sich vor kurzem auf Drängen ihrer Kinder katholisch taufen, obwohl deren Gründe dafür, den Glauben unserer Väter aufzugeben, bestenfalls problematisch waren. Meine Nichten und Neffen sind eine so unangenehme Bande ehrgeiziger Streber, wie man sie nur finden kann.

Nina sagte: »Doktor Zobel, lesen Sie *Frau und Gesellschaft*?«

»Die Zeitschrift der Frauenrechtlerinnen? Ich habe sie gelegentlich durchgeblättert. Die ältere meiner Schwestern hat sie abonniert. Jolán würde Ihnen gefallen, Nina. Sie ist eine berufstätige Frau. Mathematiklehrerin. Ich denke, Sie würden sie interessant finden.«

Anders als meine jüngere Schwester Sarolta, die vor ihrem achtzehnten Geburtstag heiratete, erregte Jolán nie das Interesse eines Mannes, oder zumindest keines, den sie hätte heiraten mögen. »Für einen Mann ist es anders«, pflegte sie zu sagen, wenn ich ihr Vorhaltungen über ihre, wie ich es damals sah, übertriebene Wählerischkeit machte. »Wenn du unklug aussuchst, musst du dir schlimmstenfalls ein, zwei Stunden lang jeden Tag über den Esstisch hinweg deine schlechte Wahl ansehen. Eine Frau, die denselben Fehler macht, verbringt den Rest ihres Lebens damit, die Flecken aus den Unterhosen von jemandem zu schrubben, den sie verabscheut.«

»Um Himmels willen, Jolán!«, hatte unsere Mutter ausgerufen. »Dein Mundwerk. Dein schreckliches, schreckliches Mundwerk!«

»Ganz abgesehen von dem Umstand, dass es kaum du sein dürftest, die irgendjemandes Unterhosen schrubbt«, sagte ich. »Sicher würdest du eine Wäscherin beschäftigen.«

»Ich meine es metaphorisch«, sagte Jolán. »Weder buchstäblich noch metaphorisch würde ich irgendjemandem die Unterhosen waschen, den ich nicht liebe.«

Sosehr mit Geist und Witz begabt Jolán ist, sind doch ihre Züge scharf wie ihre Zunge, und so war sie letzten Endes nicht gezwungen, die Anträge zahlreicher Freier zurückzuweisen, ganz zu schweigen sich vom Zustand ihrer Unterhosen ein Bild zu machen. Stattdessen ging sie, so weit es möglich war, der Laufbahn einer Mathematikerin nach, obwohl für eine Frau die Möglichkeiten beschränkt waren. Als keine ungarische Fakultät sie aufnehmen wollte, ging sie nach Deutschland, um am Institut für Mathematik in Erlangen bei einer Mathematikerin namens Emmy Noether zu studieren. Da aus ihrem Wunsch, ihr Doktorstudium abzuschließen, wegen der Beschränkung der Hörerinnenanzahl nichts wurde, kehrte Jolán enttäuscht nach Budapest zurück und wurde Mathematikdozentin an einem Lehrerinnenseminar.

»Ich würde Ihre Schwester gerne kennenlernen«, sagte Nina. »Außer meinen Professorinnen im Gymnasium kenne ich kaum berufstätige Frauen. Nur die, die ich bei Ausflügen mit dem Verein der Frauenrechtlerinnen kennengelernt habe.«

»Dann werde ich das in die Wege leiten. Vielleicht können wir Ihre Vorliebe für Dobostorte in angenehmerer Gesellschaft wiederbeleben.«

»Möglich, obwohl ich fürchte, dass mir diese Mehlspeise für immer verdorben ist. Aber ich frage Sie deshalb nach der Zeitschrift, weil in einer der jüngsten Nummern ein Artikel über die Ehe erschienen ist. Die Autorin ist anonym – es hieß bloß, sie sei Frauenrechtlerin. Sie schrieb über die Heuchelei, wenn man das Wort ›Liebe‹ im Zusammenhang mit einer modernen Ehe verwendet, und wies darauf hin, dass es bei der Ehe nicht um Liebe gehe. Es ist eine ökonomische Transaktion. Die Familie der Braut sucht einen Bräutigam mit passendem finanziellem Status und bezahlt ihn dann, damit er die Tochter nimmt.«

Als Vater, der eben dabei war, die Unterhandlungen über die Hochzeit seiner Tochter in Angriff zu nehmen, verursachte mir eine so krasse Beschreibung des Vorgangs Unbehagen. Gott sei Dank war ich in der Kunst des Analytikers geübt, eine neutrale Miene beizubehalten, und Nina bemerkte nichts von meiner Gemütserregung.

»Wissen Sie, Doktor Zobel, wie viel mein Heiratsgut betragen wird?«

»Wie sollte ich?«

»Es entspricht wahrscheinlich dem Ihrer Töchter.«

»Zweifellos viel mehr.« Ein einfacher Arzt kann natürlich nicht so viel beitragen wie ein Mann der Börse.

»Hunderttausend Kronen. Mein Mann wird hunderttausend Kronen verlangen, und dann wird von ihm erwartet, mir monatlich dreitausend Kronen Haushaltsgeld zur Verfügung zu stellen.«

Ich war fassungslos über diese Zahl, eine weit größere, als ich Erzsébets Freier anzubieten gewillt war. Musste ich das neu berechnen? Würde die Summe, für die ich mich entschieden hatte, ausreichen?

Nina fuhr fort: »Und dann ist da natürlich noch die Aussteuer.«

Das Wort klang in ihrem Mund wie eine Obszönität.

»Wissen Sie, dass ich zusätzlich zu Wäsche und Kleidung die komplette Einrichtung für eine Vierzimmerwohnung mitbringe? Jeden Schrank, jede Waschkommode, jedes Bettgestell und gepolsterte Sofa.«

Um Himmels willen, dachte ich. Wollte ich auf den Umfang meines Bankkontos achten, dann musste ich hoffen, dass eine solche Großzügigkeit Ninas Familie eigentümlich war und nicht ein Abbild dessen, was sich die jungen Männer der Gemeinde im Allgemeinen erhofften.

»Jeder Aspekt meines Heiratsgutes und meiner Aussteuer wird als Teil einer Transaktion angesehen, Doktor Zobel. Wenn ich innerhalb von sechs Jahren sterbe, ohne ein Kind geboren zu haben, das am Leben geblieben ist, wird meine Familie den gesamten Betrag zurückfordern. Wenn ich nach sechs Jahren, aber vor neun sterbe, wieder kinderlos, erhalten sie zwei Drittel. Und so weiter.«

»Liebe Nina, das Heiratsgut wird heutzutage viel weniger formell und streng nach Vorschrift geregelt als früher. Es ist eher eine Möglichkeit für die Familie der Braut, dem jungen Paar bei der Ausstattung und Aufrechterhaltung seines Haushalts zu helfen, als eine strenge Kostenrechnung.«

»Die Autorin des Artikels meint, dass es eine Farce sei, eine solche Transaktion als etwas anderes zu betrachten als ökonomisch. Eine wahre Ehe kann nur zwischen zwei wirtschaftlich unabhängigen Menschen stattfinden. Die ideale Ehe ist frei von pekuniären Interessen und hat allein mit reiner Liebe zu tun.«

»Dieses Ideal, das Sie beschreiben, klingt im Abstrakten sehr schön, aber wie sollte eine Frau wirtschaftlich unabhängig sein? Das ist doch sicher nicht mehr als eine Phantasievorstellung.«

»Wenn ich mein Medizindiplom habe, werde ich mir selbst meinen Lebensunterhalt verdienen. Und dann werde ich einen Mann heiraten können, den ich liebe. Wenn ich heirate, dann wird das auf Liebe begründet sein. Nicht auf Geld. Liebe!«

Inzwischen war Ninas Gesicht so rot wie die Rüben im Borschtsch meiner Mutter – ihr Andenken sei gesegnet. Schweiß tropfte ihr von der Stirn, sie schnappte nach Luft.

Es war Zeit, ihre erregten Nerven zu beruhigen. »Kehren wir zu unseren freien Assoziationen zurück«, sagte ich. »Das nächste Wort ist ›Banane‹.«

»›Banane‹?«

»Ja.«

»›Banane‹?«

»Ja, Nina. ›Banane‹.«

»Gelb.«

»Eisenbahn.«

»Reisen.«

»Koffer.«

»Reisen.«

»Monokel.«

»Doktor Zobel, wie er Frauen beäugt.« Sie hielt die Hand vor den Mund. »Ach du meine Güte, Doktor Zobel, es tut mir so leid.«

»Das macht nichts, meine Liebe. Sie machen diese Übung genau so, wie sie durchgeführt werden sollte.«

Wir fuhren mit der freien Assoziation fort, und obwohl sie Ninas nervöse Erregung zu dämpfen half, kann ich nicht sagen, dass einer von uns beiden dabei neue Einsichten gewonnen hätte. Bei dieser Sitzung fehlten die intuitiven Sprünge, die manchmal zu einem neuen und tieferen Verständnis bei Analytiker wie Analysand führen können. An diesem Punkt entschied ich, dass ich, sollte ich bei meiner jungen Patientin Fortschritte erzielen, mich anderen Methoden zuwenden müsse, darunter der Traumanalyse. Während sie ihre Sachen nahm und das Konsultationszimmer verlassen wollte, bat ich sie, ein kleines Notizbuch neben ihr Bett zu legen, um ihre Träume zu notieren.

»Sie müssen sie unmittelbar vor dem Aufstehen niederschreiben. Sonst gehen sie dem Gedächtnis verloren.«

Nina schien begierig, diese Analyseform zu erproben, und wir beendeten unser Gespräch und freuten uns beide sehr darauf, was wir beim nächsten erfahren würden.

34

Im Laufe des nächsten Monats fuhren Nina und ich mit der Analyse fort, wobei Diskussionen über einen immer wiederkehrenden Traum einen großen Teil der Zeit beanspruchten. In dem Traum, der drei Wochen lang beinahe jede Nacht wiederkehrte, rannte Nina durch den Budapester Westbahnhof und kam jedes Mal zum Bahnsteig, nur um zu erkennen, dass der Zug ohne sie abgefahren war. Obwohl sie sich anfangs nicht erinnern konnte, wohin der Zug gehen sollte, dachte sie auf mein Drängen hin, es sei Wien gewesen. Wir besprachen gemeinsam die Möglichkeit, dass der Traum, einen Zug zu versäumen, ihre Ängste bedeute, eine wichtige Gelegenheit in ihrem Leben zu verpassen. Das Medizinstudium, beharrte sie und erinnerte mich daran, dass ihr Onkel und ich beide in Wien Medizin studiert hätten. Ich sagte ihr, dass in der Analyse eines Traums die offensichtlichste Interpretation nicht unbedingt die richtige sein muss; manchmal trifft sogar das Gegenteil des Offensichtlichen zu. Es ist bekannt, dass Zugreisen, besonders durch Tunnel, den Geschlechtsverkehr symbolisieren. Meiner Ansicht nach bedeutete das Verpassen des Zuges durch Ninas Traum-Ich nicht ihre Angst davor, einen Beruf, sondern ein normales Sexualleben, Ehe und Kinder zu versäumen. Dieser Interpretation widerstand sie, obwohl wir sie viele Tage lang diskutierten. Einmal kam sie sogar zu einem Termin und hielt Doktor Sigmund Freuds »Traumdeutung« in der Hand, ein Buch, mit dem ich selbstverständlich aufs Genaueste vertraut bin, da ich viele Jahre lang an einer grundlegenden Übersetzung ins Ungarische gearbeitet habe. Diese Aufgabe übernahm ich auf Drängen und unter der Leitung von Doktor Sándor Ferenczi selbst, zur Feier der Gründung der Ungarischen Psychoanalytischen Vereinigung. Obwohl die Arbeit an der Übersetzung langsamer vorangeht, als ich oder mein Mentor vorausgesehen hatten, hoffe ich sie in nicht allzu ferner Zukunft fertigzustellen.

Nina zeigte mir eine Stelle, die sie unterstrichen hatte. »Doktor Freud schreibt, zu einer Reise aufzubrechen sei eines der am besten belegten Symbole für den Tod«, sagte sie. »Den Zug zu versäumen könnte also einfach mein Geist sein, der mich durch die Versicherung besänftigt, dass ich nicht sterben werde.«

»Ich stimme zwar zu, dass Träume vom Zugversäumen in manchen Fällen Trost für die Todesangst sein mögen, bin mir aber durchaus nicht sicher, dass das bei Ihrem Traum der Fall ist. Denken Sie viel an den Tod, Nina?«

»Nein. Kaum jemals. Denken irgendwelche Neunzehnjährigen, die nicht krank oder in der Armee sind, an den Tod?«

»Einige. Es gibt sogar Kinder, die sich vor dem Tod fürchten.«

»Natürlich habe ich Angst vor dem Tod, wer denn nicht? Aber ich mache mir keine Sorgen deswegen. Das ist ein Unterschied.«

»Tatsächlich«, sagte ich und fragte mich nicht zum ersten Mal, ob meine junge Patientin außer einer schwierigen Beziehung zu ihrem Vater wirklich irgendwelche Probleme hatte.

Allerdings bestärkte sich meine Überzeugung, dass unsere Behandlung einen Sinn habe, einige Tage später wieder, als ihre Menses einsetzte und sie unter noch schmerzhafteren Krämpfen litt als sonst. Ich konnte ihre Agonie mit einer leichten Bauchmassage und warmen Kompressen ein wenig lindern, zusammen mit der Andeutung, dass die Schmerzen psychischen Ursprungs seien. Der moderate Erfolg dieser Therapie bestärkte meine Zuversicht, dass die

Wurzel der Schmerzen in einem damit zusammenhängenden Trauma liege; in dieser Sitzung und späteren ermutigte ich Nina, ihr Gedächtnis nach dem auslösenden Moment zu durchforschen.

Sie erinnerte sich sehr detailliert an ihre erste Menstruation, und obwohl ich ursprünglich Hoffnungen gehabt hatte, das Trauma in jener ersten Erfahrung zu lokalisieren, schien sie ziemlich leicht verlaufen zu sein. Ihre Mutter hatte sie taktvoll und mit bewundernswerter Offenheit darauf vorbereitet, und Nina konnte sich an nur wenige oder überhaupt keine Ängste in Erwartung des Ereignisses erinnern und auch an keine Furcht, als das Blut dann kam. Im Gegenteil, sie erinnerte sich, dass sie ihr »Frausein« begierig erwartet hatte. Das einzig Überraschende war die Heftigkeit der Schmerzen. Ihre Mutter hatte ihr gesagt, Krämpfe seien zu erwarten, und hatte dem Hausmädchen Anweisungen gegeben, in den ersten paar Tagen die Wärmflasche öfter nachzufüllen, aber offensichtlich hatte die Intensität der Schmerzen sie alle überrascht. Obwohl wir in unseren ersten Gesprächen darüber keine Einsicht und damit auch keine völlige Linderung der Symptome erlangten, war ich doch zuversichtlich, dass wir im Verlauf der Analyse zusammen bei dem Trauma anlangen würden, das an der Wurzel ihrer ovariellen Neuralgie lag.

Im Monat Juni verging beinahe eine Woche, ohne dass wir uns sahen, eine Unterbrechung, die ich lieber vermieden hätte. Es ist genau die Intensität der Beziehung zwischen Arzt und Patient, die der Analyse ihre besondere Wirkungskraft verleiht. Aber unglücklicherweise ließ mir Nina hier keine Wahl. Vom 15. bis 21. Juni tagte in Budapest der Internationale Frauenstimmrechtskongress, und Nina war ganz und gar von den Vorgängen beim Kongress in Anspruch genommen. Ihre Freundin Fräulein Gizella Weisz, die kleinwüchsige Sekretärin Rózsa Schwimmers, hatte dafür gesorgt, dass Nina beim Kongress Page war. Nina nahm ihre Aufgaben sehr ernst und entfernte sich für die gesamte Dauer aus meiner Fürsorge.

Ich hätte sie während dieser Zeit gar nicht gesehen, wäre ich nicht neugierig gewesen, was beim Kongress vor sich ging. Das allgemeine Publikum war nicht eingeladen, den Versammlungen dort beizuwohnen, und von den zusätzlichen Vorträgen interessierte mich keiner besonders, aber ich ging trotzdem eines Nachmittags zum Ort des Kongresses, einfach um mir den Anblick der größten Zusammenkunft von Suffragetten und Frauenrechtlerinnen aus der ganzen Welt zu gönnen. Mit meiner Neugier war ich kaum allein. Es schien, als habe sich die ganze Stadt auf dem Platz versammelt, sogar der Bürgermeister war da und schüttelte Frauenrechtlerinnen wie deren Opponenten gleichermaßen übertrieben freundlich die Hände. Ich war angenehm überrascht, wie viele verschiedene Teilnehmerinnen es gab. Man fand zahlreiche Beispiele vom Typus meiner Schwester, Frauen aus dem Bürgertum, deren moderater Wohlstand ihnen die Freiheit und die Position verschaffte, um für die Rechte der ärmeren Schwestern zu agitieren, die zu verlangen diese weder die Zeit hatten noch die Neigung verspürten. Es gab aber auch Gruppen von berufstätigen Frauen, Näherinnen und Fabrikarbeiterinnen, selbst Landarbeiterinnen, genau jene Frauen, von denen ich geglaubt hatte, sie wären zu unwissend und zu beschäftigt für solche Versammlungen. Es gab Bäuerinnen aus der ungarischen Provinz und aus anderen Teilen von Europas Hinterland, gekleidet in bunte, handgewebte und bestickte Volkstrachten.

Ich hatte fast schon die Hoffnung aufgegeben, unter den Horden jubilierender Frauenrechtlerinnen meine junge

Patientin zu finden, als ich eine Gruppe weißgekleideter junger Damen bemerkte, die schräg über die Brust violette Schärpen trugen. Die Mädchen hielten drei Meter lange Stangen, an deren Spitze Banner mit den Namen verschiedener Sprachen flatterten. Das Zeichen »Deutsch« umklammerte mit der Ernsthaftigkeit eines Standartenträgers für einen General meine Nina. Stolz und hochgewachsen stand sie da, ein strahlendes Lächeln auf dem hübschen Gesicht. Als ich mich durch die Menge kämpfte, sah ich, wie eine korpulente ältere Dame auf sie zukam. Nina beugte sich zu ihr, nickte lebhaft und musterte dann die Menge. Ihre Augen blieben bei einem der Pfadfinder hängen, die als Führer für die Kongressteilnehmerinnen verpflichtet worden waren. Sie winkte ihn zu sich und übergab die ältere Frau in seine Obhut. Ihre Rolle, erklärte sie, als ich an ihre Seite trat, bestehe darin, deutschsprechenden Delegierten, die Beistand oder Orientierung suchten, Hilfe zu leisten.

Ich sagte: »Ich nehme an, so viele Frauen sprechen diese Sprache, dass Sie ziemlich gehetzt sein müssen.«

Sie lachte. »Ganz und gar nicht. Ich meine, ja, ja, ich arbeite hart. Aber es ist wunderbar. Sie werden nicht glauben, wen ich getroffen habe, Doktor Zobel!«

Sie zählte eine lange Liste teutonischer Damen auf, von keiner von ihnen hatte ich je gehört, aber sie waren alle »sehr wichtig« für die Sache des allgemeinen Stimmrechts. In den vergangenen achtundvierzig Stunden hatten offenbar alle großen weiblichen Geister der deutschsprachigen Welt Ninas Hilfe in Anspruch genommen, um den Weg zur Toilette zu finden.

»Und die Vorträge, Herr Doktor!« Sie stöhnte, beinahe rhapsodisch. »In den letzten Tagen habe ich mehr gelernt als in meinem ganzen bisherigen Leben.«

»Tatsächlich?«

»Ja. Wussten Sie, dass eine der ersten Ärztinnen eine Frau namens Agnodike im alten Griechenland war? Sie praktizierte in Athen Frauenheilkunde und Geburtshilfe, zu einer Zeit, als es den Frauen verboten war, sich medizinisch zu betätigen.«

»Ich habe noch nicht von ihr gehört.«

»Es stimmt! Oh, einen Moment.«

»Wie kann ich Ihnen helfen?«, sagte sie auf Deutsch und wandte sich um, da sich eine kleine Hand auf ihren Arm gelegt hatte. Aber es war keine Dame auf der Suche nach Hilfe. Die Fragestellerin war niemand anderer als Fräulein Gizella Weisz, das winzige Wesen, der Grund für Ninas Beschäftigung beim Kongress. Nina beugte sich hinunter, um ihre Freundin auf die Wange zu küssen, fasste dann ihre Hand und wandte sich zu mir.

»Doktor Zobel, darf ich Ihnen Fräulein Gizella Weisz vorstellen, meine Freundin und, was noch wichtiger ist, Privatsekretärin von Frau Schwimmer.«

»Ah, die große Frau«, sagte ich in scherzhaftem Ton. Das heißt nicht, dass ich Frau Schwimmer nicht bewundert hätte. Damals, bevor ihre Hingabe an den radikalen Pazifismus weitum bekannt wurde, bevor sie gezwungen war, Ungarn zu verlassen, nach Wien zu gehen und schließlich, wie ich hörte, in die Vereinigten Staaten, war sie allgemein hochangesehen. Ich neckte Nina und ihre winzige Freundin, weil ihre Bewunderung von Frau Schwimmer mich an die meiner Schwester erinnerte. So hingebungsvoll, dass es an Heiligenverehrung grenzte.

»Frau Schwimmer ist tatsächlich eine sehr große Frau«, wies mich Fräulein Weisz zurecht.

»Ja, natürlich. Verzeihen Sie. Ich wollte nicht respektlos sein.«

»Was machen Sie hier, Doktor Zobel?«, unterbrach Nina.

Ich schmeichelte mir, dass sie zwei ihr Nahestehende von einer möglichen Auseinandersetzung ablenken wollte.

»Ich wollte sehen, worum es hier geht«, sagte ich.

»Und was denken Sie?«, fragte Fräulein Weisz, immer noch streng.

Mit so ernster Stimme, wie sie die kleine Frau offenbar der Situation für angemessen hielt, sagte ich: »Es ist wunderbar. Anregend. So viele versammelt, um eine außerordentliche Sache zu befördern.«

»Und Sie unterstützen das Frauenstimmrecht?«, sagte sie.

»Es gibt Frauen in meiner Bekanntschaft, die weitaus besser geeignet sind, ihre Stimme abzugeben, als viele der Männer, die derzeit die Freiheit haben, ihre Ignoranz der Nation aufzuzwingen.« Einen Moment lang gab ich mich der Selbstbewunderung für meine gewandte Nicht-Antwort hin, bevor ich bemerkte, dass ich weder Fräulein Weisz noch Nina hinters Licht geführt hatte.

In diesem Moment näherte sich uns ein Herr im langen Staubmantel. Er trug eine Kamera, die Beine des Stativs machten vor ihm eine Schneise in der Menge frei. »Ein Foto, gnädiger Herr?«, fragte er. »Von Ihnen und Ihrer« – er zögerte –, »Ihrer Tochter? Und dem Winzling?«

Ich reckte mich zu meiner vollen, zugegebenermaßen nicht sehr eindrucksvollen, Größe auf und sagte: »Mein Herr, dieser ›Winzling‹, wie Sie sie nennen, ist niemand anderer als die Privatsekretärin von Frau Rózsa Schwimmer.«

Er bereitete mir die Befriedigung, ein erstauntes Gesicht zu machen, und besänftigte mich mit einem Tippen an seinen Hut. »Bitte um Entschuldigung der Herr. Und die Damen. Darf ich Ihnen eine Fotografie zu ermäßigtem Preis anbieten?«

Die Mädchen protestierten, aber ich konnte sagen, dass sie trotz der Manieren des Fotografen begierig waren, ihre

Teilnahme an dem ruhmreichen Ereignis verewigen zu lassen. Der Fotograf drängte Nina, ihre Schärpe abzunehmen, um mit ihrer Freundin »zu harmonieren«, also gab sie mir die Schärpe und ihr Zeichen zum Halten. Sie posierten, Gizella auf einer umgedrehten Apfelkiste, die der Assistent des Fotografen zu diesem Zweck herbeischaffte. Obwohl sie eine dem Ernst des Anlasses angemessene Miene aufzusetzen versuchten, konnten sie ihre Freude doch nicht unterdrücken. Sie lächelten breit, ihre Augen strahlten, und ihre Wangen glühten.

Ich leistete beim Fotografen eine Anzahlung, nahm seine Karte und vereinbarte, die Bilder Ende des Monats abzuholen. Dann wurden die Mädchen durch Ninas Kameradinnen abrupt weggeholt. Offensichtlich wurden ihre Dienste am anderen Ende des Platzes benötigt, wo die morgendliche Versammlung des Kongress-Exekutivausschusses sich dem Ende zuneigte.

35

Als sie am Montag, dem 23. Juni, wieder in mein Konsultationszimmer zurückkehrte, war Nina beschwingt. Sie berichtete mir ausführlich, was sonst noch auf dem Kongress vor sich gegangen war, im Besonderen von der Eröffnungsrede von Frau Carrie Chapman Catt, der amerikanischen Präsidentin der Internationalen Frauenrechtsvereinigung. Hätte Nina mir von ihrer Reaktion auf diese Rede erzählt, als wir uns an jenem Tag auf dem Platz trafen, dann hätte ich ihr geraten, von einer weiteren Teilnahme am Kongress Abstand zu nehmen. Durch den Aufruf der Amerikanerin, alle gebildeten, vornehmen und erfolgreichen Frauen sollten auf die Straße gehen, nicht um ihr Stimmrecht zu erbitten, sondern es zu fordern, zu neurotischem Furor aufgereizt, waren Nina und Gizella mit Exemplaren ihrer Frauenrechtlerzeitung in den Händen durch die Straßen geeilt und hatten die besorgten Fragen der Pfadfinder missachtet. Sie bräuchten niemanden, der sie heimbegleite, beharrten die Mädchen. Sie bräuchten keinen Fiaker, keinen Hinweis, wo die Straßenbahn fahre oder die elektrische Untergrundbahn, die unter der Andrássy út verkehrte. Eigentlich wollten sie gar nicht nachhause gehen.

Ihr hirnrissiger und gedankenloser Plan, das Produkt einer überhitzten Phantasie und eines übererregten Nervensystems, bestand darin, in das opulente Café New York zu stürmen, beherzt zwischen den vergoldeten Säulen dahinzumarschieren und zu verlangen, allein, ohne Anstandsdame, einen Tisch zu bekommen. Ich bin überzeugt, dass Nina allein kein solches Spektakel aus sich gemacht hätte. Es war Fräulein Weisz, die sie anspornte, die behauptete, ohne Begleitung eines Mannes schon öfter mit Frau Schwimmer Kaffee getrunken zu haben, und dass es für zwei junge Frauen nicht mehr Grund gebe, eine Anstandsdame zu benötigen, als für zwei junge Männer.

Ich kann mir die Szene bloß vorstellen, wie die Mädchen ins Kaffeehaus fegten: Nina eine bräutliche Erscheinung in weißem Batist und Spitzen, Gizella ähnlich gewandet, aber aufgrund ihrer Größe mehr nach einem Täufling als nach einer Braut aussehend. Die Mädchen ignorierten das missbilligende Naserümpfen der älteren männlichen Stammgäste und setzten sich an einen Tisch mitten im Raum.

Nina saß steif da, die Schultern zurück, das Kinn hochgereckt. Sie beschäftigte sich damit, die opulenten Vorhänge zu betrachten, die Uhr über dem Eingang, die Friese an den Wänden, alles, um nicht jemandes Blick zu erhaschen, den sie kannte oder der, noch schlimmer, ihre Anwesenheit ihren Eltern berichten könnte. Nina und Gizella waren keineswegs die einzigen Frauen im Kaffeehaus. In den Nischen des New York gab es Tische, wo üblicherweise »Schauspielerinnen« und andere junge Frauen eines Typus saßen, der Beschäftigung einer Art suchte, welche meine sich so erfahren gebende Patientin schockiert hätte, hätte sie von deren Existenz gewusst. Was Nina und Gizella da getan hatten, entsetzte mich. Sogar im weltläufigen Budapest, selbst im aufgeklärten Bürgertum, selbst jetzt, wo unverheiratete junge Frauen und Mädchen bisher ungeahnte Freiheiten in Bildung und Gesellschaft errungen hatten, war es für ein junges Mädchen aus guter Familie unerhört, sich mit bloß einer anderen jungen Dame als Begleitung an einem so öffentlichen Ort zu zeigen.

Nur ein paar Minuten, nachdem sie gekommen waren, näherte sich ein junger Mann ihrem Tisch. Er trug eine zerknitterte und abgetragene Jacke und hatte einen Tintenfleck auf seinem steifen Kragen, als wolle er seinen Status als Schriftsteller demonstrieren, eines der jungen Talente, für die der Oberkellner einen Vorrat an langen Papierstreifen bereithielt, auf denen sie ihre koffein- und alkoholbefeuerten Gedanken notieren konnten.

»Fräulein Weisz!«, sagte er. »Wie entzückend, Sie zu sehen.« Er langte nach ihrer kleinen Hand und beugte sich mit Schwung darüber. »Küss die Hand.«

»Guten Abend, Endre«, sagte Gizella. Gizella Weisz, obwohl vom typischen achondroplastischen Somatotyp – übergroßer Kopf mit stark gewölbter Stirn, normal großer Rumpf, verkürzte Gliedmaßen, breite Hände in der Dreizackstellung mit kurzen Metacarpalen und Phalangen –, war wirklich schön. Oder eher gelang es ihr, trotz ihrer Deformation einen gewissen Magnetismus auszustrahlen. Sie trug ihr üppiges dunkles Haar hochgesteckt. Ihre dichtbewimperten Augen umrandete sie mit dicken schwarzen Strichen, und sie schminkte sich die Lippen rot, ein dramatischer Stil, der bei einer jungen Dame von normaler Größe Grund für Konsternation geboten hätte. Aber bei all ihren feministischen und radikalen Ideen, ihrer Schminke, ihrem Reformkleid und ihren Zigaretten im silbernen Etui war Fräulein Weisz wie Nina eine ordentlich erzogene junge jüdische Frau aus guter, wenn auch nicht wohlhabender Familie. Später erfuhr ich aus den Artikeln, die über sie in den Zeitungen standen, dass sie aus einem Dorf in Nordsiebenbürgen stammte und ihr Vater, ebenfalls zwergwüchsig, ein rabbinischer Gelehrter von einiger Berühmtheit war. Sie hätte es besser wissen müssen.

Der junge Mann fragte Gizella: »Wollen Sie mich nicht Ihrer bezaubernden Freundin vorstellen?«

»Ganz sicher nicht. Sie sind eine Landplage und der Allerletzte, den sie kennenlernen sollte«, sagte Gizella.

»Bitte setzen Sie sich doch an unseren Tisch.« Er wies auf eine der Nischen an der Wand des Kaffeehauses, wo ein paar Tische zusammengeschoben worden waren und eine Gruppe demonstrativ literarisch aussehender Typen rauchend und schwatzend beisammensaß. Wie als Reaktion auf den Blick der jungen Frauen sprang einer auf, nahm aus dem Haufen Zeitungen und Bücher, die auf dem Tisch herumlagen, einen Zeitungsausschnitt und begann lauthals ein Gedicht zu rezitieren.

»Sollen wir?«, fragte Gizella Nina. »Sie sind eine sehr unterhaltsame Clique, obwohl ich nicht versprechen kann, dass sie uns nicht vergewaltigen. Endre ist ein absoluter Flegel.«

Der junge Mann hieb sich mit der Hand aufs Herz und schrie: »Bis in den Tod werde ich Ihre Ehre verteidigen!«

»Dummer Junge«, sagte Gizella.

»Nein, sehen Sie!« Er wies auf einen weißen Strich quer durch seine dunkle linke Augenbraue. »Eine Duellnarbe! Ehre bedeutet mir alles.«

»Letzte Woche haben Sie mir gesagt, dass Ihnen die Poesie alles sei. Was nun?«

»Beides!«, rief er. »Ehre und Poesie. Kommen Sie!« Er rückte Gizellas Stuhl zurück, hob sie hoch und stellte sie auf die Füße. Nina stand allein auf, nahm aber seinen angebotenen Arm und erlaubte ihm, sie zu der Wandnische zu geleiten, wo die Schar der jungen Männer ihnen freudig Platz machte.

Den Rest des Abends bis spät in die Nacht hinein wurden Nina und Gizella von den jungen Männern unterhalten. Besonders Endre hielt sich an Nina, setzte sich nahe neben sie und sprang irgendwann einmal auf seinen Stuhl, um einen Abschnitt aus János Aranys Gedicht »Dante« vorzutragen.

An diesem Punkt von Ninas Bericht über die Ereignisse des Abends warf ich ein: »Dante? Ein seltsamer Zufall, nicht?«

Ein bezauberndes Erröten färbte Ninas Wangen. »Wie meinen Sie das?«, fragte sie.

»Dass dieser junge Mann Aranys ›Dante‹ rezitieren sollte, nur ungefähr einen Monat, nachdem Ihnen ein anderer junger Mann einen Band des ›Inferno‹ geschenkt hat.«

Nina biss sich auf die Lippen. Ich wartete. Schließlich sagte sie: »Es war kein Zufall.«

»Nein?«, fragte ich, wobei ich mein Entzücken darüber verbarg, dass sie mir anvertraute, was offensichtlich ein bedeutsames und sogar genierliches Eingeständnis war.

»Ich habe Endre – eh, Herrn Bauer – von Herrn E.'s Geschenk erzählt.«

»Warum haben Sie Herrn Bauer von dem Geschenk erzählt, das Ihnen ein anderer junger Mann gemacht hat?«

Sie zuckte die Schultern. »Ich dachte, er fände das amüsant.«

»Amüsant?«

Sie fingerte an ihrem Ridikül herum, nahm eine silberne Puderdose heraus, ließ sie ein paarmal auf- und zuschnappen, bevor sie herausplatzte: »Es war so ein absurdes Geschenk! Dantes ›Inferno‹! Ausgerechnet!«

»Sie mögen Dante nicht?«

»Ich habe ihn nicht gelesen. Er interessiert mich nicht. Ich interessiere mich für moderne Dichter!«

»Wie Arany?« János Arany war, wie wir beide wohl wussten, vor mehr als dreißig Jahren gestorben.

»Wie Charlotte Perkins Gilman. Wie Anna Achmatova!«

»Hat es Ihnen gefallen, wie der junge Bauer Aranys ›Dante‹ rezitiert hat?«

»Es war amüsant.«

»Wie das?«

»Er tat es sehr dramatisch. Sarkastisch, nehme ich an.«

»Ihrem jungen Endre sagt Arany nicht zu?«

»Es ist nicht mein Endre, und ich habe keine Ahnung, was ihm zusagt oder nicht zusagt. Es war ein Spiel. Nicht mehr. Er hat auch seine eigenen Gedichte vorgetragen.«

»Und hat Ihnen das gefallen?«

Wieder klappte sie die Puderdose auf und ließ sie zuschnappen. »Ja. Ja, hat es. Sicher mehr als Dantes ›Inferno‹.«

Nina und Gizella blieben bis ein Uhr nachts im Kaffeehaus, dann versuchten ihre Verehrer, sie nachhause zu begleiten. Das lehnten die Mädchen jedoch ab, sie stimmten nur zu, dass ihnen die jungen Männer eine Kutsche riefen.

»Haben Ihre Eltern sich nicht große Sorgen um Sie gemacht? Es ist nicht üblich, dass Sie so lange wegbleiben.«

»Sorgen?«, sagte sie. »Vielleicht. Mein Vater war jedenfalls wütend.«

Das hätte Nina mir nicht zu sagen brauchen. Zufällig hatte ich ihren Vater am Samstagmorgen in der Synagoge in der Dohány utca gesehen. Ich besuche die Gottesdienste nicht regelmäßig – ich fürchte, ich bin einer von diesen Drei-Feiertags-Juden, über die unsere israelitischen Führer so oft lamentieren –, begleite aber jedes Jahr zur *Jahrzeit* meines Vaters meine Mutter und meine Schwestern in die Synagoge, damit wir alle Kaddisch sagen können für den Mann, dem die Religion so viel wichtiger war als uns allen. Sogar meine Schwester Sarolta war bei dieser Gelegenheit dabei, obwohl die arme Frau gezwungen war, ihr Gesicht hinter einem dichten Schleier zu verbergen, damit man sie nicht erkannte und ihre Missetat ihrem Priester meldete oder, noch schlimmer, ihren ekelhaft ehrgeizigen Kindern.

Meine Mutter und Schwestern gingen hinauf zur niedrigeren der zwei Frauenemporen, und ich versuchte einen unauffälligen Sitz im hintersten Viertel des palastähnlichen Gewölbes, mehr Basilika als Schul, zu finden. Unglücklicherweise nahm ein Platzanweiser meinen Arm und schob mich nach vorn. An einem normalen Samstagvormittag im Juni konnte sogar diese größte Synagoge Europas, das Heim einer großen und wohlhabenden jüdischen Gemeinde, nicht mehr als eine magere Versammlung auf die Beine stellen. Nicht einmal die angeblichen vierundvierzig Kilogramm vierundzwanzigkarätiger Vergoldung konnten die Nachlässigen dazu bringen, sich unter diesen hoch aufragenden Bögen einzufinden.

Ich schloss die Augen, während ich darauf wartete, dass Orgel und Chor den Beginn des Gottesdienstes anzeigten, wurde aber umgehend von einem zornigen Geflüster aufgestört.

»Doktor Zobel! Imre!«

Widerwillig hob ich die Lider und sah Ninas Vater vor

mir stehen, umhüllt von einem weiten Tallith und mit einem Ausdruck rechtschaffener Entrüstung im Gesicht. Ich begann mich schwerfällig hochzuquälen – ein Mann meines Umfangs sitzt nicht bequem in einer hölzernen Bank, gleichgültig wie geräumig und elegant geschnitzt –, aber Herr S. legte mir die Hand auf die Schulter, um mich zurückzuhalten. Stattdessen setzte er sich neben mich und neigte seinen Kopf zu mir. Als er seinen Mund nahe an mein Ohr führte, unterdrückte ich ein Schaudern. Die üppigen Lippen, die bei der Tochter so schwelgerisch wirkten, waren beim Vater fleischig und klebrig.

»Das nennen Sie Fortschritt, Doktor Zobel?«, flüsterte er aufgebracht. »Mein Bruder hat versprochen, Ihre Gesprächskur würde der Rebellion meiner Tochter ein Ende setzen, und stattdessen ist sie jetzt ärger als früher.«

»Ist etwas passiert, Herr S.?«

»›Ist etwas passiert‹?« Seine Nachäffung meines Tonfalls und Akzents war grausam. Ich geniere mich keinesfalls dafür, dass ich jiddischsprachig aufgewachsen bin. Meine Familie stammt aus Galizien, aber niemand kann unsere Loyalität unserer magyarischen Heimat gegenüber anzweifeln. Ich bin ein patriotischer Ungar, welche Spuren auch immer in meinem Akzent zurückgeblieben sein mögen.

»Ja, es ist etwas passiert«, zischelte Herr S. und sprühte Speichel in mein armes Ohr. »Die ganze Woche hat sie sich in der Stadt herumgetrieben. Anstatt zuhause zu sein und zu schlafen, wie sie sollte, wurde sie in Gesellschaft von Künstlern und Radikalen gesehen. Radikalen, Doktor Zobel!«

So gut ich konnte, versuchte ich den Vater meiner Patientin daran zu erinnern, dass ich die Verantwortung dafür übernommen hatte, die Leiden seiner Tochter, physisch wie psychisch, zu behandeln, und während ich als Vater von Töchtern zustimmen könne, dass Ninas Verhalten inakzeptabel sei, sei ich doch als Arzt von Anfang an aufrichtig gewesen, indem ich ihn informiert hätte, dass die Psychoanalyse nicht als Kur für jugendliche Rebellion diene.

»Das ist mehr als jugendliche Rebellion«, beharrte Herr S. »Nina ist unvernünftig geworden. Sprunghaft. Sie benimmt sich wie eine …« Er schauderte. Nur Frauen von üblem Ruf frequentierten ohne Anstandsdamen Kaffeehäuser. Was hatte die arme Nina ihrem Ruf angetan!

Der erboste Vater fuhr fort: »Mein Bruder versichert mir, dass ihr Benehmen ein Zeichen für ein schweres seelisches Leiden ist. Dementia praecox, Doktor Zobel! Damit haben wir es zu tun.«

Ich widerstand dem Drang, Herrn S. eine Wette vorzuschlagen, dass sein Bruder, ein Urologe, weniger Erfahrung mit dem Organ meines Fachs habe als ich mit dem seinen, und versprach stattdessen, die Sache mit Nina zu diskutieren.

»Wir haben bei unserer Traumanalyse große Fortschritte gemacht«, erklärte ich Herrn S., möglicherweise nicht ganz aufrichtig, da ich ziemlich verdrossen von Ninas Weigerung war, ihren Traum vom Versäumen des Zuges in seinem wahren Licht zu sehen. »Ich bin zuversichtlich, dass Sie im Verlaufe der Behandlung mehr und mehr greifbare Fortschritte sehen werden.«

»Ehe, Doktor Zobel«, sagte er, bevor er sich schwerfällig erhob. »Das ist das Ziel. Das Ergebnis Ihrer Behandlung muss sein, dass Nina ihren neurotischen Ehrgeiz aufgibt und ihre Rolle als anständige jüdische Ehefrau und Mutter akzeptiert.«

Hätte ich Herrn S. gegenüber bestimmter auftreten sollen? Es stimmt zwar, dass übermäßiger Ehrgeiz oft ein Zeichen von neurotischem Größenwahn ist, aber ich musste erst irgendeinen Hinweis sehen, dass eine solche Beschreibung auf Nina passte. Im Gegenteil. Das Mädchen hatte im Gymnasium hervorragende Noten. Sie war fleißig und bereitete sich allem Anschein nach erfolgreich auf ihre Matura und die Aufnahmeprüfung für die Medizinische Fakultät vor. Sogar ihr Onkel, der ihren Wunsch, Medizin zu studieren, missbilligte, gab zu, dass ihre Lehrer sie für außerordentlich qualifiziert hielten. Tatsächlich war es er gewesen, der sie mir als jemanden »von seltener und bewundernswerter Intelligenz« beschrieben hatte.

Es war verständlich, dass ihr Vater es lieber gesehen hätte, wenn sie ein konventionelleres Leben geführt hätte. Auch ich würde Einwände haben, wenn meine Töchter einen Beruf ergreifen wollten, besonders einen so anstrengenden. Und sicher wäre ich ebenso entsetzt gewesen, hätte sich meine Tochter nachts ohne Begleitung herumgetrieben. Doch es blieb die Frage, ob die Rebellion eines Mädchens und ihr Bestreben, die Wünsche ihrer Eltern zu durchkreuzen, an und in sich schon Beweis einer Neurose waren. Noch war ich nicht fähig, das Für und Wider zu entscheiden. Es stimmt, den meisten jungen Frauen fällt es nicht schwer, sich dem Wissen und der Erfahrung von Respektspersonen zu beugen. Dennoch war ich jeden Tag meiner Bekanntschaft mit dieser besonderen jungen Frau mehr beeindruckt von ihrem Scharfsinn, ihrem Witz, ihrer Verve. Ihre Ambitionen schienen mir keineswegs übertrieben, sondern absolut realistisch, kein Beweis für eine Neurose, aber eine unverfälschte und wohlüberlegte Einschätzung von Möglichkeiten.

Ob neurotisch oder nicht, stundenlang mit jungen Männern von zweifelhaftem Ruf auszubleiben schien mir indes dennoch kaum akzeptabel, und ich wies Nina eindringlich darauf hin, solchen Versuchungen in Zukunft nicht mehr nachzugeben. »Und wenn schon nicht aus anderen Gründen«, sagte ich ihr, »dann deswegen, weil es schlecht für Ihre Gesundheit ist. Sie brauchen den Schlaf, damit wir unsere gemeinsame Arbeit fortsetzen können.«

Nina ließ ein letztes Mal ihre Puderdose zuschnappen, steckte sie in ihr Ridikül und sagte: »Da haben Sie ein gutes Argument.«

»Ja?«

»Ich mag Sie inzwischen gern, Doktor Zobel. Sehr gern. Sie sind ein gütiger Mann, und es hat mir bei Ihnen gefallen. Aber was unsere gemeinsame Arbeit für einen Sinn haben soll, das verstehe ich heute genauso wenig wie vor einem Monat.«

Sie werden mir die Unbescheidenheit vergeben, zu erwähnen, dass meine Dienste als Arzt in Budapest und darüber hinaus äußerst gefragt sind. Ich hatte mich nie zuvor in der Lage befunden, einem Patienten wie seiner Familie eine Behandlung aufzuzwingen. Das erklärt vielleicht ein wenig die Ungeduld, mit der ich erwiderte: »Müssen wir das noch einmal durchgehen, Nina?«

Bei meiner Heftigkeit schien ihr Selbstbewusstsein ins Wanken zu geraten; sie biss sich auf die Lippe.

Ich fuhr fort: »Wollen Sie denn nicht die lähmenden Menstruationskrämpfe loswerden, die Ihr Leben so sehr beeinträchtigen?«

»Doch. Ich meine nur …«

»Was?«

»Ich bin mir bloß nicht sicher, dass die Gesprächskur helfen kann.«

»Sind Sie Ärztin?«

»Sie wissen, dass ich keine bin.«

»Bin ich Arzt?«

Ungeduldig verzog sie ein wenig den Mund.

»Bin ich's?«, beharrte ich.

»Natürlich.«

»Nun, wessen Zuversicht ist dann ausschlaggebend? Die des ausgebildeten, erfahrenen Arztes oder die des jungen Mädchens?«

Ich wartete, aber sie antwortete nicht.

Sanfter sagte ich: »Nina, meine Liebe. Was für eine Ärztin werden Sie denn sein, wenn Sie ärztlichen Rat so starrsinnig ablehnen?«

Nach einem Moment seufzte sie und sagte: »Eine schlechte, nehme ich an.«

Ein klein wenig beschämt muss ich zugeben, dass ich erleichtert war, bei dieser Unterredung die Oberhand behalten zu haben. »Genau. Eine schlechte. Nun, kehren wir zu einem Thema zurück, das sofort behilflich sein wird, Ihre hysterischen Schmerzen zu erleichtern.« Ich nahm mein Notizbuch heraus und blätterte es durch. »Das Thema, wie Sie Ihre Periode erleben, haben wir schon behandelt, und ich denke, wir können uns einigen, dass wir hier nicht den Ort des Ursprungstraumas gefunden haben.«

Ich wartete, dass sie mir zustimmte. Als sie nichts äußerte, sagte ich: »Korrekt?«

»Korrekt«, sagte sie.

Entschlossen ignorierte ich ihren widerwilligen Ton. »Ich würde gerne über eine Thematik sprechen, die mein Kollege Doktor Sándor Ferenczi in solchen Fällen wie Ihrem recht oft vorgefunden hat.«

»Fällen wie meinem?«

»Fällen von Hysterie.« Ich zögerte einen Moment und fuhr dann wie geplant fort. »Nina, ich muss nun darauf bestehen, dass Sie Ihren Platz auf meiner Untersuchungscouch einnehmen. Es ist entscheidend für die nächste Phase unserer Arbeit.«

Erst im vergangenen Jahr hatte ich Freuds Gebrauch der

Analysecouch übernommen. Davor waren meine Patienten mir gegenüber auf einem Stuhl am Schreibtisch gesessen, und wenn ich Massage einsetzen musste, auf dem Untersuchungstisch gelegen. Wenn Patienten zu krank waren, um ihr Bett zuhause oder im Sanatorium zu verlassen, saß ich auf einem an die Bettseite gerückten Stuhl und hielt oft ihre Hände. Aber im Jahr, bevor ich Nina S. zu behandeln begonnen hatte, erhielt ich eine Einladung, mir Freuds Vortrag vor der Wiener Psychoanalytischen Vereinigung anzuhören (mein Antrag auf eine Mitgliedschaft war im Gange), und ließ mich von den Argumenten des guten Mannes zugunsten der Couch überzeugen. Seit ich seinem Beispiel folge, habe ich bemerkt, dass die Analysanden größeres Vertrauen fassen, wenn sie vom Blickkontakt mit dem Analytiker befreit sind, besonders wenn es um Themen sexueller Natur geht. Junge Mädchen wenden natürlich die Augen ab, wenn sie verlegen sind und sich schämen. Wenn sie auf der Couch liegen und der Analytiker außerhalb ihres Blickfelds auf einem Stuhl hinter ihnen sitzt, können sie sich der Illusion hingeben, allein zu sein, was es ihnen ermöglicht, ihre sexuellen Erfahrungen mit größerer Freiheit zu besprechen.

Schließlich gab Nina meinem Beharren nach, dass sie sich hinlegen sollte. Nach der Aufregung, der Autorität ihres Vaters getrotzt und den Abend in Gesellschaft fremder junger Männer verbracht zu haben, glaubte ich – zutreffenderweise, wie sich herausstellen sollte –, dass sie reif für einen Durchbruch sei; also ging ich, bevor ich meinen Platz hinter ihr einnahm, hinaus und gab der Schwester die Anweisung, die restlichen Patienten im Wartezimmer heimzuschicken. Als ich in mein Büro zurückkehrte, hörte ich, wie die Schwester den enttäuschten Patienten riet, nach dem Mittagessen in die Nachmittagssprechstunde zu kommen.

»Nun, Nina«, sagte ich und setzte mich hinter sie, »wir

werden jetzt etwas Schwieriges, sogar Verstörendes besprechen. Ich möchte Ihnen versichern, ich würde Ihnen das nicht zumuten, wenn ich nicht glaubte, dass es den traumatischen Ursprung Ihrer Schmerzen offenlegen könnte.«

Ängstlich atmete sie ein, ihr Busen bebte unter der Seide ihrer Hemdbluse.

»Entspannen Sie sich«, sagte ich, legte ihr eine Hand auf die Stirn und strich ihr übers Haar. »Atmen Sie. Ein durch die Nase, aus durch den Mund.«

Sie tat ein paar Atemzüge, und ich passte mein Ein- und Ausatmen dem ihren an.

»Nina, ich möchte nun gerne über sexuelle Themen sprechen.«

Wie alle meine jungen Patientinnen zeigte sie eine instinktive körperliche Reaktion auf dieses Wort. Ihre Haut zitterte förmlich unter meiner Hand. Ich legte meine Handfläche an ihre Wange, beruhigte sie. Hier eine Bemerkung zur Vorgangsweise. Wie mein Mentor Doktor Ferenczi glaube ich von ganzem Herzen, dass Bezeugungen der Zuneigung zwischen Analytiker und Analysand außerordentlich wichtig sind. Von ihm habe ich gelernt, die Traumatisierten als Kinder zu sehen, die die liebevolle Umarmung der Eltern dringend nötig haben. Aus diesem Grund umarme und streichle ich meine Patienten oft. Ich betrachte das als förderlich für Behandlung und Heilung.

»Nina, sind Sie mit der Arbeit meines geschätzten Kollegen Doktor Sándor Ferenczi vertraut?«

»Ich weiß, wer er ist. Mein Onkel versuchte ihn dazu zu bewegen, dass er mich behandelt, bevor er zu Ihnen kam.«

Das überraschte mich. Ich hatte angenommen, aufgrund unserer langen Bekanntschaft habe Doktor S. mich angefleht, sich um seine Nichte zu kümmern. Hätte ich gewusst, dass ich seine zweite Wahl war, hätte ich keinen so angestrengten Versuch gemacht, meinen Kalender so zu gestalten, dass ich einem alten Freund behilflich sein konnte. Aber dann wäre ich der Gelegenheit beraubt worden, eine so bezaubernde und temperamentvolle junge Dame kennenzulernen.

Ich verdrängte meine verletzte Eitelkeit: »Doktor Ferenczi und ich konsultieren einander oft wegen unserer Fälle.«

»Haben Sie ihn in meinem Fall konsultiert?«

»Unsere Konsultation heben wir uns für die Patienten mit den düstersten Aussichten auf.«

»Ich bin froh zu hören, dass mein Fall nicht düster ist.«

Mit einem sanften Druck meiner Hand auf ihre Stirn brachte ich ihre Aufmerksamkeit wieder auf die in Frage stehende Angelegenheit zurück. »Doktor Ferenczi und ich hatten Grund, ausführlich eine Theorie über einen der grundlegenden kausalen Faktoren in der Entwicklung einer Psychopathologie zu diskutieren. Es ist seine Meinung – und ich neige dazu, sie zu teilen –, dass hysterische Symptome oft durch das Trauma einer sexuellen Verführung in der Kindheit entstehen.«

»Sexuelle Verführung?«

»Doktor Ferenczi hat entdeckt, dass viele Patientinnen, besonders diejenigen, die unter narzisstischen und psychotischen Zuständen leiden, durch einen Elternteil oder eine Elternfigur sexuell verführt wurden.«

»Haben Sie beobachtet, dass das bei Ihren Patientinnen der Fall ist?«

»Vielleicht weniger häufig als Doktor Ferenczi, aber er ist ja oft die letzte Instanz als Psychoanalytiker. Deshalb sind seine Fälle auch komplexer. Aber sogar in meiner Praxis habe ich bestürzend viele Fälle gefunden, dass Mädchen von ihren Vätern verführt wurden.«

Ihre Reaktion überraschte mich. Statt in Tränen auszubrechen, wie andere Patientinnen, die mit diesem erschreckenden Faktum konfrontiert werden, begann Nina zu lachen.

»Fragen Sie mich etwa, ob mein Vater mich verführt habe? Mein Vater? Aber wirklich, Doktor Zobel!«

»Ich versichere Ihnen, Nina, das ist ganz und gar nichts Ungewöhnliches. Ich kann Ihnen nicht sagen, wie viele junge Damen genau das bekannt haben, was Sie so lachhaft undenkbar finden.«

»Bekennen? Warum sollten sie etwas bekennen? Sie haben kein Verbrechen begangen. Wenn schon irgendein Bekennen nötig ist, dann doch von den Vätern.«

»Schlechte Wortwahl, Nina. Ich frage mich, ob Ihr Versuch, mich von meiner Frage abzulenken, nicht Angst vor der Antwort andeutet.«

»Mein Vater hat mich niemals verführt, Doktor Zobel. Ich denke, er hatte viel zu viel damit zu tun, seine diversen Geliebten zu verführen, als auf solche Art an mich zu denken.«

»Ihr Vater hat Geliebte?«

»Natürlich. Habt ihr das nicht alle? Meine Mutter sagt, eine Geliebte sei für einen Mann unseres Standes ebenso notwendig wie ein schöner Pfeifenständer oder ein Gehrock.«

»Sie und Ihre Mutter haben über die Indiskretionen Ihres Vaters gesprochen?«

»Wir machen keine Gewohnheit daraus. Aber vor ein paar Jahren gab es einen kleinen Skandal, als mein Vater mit der Gouvernante meiner jüngeren Schwestern angebandelt hat. Sie haben vielleicht davon gehört.«

Das hatte ich nicht, was mich überraschte. Meine Frau, die sich der Zuneigung ihres Ehemannes sicher sein konnte, der sie mit neunundvierzig sexuell ebenso anziehend fand wie mit bloß neunzehn, erzählte mir gerne solchen Klatsch. Ich war überrascht, dass dieser Leckerbissen ihrer Aufmerksamkeit entgangen war.

»Haben Sie vielleicht Ihren Vater und die Gouvernante in flagranti erwischt? Zeugin bei einer solchen Szene zu sein könnte genau der traumatische Ursprung sein, nach dem wir suchen.«

»Nein. Ich habe es in der Schule erfahren. Fräulein Lanier, die Gouvernante, war eine entfernte Verwandte einer meiner Klassenkameradinnen, und in diese Familie hat sie sich geflüchtet, als ihr Zustand nicht mehr zu übersehen war. Greta, meine Klassenkameradin, und ich wetteiferten damals um den ersten Platz in Arithmetik, und wir konnten uns nicht leiden. Sie hat der ganzen Klasse von meinem Vater und Fräulein Lanier erzählt. Ich habe sie trotzdem beim Wettbewerb im Kopfrechnen in dieser Woche überflügelt. Schwacher Trost, nehme ich an. Jedenfalls ist das alles geschehen, lange bevor meine schlimmen Regelkrämpfe begonnen haben.«

»Ihr Zustand? Gab es ein Baby?« Ich fürchte, für diese Frage gab es keinen therapeutischen Grund. Ich wusste bloß, dass meine Frau, wenn ich ihr die Geschichte erzählte, wissen wollen würde, wie die Sache ausgegangen war.

»Fräulein Lanier hat das Kind verloren. Ob mein Vater noch Kontakt zu ihr hat, kann ich Ihnen nicht sagen. Aber er hat andere. Oder zumindest nehme ich das an. Vielleicht war er deshalb so entsetzt darüber, dass ich ins Café New York gegangen bin. Möglich, dass er dort seine Liebsten trifft.«

»Im New York gibt es sicherlich junge Frauen von dieser Sorte«, sagte ich. »Obwohl ich mir denke, dass er sich weniger Sorgen darum macht, dass Sie eine derartige junge Frau treffen, als dass man Sie für eine solche hält.«

Nina lachte. »Sind Sie so schockiert von mir, Doktor Zobel? Haben Sie Angst, die Leute könnten denken, ich wäre leichtfertig?«

»Ich habe Angst, weil Sie geneigt scheinen, Ihre Tugend für etwas Selbstverständliches zu halten. Einmal verloren, kann sie niemals wiedergewonnen werden.«

»Jetzt klingen Sie wie Mama.«

»Schon wieder haben Sie mich vom Thema abgebracht! Was fürchten Sie denn zu besprechen, Nina? Warum weichen Sie dieser Unterhaltung aus? Wenn es nicht Ihr Vater war, dann ein anderer, der Sie in Ihrer Kindheit verführte, vielleicht Ihr Onkel?«

»Mein Onkel! Mein Gott, was für eine schreckliche Vorstellung. Nein, Doktor Zobel. Niemand hat mich verführt. Ich bin noch rein.«

Ich konnte mich nicht enthalten, über ihren neckischen Ton zu lächeln. Aber ich drang weiter in sie. »Sie sind sich ganz sicher, dass Sie in der Kindheit keine sexuellen Erfahrungen machten? Gar keine?«

Sie senkte den Blick auf ihre Hände.

»Nina? Hatten Sie als Kind ein sexuelles Erlebnis? Vielleicht mit einer Aufsichtsperson? Oder einem Ihrer Geschwister?«

»Nein. Zumindest gab es da eine Sache, aber ich habe den Mann nicht gekannt.«

Sieg! Endlich! Ich musste meine ganze Willenskraft zusammennehmen, um den leidenschaftslosen Ton in meiner Stimme beizubehalten. »Tatsächlich? Erzählen Sie mir mehr davon.«

»Da gibt es nichts zu erzählen. Es war bei einem Picknick. Ich war so sechs, sieben Jahre alt und planschte mit ein paar anderen kleinen Mädchen bei einem Bach herum. Ich erinnere mich, dass unsere Mütter uns gesagt hatten, wir sollten unsere Kleider nicht nass machen, und so hatten wir uns bis auf die Unterröckchen und Höschen ausgezogen. Ich glaube, eine meiner älteren Cousinen sollte auf uns achtgeben, aber sie war irgendwohin verschwunden. Ich sah auf und sah den Vater eines der Mädchen am Ufer stehen, nur ein paar Meter entfernt. Er hatte seine Hose aufgeknöpft und hielt sein … sein Ding in der Hand.« Trotz all ihrer Direktheit, ihres offenen Interesses am Wissenschaftlichen, am Medizinischen, war Nina S. doch noch ein junges, unschuldiges und verwöhntes Mädchen, unfähig, das schreckliche Wort auszusprechen.

»Sie haben seinen Penis gesehen?«

»Ich glaube nicht, dass ich gewusst habe, was das war. Nur dass es eigenartig war. Er war eigenartig. Jetzt weiß ich natürlich Bescheid. Aber ich bin mir nicht sicher, was ich damals wusste.«

»Was geschah?«

»Ich rief nach Mama. Bis sie kam, war er weg. Ich sagte ihr, was geschehen war, und sie wurde sehr böse.«

»Hat sie ihn zur Rede gestellt?«

»Ich denke nicht, dass sie mir geglaubt hat. Jedenfalls hat sie mich gescholten, dass ich mich ausgezogen hatte, hat mich zusammengepackt und nachhause gebracht. Ich erinnere mich, dass ich besonders wütend war, weil wir das Feuerwerk versäumten. Ich glaube, es war Königs Geburtstag, oder? Es sollte jedenfalls abends ein Feuerwerk geben, sobald die Sonne unterging, und weil Mama so ärgerlich war, ließ sie uns nicht so lange aufbleiben.«

Was Traumata betrifft, war dieses kaum so dramatisch, wie ich gehofft hatte. Ich hätte gedacht, ein Mädchen wie Nina hätte einen etwas gravierenderen Vorfall benötigt, um lebenslang unter solch schrecklichen Schmerzen und Krämpfen zu leiden. Trotzdem wusste ich in jenem Moment, dass wir die Ursache ihrer hysterischen ovariellen Neuralgie gefunden hatten.

Ich erklärte Nina, dass ihre Schmerzen jetzt, da wir deren traumatischen Ursprung identifiziert hatten, schwächer werden, wenn nicht ganz verschwinden würden. Einige meiner gelehrten Kollegen würden diese Annahme eventuell als übermäßig optimistisch anfechten, aber sie werden mir alle zugestehen, dass die Kraft der Suggestion ein notwendiges Werkzeug des Analytikers ist. Nina sollte verstehen, das war mir wichtig, dass wir uns auf gutem Weg zu einer Heilung befanden.

36

Meiner nächsten Sitzung mit Nina sah ich mit einer nicht leicht zu überwindenden Missstimmung entgegen. Mein normalerweise angenehmes Mittagsmahl war von einem unüblichen Familienstreit gestört worden. Am Nachmittag zuvor hatte meine Frau zusammen mit Erzsébet und Lili die Mutter des jungen Mannes aufgesucht, den die Heiratsvermittlerin uns vorgeschlagen hatte. Die Verabredung war als Gelegenheit gedacht, dass die Dame Erzsébet kennenlernen, ihr sozusagen als einer potenziellen Schwiegertochter die Temperatur messen sollte. Und, wie ich mir vorstellen kann, jene meiner Frau, obwohl die beiden Damen einander seit langem kannten, da sie beide Mitglieder im Pester Israelitischen Frauenverein sind. Der junge Mann selbst sollte nicht anwesend sein, er war mit seinem Medizinstudium sehr beschäftigt. Allerdings waren die Vorlesungen an diesem Tag wegen der Demonstration einer nationalistischen Studentenvereinigung abgesagt worden – ein Vorgeschmack, wie wir jetzt wissen, jener hässlichen Proteste, die schließlich in der Beschränkung der Zahl jüdischer Studenten gipfelte, welche an ungarischen Universitäten immatrikulieren dürfen –, und der junge Mann war nicht bloß zuhause, als meine Frau und meine Töchter zu Besuch kamen, er verbrachte auch noch die Stunde im Salon mit ihnen. Unter anderen Umständen wäre das die ideale Gelegenheit für zwei junge Leute gewesen, sich unter den wachsamen Augen ihrer Mütter zu unterhalten. Die unerwartete Begegnung erwies sich allerdings als Desaster, und meine normalerweise gutmütige Tochter bestürmte während des ganzen Mittagsmahls am nächsten Tag ihre Mutter und mich mit ihren Einwänden gegen András Nordaus Werbung. Nach viel Geheule und Zerknüllen feuchter Taschentücher (von Erzsébet, nicht mir) gab man mir zu verstehen, dass ihre Einwände mit einem an der Oberlippe des jungen Mannes haftenden weißen Speicheltröpfchen zu tun hatten, das sich hin und wieder in einem Faden mit seiner Unterlippe verband.

»Dann wird er sich eben den Mund abwischen«, sagte ich meinem hysterischen Kind.

Mein vernünftiger Vorschlag stieß auf taube Ohren, und nichts wurde erreicht, außer dass Erzsébet vom Tisch stürmte und einen unberührten Teller zurückließ, wonach mir als jemandem, der jede Verschwendung verabscheut, keine Wahl blieb, als ihn selbst leerzuessen.

So war ich also nicht nur verstimmt, sondern auch leicht dyspeptisch, als Nina in meinem Konsultationszimmer erschien, und obwohl ich beabsichtigt hatte, in unserer Sitzung ihre Erinnerungen an den traumatischen Vorfall beim Picknick noch einmal vorzunehmen, sah ich mich außerstande, dem Ansturm eines weiteren eigenwilligen jungen Mädchens zu widerstehen. Als sie das Sprechzimmer betrat, konnte ich mich trotz meines ungewöhnlichen Zustandes mentaler wie physischer Bedrängnis nicht enthalten, über ihre Aufmachung zu lächeln. Sie trug ein derbes khakifarbenes Gewand mit an den Knöcheln anliegenden Hosen statt eines Rocks, über dem Rand ihrer flachen Stiefeletten waren mehrere Zentimeter eines hellen Strumpfes zu sehen. Zu diesem Überkleid gesellte sich eine Matrosenbluse mit einer breiten marineblauen Seidenkrawatte. Auf ihrem Kopf balancierte ein kleines Strohhütchen mit blauem Aufputz.

Sie wies auf ihr Gewand und meinte: »Es tut mir leid, ich hatte keine Zeit mehr zum Umziehen.«

»Haben Sie den ersten Teil des Tages damit verbracht, als Flößerin auf der Donau zu werken?«

»Sehr komisch. Der Verein der Frauenrechtlerinnen veranstaltete heute Morgen einen Bootsausflug.«

»Daher die nautische Aufmachung.«

»Gefällt sie Ihnen?«

»Ich habe noch nie etwas auch nur Annäherndes gesehen.«

»Man nennt das Overalls. Sie sind in Amerika ziemlich beliebt, besonders unter Arbeiterinnen. Und sehr bequem.«

»Es sieht auch bequem aus. Wie sind Sie, wenn ich fragen darf, dazu gekommen, die Mode des amerikanischen Proletariats zu übernehmen?«

»Ich habe das Schnittmuster beim Basar in der Ausstellungshalle des Frauenstimmrechtskongresses gekauft und ließ unsere Näherin für mich und für Gizella welche anfertigen. Mama traf fast der Schlag, als sie mich damit sah. Aber ich denke, sie sind wunderbar.«

»Und Gizella? Sieht sie in ihrem ebenso wunderbar aus?«

»Gizella trägt ihn nicht. Sie ist sehr eigen, was ihre Kleidung betrifft, und meinte, damit sehe sie aus wie ein kleiner Junge. Aber alle jungen Frauen beim Ausflug heute wollten welche.«

»Hat Ihnen der Ausflug gefallen?«

»Sehr. Wir sind eine Weile auf dem Fluss Boot gefahren, dann aßen wir zu Mittag und hörten uns unter den Eichen auf der Margareteninsel einen Vortrag an.«

»Einen Vortrag?«

»Es war faszinierend. Es ging um Reformen im gesellschaftlichen und legalen Status von Hausangestellten. Haben Sie gewusst, Doktor Zobel, dass unsere Hausmädchen völlig hilflos gegen die Zudringlichkeiten ihrer männlichen Arbeitgeber sind? Sie würden die Geschichten nicht glauben, die uns Frau Grossman erzählt hat.«

»Tatsächlich? Wer ist diese Frau Grossman?«

»Janka Grossman. Sie hat für *Frau und Gesellschaft* über die Rechte von Hausangestellten geschrieben. Sie wissen sicher, dass man die Knaben in Pest dazu ermuntert, ihre weiblichen Bediensteten für ... für Sexualität zu gebrauchen.« Der Abscheu, mit dem sie dieses Wort aussprach, bedeutete, wie ich fürchtete, kein gutes Omen für Ninas künftigen Ehemann.

»Schockierend!«, sagte ich und erinnerte mich mit Zuneigung an meine liebe Marta, das junge Küchenmädchen, dessen kulinarische wie sexuelle Zuwendungen einen so wichtigen Teil meiner Jugend ausgemacht hatten.

Nina sagte: »Und wenn die Mädchen schwanger werden, schickt man sie einfach in ihre Dörfer zurück, und sie können sehen, wo sie bleiben.«

Marta, ein kluges und erfahrenes Mädchen, pflegte sich von unserem Nest unter der warmen Daunendecke auf ihrem schmalen Bett in einer Ecke der Speisekammer zu erheben und sich außen und innen mit einer Lösung aus Backsoda und warmem Wasser zu reinigen. Bis heute ist sie bei meiner Mutter beschäftigt. Aus der Marta meiner jugendlichen Nächte, dem Mädchen mit der Wespentaille und dem üppigen Busen, ist schon lange eine gedrungene alte Frau mit dickem Bauch geworden, in ihrem Mund fehlen alle Zähne bis auf einen, und ihre Massen üppigen blonden Haares sind auf einen grauen Zopf geschrumpft, nicht dicker als mein kleiner Finger. Aber die fröhlichen Augen sind geblieben, und sie hat den ausgewachsenen Jungen, zu dem die Jahre kaum gütiger gewesen sind, immer noch ebenso gern.

»Den Vortrag fanden Sie interessant?«, fragte ich. »Aufregend sogar?«

»Inspirierend. Er machte mich wütend.«

»›Wütend‹.« Ich überlegte. »In einer unserer letzten Sitzungen haben Sie mir von den sexuellen Fehltritten Ihres Vaters berichtet. Hat der Vortrag Sie daran erinnert? Hatte oder hat er außer mit der Gouvernante auch Beziehungen zu Hausbediensteten? Waren Sie Zeugin einer solchen Begegnung?«

»Sie scheinen so sicher, meine Wut ginge darauf zurück, dass ich von irgendetwas ›Zeugin‹ war. Kann ich nicht bloß angewidert über solch einen Skandal sein, ohne es persönlich mitbekommen zu haben?«

»Vielleicht. Allerdings ist es oft der Fall, dass derart instinktive Reaktionen Hinweise auf ein latentes Trauma sind.«

»Sie und Ihr Trauma, Doktor!«

»Haben wir denn nicht gemeinsam das sexuelle Trauma aufgespürt, das Ihren Menstruationsschmerzen zugrunde liegt?«

»Ich weiß nicht. Kommt darauf an, was Sie unter ›aufspüren‹ verstehen. Es gab keine verlorene oder verschüttete Erinnerung, die wiederzugewinnen Sie mir geholfen hätten. Ich habe den Mann am Bach nie vergessen. Es war hässlich und unangenehm, aber egal, wie sehr ich es versuche, es kommt mir nicht so dramatisch vor, dass damit lebenslange schmerzhafte Krämpfe zu erklären wären.«

»Unser Unbewusstes ist schwer zu verstehen. Es funktioniert ganz anders als unser waches Ich. Ich hatte einmal eine Patientin, die den Geschmack von Milchprodukten nicht aushielt, nur weil sie Jahre zuvor gesehen hatte, wie eine Katze Milch aus einer Schüssel leckte, was bei ihr damals nicht mehr als leichten Ekel hervorrief. Sobald sie sich an den Vorfall erinnert hatte, verschwanden die Symptome, und sie konnte wieder ihren Kaffee mit Rahm genießen.«

»Nun, wir werden ja sehen, ob meine Symptome verschwinden oder nicht.«

»Wann erwarten Sie Ihre nächste Periode?«

»In zwei Wochen.«

»Ich hege große Hoffnungen.«

»Sie sind ein sehr optimistischer Mann, Herr Doktor.«

»Vielleicht. Darf ich Sie dazu anregen, mit meinem Optimismus eine Weile Nachsicht zu haben?«

»Warum nicht?«

»Denken Sie noch einmal an die Frage der Beziehungen Ihres Vaters zu Dienstboten. Sind Sie sicher, dass es keinen Vorfall gab, vielleicht einen lange vergessenen, welcher der Grund dafür war, dass der Vortrag von heute Vormittag für Sie besonders interessant war?«

Nina runzelte die Stirn. »Nun«, sagte sie nach ein paar Augenblicken Überlegung, »es hat mich wohl an eine Geschichte erinnert, die ich vor ein paar Jahren gehört habe. Einer der Gründe, warum ich unbedingt Medizin studieren will.«

Ich beugte mich vor, in der Hoffnung, dass wir nun wieder an einem Durchbruch angelangt waren. »Ja?«

»Ja. Es ist nichts, was ich selber beobachtet hätte, oder eher, ich habe nur aus zweiter Hand von dem Vorfall gehört. Was ich beobachtet habe, war der Kummer, den er auslöste.«

»Fahren Sie fort!« Hin und wieder ist es so schwierig, den gelassenen Gleichmut des wahren Arztes beizubehalten.

»Das war nicht lange, nachdem ich ins Gymnasium gekommen war. Eines Morgens erwachte ich zu spät für meine Vormittagsstunden, da unser Mädchen, Etel, mich nicht geweckt hatte. Ich schlüpfte schnell in meine Kleider und lief in die Küche. Ich war sehr besorgt, weil ich zu spät war, und schrie Etel an, weil sie mich vergessen hatte. Sie saß bei Riza, der Köchin, und beide weinten. Sie wollten mir nicht sagen, was geschehen war, aber ich habe sie gezwungen. Ich war ein sehr eigensinniges Kind, und sie waren es gewohnt zu tun, was ich sagte.«

»Das kann ich mir vorstellen.«

Sie hob eine ihrer wohlgeformten Brauen, fuhr dann aber fort. »Ein Mädchen, das sie kannten, das Hausmädchen unserer Nachbarn, war gestorben. Riza sagte, sie habe zu einer ›Engelmacherin‹ gehen müssen, aber schließlich wurde dann sie zum Engel. Es war ein nettes Mädchen, aus demselben Dorf wie Etel. Etel und Riza waren ganz außer sich. Die Polizei verhaftete die Hebamme, die die Prozedur durchgeführt hatte, und später fand ich heraus, dass sie für dieses Verbrechen ein Jahr Gefängnis bekommen hat. Ein Jahr dafür, dass sie ein junges Mädchen umgebracht hatte. Aber wissen Sie, was noch schlimmer war?«

»Was könnte schlimmer sein als diese traurige Geschichte?«

»Der Verführer war der älteste Sohn der Arbeitgeberin des armen Mädchens, ein junger Mann, den ich seit Jahren kannte, seit seine Familie eine Wohnung in den oberen Stockwerken unseres Hauses bezogen hatte. Er musste ein Bußgeld von hundert Kronen an das Gericht bezahlen. Sonst nichts. Er musste keinen einzigen Tag ins Gefängnis.«

»Schrecklich«, sagte ich. Ich war überrascht, dass der

junge Mann überhaupt eine Strafe bekommen hatte. Seine Verführung des jungen Mädchens musste ungewöhnlich krass gewesen sein, dass seine Identität ans Tageslicht gekommen war. »Obwohl ich nicht ganz verstehe, warum das Sie bewogen hat, eine medizinische Laufbahn anzustreben.«

»Das war ein Skandal, Doktor Zobel!«, rief Nina, ihre Stimme wurde lauter. »Zeigen Sie mir irgendeine Frau auf der Welt, die über so etwas nicht empört wäre.«

»Das gestehe ich Ihnen zu. Aber warum Medizin, Nina? Warum nicht Jus, um solche Missetäter verfolgen zu können?«

»Sie kennen doch sicher die Antwort auf diese Frage.«

»Ich versichere Ihnen, nein.«

»Weil Frauen in Budapest nicht Jus studieren dürfen. Die Fakultät nimmt keine Frauen auf, und mein Vater würde mich lieber lebendig begraben als mich zum Jusstudium nach Zürich oder Wien gehen lassen. Außerdem neigt mein Verstand eher zum Naturwissenschaftlichen und Praktischen. Ich möchte die Ärmel hochkrempeln und Frauen wie diesem armen Hausmädchen helfen.«

»Sie würden Abtreibungsärztin werden?«, fragte ich entsetzt.

»Warum nicht?«

Ich schwieg wie betäubt.

»Beruhigen Sie sich, Herr Doktor. Darauf zielt mein Ehrgeiz nicht ab. Ich möchte bloß eine Ärztin werden, zu der Frauen mit all ihren verschiedenen Problemen und Schmerzen kommen, weil ich nämlich glaube – nein, ich weiß es –, dass Frauen sich wohler fühlen, wenn sie solche Intimitäten mit anderen Frauen besprechen können. Ich werde eine gute Ärztin nicht trotz meines Geschlechts sein, sondern deswegen.«

Obwohl es kaum in meinem Interesse war, musste ich

mich doch fragen, ob das nicht stimmen konnte. Alle Mediziner sind sich der Schwierigkeiten bewusst, wenn es darum geht, Frauen zu behandeln, besonders ältere Frauen, deren Schamgefühl oft selbst die kursorischste Untersuchung unmöglich macht. Wie oft habe ich meine Gynäkologen-Kollegen über den Ärger klagen hören, wenn sie eine Frau zu behandeln versuchten, die sich selbst in Anwesenheit des sachlichsten Arztes weigert, ihre Röcke abzulegen? Einige haben sogar meine Hilfe gesucht, wenn es darum ging, einen Weg ausfindig zu machen, ihre Patientinnen zu überzeugen, dass ihr Doktor keinerei sexuelle Befriedigung darin findet, in alten und übelriechenden Vaginen herumzustochern.

Aber was war mit meinem eigenen Fachgebiet? Es gibt zwar auch heute noch, ein volles Jahrzehnt nach den Monaten, die ich mit Nina S. verbrachte, nur wenige weibliche Praktizierende in der Kunst und Wissenschaft der Psychoanalyse, aber könnte man nicht argumentieren, dass eine Frau lieber einem Doktor des eigenen Geschlechts ihre tiefsten Geheimnisse anvertrauen würde? Ich fürchte die Antwort auf diese Frage und suche Trost in der Hoffnung, dass das ausschlaggebende Element der Übertragung bei einer weiblichen Analytikerin kompliziert werden könnte. Der begabte Psychoanalytiker wird gleichzeitig Vaterfigur und Liebesobjekt. Ohne diese Übertragung ist eine Behandlung unmöglich. Eine mütterliche Beziehung ist keinesfalls damit zu vergleichen und bringt weit unangenehmere Zuschreibungen und Möglichkeiten mit sich.

37

In jüngster Zeit ist es bei manchen Psychoanalytikern modern geworden, sich für eine Distanz zwischen dem Analytiker und dem Analysanden außerhalb des Sprechzimmers auszusprechen. Ich habe manche sogar vorschlagen gehört, der Analytiker solle es wenn irgend möglich vermeiden, Freunde und Nahestehende zu analysieren. Als Anhänger des großen Sándor Ferenczi weise ich das zurück. Intimität mit und Liebe zu unseren Patienten sind der Schlüssel zu einer wirksamen Behandlung, und sozialer Umgang ist ausschlaggebend dafür, eine solche Bindung zu schaffen, nicht sie zu zerstören.

Überdies verwerfe ich die Einhaltung von Distanz als schlicht und einfach undurchführbar. Die jüdische Bevölkerung von Budapest, so assimiliert sie auch sein mag, hat in vieler Hinsicht immer noch etwas von einer kleinen Gemeinde oder sogar einer größeren Sippe. Ja, wir sind eine Million Juden in Ungarn, aber manchmal fühlt es sich so an, als würden wir alle einander kennen, als wären wir alle Cousins und Cousinen zweiten, dritten oder vierten Grades. Für meine medizinische Profession trifft das ganz sicher zu, wo beinahe die Hälfte der Ärzte meine Glaubensgenossen sind und in Privatpraxen wie meiner zwei Drittel.

Die einzigartigen Umstände im jüdischen Budapest (oder Judapest, wie der Wiener Bürgermeister höhnisch, aber möglicherweise zutreffend diese prachtvolle Stadt genannt hat) machen es einem Analytiker unmöglich, den gesellschaftlichen Kontakt mit seinen Patienten zu vermeiden. Notgedrungen begegneten meine und Ninas Familie einander, wenn wir in Gesellschaft gingen, besonders wenn man bedenkt, dass sie auf Anregung ihres Onkels, eines langjährigen Bekannten, unter meine Obhut gekommen war. So kam es, dass meine liebe Frau, meine zwei Töchter und ich am darauffolgenden Samstag unser Mittagessen in der Wohnung von Doktor S., Ninas Onkel, einnahmen. Anwesend waren auch meine Schwester Jolán, die jeden Samstag bei uns zu speisen pflegte, Nina, ihre Eltern und Geschwister und die E.s, Jenö und Berta sowie Ignác, der junge Mann, den Nina auf Wunsch ihrer Eltern heiraten sollte. Weit davon entfernt, über diesen Bruch einer (meiner Ansicht nach sinnlosen und destruktiven) psychoanalytischen Distanz besorgt zu sein, war ich sehr darauf aus, Nina außerhalb des Sprechzimmers zu beobachten. Ich wollte ihre Interaktion mit ihren Eltern und Geschwistern studieren. Und ich wollte auch sehen, wie sie sich dem jungen Mann gegenüber verhielt, dessen Annäherungsversuche sie so abstoßend fand.

Offen gesagt war ich auch erleichtert, meine Frau und meine Töchter in eine Gesellschaft auszuführen, wo das Gesprächsthema nicht Erzsébets eigene prekäre Heiratsaussichten waren. Meine Tochter hatte weiterhin Einwände gegen die Partie erhoben, die ihre Mutter und ich für sie ausgesucht hatten, und eine Ausrede nach der anderen vorgebracht. Erst nach ein paar Tagen sollten wir entdecken, dass sie ihre Zuneigung einem anderen jungen Mann geschenkt hatte.

Obwohl wir als Erste eintrafen – die Vorliebe meiner Frau für Pünktlichkeit macht sie unter unseren ungarischen Mitbürgern zu einer Art Anomalie –, mussten wir nicht lange auf die anderen Gäste warten. Doktor S.' Wohnung liegt wie meine und die der meisten unseres Berufs und Standes in der Beletage, und Ninas Familie kam mit erheblichem Gepolter die anmutige Treppe herauf, wobei die jüngeren Geschwister keine Anstrengung machten, ihren Überschwang zu dämpfen. Ihre Mutter schalt sie mit lauter Stimme aus, sie schrie, sie würden die Nachbarn stören und sich den Zorn ihres Onkels zuziehen. Herr S. ließ keinen Ton über seine Lippen kommen, aber unter der Heftigkeit seiner Tritte auf der Marmortreppe erzitterte das solide alte Gebäude. Nur Nina wahrte würdevolle Zurückhaltung. Nina und ihre Freundin, das anbetungswürdige Fräulein Weisz.

Leute aus unserer Bekanntschaft, die Frau S. als zänkisch beschreiben, tun nicht nur einer guten und hübschen Frau Unrecht, deren Aufgeregtheit und Reizbarkeit mehr neurotisch als bösartig sind, sondern ganz allgemein Frauen unseres Glaubens. Eines Tages werde ich eine Monografie über das Thema des virulenten Antisemitismus schreiben, wie er sich in den Darstellungen zeitgenössischer jüdischer Frauen aus dem Bürgertum verbirgt: Sie gäben sich Pomp und Luxus hin, hätten keine Ehre und keinen Respekt vor ihren Männern, seien geistreich, aber nur wenn es um ihre eigenen Interessen gehe. Wie viel von dieser Abkanzelung erkennen wir wieder, wenn wir das Wort »Frau« gegen das Wort »Jude« austauschen? Wie oft haben uns jene, die die israelitische Rasse verabscheuen, als oberflächlich, geldgierig, eitel, weibisch, schwach, lüstern hingestellt? Alles Adjektive, die als Schmähungen auch dem schöneren Geschlecht an den Kopf geworfen werden. Zum Zweck dieser Fallstudie von Nina S. will ich jedoch zugeben, dass ihre Mutter eine Frau mit eigensüchtiger, sogar narzisstischer Persönlichkeit ist, die dennoch ihre Kinder anbetet und sich zur Unterstützung von deren Interessen selbst ihrem Ehemann entgegenzustellen bereit ist. Deshalb ihr Verlangen, Nina möge ihren Wunsch nach einem Medizinstudium erfüllt bekommen, und ihre gleichzeitige Sorge, dass solch ein Vorhaben ihre Tochter »emanzipiert« werden lassen und deshalb keine Ehe zustande bringen würde, die ein gutes Licht auf ihre Eltern werfen könnte.

Ihren Kritikern muss ich zugestehen, dass Frau S. eine anstrengende Tischdame für jemanden sein konnte, der für ihrer Ansicht nach faszinierende Konversationsthemen nicht genügend Interesse aufbrachte, im Besonderen die Geschichte, Kümmernisse, Triumphe und Vorhaben der diversen Mitglieder der Familie S. Glücklicherweise war ich äußerst begierig darauf, mich mit ihr über diese Themen zu unterhalten, besonders über das Thema Nina. Wie ihre Tochter besitzt Frau S. eine reizende Lebhaftigkeit im Gespräch, und sie erzählte detailreich und farbig, wie es kam, dass Gizella Weisz zum Essen mitgekommen war.

Die Familie hatte sich zum Ausgehen angekleidet, als das Hausmädchen das Eintreffen von Fräulein Weisz meldete. (Ich ergriff die Gelegenheit, um Frau S. Komplimente über ihr Kleid zu machen, ein elegantes Ensemble aus feinem Tuch und Chiffon von einer Farbe, die mein lieber verstorbener Vater als »Glyzinie« zu bezeichnen pflegte, im Unterschied zum weniger leuchtenden »Lavendel« oder dem dunkleren und satteren »Aubergine«. Sie nahm das Kompliment sehr gnädig an, obwohl uns beiden klar war, dass es ihr zustand.)

»Dein Onkel erwartet uns in weniger als einer Stunde«, rief Frau S. Nina zu, während das Mädchen letzte Handgriffe an ihrer Frisur vornahm. »Du musst dich bei deiner Freundin entschuldigen und sie heimschicken.«

»Ich habe Gizella eingeladen, mitzukommen«, sagte Nina.

»Wie bitte?«

»Ich habe sie zum Abendessen eingeladen.«

»Du kannst keine Freundin ins Haus deines Onkels einladen. Wirklich, hast du denn alles Gefühl für Anstand verloren?«

»Ich habe mit Tante Sophie telefoniert, sie meinte, Gizella

sei willkommen. Sie hat sogar gesagt, sie würde sie sehr gerne kennenlernen.«

Frau S. eilte ins Zimmer ihrer Tochter, ihr Kleid war noch nicht zugeknöpft, aus ihrem Korsett quollen zwei stramme Fleischröllchen. »Zuerst einmal weißt du, dass du das Telefon nicht benutzen sollst, ohne um Erlaubnis zu fragen. Zweitens, wenn deine Tante einen Wunsch geäußert hat, deine Freundin kennenzulernen, dann nur, weil Sophie schon immer ein Faible für den Zirkus hatte. Schäm dich, aus einem Familienessen eine Abnormitätenschau zu machen.«

»Und ich soll diejenige ohne Anstandsgefühl sein«, murmelte Nina.

»Das habe ich gehört.«

»Ist mir gleichgültig. Tante Sophie interessiert sich nicht deshalb für Gizella, weil sie eine Zwergin ist; sie interessiert sich für sie, weil sie für Rózsa Schwimmer arbeitet. Frau Schwimmer hat letzten Monat bei einer Ausschusssitzung der Pester Israelitischen Frauenvereinigung gesprochen, und Tante Sophie war sehr beeindruckt. Sie hat sogar *Frau und Gesellschaft* abonniert, damit sie Frau Schwimmers Artikel lesen kann.«

»Lächerlich!«, rief Frau S., wandte Nina den Rücken zu und wies sie mit einem befehlshaberischen Schulterzucken darauf hin, dass sie sich den Knöpfen ihrer Mutter widmen solle. »Sophie ist keine Radikale.«

Nina begann die lange Reihe winziger Knöpfe zu schließen. »Frau Schwimmer schreibt vieles, das wohl kaum radikal ist. Ich bin mir sicher, dass sogar du vielem beistimmen könntest, was sie sagt.«

»Lächerlich.«

»Zum Beispiel glaubst du ja, dass Mädchen gebildet werden sollten, oder?«

»Das weißt du doch.«

»Frau Schwimmer findet das auch. Und du hasst die Mode der großen Hüte.«

»Nichts ist so töricht wie eine Frau, die mit einem Luftschiff auf dem Kopf durch die Straßen segelt und jeden Entgegenkommenden zwingt, auf die Fahrbahn auszuweichen, um nicht geköpft zu werden.«

»Frau Schwimmer hat in der Ausgabe vom letzten Monat einen Leitartikel gegen bizarr große Hüte veröffentlicht, wo es heißt, die Frauen würden sie nur aus dem Grund tragen, um andere Frauen neidisch zu machen.«

»Sie tragen sie, weil sie Dummköpfe sind, die nicht wüssten, was Mode ist, und wenn die ganze Stadt Paris auf ihre luftschiffbekleideten Köpfe herabfiele.«

»So«, sagte Nina und strich den Chiffonkragen ihrer Mutter zurecht. »Du bist zugeknöpft. Und nun muss ich meine Freundin begrüßen. Sei nett, Mutter.«

Noch konsternierter von der Anwesenheit Gizellas war Herr S., aber er beschränkte sich auf ein Stirnrunzeln und darauf, die Andrássy út entlang voranzustürmen und seine Familie zum Eilschritt zu zwingen, damit sie ihm nachkam. Die Brüder S. wohnten in beinahe identischen Gebäuden, ein paar Wohnhäuser voneinander entfernt. Ich hatte nur das Privileg, in die öffentlichen Räume dieser Wohnungen Zutritt zu erhalten – die Salons, Ess- und Empfangszimmer, und in Doktor S.' Arbeitszimmer –, aber sie sind den meinen ähnlich genug, um zu wissen, was sich hinter den geschlossenen Türen befindet. Wie in meiner eigenen Wohnung umfassen sie Küche, Badezimmer, mindestens zwei, vielleicht drei Schlafzimmer für die Familie und Räume im obersten Stock, wo die Bediensteten aus allen Wohnungen des Hauses gemütlich und in genügender Entfernung von ihren Dienstgebern hausen.

Es ist noch kein Jahrzehnt her, dass meine Frau und ich eine Wohnung wie jene der Brüder S. erwarben, komplett mit schweren Eichenmöbeln, Uhren und anderem Zimmerschmuck, den allgegenwärtigen Porträts in Öl von echten oder fiktiven Vorfahren, jeder Raum in einem anderen Stil eingerichtet, das Empfangszimmer im Empire, das Esszimmer im Biedermeier, der Salon modern, um den sublimen Geschmack meiner Frau für Mode und Dekor richtig zur Geltung zu bringen. Bevor wir zu dieser relativen Opulenz aufstiegen, wohnten wir im selben Gebäude, in dem wir jetzt residieren, aber ein Stockwerk höher, in einer kleineren, weniger eleganten Wohnung mit Decken, die zwar hoch waren, aber nicht ragend. Und davor waren wir in einem Gebäude in einer weniger erstrebenswerten Straße, wenn auch immer noch im Bezirk Lipótváros, und meine liebe Frau musste ganze drei Stockwerke hinaufklettern, sogar als sie mit unserer Erzsébet und Lili schwanger war und Pakete zu schleppen hatte. Wie oft habe ich sie angetroffen, wie sie sich auf dem Weg hinauf in den dritten Stock ans Geländer gelehnt ausruhte; nicht einmal beklagte sie sich, aber immer beäugte sie mit unverhohlener Sehnsucht die geräumigeren Wohnungen in den unteren Stockwerken.

Doktor S. sammelte Kunst des Jugendstils und hatte an prominenter Stelle über dem fein geschnitzten Kaminsims in seinem Empfangszimmer ein besonders auffälliges Bild hängen. Ein Satyr oder Kobold mit orange-schwarz gestreiftem Fell umarmte eine blasse Waldfee mit aus Rosenblättern gebildetem Haar. Ein Gewand aus Blättern bedeckte nur notdürftig ihren nackten Körper. Wo die Arme der Fee jene des Kobolds umschlangen, verwandelten sie sich in lange weiße Baumäste. Seine Schmetterlingsflügel verdeckten kunstvoll die Spalte zwischen ihren Beinen. Das

Gemälde war erotisch, nicht nur wegen der aufgereckten rosa Brustwarzen der Fee mit den feinen Gesichtszügen, sondern wegen des Kontrasts zwischen ihrer Zartheit und seiner fellbedeckten Brutalität. Meine Töchter waren gebannt davon, wenn auch nicht so sehr wie Nina, die ihren Blick zunächst nicht abwenden zu können schien, obwohl sie es sicher schon Hunderte Male gesehen hatte.

Als Psychoanalytiker ist mir das unbewusste erotische Leben von Mädchen, besonders hysterischen Mädchen, vertraut. Auf milde Art vom Erotischen gefesselt zu sein ist normal; davon gefangen zu sein ist Beweis einer gynephilischen Störung, eine Art maskuliner Eifersucht und sogar Bisexualität, hervorgerufen, wie wir wissen, durch die verderblichen Auswirkungen der Masturbation. Als ich Ninas Faszination von dem Gemälde beobachtete, entschloss ich mich, bei unserer nächsten Sitzung diesem heiklen Thema nicht mehr auszuweichen.

Ich begrüßte Nina mit einem Handkuss. Als ich mich der Aufgabe zuwandte, die plumpen Kinderfinger ihrer Freundin Gizella mit meinen Lippen zu erreichen, knirschte es in meinem Rücken, und die beiden Mädchen lächelten.

»Ach ja, ich bin etwas alt für solche Galanterien«, sagte ich.

»Sie, Doktor Zobel?«, sagte Gizella und klimperte mit ihren dichten Wimpern. »Ich weigere mich zu glauben, dass Sie einen Tag älter als vierzig sind.«

»Ein Tag, ein Jahrzehnt. Was ist der Unterschied?«, sagte ich. »Ein Mann ist nur so alt wie die Frauen, die seine Gesellschaft zu dulden bereit sind.«

»Nun, dann ist das ja erledigt«, sagte Gizella. »Sie sind einundzwanzig. Wie ich.«

»Nicht neunzehn, wie unsere charmante Nina?«

»Nun versuchen Sie mich eifersüchtig zu machen«, sagte

sie. »Ich hatte den Eindruck, dass Nina bloß Ihre Patientin sei und Sie nur herübergekommen sind, um meine Gesellschaft zu suchen.«

Gizella fingerte auf reizende Weise an einem großen Anhänger herum, der an einer schweren Goldkette um ihren Hals hing. Ein bezauberndes Exempel von Email- und Goldfiligran im Jugendstil: Der Anhänger war mit einem stilisierten Pfau in leuchtendem Violett und Grün geschmückt, mit weißen Höhungen und farbigen Edelsteinen.

»Was für eine schöne Halskette«, sagte ich.

»Meine Arbeitgeberin, Frau Schwimmer, hat sie mir zum Geburtstag geschenkt.« Sie schob ihren Fingernagel in einen unsichtbaren Spalt, und der Anhänger sprang auf. »Ist das nicht raffiniert?«, sagte sie. »Es ist ein Medaillon, aber man wüsste es nicht, wenn man es nicht gesagt bekäme.« Sie hielt mir das Medaillon hin, sodass ich die winzigen Fotografien darin betrachten konnte. »Das ist mein Vater.«

Mithilfe des Vergrößerungsglases, das ich immer in der Westentasche trage, konnte ich erkennen, dass Fräulein Weisz' Vater einen Eindruck von Stärke und Festigkeit erweckte, obwohl man zuerst den Schock überwinden musste, einen Rabbiner in voller galizischer Aufmachung – lange Seitenlocken, dichter Bart, schwarzer Kaftan – en miniature zu sehen. Er stand auf einem Stuhl, aber dieser Behelf ließ ihn nur noch winziger erscheinen.

»Sehr eindrucksvoll«, sagte ich.

»Mein Vater war ein äußerst gutaussehender Mann.«

Es stimmte, unter dem Bart sah er gut aus, mit römischer Nase, breiten, sinnlichen Lippen wie seine Tochter und den gleichen schwarzen Augen. Sein Gesicht war anziehend, sein gebeugter und missförmiger Körper aber natürlich nicht.

»Das war er ganz sicher«, sagte ich.

»Für einen Zwerg«, sagte sie.

»Ein sehr gutaussehender Mann«, sagte ich bestimmt.

Frau S. schien äußerst erbost über meinen kleinen Flirt mit der Freundin ihrer Tochter, kam herüber und wich uns nicht von der Seite, bis ich ihr etwas verspätet den Platz auf dem Sofa neben ihrer Tochter anbot, wo ich gerade saß. Gizella hockte auf einem kleinen gepolsterten Schemel, den Sophie S. liebenswürdigerweise für sie hingestellt hatte.

Die Frau des Doktors gesellte sich nun zu uns; sie trug ein Silbertablett, auf dem kleine Quadrate Fladenbrot mit Räucherlachscreme lagen, verziert mit Schnittlauch. Die Damen lehnten ab, aber ich nahm mir ein Horsd'œuvre.

»Mhm«, sagte ich zu Sophie. »Köstlich.«

»Ich habe eine wunderbare neue Köchin«, sagte sie. »Ein Mädchen vom Dorf, aber sie hat zuletzt in der französischen Botschaft gearbeitet. Sie war bloß Küchenmädchen, aber der Küchenchef stammte aus Paris und hat ihr vieles beigebracht.«

»Du hast immer so viel Glück mit deinen Dienstboten«, sagte Frau S. »Rita ist ewig bei mir, und immer noch geht alles außer einem einfachen *paprikás* über ihre Kräfte. Du hättest die Katastrophe sehen sollen, die sie gestern Abend aus der gebratenen Gänseleber gemacht hat.«

»Die war gut, Mama«, sagte Nina.

»Sie war schwarz! Und so trocken wie die Haut auf den Füßen von einem alten Weib.«

»Schwägerin!«, rief Sophie. »Wie du dich ausdrückst! Doktor Zobel wird denken, wir sind eine Bauernfamilie.«

»Vielleicht Bauernvieh«, sagte Nina.

»Mein Schwiegervater war kein Bauer«, sagte Frau S., entschlossen, den Scherz zu ignorieren und die bürgerliche Abstammung ihrer Familie zu verteidigen. »Er war Weizenhändler.«

Nina sagte: »Als ich klein war, hat mir Großvater beigebracht, wie man einen Pflug zieht.«

»Das war nur Theater, Liebling«, sagte Sophie. »Irma, erinnerst du dich an die Kutschpferde unseres Schwiegervaters? Diese schönen schwarzen Hannoveraner und sein großer Landauer. Wie oft ließen wir ihn als junge Bräute uns den Korso hinauf und hinunter kutschieren, damit wir unsere prächtigen Hüte vorführen konnten?«

Die Ankunft der E.s unterbrach die Reminiszenzen der Schwägerinnen.

Herr Jenö E. war ein Mann von beträchtlichem Umfang, noch beträchtlicher, wage ich zu sagen, als mein eigener. Sein kahler Kopf war mit einem Gesprenkel von rosabraunen Muttermalen geziert. Seine Stimme war laut, er war ein freundlicher, wenn auch nicht sonderlich intelligenter Mann. Von seiner Frau Berta einen Eindruck zu gewinnen war schwierig, so lethargisch war sie. Ihre Hand lag schlaff in der meinen, und statt eines Grußes brachte sie nur ein schwaches Verziehen des Mundes zustande.

Ignác E. machte den Eindruck eines feschen, gesunden jungen Mannes, groß wie sein Vater, mit den breiten Schultern und dem gewölbten Brustkorb eines Athleten. Der Junge war ein begabter Schwimmer, Mitglied des ungarischen Olympiateams, und war bei den Spielen 1904 in London im Vierhundert-Meter-Freistil Vierter geworden, schmerzlich nahe an einem Medaillenrang. Von seiner Funktion als Kassier des Ungarischen Athletenklubs war er beinahe ebenso in Anspruch genommen wie von derjenigen als einer der wenigen jüdischen Anwälte im Büro des Königlichen Staatsanwalts in Budapest. Ignác beschrieb mir seine neueste Errungenschaft, etwas, das er einen elastischen Jantzen-Schwimmanzug nannte, womit er seine Geschwindigkeit im Wettbewerb zu erhöhen hoffte.

Ich fürchte, ich teile nicht die Obsession mit der Athletik, die so viele meiner ungarisch-israelitischen Mitbürger befallen hat, bei denen die Liebe zum Sport direkt nach der Liebe zur Nation kommt. Ich frage mich oft, ob dieser Drang, physische Talente zur Schau zu stellen, sich zu messen und vor allem zu gewinnen, nicht Symptom eines ständigen Minderwertigkeitsgefühls ist. Schließlich stammen nicht wenige der strammen jungen Juden, die die zahllosen Fechtklubs, Schwimmvereine, Rugbymannschaften und Wasserpoloteams bevölkern, von krummrückigen Galiziern ab, die sich lieber der Entwicklung ihres Verstandes und ihrer Sparbücher widmeten als ihrer Physis. Indes, es sind Männer wie Ignác E., die in unserer Gemeinschaft die Norm bilden, nicht ich, und es spricht zu seinen Gunsten, dass er in seinem auserwählten Sport so viel erreicht hat.

Ich fragte mich, ob diese Sportlichkeit etwas war, das Nina und der junge Ignác gemeinsam haben konnten. Mir war zwar nicht bekannt, ob sie sich im Augenblick irgendeiner organisierten sportlichen Tätigkeit hingab, doch hatte mir Nina einmal erzählt, dass sie als Mädchen Preise im Bogenschießen gewonnen hatte. Zudem wies sie eine hübsche weibliche Version der breiten Schultern und schmalen Taille auf, die aus Ignác einen so ansehnlichen jungen Mann machten.

Mein Grübeln über ihre gemeinsamen Interessen wurde von einer heftigen Auseinandersetzung zwischen den beiden unterbrochen. Obwohl es anfangs schwierig war, den genauen Ursprung des Zwistes festzustellen, wurde mir bald klar, dass der junge Mann abfällige Bemerkungen über die Kreise gemacht haben musste, in die Fräulein Weisz Nina vor kurzem eingeführt hatte.

»Radikale und Herumtreiber?«, rief Nina mit vor Empörung schriller Stimme.

»Sie agitieren gegen die Regierung! Sie machen kein Geheimnis daraus, dass sie den König abgesetzt sehen wollen«, behauptete Ignác.

»Das müssen sie aber sehr geheim halten«, sagte Fräulein Weisz ruhig. »Sonst würden sie im Budapester Gefängnis Brot und Wasser zu sich nehmen statt im Café New York Kaffee mit Schlag.«

»Nina kennt diese Leute ja gar nicht richtig«, warf Frau S. ein. »Und sie verkehrt nie im New York. Sicher nicht ohne Begleitung.«

Die jungen Leute starrten sie an, momentan verblüfft von dieser offenkundigen Unwahrheit.

»Aber ich habe ihm schon gesagt, dass ich dort war, Mama«, sagte Nina.

»Einmal! Du bist einmal dort gewesen. Und nur, weil sie dich mitgenommen hat.« Frau S. funkelte Gizella an.

Ignác sagte: »Ich weiß nicht, warum Ihre radikalen Freunde nicht im Gefängnis gelandet sind, Fräulein Weisz, wo doch mein Amt Tag für Tag hinter Aufrührern und Radikalen her ist. Wenn sie nicht angeklagt werden, kann ich mir nur vorstellen, dass ihre Faulheit der Grund ist. Lauter Geschwätz und keine Taten. Mit solchen Leuten habe ich das Gymnasium besucht, und ich kann Ihnen sagen, wenn einer von denen auch nur einen Tag im Jahr anständige Arbeit tut, dann esse ich meinen Hut.«

»Soll ich Ihnen Messer und Gabel bringen?«, sagte Nina. »Vielleicht möchten Sie auch noch Salz und Pfeffer, damit er besser rutscht. Ich kann Ihnen nämlich mit äußerster Bestimmtheit versichern, dass sie arbeiten.«

»Sonette kritzeln und sie in den Groschenblättchen ihrer Freunde veröffentlichen lassen ist keine Arbeit. Und zu sonst sind sie nichts gut, diese Laffen aus dem Café New York. Poesie und Anarchismus.«

»Eine ideale Existenz«, sagte ich mit, fürchte ich, forcierter Jovialität. »Solange es von einem Teller Kiflis und einem schönen starken Mokka begleitet ist.«

Nina, die nun sogar zu zornig war, um meinen Scherz zu würdigen, sagte: »Sie machen sich lustig über diese Männer, Ignác, Männer, die ihre Tage damit verbringen, etwas Schönes zu erschaffen, und was tun Sie den ganzen Tag? Was schaffen Sie?«

»Ich schaffe eine gerechte Gesellschaft.«

»Sie verfolgen die Besitzlosen und machen die Reichen immun. Sie beschützen die Titanen der Finanzwelt auf Kosten der Armen. Ich habe keine Ahnung, wie Sie so leben können.«

»Nina!«, rief Frau S. »Entschuldige dich sofort bei Ignác!«

»Wofür entschuldigen? Dass ich die Wahrheit sage?«

»Dass du unhöflich warst!«

Ignác verneigte sich steif aus der Hüfte. »Ich verlange keine Entschuldigung. Ganz im Gegenteil, ich schulde Fräulein S. eine Entschuldigung. Ich hatte keine Ahnung, dass sie so enge Beziehungen zu der Gesellschaft im Café New York unterhält. Hätte ich gewusst, dass es intime Freunde sind, hätte ich sie nicht kritisiert.«

»Es sind nicht meine intimen Freunde!«, rief Nina wütend. »Aber ich kenne sie gut genug, um zu wissen, dass es keine Dilettanten sind. Nicht wahr, Gizella?«

»Einige sind vielleicht Dilettanten«, überraschte uns Fräulein Weisz. »Aber es gibt andere, die, wie ich annehme, ebenso hart arbeiten wie Sie, Herr E. Mein guter Freund Endre Bauer schreibt nicht nur Gedichte, er ist auch Büroangestellter. Und abends gibt er Stunden in Latein und Griechisch. Endre ist arm und unterstützt mit seinen Einkünften seine Mutter und mindestens drei Schwestern. Ich glaube, der Mann lebt von Kaffee und Luft.«

Ignác, vielleicht beschämt über den Unterschied zwischen seinen Bürostunden und jenen eines Dichters, der seinen Lebensunterhalt damit verdiente, Dokumente abzuschreiben und den Söhnen reicher Leute Privatunterricht zu geben, sagte: »Ich entschuldige mich noch einmal für meine Bemerkungen.«

»Ach, um Himmels willen«, sagte Nina. »Hören Sie auf, sich zu entschuldigen. Wir wissen ja, dass Sie es nicht ehrlich meinen.«

»Nina!«, schnappte Frau S.

Noch nie wurde die Glocke zum Abendessen mit solcher Erleichterung begrüßt.

Doch die Unannehmlichkeiten an diesem Abend waren noch nicht zu Ende. Als wir uns der Tafel näherten, wich uns Sophie S. nicht von der Seite. Sie versuchte fünf Männer und einen Knaben auf acht Frauen in einer Art und Weise aufzuteilen, dass weder Geschwister noch Ehemann und Ehefrau nebeneinander saßen. Ich habe es immer verabscheut, wenn man bei Essenseinladungen darauf besteht, die Ehegatten getrennt zu platzieren. Mein Werktag ist so anstrengend, meine Freizeit so knapp bemessen, dass es die Nähe zu meiner Frau ist, die ich am meisten vermisse; an den meisten Tagen sehe ich sie nur kurz, ein paar Minuten beim Frühstück und wenn ich nicht zum Mittagessen verabredet bin. Obwohl wir trotz unseres fortgeschrittenen Alters und zum Missfallen unseres Hausmädchens nach wie vor in einem Bett schlafen, kommt es nur selten vor, dass meine Frau genügend von einem Roman oder einer Handarbeit in Anspruch genommen ist, um noch wach zu sein, wenn ich abends aus dem Kaffeehaus komme. Ich will damit nur sagen, dass es mir normalerweise lieber gewesen wäre, neben ihr zu sitzen. Allerdings erlaubte es mir mein Platz zwischen Frau S. und Fräulein Weisz, aus nächster Nähe den Wortschwall zu verfolgen, der daraus resultierte, dass die Mädchen nicht ihre Gläser erhoben, als Doktor S. nach seiner Gewohnheit einen Toast auf den König ausbrachte.

»Auf seine kaiserliche und königliche apostolische Majestät Franz Joseph I., Kaiser von Österreich und König von Ungarn!«, rief Doktor S. und erhob sein Glas.

Damit beschäftigt, mein eigenes Glas hochzuhalten, bemerkte ich nicht, dass weder Fräulein Weisz noch Nina ihre hoben, bis Ninas Onkel die Aufmerksamkeit der Gesellschaft darauf lenkte.

»Schmeckt euch der Wein nicht?«, fragte Doktor S. stirnrunzelnd. »Soll ich euch etwas Süßeres einschenken? Einen Pálinka vielleicht?«

»Nein, danke, Onkel«, sagte Nina. »Der Wein ist sehr gut.«

»Warum trinkst du dann nicht?«

Fräulein Weisz nahm einen kleinen Schluck, Nina jedoch nicht.

»Ich möchte lieber nicht«, sagte sie.

»Aber du hast gerade gesagt, dass der Wein gut ist.«

»Der Wein ist gut. Es ist der Toast, gegen den ich etwas habe.«

»Wogegen hast du etwas? Gegen den König? Du hast etwas gegen den König von Ungarn? Willst du das sagen?«

»Ich habe etwas gegen jeden Herrscher, der der Hälfte seines Wahlvolkes das Wahlrecht vorenthält.«

Am Ende der Tafel führte meine Schwester, die, wie ich wusste, Ninas Überzeugungen teilte, ihr Glas an die Lippen, um ein Lächeln zu verbergen. Andere waren weniger amüsiert.

»Nina!«, bellte ihr Vater, was die Frauen am Tisch aufschrecken und Ignác zusammenfahren ließ.

»Es tut mir leid, Papa, aber als Frau …«

»Du bist keine Frau. Du bist ein dummes, hysterisches Mädchen, das keine Ahnung hat. Hörst du? Keine!«

Wem die Gefühle der jüdischen Untertanen dem König gegenüber nicht vertraut sind, der wäre vielleicht überrascht darüber, wie hier ein Vater seine Tochter vor anderen Leuten abkanzelte, noch dazu in Gesellschaft einer Familie, mit der er sie durch ein eheliches Band zu verbinden hoffte. Aber für uns ungarische Israeliten und unsere Brüder in Österreich war Franz Joseph mehr als ein König. Wir Juden hatten Könige kommen und Könige gehen sehen, und alles war mehr oder minder so geblieben, wie es war. Vor Franz Joseph hatten wir in Unsicherheit gelebt, hatten auf die unvermeidlichen Pogrome und Vertreibungen gewartet, den Aufstieg der Fanatiker oder Mordlüsternen, von der Entweihung des Zweiten Tempels durch Antiochus Epiphanes über das Massaker der Kreuzritter an den Juden im Rheinland und die spanische Inquisition Torquemadas bis zu den Peinigungen durch unseren Kaiser Leopold I. Aber sogar ein törichtes junges Mädchen wie Nina, ein Mädchen, das sich in den gleichmacherischen und sozialistischen Unsinn verliebt hatte, den die Kaffeehausradikalen von sich gaben, wusste, was König Franz Joseph für ihr Volk getan hatte. Sie wusste, dass er es war, der uns die Gleichberechtigung verliehen, der der Mehrheitsbevölkerung per Edikt mitgeteilt hatte, er werde keine Diskriminierung aufgrund der Religion dulden. Wegen seiner Toleranz und seines Schutzes florierten wir in Österreich und Ungarn. Wegen ihm konnten wir die Phrase vom »Judapest« hören und nicht mit Angst, sondern mit Belustigung und Stolz darauf reagieren. Und nur weil er nicht mehr bei uns ist, fühlen sich die Herrschenden in diesem Staat so frei, verabscheuenswürdige Statuten wie den Numerus clausus zu erlassen, die das Leben für die ungarischen Juden so viel weniger sicher und angenehm machen. Loyalität, Patriotismus und Liebe zu Vaterland und König ließen Herrn S. auf seine Tochter zornig werden, und ich fürchte, es war Dummheit, die sie bewog, hochmütig von der Tafel aufzustehen.

»Entschuldigen Sie mich«, sagte Fräulein Weisz und sprang so rasch von den Kissen, die man auf ihren Stuhl gelegt hatte, dass ich nicht einmal die Zeit fand, ihr behilflich zu sein. Sie folgte ihrer Freundin aus dem Raum. Wir lauschten schweigend, als die Wohnungstür laut hinter ihnen ins Schloss fiel.

Ignác E. stützte die Stirn in die Hand und seufzte, viel zu müde für einen Mann seines jugendlichen Alters.

»Ach je«, murmelte seine Mutter.

»Und was haben Sie zu sagen?«, fauchte mich Herr S. an.

»Ich?«

Er hielt den Mund, hatte zweifellos keine Lust, dasjenige, was vom Ruf seiner Tochter geblieben war, durch den Hinweis zu zerstören, dass sie meine Patientin sei.

Trotzdem sprach ich. »Ich fürchte, Fräulein S. und ihre Freundin sind möglicherweise noch unter dem Eindruck des Internationalen Frauenstimmrechtskongresses. Es gab so viele politische Ansprachen, so viele radikale Frauen, die dort herumstürmten. Junge Mädchen sind schrecklich empfänglich, und ich stelle mir vor, dass sich in vielen Speisezimmern in Buda und Pest solche Szenen abspielen. Aber ich versichere Ihnen, meine Damen und Herren, dass diese Anfälle politischer Erregung vorübergehen. Bald genug werden unsere jungen Damen geeignetere Ventile für ihre Energien finden.«

Meine eigenen Töchter blickten züchtig auf ihre Teller nieder, obwohl ich mich unwillkürlich fragte, ob ich nicht in Erzsébets Augen etwas hatte aufblitzen sehen. Ich hoffte inständig, dass der Ungehorsam meiner Patientin sich nicht auf meine Tochter übertragen hatte, die, was immer ihre derzeitigen Einwände sein mochten, letztlich András Nordau heiraten würde, und wenn ihre Mutter sie fesseln und zum Traubaldachin zerren musste.

Meine Schwester Jolán sagte: »Ich war bei einigen Veranstaltungen des Kongresses anwesend und kann bezeugen, dass allgemein große Aufregung herrschte. Und als Lehrerin für Mädchen kann ich auch deren Erregbarkeit bestätigen.«

»Wissen Sie, was meiner Meinung nach Wunder wirkt, wenn man ein junges Mädchen in solcher Stimmung ablenken will?«, sagte meine liebe Frau. »Ein Hut. Ja, ein Hut ist genau das Richtige, nicht wahr, Mädchen? Um euch von Dummheiten abzubringen.«

Ich zuckte zusammen, überzeugt, dass sich nun meine Frau einen Tadel von dem wütenden Herrn S. zuziehen würde, aber bevor er sprechen konnte, hob Lili den Blick und sagte: »Mama, du liest meine Gedanken. Ich habe mir gerade gedacht, wenn ich einen Hut mit Kranichfedern hätte, wäre in meinem Kopf kein Platz mehr für etwas anderes. Und sicher nicht für Politik.«

Oh, mein liebes Mädchen, wie elegant es die Spannung gelöst hatte!

»Ich glaube, es ist Zeit für einen Toast«, sagte ich und hob mein Glas.

Die Brüder S. sahen erstaunt drein, aber die Höflichkeit verlangte es, dass auch sie ihre Gläser hoben.

»Auf die Hutmacherinnen von Budapest!«, rief ich. »Mögen sie lange leben!«

»Auf die Hutmacherinnen!«, antworteten die Gäste rund um den Tisch. Und dann kam die Köchin mit der Suppe.

38

Im Nachklang der unangenehmen Ereignisse beim Abendessen würden Nina und ich, so nahm ich an, allerhand zu besprechen haben. Ich war auf jeden Fall sehr begierig, herauszufinden, wie ihre Reaktion auf die Wut ihres Vaters aussah, ob sie zum Beispiel irgendwelche körperlichen Symptome oder Empfindungen zur Folge gehabt hatte.

Ninas Ausbruch hatte in meinem eigenen Heim Zwistigkeiten zur Folge, und zwar nicht von der Art, die durch den Kauf eines wenn auch noch so auffälligen neuen Hutes besänftigt werden konnten. Spätabends hatte Erzsébet an unsere Schlafzimmertür geklopft. Mit ihrem weißen Baumwollnachthemd und den Zöpfen sah sie aus wie als kleines Mädchen, und mir wurden die Augen feucht bei dem Gedanken, wie sie ihr Köpfchen an meine Schulter geschmiegt hatte, das Haar nach Lavendelseife duftend, und lauschte, während ich ihr eine Gutenachtgeschichte vorlas. Jetzt allerdings war das fröhliche Gesicht meiner Tochter ungewöhnlich ernst, und sie bat uns um Erlaubnis, etwas sagen zu dürfen. Das gewährten wir natürlich, und sie gestand, dass der Grund ihrer Einwände gegen András Nordau nicht seine feuchten Lippen, seine großen Füße (worüber sie sich seit neuestem beschwerte), sondern etwas weit Ernsteres sei.

»Was ist es?«, fragte meine Frau. Die Enttäuschung über unsere normalerweise so fügsame Tochter war ihr deutlich anzuhören.

Mit Tränen in den Augen erklärte Erzsébet, András sei ein feiner junger Mann, sehr nett. Sogar attraktiv. Das Problem bestehe darin, dass sie in jemand anderen verliebt sei.

»Verliebt? Sei nicht albern«, sagte meine Frau.

»In wen?«, fragte ich und versuchte Fassung zu bewahren, obwohl ich sehr erstaunt war.

Der betreffende junge Mann war jemand, den wir gut kannten, der Sohn eines entfernten Cousins, der zufällig im selben Haus wohnte. Mein Verwandter besaß einen Verlag und war, wenn auch nicht wohlhabend, ein angesehener Mann. Obwohl eine Art Freidenker, war er gemäßigt in seiner Art und in politischen Belangen, und nach allem, was man erkennen konnte, folgte ihm sein Sohn beruflich wie temperamentsmäßig. Kurz, der junge Mann war eine absolut passende Partie für Erzsébet – außer dass wir uns bereits für jemand anderen entschieden hatten. Und was noch wichtiger war: Seine Mutter war Protestantin. Nein, ich bin nicht fair ihr gegenüber. Die Frau meines Verwandten war zum Judentum übergetreten, um ihren Ehemann heiraten zu können, und war nach allem, was man hörte, eine pflichtbewusste jüdische Frau. Ich gehöre nach Neigung und familiärem Hintergrund der neologischen Strömung unseres Glaubens an, meine liebe Frau hingegen kommt aus einer orthodoxen Familie, und obwohl sie selbst diese Einschränkungen abgelegt hat und bei den seltenen Anlässen, zu denen sie in die Synagoge geht, sich in unserer Kongregation viel wohler fühlt als in derjenigen, in der sie erzogen wurde, schien ihr die Vorstellung unmöglich, ihre Tochter solle jemanden heiraten, den ihre Eltern nicht einmal als jüdisch betrachtet hätten.

Es genügt wohl zu sagen, dass das Resultat von Erzsébets Beichte noch mehr Tränen waren, dazu die Forderung meiner Frau, unsere Tochter dürfe nie wieder ein Auge auf den betreffenden jungen Mann werfen. Klugerweise behielt ich den Einwurf für mich, dies sei angesichts der Tatsache, dass wir im selben Haus lebten, eine Aufgabe, die nicht einmal meine vollkommene Gemahlin hätte zustande bringen können.

Obwohl ich Nina nicht meine familiären Sorgen anvertraut hätte, war es mir nicht einmal erlaubt, mich nach den Nachwirkungen ihres Ausbruchs in ihrem eigenen Heim zu erkundigen. Sie erschien pünktlich zu unserem Termin, setzte sich jedoch nicht, sondern stand mitten in meinem Konsultationszimmer und zwang mich dadurch, ebenfalls stehen zu bleiben. Sie hielt ihre feinen Glacéhandschuhe und drehte sie derart heftig zusammen, dass ich zusammenzuckte.

»Ich kann nicht bleiben, Doktor Zobel«, sagte sie.

»Haben Sie eine andere Verpflichtung?« Ich nahm meinen ledergebundenen Terminkalender und blätterte ihn durch. »Sollen wir einen neuen Termin später am heutigen Tag vereinbaren oder einfach morgen zur üblichen Zeit weitermachen?«

»Nein.«

»Mein liebes Mädchen. Zwischen uns kann es keine Formalitäten geben. Sie haben offensichtlich etwas mitzuteilen. Sprechen Sie.«

»Ich kann nicht mehr zu Ihnen kommen.«

»Hat es Ihr Vater verboten?«

»Nein. Obwohl ich mir das vorstellen kann, wenn ich ihn zu Gesicht bekommen hätte. Mein Vater ist jemand, der gerne die Schuld auf andere schiebt, und ich bin mir sicher, dass er Ihnen einiges aufladen würde.«

»Sie haben ihn seit unserem Abendessen nicht gesehen? Das war vor zwei Tagen.«

»Ich war nicht daheim.«

Ich war erstaunt und entsetzt beim Gedanken an ein junges Mädchen, so alt wie meine Töchter, das so lange von zuhause abwesend war. »Nina! Wo wohnen Sie? Bei wem? Das sind sehr ernste Nachrichten. Wirklich sehr ernst.«

»Machen Sie sich keine Sorgen, Herr Doktor. Ich bin in Sicherheit und gut aufgehoben. Ich wohne bei Fräulein

Weisz. Sie hat von einer Verwandten ein Zimmer in der Király utca gemietet.«

Beim Gedanken an diese bezaubernde und anmutige junge Dame, die in einer von jüdischen Arbeitern und Kleinhändlern der untersten Sorte bewohnten Straße lebte, verzog ich das Gesicht. »Wissen Ihre Eltern, wo Sie sind?«

»Nein, und ich hoffe, dass Sie es ihnen nicht sagen. Ich hatte keine andere Wahl, als die Verbindung zu meinen Eltern abzubrechen.«

»Nina! Setzen Sie sich. Bitte. Sie brauchen Rat, das ist Ihnen sicher klar. Ein Mädchen Ihres Alters kann nicht einfach die ›Verbindung zu seinen Eltern abbrechen‹. Ich bin mir sicher, nichts, was Sie getan haben, ist nicht rückgängig zu machen. Es ist immer noch Zeit für Sie, nachhause zu gehen.« Ich hoffte inständig, dass das stimmte.

»Ich werde nicht heimgehen, Doktor Zobel.«

»Haben Sie Angst, meine Liebe? Das müssen Sie nicht. Es stimmt, Ihr Vater war sehr zornig, aber inzwischen wird seine Wut sich abgekühlt haben. Ich gehe mit Ihnen, um für Ihre Sicherheit zu sorgen.«

»Sie missverstehen, was ich meine. Ich habe keine Angst, nachhause zu gehen. Ich tue es einfach nicht. Die Dinge sind schon zu weit fortgeschritten.«

Ein Frösteln der Angst kroch mir das Rückgrat hoch. Was hatte sie getan? »Wohnt da noch jemand bei Ihnen? Ein Mann? Lieber Gott, Nina, sind Sie bei dem jungen Radikalen eingezogen, wie heißt er gleich? Endre?«

»Doktor Zobel, was müssen Sie bloß von mir denken, um eine solche Frage zu stellen? Ich habe Ihnen ja gesagt, dass ich bei meiner Freundin wohne.«

»Was sind also dann die ›Dinge‹, von denen Sie gesprochen haben? Was ist fortgeschritten?«

Nina reichte mir die Hand. »Danke, Doktor Zobel, für

Ihre Begleitung und den Rat, die Sie mir in diesen letzten Monaten haben angedeihen lassen. Ich kann nicht behaupten, dass Sie mich von meinen Regelkrämpfen befreit hätten, aber ich habe unsere Sitzungen trotzdem interessant gefunden. Ich werde mich daran und an Sie gerne erinnern.«

»Was sollen um Himmels willen diese Abschiedssprüche, Mädchen? Was haben Sie vor?«

Aber sie ging, ohne noch ein Wort zu sagen.

Ich wusste nicht, was ich tun sollte. Als Vater hatte ich das dringende Gefühl, dass es angebracht gewesen wäre, direkt zu Ninas Eltern zu gehen und sie über den Aufenthaltsort ihrer Tochter zu informieren. Damals hatte ich keine Ahnung, wie sehr sie in Gefahr war; ich befürchtete nur, dass sie und Fräulein Weisz durchzubrennen planten, vielleicht nach Wien oder sogar nach Paris. Wäre ich bloß ein Freund der Familie gewesen, hätte ich es als meine Pflicht betrachtet, zu ihrem Vater zu eilen. Aber ich war auch Ninas Arzt, und als solcher schuldete ich ihr eine gewisse Vertraulichkeit. Kostbare Minuten verschwendete ich mit dem Nachdenken darüber, wie weit diese Pflicht reichte. Hätte ich während einer Untersuchung zum Beispiel entdeckt, dass Nina an einer lebensgefährlichen Krankheit litt, dann hätte ich das ihren Eltern sofort mitgeteilt, auch wenn ich es unklug gefunden hätte, es der Patientin selbst zu sagen. War dies nun ein ähnlich ernster Fall? Sicher kannten doch ihre Eltern sie gut genug, um sie zuerst bei Fräulein Weisz zu suchen. Ein Augenblick des Nachdenkens hätte genügt, um zu dem Schluss zu kommen, dass sie am ehesten dort war. Ich versuchte mich damit zu beruhigen, dass sie wussten, wo Nina sich aufhielt, und sich zumindest einstweilen entschlossen hatten, sie ungestört dort bleiben zu lassen.

Aber was, wenn Fräulein Weisz sie weggeschickt hatte? Was, wenn die Zwergin sie überzeugt hatte, dass Nina nicht bei ihr war? Die Reaktion meiner Frau unter solchen Umständen mochte ich mir kaum ausmalen. Sie wäre vor Sorgen und Angst außer sich gewesen.

Warum zögerte ich also? Ich entschied, meine Motive furchtlos zu analysieren. War es die Patientin selbst, die meine Neigung inspiriert hatte, das Ganze vertraulich zu behandeln? Wollte ich sie um ihretwillen oder um meinetwillen vor dem Grimm ihres Vaters bewahren? Fürchtete ich ihren Zorn, falls sie herausfand, dass ich es gewesen war, der ihre Eltern informiert hatte? Hatte ich aufgehört, ein Beobachter und weiser Ratgeber zu sein und war in meinem Herzen, wenn nicht in ihrem, jemand anderer geworden? Hatte ich die Kontrolle über meine Gegenübertragung verloren, meinen Gefühlen nachgegeben? Begehrte ich dieses schöne junge Mädchen?

Nein! Nein! Nina war meine Patientin, eine Hysterikerin, unfähig, kluge Entscheidungen zu treffen. Die Stimme in mir, die zugunsten ihrer geistigen Stabilität argumentierte, ihrer Gesundheit, ihres Rechts, das zu tun, was sie wollte, hinzugehen, wohin sie wollte, war nicht mehr als der Ausdruck meines Versagens als Psychoanalytiker, meiner Weigerung, meine Gegenübertragung zu erkennen und gegen sie anzukämpfen. Ich hatte keine Wahl, als zu ihrem Vater zu gehen.

Und so eilte ich zur Wohnung der Familie S. in der Andrássy út, wo ich dem Mädchen eine Nachricht für Herrn S. anvertraute, worin ich ihn über Ninas Aufenthaltsort informierte. Nachdem ich diese Pflicht erledigt und mein Gewissen besänftigt hatte, ging ich wieder zurück an die Arbeit, obwohl ich fürchte, dass ich den übrigen Patienten nicht meine volle Aufmerksamkeit angedeihen ließ. Es war schwer, das törichte Gefühl zu ignorieren, dass ich einen unverzeihlichen Verrat begangen hatte.

39

Bei unserem nächsten Zusammentreffen kam Nina S. bitterlich weinend zu mir; ihr Leben lag in Trümmern, ihre Zukunft war wahrscheinlich zerstört. Obwohl die Aufregung und Angst, die ich damals selbst empfand, meine Erinnerung an diese Ereignisse trüben, werde ich mein Bestes tun, um sie so wiederzugeben, wie Nina sie mir berichtete und wie ich es in der Zeitung las. Seit jener schlimmen Woche hatte ich Gelegenheit, mit einigen Protagonisten der Affäre die Geschehnisse zu besprechen, darunter Gizella Weisz, die ich voller Freude (und Erleichterung) einige Jahre später in Bad Gastein in Österreich traf; ich hatte mich zur Kur dorthin begeben, während sie und die anderen Mitglieder ihrer talentierten Sängerfamilie für einen Auftritt engagiert waren. Viel früher nach den Ereignissen, die ich hier beschreibe, sprach ich etwas ausführlicher mit Ignác E., der mich aufsuchte und um meine Verschwiegenheit in dieser Sache bat. Obwohl es bei der Veröffentlichung von Fallstudien übliche Gepflogenheit ist, die Namen und kennzeichnenden Merkmale zu ändern, hätte in diesem Falle wegen der Schändlichkeit des Vorfalls und der besonderen Charakteristika der handelnden Personen (eine anarchistische Zwergin!) Anonymität allein die Identität Ninas und ihrer Familie nicht genügend geschützt. Es geschah aus Respekt für seine Wünsche, dass ich von der Veröffentlichung bis jetzt Abstand genommen habe, mehr als ein Jahrzehnt nachdem diese Ereignisse sich abspielten und zu einer Zeit, da die Umbrüche in unserer Regierung dergestalt sind, dass den beteiligten Personen keinerlei Schaden mehr erwachsen kann, selbst wenn sich jemand die Mühe machen sollte, herauszufinden, wer sie waren.

Der Leser wird mir ein weiteres Mal vergeben, dass ich

die Vorfälle so beschreibe, als wäre ich zugegen gewesen. Meine Kühnheit ist, so denke ich, begreiflich, hatte ich doch intime Kenntnisse von den Ereignissen wie von Psyche und Charakter der hauptbeteiligten Person.

Meine Annahme, meine Botschaft an Herrn S. würde Ninas sofortige Rückkehr in den Schoß ihrer Familie nach sich ziehen, war unrichtig. Im Gegenteil, ich fürchte, mein Verrat dessen, was sie mir anvertraut hatte, resultierte bloß darin, sie in die Arme von Leuten zu treiben, die ihr Verderben sein würden. Obwohl ich glaube, dass die Ereignisse vom Juli 1913 schon einige Zeit, bevor Nina flüchtete, geplant worden waren, habe ich mich in all den Jahren oft gefragt, ob ich unwissentlich ihre Katastrophe in Gang setzte. Hätte ich geschwiegen, hätte sie dann letztendlich doch beschlossen, sich nicht in solch radikale und unbedachte Aktionen verwickeln zu lassen?

Ich kann es nicht wissen. Alles, was ich sicher weiß, ist, dass Herr S. nicht eingelassen wurde, als er zu Fräulein Weisz' Wohnung ging, um die sofortige Heimkehr seiner Tochter zu verlangen. Er hätte sich gewaltsam Zutritt verschaffen können, wäre da nicht die bedrohliche Muskelkraft des Hausmeistersohnes gewesen. Herr S. ging auf der Stelle zur Polizei und kehrte kaum eine Stunde später zurück, dieses Mal von zwei bewaffneten Polizisten begleitet, aber inzwischen waren die beiden Mädchen aus den Räumlichkeiten verschwunden und hatten keinen Hinweis hinterlassen, wo sich ihr nächster Unterschlupf befinden mochte. Es ist möglich, dass nicht einmal sie wussten, wohin sie gehen sollten, nachdem sie das Etablissement verlassen hatten.

Herr S. versuchte die Festnahme der Hausmeisterin und ihres Sohnes zu erreichen, weil sie sich in die legitime Befehlsgewalt eines Vaters über seine Tochter eingemischt hätten, doch die Beamten fanden die Argumente der Frau überzeugend. Woher hätte sie wissen sollen, ob Herr S. tatsächlich der Vater des Mädchens sei und nicht ein erboster Verehrer, der sich bloß dafür ausgab? Schließlich war ihr der Mann unbekannt, und da das Mädchen seinen Namen als Maria Horváth angegeben hatte, trugen sie nicht denselben Familiennamen. Überdies, meinte die Hausmeisterin zu den Polizisten, sähen sie sich überhaupt nicht ähnlich. Herr S. sei ein dunkelhäutiger Mann, offensichtlich hebräischen Glaubens. Es sei ihr unmöglich erschienen, dass die hübsche blonde Maria Jüdin sei.

»Mädchenhändler, so was hab ich mir gedacht«, sagte die Frau. »Und warum denn nicht? Schließlich haben ja viele von seiner Sorte damit zu tun, oder? Ich lasse mir keine Vorwürfe machen, weil ich ein braves ungarisches Mädchen vor so einem beschützt habe.« Sie wies mit einem abschätzigen Daumen auf Herrn S.

Zu dessen Entrüstung nickten die Polizisten weise und schnaubten durch ihre borstigen Schnurrbärte. »Das hat etwas für sich«, meinte einer.

Der andere fiel ein: »Sie hat nur versucht, Ihre Tochter zu behüten. Irgendwie schulden Sie ihr Dank, wenn man's recht bedenkt.«

»Dank?«, schäumte Herr S. »Dank? Der Frau, die mir meine Tochter vorenthalten hat, die sie wer weiß wohin geschickt hat?«

»Das lass ich aber keine Minute auf mir sitzen«, rief die Dame. »Ich hab sie nirgendwohin geschickt. Sie ist von allein gegangen, sie und ihre süße kleine Gizella.« Und zu den Polizisten: »Die herzige Kleine wird mir ganz sicher fehlen. Allerliebstes Dingelchen, nicht größer als ein Kleinkind, mit einer erstaunlichen Haarpracht. Fast bis zu den Knien! Sie ließ mich immer Walnussöl einmassieren, genau wie ich es mit meinen mache. Sie saß dann auf einem kleinen

Hocker, ich habe ihr das Öl in die Haare geknetet, und sie hat mir Geschichten von ihrer Familie erzählt, alles klitzekleine Zwerge wie sie. Ach, ich werde sie vermissen, ganz sicher.« Böse funkelte sie Herrn S. an. Sie würde ihm weder vergeben noch vergessen, dass sie seinethalben ihre süße kleine Gizella verloren hatte.

Herr S. meldete das unerhörte Betragen der Polizisten einem Bekannten im Büro des Bürgermeisters, aber man unternahm nichts gegen sie, entweder weil die Stellung jenes Mannes doch nicht so bedeutend war, wie er seinen Freund hatte glauben lassen, oder weil die Vorgesetzten der Beamten so wie ihre Untergebenen das Gefühl hatten, die Vorgangsweise der Hausmeisterin und ihres Sohnes sei vielleicht beklagenswert und letztendlich irrig, aber doch verständlich gewesen. Schließlich hatte sie bloß die Wahrheit gesagt. Die offenkundige Rolle jüdischer Bordellwirtinnen und Zuhälter in der Prostitution in Mittel- und Osteuropa Ende des 19. Jahrhunderts speist seit langem die antisemitische Rhetorik.

So also fand Herr S. seine Tochter nicht. Niemals hätte er es sich träumen lassen, dass sie und Gizella im verrufenen Tabán am Südabhang des Burghügels in Buda Zuflucht suchen würden, in der Wohnung, die sich Endre Bauer mit drei Freunden teilte, Männern, die wie er zum Galileo-Kreis gehörten. Sie alle waren zu der Meinung gelangt, die liberale Denkweise und der Sozialradikalismus der Organisation seien zu kopflastig und also unwirksam, und die Zeit für extreme politische Aktionen sei gekommen.

Nina wie Gizella beteuerten mir später, ihre Freundschaft mit den jungen Männern, die ihnen Obdach boten, sei platonisch geblieben. In dieser Sache waren beide Frauen felsenfest, und ich habe keinen Grund, ihnen nicht zu glauben, besonders weil ich in den Jahren seither zu der Überzeugung gelangt bin, dass Ninas durch das Trauma am Fluss vorzeitig geweckte Libido (sie und ich fanden nie Gelegenheit, dies näher zu erkunden, und so ist dies bloß eine, wenn auch wohlbegründete, Vermutung) durch exzessives Masturbieren in früher Kindheit zur Homosexualität tendierte. Homosexualität ist eines der wesentlichen Charakteristika einer obsessiv-kompulsiven Veranlagung, und obwohl Ninas einziges obsessiv-kompulsives Symptom die Hingabe an ihre akademischen Studien bildete, ist es wahrscheinlich, dass sie zu jener Zeit unter der Dominanz eines vorübergehenden Lesbianismus stand, der sie vor sexuellen Verstrickungen mit den jungen Männern bewahrte (und nebenbei auch davor, eine voll ausgebildete Übertragung zu mir zu entwickeln). Nina selbst hätte sich gegen diese Schlussfolgerung verwahrt und darauf bestanden, ihre Zuneigung zu Gizella sei immer nur schwesterlich gewesen, aber meine Leser wissen zweifellos, dass homosexuelle Tendenzen meist unbewusst sind.

Endre und einer seiner Landsleute, ein Ruthene aus Nordostungarn namens Miloš, räumten für die Mädchen das kleine Schlafzimmer, das sie sich geteilt hatten, und schlugen ihre Pritschen im Wohnzimmer auf, wo die Bewohner ihre freie Zeit verbrachten und die Mahlzeiten einnahmen. Ninas Reaktion auf diese Junggesellenwirtschaft kann man sich nur vorstellen. Schließlich war sie ein Geschöpf der jüdischen Bourgeoisie und deshalb an die Dienste von Hausmädchen und Wäscherinnen gewöhnt. Mädchen wie Nina schliefen auf gebügelten, mit Lavendelwasser parfümierten Leinenlaken, unter weichen Daunendecken und auf mit feinsten Gänsedaunen gefüllten Kissen. Die schmutzstarrenden, vergilbten Laken und die groben wollenen Decken müssen sich auf ihrer zarten, milchweißen Haut entsetzlich rau angefühlt haben. Und doch überwand sie ihren Ekel, nahm diese Entbehrungen sogar als Beweis der Befreiung von den tyrannischen Vorschriften und Ansprüchen ihres Vaters, von seiner rechthaberischen Art, ihre Ambitionen nicht als Beweis für einen strengen und leistungsfähigen Intellekt zu sehen, sondern als die Hirngespinste einer Neurotikerin.

Vierzehn Tage lang versteckten sich Nina und Gizella in der Wohnung und gingen nicht einmal hinaus, um Luft zu schnappen. Aus Vorsicht verlegten die jungen Radikalen ihre Loyalität vom Café New York ins Café Japan. Diese Vorgangsweise, gegen die Endre protestierte, wogegen der zynischere und daher lebensklugere Miloš darauf bestand, rettete sie vor der Entdeckung. Die bedrohlichen, jedoch entschieden phantasielosen Kriminalbeamten, die Herr S. angeheuert hatte, verbrachten beinahe jeden Abend im Café New York, tranken Kaffee, aßen Kuchen und warteten geduldig, dass Nina auftauchte. In regelmäßigen Abständen befragten sie die Gäste nach dem Aufenthaltsort eines »hübschen blonden Mädchens und einer dunkelhaarigen Zwergin«, und wer weiß, welche Informationen einer von Endres und Miloš' Genossen unter dem Einfluss mehrerer Gläser Pálinka, dem sie regelmäßig zusprachen, unabsichtlich hätte fallenlassen können.

Glücklicherweise machten sich die stumpfsinnigen Kriminalbeamten nie die Mühe, die Stammgäste des Café Japan zu behelligen, obwohl es den Ruf hatte, der Lieblingstreffpunkt diverser Radikaler zu sein, darunter sogar jener Frauen unter den Budapester Frauenrechtlerinnen, die keine Scheu hatten, sich an einem solchen Ort ohne Begleitung durch eine männliche Anstandsperson sehen zu lassen.

Der Plan wurde im Café Japan ausgefeilt und in die Wohnung zurückgebracht, wo die Mädchen inzwischen ihrer eigenen Gesellschaft müde geworden und begierig auf einen

Wechsel der Umstände und eine Erleichterung der Langeweile waren, die eine notwendige Begleiterscheinung ist, wenn man in einer Zeit großer seelischer Belastung in engen Räumlichkeiten ausharren muss. Das Vorhaben war kompliziert und erforderte die Teilnahme von mehr als einem Dutzend Personen, darunter ein Angestellter des Budapester Opernhauses, eine alte Prostituierte, eine Damenschneiderin und zeitweilige Geliebte von Miloš, der Chauffeur eines wohlhabenden Kaufmanns und ein alternder Zirkusakrobat, der ehemals mit einem Onkel Gizellas aufgetreten war. Und Nina mit ihrer Schülerinnen-Schönschrift war es, die das Transparent mit dem schlichten Slogan »Freie Wahlen für alle! Wir verlangen das allgemeine Stimmrecht!« beschriftete.

Am Tag der Aktion kleideten sich Nina und Gizella in prächtige Abendroben; Gizella trug eine eigene, Ninas Pariser Pracht stammte von Miloš' Schneiderin; sie hatte sich das Kleid aus der Garderobe einer reichen Wiener Adeligen geborgt, die von ihrem ungarischen Ehemann so sehr verwöhnt wurde, dass es einer ganzen Schar Buchhalter bedurft hätte, den Inhalt ihrer Kleiderschränke zu katalogisieren. Selbst wenn Nina in der Oper der Baronin in die Arme gelaufen wäre, hätte die große Dame ihr eigenes Kleid wahrscheinlich nicht erkannt. Als angebliche Anstandsdame diente Gizella und Nina die alternde Hure, deren teure Witwentracht die Schneiderin einer anderen Kundin entwendet hatte.

Eine Stunde, bevor der Vorhang sich heben sollte, machten sich Nina, Gizella und die verkleidete Prostituierte auf, eskortiert von Gyula, dem Akrobaten, der sich in seiner Verkleidung als bürgerlicher Vater und zweite Anstandsperson bloß ein klein wenig unbehaglich zu fühlen schien. Endre und Miloš waren genau dreißig Minuten früher aufgebrochen, da sie die Straßenbahn nehmen sollten; auf die anderen wartete ein Fiaker. In dieser Gegend voller düsterer, trostloser Behausungen bekam man nur selten einen solchen Mietwagen zu Gesicht, und der Ärger des Kutschers, über die enge, holperige Straße fahren zu müssen, wurde nur teilweise dadurch beschwichtigt, zwei ansehnlichen jungen Damen, eine davon eine formvollendete Miniatur, in seinen Wagen helfen zu dürfen.

Die vier kamen am Opernhaus an und gesellten sich zu der Menge, die den Stufen zum dreiflügeligen Portal zuströmte; es war flankiert von den sitzenden Statuen Franz Liszts und Ferenc Erkels, welche die beiden Seiten der prachtvollen Fassade im Neo-Renaissancestil schmücken. Ich stelle mir vor, dass Angst und Aufregung den beiden Mädchen keinen Blick auf das prachtvolle Foyer mit seiner geschwungenen zweiflügeligen Treppe, den grauen Marmorsäulen und den tiefroten Bögen gestatteten. Aber natürlich war zumindest Nina bereits viele Male dort gewesen.

Gizellas Erscheinung erregte das übliche Aufsehen; elegante Damen warfen Blicke und tuschelten hinter ihren Fächern, Herren machten sich gar nicht erst die Mühe, ihr Starren zu verbergen. Aber ihr teures Kleid und das gemessene Auftreten ihrer beiden Begleitpersonen beruhigten die Menge, dass die Anwesenheit der Zwergin in der Oper zwar kurios, doch nicht unerhört war, und wenn man auch von ihr Notiz nahm, so wurde sie doch nicht belästigt.

Gizella war viel zu klein, um über das Gedränge hinwegzusehen, und Gyulas Akzent zu provinziell (derjenige der Prostituierten ganz und gar unmöglich), also war es an Nina, den richtigen Billeteur anzusprechen. Ihre Instruktionen lauteten, einen Mann mit rötlichem Haar und einem Schnurrbart mit spitz gezwirbelten Enden zu finden. Beim Vorweisen der Eintrittskarte sollte sie sagen: »Meine

Tante hat uns die Karten gekauft, ich hoffe sehr, dass es gute Plätze sind.«

Alles verlief nach Plan. Der Billeteur nickte mürrisch, nahm die billigen Karten von Nina entgegen, aber statt sie abzureißen und ihr den Weg zu den Sitzen hoch oben auf der Galerie zu weisen, reichte er ihr vier Karten aus dickem, cremefarbenem Karton mit goldgeprägten Logennummern.

»Viel Vergnügen bei der Vorstellung, Mademoiselle«, sagte er. Sie bedankte sich, und die vier Verschwörer eilten über die Prunktreppe hinauf zu ihrer Loge.

Obwohl die Logen von der ausgeklügelten Belüftung der Oper profitierten, einem hochmodernen System, bei dem Ventilatoren Luft über Eisblöcke unter den Bodenbrettern streichen ließen und dadurch kühle Luft durch Gitter unter jedem Sitz nach oben bliesen, schien der aufgeregten Nina die Atmosphäre drückend und muffig, und sie wünschte sich, sie hätte einen Fächer mitgenommen. Ihre Handflächen waren schweißfeucht, sie sehnte sich danach, ihre langen Satinhandschuhe abzustreifen. Sie wedelte sich mit dem Programm Luft zu und musterte die Menge. Einmal glaubte sie, eine ehemalige Klassenkameradin in einem der Sitze unten entdeckt zu haben; sofort rutschte sie zurück und verbarg sich, so gut sie konnte, im Dämmer der samtgepolsterten Loge.

Nach einigen Momenten begab sich Gyula wie abgemacht in den Rauchsalon, wo er Endre und Miloš traf. Der durch den Rauch Hunderter Zigarren und Zigaretten erzeugte Nebel im Salon war so dicht, dass sich Liebespaare angeblich dort zu einem Stelldichein treffen konnten, ohne eine Entdeckung fürchten zu müssen. Das Gerücht, so dachte Nina, traf in diesem Fall hoffentlich zu, denn der Plan sah vor, dass Endre, Miloš und Gyula im Salon warten und sich in den Rauchschwaden verbergen sollten.

Die ersten Takte der Oper »Báthory Erzsébet« erfüllten das Haus. Das war angesichts der Umstände gar nicht unpassend, wurde doch an diesem Abend diese Variation Sándor Szeghős über den Vampirmythos gegeben, übrigens ein verheerender Misserfolg; die Kritiken nach der Premiere waren niederschmetternd, und das Stück wurde unmittelbar darauf abgesetzt, nur teilweise infolge des Aufruhrs, den Nina und ihre Mitverschwörer verursacht hatten.

Ninas Eltern besuchten wie die meisten Leute aus ihren Kreisen regelmäßig die Oper, und seit ihrer Kleinmädchenzeit war sie oft dabei gewesen. Meine eigenen Töchter, obwohl unmusikalisch, fanden Kostüme und Bühnenbild interessant genug, um ihr Interesse zumindest bis zur Pause zu fesseln. Aber für Nina war es die Musik, die sie bezauberte. Von Kindheitstagen an hatte sie Klavier gelernt, wie bei einem Mädchen ihres Standes üblich, und zudem war sie wie viele Menschen mit großem naturwissenschaftlich-mathematischem Talent auch sehr musikalisch. In ihrer Familie besaß nur sie diese Gabe. Irgendwann einmal wies ihr Klavierlehrer ihre Eltern darauf hin, sie habe Anlagen zum Wunderkind, aber obwohl sie außerordentlich gut spielte, sogar komponierte, waren es immer die Naturwissenschaften, die ihr Hauptinteresse fesselten, und nachdem sie ernsthaft zu studieren begonnen hatte, ließ sie ihre musikalische Ausbildung an die zweite Stelle treten.

An diesem Abend jedoch konnte Nina ausnahmsweise nicht der Musik lauschen. Sie war rot vor Aufregung und verspürte zu ihrer Überraschung so gut wie keine Angst. Während die Melodien der ersten Arie durch die Luft schwebten, standen sie und Gizella auf, ohne einander anzublicken. Die Prostituierte, deren Dienste nun getan waren, ließen sie zurück; mit einem Rascheln der seidenen Unterröcke schlüpften sie aus der Loge, die langen Schleppen wisperten über die Teppiche, die das leise Knarren der auf Hochglanz gebohnerten Dielen dämpften.

Rasch eilten die Mädchen durch das Foyer in Richtung zum Roten Salon und der dahinter liegenden königlichen Loge. Außer gelegentlich, wenn der Herrscher der Doppelmonarchie oder einer seiner Verwandten in Budapest ihren Aufenthalt nahmen, blieb die königliche Loge leer, bewacht von einem einzigen Offizier der habsburgischen Leibgarde; er trug einen Ziersäbel, der noch nie gezogen worden war. Als die Mädchen zielbewusst durch den Gang auf ihn zuschritten, hob der Gardeoffizier warnend die Hand. »Eintritt verboten!«, rief er auf Deutsch. In diesem Augenblick brach Gizella mit einem Klagelaut zusammen.

Der Gardist, ein ritterlicher älterer Herr – es war sein letzter Posten vor dem Ruhestand –, sollte bald die Mischung aus Galanterie und Neugier bereuen, die ihn dazu bewog, seinen Posten zu verlassen und der bezaubernden Zwergin zu Hilfe zu kommen. Während seine Aufmerksamkeit völlig von der reizend stöhnenden Gizella in Anspruch genommen war, die ihre Röcke gerafft hatte und ihm in vorgetäuschtem Schmerz einen winzigen Knöchel wies, rief Nina die vorher ausgemachten Worte: »Oh, meine liebe kleine Freundin! Bitte helfen Sie ihr!«

Gizella wählte diesen Moment, um sich in den Armen des Gardisten zu winden, ihr gesamtes schwarz bestrumpftes Bein zu zeigen, sogar eine Andeutung der dunklen Spalte am Ende ihres Oberschenkels. Während der Wachposten derart abgelenkt war, erschienen Endre, Miloš und Gyula auf der Szene, schlüpften unbemerkt in den Roten Salon und dann durch die Doppeltüren in die Königsloge.

»Bitte helfen Sie ihr!«, beschwor Nina neuerlich den Gardisten. »Tragen Sie sie ins Foyer, damit ich sie zu einem Arzt bringen kann!«

Der Gardeoffizier warf einen skeptischen Blick auf den leeren Gang. »Ich darf meinen Posten nicht verlassen.«

»Bitte!«, flehte Nina.

»Es ist nicht erlaubt. Ich bleibe hier bei ihr, und Sie suchen einen Platzanweiser.«

Bei diesen Worten schrie Gizella laut auf, überwältigt von nicht vorhandenem Schmerz.

»Sie wird das Publikum stören!«, sagte Nina. »Macht nichts. Ich trage sie selber.«

Nina war ein kräftiges Mädchen und durchaus fähig, die kindlich kleine Gizella hochzuheben, aber sie tat so, als sei es überaus anstrengend, während sie die winzige Frau ein paar Zentimeter in die Höhe zerrte und dann sofort fallen ließ. Gizella jammerte laut, der Gardist erblasste.

»Halt!«, rief er. »Um Himmels willen, Sie tun ihr ja weh!« Mühelos hob er Gizella auf seine Arme. »Sie bleiben hier und geben auf die Tür acht. Ich werde sofort jemanden heraufschicken. Es versucht ja nie jemand, hineinzukommen, aber falls ja, stellen Sie sich einfach in den Weg.«

Ich kenne sicherlich Nina gut genug, um ihren Augenblick des Bedauerns zu ahnen, als die Ritterlichkeit des freundlichen Gardisten, dessen Laufbahn sie ruinieren würde, ihr deutlich machte, dass die Revolution das Verderben Unschuldiger nach sich zieht, so wie man Eier zerschlagen muss, um ein Omelett zu backen.

Sobald der arme Mann den Flur hinunter verschwunden war, schlüpfte Nina in die Loge, wo ihre Mitverschwörer eifrig am Werk waren. Der Vorhang war vorgezogen und schirmte die Loge von den Blicken des Publikums unten im Saal ab. Der Akrobat Gyula hatte seine Handschuhe, Schuhe und Strümpfe abgelegt und war eine der Säulen hochgeklettert, die den Vorhang flankierten. Dort hing er und grub seine Zehen in die Vertiefungen der Profile.

Nina raffte ihren Rock. Sie und Gizella hatten das Transparent gefaltet und zusammengerollt in eine Röhre aus elastischem Stoff gesteckt und an den Saum von Ninas Korsett geheftet. Nun nahm sie die Rolle heraus und reichte sie Endre. Endre starrte auf die Wölbungen weichen nackten Fleisches oberhalb ihrer Strümpfe; erst jetzt bemerkte sie, dass ein Mann vor ihr stand, während sie ihren Rock hoch über die Taille geschürzt und Hemd und Unterkleidung entblößt hatte. Errötend und zornig ließ sie den Rock fallen.

Endre fasste sich und warf das Transparent zu Gyula hinauf, der seinen Arm ausstreckte, um es aufzufangen. Einen bedrohlichen Augenblick lang sah es so aus, als würde der Akrobat abstürzen, aber er krallte seine Zehen fest und blieb in seiner Position. Er nahm einen Hammer aus seiner Tasche, der eiserne Kopf war mit geräuschdämpfendem Filz umwickelt, und spuckte einen Nagel, den er zwischen den Lippen gehalten hatte, in seine Hand. Sich bloß mit Schenkeln und Zehen festklammernd, hämmerte er lautlos ein Ende des Transparents an. Als es befestigt war, wollte er gerade loslassen, als Miloš wütend flüsterte: »Verdammt, du Hanswurst! Du hast es verkehrt gemacht!«

Nina reckte den Hals und sah, dass Gyula tatsächlich den Rand des Transparents so angebracht hatte, dass der Text nach innen, in die Loge wies. Wäre es Miloš nicht aufgefallen, dann hätte das Publikum nach dem Öffnen des Vorhangs nur blankes Leinen zu Gesicht bekommen.

Gyula riss das Transparent los, drehte es um und nagelte es neuerlich fest.

»Beeil dich!«, rief Nina. »Wir haben keine Zeit.«

Gyula glitt die Säule herunter und klemmte das freie Ende des Transparents zwischen die Zähne. Miloš beugte sich zu Füßen der anderen Säule nieder und umklammerte mit den Händen seine Knie. Gyula lief vier Schritte und schwang sich, Miloš' Rücken als Sprungbrett benutzend, zur anderen Säule empor. Er kletterte nach oben und hämmerte das andere Ende fest.

Er rutschte herab, langsam entfaltete sich das Transparent. Als es auf dem Boden auflag, nahmen Miloš und Gyula auf gegenüberliegenden Seiten Platz.

»Fertig?«, fragte Miloš.

Endre zog einen Packen Flugblätter unter seinem Gehrock hervor. Man hatte Nina nichts von dem Plan gesagt, Pamphlete zu verstreuen, und sie auch nicht wegen des Inhalts konsultiert. Die Forderung auf dem Transparent – »Freie Wahlen für alle! Wir verlangen das allgemeine Stimmrecht!« – war simpel. Das Flugblatt hingegen wollte etwas ganz anderes. Es forderte ein Ende der parasitären Habsburgermonarchie, brandmarkte den ungarischen Landtag als Instrument der Unterdrückung und rief zu einer Revolution der Arbeiter aller Nationalitäten gegen ein System auf, das Privilegien für einige wenige auf Kosten der Sklaverei aller vorsah. Es mahnte, die Gesellschaft müsse auf neuer Grundlage errichtet werden, wo alles in Gemeinbesitz sei und jeder entsprechend seinen Fähigkeiten und Stärken produzieren und nach seinen Bedürfnissen konsumieren könne.

Während Miloš und Gyula den Vorhang aufrissen und das in Ninas kultivierter Schrift bemalte Transparent zur Schau stellten, warf Endre die Flugblätter von der Galerie.

Einen Augenblick lang gab es keine Reaktion. Dann bemerkten die Zuschauer nach und nach die weißen Papierblätter, die wie Schnee aus der Loge des Königs rieselten. Sie hoben die Köpfe und erblickten das Transparent. Im Dunkeln bemühten sie sich, den Text zu entziffern.

Die von der Bühnenbeleuchtung geblendeten Sänger flöteten weiter ihre dem Untergang geweihten Melodien.

»Wo bleibt er denn?«, rief Endre zornig. Wie zur Antwort flammten die Lampen auf und enthüllten die Forderung der Verschwörer nach dem allgemeinen Wahlrecht.

In diesem Augenblick flogen die Logentüren auf, und der Gardist, begleitet von zwei Platzanweisern, stürmte herein.

»Lauf!«, brüllte Miloš.

Nina raffte ihre Röcke und rannte los, wobei sie dem dicken Arm eines der Platzanweiser auswich. Der Gardist und die beiden Platzanweiser wollten unbedingt Ninas männliche Genossen in die Hände bekommen und machten sich nicht die Mühe, ihr nachzueilen. Sie lief den Gang entlang zur privaten Treppe des Königs und sauste die Marmorstufen hinunter, unmittelbar vor den Wachen, von denen es bald wimmelte. Der Rötlichblonde hatte seine Arbeit getan und die Lichter im Foyer abgestellt, diejenigen im Saal jedoch angedreht, und so konnte Nina wie geplant im Gedränge der Zuseher untertauchen, die aus dem Innenraum in die Dunkelheit strömten. Sie eilte aus der Tür, jetzt bloß eine der vielen verdatterten Opernbesucher, deren Abend mit Vampirinnen und schlechter Musik durch die Aktion von Radikalen unterbrochen worden war.

Ein Mann, der neben ihr stand, zerknüllte eines der Flugblätter und warf es zu Boden. Sie hob es auf und eilte, immer die Menge als Deckung benutzend, in die Dalszínház utca, dann in die Lázár utca, wo wie geplant der Chauffeur des Kaufmanns wartete. Sie riss die Tür auf und sank auf dem Rücksitz zusammen.

»Wo sind die anderen?«, fragte der Chauffeur.

»Ich weiß es nicht«, rief sie. »Ist Gizella nicht da?«

Gizella hätte sich den Aufruhr zunutze machen und verschwinden sollen. Wäre alles gut gegangen, wäre sie die Erste gewesen, die beim Fluchtfahrzeug eintraf. In schrecklicher Angst um ihre Freundin begann Nina zu weinen. Der

Plan sah vor, dass das Auto nicht länger als zehn Minuten warten sollte, nachdem die ersten Alarmglocken und Polizeisirenen ertönt waren, egal ob die Verschwörer eingetroffen waren oder nicht; sie versuchte mit dem Fahrer zu argumentieren, aber der hatte fast ein Jahrzehnt in einem Husarenregiment gedient und wusste vor allem eines: dass ein Soldat sich in erster Linie an das halten muss, was ausgemacht ist. Und so fuhren sie ab. Nina und der Chauffeur waren die einzigen Mitglieder der später so genannten Opernverschwörung, die der Festnahme entgingen.

Erst als sie unterwegs waren, las sie das aufrührerische Pamphlet. »Mein Gott«, sagte sie laut, während der Wagen durch die Straßen Budapests raste. »Was haben wir getan?«

40

Obwohl ich gerne dächte, es sei die Atmosphäre von Vertrauen und Zuwendung gewesen, die ich bei meinen Unterredungen mit Nina geschaffen hatte, welche sie an jenem Abend in mein Haus führte, zwingt mich die Aufrichtigkeit, die Möglichkeit zuzugeben, dass sie einfach deswegen zu mir kam, weil sie sich sonst nirgendwo hinwenden konnte. Da sie Angst hatte, die Polizei würde nach der Verhaftung Gizellas, Endres, Miloš', Gyulas und vielleicht sogar der Prostituierten bald ihre Identität und ihre Adresse herausgefunden haben, ging sie nicht mehr in die Wohnung im Tabán zurück. Diese Entscheidung erwies sich als ihre Rettung, da die Polizei tatsächlich binnen einer Stunde an der Wohnungstür stand und prompt alle Anwesenden festnahm, darunter nicht nur die zwei anderen offiziellen Bewohner, von denen keiner direkt in die Aktion verwickelt war, sondern auch den Cousin des einen, einen jüngst aus einer entfernten Stadt eingetroffenen jungen Mann, der sich diesen ganz normalen Abend ausgesucht hatte, um ein Bündel mit den gewaschenen Hemden und einer geflickten Anzugsjacke seines Cousins abzugeben. Wäre der arme junge Mann nur etwas säumiger in seinem Versprechen an seine Tante gewesen, hätte er es sich erspart, sechzig elende und schmerzvolle Tage in einem Budapester Gefängnis zu verbringen, er hätte sein vollständiges Gebiss noch mindestens ein paar Jahre länger behalten und vielleicht sogar die brillante Laufbahn als Maler angetreten, die er sich vorgestellt hatte, als er in die große Stadt aufbrach. So aber kehrte er ohne seine zwei oberen Schneidezähne und ohne seine Würde zurück und arbeitete ab da nicht als Künstler, sondern schuftete als Faktotum in der Mühle seines Onkels.

Nina überlegte, ob sie nachhause gehen sollte, aber sie fürchtete, sobald die Verstrickung Gizellas öffentlich wäre, würde auch ihre eigene nicht sehr lange geheim bleiben, und sie wollte nicht den Zorn der Polizei auf ihre Familie herabbeschwören. Und so kam sie zu mir, und es war nur einem besonderen Glücksfall zu verdanken, dass sie mich allein zuhause antraf. In jenen Tagen meines mittleren Alters war es meine Gewohnheit, nach dem Mittagessen mit meiner Familie weiterzuarbeiten, selten aber in meinen Konsultationsräumen im vorderen Teil der Wohnung. Gewöhnlich verbrachte ich eine Stunde oder zwei damit, jene meiner Patienten aufzusuchen, die zu gebrechlich waren, um zu mir zu kommen. An den raren Abenden, an denen ich nicht in Pest von Krankenbett zu Krankenbett trottete, verzog ich mich in mein Kaffeehaus, wo ich Zeitungen las oder mir Notizen zu den Fallstudien machte, die ich seit neuestem für eine Veröffentlichung zu sammeln begonnen hatte. An jenem Abend aber waren meine Frau und meine Töchter bei einer Nachbarin zu Besuch, das Zimmermädchen und die Köchin hatten freibekommen, um eine Vaudeville-Aufführung zu besuchen, und ich war allein zuhause.

Als die Portierglocke läutete, achtete ich nicht darauf und begriff erst beim zweiten Anschlag, dass ich tatsächlich meinen Gehilfen freigegeben hatte. Grummelnd wegen der Störung antwortete ich über die Gegensprechanlage, die jüngst installiert worden war, um dem alten Portier und Hausmeister die Mühe des Treppensteigens zu ersparen, wenn er Besucher anzukündigen hatte.

»Da ist ein Fräulein S., das Sie sehen möchte«, sagte der Portier mit durch das Mundstück gedämpfter Stimme. Ich wies ihn natürlich an, Nina heraufzuschicken, und eilte, um ihr die Tür zu öffnen. Seit sie zwei Wochen zuvor mein Sprechzimmer verlassen hatte, hatte ich sie nicht mehr gesehen, und meine Versuche, ihre Eltern zu erreichen, waren fruchtlos gewesen. So war ich außer mir vor Sorge.

»Mein Kind, mein Kind!«, rief ich und umarmte sie. Ich hielt sie an meine Brust gedrückt, die Hände über die zarte Seide ihres Kleides gespreizt. Sie zitterte in meiner Umarmung, und ich flüsterte ihr ins Ohr: »Mein liebes, süßes Mädchen!«

Eine Strähne ihres Haars verfing sich in meinen Lippen, ich roch ihren Gardenienduft und einen kaum merklichen Hauch von saurem Schweiß.

Ninas Knie gaben nach. Ich legte ihr stützend einen Arm um die Taille und führte sie zur Analysecouch, ließ sie sich auf den darübergebreiteten türkischen Teppich legen und breitete eine Decke über sie. Dann kniete ich mich neben die Couch, wobei meine Knie von der ungewohnten Anstrengung knirschten und knackten, und strich ihr das Haar aus dem erhitzten und schweißbedeckten Gesicht. In einem väterlichen Kuss presste ich meine Lippen auf ihre Stirn.

»Mein Liebling«, sagte ich. »Was ist Ihnen geschehen?

Sagen Sie Ihrem lieben Imre, was Ihnen fehlt.« (Ich bin mir sicher, niemand, der mit der Methode der liebevollen und unterstützenden mutuellen Analyse vertraut ist, wie sie mein lieber Freund und Kollege Sándor Ferenczi entwickelt und praktiziert hat, würde an diesen Worten oder dieser Haltung etwas Unprofessionelles finden.)

Nina sagte: »Bitte, Doktor Zobel, ich brauche Ihre Hilfe.«

»Die haben Sie. Sagen Sie mir, Liebste. Was ist denn bloß geschehen? Ist es ein Mann? Sind Sie … entehrt worden?«

Sie wehrte meine Frage ab. »Nichts Derartiges. Aber ich kann Ihnen nichts sagen. Ich bitte Sie, keine Fragen zu stellen. Nur, bitte, ich brauche einen Ort, wo ich bleiben kann. Bis morgen, oder vielleicht für ein paar Tage. Nur bis ich weiß, wo ich hingehen kann.«

Wie die meisten Frauen weinte Nina nicht anmutig, sondern mit einem Strom an Tränen und Rotz, ihr Gesicht war rot und weiß gefleckt. Obwohl mein Beruf mich einer ordentlichen Menge an Tränen von Menschen beiderlei Geschlechts ausgesetzt hatte, habe ich es immer schwer gefunden, den Tränen einer jungen Dame zu widerstehen, und so stimmte ich sofort zu, sie aufzunehmen und auch ihren Aufenthaltsort nicht preiszugeben. In diesem Moment dachte ich nur, sie sei mit einem Mann zusammen gewesen, der sie schlecht behandelt hatte. Dass ihre Probleme krimineller und politischer statt romantischer Natur waren, kam mir nicht in den Sinn.

Es stellte sich nun umgehend das Problem, wo ich sie unterbringen sollte. Meine Frau, selbst Mutter, hätte das Ansinnen nicht hingenommen, vor Frau S. ein solches Geheimnis zu haben. Ich hörte ihre Stimme in meinem Geist so deutlich, als hätte sie die Worte laut ausgesprochen. »Wie würdest du dich fühlen, wenn jemand Erzsébet oder Lili vor uns versteckte?« In Gedanken zählte ich Verwandte und

Bekannte auf und versuchte jemanden mit untadeliger Diskretion ausfindig zu machen, dem ich die Verantwortung übertragen konnte, auf ein Mädchen in Ninas verstörter Verfassung achtzugeben. Unvermeidlicherweise entschied ich mich für meine Schwester Jolán.

Nach ihrer Rückkehr aus Deutschland hatte sich Jolán entschlossen, aus dem Haus unserer Mutter auszuziehen. Damals war ich wütend gewesen, hatte ihre Erklärung beiseite gewischt, dass Mamas Alter und Gesundheitszustand bald genug mehr töchterliche Hingabe erfordern würden und dass sie jetzt, wo noch Gelegenheit dazu war, »das Alleinsein erleben« wolle, solange sie die Gelegenheit dazu hatte. »Wenn Mama tot ist, wirst du genügend Zeit fürs Alleinsein haben!«, hatte ich beharrt, aber es hatte nichts genützt. Meine unbeugsame Schwester ignorierte meinen vehementen Widerstand und zog sich gelassen in ein paar schäbig-vornehme möblierte Räume in Gehweite zur Schule zurück, in der sie unterrichtete. Wie dankbar war ich jetzt für ihre Hartnäckigkeit!

Jolán hatte kein Telefon – sie widerstand jedem technischen Gerät, das es unserer Mutter mehr als nötig erlaubte, sie zu drangsalieren –, und so hatten Nina und ich keine Wahl, als unangekündigt in ihrer Wohnung zu erscheinen. In einen Kimono gehüllt, begrüßte sie uns an der Wohnungstür, das Haar hing in einem langen Zopf über ihre Schulter. So lose, wie sie es trug, war plötzlich zu sehen, wie viel davon silbrig geworden war. Viel mehr, obwohl eine solche Äußerung möglicherweise ein wenig eitel klingt, als das meine, obwohl ich vier Jahre älter bin. Während ich das schreibe, ein Jahrzehnt, nachdem diese Ereignisse sich zugetragen haben, ist Jolán nicht mehr, vom Brustkrebs hinweggerafft, und das spärliche Haar, das mir geblieben ist, ist weiß wie Schnee. Aber damals erinnere ich mich Notiz genommen zu haben, wie alt sie aussah, und mir Sorgen gemacht zu haben, sie könne nicht stark genug sein, um mit der Verantwortung umzugehen, die ich vor ihrer Tür ablegte.

»Was hast du denn um Gottes willen vor, Imre, mitten in der Nacht in der Stadt herumzustromern?«, fragte sie.

»Es ist meine Schuld«, sagte Nina hinter mir, wo sie im Dämmer des Vorzimmers verborgen gestanden hatte.

»Lass uns rein, schnell«, sagte ich. Joláns Wohnung lag im vierten Stock, der Etage direkt unter derjenigen, die auch in diesen schlichten Gebäuden für die Dienstboten reserviert war, und ich fürchtete, jemand könnte aus der Tür sehen und meine junge Ausreißerin erblicken. Damals hatte ich keine Ahnung, dass Nina etwas getan hatte, das ihre Verfolgung durch die Polizei zur Folge haben konnte. Ich wusste nur, dass ich es auf mich genommen hatte, sie zu beschützen, und ich machte mir Sorgen, dass sie durch irgendeinen unglücklichen Zufall erkannt werden könnte. Das Geklatsche von Dienstboten ist berüchtigt.

Schließlich war es Jolán, der sich Nina anvertraute, und das erst, nachdem ich brüsk entlassen und heimgeschickt worden war, wo ich eine unangenehme Nacht verbrachte, mich hin und her wälzte und schwor, dass meine halsstarrige Schwester einen Telefonanschluss erhalten musste, ob es ihr passte oder nicht.

Am nächsten Tag hatte ich einen vollen Terminkalender, und da ich nicht die Neugier meiner Frau aufstacheln wollte, war ich gezwungen, den gesamten frühen Vormittag in meinem Sprechzimmer zu bleiben. An diesem Punkt sollte ich erwähnen, dass es mir keine geringe Betroffenheit verursachte, meine Handlungen vor meiner lieben Frau geheim zu halten. In den Jahrzehnten unserer Ehe war mir Frau Zobel mehr als eine Gefährtin und Geliebte gewesen; sie war eine Freundin im wahrsten Sinne des Wortes, eine

Person, der man sich anvertrauen, auf deren Rat man sich verlassen konnte. Es schmerzte mich, sie zu hintergehen, aber ich kannte meine Frau gut. Eine so hingebungsvolle Ehefrau sie auch ist, als Mutter ist sie noch hingebungsvoller, und ihre Gedanken wären bei Frau S. gewesen. Sie hätte sich nicht enthalten können, die unglückliche Frau wissen zu lassen, dass ihre Tochter in Sicherheit sei.

Wenn es mein Tagesplan erlaubt, pflege ich für gewöhnlich um zehn Uhr vormittags eine Pause einzulegen, um bei den Morgenzeitungen eine Tasse Kaffee und eine ruhige halbe Stunde zu genießen. Ich kämpfte mit mir, ob ich das Ritual sein lassen und quer durch die Stadt in die Wohnung meiner Schwester eilen sollte, doch waren nach der vormittäglichen Pause Patienten angesagt, und die Diskretion verlangte es, dass ich meinen Stundenplan einhielt. Ich trat ins Café Szabadság, nahm beim Hineingehen ein paar Zeitungen vom Zeitungsständer und winkte dem Ober, mir einen Kaffee zu bringen.

»Mit Schlag, Herr Doktor?«, fragte der Wiener Kellner.

»Warum nicht?«, gab ich zurück. Ich tat mir nur gelegentlich etwas Gutes, aber noch bevor ich die Zeitung aufschlug, hatte ich das Gefühl, es sei ein Morgen, um mich mit Rahm im Kaffee zu trösten.

Auf der Titelseite der Zeitungen, die ich normalerweise am Vormittag lese – *Pester Tagblatt*, *Ungarische Nation* und *Die Sonne*, das Boulevardblatt, das ich mir zugestehe –, kreischten riesige Schlagzeilen. »Anschlag in der Oper, dem Stolz von Budapest!«, hieß es im *Pester Tagblatt*. »Anarchisten stürmen die Loge des Königs!« *Die Sonne* ging wie üblich noch einen Schritt weiter: »Bolschewistische Zwergin und Verschwörer hausen in der Oper!«

Oh, Nina, dachte ich, was hast du getan? Was um Himmels willen hast du getan?

41

Es war Jolán, welche die Vorgangsweise festlegte, die Nina wie Gizella vor Verfolgung und Einkerkerung bewahrte, zu ihrer beider Verzweiflung jedoch, wenn auch zur Erleichterung ihrer Familie, ihre immerwährende Trennung zur Folge hatte. Nina hatte nicht gewartet, bis die Morgenzeitungen kamen. Sobald ich fort war, gestand sie meiner Schwester, was sie getan hatte, und erklärte, wie Jolán mir später erzählte, dass die Botschaft fehlgegangen war.

»Es sollte eigentlich vom allgemeinen Wahlrecht handeln. Vom Recht aller Menschen zu wählen, unabhängig von Klasse oder Geschlecht. Aber meine ...« Sie zögerte.

»Ihre Komplizen?«, meinte Jolán trocken.

»Meine Freunde druckten Pamphlete, in denen zur Revolte der Arbeiter gegen die Monarchie aufgerufen wurde. Ihre Motive sind rein«, beeilte sie sich hinzuzufügen. »Es gibt furchtbare Ungerechtigkeit auf der Welt. So viel Armut! Aber Revolution? Ich hatte mich nicht als Revolutionärin gesehen!«

»Den Frauen zum ersten Mal das Wahlrecht zu geben ist nicht revolutionär?«

»Oh, es ist ... es ist nur ... Ich fürchte, man könnte sie so missverstehen, als würden sie einen gewaltsamen Umsturz der Regierung fordern.«

»Und Sie haben Angst, gewalttätige Revolutionäre, Anarchisten und Bolschewiken würden härter bestraft als Suffragetten.«

»Ja, so ist es.«

In anderen Ländern wurden Frauen, die das Wahlrecht forderten, notorisch grausam behandelt, im Habsburgerreich jedoch, welche Mängel auch immer Ninas radikale Freunde hier entdecken mochten, wurden Frauen, die für das Wahlrecht demonstrierten, niemals gefoltert oder gar ins Gefängnis gesteckt. In England wurden britische Suffragetten eingekerkert, und wenn sie in Hungerstreik traten, um gegen die brutale Behandlung zu protestieren, die sie erduldeten, wurden sie mit großer Brutalität zwangsernährt, wobei man weit größere Nasensonden benutzte, als für die Prozedur notwendig gewesen wären. In Budapest und Wien hingegen demonstrierten Suffragetten so gut wie unbelästigt. Wie gesagt, der Bürgermeister besuchte sogar den Frauenstimmrechtskongress. Natürlich hatten weder der Reichstag noch der König die Absicht, den Frauen das Stimmrecht zu gewähren, doch reagierte Österreich-Ungarn nicht mit Gewaltmaßnahmen. Man könnte argumentieren, nehme ich an, dass unsere magyarischen Feministinnen schüchternere Wesen waren als ihre hungerstreikenden Genossinnen im Ausland, aber ich glaube, Rózsa Schwimmer und ihre Schwestern hätten sich gegen eine solche Charakterisierung verwehrt. Nein, Franz Joseph und seine Regierung waren den Suffragetten gegenüber aufgeschlossen und großmütig, aber ganz entschieden war das nicht der Fall bei Bolschewiken und Anarchisten, die kein Hehl daraus machten, dass sie einen Umsturz wollten. Und wie konnte es auch anders sein, wenn man bedachte, dass der König seine geliebte Königin durch die verräterische Klinge eines Anarchisten verloren hatte?

Inzwischen nahte die Dämmerung, und Nina und Jolán waren beide erschöpft. »Ich werde mich den Behörden stellen müssen«, sagte Nina. »Es gibt keine andere Wahl. Ich kann meinen Genossen nicht zumuten, meine Identität nicht preiszugeben.«

»Unsinn«, sagte Jolán. »Was sollte das nützen? Noch ein Hals für die Schlinge.«

Nina zuckte zusammen, richtete sich dann aber auf.

»Wenn das so ist, dann kann ich sie nicht allein sterben lassen.«

»Lassen wir die Sarah-Bernhardt-Pose einmal sein, einverstanden?«, sagte Jolán. »Ich habe metaphorisch gesprochen. Ich habe keine Ahnung, ob Ihren Komplizen die Hinrichtung droht. Bei der Aktion wurde niemand verletzt, richtig?«

»Natürlich nicht! Wir hätten niemals jemandem etwas angetan.«

»Dann drohen ihnen ganz sicher nur lange Gefängnisstrafen. Obwohl ich mir offen gesagt nicht sicher bin, ob ich selber nicht den Tod einem Jahrzehnt Zwangsarbeit vorziehen würde. Jedenfalls müssen wir vernünftig denken.«

»Also gut«, sagte Nina, nun erbost. »Und wie wär's mit einem solchen Vernünftigsein? Wenn ich mich nicht stelle und meine Freunde gezwungen werden, meinen Namen preiszugeben, sieht die Sache für mich viel schlechter aus. Wenn ich freiwillig erscheine, wird das Gericht mir doch sicher meine Aufrichtigkeit zugutehalten.«

»Vielleicht«, sagte meine Schwester. »Aber ich weiß es nicht und Sie auch nicht. Was wir brauchen, meine Liebe, ist der Beistand eines Anwalts. Und ich kenne genau den richtigen.«

Viele Menschen in Budapest, sogar in Deutschland und England, lasen von der Verhaftung der Zwergin Gizella Weisz, der Suffragette und Mitarbeiterin von Rózsa Schwimmer. Die Delegierten zum Internationalen Frauenstimmrechtskongress erinnerten sich an Gizella, wer hätte das nicht getan? Ihre Statur und ihre Schönheit machten sie bemerkenswert. Vielleicht gab es auch solche, die sich ihrer Busenfreundin entsannen; die zwei waren meist in gleiche weiße Gewänder gekleidet und hatten sich, wenn es ihre Pflichten erlaubten, in den Hintergrund des Saales gequetscht, um aufmerksam den Vortragenden zu lauschen und den Debatten beizuwohnen. Ich stelle mir vor, wie quer durch Europa die Damen der Stimmrechtsbewegung beim morgendlichen Kaffee oder Tee über ihren Morgenzeitungen aufschrien und miteinander telefonierten, um dringende Fragen zu stellen und Mutmaßungen auszutauschen. Sicher erinnerten sich einige Damen der deutschen Delegation, in deren Diensten Nina als Page fungiert hatte, an den Namen von Gizellas engster Freundin oder glaubten sich zumindest zu erinnern. »Lili?«, fragten sie einander vielleicht, »Nina?« Und sicher kannte die große Rózsa Schwimmer den Namen der Freundin ihrer Sekretärin. Und dann gab es jene unter Ninas Bekanntschaften, die die Zwergin in ihrer Gesellschaft getroffen hatten. Ihre weitere Verwandtschaft, Freunde aus der Gemeinschaft der Budapester Frauenrechtlerinnen und Suffragetten, ein paar Schulfreundinnen aus dem Gymnasium, einige der Frauen, mit denen sie für ihre Matura und für die Aufnahmeprüfung zum Medizinstudium gelernt hatte. Und natürlich die E.s, die zusammen mit Gizella zu Abend gegessen hatten und Zeugen des endgültigen Bruchs Ninas mit ihren Eltern geworden waren. Alle diese Leute wussten zweifellos oder befürchteten, dass Nina S. in die Kalamitäten ihrer engsten Freundin verwickelt sein könnte, und doch meldete sie niemand, kein Einziger, den Beamten der Habsburger Polizei.

Aber obwohl keine von den Dutzenden Personen, die wussten oder vermuteten, Nina könne mit der Sache etwas zu tun haben, ihren Verdacht zu den Behörden trug, behielten sie ihn doch auch nicht für sich. Es gibt nur wenige, die dem Reiz des Klatsches widerstehen können, wenige, die unserer religiösen Tradition nachkommen, *lashon hara* zu vermeiden, nicht schlecht über andere zu sprechen. Es gab Gerede und Geflüster, vieles, aber nicht alles lautlos, damals, als Nina durch den Gang in der Synagoge in der Dohány utca zur Chuppa hinschritt, die aus dem Tallith des Urgroßvaters ihres Ehemannes gefertigt war.

Nachdem ich von den schrecklichen Vorkommnissen in der Oper gelesen hatte, eilte ich vom Kaffeehaus in die Wohnung meiner Schwester; mein Weg dorthin kreuzte sich, wie sich herausstellte, mit einem Telegramm, worin sie mich bat, sofort zu kommen. Dort fand ich mich dann in völligem Einklang mit dem Plan der Frauen, obwohl ich annehme, hätte ich Zweifel gehabt, hätten sie sie nicht berücksichtigt.

Von der Wohnung hastete ich in das Büro der Budapester Königlichen Staatsanwaltschaft. Ich wartete nicht mehr als einen Augenblick im prunkvollen Vorzimmer, bis ich von einem Büroangestellten hineingeführt wurde.

Ignác E. sprang auf, als ich den Raum betrat, scheuchte den Angestellten hinaus und schloss die Tür.

»Mein Gott, Herr Doktor«, sagte er, »was hat sie getan?«

Ignác' Krawatte hing schief, unter seinem nicht zugeknöpften Jackett konnte ich unter den Achseln runde feuchte Flecken auf seinem Hemd sehen. Dieser privilegierte junge Mann hatte in seinem Leben keinen Moment der Entbehrung gekannt, war mithilfe guter verwandtschaftlicher Beziehungen und eines mehr als passablen Intellekts zu für einen Mann seiner Jugend und, was noch wichtiger war, seiner Rasse ungewöhnlichen Höhen aufgestiegen. Bis dahin hatte er die stärkste Gemütserregung verspürt, wenn er bei einem olympischen Schwimmwettbewerb keine Medaille errang. Seine Bestürzung sprach zu seinen Gunsten und für die Intensität seiner Zuneigung zu Nina, trotz ihrer Handlungen und der Geringschätzung, mit der sie ihn für gewöhnlich behandelte.

»Sie hat damit zu tun, nicht wahr?«, fragte er.

»Ja«, sagte ich. »Ich fürchte es. Aber bitte, Ignác, glauben Sie mir, Nina ist nicht die Radikale, wie es die Behörden behaupten.«

»Ich wünschte, ich könnte Ihnen glauben; aber sehen Sie.« Er reichte mir eine Ausgabe der *Ungarischen Nation*, in der ein Bild eines Flugblatts zu sehen war, das aus der Königsloge geflattert war. »Das sind die Worte von Bolschewiken und Anarchisten.«

»Nina wusste nichts von dem Pamphlet. Ja, sie hat ein Verbrechen begangen, aber sie glaubte, bei ihrem Protest handle es sich nur um die Frage des Wahlrechts. Die jungen Männer haben das Pamphlet vor ihr und Fräulein Weisz verborgen gehalten.«

Ein Ausdruck der Erleichterung glitt über Ignác' Gesicht, doch nur für einen Augenblick, bevor er sagte: »Und ihr ruthenischer Komplize? Ein bekannter Revolutionär!«

»Ich bin mir sicher, Nina hat nichts davon gewusst.«

»Ist der Mann ihr … ihr Liebhaber?«

»Nein! Absolut nicht. Auch der andere Mann nicht, Endre Bauer. Er ist bloß ein Freund.«

Bei diesem Wort schüttelte es Ignác vor Ekel. »Wissen Sie, Doktor Zobel, ich hatte den törichten Eindruck, ich sei ihr Freund.«

»Das sind Sie, mein Herr, das sind Sie. Es ist wegen dieser Freundschaft, dass sie mich gebeten hat, zu Ihnen zu kommen.«

»Sie hat Sie gebeten, zu kommen?«, fragte er hoffnungsvoll. Egal, was Nina für diesen jungen Mann fühlen mochte, seine Zuneigung zu ihr war echt.

»Ja. Sie braucht unbedingt Ihre Hilfe.«

»Ah. Natürlich. Es ist juristische Beratung, die sie sucht.«

»Ja, juristische Beratung. Aber auch Ihre Freundschaft. Sie ist so gut wie allein, Ignác. Sie braucht einen Freund.«

In Ignác' Herz kämpften widerstreitende Impulse; einer, das Mädchen zu bestrafen, das ihn abgewiesen hatte, der andere, die Frau zu retten, die er verehrte und eines Tages lieben würde, wie er wusste.

»Doktor Zobel, versprechen Sie, ehrlich zu mir zu sein?«

»Ja.«

»Dann sagen Sie es mir. Ihre Tugend. Ist sie kompromittiert? Ist sie keusch?«

»Müssen Sie das fragen?«

»Ja, ich fürchte, das muss ich.«

Und so sagte ich ihm, was ich für wahr zu halten hoffte.

Ignác E. beschloss, dass wir zunächst mit Fräulein Weisz sprechen müssten, und glücklicherweise bot ihm dabei mein Beruf eine Ausrede, die er sonst nicht hätte vorbringen können. Ignác verständigte seine Vorgesetzten, Fräulein Weisz' Hausarzt habe gebeten, sie zu besuchen und sich von ihrer körperlichen Verfassung ein Bild zu machen. Er verlangte die Erlaubnis, den Arzt begleiten zu dürfen, um sich zu versichern, dass keine Vorschriften verletzt würden. Diese Anträge wurden erwogen, befördert durch eine zusätzliche Petition eines leitenden Staatsanwalts, einer Bekanntschaft von Frau Rózsa Schwimmer, und schließlich genehmigt.

Nachdem rasch die nötigen Dokumente mit den offiziellen Wachssiegeln und Unterschriften beschafft waren, verfügten wir uns in das Zentrale Polizeigefängnis, wo wir Fräulein Weisz in einer kleinen, übelriechenden Zelle eingesperrt fanden, deren feuchte Steinwände mit Moder bepelzt und mit den verzweifelten Kritzeleien früherer Insassen bedeckt waren. Sie hockte auf dem Rand einer zerrissenen Strohmatratze, ihre Füße baumelten über dem verdreckten Fußboden in der Luft hin und her. Das war weniger eine moderne Strafanstalt als ein mittelalterliches Verlies, und sogar Ignác, so vertraut er als Staatsanwalt mit der Art Unterkunft sein mochte, die die Monarchie ihren Delinquenten zugestand, war abgestoßen von der Behandlung, die man Fräulein Weisz zukommen ließ.

Zumindest hatte man ihr erlaubt, ihre eigenen Kleider anzubehalten, obwohl das wahrscheinlich deshalb geschehen war, weil es in ihrer Größe nichts anderes gab.

Obwohl das Rückgrat des lieben Mädchens vom Stolz gesteift war, war ihre Erleichterung bei unserem Anblick spürbar. Tränen stiegen ihr in die Augen, die sie durch mehrmaliges Zwinkern verschwinden ließ. Ich führte eine rasche, aber gründliche körperliche Untersuchung durch. Obwohl keine Knochen gebrochen waren, waren ihre Handgelenke und Knöchel durch die Eisenketten, mit denen der Gendarm sie festgehalten hatte, arg aufgerieben und wund. Auch ihre Rippen waren geprellt, und sie zuckte unter meinen tastenden Fingern zusammen. Auf meine Aufforderung hin spuckte sie in das Leinentaschentuch, das ich ihr unters Kinn hielt. Ihr Sputum war rot gefärbt. Als ich sie bat, den Mund zu öffnen, sah ich, dass ihr Zahnfleisch blutig war, einige Zähne waren lose.

»Hat Sie jemand geschlagen?«, fragte ich.

»Ich bin hingefallen«, sagte sie.

»Gestoßen?«

Sie zuckte die Schultern. »Die anderen?«, fragte sie.

»Ihre Komplizen wurden alle verhaftet und werden ebenfalls hier festgehalten«, sagte Ignác.

Ihre olivfarbene Haut erblasste zu einem kränklichen Gelb. »Ich fürchtete, es seien ihre Schreie, die ich die ganze Nacht hörte.«

»Die Männer werden so gut behandelt, wie es zu erwarten ist«, sagte Ignác, eine bedeutsame Betonung auf das Wort »Männer« legend.

»Und?«, sagte sie. Ihre klare Stimme hallte wie eine Glocke im steinernen Gehäuse des Raums. Es überraschte mich nicht, Jahre später zu erfahren, dass Fräulein Weisz eine begabte Sängerin war; mit einer entsprechenden Ausbildung und in einer von den Vorurteilen gegen die Deformierten befreiten Welt wäre sie eine gute Mezzosopranistin geworden.

»Und das ist alles«, sagte Ignác.

Fräulein Weisz sah mich flehend an. Sie fürchtete neugierige Ohren zu sehr, um Ninas Namen auszusprechen, aber ich wusste, dass sie ganz verkrampft war vor Sorge um ihre Freundin.

»Es ist alles gut, liebes kleines Fräulein Weisz«, sagte ich.

»Gut?«, wiederholte sie.

»Ja. Gut.«

»Sicher?«

»Derzeit«, sagte Ignác. »Aber alles hängt von Ihnen ab. Arbeiten Sie mit den Behörden zusammen, sagen Sie ihnen alles, was Sie über die Männer wissen, mit denen Sie sich verschworen haben« – wieder diese beinahe unmerkliche Betonung auf dem Wort »Männer« –, »und es wird weiterhin alles gut sein.«

»Ich werde niemandem etwas sagen«, erklärte sie.

»Natürlich nicht«, sagte ich. »Natürlich nicht. Sie sagen nur, was gesagt werden muss, über diese Männer, die Ihre Unschuld so schamlos ausgenutzt haben, die Sie benutzt haben, um ein Anliegen zu verfolgen, das Sie nicht unterstützen.«

»Ich werde nichts sagen. Nichts über niemanden.«

Ignác funkelte sie an. Er stand auf der anderen Seite der Zelle, so weit weg von ihr, wie die beklemmenden Wände es erlaubten. »Sie sagen, was man Ihnen angibt, falls Ihnen Ihr Leben lieb ist.«

»Ich schätze die Freiheit, Herr E. Ehre und Freiheit und

Würde und Gerechtigkeit. Aber das Leben allein? Was hat das für einen Wert?«

Ich sagte: »Fräulein Weisz, mein liebes Kind. Bitte seien Sie nicht so töricht. Sehen Sie sich um. Wollen Sie hier Ihre Tage beschließen? Hier in dieser fürchterlichen Zelle oder in einer ähnlichen?« Ein schwarzer Käfer krabbelte über meinen Schuh, ich schüttelte ihn ab und zerquetschte ihn unter meiner Sohle. »Mitten unter dem Ungeziefer?«

»Die Ratten kommen erst nach Sonnenuntergang heraus«, sagte sie.

»Gehört Dummheit zu Ihren Leiden?«, fragte Ignác.

Ich schüttelte missbilligend den Kopf und legte beruhigend meine Hand auf die kleine Hand Gizellas. »Herr E. ist verständlicherweise besorgt. Über Ihre Zukunft. Ihre und … die anderer.«

»Herr E. kann beruhigt sein, dass ich über nichts und niemanden reden werde, egal was er und die anderen Staatsanwälte verlangen.«

Die Zellentür ging knarrend auf, das Gesicht des Gefängniswärters lugte herein. »Benötigen Sie noch mehr Zeit?«, fragte er Ignác.

»Nein«, sagte der Staatsanwalt und stürmte aus der Zelle.

Ich drückte Fräulein Weisz ein letztes Mal die Hand und stand auf, um ihm zu folgen.

»Doktor Zobel«, sagte sie.

»Ja, meine Liebe?«

»Darf ich fragen … würden Sie …«

»Was?«

Sie errötete heftig und hob eine zitternde Hand an ihr Gesicht. Erst jetzt begannen ihre Tränen zu fließen. »Ich brauche Binden. Nachschub.« Sie wies auf ihren Rock, der fleckig und feucht war.

»Ihre Menstruation.«

»Ja«, sagte sie, sie weinte jetzt heftig. »Ich habe nach der Schwester gefragt, aber …«

»Machen Sie sich keine Sorgen. Ich lasse Ihnen sofort einen Korb schicken. Haben Sie Schmerzen?«

»Nein.«

»Das zumindest ist ein Trost«, sagte ich und wandte mich wieder zur Tür.

»Herr Doktor! Warten Sie«, sagte sie. Sie langte in ihr Korsett und holte etwas heraus, das sie dort verborgen gehalten hatte. Sie hielt es mir hin, und ich nahm es mit einiger Beklommenheit entgegen. Es war der Pfauenanhänger, den sie am Abend des unglückseligen Diners getragen hatte.

»Würden Sie das meiner Freundin geben? Bitte.«

Ich nickte und schloss meine Hand um den Anhänger. »Wissen Sie, was man über Pfauenfedern sagt?«, fragte ich.

»Dass sie Unglück bringen. Frau Schwimmer meinte immer, das sei abergläubischer Unsinn. Sie sagte, wenn man versuche, die Welt zu verändern, müsse man immer das anpacken, was andere fürchten.«

»Ich werde Ihrer Freundin das Geschenk geben.« Aber ich tat es nicht. Nicht gleich. Denn was immer Frau Schwimmer über Glück und Aberglauben sagen oder nicht sagen mochte, es schien mir, dass Fräulein Weisz und mein Liebling Nina von ein wenig Glück profitieren würden.

»Eine Frau zu sein ist kein Honiglecken«, sagte ich zu Ignác, als wir sicher im Fond seines Rolls-Royce-Automobils untergebracht waren.

Er lachte säuerlich. »Die Schwierigkeiten dieser bestimmten Frau hat sie sich selbst zuzuschreiben. Sie haben nichts mit ihrem Geschlecht zu tun.«

Ich warf einen bedeutungsvollen Blick auf den stoppeligen Nacken seines Chauffeurs.

»Sie können frei sprechen«, sagte Ignác. »Mein Vater hat James zusammen mit dem Auto aus London importiert. Der Mann spricht ein leidliches Deutsch und Französisch, aber kein Wort Ungarisch.«

»Ich bin mir sicher, Fräulein Weisz wird sich nicht gegen ihre Freunde stellen.«

»Jeder tut das letztendlich, Doktor Zobel. Es sind nur sehr wenige stark genug, um dem Verhör zu widerstehen. In den Jahren meiner Arbeit am Gericht habe ich noch niemanden getroffen.«

»Aber bei allem Respekt, Sie sind jung. Sie haben noch nicht sehr lange praktiziert. Vielleicht wird Fräulein Weisz Sie überraschen.«

»Dies ist eine große Verschwörung mit vielen Beteiligten, von denen die meisten nun in Gewahrsam sind. Der Rest wird sicherlich folgen. Irgendeiner wird aussagen. Es gibt nur einen Weg, Nina zu retten.«

Ich fühlte tiefe Erleichterung, hatte ich doch befürchtet, es würde überhaupt keine Lösung geben, um mein geliebtes Mädchen zu schützen. »Und das ist was?«

»Sie muss zuerst reden.«

42

An diesem Nachmittag wurde in der Wohnung meiner Schwester eine Konferenz abgehalten. Nie zuvor hatten die bescheidenen Räume eine so illustre Gesellschaft beherbergt. Außer Ignác waren noch sein Vater Jenö E. anwesend, Ninas Vater, ihr Onkel und ein Cousin der Familie, der berühmte Anwalt Zoltán Thuz, der sich guter Beziehungen zur Budapester Polizei rühmte und den noch größeren Vorteil hatte, ein Konvertit zur katholischen Religion zu sein; sein Beichtvater war kein Geringerer als Erzbischof János Csernoch von Esztergom. Zusätzlich hatte Baron Móric E., obwohl er nie selbst an einem solchen Treffen teilgenommen hätte, seinen persönlichen Sekretär geschickt. Und dann war natürlich auch noch ich zugegen.

Der Gegenstand unserer Besprechung und unserer Sorge hätte ebenso gut abwesend sein können, so wenig hörte man auf ihre Meinung. Während das Zimmer sich füllte, saß Nina auf einem Stuhl mit Sprossenlehne, die Augen auf den Schoß gerichtet, wo ihre Finger sich ineinanderkrampften und wieder lösten. Sie hatte das Haar zurückgekämmt und im Nacken zu einem strengen Knoten geschlungen; von meiner Schwester hatte sie eine graubraune Hemdbluse samt Rock geborgt, die wie ein Sack an ihr herunterhingen. Nur ihre Füße verrieten sie. Jolán hat winzige Füße, ein Merkmal aller Zobels, weiblich wie männlich, und so trug Nina die hochhackigen Pumps aus scharlachrotem Satin, die zum gestohlenen Abendkleid passten. Sonst hätte sie bloß noch barfuß gehen können.

Herr S. begrüßte seine Tochter nicht, als er den Raum betrat. Sogar für mich hatte er bloß die minimalste Höflichkeit übrig. Die anderen Herren waren großmütiger, aber nur Ignác trat zu Nina. Er zog eine ihrer Hände an sich und küsste sie. Dann beugte er sich zu ihrem Ohr nieder und flüsterte etwas. Als ich ihn später fragte, was er gesagt hatte, meinte er: »Nur, dass alles gut werden würde und dass sie mir vertrauen könne, mich um sie zu kümmern, jetzt und immer.«

Als ich Nina dieselbe Frage stellte, sagte sie mir, seine Worte hätten in Wahrheit gelautet: »Es wird dauern, mein Liebling, aber eines Tages werde ich dir vergeben, das weiß ich.«

Die Verhandlungen waren kompliziert und umfassten

entlegene juristische Themen, Fragen der Schuldfähigkeit und der Beweise sowie eine hitzige Debatte über die durchschnittliche Mitgift eines Mädchens ihres Standes. Am Ende war die Aussteuer, auf die man sich einigte, zehnmal so groß wie diejenige, die Nina sonst bekommen hätte. Sie war so groß, dass ihr Vater gezwungen sein würde, sich an seine Verwandten und an die Bank um Darlehen zu wenden. Wenn auch das nicht genügte, würde er keine Wahl haben, als das Sommerhaus der Familie in den Karpaten zu verkaufen. Die Anwälte waren zuversichtlich, dass sie mit Ninas Zustimmung, geheim gegen ihre Komplizen auszusagen, und mit dem beträchtlichen Einfluss, den sie gemeinsam ausübten, ihr nicht nur die Freiheit verschaffen, sondern auch ihre Identität geheim halten könnten.

»Und was, wenn diese Männer irgendwann einmal wiederkehren?«, fragte ihr Vater. »Wenn sie versuchen, sie zu erpressen?«

Herrn S.' Cousin, der berühmte Anwalt, tat diese Möglichkeit ab. »Sie können beruhigt sein. Wir werden nie wieder von irgendeinem etwas hören.«

»Und Fräulein Weisz?«

Beim Klang der leisen, zitternden Stimme wandten sich die Männer erstaunt zu Nina.

»Fräulein Weisz?«, sagte sie, nun etwas lauter. »Sie muss auch freikommen.«

»Sei still!«, donnerte Herr S.

Nina sah trotzig hoch. »Ich werde nicht zustimmen, außer Sie versprechen, dass Fräulein Weisz ebenfalls freikommt.«

»Mein liebes Mädchen«, sagte Zoltán Thuz, »Ihre Freundin ist in Gewahrsam der Behörden. Sie wurde am Ort des Verbrechens verhaftet. Es wäre ein weit komplizierteres Unterfangen, ihre Freilassung zu bewerkstelligen.«

»Aber nicht unmöglich«, sagte Ignác leise.

»Nein«, erwiderte Thuz. »Nicht unmöglich. Nur verdammt schwierig.«

»Nina, wenn ich Ihnen mein Wort gebe, dass wir unser Bestes tun, um sie zu retten, werden Sie dann den Bedingungen zustimmen?«, fragte Ignác.

»Wie kann ich Ihnen trauen?«, sagte sie, nur an ihn gewandt.

Jenö E. geiferte: »Sie, die sich als vollkommen unzuverlässig erwiesen haben, zweifeln an der Ehre meines Sohnes?«

Ignác sagte: »Ich kann nicht mehr als Ihnen mein Wort geben. Aber mein Wort gilt. Das werden sogar Sie mir zugestehen.«

Nina sah ihm lange in die Augen. Dann nickte sie. »Ja. Ich stimme zu. Aber bitte, Ignác, bitte retten Sie meine Freundin.«

43

Noch einmal kam Nina zu mir, ein paar Monate nach ihrer Hochzeit, zu der ich nicht eingeladen war. Dieser Ausschluss hatte mich nicht überrascht; obwohl ich selbst wusste, dass ich Entscheidendes für ihre Rettung geleistet hatte, erwartete ich nicht, dass ihre Familie das anerkannte, denn sonst hätte man zugeben müssen, dass sie einer Rettung bedurfte. Meine Frau war verletzt gewesen, keine Einladung in der Post zu finden, aber bald genug plante sie eifrig eine eigene Hochzeit. Erzsébet war eine so anmutige Braut, wie ein Vater sie sich nur erträumen konnte, und ihr junger Bräutigam war schüchtern und schneidig zugleich, eine Kombination, wie sie jedes Mädchen entzückt, und auch jede Mutter eines solchen Mädchens. Meine liebe Frau hatte meiner Entscheidung über Erzsébets Ehe anfangs widerstanden, aber als sie erkannt hatte, dass mein Entschluss unwiderruflich war, gab sie nach. Ein erfolgreicher Verlag bietet eine gute Beschäftigung, um eine Familie zu ernähren, und obwohl man in meinem Beruf besser als andere Bescheid darüber weiß, dass Liebe keine Garantie für eine erfolgreiche Ehe ist, steht sie doch einer solchen Möglichkeit auch nicht im Wege. Jedenfalls hat uns Simon Goldziher dreimal zu Großeltern gemacht, und Erzsébet scheint sehr zufrieden mit ihrer Wahl. Einige Zeit lang hegten wir sogar die Hoffnung, Lili würde in der Neigung des verschmähten András Erzsébets Platz einnehmen, aber er heiratete schließlich eine Dame aus Debrecen. Das ersparte uns letztlich eine Tragödie. András diente im Großen Krieg als Arzt und starb bei der Belagerung von Przemyśl. Und Lili entschied sich passenderweise, wenn auch weniger glücklich als ihre Schwester, für den Erben eines nicht übel situierten Kurzwarenhändlers.

Als Nina mich bei diesem letzten Mal in meinem Sprechzimmer besuchen kam, erzählte sie mir, sie und ihr Ehemann hätten erholsame drei Monate in Bad Gastein verbracht, eben jenem Kurort, wo ich Jahre später Gizella Weisz treffen sollte.

»Und ich sehe, dass Sie guter Hoffnung sind«, sagte ich.

Sie fuhr hoch. »Woher wissen Sie das? Es ist noch sehr früh. Ich habe es noch nicht einmal meiner Mutter erzählt.«

Ich wies auf ihren Busen. »Ein Anschwellen der Brüste ist oft das erste Anzeichen einer Schwangerschaft, noch bevor die Menstruation ausbleibt.«

Sie legte ihre Hand an die Brust, die sich tatsächlich unter dem Seidenorganza ihrer Bluse aufs Reizendste gerundet hatte.

»Und Ihre Ehe? Ist sie glücklich?«

Sie ignorierte meine Frage, schlenderte hinüber zu meinen Bücherregalen und ließ ihren Finger über die Buchrücken gleiten.

»›Anatomy: Descriptive and Surgical‹«, sagte sie und nahm das Buch von seinem Platz. Einen Moment lang blätterte sie die Seiten durch, starrte wie verzaubert auf die komplexen und ausführlichen Illustrationen.

»Früher besaß ich dieses Buch«, sagte sie. »Obwohl ich eigentlich nicht gut genug Englisch kann, um alles zu verstehen.«

»Sie haben es nicht mehr?«

»Mein Vater hat mir meine Medizinbücher weggenommen. Er hat sie einem begabten, aber armen Studenten an der medizinischen Fakultät gegeben, dazu ein Stipendium, um sein Studium abzuschließen.«

»Ah.«

»Sie sehen also, Doktor Zobel, dass es wegen mir einen zusätzlichen Arzt auf der Welt geben wird. Einen männlichen. Aber es tröstet mich trotzdem.«

»Ja«, sagte ich. Ich ging hinüber und stellte mich neben sie. Ihr weiter Rock streifte den Wollstoff meiner Hosen. In diesem Moment ergrimmte ich vor der Ungerechtigkeit dessen, was geschehen war. Ich wusste, Nina würde eine gute Mutter werden, eine gute Ehefrau. Aber sie hätte eine hervorragende Ärztin abgegeben. Ein ungewöhnliches Talent, ein brillanter Geist. Ich spürte mich wütend werden, und ich bin es noch immer, über die Verschwendung ihrer Gaben, nicht nur um ihretwillen, sondern auch wegen der unzähligen Patienten, die sie niemals behandeln, der Entdeckungen, die sie niemals machen, der Leben, die sie niemals retten würde. Wie viele Menschen werden sterben, sind schon gestorben, weil die Talente intelligenter und begabter Frauen verschwendet wurden, in häuslichen Trott verbannt, eingezwängt von den Forderungen der Väter, erstickt durch die Verweigerung jeder Möglichkeit? Zu viele, um sie zu zählen. Zu viele, um daran zu denken. Zu viele.

Ich zog mein Taschentuch heraus und putzte mir umständlich die Nase, um meine Tränen als plötzlichen Heuschnupfenanfall zu kaschieren. »Der Herbstwind«, murmelte ich. »Er bringt den Staub aus der Tiefebene. Das tut meinen Nebenhöhlen nicht gut.« Ich schnaubte noch einmal geräuschvoll und steckte dann das feuchte Stück Stoff an seinen üblichen Ort. »Und Fräulein Weisz?«, fragte ich. »Haben Sie etwas von ihr gehört?«

Ignác hatte sein Wort gehalten und Gizellas Freilassung erreicht, allerdings aus Gründen, die das Mädchen selbst zweifellos demütigend gefunden hatte. Sie sei wie ein Kind, hatte der junge Anwalt seinen Vorgesetzten im Büro des Staatsanwalts gegenüber argumentiert. Kleingewachsen und von beschränktem Geist, sei sie leicht von der Arglist radikaler Männer aus der Bahn zu werfen gewesen. Dieses Argument war demjenigen nicht unähnlich, das man in Ninas Angelegenheit vorgebracht hatte, obwohl in jenem Fall Einfluss und finanzielle Gratifikationen größere Auswirkungen auf den Ausgang gehabt hatten als bei Gizella. Nicht nur wurde Nina niemals angeklagt, ihr Name wurde auch aus der Presse herausgehalten. Gizella hatte niemanden, der für ihre Freilassung bezahlen konnte, und musste sich deshalb auf die Gnade des Gerichts verlassen. Sich Ignác' Beschreibung von ihr als einer halben Idiotin zu fügen, körperlich wie geistig schwach, war der demütigende Preis, den sie für die Freiheit zu entrichten hatte.

»Ich habe sie gesehen, bevor sie aus Budapest abreiste«, sagte Nina.

Eine Bedingung für Gizellas Freilassung war gewesen,

dass sie Budapest verlassen und zu ihrer Familie nach Siebenbürgen zurückkehren müsse. Als sie hörte, dass ihre Freundin verbannt werden sollte, eilte Nina insgeheim zum Bahnhof, was ihr nur unter großen Schwierigkeiten gelang, da sie nicht mehr unbegleitet ausgehen durfte. Am Morgen, an dem Gizella abreisen sollte, zog sich Nina in ihr Zimmer zurück; sie behauptete, wieder unter ihren lähmenden Menstruationsschmerzen zu leiden.

»Bist du dir sicher?«, fragte ihre Mutter. »Es ist doch noch nicht Zeit.«

»Ja, ich bin mir sicher«, sagte Nina. »Vielleicht ist es wegen der Sorgen in der letzten Zeit früher gekommen.«

»Hast du genügend Binden?«

»Ja. Ich möchte nur in einem abgedunkelten Zimmer liegen, allein.«

»Ich schicke das Mädchen mit einer Wärmflasche.«

Gegen die Wärmflasche tauschte Nina einen Haufen Stoffstreifen, die sie mithilfe eines kleinen Schnitts an der Innenseite ihres Schenkels mit Blutflecken versehen hatte. Dann kroch sie aus dem Fenster, das auf den Treppenabsatz führte, und schlich sich auf die Dienertreppe. Das Glück war mit ihr, niemand war auf dem Absatz, auf der Treppe oder auf der Straße, und so eilte sie unbemerkt unter einem großen Hut mit Schleier davon.

Als sie den Bahnhof erreichte, blieb ihr nur sehr wenig Zeit, wollte sie eine Entdeckung vermeiden. Bald würde das Mädchen wiederkommen, um ein weiteres Bündel befleckte Leinenbinden mitzunehmen und ihre Wärmflasche neu zu füllen.

Nina sah Gizella durch das Fenster eines Frauenabteils zweiter Klasse. Die Zwergin saß auf dem harten Holzsitz, den Rücken steif und aufrecht. Ihr Kopf war unbedeckt, und Nina sah verblüfft, dass das prachtvolle Haar ihrer

Freundin, die unbändigen Locken, einst ihr Stolz, abgeschoren war, kurzgeschnitten wie das eines Jungen oder eines Gefangenen. Blicklos sah Gizella aus dem Abteilfenster. Nina blieb auf dem Bahnsteig darunter stehen. Das Glas war schmutzig, und als Nina daran klopfte, hinterließ es graue Streifen auf dem weichen weißen Glacéleder ihrer Handschuhe.

Gizella fuhr hoch, setzte aber sofort wieder eine ausdruckslose Miene auf. Mit einer ganz leichten Bewegung des Kopfes deutete sie ins Innere des Waggons. Nina trat vom Fenster zurück, um einen besseren Überblick zu haben, und sah einen Mann in Polizeiuniform, der vor der inneren Abteiltür stand. Zu ihrer Überraschung verspürte sie keine Angst, nur Entschlossenheit.

»Mach das Fenster auf«, formte sie unhörbar mit den Lippen.

Gizella schüttelte ganz kurz, beinahe unmerklich, aber trotzdem bestimmt den Kopf.

»Bitte.«

Gizella warf einen Blick auf den Wächter. Einen Moment lang zögerte sie, als müsse sie einen Entschluss fassen, und zog dann den Riemen hoch.

Nina hörte die Beamten, es waren anscheinend zwei, etwas rufen.

»Es ist so warm«, rief ihnen Gizella zu. »Nur für einen Moment, ein bisschen Luft.«

Nina wartete, besorgt, dass einer der Polizisten zum Fenster kommen würde, aber das Verbot, das Frauenabteil zu betreten, war so tief eingebrannt, dass sie Gizella bloß zuknurrten, das Fenster nur ein paar Zentimeter weit zu öffnen.

Das genügte allerdings den beiden Mädchen für eine Unterhaltung.

»Geht es dir gut?«, fragte Nina. »Haben sie dir wehgetan?«

»Nein.«

»Deine Haare.«

Gizella zuckte die Schultern. »Hast du etwas von den anderen gehört? Niemand sagt mir etwas. Sie haben mir sogar die Zeitung verboten.«

»Zwangsarbeit.«

»Alle?«

»Ja.«

»Auch Tanja?«

»Ja.« Die arme Näherin, die nur ihrem Liebhaber zuliebe gestohlen hatte, war dennoch zu sieben Jahren Kerker verurteilt worden, eine Ungerechtigkeit, die Nina in ihrer Freiheit quälen sollte. Durch Jolán schickte Nina der Frau Pakete, wenn auch nur wenige sie erreichten. Nina war entschlossen, ihr nach ihrer Freilassung zu helfen, hatte aber nie die Gelegenheit, diesen Wunsch Wirklichkeit werden zu lassen. Tanja starb fünf Jahre nach ihrer Verurteilung, als die Spanische Grippe im Lager wütete, wo sie Uniformen für die Soldaten nähte, die den letzten Krieg der österreichisch-ungarischen Monarchie ausfochten.

Endres und Miloš' unschuldige Zimmergenossen sollten nach beinahe einem Jahr im Fegefeuer der Untersuchungshaft entlassen werden; Endre, Miloš und Gyula wurden unter großem Trara 1919 aus dem Gefängnis befreit, als Béla Kun und seine Rätediktatur in Ungarn an die Macht kamen. Endre Bauer wurde ein Funktionär in der politischen Ermittlungsbehörde, wo er es sich zum Anliegen machte, Ignác E. zu drangsalieren. Hätte das Regime länger als ein paar Wochen Bestand gehabt, wäre es ihm vielleicht gelungen, Ignác' und vielleicht sogar Ninas Verhaftung in die Wege zu leiten. Schließlich jedoch fand er sich am falschen

Ende der Henkerschlinge. Der Weiße Terror, der das kurzzeitige ungarische sozialistische Utopia beendete und Ignác rettete, erwies sich als Unheil für die meisten Juden, der Numerus clausus war eine Folge davon, und wer weiß, was noch kommen wird. Von den anderen Verschwörern ist weniger bekannt. Miloš ging nach Ruthenien und verschwand dann aus dem Blickfeld. Gyula kehrte in den Zirkus zurück, wo er, wie ich höre, bis heute verblieben ist, als Patriarch einer Sippe begabter Akrobaten.

»Arme Tanja«, sagte Gizella.

»Ja«, sagte Nina. »Wenigstens ist die alte Frau in Sicherheit.« Und tatsächlich wurde die Prostituierte, die als Anstandsdame fungiert hatte, nie gefasst. Manchmal, wenn ich an Gruppen solcher Damen vorübergehe, in denen mir eine besonders gebrechlich vorkommt, frage ich mich, ob nicht sie es ist.

Gizella sagte: »Man sagte mir, ich hätte Ignác E. meine Freilassung zu verdanken. Und du deine, nehme ich an?«

»Ja.«

»Wirst du ihn heiraten?«

»Ja.«

»Tu es nicht.«

»Ich habe keine Wahl.«

»Du hast immer eine Wahl. Lauf weg, Nina. Geh irgendwohin, studiere Medizin. Werde Ärztin. Du hast nie etwas anderes gewollt.«

»Ich kann nirgendwohin.«

»Geh nach Amerika!«

»Ich kann nicht.« Aber einen Augenblick lang gab sich Nina der Phantasie eines neuen Lebens in der Neuen Welt hin. Eine kleine Praxis in einer anonymen Stadt. Ein Siedlungshaus, wie eines, von denen sie in der feministischen Zeitschrift gelesen hatte, wo sie arme Einwandererfrauen behandeln und vielleicht andere inspirieren konnte, ihr auf dieses Terrain zu folgen. Und dann ließ sie den Traum sich in nichts auflösen, wie Aspirinpulver in einem Glas Wasser, und es blieb nur ein bitterer Bodensatz.

Gizella fragte: »Hast du ihm als Gegenleistung für meine Enthaftung versprochen, ihn zu heiraten?«

»Nicht nur deine. Meine auch.«

»Ein schlechter Handel.«

»Nein.«

»Ein Gefängnis gegen ein anderes.«

»Ein vergoldeter Käfig ist wohl kaum ein Gefängnis.« Schon im Aussprechen wusste Nina, dass diese Worte zugleich wahr und falsch waren. Die öde Langeweile einer Budapester Matrone, sogar jene einer transsylvanischen Zwergin, konnte man wohl kaum mit den Qualen der Zwangsarbeit vergleichen. Und doch drücken Ketten, egal wie zart und fein geschmiedet sie sein mögen.

Mit lautem Geschepper und einem heftigen Gepruste von Dampf und Rauch erwachte der Zug zitternd zum Leben. Nina streifte ihren Handschuh ab, stellte sich auf die Zehenspitzen und presste ihre nackte Hand an das Glas. Unter ihrer Handfläche fühlte es sich rau an, kalt. Gizella sah ängstlich zu ihren Wärtern und tat dann dasselbe. So verblieben sie, verbunden durch eine sich unter ihrer Berührung ganz leicht erwärmende Glasscheibe, bis der Zug seine langsame, schlingernde Fahrt aus dem Bahnhof begann.

»Seit damals habe ich sie nicht mehr gesehen«, erzählte mir Nina. »Und nichts von ihr gehört. Ich weiß nicht, ob sie schreibt und mein Vater die Briefe abfängt. Ich habe Frau Schwimmer angerufen, aber sogar diese Dame hat keine Nachricht.«

»Ich habe etwas für Sie«, sagte ich.

Ich ging zu meinem Schreibtisch, nahm den Schlüssel aus

seinem Versteck und öffnete die verschlossene Schublade, zu der niemand, nicht einmal meine Frau Zugang hat. Aus der Lade nahm ich ein kleines, in Ölpapier gewickeltes und fest mit Bindfaden verschnürtes Päckchen. Mit meinem Papiermesser durchschnitt ich die Schnur, dann schlug ich das Papier zur Seite und enthüllte einen aus schwerem Samt genähten Beutel. Darin lag ein emaillierter Anhänger, auf den ein schimmernder, mit violetten, grünen und weißen Edelsteinen verzierter Pfau gemalt war.

»Gizellas Anhänger!«, rief Nina und eilte an meine Seite.

Sie roch nach Zitrus und Verbenen, scharf und würzig, frisch und sauber.

»Öffnen Sie es«, sagte ich und ließ den Anhänger samt Kette in ihre Hand gleiten.

Sie fuhr mit dem Fingernagel an der Seite des Anhängers entlang und löste die verborgene Sprungfeder. Das geheime Medaillon sprang auf.

»Was ist das?«, sagte sie und betrachte eingehend die Fotografie. »Das ist nicht dasselbe Foto!«

Ich reichte ihr meine Lupe, und sie blickte lange auf das winzige Bild zweier junger Damen, eine klein, die andere groß. Eine dunkel, die andere blond, in ähnlichen weißen Kleidern, hinter ihnen wehten die Banner des Internationalen Frauenstimmrechtskongresses.

»Gizella hat mir den Anhänger anvertraut, aber ich hatte bis jetzt keine Gelegenheit, ihn Ihnen zu geben. Ich wagte nicht, ihn zu Ihnen nachhause zu schicken.«

»Mein Vater hätte ihn vernichtet. Und das Foto?«

»Erinnern Sie sich nicht? Der Fotograf, der Sie an diesem Nachmittag, als ich den Kongress besuchte, aufgenommen hat? Ich hatte seine Karte und habe ihn gefunden. Er hat für mich ein Foto entwickelt, klein genug, damit es in das Medaillon passt.«

Ich hatte auch für einen größeren Abzug bezahlt, einen, der in meiner versperrten Schublade lag, den ich schließlich zwischen die Seiten von »Gray's Anatomy« steckte, wo ich immer dann darauf stieß, wenn mich eine schwierige Diagnose beschäftigte und ich mir die Grundlagen meiner medizinischen Ausbildung in Erinnerung rufen musste, oder wann immer ich Ninas Gesicht sehen wollte. Jahre später, nachdem ich in Bad Gastein Gizella getroffen hatte, ließ ich die Fotografie zu nicht unbeträchtlichen Kosten kopieren und schickte sie ihr zu Handen des Managers der Liliputanertruppe. Ich war enttäuscht, dass sie nie schrieb, um mir zu danken, aber vielleicht hat die Fotografie sie ja auch nie erreicht.

»Werden Sie es jetzt tragen?«, fragte ich.

»Ja«, sagte Nina. »Und immer.« Sie reichte mir den Anhänger, ich trat hinter sie und legte die Kette um ihren duftenden Nacken, der Anhänger schmiegte sich in ihr gepudertes Dekolleté.

Während meine dicken Finger sich mit dem Verschluss abmühten, gestattete ich es mir, ihren Duft einzuatmen, ihr weiches Haar an meiner Wange zu fühlen. Als er endlich zuschnappte, rührte ich mich nicht, sondern blieb dicht an ihr, fühlte ihren Körper nahe an dem meinen. Einen Moment lang träumte ich davon, ihr die Hände um die Taille zu legen, ihre Brüste in meinen Handflächen zu bergen, meine Lippen auf ihren weichen weißen Nacken zu drücken.

Geschätzte Kollegen, Leser dieser Fallgeschichte, glaubt nicht, ich wüsste eure Reaktion auf den obigen Absatz nicht einzuschätzen. Ich kann das Zungenschnalzen hören und die missbilligenden Blicke fühlen, während ihr meine von Herzen kommenden Worte als misslungene Gegenübertragung abtut. Ihr glaubt, ich sei in das finstere Loch des Unbewussten gefallen, das auf jeden Psychoanalytiker lauert. Ihr tadelt mich dafür, meine eigene Traumageschichte auf meine Patientin projiziert zu haben. Ihr besteht darauf, Nina sei nicht mehr als ein Objekt für meine verzerrte Wahrnehmung früherer Beziehungen. Ihr beschimpft mich mit diesem schlimmsten aller Worte: »unangemessen«. Sogar ihr, die ihr Schüler meines geschätzten, meines geliebten Sándor Ferenczi seid, schert mich über diesen Kamm. Ihr könntet doch meine »emotionale Reaktionsfähigkeit« loben. Ihr könntet mich dafür preisen, dass ich einen ausgleichenden, vor Empathie überfließenden emotionalen Kontext geschaffen habe, in dem meine Patientin gefördert, sogar geheilt werden könnte. Aber ihr würdet nie meine Gefühle für Nina als das erkennen, was sie sind. Ihr nennt es Gegenübertragung. Aber das ist es nicht.

Es ist etwas anderes. Unerwidert. Niemals ausgelebt.

Liebe.

Epilog

NEW YORK

1948

Obwohl der Raum nur halbvoll war und auf den mit Knautschsamt bezogenen Stühlen, die am nächsten beim Podium standen, beinahe niemand saß, schob sich Jack auf einen der hinteren Sitze. Um sich nicht genieren zu müssen, wenn er im Schauraum eines angesehenen Auktionshauses sein Akademiker-Tweedsakko trug, hatte er am Morgen einen modischen Anzug mit drei Knöpfen und Reverskragen und dazu eine kühn gestreifte Krawatte mit Windsorknoten gewählt. Und jetzt fühlte er sich zu fein angezogen. Dies hier war nicht das hektische Gewimmel von flotten Gold- und eleganten Antiquitätenhändlern, wie er es sich vorgestellt hatte. Ganz im Gegenteil. Die Auktion war spärlich besucht, und die ärmlich aussehenden Händler und Käufer, die auf den Stühlen saßen, wirkten von den Losen im Katalog eher gelangweilt als begeistert.

Wäre Jacks Zug am Vortag zwischen 7 Uhr 12 und 7 Uhr 57 nicht wegen einer Störung stillgestanden, hätte er nicht sein Buch auf der Küchenanrichte liegenlassen, als er seine Kaffeetasse ausspülte, dann wäre er nicht gezwungen gewesen, die *New York Times* ungewöhnlich genau zu lesen, von vorne nach hinten, und wäre aller Wahrscheinlichkeit nach nie auf die Annonce in der Kunstrubrik gestoßen, wo der Öffentlichkeit mitgeteilt wurde, dass in der Galerie Parke-Bernet eine Versteigerung von Edelsteinen, Uhren, Silber, Porzellan und Briefmarken stattfinden würde. Die Gegenstände, die verkauft werden sollten, waren laut Inserat in einer Formulierung, die Jack als sonderbar, wenn nicht verschlagen empfand, »Eigentum von Kriegsopfern«; die Erlöse würden an das zwischenstaatliche Flüchtlingskomitee gehen.

Obwohl er nicht entscheiden hatte können, ob die Sachen, die verkauft werden sollten, tatsächlich aus den dem Untergang geweihten Waggons des ungarischen Goldzuges kamen, wollte er unbedingt der Versteigerung beiwohnen und hatte deshalb seine Vormittagsvorlesung abgesagt. Die meisten Studenten, die in der Sommerschule Altgriechisch I belegt hatten, waren im Jahr zuvor durchgefallen und wären, wie er wusste, sicher erleichtert gewesen, einen Tag lang Urlaub von den omikronstämmigen Substantiven der zweiten Deklination zu haben. Aber er war zu gewissenhaft, um entweder ihrer Indolenz oder seiner eigenen Nervosität nachzugeben. Er wartete bis nach der Unterrichtsstunde, obwohl er die üblichen Stunden in seiner Lesekabine in der Butler Library ausließ, wo er an seiner Diplomarbeit schrieb.

Er hatte den Beginn der Versteigerung versäumt und so auch jede eventuelle Information über die Herkunft der zu verkaufenden Waren. Beim zweiten Los jedoch war er sich sicher, dass er am richtigen Ort war. Woher sonst als aus dem Goldzug hätte das zwischenstaatliche Flüchtlingskomitee so viel ungarisches Herend-Porzellan herbekommen? Ein paar große Stücke wurden einzeln versteigert, der Rest jedoch in großen Mengen en gros, Hunderte Vasen, Figuren, Schüsseln, Krüge und Geschirr zugleich. Die Sachen gingen schnell weg, und der Auktionator schien nicht unzufrieden mit den Geboten. An den Losen 16 bis 28 allerdings herrschte geringeres Interesse: ein Dutzend Lose Uhren, ebenfalls in größeren Mengen. Als der Auktionator seinen Hammer niederfahren ließ und damit den Verkauf Tausender goldener Männer-Armbanduhren für magere zwei

Dollar pro Stück bestätigte, war Jack so erstaunt, dass er beinahe den Ausruf für das nächste Los überhörte, Nummer 29. »Emaillierter Schmuck.«

Während schleppend ein Gebot nach dem anderen abgegeben wurde, steckte er die Hand in die Tasche, wie um sich zu versichern, dass der Anhänger noch dort war. Mehr als zwei Jahre zuvor, am Morgen, an dem er aus Salzburg nach Hamburg aufgebrochen war, wo er das erste von drei Schiffen besteigen sollte, deren letztes ihn schließlich in Hoboken in New Jersey absetzte, war er zum Lagerhaus gegangen, um die Schlüssel seinem Nachfolger zu übergeben, einem jungen Offizier der Vermögensverwaltung; dieser würde dann im Jahr darauf anwesend sein, wenn ein weiterer junger Amerikaner, diesmal ein Anwalt, der als Reparationsoffizier für das zwischenstaatliche Flüchtlingskomitee arbeitete, mit einem Team von vier Schätzmeistern und einem Schmuckexperten eintraf, um den Inhalt des Zuges zu inventarisieren. Im Laufe von zehn Tagen würden diese Männer sich rasch durch das Lagerhaus arbeiten, die Sachen en gros statt einzeln bewerten, eine Vorgangsweise, auf die man sich geeinigt hatte, nachdem ein Vertreter des Kaufhauses Gimbels das Lagerhaus abgegangen war und verkündet hatte, es würde sein gesamtes Team in Vollarbeitszeit benötigen, um nicht in Wochen oder Monaten, sondern Jahren bloß die Silbergegenstände zu prüfen, aufzulisten und zu schätzen, ganz zu schweigen von der restlichen Ladung des Zuges.

An Jacks letztem Tag in Salzburg stand das Schicksal des erst seit neuestem so genannten ungarischen Goldzugs noch vor der Entscheidung. Jack war natürlich seit langem klar, dass die Besitztümer nie bei den Erben der früheren Eigentümer landen würden. Während er zusah, wie täglich Züge voller jüdischer Flüchtlinge nach Salzburg strömten, glaubte er, dass die Vereinigten Staaten schließlich den einfachsten und finanziell vernünftigsten Weg wählen und die Sachen der Jewish Agency aushändigen würden, um sie zu verkaufen; der Erlös sollte dann dazu verwendet werden, die DPs zu versorgen und ihre Wiederansiedlung zu fördern, und das möglichst weit weg von jeder amerikanischen Zuständigkeit. So weit weg wie Palästina zum Beispiel.

Und die Wahrheit sah so aus: Inzwischen war sich Jack selbst nicht mehr sicher, dass dies letzten Endes nicht doch die beste Lösung für das Problem des ungarischen Goldzugs sei. Die Aufgabe, die Besitzer jedes einzelnen Stücks zu identifizieren, war monumental. Zudem waren Hunderttausende ungarische Juden tot, und von denen, die überlebt hatten, verließen Tausende ihr Heim und ihr Land, flüchteten vor den Sowjets, wie sie ein Jahrzehnt früher vor ihren eigenen Landsleuten hätten flüchten sollen. Vielleicht war es die einzige annähernd gerechte Lösung, den Inhalt des Zuges zu verkaufen, um den Erlös den Vertriebenen zukommen zu lassen. Das Argument der verbliebenen ungarischen Juden, dass die Güter ihnen zum Verkauf übergeben und das Geld verwendet werden sollte, um ihre Gemeinschaft wiederaufzubauen, hatte etwas für sich, aber nur, wenn man den ominösen und zunehmenden Einfluss der Sowjets in Ungarn ignorierte. War jemand denn so naiv zu glauben, dass irgendetwas, das man den Ungarn aushändigte, letztlich in jüdische Hände gelangen würde? Zudem, war nicht die Lösung der Jewish Agency diejenige, die Ilona selbst in jener letzten bitteren Unterredung befürwortet hatte, bevor sie für immer aus seinem Leben verschwand?

Jack erinnerte sich an diese Überlegungen, als er Jahre später in der *New York Times* las, dass hohe Beamte des Finanzministeriums aus Ungarn übergelaufen seien. Sie hätten Informationen über die endgültige Verwendung der wertvollsten Güter aus dem Goldzug geliefert, der von Árpád Toldi gestohlenen und dann von den Franzosen konfiszierten Edelsteine und des Goldes. Beinahe zweitausend Kilogramm Gold und wertvolle Steine waren prompt von Frankreich an die ungarische Regierung übergeben worden, die mit der gleichen Promptheit entschieden hatte, es gebe keine Möglichkeit, die Eigentümerschaft des Goldes und der Juwelen letztgültig zu entscheiden, und deshalb auch keinen Grund, anzunehmen, dass sie Juden gehört hätten. Die jüdische Gemeinde von Budapest, die so lange und lautstark bei der französischen Regierung um die Rückgabe des Besitzes eingekommen war, erhielt kein Gramm Gold, keinen einzigen Edelstein.

An diesem Frühlingsmorgen 1946 in Salzburg war Jack, während er darauf wartete, dass sein Nachfolger auftauchte, ein letztes Mal die Gänge im Lagerhaus entlanggeschritten und schließlich in der muffigen Ecke gelandet, wo er die wertvollsten Sachen gelagert hatte, die goldenen Uhren und den Schmuck, die paar Edelsteine. Er bemerkte die Schatulle mit den Uhren aus Nagyvárad und nahm sie von dort herunter, wo er sie Monate zuvor versteckt hatte. Er öffnete die Schatulle, ließ die Finger über die in mürbe rosa Seide gestanzte Adresse gleiten und fragte sich, ob er je wieder einen Grund haben würde, den Namen Nagyvárad zu lesen. Und warum sollte er? Die Stadt war noch spurloser verschwunden als die Frau, die er geliebt hatte. Sie hieß jetzt Oradea, war eine rumänische Stadt. Das ungarische Nagyvárad und die Juden, die dort gewohnt hatten, gab es nicht mehr.

Eben wollte er die Schatulle zuklappen und sie wieder auf den Stapel legen, als ihm der schwarze Samtbeutel mit dem violett-grün-weißen emaillierten Pfauenanhänger auffiel, dem Boten des Unglücks. Er wickelte den Anhänger aus und hielt ihn in der Hand, fühlte ihn wieder in seinem Griff warm werden, wie beim ersten Mal, als er ihn berührt hatte, vor so langer Zeit, als er ein anderer Mann gewesen war, mit einer anderen Vorstellung davon, was Unglück bedeutete. Ohne sich ein Nachdenken darüber zu erlauben, was er tat, legte er den Anhänger in den Samtbeutel und steckte ihn in die Tasche. Dann ging er durch den Gang zurück, legte seine Schlüssel auf den provisorischen Schreibtisch, den er beim Eingang des Lagerhauses für sich gebaut hatte, kritzelte eine Notiz für den Mann, der seinen nutzlosen Job übernehmen würde, und machte sich davon.

Jack hatte sich geschämt für seinen Mangel an Charakter oder Urteilsvermögen, der ihn den Anhänger hatte stehlen lassen, und wäre er nicht am selben Tag aus Salzburg abgereist, er wäre vielleicht zurück ins Lagerhaus geeilt und hätte ihn dorthin zurückgebracht, wo er hingehörte. Nun, zwei Jahre und ein ganzes Leben später, hörte er zu, während der Auktionator einen Preis für das Los bestimmte, Tausende Exemplare Emailschmuck aus dem ungarischen Goldzug. Einen Dollar und fünfzig Cent pro Stück.

Einen Dollar und fünfzig Cent.

In der Zeitung vom nächsten Tag las Jack dann, dass die Versteigerung nicht die vorher geschätzten Hunderte Millionen Dollar erbracht hatte, sondern weniger als zwei Millionen; das reichte gerade, um die entwurzelten Juden Europas eine Woche lang zu verköstigen und unterzubringen. Er hatte geplant, die Halskette dem Auktionshaus zu übergeben, damit sie verkauft und der Erlös zugunsten der Überlebenden der Lager verwendet werden konnte, der Vertriebenen, Kinder, Männer und Frauen wie Ilona. Aber am Ende stellte sich das, was er gestohlen hatte, als so gut wie wertlos heraus. Ein Dollar und fünfzig Cent. Genug, um wen zu ernähren? Eine einzige Person für einen einzigen Tag?

Am Ende war der wahre Reichtum der ungarischen Juden nicht in Kisten und Schachteln verpackt und auf diesen Zug verladen worden. Wie viel wert sind zwei Halter für Sabbatkerzen, die einer Tochter von ihrer Mutter und Großmutter überkommen sind, Generation für Generation, hundert, ja tausend Jahre lang? Unbezahlbar, unermesslich. Und wieviel wert sind zehntausend Garnituren ähnlicher Kerzenhalter, wenn all die Großmütter, Mütter, Töchter tot sind? Nicht mehr als das Gewicht des eingeschmolzenen Silbers. Der Reichtum der Juden Ungarns, der Juden Europas, war nicht in den vollbeladenen Güterwaggons des Goldzuges zu finden, sondern in den Großmüttern und Müttern und Töchtern, in den Ärzten und Anwälten, den Getreidehändlern und Psychiatern, den Schriftstellern und Künstlern, die eine Kultur der Verfeinerung geschaffen hatten, der intellektuellen und künstlerischen Leistungen. Und dieser Reichtum, alles von wirklichem Wert, war so gut wie ausgelöscht.

Jack verließ das Auktionshaus, den Anhänger immer noch in der Tasche. Am Abend legte er ihn dann in seine Lade mit den Taschentüchern, wo er jahrelang blieb, wie ein Lesezeichen zwischen gebügelten weißen Seiten. In den Jahrzehnten seines Lebens öffnete er manchmal den kleinen Samtbeutel. In den Jahren gleich nach dem Krieg löste das ein leichtes Sehnen aus, wenn er ihn in der Hand hielt, einen Rest Bedauern. Aber schließlich wurde auch das schwächer, die Bedeutung verlor sich in der Zeit und in der Anhäufung anderer Erinnerungen und anderer Lieben. Und eines Tages – am letzten Tag – gab er den Anhänger und sein kompliziertes Vermächtnis von Erinnerung und Vergessen an seine Enkelin Natalie weiter, in der Hoffnung, er werde in ihren Händen ein Mittel der Verwandlung, sogar der Erlösung werden, er werde ihr erlauben, über die Kurzsichtigkeit des Kummers hinauszugehen, ihr helfen, Sehnsucht in Ziele zu verwandeln.

Aber an diesem Tag im Frühsommer 1948, wie er da in seinem guten Anzug an der Ecke der East Fifty-Seventh Street stand, nahm Jack den Anhänger aus der Tasche und hielt ihn hoch, sodass die Juwelen an der Spitze der Pfauenfedern in der Sonne glitzerten. Sein Schatz machte kaum mehr aus als Katzengold, wertlos in seiner Tasche. Und doch fühlte er sich seltsam unberührt von dieser Abwertung. Er hatte die Halskette gestohlen, weil sie ihn, obwohl sie niemals jemandem gehört hatte, den Ilona kannte, obwohl sie selbst sie nicht hatte haben wollen, an sie erinnerte. Aber das Ding, das nun in der New Yorker Sonne schimmerte, war kein Souvenir an die Frau, die er liebte und die er nie wiedersehen würde. Es war nicht mehr als ein Talisman des nicht wiedergutzumachenden Bruchs ihrer Beziehung und des nicht auszudenkenden Verlusts ihrer ganzen Welt. Ein impulsiverer Mann hätte den Anhänger vielleicht in das brackige Abwasser des East River geworfen. Jack steckte ihn wieder in die Tasche und ging nachhause.

DANK

Hätte mich die bezaubernde, großzügige Eleni Tsakopoulos Kounolakis nicht eingeladen, sie in Budapest zu besuchen, dieses Buch wäre niemals begonnen worden. Sie bot mir unschätzbaren Beistand, als Inspiratorin und Lektorin. Und sie ist zudem eine wunderbar generöse und treue Freundin.

Auch andere Personen in Ungarn haben mir meinen Weg erleichtert, darunter Judit Acsady und die unerschütterliche Lena Csóti, ohne deren Hilfe bei der Recherche ich verloren gewesen wäre. Danke auch an Judith Friedrich, John Cillag, Marsha L. Rozenblit und András Gerö. Ich hätte dieses Buch nicht schreiben können ohne Beratung durch Ronald Zweig; sein Buch »The Gold Train« ist ein phänomenales Werk. Dankbar bin ich auch Gábor Kádár, Autor eines weiteren hilfreichen Buches: »Self-Financing Genocide: The Gold Train, The Becher Case« und »The Wealth of Hungarian Jews«, und seiner großzügigen Frau Christine Schmidt. Anna Kluth war bei den Recherchen in Salzburg behilflich. Chris Doyle, Matthew Ritchie, Gwenessa Lam und Diana Shpungin taten ihr Bestes, um meine schreckliche Unwissenheit in Sachen Kunst zu korrigieren. Dean Schillinger half bei den medizinischen Fakten. Julie Orringer und Andrew Sean Greer lasen zu entscheidenden Zeitpunkten das Manuskript sorgfältig durch. Michael Sheahan gestaltete mir unter Anleitung von Chris Doyle und mithilfe von Tristan Salman das wunderschönste Studio der Welt, wo ich große Teile dieses Buches geschrieben habe. Lisa Highton lieferte abschließenden und unschätzbaren Rat.

Ich habe großes Glück, zwei der großzügigsten und hilfsbereitesten Frauen im Verlagsgeschäft, Mary Evans und Jenny Jackson, an meiner Seite zu wissen. Danke auch an Rachel Vogel und Sarah Luytens für die unaufhörlichen Bemühingen um das Buch (und um mich), an Lydia Buechler und all die wunderbaren Leute bei Knopf, sowie an Kaela Noel.

Zwei Wochen in der Künstlerkolonie MacDowell sind so viel wert wie sechs Monate Kreativität und Produktivität im normalen Leben. Ich bin hingerissen, dass es einen solchen Ort gibt und dass ich dort sein darf.

Die Hilfe an der Heimatfront durch Rachel Lemus, Brandy Muniz und Xiomara Batin hat meine Arbeit erst ermöglicht.

Ohne die großzügige Unterstützung, ruhige Intelligenz und den unaufhörlichen Zuspruch durch Amy Cray wäre ich nicht einmal imstande, mir die Schuhe zu binden, geschweige denn einen Roman zu schreiben.

Sophie Chabon, Zeke Chabon, Rosie Chabon und Abe Chabon haben lange Abwesenheiten und schlechte Laune mit einer Würde hingenommen, die man von Kindern nicht erwarten sollte; hätte Sophie mich nicht nach Dachau begleitet und mich mit ihrer unerschöpflichen Neugier und ihrer Quelle an Empathie aufrechterhalten, ich hätte nicht den Mut gefunden, auch nur hinzugehen.

Und mein Mann Michael Chabon macht jeden Tag, jeden Gedanken, jedes Wort schöner, als mir von Rechts wegen zustünde.